中国古典诗词曲赋鉴赏系列工具书

先秦两汉诗歌鉴赏辞典

XIANQIN LIANGHAN SHIGE JIANSHANG CIDIAN

主编 ◎ 魏耕原　张新科　赵望秦

商务印书馆国际有限公司
中国 · 北京

先秦两汉诗歌鉴赏辞典

主　编:魏耕原　张新科　赵望秦

撰稿人(按姓氏笔画排序):

马茂元　王春泉　王培元　王景琳　王锡九　凤录生　艾治平　叶志衡
田秉锷　史双元　吕培成　朱一清　朱杰人　任　白　刘文忠　刘扬忠
刘知渐　刘学锴　刘德煊　齐天举　阴法鲁　孙其芳　杜维沫　杨心州
杨希武　李廷先　李志慧　李时人　李建明　李梦奎　束有春　吴汝煜
吴怀祖　何国治　何新文　余冠英　张　晶　张巨才　张庆利　张志岳
张怀荣　张明非　张佳音　张治政　张新科　张震泽　陆三强　陆永品
陈志明　陈鸿彝　林家英　金启华　周啸天　周满江　郑　文　郑孟彤
郑曼元　赵光勇　赵昌平　赵望秦　胡大浚　皇甫修文　费秉勋　费振刚
夏传才　殷光熹　殷呈祥　高海夫　陶尔夫　曹大中　曹明纲　董治安
韩兆琦　韩理洲　程　远　程俊英　赖汉屏　褚斌杰　臧维熙　鲜述文
廖　群　谭优学　缪　钺　颜邦逸　潘啸龙　霍旭东　霍松林　魏耕原
魏崇新

总　目

凡　例

一、本辞典共选收先秦、两汉诗作及歌谣 255 篇。

二、正文中作家作品篇目排列次序:《诗经》依通行《毛诗》;楚辞依王逸《楚辞章句》;汉乐府依郭茂倩《乐府诗集》,其未收者从余冠英《乐府诗选》。两汉的诗人及同一诗人作品次序排列均从逯钦立《先秦汉魏晋南北朝诗》。

三、原则上采用一首诗一篇鉴赏文章,也有少数难以分割的组诗,则几首诗合在一起赏析。

四、《诗经》、楚辞疑难词句多,多有注释,两汉诗歌一般在赏析文章中略作解释。

五、使用规范汉字,《通用规范汉字表》外的字,不做类推简化。

六、古代地名后,一般在括号内注明今名或现今的归属。旧纪年后,一般也在括号内注明公元纪年。括注内的公元纪年,一般省略“年”字。

七、附有主要作者小传、有关本时期诗作的主要书目简介,供读者参考。

前　言

高海夫

唐诗，无疑是我国诗歌发展史上一座巍峨的高峰。但是，它并不是拔地而出、一山突起，而是经过一段连绵起伏、重峦叠嶂的漫长历程之后才成其高的。没有此前近两千年间众多知名与不知名创作者的褴褛开疆、探索创造，唐诗的繁荣局面是不可能出现的。

钟嵘在《诗品》中品评了一百二十二位五言诗人，而穷源溯流，终不出诗、骚二途。这一考察，不无见地。自然，承流接响，受其沾溉，并非因袭模拟，亦步亦趋，而是因革错伍，各自有其创造、发展与变化处，有其由于时代、个人的诸因素而形成的个性特征在。

《诗三百》中，有下层人民的作品，也有公卿士大夫的献诗，还有些可能出自巫、史之手。“饥者歌其食，劳者歌其事”，人们常用这两句话来表述其内容的突出特征及其价值之所在，这原无不可，但它似不足以尽括《诗三百》的全部内容。雅、颂中某些优秀的篇章，如写商、周部族发展的史诗，讽斥统治集团暴虐昏聩的作品，其作者虽非“饥者”“劳者”，但亦自有其不可忽视的价值。在国风中占有最大比重的关于爱情婚姻之作，或写相恋之情，或写新婚之欢，或写被弃之苦，或写私奔之事，这些内容虽未必能归入“饥者”之“食”、“劳者”之“事”，但亦不无社会意义。因此，我们如果称《诗三百》为一部自西周初叶至春秋中期五百余年间的巨型历史画卷，似也不算过分。《诗三百》中纪实性的，特别是故事性的叙事诗，其中并不乏语言简洁、描写细致、结构精巧、形象鲜明的佳作。那些抒情的篇章，通过赋比兴的手法，使主观感情与客观景物融为一体，构成饱含感情的艺术形象；借助一唱三叹、回环往复的方式，表现出深厚悠长的意味，至今仍脍炙人口，影响深远。总之，《诗三百》中所呈现出来的直面社会人生的精神、倾向和与之相应的艺术追求，在我国诗歌传统中占有极重的分量和异常突出的地位。

战国时期,伴随着我国文化如众鸟啼春般灿烂繁荣局面的到来,在诗歌园地里也出现了一朵艳丽夺目的奇葩,这就是以屈原为创作代表的屈骚或楚辞。它是我国诗歌的又一光辉典范与源头。

正如王逸所说:“昔楚国南郢之邑,沅湘之间,其俗信鬼而好祠。”(《楚辞章句》)一方面南国还残留着远古的巫术文化,瑰丽奇异的神话世界还时时弥漫在人们的脑际;一方面中原文化对楚人又有着不可忽视的巨大影响,这种影响在屈原身上表现得尤为显著。他对往古历史兴废成败的回顾,他所憧憬的理想政治,以及对它清醒的、生死以亡的追求精神,都与中原学人几无二致。加之屈原自己又是一位具有极为可贵的创造精神的艺术巨匠,他融化南北,合其两长,而自铸伟词,把浪漫的遐想和理性的精神、光怪陆离的形象和剧烈矛盾的现实、鲜明的政治倾向性和强大的艺术感染力,高度统一为一个艺术整体,带有异常鲜明的个性烙印,遂开辟了一条文人抒情诗的崭新道路。其衣被后世,恐不止如刘勰所说“才高者菀其鸿裁,中巧者猎其艳辞,吟讽者衔其山川,童蒙者拾其香草”(《文心雕龙·辨骚》),其伟大的人格与其对内在心灵更为具体、更为丰富的描绘,影响尤为深远。

汉代,儒家学说被定于一尊。《诗三百》被尊之为经。经过经学家的阐释,《诗经》成为以礼制欲的标本,屈骚也被认为是“依托五经以立义焉”(王逸《楚辞章句·序》)。他们本欲借此以规范诗歌创作,把原来无限广阔的诗歌天地,缩小、限制在儒家政治、伦理、道德的窄狭模式里。其结果却是“词赋竞爽,而吟咏靡闻”(钟嵘《诗品·序》),除了《垓下歌》《大风歌》几首出自并非文人之手的抒情短歌外,诗坛竟是一片沉寂,倒是乐府民歌的作者们,继承诗、骚的传统,在开创着、前进着。

汉代的乐府民歌,除了不为经学家的诗论所缚,题材更为多样、内容更见丰富以外,其主要贡献,首先在于创造了自己特有的美学特征。叙事诗明显地增多了。在这些作品中,作者大多是选择一个特定的、短暂的而又典型的时空背景,以质朴而又经过提炼的语言,来描写人物的活动、对话,展现人物的内心世界和波动变化的情绪。到了东汉后期,更是有所发展,出现了如《悲愤诗》《孔雀东南飞》那样的鸿篇巨制,把上述生活横断面的格局,推进到一个相当长的时间跨度内,写一个首尾完整、情节繁多的故事。社会生活的容量大大增强,人物性格的塑造愈益鲜明,“点缀生活,如一本杂剧”(贺贻孙《诗筏》),从而,其艺术的感发力量亦得到空前提高。如“《焦仲卿》篇,形容阿母之虐,阿兄之横,亲母之依违,太守之强暴,丞吏、主簿、一班媒人张皇趋附,无不绝倒,所以入情。若只写府吏、兰芝两人痴态,虽刻画逼肖,决不能引人涕泗纵横至此也”(同上)。这无疑标志着我国叙事诗已臻成熟。惜乎魏晋六朝的诗论家,对此竟未予以应有的注意,使它几成绝响。其抒情之作,或率直悲歌,喷涌而出;或含蓄浑厚,委曲婉转。较之《诗经》,更见精切细腻;比之屈骚,则无其绚烂的光彩,而自具面目。

乐府民歌原多句无空字,篇无空句,发展到后来,则渐趋于整体五言。文人仿作,尤重此体。到了东汉末期,愈趋成熟,遂出现了以《文选》所载十九首为代表、与《孔雀东南飞》可称双峰并峙的为数众多的古诗。伴随着东汉帝国的行将崩溃,儒学的教义亦失却了对人们思想的约束力,因而古诗作者们的主体意识已明显增强,遂使这些作品中虽也表现出对身处乱世、遭遇坎坷的苦闷、不平与激愤,但交织其中的却常常是存亡难卜的哀伤、人生无常的感喟,以及对为乐及时的追求。它在表现艺术上,虽仍多是直抒胸臆的方式,但“畜神奇于温厚,寓感怆于和平;意愈浅愈深,词愈近愈远;篇不可句摘,句不可字求”(胡应麟《诗薮·内编》卷二),已达到很高的境界,所以历来受到人们的推崇。

对千余年来诗歌的演变、发展,以上的叙述不仅挂一漏万,而且也未必得其要领,好在后面就是专家学者们对众多作品的鉴赏品评,如能观其会通,其所得自会比我的粗略叙述要全面、切实、中肯得多,因而似无需我再费词了。

篇　目

先秦诗歌

两汉诗歌

先秦诗歌

关　　雎

《诗经·周南》

关关雎鸠，在河之洲。窈窕淑女，君子好逑。参差荇菜，左右流之。窈窕淑女，寤寐求之。

求之不得，寤寐思服。悠哉悠哉，辗转反侧。参差荇菜，左右采之。窈窕淑女，琴瑟友之。

□□□□，□□□□。□□□□，□□□□。参差荇菜，左右芼之。窈窕淑女，钟鼓乐之。

鉴赏

《关雎》作为《诗经》的第一篇，流传久远，影响很大。但或说是讽刺诗，或说是赞美诗，或说是爱情诗，或说是举贤诗，或说是抢婚背景下的贵族有关婚姻问题的教育诗，或说是祝贺新婚的诗，真可谓众说纷纭，莫衷一是！至于它的篇幅，汉代以来流传的都是二十句。《毛传》分为三章：首章四句，后二章各八句。郑玄分为五章：每章四句。今人多分为四章：首章四句，次章八句，后二章各四句。近来有研究者认为原诗应为三章，每章各八句，共二十四句；第三章前面大约由于脱简之类的原因，丢了四句。我们现在按三章的结构分段抄写，再结合孔子"《关雎》之乱"的话来考虑，便感到这种"脱简"的说法是很有道理的。孔子曾说："师挚之始，《关雎》之乱，洋洋乎盈耳哉！""乱"是副歌，即每唱一遍都要重复的部分。就《关雎》看，"参差荇菜"等四句反复出现三次，文字基本相同，就是所谓"乱"。由此可见孔子看见的《关雎》共分三章，每章后都有"乱"。我们看到的第三章只有"乱"，可能是在流传过程中丢失了与第一、第二两章相对应的前四句。

当然，原诗二十四句的说法仅供我们参考。现存的只有二十句，就只能按这二十句分析。先看余冠英先生的今译：

水鸟儿闹闹嚷嚷，在河心小小洲上。
好姑娘苗苗条条，哥儿想和她成双。

水荇菜长短不齐，采荇菜左右东西。
好姑娘苗苗条条，追求她直到梦里。

追求她成了空想，睁眼想闭眼也想。
夜长长相思不断，尽翻身直到天光。

长和短水边荇菜，采荇人左采右采。
好姑娘苗苗条条，弹琴瑟迎她过来。

水荇菜长长短短，采荇人左拣右拣。
好姑娘苗苗条条，娶她来钟鼓喧喧。

看起来，余先生是把《关雎》理解为爱情诗而加以翻译的。按照这样的译法，那当然是一首很出色的古代爱情诗。

头两句的景物描写："雎鸠鸟儿关关唱，双双对对河洲上。"这显然是抒情主人公的眼前景。有人会问："原文中没有双双对对的字样，你为什么要说双双对对？"是啊！这样的字面的确是没有的；然而"关关"却是雌雄二鸟相互和答的鸣声，"双双对对"就从这"关关"中表现出来了。由此可见，原文两句，只有八个字，写景却如在眼前，而且还有声有色。声，当然是"关关"和鸣，色呢？"雎鸠"有色，"河"有色，"洲"上总有沙石草木之类，不用说色彩很丰富。而作为这一切背景的，大约还有蓝天、白云和金灿灿的阳光哩！

值得注意的是：头两句以写景发端，但不单纯是写景，而是"起兴"。"兴"和"赋""比"，都是《诗经》的重要表现手法。所谓"兴"，按照朱熹在《诗集传》里的解释，即"先言他物以引起所咏之词"也。以"他物"引起"所咏之词"，其情况相当复杂。大致说来，一种是用"他物"比拟或象征"所咏之词"；一种是用"他物"为"所咏之词"渲染气氛；还有一种，仅仅用同韵的句子引起下文，别无深意。那么，《关雎》开头的"兴"究竟属于哪一种？据闻一多在《诗经通论》里的说法：雎鸠这种鸟儿雌雄相爱，情真专一，如果一只先死，另一只便忧伤不食，憔悴而亡。因此，用"雎鸠"象征夫妇、象征男女爱情，就十分恰当。当看到"关关雎鸠，在河之洲"，便自然联想到"窈窕淑女，君子好逑"了。

那么，"淑女"在哪里呢？原来就在眼前，就在"关关"和鸣的雎鸠附近。你看，她正在那河边采荇菜呢。时而朝左边采，时而朝右边采，姿态多美！又多么勤劳！那的确是很理想的配偶啊！于是乎，那"君子"便一见钟情，想向她求婚了。

有人说："这首诗描写了抒情主人公对一位少女邂逅、追求、相思并同她完婚的全过程。"细读全诗，便看出情况并非如此。这首诗的妙处，恰恰不在于像记流水账似的写出从邂逅到完婚的全过程，而在于以眼前景起兴，只正面描写了抒情主人公的江边一瞥。那一瞥的内容，就是那位少女采荇菜的美好身影："参差荇菜，左右流之。"至于"关关雎鸠，在河之洲"，当然也是一瞥的内容，但那相对于少女来说，则只是起象征、联想作用的"他物"。实际上，抒情主人公首先被采荇姑娘迷住了，在内心深处发出"窈窕淑女"的赞美声，再经过"关关雎鸠"的触媒，就想入非非了，一厢情愿地认定那位"淑女"正是他这位"君子"的"好逑"。既然认定她是"好逑"，就要"求"。在现场是否面对面地"求"过，怎样"求"的，以及有什么反应，诗中都未明写，写了的只是回到家里以后的"单相思"。所谓"寤寐求之"，是说他不论是醒来还是梦中，都在痴心地想念她、追求她。所谓"求之不得"，是说他在梦中或者想象中的追求遭到拒绝。所谓"悠哉悠哉，辗转反侧"，是说他左思右想，翻来覆去，整夜睡不好觉。而当他苦思冥想、神驰魄跃的时候，那江边一瞥的美好情景，就一再重现眼前。

有人会问："琴瑟友之，钟鼓乐之，这不是分明在写两人完婚吗？"回答是否定的。因为这是想象中的情景，并非真有其事。如前所说，诗中所写的实景主要是抒情主人公的江边一瞥。"窈窕淑女，君子好逑"，已经是由此一瞥引起的心理活动。从"寤寐求之"以下，除"辗转反侧"一句写行为而外，其余全是写心理活动，即"辗转反侧"，也是用外部行为表现内心活动，或者是说内心活动的外现。用大量篇幅写心理活动，是这篇作品的主要艺术特点之一。写心理活动也独出心裁，即并非平铺直叙，而是波澜起伏，引人入胜。"求之不得""辗转反侧"，似乎已经绝望了，也因而陷入痛苦的深渊，不能自拔了。然而峰回路转，又朝好处想，以至于想到求之既得，想到"琴瑟友之""钟鼓乐之"的欢快场景，那"窈窕淑女"，终于成了他这"君子"的"好逑"了。然而这毕竟不是事实，一转念之后，又会想到什么呢？诗人再不曾写，也用不着写，让读者玩味去吧！这是这首诗的主要艺术特点之二。还有一个很突出的艺术特点：写心理活动虚中有实，虚实结合，给人以具体感。这不仅在于写了"辗转反侧"的外部行为，而且在于让那江边一瞥反复浮现，成为导致心理活动波澜起伏的契机。

《诗经》中的大部分诗篇都运用了重章的手法，既具有音韵、节奏之美，又让读者在反复咏唱中达到意象的妙合，完成意境的创造。《关雎》不是重章诗，但以"参差荇菜"开头的四句反复出现了三次，文字基本相同，具有与重章诗类似的反复咏唱的特点。如果说这就是孔子所说的《关雎》之"乱"的话，那么它那"洋洋乎盈耳哉"的音乐美连孔子这位音乐家都赞不绝口。而它的意境美，也就从那"洋洋盈耳"的音乐美中得到了完美的体现。

如前所说，对于《关雎》的理解是很有分歧的。这里把它作为爱情诗（即使作为爱情诗，各家的具体解释也不尽相同），谈了一些个人的体会，仅供参考。

（霍松林）

葛　覃

《诗经·周南》

葛之覃兮①，施于中谷②，维叶萋萋③。黄鸟于飞④，集于灌木，其鸣喈喈⑤。

葛之覃兮，施于中谷，维叶莫莫。是刈是濩⑥，为絺为绤⑦，服之无斁⑧。

言告师氏⑨，言告言归⑩。薄污我私⑪，薄澣我衣⑫，害澣害否⑬？归宁父母。

注释

①覃：延，延伸。
②施（yì）：蔓延，延续。中谷：谷中。
③维：句首助词。萋萋：茂盛，下章“莫莫”与此义同。
④黄鸟：黄雀。于：助词。
⑤喈喈：鸟鸣声。
⑥刈（yì）：割。濩（huò）：煮。
⑦絺（chī）：细葛布。绤（xì）：粗葛布。二者均为夏衣。
⑧斁（yì）：厌弃。
⑨言：助词。下同。师氏：保姆。
⑩归：回娘家。
⑪薄：句首助词。污：搓揉洗衣。私：内衣。
⑫澣（huàn）：洗。衣：外衣。
⑬害：同“曷”，何。归宁：回娘家探亲。

鉴赏

全篇的主脑全在末句——“归宁父母”，是写女子准备回娘家探望父母的诗。

首章起三句，写葛藤蔓延于谷中，绿叶茂密。是初夏景致。马瑞辰《毛诗传笺通释》说：“诗以葛之生此而延彼，兴女之自母家而适夫家。”看其是兴，当是。说之自母适夫，未当。这应是看到葛之绵绵延长,想到离开父母日久,遂兴"自夫家而适母家"之思。《王风·葛藟》即以"緜緜葛藟,在河之浒"以兴"终远兄弟"、思念父母怀乡欲归之情。与此诗用意一样。末三句,写黄雀群飞,聚集在灌木丛枝之上,鸣声喈喈,相与为乐,而生归宁娘家与父母相聚,天伦和悦之意,此又一兴。全章通体为兴。阳春融合,草木畅茂。黄雀翔集而和鸣,触物有怀,顿生斯感。

二章"刈濩""絺绤"云云,字面上承上章葛覃、萋萋而来。其内在情思是由归宁父母之思,而设想做好回娘家的准备工作。妇女出门,总要打扮得干干净净,况且是回娘家,更非平常可比。"是刈是濩,为絺为绤",非是实写,而是心中很是激动不已的思念活动。这二句,以及各句句内都形成对偶。"刈""濩"与两"为"字,四个动词鱼贯而来,语气欢快而急促。这章大意是说葛藤长长,其叶莫莫,思归者自可想到,它可以割,可以煮,用它做细布,用它做粗布。穿上这崭新的夏布衣回娘家,哪里不高兴。"服之无斁",是言心中极怡。

首章写葛言思之所起,次章因归宁之思生制衣之想。三章方落到实处。"师氏",即保姆,闻一多《诗经通义》说:"师氏之名,虽昔甚尊,其职则甚卑……论其性质,直今佣妇之事耳"。这章全是女子告诉家庭佣妇的话。"言告言归",即"曰告曰归"。告归,是说已向阿公阿婆告了回娘家的假。"薄污我私,薄澣我衣"。王先谦《诗三家义集疏》:"'私'与'衣'不分二事,'我私''我衣'对文以见义,省字以成句。下言'我衣',则知'我私'为私衣。犹《大田篇》'雨我公田,遂及我私'上言'公',则知下'我私'为私田也。""污"为揉搓,"澣"为漫水洗涤,这二句也可作对文与互文共看,就是污澣我衬衣,污澣我外衣。这是对佣妇的使令语,全是汲汲之语气,由欣欣而欲归所致。这章与上章若断若续,若即若离。"此言'污''澣',与上絺绤之服又不必相涉,然而映带生情,在有意无意间。此风人之妙致也。"(姚际恒《诗经通论》)"污私"二句,与"刈濩"二句欢快的语气神理是一致的。上章是虚写,是人物心理的乐滋滋。此章是实写,其对女佣匆忙吩咐的口吻神态,宛然可见。"害澣害否?"承顶上二句,朱熹《诗集传》说此二句是"何者当澣,何者可以未澣",则语气舒缓,与此章欢快气氛和人物心理状态不协调,上下句语气也不贯通,此章用两个"言告"领起,接之"薄污""薄澣",然后紧缀此句,一片兴冲冲、急忙忙之意,人物神理都是身在此心已往彼——一片心思飞往娘家。故末句以"归宁父母"作结。所以这二句当是"何者已澣,何者未澣"之意(何玄子)。换句话说,还没有洗的赶快洗好,因为我要"归宁父母",怎么能不急呢?

这首诗结构别致,饶有意趣。首章触物起情,次章空中取影,只有末章以眼前实处写来,而末章只有末句最为醒豁。章法全用回波倒卷之笔:因思归宁而触葛起兴,因葛之旺盛而思制作新衣,由衣之新而思洗衣。前二章偏不说出归宁之意,直至一阵繁管急弦之后,方才曲终奏雅,道出文章主意。三章看似若断若续,而神理最为紧凑。主意一醒,则戛然而止。姚际恒说:“此却不重末章,而余波若联若断,一篇精神生动处则在末章也。”是为兴会之说。

(魏耕原)

卷　耳

《诗经·周南》

采采卷耳①,不盈顷筐②。嗟我怀人③,寘彼周行④。

陟彼崔嵬⑤,我马虺隤⑥。我姑酌彼金罍⑦,维以不永怀⑧!

陟彼高冈,我马玄黄⑨。我姑酌彼兕觥⑩,维以不永伤!

陟彼砠矣⑪,我马瘏矣⑫,我仆痡矣⑬,云何吁矣⑭!

注释

①采采:采了又采。卷耳:植物名,嫩苗可食,也可供药用。
②顷筐:浅筐。
③嗟:发语词。怀:想念。
④寘:同“置”,放下。周行:大路。
⑤陟:登。崔嵬:高而不平的土石山。
⑥虺隤(huī tuí):腿脚疲软。
⑦金罍(léi):古时酒器,这里代指酒。
⑧永:长久。
⑨玄黄:马病而毛色黑黄。
⑩兕觥(sì gōng):犀牛角制的大酒杯。
⑪砠(jū):多石的山。
⑫瘏(tú):马病不能行。
⑬仆:御者,车夫。痡(pū):人疲病不能前进。
⑭云:语助词。吁:忧。

鉴赏

这是一位贵妇人想念她远行丈夫的诗。她想象夫君远途跋涉，思家忧伤的情景，借以抒发自己的相思之苦。篇幅虽短，却极有神采。第一章诗人先诉说自己的忧伤，这里，仅仅通过一个采卷耳而不满顷筐的细节，就使思妇心不在焉、神思恍惚的情态跃然纸上，她的忧思非但未能因卷耳而得到排解，反而随着动作的重复变得越来越浓，越来越深。清人刘熙载《艺概》认为"《周南·卷耳》四章，只'嗟我怀人'一句是点明主意，余者无非做足此句"。确实，首章的其他之句将"嗟我怀人"的离情别绪衬托得更加明显，更加形象了。

从第二章起，更显出诗人构思之精巧。后三章的"我"与第一章的"我"两样，不是思妇自谓，而是思妇想象中她的丈夫自谓。它不直接描写思妇如何怀念丈夫，却反过来描绘在思妇的幻想中，丈夫怎样跋涉艰难，怎样克制不住怀念妻子的感情而借酒浇愁。通过这样从对面着想的刻画，折射出妻子悠长的思念，也折射出她细腻温柔的性格特征。比起直接叙写妻子的思绪，这样的写法显得更加委婉，更加含蓄隽永。这种"从对面着想"的巧妙构思，在《诗经》中还见于《魏风·陟岵》和《豳风·东山》。到后世，更是大为骚人墨客所发扬。徐幹《室思》："想君时见思。"杜甫《月夜》："今夜鄜州月，闺中只独看。"韩愈《与孟东野书》："以吾心之思足下，知足下悬悬于吾也。"张炎《水龙吟·寄袁竹初》："待相逢说与相思，想亦在相思里。"龚自珍《已亥杂诗》："一灯古店斋心坐，不似云屏梦里人。"两千多年来，同一机杼，足见羁旅乡愁，千古同情，而《诗经》创意之源长流远，实不可轻觑。

（程俊英）

桃　　夭

《诗经·周南》

桃之夭夭，灼灼其华。之子于归，宜其室家。

桃之夭夭，有蕡其实。之子于归，宜其家室。

桃之夭夭，其叶蓁蓁。之子于归，宜其家人。

鉴赏

现在我们常常在电影或电视的反映一些民族生活的节目里看到他们举行婚礼的场面：人们用热情欢快的乐曲，优美动人的歌声，绚烂多姿的舞蹈来表达对新婚夫妻的美好祝愿。由此，我想到了《诗经·国风》中众多的描述古代人民有关婚嫁礼俗的诗歌，想到了《桃夭》诗中古代人民对新婚女子的纯真美好的祝愿。人民的生活像一条河，虽然是百转千回，我们现代生活的许多习俗，仍可以在千百年前古代人民生活中找到它们的源头。历代的封建经师总是强调《诗经》的"神圣"，为它加上了"后妃之德"等种种堂皇的外衣，但在封建时代也有一些学者对此有所突破，抛开那些宣扬封建伦理道德的陈词滥调，注意到《诗经》中各类诗歌与人民生活的关系。像清代的方玉润，他在《诗经原始》中，评论《芣苢》时说："今世南方妇女登山采茶，结伴讴歌，犹有此遗风焉。"关于《汉广》，他说："此诗即为刈楚刈蒌而作，所谓樵唱是也。近世楚粤滇黔间，樵子入山多唱山讴，响应林谷，盖劳者善歌，所以忘劳耳。"关于《桃夭》，他说："盖此亦咏新婚诗，与《关雎》同为房中乐，如后世催妆、坐筵等词。特《关雎》从男求女一面说，此从女归男一面说，互相掩映，同为美俗。"方玉润的这些论断，既说清了这些诗歌的民俗特征，又沟通了古今生活的联系，为我们今天理解、鉴赏古代诗歌提供了必要的基础。真正的艺术，不是在作者头脑中产生的，更不是靠"圣人"的伦理道德的点化，它深深植根于人民生活的土壤中。

《桃夭》祝贺女子出嫁，为了适应于婚礼上演唱，采用的是民间歌谣的复沓形式，三章反复表达的是对新娘的祝愿：婚后家庭美满和谐。由于比兴材料的恰当运用，使这一祝愿表达得十分生动形象，使全诗辞采绚烂、气韵天成，很好地体现了古代人民所特有的淳朴、健康的气质和他们对生活的美好追求。

《桃夭》全诗以桃树的枝、花、叶、实为比兴的材料，而加之以一定的修饰语，仅就其状物的作用来说，它已形象地表现了它们的特有的俏丽。"夭夭"，《毛传》说："夭夭，其少壮也。"闻一多在其《诗经通义》中将这一解释加以引申，他说："《说文》曰'夭，屈也'……夭训屈，凡木初生则柔韧而易屈，故谓之夭。"他又在引乐府《长歌行》"凯风吹长棘，夭夭枝叶倾。黄鸟飞相逐，咬咬弄声音"后，说："语意全本《诗·风》，第二句正以'枝叶倾'申《诗》'夭夭'之义。""桃之夭夭"所表现的是初春时分，桃树初生的枝条随风摇曳的样子。"灼灼"，字从火，本意为明亮，诗中用来形容桃花，不仅使人想见盛开桃花的浓艳，而且使人想见其繁茂而充满生机。“蕡”，旧说多释为果实的圆大。于省吾在《泽螺居诗经新证》中说：“蕡、墳、颁与贲古通。金文作桒。……颁、贲并应读作斑。《礼记·檀弓》注‘斑白’，释文：‘斑，本又作颁。’《易·贲》释文引傅氏云：‘贲，古斑字，文章貌。’郑云：‘变也，文饰之貌。’毛公鼎‘桒緐较’，刘心源谓‘斑緐斑较’，是也。然则‘有蕡其实’，即有斑其实。桃实将熟，红白相间，其实斑然。”二说可以互为补充，“有蕡其实”，不仅形容了果实的丰硕圆润，而且可以使人想见桃实的色彩，嗅到了它的香味。“蓁蓁”，形容桃叶的茂密。蓁，古读平声，属真韵，它的声音浏亮悠长。“其叶蓁蓁”，诵读声中又仿佛置身于枝繁叶茂的桃树荫蔽下，浓郁的清香扑面而来，使人心旷神怡。

《桃夭》各章的前二句，是全诗的兴句。一般说来，作为“兴”的手法在民歌中运用，只是为了开个头，使得诗人感情的抒发含蓄委婉，而不过分直露，即朱熹所说：“兴者，先言他物以引起所咏之词也。”兴的手法演变到末流，形成了固定的“套语”，它只是从语势或韵脚上引起下文，与诗人所抒发的感情毫无关系。但艺术创作的形象思维，常常是连贯的，诗人采用什么事物来起兴，乃是自觉、不自觉地选择的结果，与下文所要表达的感情是密切相关的。以《桃夭》来说，各章前二句起兴状物的工巧，固然表现了作者对事物观察的细致，表现得准确，但这并不是目的，重要的是，它以生动鲜明的形象，点明婚礼举行的时令，烘托出婚礼的热烈，欢畅的气氛，并给予人们以丰富的联想。那艳丽盛开的桃花，那随风摇曳、婀娜多姿的桃枝，不是可以使人联想到新娘姿容的秀丽和身材的窈窕吗？那压低枝头的桃实和浓重的绿荫，不是可以使人联想到新娘体魄的健美吗？这也正是未来多子多孙、家族兴旺的预兆。正是因为有了对桃树的生动描写，以及由此引发出的联想，才使诗的后二句祝颂之词“之子于归，宜其室家”（后二章换成“家室”“家人”，是为了叶韵，意思相同），有了生命，有了光彩，变抽象为具体，既自然贴切，又含蓄婉转，给人以深刻的印象。

（费振刚）

芣　苢

《诗经·周南》

采采芣苢①，薄言采之②。采采芣苢，薄言有之③。

采采芣苢，薄言掇之④。采采芣苢，薄言捋之⑤。

采采芣苢，薄言袺之⑥。采采芣苢，薄言襭之⑦。

注释

①芣苢(fúyǐ)：车前子。
②薄、言：都是语助词。
③有：采取。
④掇(duō)：拾取。
⑤捋(luō)：成把地从茎上取下。
⑥袺(jié)：手提衣襟以盛放东西。
⑦襭(xié)：把衣襟挽在衣带上兜东西。

鉴赏

诗中的“芣苢”——车前子，《毛传》说：“宜怀任(妊)”，《释文》引陆机《疏》“其子治妇人生难”。二说有治不孕、治难产之小异，都以之为药。闻一多申毛说：“古人根据类似律(声音类近)之魔术观念，以为食芣苢即能受胎而生子”，证之以大禹母吞薏苡而生禹的传说(《诗经通义》)。皮锡瑞说“今医家无用车前治难产者”，疑陆机《疏》附会毛氏。刘向《列女传·贞顺篇》引鲁说“采采芣苢之草”，引韩说“臭恶之菜”。注释家或以为药，或以为草，或以为菜，究竟采之治病、充饥、饲畜，这笔账我们没有办法替他们算清。先前诗人没有说明白的，今天也就更说不清楚了。再三读之，陈年老账，便被诗中火热的劳动氛围化得渐渐没有了，只觉得“采采芣苢”和“采采卷耳”“采蘩祁祁”“采薇采薇”为一情事。这首诗就是农妇劳动时所唱的歌，是《诗经》中典型的“劳者歌其事”篇章。

重章叠句是《诗经》的一个显著特点，而这首尤为突出。三章十二句，“采采芣苢”就有六句。另六句，中间只换了六个动词，其他五个描述采取动作，都属于“采”的范围，也是广义上的重叠。六个“之”复指“芣苢”。这样全诗四十八字，实际上说了一句“采芣苢”，诗中的每句的意思都是这三个字，十二句，即十二次重复。看似无多意蕴，但经吟咏，六个“采采”，六个不同动态的“采”，在在处处，句句皆有，短短的一首小诗，全然浸于一片连接不断的“采采”呀“采”的歌声中。欢快的节奏感，协畅的音乐感，轻松的劳动感，简单而又浓郁的韵味感，却都鲜明、饱满，给人以美的歆享和心灵的温润。

细看，究其实在，诗只写手采的动作、采的对象。至于采者是男是女，是老是少，人数是多是少，地点是平原还是山沟，时间是春是夏，一概不及，以及采者的衣着声容，所采芣苢的颜色形态，田间的物容风光，诗人更无暇顾及，只是忙碌地重复“采采”呀“采”素朴而简单到极点的歌词。这宛如一幅极高明的舞蹈速写，只急速勾画了手的动态，而舞者的胳膊、腰肢、身段、飘摆的衣裙，都在似有似无极简率的线条中——启人想象其他。含蓄暗示是古诗的秘诀，而这首简直与此无缘，它爽朗、直率、明白，好像要把一切都告诉，而似乎一切（至少是绝大多数）都没有告诉，然而却具极强的暗示力，滋增开拓人的联想：“恍听田家妇女，三三五五，于平原绣野，风和日丽中，群歌互答，余意袅袅，若远若近，忽断忽续，不知其情之何以移，而神之何以旷。”（方玉润《诗经原始》）这个读后感，原诗无一处写到，而又全然无一处不让人分明感受到。余味滋滋，逗引类似的美好印象留存，从记忆中清晰晃动起来：“今世南方妇女登山采茶、结伴讴歌，犹有此遗风。”（同上）类似这样的“条件反射”，会映现各个读者心中。如果少年时期生活在农村，有过春日挖菜的经历，那就有更多亲切感了。它似乎不专属于女性，而是为人们所共有的“赏心乐事”。诚如方氏所言：此诗“自鸣天籁，一片好音，尤足令人低回无限”，“不必细绎而自得其妙焉”，这是这首诗极简至处的美感。

不仅如此，此诗有更为细腻处。所用六动词，有很强的表现力。《正义》云“采者，始往之辞”，《诗集传》说“采，始求之也”。我们可以合而释之，它是个叙述性动词，只交代“采芣苢”事。又是个具不定性动态的模糊性动词，泛言采之始、采之初。探看后面的动词，就觉得以之描述采摘初始非常恰当，非“采”莫属了。“有”，《毛传》训“藏之”，《正义》畅申此义：“首章采之，据初往。至则掇之捋之，既得则袺之襭之。归则有藏之。于首章先言有之者，欲隐明妇人乐采而有子，故与‘采之’为对，所以总始终也。”其说自为圆通无碍。不过，王念孙《广雅疏证》之说更为得其所在：“《诗》之用词，不嫌于复。‘有’亦取也。首章泛言取之，次则言其取之之事，卒乃言既取而盛之以归耳。若首章既言藏之，而次章复言掇之捋之，则非其次矣。”“有”，描绘手的动态，比“采”更具模糊性，然施之首章却更具有明晰确指性：“察而有之”——而有取之。再现了寻、找得而“有之”，置之表始往之辞“采”后，写始求之态则显自然顺畅。具体写“采”的是次章的“掇”“捋”，一穗一穗地拾取落在地上的芣苢子，成把成把地捋还在长着的。时掇时捋，忽捋忽掇，只见手上下舞动着，采掇多了，就要“袺”，手提衣襟兜起来；采捋更多了就要“襭”，需把衣襟掖进衣带里，能再盛得多些。六个动词组成一个劳动的整个历程，而其间每一片断及相互间的递增关系都详细呈现。姚际恒说，此诗“以韵分三章，章四句。然每二句只换一字，实六节，章二句也，章法极为奇变”。（《诗经通论》）以三章看，采之初、中、末，层次历历，于不经意处自然分明。以六章看，只见六个动词接递频频转换，每换一次即增加一层“快”感。拾采、掇采、兜着采、掖着采，“采采”呀“采”，“采”呀“采采”。“采”字和另外五个动词互为相须，缀成一片，简直成了电影的快镜头，只见那一双双手灵巧地忙碌着，急速地飞动着。车前子，易得之物。采拾，田家常事。而采者“目无旁营，心无遽获，专之至也”。（王夫之《诗广传》）其“专之至”，即其忙之至。其忙之至，也是其乐之至。所以元人吴师道说：“此诗终篇言乐，不出一乐字，读之自见其意。”那“乐”字是从采者飞转的指间流溢出来的，从愈采愈多的芣苢中堆积出来的。不仅篇内言乐，飘荡于篇外的也是乐。诗三章依次是前奏曲、进行曲、高潮曲。旋律到了饱和点，却戛然而止，没有尾曲。然而读者却分明感到田妇兜着、提着、抱着她们的采获物，迈着轻快细碎的步子，嬉笑着，歌唱着归去。在她们快活的身后飘来了“采采”呀“采”的快活的歌声，飘荡着、扩散着。在田间，也在读者心中满满地响着、响着。

这首轻音乐式的采拾歌，人们以为是合唱曲，唱者或是“三三五五”，或是“满山谷是采芣苢的妇女，满山谷响着歌声”（闻一多语），那依据可能指复沓六句的“采采芣苢”，繁复的旋律，繁多的“采采”，很有合唱感，而这六句，又好像是这首合唱曲的伴奏曲，每复奏一次，似乎就加快了下一句中动词的动感。六个复句与六个动词又互为相须，配合协调，组成一片，加速了旋律的轻快感，又和那采拾的节奏天然协畅。

（魏耕原）

汉 广

《诗经·周南》

南有乔木，不可休息[①]。汉有游女[②]，不可求思。汉之广矣，不可泳思。江之永矣，不可方思[③]。

翘翘错薪[④]，言刈其楚[⑤]。之子于归[⑥]，言秣其马[⑦]。汉之广矣，不可泳思。江之永矣，不可方思。

翘翘错薪，言刈其蒌[⑧]。之子于归，言秣其驹。汉之广矣，不可泳思。江之永矣，不可方思。

注释

①休息：指在树荫下休息。《韩诗外传》引作“思”。休思，语气词。下同。
②汉：水名。
③方：同“舫”，筏子。
④翘翘：高出貌。错薪：杂乱的柴草。
⑤楚：落叶灌木。
⑥之子：那人。于：往。归：女子出嫁。
⑦秣：喂马。
⑧蒌：蒌蒿。

鉴赏

一个男子私心爱慕汉水对岸的女子而不能如愿以偿，但仍不能在心里排除她美丽的倩影，希望有一日她能来到自己身旁。面对浩渺的无语汉水，知道心中的美愿只是个幻造的奢望，他失望极了，唱出这首带有失恋意味的单相思的情歌。

“南有乔木，不可休息”，这二句意义的联系，乍看似为蹊跷，乔木自有覆荫，何以不可休憩其下？《郑笺》释之：“木以高其枝叶之故，故人不得就而止息也。”姚际恒诘之“夫高其枝叶,何不可休?”而说之云:“借言乔木本可休而不可休,以况游女本可求而不可求,不必实泥谓乔木不可休也。”姚氏驳之当,而“本可”“不可”之说隔膜而不能圆通。“南有”二句,与“汉有”二句并举,“南”“汉”互文见义,二“有”句似云“汉之南有乔木”,自有“不可休息(思)”之慨。首句当是即目所见,“南”字置于章首,极为重要。出语点明乔木,游女所在江之彼岸——南,而这位单相思眺望者自不待言,必在江之北苦苦眺望,即所谓“盈盈一水间,脉脉不得语”的景况了,以乔木的可望而不可就兴游女可望而不可求。“游女”,三家诗注以为指江水女神,或以为即郑交甫汉皋遇二女神话。郑交甫故事未审起于何代,是否在《诗经》时代就已有流传,文献无载。仅以《诗》三百之情诗论之,似无神话夹入男女相与咏歌之中,你看他“南有”“汉有”说得如何确切当真。因之这个“游女”,正如《正义》所云:“庶人之女,则执筐行馌,不得在室,故有出游之事”,说是“馌彼南亩”可也,说是“遵彼微行,爰求柔桑”亦可。只是自己钟情于人,而那游女,却未有意于己,惹得这位小伙子而有汉之广、永之叹,不可泳、方之叹。本来长在汉江两岸上的小伙子,横江游渡,是为常事。“谁谓河广?一苇杭之”于他,并非不可能。只是她没有明显的表示,而泳、方无门。他不好意思浮游而过,也不能乘筏而渡,彼无言语相通,而他连泳之、方之的勇气也鼓不起来。“因以乔木起兴,江汉为比,而反复咏叹之。”(朱熹)只好望江兴叹,而缚于不可解脱的“水流无限乎依愁”的失望之中。这章两句为一个单元,首句都是以可求、可盼、可渡的事物领起,而每句后都以“不可”终之,八句之中,四曰“不可”。此诗三章一意,只是反复咏叹其不可之意。歌者那种无可奈何、连续不断的“不可”叹息,成为这首诗的主旋律,唤起读者怅怅然不尽的同情。

陈启源《毛诗稽古编 · 附录》说此:“夫说(悦)之必求之,然惟可见而不可求,则慕说益至。”如果说首章写“惟可见而不可求”,则二章即写“慕说益至”。对于喜欢而不能得到的,其追求性则更大。他虽然连见她一面表白心意的勇气也没有,但仍没有放弃自己的追求,幻想着有一个美好的日子突然降临,自己能如愿得到那个女子,而且这个臆造的幻念不止一次地涌上心头,这就是二三章前四句。“翘翘错薪,言刈其楚”,“错薪”指簇簇灌木丛,比喻一般女子。“翘翘”者,即丛木中最高的一棵,也就是所刈之“楚”——“杂薪之中尤翘翘者”(《郑笺》),这里比喻所求女子。因为目中之木,即意中之薪。这二句是说:“一棵高树生杂丛,砍柴要砍荆树条。”这句话,在当时等于说:“砍柴要砍好柴火,娶妻要娶好姑娘。”方玉润说此诗“江干樵唱”,“中间带言游女”,而认为“不言采兰赠芍而云担柴刈草,岂不大煞风景”?其实这并不奇怪,在人类审美意识发展伊始,美的观念是和实用的价值结合在一起的,美感和物质需要是一致的。而担柴刈草正具有采兰赠芍的同等重要的美学价值而且有普遍的社会交流意义。《诗经》中的《绸缪》《南山》《东蕐》都是以砍柴取兴,喻求婚求妻。古言之“刈薪刈长,娶妇娶良”正可作此诗理想的一注。所以说这首诗是“樵唱”,那正是没有注意它的美学价值太作真的缘故。

“之子于归,言秣其马”,古婚俗,新妇乘夫家之车而嫁,夫婿亲迎载妇以归。这两句是说:如果这个意中人肯嫁给我,我就早早地喂好马——驾车迎娶她。惠周惕说:“不言‘御车’而言‘秣马’,欲速其行,且微(委婉)其辞也。”(《诗说》)“秣马”“秣驹”省去主语“我”,也是委婉其辞的表现。于“马”言“秣”,不言“驾”,这和于“薪”言“刈”不言“束”是一样的。想得真不一定说得真,都是微辞见义的手法,这“慕说(悦)益至”心理的流落,毕竟是脑子一时的发热,一阵自个儿的热心肠,不由得又唱道:“汉之广矣,不可泳思。江之永矣,不可方思。”以江汉为比而叹其终不可求,则慕之深,见其悦之至。

三章的“刈蒌”,与“刈楚”其义相一,犹《绸缪》的“束楚”“束刍”。“秣驹”句为再次之幻想。隔江眺望,游女的美不可求,就像彼岸葱郁的乔木可望而不可休于其下,悠悠不尽的情思,愈“觉烟水茫茫,浩渺无际,广不可求,长更无方,唯有徘徊瞻望,长歌浩叹而已”(方玉润)。企慕之不得,则汉广江永而长言之,长言之不足,则三章叠咏,所谓一唱而三叹。求而不得,遂有可望难即,欲求不遂一片“不可”的这些长叹,而汉江的不可渡越,更显出“望对岸而伸手向往”的企望(古罗马桓吉尔语)。借着汉江空间的扩大化,使真痴深厚的情思悠悠不尽,凝重深沉。而这汉江本是眼前景物,信手拈来,张口即道,自成感心动耳、一往情深的肺腑之音。

(魏耕原)

行　露

《诗经·召南》

厌浥行露[1],岂不夙夜[2]?谓行多露[3]!

谁谓雀无角,何以穿我屋?谁谓女无家[4],何以速我狱[5]?虽速我狱,室家不足[6]!

谁谓鼠无牙,何以穿我墉?谁谓女无家,何以速我讼?虽速我讼,亦不汝从!

注释

①厌浥(yì):潮湿貌。行(háng):道路。
②岂:"岂有",反诘之词。夙夜:黎明时分。
③谓:以。
④女:通"汝",你。家:家室,指妻子。
⑤速:招致。狱:狱讼,即打官司。
⑥室家:这里用作动词,指娶为妻子。

鉴赏

这首诗写一个女子坚决不嫁给一个已婚恶棍,虽受到狱讼的威逼,也坚强不屈,表现了古代女子反抗强暴、维护爱情尊严的精神。在《诗经》时代,礼教对妇女的统治还不像后世那么严酷,婚姻的家长专制权也才开始树立,原始的婚姻遗风广为存在,女性尚有一定的婚姻自主意识。因此,反对父母逼嫁、反抗丈夫压迫、反抗强暴侵凌的诗歌都时有出现,如《邶风·柏舟》《鄘风·柏舟》《郑风·将仲子》等名篇,都是例证。由此也可看出,这首诗的主题的时代意义。

这首诗在艺术上的显著特点,首先是全用比兴形象地表现主人公的内心世界,耐人寻味。首章先写露水沾湿道路,渲染出衰凄飒厉的环境,给读者一种路难行、前途莫测的体验。接着写一个女子摸黑冒着露水的湿濡寒凉而艰难前行。从环境衬托中表现出她的处境,也表现出她的勇敢与顽强,读者被引入紧张而共情的境界。首句对二、三句说,是兴句,而它的兴象与二、三句组合,又构成了全诗的兴象,为下两章诗所写的女子的声色俱厉的反抗渲染了气氛,就像一出斗争激烈的戏剧序幕和背景。《毛传》在此章下注明"兴也",是中肯的。宋人王柏说此章与全诗"意全不贯",遂疑为窜入文字。这是由于他没有注意到兴象的意义,而产生了不应有的疑虑。

二、三章是诗的主干,诗人在每章的开端都先用比兴形象绘出一幅生动的画面,主人公的憎恶之情,以及强烈的反抗心理,都通过这些内容丰富的比兴形象曲曲传出,甚至事变的原委,也可从中探出消息。雀无角,鼠无牙,天然如此。诗人用"谁谓"反诘一句,对物的常态表示怀疑与否定,认为雀应有角,鼠当有牙。这是诗人在遇到本不应发生而竟发生了的事变中,所产生的奇情幻想,也是诗人对追婚的恶棍极端愤恨、厌恶时所创造的比兴形象。从修辞方面讲,当属曲喻的一种。穿牖啮物的雀与鼠,常在人无防范时偷袭破坏,身体不大却能量不小,人人厌恶憎恨却又难以驱逐,与社会上的小人恶棍何其相似。诗人在恶棍采用卑鄙手段相逼的形势下,产生联想,形成诗的意象,凝聚为诗的比兴形象。从这个形象中,我们似乎看到,一个像雀鼠一样的恶棍,瞒着妻子,窜到一位女子的家,用哄骗手段向女方父母求婚,贪财的父母可能答应了婚事。当女子发现他已有妻子时,便坚决不嫁,这时恶棍便以狱讼相逼。诗人以“谁谓女无家”一句严词质问,揭露其谎言,以维护爱情的尊严。又一句“何以速我狱?”理直气壮地批判了恶棍的无理,以雀鼠代称逼婚恶棍,是很恰当的比喻。以“无角”“无牙”兴“无家”,是内涵丰富的兴象。比兴有机地结合,构成了此诗的艺术特色。

其次,多用反诘句式,增强诗的形象性,使读者如闻其声,如见其形,诗人的愤激情绪也得以充分表达,形式和内容达到了完美的统一。

(周满江)

摽 有 梅

《诗经·召南》

摽有梅,其实七兮。求我庶士,迨其吉兮!

摽有梅,其实三兮。求我庶士,迨其今兮!

摽有梅,顷筐塈之。求我庶士,迨其谓之!

鉴赏

这是一首情歌。歌者是一位少女。她徜徉在梅树旁,面对黄熟又日益变得稀少的梅子,敏锐地感到了时光的流逝。一种珍惜青春年华,希望有人向自己求爱的强烈冲动如涌潮般撞击着她的心。这感情上的层波叠浪使她难以自已,便即情即景地唱了起来。听,她唱得多么真诚,多么动人:

梅子落地纷纷,树上还有七分。
追求我的小伙子啊,切莫放过了良辰!
梅子落地纷纷,树上只剩三成。

追求我的小伙子啊，就在今朝切莫再等！

梅子落地纷纷，收拾到篮子中。追求我的小伙子啊，你开一开口我就答应！

这三段歌词，叠印出的是三个近似但并不重复的画面，传达出的是相通而又并不全同的感情：树上的梅子由七分而三分而全部落光，少女仿佛形象地看到了自己的青春迅速地由盛转衰。于是，急不可耐地呼唤看中自己的小伙子：要抓住这良辰——就在今朝——只要开一开口。良辰不一定便是今朝，今朝难说就是开口的时刻。诗中却层层递进，由良辰而今朝而此刻，恰似紧锣密鼓，敲出了少女急于求爱的心音。三段诗中，“庶士”三见。“庶”者，众多之意。“庶士”，说的是众多的小伙子。原来这位少女并没有意中人。她是在向整个男性世界寻觅、催促、呼唤着爱的到来。这就愈见其求爱心情的急迫了。

《诗序》说：“《摽有梅》男女及时也。召南之国，被文王之化，男女得以及时也。”毛《传》、郑《笺》、孔《疏》纷纷添油加醋，力图成“男女及时”之说。这显然不符合诗作的实际。其误在于以地域与社会时代的泛论代替了对作品本身的具体观赏。从作品本身来看，《摽有梅》的伟大处——如果可以用“伟大”这一字眼的话，恰恰在于它超越了“召南之国”的范围，不受“文王之化”的局限，歌唱了中外皆然、古今常新的珍惜青春、渴求爱情的主题。青春是美好的，然而也是易逝的。流光会轻易带走颊上的红霞，时间将无情染白头顶的乌云。这就毫不奇怪，李白会慷慨长歌，唱起：“君不见高堂明镜悲白发，朝如青丝暮成雪。”（《将进酒》）汤显祖竟如泣如诉，写出：“红颜变为白发，美少年化为鸡皮老翁，感慨系之矣！”（汤评《花间集》中皇甫松《浪淘沙》“滩头细草接疏林”）同一情怀，在法国大雕塑家罗丹口中则化而为冷峻的科学表述：“真正的青春，贞洁的妙龄的青春，周身充满了新鲜的血液、体态轻盈而不可侵犯的青春，这个时期只有几个月。”（《罗丹艺术论·女性美》）正由于此，我们不仅听到了从《摽有梅》中传出的足以摇荡性灵的乐声，还听到了它在历史上的种种变奏。杜秋娘在《金缕曲》中深情地唱道：“花开堪折直须折，莫待无花空折枝。”李清照在浓睡方醒、醉眼蒙眬时，便急于要知道海棠花的命运，叹息“绿肥红瘦”的变化。杜丽娘面对暮春天气，感伤地唱出了：“原来姹紫嫣红开遍，似这般都付与断井颓垣。”林黛玉见花飞花谢、红消香断，怆然动怀，为后人留下了一曲青春的悲歌《葬花词》。在西方，萨福、莎士比亚、雪莱、普希金等人的竖琴上，也无不响起过一支支流光抛人、有所希求的衷曲。20世纪50年代前期，我在北京大学听林庚教授讲课，林先生不止一次激动地转述过南宋词人蒋捷《一剪梅》中的词句：“流光容易把人抛，红了樱桃，绿了芭蕉！”当时曾引起我灵魂的震颤，三十多年过去了,至今仍余波不绝。正是古今同此一慨!

然而,《摽有梅》又并没有淹没在这一片动情的唱叹声中。尽管惋惜青春如出一辙,《金缕曲》《葬花词》等借鲜花凋零以寄情,《摽有梅》则由果实黄落起兴,显然大异其趣。同样是呼唤爱情,《金缕曲》开门见山,由前两句"劝君莫惜金缕衣,劝君须惜少年时"的直抒转向后两句"花开堪折直须折,莫待无花空折枝"的比喻,《摽有梅》则触景生情,由景语转而吐露心曲。萨福的《一个少女》也以果实作比,北朝民歌《地驱歌乐辞》("驱羊入谷")、《折杨柳枝歌》("门前一枝枣")也由景及情、由兴而赋,即便如此,《摽有梅》仍不失其鲜明的艺术个性。试看《一个少女》:

好比苹果蜜甜的、高高的转红在树梢向了天转红——奇怪摘果的拿她忘掉——不,是没有摘,到今天才有人去拾到。

好比野生的风信子茂盛在山岭上,在牧人们往来的脚下她受损受伤,一直到紫色的花儿在泥土里灭亡。

这首诗通篇用比体写成,用苹果作比以后又转用风信子花作比。《摽有梅》则既有比喻又有直抒,而且喻体(梅子)始终如一,于不变之中却又写出在树的梅子逐渐稀少的变化。手法既各异,情调也有别。吟哦《摽有梅》同中有异的三章诗,似见在行进中的同一女子一唱三叹,移步换形;读《一个少女》,在我们想象中展开的则是两幅充满感情色彩的富有寓意的画面。再看《地驱歌乐辞》:

驱羊入谷,白羊在前。老女不嫁,蹋地唤天。

《折杨柳枝歌》:

门前一株枣,岁岁不知老。阿婆不嫁女,那(哪)得孙儿抱?

"蹋地唤天",近似当今的口语"呼天抢地",老女欲嫁竟至于此,可谓直露无遗了。后一首虽从阿婆抱孙儿的角度立言,略带迂曲,但只是小曲,无伤大直。《摽有梅》则似直而曲,明明是女子自己着急,急于求人,却偏要从小伙子身上落笔,说成"求我",再反过去再三叮咛,显得不卑不亢而又情意殷殷。明人钟惺说:"三个'求'字,急恳中甚有分寸。"何等机智而又俏皮的评论!近人陈子展说,《摽有梅》反映上古奴隶社会南方农村妇女的风貌,《地驱歌乐辞》等北朝民歌反映中古封建社会北方牧场妇女的风貌。(《诗经直解》)从社会情况的不同来说明作品风貌的差异,也颇有见地。总之,通过比较,从有关青春、爱情的那一片唱叹声中,我们不难清晰地辨认出《摽有梅》的独特的声音。

既富于个性,又具有普遍性,以独特的方式歌唱了人类共同关心的青春、爱情,唱得那样真诚,那样动人,这就是《摽有梅》历千载而得以不朽的原因。

(陈志明)

小　星

《诗经·召南》

嘒彼小星①,三五在东。肃肃宵征,夙夜在公。寔命不同。②

嘒彼小星,维参与昴③。肃肃宵征,抱衾与裯④。寔命不犹。

注释

①嘒(huì):微明貌。

②寔:同“实”,《韩诗》作“实”。

③参(shēn)、昴(mǎo):皆星宿名。

④裯(chóu):单被,一说床帐。

鉴赏

这首诗文字并不难懂,写的是一个人半夜赶路,自叹命运不济,不如别人。我们读后,却似看到一幅粗笔水墨图画:淡墨抹出天空,微微露着几颗星星,下面浓墨点染出一个人影,抱着行囊匆匆走路,好一派夜色朦胧、四野寂静的风景。

画中有人,诗中却只写了这个人的行动和思想活动,而不见其面目。这个人是谁?他为什么夜间赶路?这就不免引起人们的许多遐想。

一种说法,此是一位贱妾。此说始于《毛诗》,《毛诗序》说:“《小星》,惠及下也。夫人无妬(妒)忌之行,惠及贱妾,进御于君,知其命有贵贱,能尽其心矣。”原来古代国君多妻,夫人最贵,得与国君同眠起。她若居心妒忌,则众妾皆不得御进。《毛诗序》的意思是,今夫人不妒忌,发善心施惠于贱妾,允许贱妾自抱铺盖去陪伴君主,但也不得专夕,事毕即退,因此她知道贵贱不同,是各有身份职责的。此说立于经典,自唐汉以来,为学者所尊信,成为传统。文人吟诗作文,引经据典,多以“小星”为媵妾的代称。

另一说法,是三家诗说。《韩诗》

曰:"嘒彼小星,喻小人在朝也。"(《昭明文选·魏文帝杂诗》吕向注引)《齐诗》曰:"旁多小星,三五在东,早夜晨行,劳苦无功。"(焦延寿《易林·大过之共》)唐代白居易《六帖》引此诗"肃肃宵征,夙夜在公"列"奉使类",正用三家诗之说。这一说是认为诗中之人乃一从役的小吏。

宋代出现了疑古派,渐渐觉得《毛诗》说不合道理,诗中只有"衾裯"和妇女沾点边,其余都不相类,不知《毛诗序》何所见而云然。所以宋人如章俊卿、程大昌、洪迈等皆反《毛诗》说,而以为使臣勤劳之诗。清代解《诗》新派如姚际恒、方玉润也持此说。方玉润作《诗经原始》缘姚说更推广其意曰:"山川原隰之间,仰头见星东西历历可指,所谓戴星而行也;'抱衾与裯'云者,犹后人言襆被之谓;'寔命不同'则较'我从事独贤'(按:此乃《小雅·北山》诗句),稍为浑厚,若谓众妾,则是乃其常分,安见为后妃之惠及妾媵乎?然则诗旨自分明,无如诸公之错会其解者何哉!夫'肃肃宵征'者,远行不逮,继之以夜也;'夙夜在公'者,勤劳王事也;命之不同,则大小臣工之不一,而朝野劳逸之悬殊也;既知命不同,而仍克尽其心,各安其分,不敢有怨天心,不敢有忽王事,此何如器识乎!"

此说一出,《毛诗》说渐衰。到了近年,《诗经》学家如陈子展《诗经直解》、高亨《诗经今注》及诸《诗经》译本,便都以为这是小臣勤劳之诗了。

此诗属《召南》,其时代应该是西周前期,和《周南·卷耳》相先后。《卷耳》乃大夫级使臣出使思归之诗,这首《小星》亦为人臣从役感叹劳苦之作,与之相类。前者是大夫,此则是夙夜奔走的卑下小臣,二人阶级地位悬殊,故两诗所表现的思想感情有显著的不同。

在表现手法上,此诗也有美妙的特点。全诗二章十句,两章大同,主题是小臣诉苦,其表现手法可以总括为两句话:"粗中有细,画龙点睛。"兹以一章为例,略加说明:前面说过,读此诗犹如看一幅粗笔水墨画,首二句写一个夜色苍茫的大环境,而仅以几颗小星点缀出来;后二句写从役劳苦,而仅以"肃肃"二字形容之。试想四句诗中如果没有这些小字眼,这幅画岂不变成一塌糊涂吗?所以说粗中有细。但这还不够,四句诗把环境人物画出来了,但还是死的,这就用得着第五句"寔命不同"。第五句确实起了起发作用,它使人物活起来,使主题突现出来,我们说这是画龙点睛之笔,岂不然乎?再加上次章换了几个字眼又重复一下,使人物更加生动,主题更加明确,于是画变成了诗,一首意味深长的完美的好诗。

(张震泽)

野有死麕

《诗经·召南》

野有死麕，白茅包之。有女怀春，吉士诱之。

林有朴樕，野有死鹿。白茅纯束①，有女如玉。

舒而脱脱兮②，无感我帨兮③，无使尨也吠④。

注释

①纯(tún)束：捆而束之。

②脱脱(tuìtuì)：舒缓貌。

③帨(shuì)：古代妇女的佩巾。

④尨(máng)：多毛的狗。

鉴赏

这首诗的主题，《毛诗序》说："恶无礼也。天下大乱，强暴相陵，遂成淫风。被文王之化，虽当乱世，犹恶无礼也。"一般不同意这个说法，但据拙考，此说基本是对的。不可忘记此诗属《召南》，《召南》是化南国之诗。南国，指洛阳以南淮、汝、江、汉流域。古代这一带民族复杂，风俗不同，在婚嫁问题上，当然不用周礼，从周人眼里就看作域外。周初在这一带封了许多同姓异姓诸侯，作《周南》《召南》之诗，让他们在各自的诸侯国推行周礼，改变原来的风俗，所谓"化自北而南也"。这首诗正是描写男子向女子求婚的方式，教导那里的人要像"吉士"那样斯文带点礼物(哪怕是一只死鹿)以博取女子的欢心，这样就会得到男女之间的恩爱，也从反面反映了那里原先婚嫁之事是常用强暴手段的。

我们应该注意"吉士"二字。周文王时就注重养士，《大雅·文王》就说"思皇多士"，又说"济济多士"。士是由农民中选拔出来的，一旦成为士，都要习武读书受教育，所以士这一阶层，生活接近于农民，而在品行、能力方面高于农民。士可以做官,也可以不做官,是一个较为特殊的阶层。加个"吉"字,犹如后世所说的"君子"或"好人"。诗中用"吉士",显然已把他视为可学习的榜样。

此诗的特点是,进行婚姻说教而不用大道理来直接说教,它用形象思维的方法塑造了两个人物形象。一个是吉士,用纯洁的白茅包起一只死麕,来诱导少女。"诱"有渐进的意思,犹"循循善诱"之"诱"。诗意好像说吉士送来死麕,她若不喜欢,则另送死鹿。麕就是獐,獐不如鹿好,一再加码相送,这就是循循善诱了。为什么獐和鹿必言死呢?獐、鹿都善跳跃,如果送来一只活蹦乱跳的活獐活鹿,将是一个什么情景?

另一个形象是怀春的少女。"怀春"表明她已达到结婚年龄,宜婚宜嫁,这就颇有深意。"有女如玉"的"玉"字,不只是喻其貌美。古人认为玉有五德,《说文》说:"玉,石之美有五德者,润泽以温,仁之方也;鰓理自外可以知中,义之方也;其声舒扬专以远闻,智之方也;不挠而折,勇之方也;锐廉而不忮,絜(洁)之方也。"玉有仁、义、智、勇、絜五德,所以殷周以来有身份的人,都以玉为佩。以玉喻女,这就写尽了她的容貌和品德(也就是人物的形象和性格)。再加上下面的"舒而脱脱兮"等语,这就是把一位温文尔雅的少女形象完全突现出来。

有这样一位体贴入微的吉士,和这样一位品貌皆优的少女,不正好是双璧成偶的一对吗?有这样一对男女,中间经过这样一种过程,而最后结合,不正是一个周礼婚姻典型吗?《诗经》用字之精,描写之妙,真可谓无以复加。它不讲大道理,而大道自在其中,而且比空讲大道理要生动得多,给人的印象更深刻得多。

(张震泽)

柏　舟

《诗经·邶风》

汎彼柏舟,亦汎其流。耿耿不寐,如有隐忧。微我无酒,以敖以游!

我心匪鉴,不可以茹。亦有兄弟,不可以据。薄言往愬,逢彼之怒。

我心匪石，不可转也。我心匪席，不可卷也。威仪棣棣，不可选也。

忧心悄悄，愠于群小。觏闵既多，受侮不少。静言思之，寤辟有摽。

日居月诸，胡迭而微。心之忧矣，如匪澣衣。静言思之，不能奋飞！

鉴赏

《邶风·柏舟》为何人何事而作？汉代今古文家即有两说。古文《毛诗》以为卫顷公时仁人不遇之诗（见《毛诗序》），今文《鲁诗》则以为卫宣公时宣夫人所作（见刘向《列女传》）。自此以后历代争论不休，直到今天，看法也还不统一。如陈子展《诗经直解》、高亨《诗经今注》皆以为卫臣作，袁愈荌等《诗经全译》、袁梅《诗经译注》皆以为女子不得意而作；更有持调和说者，如北京出版社《诗经选注》说是男子“借女子诉说家庭中的不幸遭遇，以寄托诗人自己政治上失意的幽愤情绪”。

今以本诗观之，应以卫臣说为长。如诗中有“微我无酒，以敖以游”之语，明何楷《诗经世本古义》就说：“饮酒遨游岂妇人之事？”诗中有“愠于群小”之句，清陈启源《毛诗稽古编》就说：“朱子至谓群小为众妾，尤无典据，呼妾为小，古人安得有此称谓乎？”至如姚际恒《诗经通论》、方玉润《诗经原始》，亦皆有驳议。所以我们认为主女子诗者，理由并不充分，应以卫臣说为长。

此诗当依《毛诗序》为“卫顷公之时，仁人不遇”之诗，而“仁人”又为卫君之兄弟。卫顷公事迹，史籍虽然记载不多，但据《史记·卫世家》，顷公以重赂赂周夷王而得封为侯，已足见其为人。顷公于周夷王年即位，至厉王被放之年而卒，在位十二年，历夷、厉二朝（前866—前855）。夷王之父懿王时“王室遂衰，诗人作刺”，夷王不德，贪利卖爵，厉王又好利暴虐，遂致灭亡。则此十二年中，是政治极为昏乱的时期，卫顷公以赂得爵，不务修德，则不任贤臣而仁人不遇，乃是必然的结果。这首诗正是从正义立场上发抒幽愤，暴露黑暗，反映了当时统治阶级内部正义与邪恶斗争的消长，表现了周王朝及诸侯国奴隶制走向崩溃的趋势。诗的内容是极富政治社会意义的。若如朱熹所说，只不过是妇人不得于夫,岂不大大缩小了这一意义吗?

因此,这首诗虽然作者未曾留名,但它确是一首爱国抒情诗。如果拿屈原的《离骚》来对读,将会更能说明一些问题。

屈原,楚之同姓也,处于怀王、襄王国运节节败落的时代,他热爱祖国,痛恨君主不明,小人当权,而作《离骚》;此诗的作者,卫之同姓,亦处于卫顷公政治昏乱,群小弄权的时代,作《柏舟》之诗抒发其关心国家的情怀;二人处境相似,情感相同,故其作品也非常接近。例如《柏舟》言“耿耿不寐,如有隐忧”;《离骚》说“惟夫党人之偷乐兮,路幽昧以险隘。岂余身之惮殃兮,恐皇舆之败绩”。写的也是这种隐忧。《柏舟》言“微我无酒,以敖以游”,乃谓饮酒遨游也不能排遣忧思;而《离骚》写真的上下周游。《柏舟》言“亦有兄弟,不可以据”;而《离骚》说“初既与余成言兮,后悔遁而有他”,又言“伤灵修之数化”,也是“不可以据”的意思。《柏舟》言“薄言往愬,逢彼之怒”,而《离骚》也说:“荃不察余之中情兮,反信谗而齌怒。”《柏舟》有“我心匪石,不可转也”云云,《离骚》则说:“虽体解吾犹未变兮,岂余心之可惩!”《柏舟》有“威仪棣棣,不可选也”,《离骚》也写了自我修饰。《柏舟》言“愠于群小”,《离骚》以女子为比,说“众女嫉余之蛾眉兮,谣诼谓余以善淫”。《柏舟》云“寤辟有摽”,以状孤立无助无所容身之苦,《离骚》则直述“忳郁邑余侘傺兮,吾独穷困乎此时也”。《柏舟》言“静言思之,不能奋飞”;《离骚》亦直写“凤皇翼其承旂兮,高翱翔之翼翼”,终于“临睨夫旧乡”,“蜷局顾而不行”。

凡《柏舟》所有,《离骚》皆具,甚至叙述次序有时也相一致。这并非寻章摘句,强彼就此,试读《离骚》全文,其思想感情,与《柏舟》如出一辙,岂偶然乎?吾尝疑屈子学术,当有渊源,不当突然而有《离骚》之杰作,《诗经》应该就是渊源之一。屈原之谙《诗经》,书上虽无记载,但他读过《诗经》,似无疑问。原来《诗经》《尚书》,自西周以来就是天下各国通行的课本,故春秋时《左传》《国语》所记,自楚成王至昭王言论引《诗经》至数十次。战国史料缺乏,而诸子百家,包括楚人,亦多引《诗经》,是知屈原习《诗经》,且受《诗经》的影响,完全是可能的。

《离骚》是一篇伟大的爱国主义诗篇,《柏舟》同样是一首爱国主义作品。由于《柏舟》产生于西周末期,而《离骚》作于战国。两者相去五百年,所以创作方法、创作风格,各具自己的特点。

从创作方法讲,《离骚》是一篇浪漫主义作品,自不待言;《柏舟》则直抒感受,却符合现实主义创作精神。开篇以柏舟起兴,即提出“隐忧”,而这种隐忧使人不能成眠,无法排遣。这一章笼罩下文,下文即申述隐忧之故:为的是自己坚持正义、坚持高尚情操,绝不随人舒卷;为的是身受群小欺侮、主上不明;最后是走投无路,只有捶胸顿足，欲飞不能。全文直抒胸臆，反映了卫国君臣不肖、言路不通、政治黑暗的情况。出于正义，实事实写，所以我们说符合现实主义创作精神。

《柏舟》写法虽然不如《离骚》铺张扬厉，但其风格朴质，自有特点。《诗经》之诗本多"比兴"，而此诗六用比喻，各不相同。"汎彼柏舟，亦汎其流"，喻隐忧之不可解，"日居月诸，胡迭而微"，喻君主被小人所壅蔽，皆隐喻也。"心之忧矣，如匪澣衣"，则明喻忧不可去。"我心匪鉴""我心匪石""我心匪席"三喻皆为反喻。此皆见其喻法之多样，从各方面描写出忧心之深切。姚际恒谓末三"匪"字前后错综，盖指"匪鉴"为单语，"匪石""匪席"四句为排句，此又见其句法之变化。至如"耿耿""棣棣""悄悄"为叠韵，"隐忧""以游"等为双声，"威仪""受侮"为叠韵，又"觏闵既多"二句为对语，"我心匪石"四句为排对，"日居月诸"句中自韵，凡此不但音调铿锵，更重要的是运用恰当，对表现情感的抑扬起伏有很大的作用。

总之，《柏舟》一诗遣词炼字，十分优美，到了屈原，则发展了《诗经》的优点，独辟蹊径，创造了长篇巨著，其中的因缘关系是不难看出的，所以王逸《离骚章句序》说"《离骚》之文，依《诗》取兴"，诚然不错。

（张震泽）

绿　衣

《诗经·邶风》

绿兮衣兮，绿衣黄里。心之忧矣，曷维其已①！

绿兮衣兮，绿衣黄裳②。心之忧矣，曷维其亡③！

绿兮丝兮，女所治兮④。我思古人，俾无訧兮⑤。

絺兮绤兮⑥，凄其以风⑦。我思古人，实获我心。

注释

①曷:何。维:助词。已:止,停。
②裳:下衣,如今之裙,当时男女都穿。
③亡:同“忘”。
④治:制,犹言纺织。
⑤俾:使。訧(yóu):过失。
⑥絺(chī):细葛布。绤(xì):粗葛布。
⑦凄:凉爽。凄其:相当凄凄。

鉴赏

此篇《毛诗序》以为“卫庄姜伤己也,妾上僭,而作是诗也”,《正义》《集传》稍异,指出“不必即其人自作也”。陈奂、马瑞辰、方玉润皆宗旧说雷同一响。崔述驳之甚力,据《左传》无庄姜失位事,又以庄姜之美无人踰之,不至失位,认为“或系于妇人不得志于夫者所作,其所处之地必有甚难堪者,断断非庄姜诗也”。但还在诗序所言之情事中徘徊。余冠英先生说“这是男子睹物怀人,思念故妻之诗”,所说甚是。

由于作者把所思之人称“古人”,此有常见二意:一是古,同“故”,故人当属或离异之人;二是已作古的人,则属亡妻。故不能断是生离还是死别,味其语气可能是悼亡之作。

诗四章,哀悼之思可作四层看。陈奂《诗毛氏传疏》说,首句“上‘兮’字为语助,如全诗中‘琐兮尾兮’,‘挑兮达兮’,‘荟兮蔚兮’,皆合二字成义”。因之余冠英译为“绿色的外衣啊”,所说“合二字成文”,近是,但把两“兮”字区别对待,意为上“兮”字为足句,下“兮”为叹词,则非。“绿”“衣”可以说这是句内互文,二“兮”字皆为叹词;程俊英译为“绿色衣啊绿色衣”极是。诗四章首句,皆以重叹语气出之,意在表示哀悼之切至。“绿衣黄里”把上句所叹之“绿衣”更为细致化,指明是夹衣或棉衣。这又是沉沉一叹,所以开篇二句一唱三叹,究其因,如此鲜艳精致之衣,是“女所治兮”。此未明言所治者谁,即此“针线犹存未忍开”不忍言明之意。愈不忍言,愈见其不能忍之忧,这是伤心人每每情恸意怆极悲痛之心理。所以接之“心之忧矣,曷维其已”,“心忧”是睹物思人所致,即“望庐思其人,入室相所历”之情致。衣犹如此完好,人何以可堪。诗人心中的创伤太大了,痛苦压力太重了,简直使他不能支撑得起,不知什么时候这种哀痛才会止息。这希冀痛息语气从反面正说明了诗人对亡妻感念的深切。

次章以“绿衣黄裳”起,是言环室中,哪件衣服不是“古人”所治,每一件衣服都倾注妻子的深意,都能引起往日甜蜜的回忆,于今灌注充塞胸间的只是痛苦的心忧。姚际恒说,此章

"不必与上章分深浅，仍主绿衣上其黄裳，取协韵"，所言是，又不尽是，而前以衣之表里显其哀痛，此以衣之上下再为申之。这里重复写法，也是加深一层写法。"曷维其亡"，上言"其已"，此言"其亡"；"其已"而不"已"，只好希求"其亡"，能够忘掉忧痛，这感叹企求肯定式的语态，包含着否定式的情态结论，心里哀痛本来就不能"已"、不能"忘"，此时偏希望"其已""其亡"，越是希"已"希"亡"，而越是不能"已""亡"，正表示心忧至深、至长，无日无了。改用正面的说法"匪维其已""匪维其亡"，意味就淡薄得多了。潘岳《悼亡》诗其一"寝息何时忘，沉忧日盈积"即从此蜕化。

三章用"绿兮丝兮"兴叹。上二章睹衣思人，此则由衣及丝，"及于绿而追思及丝"（方玉润），从丝而又及人。想到一衣一件，莫不是亡妻生前心之所系，而每件又莫不是一丝丝"所治"而成，亡妻含辛茹苦，眷眷体己深情而无不是一丝一丝地织进自己的心里。所以"女所治兮"含裹着浑厚不绝的情思。不仅如此，妻子昔日丝丝而治，也正使得自己今日如此思思不息，亡妻先前辛苦经营之丝，正是今日自己不忘之思。"绿兮丝兮"之"丝"，和"我思古人"之思，天然绾合一片。情至之文，发自于心，哀感动人而毫无雕琢之迹。"女所治兮"一句哀情灌注全诗，"衣""里""裳""丝"尽在其中。下章的"絺绤"也见于言外。"心忧""我思"皆从此句生出，一片神情映照全诗。反之，通体哀意伤情无不于此聚集。"俾无訧兮"，由上二章之忧，更跌入一层，往日伉俪情深，相濡以沫，妻子不仅操劳家务，维持生计而惨淡经营，于处身立世，待人接物，何处不是在协助诗人，而避却了多少因应付世事而旁生枝节之处，那些日常不快在萌生中即被排除。如果说此时衣无人治，则还可置，然今每每世事犯难，却无从措手，不由追思"古人"，难以忘怀，曷其能已。对妻子的知己感恩，曷其能忘。所谓"思古之人，伤念之已"（陈奂），极是。

"絺兮绤兮，凄其以风"承前第三章一气泻发而至。"絺""绤"，均为夏衣。"凄"，《毛传》以为"寒风"，此似应作凄凉解。思念先前热风阵阵，则凉爽可身之絺绤则至。与前三章合观，则春秋有"绿衣黄裳"，冬则"绿衣黄里"，此章言夏，以见妻子用心精到、体己、关怀无微不至。所以"我思古人，实获我心"，不仅是说其妻无处不"适我愿兮"，而且，汝心即我心，而我心何日不思汝心。"实获我心"，既是对"絺兮绤兮，凄其以风"而发，也是对"绿衣黄里""绿衣黄裳""绿兮丝兮"而感，更是对"俾无訧兮"的深切思念。要之，一片念念不尽之情，蕴含在这一句温馨的抚慰的家常话语之中。"天长地久有时尽，此恨绵绵无绝期"的哀痛，涌溢言外，痛至之情，充思满胸，无完无止。在淡淡的收束之中，却泼出不可收拾的情思。

此诗情感深至，针线细密。眼前衣、心中人、往日事、今日情，融合一体,絮絮而言,切切动人。"先从'绿衣'言'黄里',又从'绿衣'言'丝',又从'丝'言'绨绤',似乎无头无绪,却又若断若连,最足令人寻绎"(姚际恒《诗经通论》),体会是深切的。

(魏耕原)

燕　　燕

《诗经·邶风》

燕燕于飞,差池其羽。之子于归,远送于野。瞻望弗及,泣涕如雨。

燕燕于飞,颉之颃之。之子于归,远于将之。瞻望弗及,伫立以泣。

燕燕于飞,下上其音。之子于归,远送于南。瞻望弗及,实劳我心。

仲氏任只[1],其心塞渊[2]。终温且惠,淑慎其身。先君之思[3],以勖寡人[4]!

注释

①仲氏:指戴妫。戴妫为厉妫之妹,故称仲氏。任:信任。

②塞渊:诚实厚道。

③先君:指卫庄公。

④勖:勉励。寡人:庄姜自指。时庄公已死,故自称寡人。

鉴赏

《邶风·燕燕》,据《毛诗序》:"卫庄姜送归妾也。"按此说是也。后世有人说是卫君送情侣之诗,又有人说是薛君送妹之诗。按之史事,都是不对的。

庄姜是齐庄公的嫡女，卫庄公五年来嫁，《卫风·硕人》就是赞美她的诗。她美而无子。卫庄公希望有子以继位，又娶陈国女厉妫、戴妫姊妹为妾。厉妫生子孝伯，早死；戴妫生子名完，庄姜即以为己子，立为太子。庄公另有宠妾生子名州吁。州吁庶出而年长，有宠而好兵，庄公让他为将带兵。庄公二十三年卒，太子完立，为桓公。州吁骄奢不顺，桓公撤了他的职，州吁逃亡国外。桓公十六年（前719），州吁纠集卫之亡命者，回国杀了桓公，自立为卫君。桓公的生母戴妫因此受牵连，被遣送回陈国娘家。就在这年九月，州吁欲攻郑国，而约宋、陈、蔡三国共同出兵。州吁弑立，本为卫国朝野所不满。这时，卫国老臣石碏遂与陈侯谋，乘机杀了州吁，立了桓公之弟，是为宣公。这是后话。

这首诗就是戴妫被遣时，庄姜送她而作的。据《春秋经》，州吁弑立是在此年三月十六日（阴历），则戴妫被遣当在三、四月之交，时当春夏，燕飞正忙，故本诗见物托兴，即以“燕燕于飞”引起。

这首诗是我国最早的一首送别诗，也是非常动人的一首诗，历来评价甚高。朱熹曾说：“譬如画工一般，直是写得他（她）精神出。”（《朱子语类》）这评语最为典型。现在我们欣赏此诗，就要想一想诗是如何画出她的精神？

结合本事来看，庄姜此时的心情是非常复杂的。原先她和戴妫共事一君、共养一子，感情亲密融洽，此其一。庄公死，太子立，复被州吁所杀，不但使她们的生活起了变化，而且国家濒于衰亡，家仇国恨，交织而来，此其二。桓公之死，死于庶兄之手，是骨肉相残，同时是恶人得势，善者受祸，于理不容，于情难通，此其三。戴妫大归，是无罪之罪，冤抑自吞，令人同情，此其四。而且此别是生死之别，从此将不得复聚，而友情断绝。此时此地真是新愁旧恨，齐集心头。这样复杂的心情，用短短的九十六字的诗篇表达出来，确实非有高超的表现手法不能做到。

她是如何表达的呢？我以为可以概括为一句话，就是“含蓄，意在诗外，又在诗中”。

诗共四章，对于环境人物，没有多少外部描写，可以说全是抒情，而抒情又不露“愁苦”“忧愤”等字眼，含蓄不发，缠绵动人。

四章诗，前三章皆以“燕燕于飞”起兴。叙眼前之事，而独写飞燕者，三、四月里，燕飞正忙，双栖双飞，筑巢育子，正面写其自由自在，反面则衬托此生此别之人不如鸟。既因以托兴，又点明时间，在春光明媚的日子作别，字里行间，已经充满了多少愁绪。首章次句“差池其羽”，“羽”，代称燕子，“差池”，谓其有前有后；次章“颉之颃之”，谓其忽上忽下；三章“下上其音”，谓其边飞边鸣；凡此皆写其形影不离，和乐对语，借以反衬自己和戴妫迟迟行进、相对无言、黯然神伤的凄凉情况。寓情于景，皆用反衬法，郁勃含蓄，更为感人。但是如果一味含蓄，又怎能使人了解呢？故下面接以“瞻望弗及，泣涕如雨”。把目光收回，放在戴妫身上，若明若暗地表露了藏在内心的哀怨。

为什么对戴妫如此依依惜别？在第四章里补出来：她是可信任的好人，她心地善良，诚实厚道，性格温和，立身谨慎，先君（卫庄公）生前的想法就是要我们二人同心协力。这最后一章补足了惜别之因，“先君之思，以勖寡人”二句透露着对乱前的回顾，与眼前对比，使全诗达到圆润饱满的境界，而且内容上赞美了戴妫之为人，同时流露着诗人自己和戴妫相同的性格风貌，真可谓羚羊挂角，无迹可寻，而又跃然纸上，呼之欲出，这就是朱熹所谓“直是写得他精神出”了。

但是，还应补充几句：此诗不仅在遣词造句上独见高妙，而其全诗结构也有特点。全诗用的是《国风》常见的反复叠咏体式，此诗却在叠中有境界的发展。例如首章“瞻望弗及，泣涕如雨”，是写初送不忍别，挥泪不止；次章云“伫立以泣”，则谓所送渐远，只好久立目送；三章又云“实劳我心”，即谓所送远不可见，只有自己伤心了；层层递进，既为送别实情，又见缠绵益深。复承“劳心”，紧接着第四章诉说戴妫淑慎及往日友好互勉，暗示此别之后，国无好人，公室无救。这样，个人私情、善恶之辨、国家兴亡之慨，杂然俱聚于不言之中了。吾故曰：“意在诗外，又在诗中。”余音渺然，回环无穷，诚如前人所言“《黍离》《麦秀》未足喻其悲也，宜为万古送别之祖”（陈子展《诗经直解》引王士禛《分甘余话》）。

（张震泽）

日　月

《诗经·邶风》

日居月诸，照临下土。乃如之人兮，逝不古处。胡能有定？宁不我顾！

日居月诸，下土是冒。乃如之人兮，逝不相好。胡能有定？宁不我报！

日居月诸，出自东方。乃如之人兮，德音无良。胡能有定？俾也可忘！

日居月诸，东方自出。父兮母兮，畜我不卒。胡能有定？报我不述！

鉴赏

《日月》一诗，《诗小序》以为是"卫庄姜伤己也"所作。意思是春秋时代卫庄公夫人卫庄姜失去了庄公的宠爱，自己伤心，因此写了这首诗。但诗的内容与卫庄姜的身世与感情，无直接的关系。

从这首诗的具体内容看，诗以一妇人的口气，指责丈夫对自己的遗弃，表示了愤懑和痛心。全诗四章，每章六句，各章意思大致相同。以第一章说，头二句"日居月诸，照临下土"，说"天上的太阳啊，月亮啊，照耀着整个人世间"。诗人抬头望见日月，低头看到大地，想到自己的不幸境遇，便呼日月而控诉。言下之意是说日月普照大地，天理公道自应存在人间。接着二句"乃如之人兮，逝不古处"，说"竟有像这样的人啊，不以原来的态度对待（我）！"语气上与头二句是个转折，并对丈夫进行了不指名的指责。"乃如之人兮"，表示对丈夫的为人深感意外与气愤。"逝不古处"，指责丈夫违背了天理公道，对自己变了心，不再以原来的态度相待了。首章后二句"胡能有定？宁不我顾！"说"（丈夫）什么时候能把错误的行为停止下来呢？竟不顾惜我了！"对丈夫继续进行指责，但在指责中仍对丈夫抱有幻想。尤其是"胡能有定"一句是个问句，在责问中夹有希望丈夫停止错误的心情。这实际上是一种幻想，表示这个妇人虽然对丈夫"逝不古处"的错误感到不满，但并未感到绝望。

第二、三章，对丈夫的指责与控诉较之首章稍有深入与具体，"逝不相好""德音无良"，说"（丈夫）不爱我""（丈夫）品德不好"。

第四章，除了头二句继续呼喊日月，进而在中间二句又呼喊父母，表示内心深处的极痛。司马迁《史记·屈原列传》说："人穷则反本，故劳苦倦极，未尝不呼天也；疾痛惨怛，未尝不呼父母也。"清人方玉润《诗经原始》也说："一诉不已，乃再诉之；再诉不已，更三诉之；三诉不听，则惟有自呼父母而叹其生我之不辰。盖情极则呼天，疾痛则呼父母，如舜之号泣于旻天、于父母耳。此怨极也。""畜我不卒"是说"（父母）养我不到底"，表面在抱怨父母，实则也是对丈夫遗弃自己的一种谴责，同时也说明，诗人在诗中是以妇人的口气唱出来的。

全诗四章，每章均用赋的手法，直抒诗人被丈夫遗弃后的内心痛苦与气愤,但似又未完全绝望。清人陈启源《毛诗稽古编》指出:“每章皆言‘胡能有定’,作诗本义在此一语。”诗人的这种复杂心情可能与当时婚姻的不固定性有关。《诗经》中有一些弃妇诗都反映了类似的情况。

这首诗每章以呼日月开头,抒发的感情显得特别强烈。诗中对丈夫的指责渐次具体,感情的发展显得较有层次。读者能体会到诗人内心的沉痛。但在叙述与丈夫的关系上有一定的模糊性。究竟是彻底决裂离异,还只是感情不合,都未交代清楚。可见诗人只重在抒发自己的内心痛苦,并不在具体介绍痛苦的详细原因。这也体现了《诗经》抒情诗的善于抒情的一个特色。

(陈兰村)

终　　风

《诗经·邶风》

终风且暴①,顾我则笑。谑浪笑敖,中心是悼②!

终风且霾③,惠然肯来④。莫往莫来,悠悠我思!

终风且曀⑤,不日有曀。寤言不寐,愿言则嚏。

曀曀其阴,虺虺其雷⑥。寤言不寐,愿言则怀。

注释

①终:既。

②悼:伤悲。

③霾(mái):风起土扬。

④惠:顺。然:语助词。

⑤曀(yì):阴暗。

⑥虺(huǐ):雷声。

鉴赏

日常中每每可以见到夫妇间高声吵架拌嘴、发生摩擦,甚至闹得很僵,事后却很后悔,但谁也不愿先开口和解。这首诗,我认为大概就写的是家庭的这类不愉快的风波。全诗分四章。首章写家庭风波的兴起。丈夫对妻子不善,脾气暴戾至极,妻子心里难受极了,还又肆意嘲笑、戏弄、取笑。究竟是什么原因,使温暖的家庭风波顿生,诗中没有交代,也没有必要交代,总之,就是那些碟儿不撞碗儿撞的家庭纠纷。丈夫气盛,闹得凶,不可开交。所以诗人用"终风且暴"起兴——大风既起,而且急猛,象征性地交代了矛盾的缘起,就是因为那闹得凶、脾气躁的丈夫。

从二章二三句看,妻子对于丈夫的放荡戏谑,心中悲伤,难以忍受,就一赌气回了娘家。等心情逐渐平静,思量起来,却有些对丈夫谅解的心理,一是原本也没有为了什么大不了的事。二是一时不快,怎么弄得这么不可开交。于是懊恼就化为思念,猜想丈夫也会和自己一样,把一切争吵会化为乌有,顺然可以前来接自己回家。她期待、盼望着,可是,那难忘的身影、面孔,却"莫往莫来"(意即"莫来"。"莫往",是增词以足文,为民歌常用手法),不肯放下大男子架子。望其来而不来。古辞所谓"终日至暮,不见子欢"(《易林》)。诗人心里焦急不安,七上八下,极不平静,就像大风卷地,尘土飞扬,故用"终风且霾"以兴之。

这种"剪不断"的"悠悠我思","理还乱"的"莫往莫来",兴冲冲的希望,凉冰冰的失望,不尽的担忧,纠缠着她,实在是"别有一番滋味在心头"。

情思之悠悠,够人承受,偏天公不作美,"不日有曀",顷刻间,黑云遮蔽天空,她的忧伤的心上更增添了一层阴翳、郁闷。心情压抑、不乐无言,好不容易熬过白天,可是心事重重,晚上夜深,仍辗转反侧,双眼炯炯,想着想着,心里萌生一种虚托——"愿言则嚏",但愿自己能打个喷嚏——也就是希望丈夫现在也能正在有后悔之心而思念自己。西周初民至今日民间,流传有一种古老的测验心理思念的民谚"打喷嚏,有人想",所以积思而生虚托,极言己之痴情,心造的幻化。这内心的独白,是她盼望言归于好急切心情的外现。王先谦《诗三家义集疏》说此句:"言我思君甚,寤觉而不能寐,有时喷鼻,以为君思念我,乃致我嚏。非真谓公愿,正以形我思。"除却把作者当作庄姜外,亦可通。本章用"终风且曀"起兴,是说己忧思殷殷而不得解脱,犹如刮风天气,又阴云密布,白日无光,以喻与丈夫和好难盼。

末章承上章而来,夜已经很深了,天边传来隐隐的雷声,更使她难以入梦,苦思苦想。末句的"愿言则怀",是说她最后心里聚了一个念头:虽然相思心苦,但望此情不减,而仍愿没完没了地思念痴想。极言水流无限，“女不可说(脱)也”之诚挚不渝，此其一；其二，甘愿受不寐之苦，而使思念不以息止，也是诗人“欲言思归，甘心首疾”的苦衷。“寤言不寐”看似与上章相重，但置此，不仅可以暗示时间的流逝，夜已更深，还可以增加全诗末句的情感饱和度。两章末两句重复的两个“愿”，前写希人之思己，反衬己之思人，后则不以失眠为苦，正在静焉思之，跌深一层，显现思念之专。此章起兴“曀曀”和上章“曀”字相复，而又重叠，与第三句和末句“愿”字重叠一样，饶有兴趣。以天空既然曀曀然而老是阴着脸，又隐隐然而发雷，以喻心中层层忧念，不减反增，颇有情致。

此诗首章当是对先前纠纷之回忆，后三章则是对“寤寐思服”的心境的刻画。“中心是悼”是过去一时之伤心，“莫往莫来”则是今日最初无止之思念。“愿言则嚏”是用心构的虚托，减轻内心的冥思渐久的负荷，“愿言则怀”却是进一步用不是办法之办法以求苦思已久的心里的熨帖、精神上的抚宁，虽然无异于火上浇油，思上增思，却心甘愿之，借以排遣心中孤寂、独苦。几个片断把“我”心里不同时间的活动，轻重不同、层次明晰地显现出来，使人耐味，自有细腻入微，委婉生情的风致。

（魏耕原）

匏有苦叶

《诗经·邶风》

匏有苦叶①，济有深涉②。深则厉③，浅则揭④。

有弥济盈⑤，有鷕雉鸣⑥。济盈不濡轨⑦，雉鸣求其牡⑧。

雝雝鸣雁⑨，旭日始旦。士如归妻⑩，迨冰未泮⑪。

招招舟子⑫，人涉卬否⑬。人涉卬否，卬须我友⑭。

注释

①匏(páo):即瓠,俗称葫芦。苦:同“枯”。

②济:水名。涉:过河的渡口。

③厉:带,携带,此处指把葫芦系在腰间。

④揭:高举,此处指把葫芦高举,直接蹚水而过。

⑤有:发语词,无实义。弥:水势浩大、一片茫茫的样子。盈:水势满涨的状态。

⑥鷕(yǎo):雌野鸡的叫声。雉:野鸡。

⑦濡:浸湿。轨:车轴的两端。

⑧牡:原为雄性兽,此指雄野鸡。

⑨雝雝(yōng yōng):大雁的叫声。

⑩士:古代男子的通称。归妻:娶妻。

⑪迨(dài):及,趁着。泮(pàn):同“牉”,封,合,此处指封冻。

⑫招招:船夫摇船时身躯伸屈仰俯的状态。舟子:船夫,俗称艄公。

⑬涉:渡河。卬(áng):或作“姎”,我,妇女的自称。否:指不过河。

⑭须:等待。

鉴赏

历代解诗者对此诗的看法有很大的分歧。有的认为它是“刺卫宣公”的作品(《毛诗序》),有的认为它是“刺淫乱之诗”(朱熹《诗集传》),有的认为它是“贤者不遇时而作也”(王先谦《诗三家义集疏》),有的认为它是“刺世礼义澌灭”的诗(方玉润《诗经原始》),等等。今世学者多把它看作是爱情诗,这是正确的。但诗篇的作者是谁?它表现了怎样的爱情内容?又是怎样表现这一内容的?大家的理解又不一致。因此,我们要正确地理解这首诗,这就需要前后贯连起来做一个具体的分析。

全诗四章,章四句。虽然它基本上是四言句式,但第一章兼用三言,第二章兼用五言,是颇为参差错落的。初读起来,前三章都让人感到有些朦胧,直到最后一章,作者才直接说到“人涉卬否,卬须我友”。正是从这个“卬”字上,我们才找到正确理解这首诗的开门钥匙。“卬”,或作“姎”,《说文》:“姎,妇女自称我也。”可见,这首诗的作者是一位女性,她就是使用第一人称的写法,直接倾诉和表达自己的爱情生活的。

诗的第一章,开头就突兀地说:“匏有苦叶。”这是作者在家中的所见。匏叶枯,表示业已成熟,时间当为深秋。根据以往的经验,这个时候,“济有深涉”,济水渡口的水位也该上涨了。此景此情,她自然想起自己的情人来。或许,以前每到这个时候,农作物收割完毕,她的情人都会从济水渡口过来和她欢会,谈情说爱,山盟海誓,私订终身。可是,现在又到这个时候了,怎么还没来呢?她想,虽然河水上涨了,但匏儿成熟了,还是可以前来的呀!所以她直接说:“深则厉,浅则揭。”水深,你就把匏儿系在腰间泅水过来;水浅,你就高举匏儿直接蹚水过来!当然,这是她触景生情后的自然联想,也是她为情人天真的设想。可是,她那种对情人急切的思念和深切的关怀,不是极其充分而生动地在这短短几句的诗语中表现出来了吗?

本章四句。前两句写景,先写眼前的实景,再写联想虚景,都写得极为突兀、简括而具体;后两句抒情,都是代情人的设想,表现了她思念的急切,又写得那么含蓄、委婉而细致。真可谓突如其来,思精妙,不艳不俗,而又意在言外。

如果说第一章还仅仅是写她看到“匏有苦叶”后的联想,那么第二章就具体地写她到河边进行详细的观察和等待的情景了。她来济水之滨,一看,“有弥济盈”;一听,“有鷕雉鸣”。这时,她似乎又迷惘于一片新的景象之中了。但是,她仔细一看,“济盈不濡轨”,济水虽满,深度还浸湿不到一般车轴那里;她仔细一听,“雉鸣求其牡”,野鸡的鸣叫,声声都像是在寻求自己的配偶。此情此景,怎不使她的思绪更加急切、更加惆怅了呢?短短的四句诗语,仿佛使我们看到深情的作者正在暗暗地对着济水彼岸向自己的情人呼喊:济水虽满,但并不深,你还是可以渡过来的呀!野鸡儿声声鸣叫,都在寻找自己的配偶,难道你就不想念我、不愿赶快前来相会吗?……

第三章,作者的感情表达似乎更加急切起来。“雝雝鸣雁,旭日始旦”,她一大清早就来到济水旁边。这时,飞翔着的群雁在“雝雝”鸣叫,鲜艳的朝阳正在冉冉升起。客观的种种景象,使她由此思彼,由彼思此,思绪更加复杂起来。她望着满涨的济水,听着雉、雁的鸣叫,对情人更加思念,以至显得有些急不可耐,甚至有些埋怨了。她急切地说:“士如归妻,迨冰未泮。”眼下虽已是深秋了,但济水尚未冰封,你们男人要想娶媳妇,就该趁着这个时机赶快行动啊!

诗篇写到这里,我们才知道作者是一位妙龄适婚的姑娘。她不仅是在抒发自己对情人渴念的情思,更主要的是在表达自己急切催嫁的心意。她之所以一看到“匏有苦叶”就急切地盼望情人前来相会,她之所以一大清早就跑到水边张望、等待,原来是想和未婚夫早早相会、具体商量他们的婚事啊!

在古代,春秋二季是男婚女嫁的季节。虽然桃花盛开、春光融融的春季,是嫁娶的好时候,秋季嫁娶,在古书中也有不少记载。《诗经·邶风·氓》的作者是和本诗作者同一地区的人,想当年在“氓”一再请求结婚的情况下,她不是答应“秋以为期”吗?《荀子·大略》上说:“霜降逆(迎)女,冰泮杀内(止)。”眼下已是深秋,不久就要冰封,所以作者表现得那么急切,就非常自然而且使人容易理解了。

应该指出,作者在水边看到的景象,都是具有强烈刺激、具有象征意义而又容易使人产生爱情联想的事物。在古代,“日”往往是情人或丈夫的象征,仅《诗经》中和本诗同一地区的诗篇中,就有很多例证。《邶风·雄雉》的作者,思念她远出的丈夫,曾说:“瞻彼日月,悠悠我思。”《卫风·伯兮》的作者,思念出征的丈夫,曾说:“其雨其雨,杲杲出日。”结果都是越看到了“日”就越是更加思念。眼下作者面对“旭日始旦”的景象,她那丰富、复杂、细致而委婉的思想、感情和意趣,也就容易理解和体会了。在古代,雁,往往是男女缔结婚姻的象征,是男女缔结婚姻过程中必须使用的珍贵礼物。根据《仪礼·士昏(婚)礼》记载,男女婚娶过程中,在“亲迎”(新郎亲自去女家迎娶新娘)以前,男方要有五道必办的手续:纳采(请媒人送礼,向女家求婚)、问名(女家同意议婚后,再请媒人送礼,询问女方名字和出生日期)、纳吉(男家卜得吉兆之后,再备礼通知女家,表示愿意缔结婚姻)、纳征(女家同意后,送聘礼,表示正式订婚)、请期(择定结婚日期,备礼以告女家)。在这五道程序中,每次的礼品都要用雁。因此,“雝雝雁鸣”,能引起作者什么样的思绪就显而易见了。

第三章前两句,作者给我们描绘出了一个含义极为丰富的意境。所以后两句,她虽然是在直接抒情,甚至是在直接地呼唤,依然是非常吻合和贴切的。她那分外激动的心声,简直使人如睹如闻;她那恳切的情意,特别使人感动。这时的作者,爱欲如火,心急如焚,思绪如潮。强烈的爱,已经使她有些惆怅、埋怨,以至急不可耐了。因此,在第四章里她就进一步更直观地表达自己继续凝视、渴望和等待的心情。“招招舟子,人涉卬否。”船夫在渡口摇摆着船只招揽旅客,很多很多的人都上船渡河了,可是她依然徘徊、等待着,并不上船。为什么?直到诗的最后,她才点明:“卬须我友。”她是在等待、翘盼她的情人,亦即她的未婚夫啊。诗篇写到最后,才点明了主题,结束了全诗,但诗的情意,仍然是隽永含蓄的。第四章短短的四句,也使我们鲜明地看到,这位情深意切的姑娘,面对着茫茫的济水,在朝阳的照射下,在雁、雉的鸣叫声中,惆怅满怀,如梦如痴,在凝望着,在徘徊着,在期待着!

只有这样把前后四章的内容相互连贯地分析,对这首诗所表现的思想内容,才能较为全面的认识、理解和把握,也只有这样的认识和理解,我们才能领略和体会到作者所表达的爱情内容及其思想感情发展的脉络。可见,这首诗和《诗经》中其他诗篇的表现方法是不大一致的。全诗四章,全用赋体,但章与章之间,既不是按时序、按层次或按事物某一方面去依次分章地清晰描述,也不是内容复沓、情意重叠地咏唱,而是逐步深化、相互补充、由隐到显地层层揭示。题旨诗意,前两章仅仅微露端倪,后两章才逐渐点明,因而使我们感到它既有轻盈飘忽、蜻蜓点水之美,又有画龙点睛、豁然神往之妙。表面看来,四章各自为义,好像互不连属，措词也颇多谲诡、隐微而难于骤解；但仔细阅读来，章与章之间，虽然若断若续，迷离恍惚，而它的蛛丝马迹，还是颇多耐人寻觅和玩味的，直到最后，通过我们的艺术联想和分析，才能把握住它那完整的思想、感情、内容和意境。全诗的意旨，既在言中，又在言外，景象逼真，情意恳切，艺术境界也是极为优美的。这种新奇独特的艺术构思，离奇变幻的结构布局，真可谓巧夺天工。它不仅细致、委婉而曲折地描绘出了诗人自我的心理、性格和感情，而且鲜明、生动而具体地创造出了一个优美的艺术境地，使我们如见其人、如入其境。

（霍旭东）

谷　风

《诗经·邶风》

习习谷风，以阴以雨。黾勉同心，不宜有怒。采葑采菲，无以下体。德音莫违，及尔同死。

行道迟迟，中心有违。不远伊迩，薄送我畿。谁谓荼苦，其甘如荠。宴尔新昏，如兄如弟。

泾以渭浊，湜湜其沚。宴尔新昏，不我屑以。毋逝我梁，毋发我笱。我躬不阅，遑恤我后。

就其深矣，方之舟之；就其浅矣，泳之游之。何有何亡，黾勉求之。凡民有丧，匍匐救之。

不我能慉，反以我为雠。既阻我德，贾用不售。昔育恐育鞫，及尔颠覆。既生既育，比予于毒。

我有旨蓄，亦以御冬。宴尔新昏，以我御穷。有洸有溃,既诒我肄。不念昔者,伊余来塈。

鉴赏

《谷风》是一首有名的弃妇诗,是遭遇不幸婚姻的女子以极为痛苦的心情唱出的凄婉动人的歌。

爱情和婚姻永远是值得文学创作表现的重要主题。在两千五百多年前的春秋时期,男女之间的爱情生活虽然还多少地保留了一点原始的自由、欢乐的气氛,像《诗经》中的《溱洧》《静女》等所表现的那样,但是,随着阶级社会的发展,沉重的枷锁已落到一般妇女的身上。在婚姻生活中,妇女已经不得不逐渐沦为男子的附属物,甚至成为社会的牺牲品。《谷风》所表现的悲剧,正是当时妇女不幸命运的侧影。

这是一首带有相当叙事成分的抒情诗。诗中通过主人公对于一系列片断往事的回忆,多方面披露了她的情怀,形象地显示了人物的主要性格。试读《谷风》,我们不免被诗中深深笼罩的伤感、哀怨的情绪所感染,一个温柔善良而历尽悲辛的女子会出现在眼前。

应该说,女主人公在成婚之初,生活大体还是平静和谐的。日子是过得艰苦一点,但她甘愿付出努力,操劳家务:"何有何亡,黾勉求之。凡民有丧,匍匐救之。"既善于经营家事,以补欠缺,又能够和睦邻里,尽力相助。然而,辛勤操劳,并未换来应有的幸福;家庭境况的好转,反而招致了意外的打击。"不我能慉,反以我为雠""既生既育,比予于毒",她竟成了丈夫的眼中钉、肉中刺,并进而遭到弃逐。丈夫另有新欢,薄情如斯,而女主人公却仍然有着斩不断的情思,一味痛苦地追忆"黾勉同心,不宜有怒""不念昔者,伊余来塈"。有的是无限的哀怨,却没有愤怒的谴责和决绝的态度。诗中的这位女主人,应该说是一位痴情而难以自拔、善良而过于软弱的弃妇形象。我们如果拿她同《诗经》中同一题材的《氓》来比较,就会看到,同样面对被遗弃的命运,《氓》中的女主人公则果断和刚强得多,"反是不思,亦已焉哉"所体现的,显然是与《谷风》有所不同的另一种个性特征。《诗经》的时代,我国整个文学发展尚属早期,诗歌还处于群众创作阶段。《谷风》等诗篇所显示的抒情主人公形象,虽然只是初步地表现出一定的性格特点,但弥足珍贵,它从一个方面标志着我国古代诗歌的发展已相当成熟。

抒情诗歌是情感的凝聚,是心理活动的外现。《谷风》,也正展现出弃妇心理活动的轨迹和特征。那不可名状的酸苦,缭乱的感情波澜,像一根飘忽不定的游丝,触处皆能成文。粗看起来似乎杂乱无序的章法,却有着绵密而完整的内部结构。全诗六章,真实地再现了弃妇的经历，紧紧围绕她的不幸命运和痛苦心态展开。诗篇开始，就以阴雨无定的天气起兴，并且隐示着主人公乖舛多变的命运。那“黾勉同心，不宜有怒”的充满疑惑的口吻，“德音莫违，及尔同死”的誓言，提出了一个不应当发生而偏偏发生了的悲剧性事实。正是由于这一不情愿的、令人不能置信的事实，才产生了“行道迟迟，中心有违”这样充满哀伤的内心和行动，这为通篇作品定下了一个凄楚的基调；一切的回忆和述说，都是“中心有违”的具体化。于是，女主人公的思想活动便像泄出闸门的河水，四散流荡开去。内心的悲苦在无可比拟的状态下，时而想到眼前丈夫新婚的欢乐和对自己的薄情，时而想到自己治家的成规不能改变，但转而又念及自身尚不见容，焉能顾到身后之事？可是，不管如何，这个家是自己辛辛苦苦维持下来的，是自己亲手把它改变了的。然而，家境的改变不仅没有给自己带来安乐和幸福，反而得到了“反以我为雠”“比予于毒”的结果。自己创造的财富带来了他人新婚的欢乐，自己遇到的是“有洸有溃，既诒我肄”的对待，饱看了粗暴的脸色，历经了辛苦的劳作。想到所有这一切，内心自不免发出“不念昔者，伊余来塈”的叹息。这整个篇章的安排、内容的选择，完全符合一位遭遇不幸、然而性格软弱的女子的心理特征。可以说，唯有这种安排，才是真实的，才符合《谷风》中人物的特定性格。

在描写弃妇的作品中，《谷风》的确达到了很高的艺术境界，造成了浓重的气氛和良好的效果。这还得力于作品随处使用的对比烘托、交互穿插的手法。一会儿是眼前所见，一会儿是往昔的回想；一会儿是丈夫的新婚，一会儿是自己的被弃。既有深情的叙说，也有贴切的比喻。反反复复，缠缠绵绵，无一不造成了笼罩全篇的悲剧气氛。作品中多次出现“宴尔新婚”的叙述，就像一个鲜明强烈的比照物，对比着女主人公“薄送我畿”“不我屑以”“以我御穷”的遭遇的哀伤，反衬着“谁谓荼苦，其甘如荠”的悲苦。“德音莫违，及尔同死”的初衷，处处有“不我能慉，反以我为雠。既阻我德，贾用不售”“有洸有溃，既诒我肄。不念昔者，伊余来塈”的现实结局为对照。而“就其深矣，方之舟之”等娓娓的诉说，更增加了人们的同情。无怪乎有人评论它“如怨如慕，如泣如诉，不特悱恻，而且沉痛”（俞平伯《葺芷缭蘅室读诗杂说》）。

（董治安　王培元）

式　　微

《诗经·邶风》

式微式微，胡不归？微君之故，胡为乎中露？

式微式微，胡不归？微君之躬，胡为乎泥中？

鉴赏

《式微》曾被人称赞为“言浅意深”（方玉润《诗经原始》）。的确，这是一首值得仔细玩味和欣赏的好诗。

但是，千百年来，这也是一首聚讼纷纭、颇有争议的作品。对于这首诗所表现的内容，早在诗学昌盛的汉代，就已经有了不同的理解。今文派的《鲁诗》以为是黎庄公夫人不见容于其夫，又不肯大归于母家，而与其傅母唱和以明己志之作；而古文派的《毛诗》，则以为是“黎侯寓于卫，其臣劝以归也”（《毛诗序》）。两说尽管彼此有异，但却都是强牵合于具体史实，而又同样缺少确凿的证据。汉代以后，《毛诗序》在历史上产生过很大影响，然而对于《式微》篇的题解，却不断引起怀疑和指责。宋代朱熹在《诗集传》中援用《毛诗序》题解的同时，特予注明“此无所考，姑从序说”以示存疑。清人崔述《读风偶识》更认为，所谓黎侯之臣劝其返国云云，其时、其地、其事均与史实不合，《毛诗序》等“未暇细考，遂附会而为之说耳”。近现代的不少研究者，就诗论诗，提出过一些全不同于传统的新的见解。如有人以为《式微》“是劳苦者的怨诉”或者是“服役奴隶”的歌；也有人以为，此诗是受辱女子的哀鸣，或者是热恋中男女的对唱，等等。

正是这样一首在题意上存在着歧异理解的短诗，为什么却能够在相当范围内拨动人们的心弦，甚至其中的诗句，竟能在历史流传中成为人们熟知的典故而被广泛运用呢？

《式微》全篇仅八句，而且前后四句为“联章”体制。从形式上看，真可谓简而又简、精粹至极了。

诗的一开始就很有特色：“式微式微，胡不归？”请看，既无铺垫，也不用起兴，却用赋的表现手法，一下子就把作者的满腹忧伤和痛苦倾吐于读者面前。朱熹说："微，衰也。再言之者，言衰之甚也。"(《诗集传》)那么，这里表现的是作者的一种极度的衰弱、衰惫之感。我们不知道其人何以处于如此心力交瘁的状态，然而，朴素的直陈，反复的称说，毕竟给了我们以情绪上的感染。作者显然应该休息一下，应该"归"去了，但却又为什么不得休息、不得归呢？"胡不归"，加重了伤感的气氛，并引起下文。

"微君之故，胡为乎中露？""微君之躬，胡为乎泥中？"作者自为发问、自为作答，而用语则含蓄而极有分寸。原来，风餐露宿、泥涂跋涉，都是但为"君"故。《毛传》谓"君"指黎侯。其实，古代"天子、诸侯及卿、大夫有地者，皆曰君"(《仪礼·丧服》郑玄注)。怎见得作者必为黎国的臣子呢？可见，本诗作者强忍衰惫之苦，迁延不得回归，不过全是为了自己的那位主子而已。作者念念于此，反复咏唱，似有难言之隐，又似有更多的怨愤和委屈无从诉说。是迫于生计而不得不忍受劳苦效力于主子？还是直接为主人所强令而只得终日挣扎于"中露""泥中"？诗篇仅只披示了作者生活的一角，透露了其万千思绪的一点端倪，更多的内容只有让读者自己去思索、体味了。

总之，《式微》所表现的，是作者身处艰危困境而欲罢不能、欲归不得的痛苦心情，也强调了对于受制于主人的不满。诗的表现特征在于，它只是剪取了作者生活和思想中一个有限的断面，加以集中、突出地描写；仿佛直抒胸臆的陈述，重章叠句的巧妙安排，也大大有助于引起读者对作者强烈感受的共鸣。它像是一幅主题鲜明而背景简洁的场面，取材典型而含义悠远，耐人寻味。

(董治安　王培元)

简　兮

《诗经·邶风》

简兮简兮[①]，方将万舞。日之方中，在前上处。硕人俣俣[②]，公庭万舞。

有力如虎，执辔如组。左手执籥[③]，右手秉翟[④]。赫如渥赭，公言锡爵。

山有榛[5]，隰有苓[6]。云谁之思，西方美人。彼美人兮，西方之人兮。

注释

①简：鼓声。《商颂·那》："奏鼓简简。"（高亨说）
②俣俣（yǔ）：高大壮美貌。
③籥（yuè）：乐器，形如排箫。
④翟（dí）：野鸡翎。
⑤榛：榛树，树矮果小。
⑥苓（líng）：甘草。

鉴赏

《邶风·简兮》，《毛诗序》曰："刺不用贤也；卫之贤者仕于伶官，皆可以承事主者也。"朱熹《诗集传》则以为贤者自作，云："贤者不得志于衰世之下国，而思圣际之显王，故其言如此。"然而，诗中看不出讽刺的意思，也没有贤者自作的痕迹，故今人多不从其说。

不过今人的说法也殊可疑。如高亨《诗经今注》说："卫君的公庭大开舞会，一个贵族妇女爱上领队的舞师，作这首诗来赞美他。"近阅袁梅《诗经译注》，也说"这是一个女子赞美私爱的舞师的情歌"。他们都把古代乐舞视同今天的交际舞会，而在舞会上谈起恋爱。说法虽新颖，其奈并非古制何！

就本诗看，前二章是描写乐舞，后一章是诗人发抒感情，如此而已。但为了弄清诗义，必须先明白古制古俗，才能据其时代背景，了解作品的意向。西周王侯凡大典礼、大祭祀，必有乐舞。乐舞有文舞和武舞之分。文舞，舞者手执羽籥（即诗中之翟籥），乐则《韶》《濩》；武舞，舞者手执干戚，乐则《大武》；二者合称万舞，即大舞也。舞队八人一行，称曰佾。天子八佾，六十四人；诸侯六佾，四十八人；大夫四佾，三十二人。舞者是什么人呢？《周礼·大司乐》："掌成均（大学）之法，以乐舞教国子，舞《云门》、《大卷》（皆黄帝乐）、《大咸》（尧乐）、《大韶》（舜乐）、《大夏》（禹乐）、《大濩》（汤乐）、《大武》（武王乐）。"国子，都是贵族子弟，即王、侯、大夫、元士之子弟，这里的国子，相当于今天的大学生。又有乐师，"掌国学之政，以教国子小舞，有帗舞，有羽舞，有皇舞，有旄舞，有干舞，有人舞"。这里的国子，指十三至十九岁入小学的学生。由此可见舞者都是由小学至大学培养而成的学士，能舞才能做官推行周礼。毛氏以舞者为伶人，高、袁把乐舞视如今天的舞会，显然是闇于周制了。

以上说的是西周制度。到春秋时

代,礼乐崩坏,王朝不再举行乐舞,诸侯之间对于乐舞也渐渐弄不明白,所以孔子在齐闻《韶》,觉得稀奇,“三月不知肉味”(《论语·述而》)。而季氏八佾舞于庭,不合古制,他就大发雷霆说“是可忍也,孰不可忍也”(《论语·八佾)》。但是乐舞之制,鲁国还完整保存。吴季札来鲁观乐,鲁为之舞《大武》,舞《韶》《濩》,舞《大夏》,他大加赞美(《左传·襄公二十九年》)。这首《简兮》作于孔子之前,大概那时卫国也有所保存,《论语·卫灵公》中孔子曰:“乘殷之辂,服周之冕,乐则《韶舞》。”就是在卫国说的。

总之,这首诗写的是文武合演的万舞,也就是庄严的大舞。在久不举行之后,卫公(不知何世之公)忽然“方将万舞”,这就引起诗人的注意,他欣赏古乐复兴,更为那些舞者的舞容所感动,于是想起了西周盛世而作诗赞美,其诗本甚明快,试译如下:

鼓声简简地响了,就要开始万舞了。

时间是晴朗的中午,地点在公庭的上首。

舞者个个高大魁梧,展示着高超的身手。

舞武舞勇猛如虎,驾战车执辔娴熟。

舞文舞左手拿着短笛吹奏,右手里羽翎飘动惹人注目。

脸上涂着红色湿润发光,收场时卫公赏他喝杯美酒。

诗人写到这里,发感慨说:
山上生荆榛,平地生甘草。
这种好人,只有西周能找到,
西周好人啊,叫我怎么忘得了。

“山有榛”喻诸侯礼乐荒芜;“隰有苓”喻西周多贤人。这样翻译一下,也许诗的意思更明白些。诗中“西方”,何为译为“西周”?因为东周春秋时西方早被秦国占领,周礼不行,决非诗人所羡慕。

由此看来,此诗内容是描写万舞,赞美舞者的德容和才能,因而向往西周贤人。描写概括而生动,正如《文心雕龙》所说:“以少总多,情貌无遗。”渲染主题,意味深长。诗人其实是悲叹当时礼乐衰落,而只言向往西周,其义自现。孔子说过“郁郁文哉,吾从周!”(《论语·八佾》)此诗正是这个意思。

(张佳音)

泉　　水

《诗经·邶风》

毖彼泉水，亦流于淇。有怀于卫，靡日不思。娈彼诸姬，聊与之谋。

出宿于泲，饮饯于祢。女子有行，远父母兄弟。问我诸姑，遂及伯姊。

出宿于干，饮饯于言。载脂载舝，还车言迈。遄臻于卫，不瑕有害。

我思肥泉，兹之永叹。思须与漕，我心悠悠。驾言出游，以写我忧。

鉴赏

《邶风·泉水》，《毛诗序》说："卫女思归也。嫁于诸侯，父母终，思归宁而不得，故作是诗以自见也。"

细读全诗，其中讲到一些卫国地名，讲到"问我诸姑"等等，确是卫女思归之意，但言"父母终"，则毫无痕迹，不知《毛诗序》何所据而云然。至于诗的作者，明何楷以为许穆夫人，清姚际恒疑为许穆夫人妾媵，但都没有根据。高亨先生《诗经今注》，坐实为许穆夫人所作，恐怕也未必然。总之，这位卫女究竟是哪个卫公之女？她嫁给哪国诸侯？俱不能考知，我们只好就诗论诗。

此诗是一首思乡抒情诗。诗中写卫女远嫁异国，很想回娘家，却不得如愿，不能自已，乃作诗诉说自己的苦闷心情。最妙的是全诗用想象手法。这种特殊的表现方法，即在《诗经》中也不多见。

首章第一、二句说：泪泪涌流的清泉，流进淇水。淇水是卫国城外的大水，即以代表卫国。这是一种比兴，以泉水归淇，喻自己远在他方也要回到卫国。故三四句接着说："有怀于卫，靡日不思。"言怀念卫国如泉水之日夜奔流不息也。这是想象，也是比喻。五六句是说同诸姬商量回国的办法。"诸姬"是什么人？春秋时诸侯一娶九女，除娶正夫人外，同姓姪娣得跟随同嫁，名曰媵。卫女姬姓，故随嫁之媵女称"诸姬"。诸姬地位卑贱，其实同她们商量是没有用的，诗言"聊与之谋"，见其无可奈何也。异国生疏，谁可共语？只有同嫁诸姬相亲相爱了。

第二章写回想初嫁远行的情景。少女出嫁是第一次离别父母，所以她刚刚离家，就想念父母和姑姊了。"宿""饯"是离别之礼，古代出行，有祖饯之举：先一日出城宿城外某地，次日择某地祭路神祈保平安，称为"祖祭"，然后与送行者饮饯登程。"泲""祢"，是卫国地名，今不知其处。这一章包含的意思是初嫁即想念父母姑姊，现离家已久，想念更切，言外有情，不能自已。

第三章写想象中归宁之事。"干""言"，应是卫女所嫁国的地名，今亦不知所在。此章是说：假若我回国，在干、言地方祖饯而行，整顿好车马，带上膏车油脂，安上车轴键，很快就能回到卫国，这有什么害处，为什么不让我走呢？"牽"（xiá），同"辖"，管住车轮的键。"不瑕有害"，"瑕"，通"胡"，何；言此行无错，没有害处。这一句透露了有一种政治的或礼教的势力压制她，使她不得自由行动。

第四章写终于不得回国，只好出游解忧。我们知道诸侯夫人"驾言出游"，也是不能随便的，所以这一章仍是想象手法的表现。"肥"，亦作"淝"，同源分流为"淝泉"，同上文众泉归淇相对，比喻自己分流难归。"兹"，通"滋"，滋长。"须"，即沬（今河南淇县），卫国早期都此。"漕"（今河南滑县东），春秋卫戴公一度都此。连言"沬漕"，意谓家乡是历史故土，益令人念念不忘。

全诗四章，全用想象描写心理活动，回环曲折，淋漓尽致。过去对此诗的理解和诗的作者，有很多说法，黄中松云："经传无明文，诚不必穿凿。"故我以为不如就诗论诗之为得，因述如上。

（张震泽）

北　门

《诗经·邶风》

出自北门，忧心殷殷。终窭且贫[1]，莫知我艰。已焉哉！天实为之，谓之何哉！

王事适我，政事一埤益我[2]。我入自外，室人交遍谪我[3]。已焉哉！天实为之，谓之何哉！

王事敦我，政事一埤遗我。我入自外，室人交遍摧我。已焉哉！天实为之，谓之何哉！

注释

①终：既。窭（jù）：困窘。
②政事：同“王事”。一埤（pí）：一并。益：加。
③室人：家人。交：更迭，轮流。谪：责备。

鉴赏

这是一首周代末年下层官吏的怨歌。全诗分三章，每章七句，采用叙事兼抒情的手法，描写了下层官吏的痛苦、凄凉的生活，抒发了他埋在心底的幽怨之情。诗中的形象，是周末动荡年代中的一个下层官吏，他政事繁忙劳累，日夜不宁，俸禄微薄，家境困窘，饥寒交迫，忧苦无告，无可奈何，只好诉诸苍天。

第一章，以赋的手法，描述他在公事已毕的傍晚，离开官府，“出自北门”。开门见山，写他的行动，出城北门，向位于城郊的家中走去。归家的心情，本该是轻松愉快的。然而，他却“忧心殷殷”。这是揭示全诗题旨很重要的一笔，进而描写他内心深处埋藏着的重重愁思，幽怨之深，已无法排遣。那种公事的劳累，官场的倾轧，家庭生活的穷困，妻小埋怨的“终窭且贫，莫知我艰”的种种困境，不但无人了解，而且求告无门，只好向苍天倾诉，“已焉哉！天实为之，谓之何哉！”这深切的悲痛，正是黑暗社会的折光。小官吏的处境尚如是，而平民百姓的生活该当如何呢！由此可见，诗歌形象的典型意义和认识作用。

第二章，形象地描述了他所服之官差。王事、政事一并压给了他，逼得他日夜奔忙。“王事适我，政事一埤益我。”周朝末年，徭役繁重，劳逸不均，是当时普遍存在的社会现象。社会动乱，经济衰退，内忧外患，统治者昏愦腐败，荒淫无度，大肆奴役和盘剥，下层官吏也被逼得走投无路，陷于呼天抢地的困境。这就是“终窭且贫，莫知我艰”的社会根源。诗中描绘的小官吏，为王事、政事的奔忙，所得到的是家中凄凄惨惨的生活，上不能赡养父母，下不能养育妻子儿女，内外交迫，怎么能不忧心如焚呢！而这种有苦无处可诉的痛苦，不是很具有悲剧性吗？这种悲剧性不正是植根于黑暗的社会现实之中吗？他求告无门而呼叫苍天，其愁思之深令人感同身受。当然，天是无知的，痛苦也不是天造成的，向天倾诉，不过是控诉人间的罪恶。这种抒情方式，在《诗经》里是不乏其例的。它更便于表达那强烈的怒不可遏的深切的痛苦和强烈的愤怒。这样的艺术表现手段，要比直接抒情的艺术效果好，更容易引起接受者的强烈共鸣。

第三章的内容，与一、二章的内容基本相同，只有个别字词的变换，不但避免了诗的板滞和重复，而且增加了韵律回环的和谐美，从而加深了诗歌情感的内在张力。全诗采用了《诗经》惯用的重章叠唱的形式，但也有它的特点，每章前四句，采用赋法直接叙事。第一章前四句，是对下层官吏行为、心情的描述。二、三章的前四句，仅更换了几个字，内容是对第一章内容的重唱。每章的后三句，都是直接抒情，“已焉哉！天实为之，谓之何哉！”只字不变，反复抒叹，层层递进，使诗所表达的感情愈来愈强烈，幽怨之情，跃然纸上，使情感的抒发酣畅淋漓。在有限的情境之中，涵括了无限深广的意蕴。

诗的语言质朴、流畅，诗人把对生活的独到感受，熔铸于凝练的诗句之中。这种语言物化了的情感，被提到如此质朴、流畅、凝练的诗歌语言之中，是那么自然顺畅，深切感人，而且情景相生，意在言外。

（张怀荣）

北　　风

《诗经·邶风》

北风其凉，雨雪其雱①。惠而好我，携手同行。其虚其邪②？既亟只且③！

北风其喈④，雨雪其霏。惠而好我，携手同归。其虚其邪？既亟只且！

莫赤匪狐，莫黑匪乌。惠而好我，携手同车。其虚其邪？既亟只且！

注释

①雱：通“滂”，形容雪盛。

②其虚其邪：“邪”通“徐”，“虚邪”即舒徐从容之意。

③既亟只且：“亟”同“急”，“既亟”谓事态已急。“只且”是语末助词，“且”读作“jū”。

④喈（jiē）：风疾速的样子。

鉴赏

在一个北风呼啸、大雪纷飞的阴霾天气里，一群扶老携幼的人们仓促离开家乡，开始了流亡生活。他们为什么不能稍微从容舒徐一点，偏偏要在这样一个坏天气出门，而且为什么他们的歌声又那样凄凉、那样迫促，使人感到仿佛一种巨大的灾难正在逼近他们！这就是《北风》前两章的基本内容。这两章诗后章对前章只是改易几个字而已。如把“北风其凉”改为“北风其喈”，其意在于反复强调北风之凛冽酷寒；把“雨雪其雱”改为“雨雪其霏”，为的是极力渲染雪势的盛大密集。这种重章复沓的歌咏，是民间口头创作特有的表现手法之一，如同乐曲中主旋律的反复奏鸣，能够达到令人难忘的艺术效果。

这两章诗包含着好几层意思。有人正在弃家出走，这是最浅表的一层；当时的形势必然紧迫，以致逃亡者不择时日、冲风冒雪地行动，这是第二层；还有第三层，这样做的不仅仅是一家人，而是凡亲戚邻里中"惠而好我"者均相呼相引地一齐出奔。中国人的民族传统之一是无限热爱乡土，认为穷家可恋而热土难离。现在的情况显然是反常的。这就使人不能不问：他们究竟为什么要这样做，他们这样做了能否达到目的？诗的前两章在渲染背景和叙述人物活动的同时，已于不知不觉中给读者造成了两个悬念。

如果说读了前两章对诗中人们冒雪出走的原因还不甚了然的话，那么再读下去，就可以弄得比较明白了。第三章头两句："莫赤匪狐，莫黑匪乌"，用现代汉语直译出来，就是"凡火红色的，没有不是狐狸的；凡墨黑色的，没有不是乌鸦的"。这话听来拗口，其实把它顺过来说，便是民间谚语所谓的"天下乌鸦一般黑"之意。这两句看似突兀的话，正是对于上述悬念言简意赅而又一针见血的解答。俗话说："听话听音"。细想一下，这两句话不正是当地百姓对各级统治者的一个总评吗？看来，百姓们已经长期地等待过了，今天才终于明白：统治者中无好人，谁来都是一个样。这就是他们冒雪相携出逃的原因。我们必须注意，这两句话在诗中的位置恰与描述背景的"北风其凉"两句相对应，下面也同样紧接着对"惠而好我"者共同出奔的急迫呼唤。诗句的这种安排是大有深意的。《毛传》和《郑笺》已经指出："北风其凉，雨雪其雱"二句乃是"兴也"，是以"寒凉之风，病害万物"来"喻君政教酷暴，使民散乱"。因此，不能把"北风其凉"云云简单地看成是在描述人们出亡时的气候环境（亦即通常所谓的"赋"），而应看到，这是在借景起兴，且兴中又包含着深刻贴切的比喻。"北风其凉，雨雪其雱"，两句话，八个字，其实是把《诗经》中常用的赋、比、兴三种手法都浓缩、融会在一起了。"北风其凉"二句的含意如此，"莫赤匪狐"二句又怎样呢？显然，这几句在诗章中位置相当的诗，性质与作用也是相当的。"莫赤匪狐"二句同样是兴中含比。比者，附也。"莫赤匪狐，莫黑匪乌"比喻的是"君臣为恶如一"（孔颖达疏）。兴者，起也。既然君臣上下"并为威虐，百姓不亲"，又怎能不兴起"相携持而去焉"（《诗序》）之志？不过"莫赤匪乌"二句是以比意为主，是比而兴，与"北风其凉"二句以兴意为主，即所谓兴而比者，略有不同。

本诗为其抒情性质和短小篇幅所限，当然不可能详叙人民的苦难。不过我们可以而且应当联系有关史料看一看它所反映的社会现实。这首诗属于十五国风中的《邶风》，与《鄘风》《卫风》都是产生于春秋时代卫国的民歌，也就是说，都是以卫国的社会生活为背景的。那时的卫国是什么情况,仅从《诗经》本身即可窥见端倪。例如《邶风》中有一首《击鼓》,说的是卫国一个篡位的暴君州吁联合邻国发动战争,士兵们在战争中受尽苦难,发出了强烈的怨声。又有两首前后相关的诗:《新台》和《二子乘舟》。前者反映的是卫宣公夺其子伋的新娘为妻,后者反映的是多年后卫宣公及其新妻又要加害于伋。又如《鄘风》中有一首题叫《相鼠》的诗,痛骂统治者荒淫无耻,死有余辜:"相鼠有皮,人而无仪!人而无仪,不死何为!"卫国的统治者是这样一批家伙,它的人民又怎么会有好日子过呢。许多人家冒着风雪逃离故土,无疑正是卫国统治者暴虐无道之政的直接后果。

对于逃亡能否达到避祸的目的,《北风》诗未作正面回答,其实也无须回答——既然天下乌鸦一般黑,在当时又哪里会真有一片乐土可供他们栖身。这首诗只是清楚地表达了人民对现状的无比痛恨和坚定决绝。

《北风》诗情调凄怆、思绪悲愤,眼前之景,胸中之慨和口中的呐喊呼号自然融合,浑然无间,因此能够感动广大后代读者并产生巨大的影响。这种影响的直接表现之一,是乐府诗中《北风行》的出现。现在,最早流传于民间的《北风行》已失传,但从南朝宋诗人鲍照的拟作,可以断定它确曾存在过,后来唐代大诗人李白也有同名之作。鲍、李的《北风行》在诗思、意境、语言上明显地受了《诗经·北风》的启发。如鲍诗径采《诗经》原文,云:"北风凉,雨雪雱……"李诗则加上自己的大胆想象,生发出这样雄浑壮阔、富于浪漫主义气息的诗句:"烛龙栖寒门,光耀犹旦开。日月照之何不及此,唯有北风号怒天上来。燕山雪花大如席,片片吹落轩辕台……"从全篇看,鲍李二家诗写的是闺中人于风雪天中思念远行未归的征夫,表面看来似与《诗经·北风》有所不同,其实却只是角度的变换——把行人之词变成了思妇之词。这可以说是古代富于创造性的诗人既学习民歌又不甘囿于程式时的一种惯用手法。然而归根到底,总是和征人的远行,而且是在风雪中远行有关,其中继承发展的脉络还是清晰可见的。

(董乃斌)

静　女

《诗经·邶风》

静女其姝,俟我于城隅。爱而不见,搔首踟蹰。

静女其娈，贻我彤管。彤管有炜，说怿女美。

自牧归荑，洵美且异。匪女之为美，美人之贻。

鉴赏

这是东周时期产生于邶地(今河南汤阴县境)的民歌。诗的内容是写一对青年男女幽会的情景，全诗以男子的口吻写出，生动地描绘了他们约会的过程，先写男子去赴约，后写女子向男子赠物来表达爱情，整篇诗充满着愉快而幽默的情趣。

首章“静女其姝，俟我于城隅”两句是说：一位文静的姑娘多么美，相约等我城角去相会。开头用“静女其姝”来写那个女子，表达了男子对女子的赞美，同时也流露出一种十分倾慕的感情。连同下面“俟我于城隅”一句，就生动地写出了那个男子在赴约会时的那种欢欣、愉快、幸福，以至不无得意的心情。但紧接着下面却突然一转，写男子依约而至，到了会面地点，却找不见那个女子。“爱而不见”(“爱”，同“薆”ài，隐藏)，这句是写那个女子见男子来了，却故意找个地方把自己隐藏起来了——原来这乃是一个天真、活泼而调皮的姑娘。这样一来，可真的急坏了那个满怀欣喜而兴冲冲赶来相会的男子。他想，是因为遇到了什么意外的事情没有来呢？还是阴晴不定少女心，对自己变了卦而故意失约不来呢？于是非常着急、不安，禁不住“搔首踟蹰”起来。这里是说，急得那个男子抓耳挠腮，转来走去，不知所措。“搔首踟蹰”，可以说十分形象地写出了当时那个男子焦灼万状的情态。同时，也借以写出了那个男子对所爱女子的深情和迷恋的程度。

第二章，写他们会面后的情景：从下文“自牧归荑”句看，这个女子乃是个普通的牧羊女，因此有人揣测，所谓“彤管”，不会是笔或乐器之类，可能与“荑”一样，是种小草之类。诗，总是浓缩的，跳跃性的。诗中写当那位调皮的姑娘，看到把践约而来的所爱，急成那个样子，终于露面了，并郑重地把一支小草作为见面礼物送到男子面前。“彤管有炜，说怿女美”，这是男子接过小草后的心理活动，也是一句风趣的答辞。“说怿”句(“说”，同“悦”；“女”，同“汝”)，语带双关，既指女子所赠的草，又指赠草的人。这里写女子把一支小草作为馈赠，小草并不是什么贵重的礼物，送草给对方这固然是为了传情，而我们从这位调皮的姑娘的性格来看，大约也正如“爱而不见”一样，有试他、逗他的意思，也就是看看会引起对方什么反应。而男子接过小草以后，就双关地说，这支小草光彩美丽极了，自己喜爱得不得了。这里是写这个男子早已摸准了姑娘的心思，通过凑趣来表示自己的深情。他表面上在夸小草，实际在夸送给他礼物的人。

第三章“自牧归荑，洵美且异”（“归”，赠送；“洵”，实在），是说女子又把从牧场带回来的一支荑草赠给了男子，所赠给他的这支荑草，实在美得出奇。其夸赞的语气比“彤管有炜”（“炜”，有光彩）更加进了一步。“匪女之为美，美人之贻”（“匪”，通“非”；“女”同“汝”）是说，并不是这支草本身有什么美，而是因为它是美人送的，所以也就觉得它愈加美丽。

这首小诗，把民间男女依约相会时的那种天真、活泼、互相逗趣的一番情景，描摹得如何逼真和生动！一对恋人相会，先是这位调皮姑娘的故意惹逗，躲藏起来不露面，害得小伙子心急如焚，抓耳挠腮；再又郑重其事地赠给对方小草，试探其对自己的情意，显示了自己一片爱人及物的诚挚、痴迷之心。诗很短，仅有三章十二句，但它却生动地写出了一对情人幽会时的有趣场面，写出了人物的心理和感情，在一定程度上还刻画出人物性格，即生动地表现了一个天真活泼、聪明慧美的少女和一个憨厚、痴情的男子的形象。总之，这首恋歌，不仅思想内容是健康的，艺术上也是成功的，其语言的简练，构思的灵巧，人物心理和形象刻画的生动，以及生活气息的浓烈，都不能不使我们两千年以后的读者感到惊异。

（褚斌杰）

墙有茨

《诗经·鄘风》

墙有茨，不可埽也。中冓之言，不可道也。所可道也，言之丑也。

墙有茨，不可襄也。中冓之言，不可详也。所可详也，言之长也。

墙有茨，不可束也。中冓之言，不可读也。所可读也，言之辱也。

鉴赏

这是卫国人民讽刺统治阶级无耻淫乱的诗。历史真实是讽刺艺术的生命。据《左传·闵公二年》记载，卫宣公死后，幼子惠公即位，其异母兄公子顽与惠公母宣姜私通，生下好几个子女。对这种道德沦丧的丑行，“国人疾之而不可道也”(《毛诗序》)，遂以此诗进行讽刺。

讽刺艺术的重要特点，就是将人生丑恶的、无价值的东西撕破以暴露其本质。这首诗在暴露统治阶级的丑恶灵魂时，不是平铺直叙，痛切言之，而是层层剥落，寓庄于谐。每章均以“墙有茨，不可埽(襄，束)也”起兴，明写蒺藜攀附宫墙之上，不可除去，暗喻公子顽与国母宣姜的不正当关系难以言传。然后采用自问自答的形式，欲擒故纵，以退为进，故意地推说“不可道”“不可详”“不可读”，委婉地假设“所可道”“所可详”“所可读”，却正是在这不言而言中，把统治者那“言之丑”“言之长”“言之辱”的淫秽丑行，巧妙地揭露出来。且于诙谐中显庄严，于讽刺中见真实，从而无情地撕开了统治者的丑恶嘴脸，深刻地揭露了他们生活的淫乱腐败，痛快淋漓地讽刺和批判了他们的丑行。

这首诗采用的重章叠句的结构形式，固然是适应乐歌的需要，但用之讽刺艺术，却能更深刻地暴露事物的本质。全诗正是在对“墙有茨”的不可“埽”“襄”“束”的重要渲染中，愈来愈明显地暗示出公子顽与宣姜的丑行；在对“中冓之言”的不可“道”“详”“读”，言之“丑”“长”“辱”的层层递进中，愈来愈清楚地暴露了统治阶级的丑恶灵魂，而且使诗句于整齐中寓变化，诗意于递进中更深刻，增强了作品的讽刺效果。

(杨心州　李志慧)

君子偕老

《诗经·鄘风》

君子偕老，副笄六珈①。委委佗佗②，如山如河，象服是宜③。子之不淑④，云如之何！

玼兮玼兮⑤，其之翟也⑥。鬒发如云⑦，不屑髢也⑧，玉之瑱也⑨,象之揥也⑩,扬且之皙也⑪。胡然而天也⑫?胡然而帝也?

瑳兮瑳兮⑬,其之展也⑭。蒙彼绉絺⑮,是绁袢也⑯,子之清扬⑰,扬且之颜也。展如之人兮,邦之媛也。

注释

①副:祭服上的一种首饰。笄(jī):用来绾发或系冠的簪子。六珈:妇人用的六种玉饰。
②佗佗(tuó tuó):盛美的样子。
③象服:绣绘着彩色图形的画袍。宜:衣服合身,或指合乎礼仪。
④不淑:行为不端。淑:善,好,端庄。
⑤玼(cǐ):花纹鲜丽。
⑥翟(dí):长尾巴的山鸡,这里指绣绘着山鸡图形的象服。
⑦鬒(zhěn):头发乌黑浓密而柔长。
⑧髢(dí):假发。
⑨瑱(tiàn):古人冠冕上垂在两侧用以塞耳的玉饰。
⑩揥(tì):用象牙或兽骨刻制成的首饰。
⑪扬:方正饱满的前额。皙(xī):白嫩。
⑫胡然:何如,怎么。天:天神,天仙。
⑬瑳(cuō):玉色鲜亮洁白。
⑭展:古代会见上官或宾客时所穿的礼服。
⑮蒙:罩,覆盖。绉(zhòu):细丝。絺(chī):葛麻细布。
⑯是:这,这是。绁袢(xiè fán):夏天穿的质地薄薄的内衣。
⑰清扬:眉清目秀。

鉴赏

反衬是艺术的辩证法之一。在诗歌创作中,以乐景写哀思,以美貌显丑行,往往能形成反差,在强烈的对比中,愈益表现出其思之哀,其行之丑。这首诗本是"刺卫夫人(即宣姜)"(《小序》),却写这位贵夫人庄重的意态,华丽的服饰,妖冶的容颜,以美为刺,正得此三昧。

全诗三章、二十四句,几乎从头至尾,采取铺陈渲染的手法,正面咏叹的语调,极力突现这位贵夫人的意态、服饰和仪容。对其意态,先以简洁的素描,表现其举止大方,雍容自得,庄重如山,深沉似河。对其服饰,则寓赞叹于铺叙中,夸美其头上戴着翠珠美玉,异彩万千,镶嵌着金簪,闪闪灼灼,象牙发针洁白明净,两耳垂落着摇摇摆摆的玉坠,叮当作响,身着绣绘着山鸡的礼服,五彩斑斓,异色纷呈,显得多么的华贵富丽。同时,又通过对黑发、额角、双眸的夸饰,以表现其容貌之妖冶。她那黑油油的头发,光泽松柔,宛若云霞。这里用“云”“不屑髢”状发之美,“可谓善咏发者”。“子之清扬”“扬且之颜也”。明亮的双眸,顾盼左右,端丽的额角,秀美超群。简言约语勾勒颜面,翩翩风情具出其间,一下子把宣姜的妩媚娇姿写得活灵活现,神采飞扬。意态的雍容,服饰的华贵,容貌的妖冶,真像是天仙降临,女神下凡啊!这种对人物夸饰性的描写,使我们想起同是描写美人的名篇《卫风·硕人》。“硕人其颀,衣锦褧衣。”对这位“硕人”,诗人主要是采取比喻的手法,以人们常见的事物作比:“手如柔荑,肤如凝脂,领如蝤蛴,齿如瓠犀,螓首蛾眉。巧笑倩兮,美目盼兮。”以“柔荑”“凝脂”“蝤蛴”“瓠犀”作比,描述她双手的白而细、皮肤的白而柔、脖子的白而长、牙齿的白而洁。这种以彼物比此物的工笔摹写,固然使人物的形态生动、鲜明而富有美感,“直把个绝世美人活活地请出来在书本上晃漾”(孙联奎《诗品臆说》),却难以产生更为丰富的联想。因为诗人的本意就只是要画出一幅美人图。而《君子偕老》则不然,诗人大肆铺陈渲染,不仅把个贵妇人写得貌美绝伦,而且叹以“胡然而天也?胡然而帝也?”造成一种迷离恍惚的神仙般的境界,却并不是要夸美她。因为首章末二句已点破真谛:“子之不淑,云如之何!”这样一来,其意态愈庄重,服饰愈华贵,容貌愈妖冶,愈益反衬出她内外的不相称、不协调。这位宣姜夫人实际上是一个“金玉其外,败絮其中”的荡妇。诗篇也正是在外表之美与内心之丑的强烈对比中,表现出强烈的讽刺的意味、锐利的批判锋芒。“辞益婉而意益深矣”(朱熹《诗集传》)!

(杨心州　李志慧)

桑　中

《诗经·鄘风》

爰采唐矣[①]?沬之乡矣[②]!云谁之思[③]?美孟姜矣[④]!期我乎桑中[⑤],要我乎上宫[⑥],送我乎淇之上矣[⑦]。

爰采麦矣?沬之北矣!云谁之思?美孟弋矣[⑧]!期我乎桑中,要我乎上宫,送我乎淇之上矣。

爰采葑矣[9]？沬之东矣！云谁之思？美孟庸矣[10]！期我乎桑中，要我乎上宫，送我乎淇之上矣。

注释

①爰：疑问代词，何处。唐：草名。蔓生，俗称菟丝。
②沬(mèi)：卫邑名，在今河南淇县。
③云：语助词。谁之思：思谁。
④孟姜：女子名字。“孟”是排行老大，古代女子以排行为字。“姜”是齐国贵族的姓。
⑤期：等候。乎：于。桑中：沬邑附近的地名；一说桑林中。
⑥要：同“邀”。上宫：沬邑附近的地名；一说“上宫”即楼。
⑦淇(qí)：水名，在今河南淇县。
⑧弋：莒国的贵族。
⑨葑(fēng)：蔬菜名。俗名蔓菁。
⑩庸：卫国贵族的姓。

鉴赏

关于《桑中》一诗的内容，历来有许多误解。《诗经·小序》谓：“刺奔也。卫之公室淫乱，男女相奔。至于世族在位，相窃妻妾，期于幽远。政散民流而不可止。”有人还据《左传·成公二年》的一段话加以印证：“楚屈巫聘于齐，且告师期。巫臣尽室以行，申叔跪从其父将适郢，遇之曰：‘异哉！夫子有三军之惧，而又有《桑中》之喜，宜将窃妻以逃者也！’”因此，在许多人看来《桑中》为窃妻之诗，已成铁案。而桑间濮上也成了男女苟且淫乱之所的代称。其实不然。汉儒解诗，多牵强附会；春秋赋诗，亦多断章取义，都不足为凭。还有一种说法，认为诗中描写的实际是郑、卫之地的上古遗俗，即仲春、夏祭、秋祭时男女自由交欢，是原始民族生殖崇拜的一种仪式，似也不通。的确，原始民族为了农作物的丰收，在祀奉农神时常伴随有群婚性的男女欢会。但是这种仪式中必定有着浓重的原始宗教的神秘气氛。而这首诗在欢娱的情韵和思念的甜蜜之外，再无他物。因此，这种解释也是脱离实际的臆测。单从诗本身来看，有理由认为这不过是一首讴歌爱情的民歌。

一个身坠爱河的青年，一遍遍地回味心上人“期我乎桑中，要我乎上宫，送我乎淇之上”的脉脉深情，品味着爱情的甘美。两情依依、心中陶然，遂歌三阕，以达心意。

这里还有一个问题。一阕曰思孟姜，二阕曰思孟弋，三阕曰思孟庸。到底一人思三女？还是三人各怀所爱，联诗一首？这也令历代经生为之大乱，得不出一个像样的解释。只有朱自清先生悟得其中奥妙。他说:“我以为这三个女子的名字,确实只是为了押韵的关系……他心里有一个爱着的或思慕的女子,反复歌咏,以写其怀。那三个名字,或者只有一个是真的,或者全不是真的——他用了三个理想的大家小姐的名字,许只是代表他心目中的一个女子。”(《中国歌谣》)朱先生不愧是亲历创作的人,他以诗心体诗情,深得个中滋味。实际上,这种写法在《诗经》中也不是仅见的。如《郑风·山有扶苏》:“山有扶苏,隰有荷华。不见子都,乃见狂且。山有桥松,隰有游龙。不见子充,乃见狂童。”其中“子都”也好,“子充”也好,都不过是心上人的“代表”。《诗经》中的许多篇章,都是各节之间,在保持基本句式一致的情况下,调换几个名词,以求得整齐中的活泼。《桑中》就是一个典型的例子。清人方玉润评曰:“三人、三地、三物,各章所咏不同,而所期、所要、所送之地则一,章法板中寓活。”(《诗经原始》)他虽没有摆脱“刺奔”说的窠臼,但是对诗作者的用心,还是有所体悟的。

(任 白)

蝃 蝀

《诗经·鄘风》

蝃蝀在东[1],莫之敢指。女子有行[2],远父母兄弟。

朝隮于西[3],崇朝其雨[4]。女子有行,远兄弟父母。

乃如之人也,怀昏姻也[5]。大无信也,不知命也。

注释

①蝃蝀(dìdōng):彩虹。

②有行:出嫁。

③隮(jī):虹。

④崇朝:即终朝,整个早晨。

⑤昏:同“婚”。

鉴赏

《蝃蝀》一诗,旧说多以为刺淫奔。《韩诗》谓:"刺奔女。"《毛序》曰:"《蝃蝀》,止奔也。卫文公能以道化其民,淫奔之耻,国人不耻。"朱熹《诗集传》也说:"此刺淫奔之诗。"方玉润《诗经原始》则认为是"代卫宣姜答《新台》也"。我认为这是一首女子斥责男子负心的怨歌。这位女子面对自己的遭遇,哀痛地回忆起当年承受着社会的压力,嫁给了心上人,如今他变了心,欲再娶新人,激起了女子愤怒的谴责。

诗的前两章是女子回忆当年出嫁的情景。"蝃蝀在东,莫之敢指""朝隮于西,崇朝其雨",虽分于两章起兴,而意义紧密相连,不可分割,是互文写法。四句不是单纯的起兴,在整体上具有一种象征意义,它注入了民俗禁忌的内涵。据近人从虹的甲金文字形考证,古人观念中的虹是蛇一类动物所幻化,可以伤害人,由此形成了一种禁忌。联系女子出嫁,民俗禁忌又象征着礼教的禁忌。隐晦的诗意据此也就易解了。女子当初为了自由的爱情,冒犯了礼教的禁忌,远离了父母兄弟,嫁给了心上人。女子大胆的行为透露出她刚毅果敢的性格和对爱情的执着追求。可叹那个负心郎辜负了她的一片真心,践踏了她的感情。这回忆不是重温往日柔情蜜意的爱情之梦,而是在吞咽她自酿的苦酒,痛苦的心情不言而喻。

诗的第三章由痛楚的回忆转向愤怒的谴责。流血的心难以羁笼一腔愤恨,她鞭笞这个负心郎,喜新厌旧,只思新婚再娶,太不讲信义,更不知姻缘乃命中注定。她反抗过命,但无可奈何之中,似又迷茫地希冀于命。含泪泣血的控诉,向我们展示了男女不平等的社会造成的妇女的婚姻悲剧。

这首诗的艺术表现手法,颇有不寻常之处。前两章的复沓形式,具有强化主旨、渲染气氛的作用。取象蝃蝀,分别以暮虹、朝虹起兴,又以互文手法将其合璧一体,化入民俗禁忌,联类礼教禁忌,赋予了整体象征意义,造成语短事长、含蓄蕴藉、耐人回味的艺术效果。而第三章则是另一种境界,直陈胸臆,情直意露,也有凄恻动人的力量。隐晦的写事和直露的抒情,以内在情感的自然发展为线索联结一起,相辅相成,各得其妙。

(赵东栓)

载　驰

《诗经·鄘风》

载驰载驱，归唁卫侯①。驱马悠悠，言②至于漕③。大夫跋涉，我心则忧。

既不我嘉④，不能旋反。视尔不臧⑤，我思不远。既不我嘉，不能旋济⑥。视尔不臧，我思不閟⑦。

陟彼阿丘，言采其蝱。女子善怀，亦各有行⑧。许人尤之⑨，众稚且狂。

我行其野，芃芃其麦。控于大邦⑩，谁因谁极⑪？

大夫君子，无我有尤。百尔所思，不如我所之。

注释

①卫侯：指卫戴公申，许穆夫人之兄。
②言：乃，于是。
③漕：春秋卫国邑名，在今河南滑县旧县城东。
④既：尽，皆。
⑤臧：善，好。
⑥济：停止。
⑦閟(bì)：终止，尽。
⑧行(háng)：道，道理。
⑨尤：指责。
⑩控：赴告。
⑪因：依靠。极：至。

鉴赏

热爱祖国是我们中华民族的光荣传统。历代的优秀诗歌以不同形式反映了源远流长的爱国主义精神。《载驰》是《诗经》中第一篇由女诗人许穆夫人创作的洋溢着爱国激情的抒情诗。这是一首带有史诗性、戏剧性的不同凡响的政治抒情诗,产生于动荡的春秋时代。

公元前 660 年,“冬十二月,狄人伐卫”,“卫师败绩”(《左传·闵二年》)。卫懿公阵亡,卫国覆灭。宋桓公率师迎卫遗民渡黄河。卫人拥立戴公为国君,寄居漕邑。翌年,戴公去世,文公继位。许穆夫人为戴公亲妹,远嫁许国穆公。当这不幸的消息传来,她悲痛欲绝,不禁产生了家国破灭之感,决心冲破重重阻碍赶回祖国,吊唁卫侯,并为拯救灾难深重的卫国尽一份力量。《载驰》一诗便是这一历史斗争的形象写照。

第一章开头,“载驰载驱”,起句突兀,开门见山,许穆夫人驱车出场,马蹄翻踏,车轮滚滚,风驰电掣而过。她归心似箭,急奔卫国,“归唁卫侯”,慰问卫文公。首两句,大气磅礴,笼罩全篇,和盘托出许穆夫人回国的目的。在国难当头、危急存亡之秋,她怀着哀痛家国覆灭的悲痛感情回去吊唁。“驱马悠悠,言至于漕。”两句既写出由许国国都(今河南叶县)到卫漕邑路途之遥远,空间之寥廓,同时也流露出许穆夫人心情的沉重与忧伤。“大夫跋涉,我心则忧。”一个忧字,写尽了此时此刻许穆夫人的焦灼心情。这里既有自己家国破灭的忧伤,也有预先看到许大夫前来阻挠而增添的烦恼。忧,也表示她思想敏锐,头脑清醒,有先见之明。因为她懂得“妇人非三年之丧,不喻封而吊”(《礼记·杂记》)。这次“归唁卫侯”,本不属于三年之丧,按照旧礼制,不能超越许国国境。如今自己越许返卫,至于漕邑(“抵漕邑”说从王先谦《诗三家义集疏》),那就意味着冲破了旧礼教所划定的禁区。遵礼守旧的许大夫自然会认为这是一种轻举妄动的违礼行为而坚决反对。

第二章紧承首章,爱国而违礼的主角和保守遵礼的配角相继出场后,双方随即展开尖锐的斗争。

许穆夫人怀着满腔爱国深情面向许大夫进行针锋相对、理直气壮地论战:“既不我嘉,不能旋反。视尔不臧,我思不远。”她态度坚决,义正词严地说:“尽管你们全都不赞同我返归卫国,我也不能马上返回许国。我看你们的意见就是不妥善,而我的心思是不会远离卫国的。”许大夫自然不甘心就此罢休,一再劝阻。许穆夫人也只好再三表明自己的严正立场与坚定意志:“既不我嘉,不能旋济。视尔不臧,我思不閟。”她斗志昂扬地说:“尽管你们全都不赞同,我也不能立刻停止前进。我看你们的意见就是不妥善，而我对卫国的思念也绝不会止息。”要知道，许大夫敢于阻挠，显然是奉许穆公之命而来。许穆夫人对此毅然不顾，坚持走自己选定的爱国道路。在春秋时代，一个生活在皇宫深院的贵妇人能有如此强烈的爱国精神和果敢行动，确实难能可贵，感人肺腑。相传孟子对此也曾表示钦佩：“有卫女之志则可，无卫女之志则怠。”“夫道二，常之谓经，变之谓权。怀其常道而挟其变权，乃得为贤。夫卫女行中孝，虑中圣，权如之何？”（《韩诗外传集释》卷二）

第二章充满戏剧斗争的紧张性，主人公的爱国激情喷薄而出。第三章情绪则显得冷静而严肃。

“陟彼阿丘，言采其蝱。”许穆夫人冲破许大夫的重重阻挡，终于登上卫国阿丘的山坡，此时此刻，纵览祖国山河，不禁感慨万端，内心极不平静。事实上，“违礼”而归卫或遵礼而归许，对她这个贵族夫人来说的确是一个关系到荣辱毁誉的原则性问题，需要认真思考。她一面想，一面采集贝母（蝱）。相传贝母可治郁闷症。“采蝱”这一比兴句，饱含象征意义，暗示着许穆夫人思绪纷扰，希望借此解忧消愁，排遣胸中的抑郁与悲愤。然而，经过一番深思熟虑，许穆夫人更加坚定自己的信念，发出“女子善怀，亦各有行”的正义呼声。她确信女子多愁善感，深深怀念故国，也是各有各的道理的，无可非议的。言外之意是说，自己奔赴国难，权宜行事，情理可通。“许人尤之，众稚且狂”，许国人只会遵循旧礼教，不懂得灵活变通，反而指责我的行为不对，这正好表明他们幼稚无知而且狂妄自大。诗中对许人的讽刺，可谓入木三分。通过这种细致的心理刻画，许穆夫人的爱国形象显得更为深刻。

第四章，另辟蹊径，从正面描写诗人拯救祖国的壮志宏图：

诗人走在卫国的原野上，只见眼前麦苗一片绿油油，生机勃勃：“我行其野，芃芃其麦。”首二句，调子轻快，节奏舒缓，画面清新明丽，色彩柔和鲜明。许穆夫人投入祖国的怀抱，情绪兴奋，一个复兴卫国的外交大计在她心中考虑成熟：“控于大邦，谁因谁极。”向大国赴告求援，卫国和哪个国家相亲，就到哪个国家去。许穆夫人相信，谁和卫国相亲，谁就会急卫国之难而赶来救援。在卫国处在危急存亡的历史条件下，她这种力争亲好大国支援的谋略不失为救亡良策之一。据《左传·闵二年》：“许穆夫人赋《载驰》。齐侯使公子无亏帅车三百乘，甲士三千人以戍曹。”春秋初期，齐桓公为了政治、经济上的利益和维护东方霸主的地位，有时也能出兵援助弱小诸侯国。可见许穆夫人的外交策略在当时还是切实可行的。她为了祖国的振兴，再一次闯过“女不言外”（《礼记·内则》）的旧礼教禁地，勇于摆脱旧道德规范对女子的种种束缚，不但敢于言外，而且言的还是有关卫国盛衰成败的外交大策，其言又一语中的，切中要害。这就充分表明她具有过人的胆识，卓绝的才能和政治家的远见。

然而,诗人在爱国的道路上每前进一步,都受到许国大夫们的非议。第五章,又呈现出一个斗争高潮。

对保守大夫们的无理责难,许穆夫人义正词严地宣告:"你们不要再责怪我。你们一百个所思虑的,都不如我所选定的要走的道路。"她明确表示自己的坚定信念、刚强决心和百折不挠的气概。全诗就在这掷地有声的铿锵语句中戛然而止,撼人心弦。许穆夫人的精神境界至此发展到最高点,而一个爱国女诗人的形象也就跃然纸上。

关于爱国主义精神,歌德说得好:"我们为祖国服务,也不能采用同一方式,每个人应该按照资禀,各尽所能。"(《歌德谈话录》)许穆夫人作为一个贵族妇女,在关键时刻挺身而出,为拯救灾难深重的祖国而献出自己的赤胆忠心与智慧才华,按自己的禀赋竭尽所能,为国效劳,这种爱国热忱实在令人肃然起敬。

《载驰》诗之所以具有高度的艺术性,至今对我们仍显示着不朽的魅力,就在于它成功地塑造了一个爱国妇女的典型。诗中的抒情主人公在古代妇女中可说是一个超群拔俗的涂上传奇色彩、散发着浪漫气息的先进妇女的典型。

此诗的语言质朴、简洁、爽快、流畅,活灵活现地表达出抒情主人公的性格特点。如第二章,许穆夫人的对话明白晓畅,富于口语化、个性化。全章八句,均具"不"字,前后四句,结构相似,句式重叠,形成一种否定式排比句,章句异常特殊,在三百零五篇中是绝无仅有的一章。这些否定句,累用排语,反复铺陈,语调坚决,气势雄健,词锋犀利,咄咄逼人,雄辩地申述一种富于批判精神的锋芒毕露的否定性思想,有力地传达出一种炽热的爱国激情,酣畅淋漓地显示了许穆夫人的卓绝胆识、无畏勇气、坚强个性和独立不羁的人格。

《载驰》诗之所以具有永久的艺术魅力,还在于它以女性特有的细腻笔触深化作者内心缠绵悱恻、真挚热诚、沉郁悲壮的爱国情怀,全诗自始至终洋溢着一股爱国激情。诗中抒情主人公的爱国热忱采取多样统一的综合性方式表现,除直抒胸臆外,主要通过叙事来抒情,在对话与内心独白里寄情,于起兴写景中寓情,这种寓情于事、以此寓彼的写法使叙事抒情合二为一,水乳交融,相辅相成,相得益彰。一首政治抒情诗而兼有史诗的真实性、戏剧的情节性与斗争紧张性,艺术技巧可谓多姿多彩,卓荦不凡,别具一格。

春秋时代,《载驰》这首悲壮的爱国诗歌在外交场合常被赋以言志(见《左传·文公十三年》《左传·襄公十九年》),在历史上发生过深远的政治影响,许穆夫人是我国诗歌史上第一个杰出的爱国女诗人,也是同时代世界上最早的知名女诗人之一。

萨孚(约前612)是驰名欧洲的古代希腊女诗人,曾被柏拉图称为"第十位文艺女神"。她的创作时期比许穆夫人至少约晚二三十年。其作品流传至今的有两首完整的抒情诗(《失去的亲人》《一个少女》)和一些残句。诗篇境界优美,内容礼赞爱情、友谊与青春美。许穆夫人的《载驰》,意境壮美,内容崇高,充满了爱国激情。东西方这两位古代女诗人,宛如诗国中的日月,在艺术美上各有特色:许穆夫人诗以阳刚之美喷射出璀璨的光芒,萨孚诗以阴柔之美闪烁着晶莹的清辉。

(何国治)

硕　人

《诗经·卫风》

硕人其颀,衣锦褧衣。齐侯之子,卫侯之妻,东宫之妹,邢侯之姨,谭公维私。

手如柔荑,肤如凝脂,领如蝤蛴,齿如瓠犀,螓首蛾眉。巧笑倩兮,美目盼兮。

硕人敖敖,说于农郊,四牡有骄,朱幩镳镳,翟茀以朝。大夫夙退,无使君劳。

河水洋洋,北流活活,施罛濊濊,鳣鲔发发,葭菼揭揭。庶姜孽孽,庶士有朅。

鉴赏

《卫风·硕人》是一首赞美卫庄公夫人庄姜的诗。全诗四章,首章写她出身高贵,次章写她姿容美丽,第三章写结婚的仪式,第四章写送嫁的情况。

《硕人》诗历来备受推崇的是描写庄姜之美的第二章,旧有“美人图”之誉,是中国古代文学中最早细致刻画女性容貌、情态美的篇章。这一章开首连用了六个比喻来摹写庄姜身体的一些细部："手如柔荑，肤如凝脂，领如蝤蛴，齿如瓠犀，螓首蛾眉。"翻译成现代语言大概是这样："双手像初生的草芽那样粉嫩柔软，皮肤像凝结的油脂那样细腻光滑，颈项像天牛的幼体那样修长白净，牙齿像葫芦的籽儿那样洁白整齐，小蝉样的前额方正光润，蛾须般的秀眉配得那样合适。"作者用"柔荑""凝脂""瓠犀""螓首""蛾眉"来比拟形容庄姜的双手、皮肤、颈项、牙齿、前额和眉毛，十分具体形象，使读者对庄姜的美产生了清晰深刻的印象。但作者的描写并没有到此为止，而是换了一种笔法，接着写她的情态："巧笑倩兮，美目盼兮。""巧笑"，轻巧的笑，微微的笑。"倩"，"好口辅"（《毛传》），言"口辅之美也"（宋朱熹《诗集传》）。"口辅"，指的是唇角附近的面颊。所谓"巧笑倩兮"，是说笑起来唇角附近面部肌肉微动，显得非常姣好，犹如俗语所谓出"酒窝"来。"盼"，原意是眼睛清朗。《论语·八佾》引"美目盼兮"，汉马融注："盼，动目也。"这里是形容目光顾盼的动态。这两句诗似可以这样翻译："微笑起来一对酒窝那样的美，美丽的眼睛波光流动真是动人。"前人对这两句都无不赞赏备至，叹为观止。清人孙联奎说："《卫风》之咏硕人也，曰'手如柔荑'云云，犹是以物比物，未见其神。至曰'巧笑倩兮，美目盼兮'，则传神写照，正在阿堵，直把个绝世美人活活请出来在书本上滉漾，千载而下，犹如亲见其笑貌。"（《诗品臆说》）这一章对庄姜的描写，好比绘画，前五句绘美人之形，后两句画龙点睛，传美人之神。德国美学家黑格尔认为：眼睛"是最能充分流露灵魂的器官，是内心活动和情感的主动性的集中点"。（《美学》第三卷）中国东晋大画家顾恺之特别强调，画人物，最重要的是画眼睛，所谓"传神写照，正在阿堵"（《晋书》卷六十三），是他的经验之谈。《硕人》诗因为有了这两句绝妙的传神点睛之笔，使诗中的美人活现于读者面前。庄姜的形态，尤其是她流露在唇边的巧笑，流动的目光，都使人想到意大利著名画家达·芬奇那幅不朽的油画《蒙娜丽莎》，想到蒙娜丽莎那丰腴的双手交放在身前的美丽姿态，那微微斜视又楚楚动人的眼神，那翘起的嘴角边轻盈的笑靥。也许，这两幅"美人图"实际上存在着很多不同，但是，"巧笑倩兮，美目盼兮"，两句诗的艺术魅力，决不下于蒙娜丽莎那"永恒的微笑"。

正因为《硕人》第二章具体地描写了庄姜的美，又写得那样出色，所以，美学家经常把它作为中国古代写人体美的例子。但是，这一章所写的庄姜之美，实际上主要是她的容貌情态，最多包括了她的双手，给人们的印象是一张"半身照片"，并未全部展示她的形体。因此，如果从人体美的角度来看《硕人》诗，更值得注意的应该是它开篇的第一句——"硕人其颀"。这一句是从总体形象上把握庄姜的形体之美的。也就是说，《硕人》诗实际上是先整体后细部来写美女形象的。

"硕人其颀"，《玉篇》引作"硕人

颀颀”,意思是一样的。“硕人”,即美人,代指庄姜。《尔雅·释诂》:“硕,大也。”“大”是描写事物形体的词,以硕人为美人,无疑包含着一种形体规定。作者不仅以“硕”称庄姜,又言其“颀”。《毛传》:“颀,长貌。”所谓“硕人其颀”,翻译成现代语言就是“那个美人高高大大的”。至第三章,开首又言“硕人敖敖”。《毛传》:“敖,长貌。”“硕人敖敖”当是重复“硕人其颀”的意思,可见作者在本诗中十分强调庄姜体形的长大之美。各种材料证明,在《诗经》时代,不分男女都是长大为美的。现代学者朱自清说:“大人犹美人,古人‘硕’‘美’二字为赞美男女之统词,故男亦称美,女亦称硕。”(《古诗歌笺释三种》)这在《诗经》中就可以找到例证:

硕人俣俣,公庭万舞。有力如虎,执辔如组……彼美人兮,西方之人兮。(《邶风·简兮》)

啸歌伤怀,念彼硕人……维彼硕人,实劳我心。(《小雅·白华》)

辰彼硕女,令德来教。(《小雅·车舝》)

有美一人,硕大且卷……有美一人,硕大且俨。(《陈风·泽陂》)

前两例“硕人”指男子,后两例则以“硕”称女性。身材长大当与壮健有联系,所以长大之美就是壮健之美。这种观念与古希腊人体雕塑所表现出来的精神是一致的。当然,同以长大为美,男女还是有别的,就当时的审美理想来说,男子不仅要身躯高大,还必须劲健和“孔武有力”(“有力如虎”);而女子在长大的基础上则要求姿态端正(“硕大且俨”),相貌美好(“硕大且卷”)。如果从整体来看,《硕人》诗对庄姜的描写,是具体地体现了这一时代的审美要求的。而诗中所描写的那位颀长美丽的女性和米洛的维纳斯雕像,那一表现白种女性美的典型造型,又是可以找出许多共同点的。

曾经有很多人指出,《硕人》诗对庄姜美的赞赏,反映了当时贵族阶级的审美情趣。如果从诗中某些描写来说,这是有一定道理的。俄国文艺批评家车尔尼雪夫斯基曾经谈过审美趣味受阶级意识制约的问题,他认为“鲜嫩红润的面色”,是劳动妇女“美的第一个条件”。(《生活与美学》)用此来比较,《硕人》诗中美人双手的柔嫩、皮肤的白皙确是不参加体力劳动的贵族女性的特征。对这种美的赞赏,可能反映了贵族阶级的意识。但是,仅仅强调和批判这一点进而简单地否定这首诗是不行的。这不仅仅因为这首诗是历史的,就诗本身来说,它所表现出来的关于女性形体美的基本观点也是健康的。人类对人体美的追求,是一种高尚的美的追求。人类通过改造自然的斗争,改造自然,同时也改造自己的躯体。马克思说:“人以一种自然力的资格与自然物质相对立。”(《资本论》第一卷)为了与自然做斗争,人类需要强有力的身体,那种以高大壮健为美的观点,应该说是人类从功利要求出发对人体美最早的认识,它体现了人类积极进取的精神。

《硕人》诗所表现出来的基本审美观念,是对这种精神的继承。即使在今天我们不是仍以“健”为人体美的基本要求吗?这同剥削阶级从女性为玩物的意识出发的审美趣味是不同的。所谓“楚王好细腰,国人多饿死”,以及南朝以来的以女性病态为美的观念,乃至中国封建社会后期女子缠足之风,那才是剥削阶级对人类人体美基本观念的侵蚀和异化。至于《硕人》诗中对女性美的一些具体描写,我们一方面要注意它的历史和阶级的烙印,另一方面必须看到对女性相貌等审美要求本身并非是反历史的。其实,早在人类从物质生产角度出发对人体的“自然力”提出要求的时候,从生活的角度出发,就同时对人体提出了能使人愉悦的观感要求。随着物质文明的提高,人们在更强调内在的精神美的同时,对比例、均衡、和谐等人体形式美的要求应该说是自然的,顺乎历史发展的。而且,美的观念是历史的阶级的,但它更是随着社会生产方式和生活方式的变化而变化的。历史上某些审美观念,纵使它曾经为某一时代、某一阶级所有(这里暂且不谈共同美问题),但随着历史发展的进程,它不一定随着这一时代、这一阶级的消亡而消亡。它很可能被积淀在民族的审美观念中,成为新的时代人们审美观念的组成部分。《硕人》诗中那些形容庄姜手、肤、齿、眉的比喻,如“瓠犀”“蛾眉”之类,虽然被文人墨客不厌其烦地反复沿用而成为陈词滥调,但是,直到今天,白净的皮肤,整齐的牙齿,明亮的眼睛,细长略微弯曲的眉毛,似乎仍然是不少人所赞赏的女性美的一些特征,人们并没有因为历史上的贵族阶级赞赏过而摒弃它们。这说明美的观念的延续情况是复杂的,不能以简单的阶级批判否定了事。

(李时人)

氓

《诗经·卫风》

氓之蚩蚩,抱布贸丝。匪来贸丝,来即我谋。送子涉淇①,至于顿丘②。匪我愆期③,子无良媒。将④子无怒,秋以为期。

乘彼垝垣⑤,以望复关。不见复关,泣涕涟涟。既见复关,载笑载言。尔卜尔筮⑥,体无咎言⑦。以尔车来,以我贿迁⑧。

桑之未落,其叶沃若。于嗟鸠兮⑨,无食桑葚!于嗟女兮,无与士耽!士之耽兮,犹可说也。女之耽兮,不可说也!

桑之落矣,其黄而陨。自我徂尔,三岁食贫。淇水汤汤,渐车帷裳⑩。女也不爽⑪,士贰其行。士也罔极⑫,二三其德。

三岁为妇,靡室劳矣。夙兴夜寐,靡有朝矣。言既遂矣,至于暴矣。兄弟不知,咥其笑矣⑬。静言思之,躬自悼矣。

及尔偕老,老使我怨。淇则有岸,隰则有泮⑭。总角之宴⑮,言笑晏晏⑯。信誓旦旦,不思其反。反是不思,亦已焉哉!

注释

①淇:水名,在今河南淇县。

②顿丘:地名,在今河南清丰县。

③愆期:错过日期。

④将(qiāng):请。

⑤乘:登。垝(guǐ)垣:断墙。

⑥筮(shì):用蓍草占卦。

⑦体:占卜时的卦象。咎言:不吉利的话。

⑧贿:财物,指嫁妆。

⑨于(xū)嗟:感叹词。古人说鸠“食桑葚过,则醉而伤其性”。此喻女子沉醉于爱情。

⑩渐:浸湿。

⑪爽:差错,过失。

⑫罔极:没有准则。

⑬咥(xì):讥笑,嘲笑。

⑭隰(xí):低湿的地方。泮:水边。

⑮总角:古时男女未成年时头上扎的两个辫髻,此指童年。宴:欢乐。

⑯晏晏:温和,融洽。

鉴赏

男尊女卑,这是阶级社会统治与被统治的阶级关系在爱情、婚姻、家庭生活领域中的投影。而薄情男子、负心汉,则是这种关系的必然产物。在古代的民间作品以至文人的创作中,谴责薄情郎的主题之所以屡见不鲜,绝不是偶然的。《诗经·卫风·氓》篇,可以说是这类作品最早的名篇之一。

《氓》共六章,每章十句。它以女主人公自述的口吻,寓情于事,寓义于情,深切地暴露了那不合理的爱情生活、婚姻制度,具有丰富而深刻的社会意义,健康的、进步的思想倾向。同时,它那朴实有力、既简洁而又丰富的语言,那不枝不蔓、善于以少总多的叙事技巧,那于对比映照、具体叙写中见深情的抒情本领,质言之,即诗的艺术造诣已达到了相当惊人的高度。梁启超在《中国韵文里头所表现的情感》中说,"从文义推测得出"《氓》诗的作者,即诗中的抒情女主人公自己,并进而说:"我们因此可想见那时候女子的教育程度和文学兴味,比后来高些。"从诗中"抱布贸丝""乘彼垝垣""三岁食贫"等语看,诗中这位女子的家庭并不怎么富有,其社会地位及教育程度想亦不会很高,因而说这首诗的作者就是她自己,这个推测,未必可靠、可信。但即使是当时文人的代言之作,在两千多年以前,我国的诗人已能写出这样思想性与艺术性完美结合的作品来,已足使我们感到自豪了。

诗是写一位女子无端见弃于丈夫的不幸遭遇和悲痛心情的,是这位女子的和泪倾诉之辞。但它却不从被弃开始,而是于婚前落笔;同时,这段追述,又是那样匠心独运,极见取舍剪裁之妙。

首章首二句说,一位笑容可掬的农村小伙子,抱着布到这位姑娘家换丝来了。而三、四两句却紧接着写道:"匪来贸丝,来即我谋。"他实际上并不是真来换丝,而是来同"我"商量婚事的。如果是一位素不相识的陌生青年来找这位姑娘,借着"贸丝",一来就要同她谈结婚的事,那么这位青年岂不成了一个精神病患者了吗?事实当然不是这样。他们两个原是青梅竹马,自小相识,已经有了一段很长的交往过程了。所以这位"氓"才敢突然"来即我谋"。然而这么长的一个过程,作者在这里却统统把它舍弃了,一个字也没有写,而是留在最后一章去顺手交代。这样的剪裁布局,既丝毫无损于叙事的完整,又不显得平铺直叙,此其一;起笔破空而来,从带有关键意义的情节入手,一开始即可引起读者的注意与兴趣,此其二;入手即写"氓"与"我"两情相爱已达高潮,特别是"氓"急于求婚的情景,从而和三、四、五章所写他的旋即变心,以至抛弃"我"的行径,构成鲜明的对照,此其三;便于末章前后映照,抚今思昔,充分抒发女主人公悲愤的感情，而又不致前后重复，浪费笔墨，此其四。

这位“氓”既是“来即我谋”的，那么，他同“我”到底商量了些什么？过程如何？结果又怎样呢？读者正要看个究竟，而作者对此却又未着一字，下边，他竟笔锋一跃，忽而接着写“氓”的告辞，姑娘相送了。读者未免有点遗憾、纳闷。但是，且别着急，作者巧妙地通过下边姑娘送别的行动，和她一路上劝慰叮咛的话语，已把上述的内容和盘托出了。“送子涉淇，至于顿丘”，送他竟至于渡过淇水，直送到顿丘，看来颇为依恋难舍，情意缠绵，这表明他们的“谋”并未破裂，不是两情决绝，不欢而散。“匪我愆期，子无良媒”，又可看出他们“谋”的主要内容是商订婚期，“氓”心急欲早，而“我”则要推迟，原因是手续、礼仪尚未完备。最后看来是依了姑娘的意见。“将子无怒，秋以为期”，小伙子颇有点生气，姑娘则婉言相劝，于软语温存之中，显示了她对“氓”诚挚的爱，婚期虽然推后，但她却绝无变心改悔之意。

第二章前六句，细致地描绘了送走了“氓”以后一些日子里，这位姑娘的一些行动、情态，从而形象地揭示出她内心的感情。她不时地登上她家的矮墙，偷偷地遥望她的未婚夫——“氓”的身影。不言而喻，她的遥望，是希望他能解决“子无良媒”的问题，以实现“秋以为期”的心愿。朱熹《诗集传》云：“复关，男子之所居也。不敢显言其人，故托言之耳。”此用其说。以下“不见”“既见”两组排句，更以一忧一喜两种截然不同的情态的鲜明对照，进一步表现了这位姑娘诚挚而急切的心情。《郑笺》释“不见”二句说：“用心专者怨必深。”深得诗意。正因为她对“氓”之迟迟不来怨望之深，所以既来之后，就“载笑载言”，喜形于色，而不可抑制了。联系首章，更可见出，她说出“子无良媒”的话，绝非故意刁难，甚而别有打算，只不过是希望他们的婚姻更符合礼制，更有保障些罢了。

“氓”上次来，既带着姑娘的深情与请“良媒”的叮嘱而去，今番再来，这件事自已办妥，所以这里就未再写及，但“字去而意留”，读者是不难借助自己的想象补足它的。不唯“良媒”已有，而且，“尔卜尔筮，体无咎言”。这二句，据《郑笺》，意思是说：“复关见此妇人，告之曰：‘我卜女筮女，宜为室家矣，兆卦之繇，无凶咎之辞。’言其皆吉”。于是这位姑娘便立即应婚，“以尔车来，以我贿迁”，并告诉“氓”如期来迎娶。下边的迎娶之事，全在人意料之中，所以作者概加删削，留在言外。语言简洁干净，绝无繁芜之累。

既有“良媒”，又经卜筮，他们的婚姻，按之当时的礼制，也应是无可指摘，名正言顺，应该有所保障了。同时，姑娘对“氓”的爱，既是那样真纯热烈；“氓”对她也是如此执意地追求着，以至到了急不可耐的地步。按理说，接下来的应该是幸福的生活、美满的家庭了。然而事实却大谬不然。由于“氓”的“二三其德”，遂完全辜负了姑娘的一片真情，使她陷入深深的悲痛之中。诗的三、四、五章，笔锋突然转折，诗意急转直下，极写女主人公见弃之后悔恨怨愤的心情。

原来对这位姑娘那样钟情，那样急切追求的“氓”，曾几何时，却忽而变得爱弛情消，以至“比予于毒”，暴虐相待，终于抛弃了她。两种情态，紧相连接，后先映照，便立即在读者的内心唤起了对“氓”强烈的憎恶之感，而对陷于如此不幸境地的女主人公，则倍加同情。换言之，即大大增强了作品的艺术感染力，也增强了它的思想教育意义。这就是作者写这首弃妇之辞不从被弃开始而从婚前落笔的用意之所在、作用之所在。

这三章虽都是抒情女主人公自抒悲痛的情怀，但它却不是简单地重叠言之，而是层次井然，富有变化。

第三章，是逆笔，是总写她婚后几年不幸生活的升华与结晶，痛苦经历的概括与总述。首二句，以桑叶之润泽比喻初婚时男方的情深意浓，生活之幸福。这两句是束上。下两句则跃过了数年时间，直写现在，是启下。它仍用比喻，所要比喻的意思，即五、六两句所说的“于嗟女兮，无与士耽”，不要沉醉于“士”一时的情深意浓和生活一时的幸福之中，天真地以为这一下就前程似锦，终身有托了。原因正像南朝乐府《子夜歌》中所写的：“侬作北辰星，千年无转移。欢行白日心，朝东暮还西。”是因为男子情不专，常常会负心变卦的。这个意思，下章要写到，所以这里未涉及。末四句，又跃过一层，直说后果：如沉醉于“士”一时的笑脸甜言，深情浓意，会给自己带来难言的痛苦。“士之耽兮，犹可说也。女之耽兮，不可说也。”男尊女卑的阶级社会的道德、舆论，对男子的见异思迁行为，并没有多少压力，甚而还会像《莺莺传》中的“时人”对于负心的张生一样，“多许张为善补过者”。对于女子，却完全不同了，谴责讥笑，会纷至沓来，使你陷入无处剖白、无可倾诉的境地，只能够泪向心里流。“士”与“女”两相对照，更突出了女子被弃后的痛苦，但她无法诉说的痛苦，内容到底如何，却留在第五章去申写。

第四章，重在发抒对“士”反复无常行为的怨愤情绪。末后三句，“贰其行”“罔极”“二三其德”，意思略同而反复言之，正见其怨愤之深。“淇水汤汤”二句，《正义》据《郑笺》解释说：“言己虽知汝贫，犹尚冒此深水渐车之难而来，明己专心于汝。”再联系前边两句，就又和下边“士”的行径构成了一个鲜明的对照，从而使她对“士”的怨愤指斥更觉有力。开头两句，兴而兼比，与第三章相同。这是风诗中常用的表现手法，所取譬者，都是农村中习见的事物，从而使全诗带有更为浓郁的淳朴情调与泥土气息。

第五章则遥承三章末二句意，尽情倾诉她无端被弃后怨愤悲痛的心情。这种感情，不是用抽象空泛的语言表述出来，而是寓于对往事一气而下的追叙当中。“言既遂矣，至于暴矣”，婚后几年，她自己早起晚睡，日复一日，尽力于妇职，承担了全部的家务劳动，她总以为，这位“氓”这下该称心满意了吧，万没想到，他竟以怨报德，始则以暴戾相陵，继之更无情逼逐。这里虽无怨愤悲痛等字样，但这种情绪却充溢于字里行间，是任何一个读者所不难感受得到的。“兄弟不知，咥其笑矣”，及至见弃回家，满腹悲痛，已足使她心碎，再加上弟兄们不察真情，遽报之以冷脸、讥笑，在娘家她也得不到一丝同情与温暖。她只有默默无言地思前想后，暗自伤悼而已。同样的，这里虽亦不曾明言愁痛，但随着她对往事愈转愈深的诉说，不唯其内心世界已和盘托出，其低首蹙眉之态，亦依稀可见。

诗的最后一章本也重在抒写其见弃之后的悲愤心情，只是其抒情的方式与前三章又有所不同。“静言思之，躬自悼矣”，也许是由于她此刻正在默默无言地思前想后的缘故，所以接着便更主要地采用抚今思昔、后先映照的方式以抒悲写恨。“及尔偕老，老使我怨”，这位“氓”原曾对她说过要白头偕老的话语，表示过他的款款情悃，这样的话音犹在耳，而他却“至于暴矣”。此刻，这样的甜言蜜语，只能使她的内心更痛苦、更怨愤。“淇则有岸，隰则有泮”，而“氓”的行为却是这样地朝东暮西、放荡而无拘检。如果说“及尔偕老”云云，还可能是他新婚前后私语的话，那么下边，她的回忆更远而及于他们总角之年的美好情景：起初，言谈笑语，是那样的柔和温厚；继而由于两情相欢，那位“氓”看来曾不止一次地海誓山盟。“信誓旦旦”，态度是那样的诚恳；“不思其反”，表示永远也不会违反自己的誓言。而现在呢，“反是不思”，却正是他完全违背了自己的誓言，再也不去思量它了。两人之间一度曾经是那样深挚炽烈的爱情，由于“氓”的“二三其德”，就这样一下子化为乌有，宣告结束了。忽今忽昔，对比鲜明，大起大落，笔势纵恣，这就使这一章在表现艺术上与前三章同中有异，互不重复。同时，作者又乘此大起大落之机，补叙了诗中女主人公与“氓”青梅竹马、自小相识的情节，与首章遥相呼应，使全诗首尾圆合，结构精严而完整，从而显示了作者艺术手段之娴熟与精妙。

《氓》的前两章重在追叙往事，而叙事之中却字字含情；后四章重在抒情，抒情之中，故事的发展又约略可见。融叙事、抒情于一炉，把二者完美地结合在一起再加以前后鲜明的对比映照，遂使作品的主题表现得极充分而有力，使《氓》这首诗成为思想内容与艺术形式完美结合的名篇。《诗经》之所以后来成为我国诗歌优良传统的重要组成部分，在文学史上，每当文风颓靡，有人要起衰救弊之际，每每提出它来，以相号召，即此一篇，已可看出这绝不是历史的偶然现象，或几个封建文人主观愿望的随意表现。

（高海夫）

竹竿

《诗经·卫风》

籊籊竹竿，以钓于淇。岂不尔思？远莫致之。

泉源在左，淇水在右。女子有行，远兄弟父母。

淇水在右，泉源在左。巧笑之瑳，佩玉之傩。

淇水滺滺，桧楫松舟。驾言出游，以写我忧。

鉴赏

一个卫国的贵族女子出嫁他国，阔别亲人，远离故土，时间和空间的距离使她痛苦不堪，她多么想回家看望父母兄弟，多么想重游故国的山山水水。但是“思归宁而不可得”，只能把感情寄托在回忆之中。《竹竿》就是这个女子美好而痛苦的回忆。

两千多年前的这位贵妇，一定不知道什么叫“意识流”，但是她的诗是自己纯真心态的流泻，是自身心理活动细致而生动的写真。全诗四章，以回忆贯穿始终。首章写因回忆而引起的内心痛苦——家乡的淇水，淇水之上的垂钓，多么愉快欢乐的生活情景，但现在一切都不复存在了。谁说我不想回国重温那美丽多彩的旧梦呢？“远莫致之”——路途遥远，想回也回不成啊！这里，痛苦的现实与愉悦的回忆对照着出现，细腻而传神地表现了诗人凄绝的心态。意识流的特点之一是捕捉瞬间的感受和印象，再现跳跃式的联想。诗人的感情是丰富的，她的感受是敏锐的，当她的思绪还在对家乡的思念之中挣扎，当她还没有摆脱痛苦与愉悦的对抗，她的思想却又跳回到当年出嫁时的情景——泉源河的水在朝歌城北潺潺地流淌，奔腾的淇水在朝歌城南蜿蜒而去。这是她的故乡卫国，这里不仅有熟悉的一山一水，更有自己亲爱的父母兄弟，但是如今要远别这可爱的一切了,“女子有行”——自己要出嫁到远远的异国他乡去了。她不知道迎接自己的是吉是凶,是喜是忧,她听任命运的摆布,流露出一种无可奈何的惆怅。这种心理,不正是当时婚姻制度下妇女心态的真实写照吗?

紧接着作者的思绪又出现了一次跳跃。她忽然又看见了少年时代的自己,她天真活泼,她特别爱笑——“巧笑之瑳”,当她开怀大笑的时候,露出洁白的牙齿,在红润细嫩的面颊映衬下,是那么迷人。她身材苗条,腰身婀娜,走起路来身上的佩玉发出清脆的声响,是那么的美。诗人甜甜地回忆着,不觉陶醉了。这是一种什么心理呢?是“顾影自怜”(《诗义会通》)。这是自我欣赏、自我陶醉,隐藏在深层的依然是现实生活中的无限愁苦。人的心理到了极端痛苦的时候会失去平衡,而“顾影自怜”则是求得平衡的手段之一。当然,诗人并不会意识到这一点。这是一种下意识的心理活动,诗人如实地把它记录了下来,于是我们看到了一个美妙可爱的少女形象。

直至最后一章,诗人的思绪仍然在回忆中游荡。她见到了悠悠流淌的淇水,看到了经常乘坐的“桧楫松舟”。然而,人毕竟不能在回忆与幻想中生活,她终于回到了现实中来了——痛苦依旧,思乡情切。怎样才能打发自己的无限愁思呢?她采用兴奋转移的方法——驾车出游,以宣泄乡愁。这里,看似解愁了,实质上正说明诗人的愁思无法解脱,也正衬托出她的愁思之深。

这首诗写的是诗人的心理活动。诗人的联想是跳跃的、流动的、多变的。但是,这种跳跃、流变却又不是毫无关联的,彼此割裂的,它们始终被一个引起联想(诗中表现为回忆)的观照物——淇水关联着。淇水勾起诗人的回忆,淇水组织着回忆的脉络和层次。这样整首诗就显得零而不碎,游动而严整了。

(程俊英　朱杰人)

河　广

《诗经·卫风》

谁谓河广[①]?一苇杭之[②]。谁谓宋远?跂予望之[③]。

谁谓河广?曾不容刀[④]。谁谓宋远?曾不崇朝[⑤]。

注释

①河:黄河。

②杭:通“航”,渡河。

③跂:踮起脚后跟。予:我。

④刀:通“舠”,小船。

⑤崇朝:即终朝,整个早晨。

鉴赏

这是一个客居卫国的宋人思念家园之作。卫国在戴公之前以朝歌为都城,同宋国隔着一条黄河,所以有“河广”之叹。

这是一首极简短的小诗,才三十二个字,但写得想象丰富、感情饱满,颇具感染力。诗人不用《国风》常见的比兴手法,也不用“铺采摛文,体物写志”这样严格意义上的赋法,而是写了四句设问,紧跟着四句回答。没有呼告,没有诘责,一切都显得那么平静。他伫立在滔滔黄河边,遥望对岸的故园。沉吟良久,自言自语:“谁说黄河广阔?一束芦苇便可渡过。谁说宋国路远?踮起脚尖就能望见。谁说黄河宽广?一只小船也能容纳。谁说宋国路远?一个早上就到家乡。”既然渡河抵宋如此容易,为什么不回去呢?诗戛然而止,没有下文,但是意没有尽,诗人一定有难言之隐,一定有不可克服的障碍,致使他只能隔岸遥叹,却无法真正命驾归去。或许家乡已经妻离子散,或许桑梓充满狼烟烽火,或许他是避仇而逃奔异国,或许他是躲债而流落他乡……诗人给读者留下了无穷的余地,任凭我们张开想象的翅膀。然而,无论如何浮想联翩,有一点是毫无疑问的,那就是丰富的潜台词后面涌动着无比强烈的感情波涛,回荡着难以自已的乡愁离恨。这就是《河广》这首小诗给我们带来的深长隽永的美的享受,审美主体和客体在短短的字里行间交汇了,撞击了,心灵溅出了火花,引来了共鸣。

“谁谓河广”“谁谓宋远”的设问句,在全诗寥寥三十二个字中,宛如一首协奏曲中的主旋律回环往复,而围绕着主旋律的华彩乐段则是想象奇特的夸张修辞。“一苇杭之”“跂予望之”“曾不容刀”“曾不崇朝”,滔滔黄河,在诗人眼中似乎只是一条小沟渠;漫漫归途,在诗人看来似乎只有咫尺之遥。这些言过其实的说法,非但没有使人感到不真实;相反,从中更见出诗人思归的沉痛和迫切。黄侃《文心雕龙札记》说:“文有饰词,可以得言外之情。”很确切地指出了这种夸张在抒发作者感情方面的作用。而姚际恒《诗经通论》称这些夸张句为“奇话”,方玉润《诗经原始》称它们“奇秀可歌”,则是点明了这种夸张在读者心目中引起的奇幻的美感。

(程俊英)

伯　兮

《诗经·卫风》

伯兮朅兮①，邦之桀兮②。伯也执殳③，为王前驱。

自伯之东，首如飞蓬。岂无膏沐，谁适为容④。

其雨其雨，杲杲出日⑤。愿言思伯，甘心首疾。

焉得谖草，言树之背。愿言思伯，使我心痗⑥。

注释

①伯：古代妻子对丈夫的称呼。朅(qiè)：威武雄壮的样子。

②邦：国。桀：借作"杰"(傑)，英杰。

③殳(shu)：一种一丈二尺长没有刃口的武器。

④适：悦，喜欢。谁适为容：打扮起来讨谁的喜欢。

⑤杲杲(gǎo)：日出光芒四射的样子。

⑥痗(mèi)：忧思成病。

鉴赏

这首诗写一个妇女思念远征的丈夫，是《诗经》中一首出色的思妇诗。写思念征夫的闺怨，是我国古典诗词的传统题材，历代诗人都有名作。这首诗可以说是中国闺怨诗的发端，它的意境和形象为后世许多作品所袭用，影响深远。

全诗四章，层层递进，把思妇怀念征夫的无法解脱的相思之情，一步步生动、深刻而细腻地描写出来，语直而意美，辞浅而情浓，表现了抒情主人公对丈夫深挚笃厚和忠贞的爱情以及深切思念的痛苦。

首章写思妇思念中的丈夫出众的形象。夫妇情深而长久别离，丈夫的形象时时刻刻浮现在她心目之中，所以一开篇便用四句十六字,活画出一个英武有为的美男子。“伯兮朅兮,邦之桀兮”,古人以高大魁梧、英武刚健为美,“伯”是女子对丈夫的敬称和爱称,这两句可译为:我的爱哥哥多么高大魁伟,一国之中数他英武出众。“伯也执殳,为王前驱”,爱哥哥手持丈二长殳这一形象多么英武;从卫国被选拔去作周天子出征的先锋,他是多么非凡!在她的心目中,他的形象伟岸而光彩,她用连声的赞美,表现了她对他的热爱和崇拜。她爱的丈夫是这样一位品貌超群的男子,这样的丈夫又怎能使她不日日夜夜地思念。这和汉乐府《陌上桑》中罗敷夸夫“座中数千人,皆言夫婿殊”异曲同工,这样的夸耀和自豪,愈显得相爱的深厚和专一。

二章抒写思妇苦苦相思而懒得梳妆。“自伯之东,首如飞蓬”:自从爱哥哥去东征,我的头发像飞蓬。用一个生动的典型细节,形象地勾画了抒情主人公在丈夫走后蓬头垢面、无心梳洗打扮的慵懒姿态,表现了一心思念丈夫而感到生活的空虚乏味。为什么无心修饰呢?“岂无膏沐,谁适为容!”她说:不是没有梳头油,我打扮起来又给谁看呢?语直情浓,把她对丈夫的热爱和专一进一步深刻地刻画出来。这两个意象,后来衍化为“女为悦己者容”这句俗语,典型地描摹了女子痴心专注的情怀,后世许多闺怨诗也祖武或化用这个动人的意象。

三章的抒写又深了一层,着力表现思妇思念的殷切。“其雨其雨,杲杲出日”,长久的离别,难耐的孤寂,好像大旱盼雨水,她祈求着下雨吧,下雨吧,渴望降落甘霖浇灌她热切如焚的心田,可是偏偏出现红彤彤的太阳,希望总是落空,比喻盼望丈夫归来而不归,满怀希望变成失望。“杲杲出日”是明丽的景象,和她黯然神伤相对照,更显得她的悲伤之深。后两句笔锋陡然一转:“愿言思伯,甘心首疾”,纵然盼他盼不回来,我还是要天天盼,即使想得头痛也甘心情愿。辞浅意深,以甘愿忍受相思之苦,表现她爱情的坚定和无尽的期待。

末章抒写思妇企求解脱而实际不得解脱,把相思之苦发展到极点。“焉得谖草,言树之背”,哪里能得到忘忧草,将它栽到小瓦盆里,让我天天面对着它。可是这只是一个不能实现的幻想。世间并没有这种神奇的草,我们的抒情主人公也就不可能从愁苦中解脱。“愿言思伯,使我心痗”,她还是只有长久地痛苦地思念,终于心头郁结难解,相思成疾了。从“焉得”到“不得”,欲抑先扬,欲擒故纵,文情腾挪有致,曲折自如,把抒情主人公的相思情发展到顶峰,戛然而止,唤起读者对她的深切同情。

历代诸家说《诗》,认为《伯兮》,“刺时也。言妇人为其君子行役,过时不反,深感痛苦而作”。推本诗言外之意,这种解释也没有错误。从抒情主人公刻骨的痛苦的相思,我们也能看到战争给许多夫妇,特别是闺中妇女所造成的离别相思之苦。

(夏传才)

有　狐

《诗经·卫风》

有狐绥绥，在彼淇梁。心之忧矣，之子无裳。

有狐绥绥，在彼淇厉。心之忧矣，之子无带。

有狐绥绥，在彼淇侧。心之忧矣，之子无服。

鉴赏

这首诗的诗义历来解说纷纭。一说女子看见狐狸求偶，心想嫁给一个缺衣少穿的单身汉；一说这是女子忧念她流离失所、无衣无裳的丈夫；一说贫妇见剥削者衣衫华贵徜徉河边，对比丈夫无衣无裳而满怀忧愤，另外还有各种各样的说法。这首诗主要表现有一定典型性的感情活动，可以适应不同场合、不同人物的心理动态，由于对一个多义词语（"绥绥"）的不同理解，上面诸说都可解通。自古诗无达诂。我们取近人刘大白说：猎人看见狐狸就想起妻子或恋人缺少衣裳。（《白屋说诗》）

一个猎人出门打猎，来到淇水岸，突然看见毛茸茸的狐狸。他正为恋人缺少衣裳忧愁，这丰厚的皮毛正是缝制下裳、衣带、外套的绝好材料。于是，他的视线紧紧地盯着这只狐狸，随着狐狸的行走而移动。第一章写狐狸从河对岸走过了河梁，他想，他可以给她添下裳了；第二章写狐狸过了河梁走到浅滩，他想，狐皮的下料可以给她缝一条衣带；第三章写狐狸走近了，来到了河岸边，那茸茸的毛皮也看得更清楚了，他想，还是给她添外套。

全诗睹物生情，反映了抒情主人公对恋人时时刻刻的关怀，充满在他心头的是用自己的劳动作为对爱情的奉献，表现了劳动者真挚、淳朴而深厚的爱。

全诗采用重章叠唱的手法，洋溢着浓厚的民歌风味。三章的结构完全相同，各章的语言也几乎完全相同，每章只换了两个近义字（梁、厉、侧，裳、带、服）。这种章节复沓的形式，便于记忆和传唱。反复咏叹同一种内容，一唱三叹，能够充分抒发思想感情，加强主题的感染力量，而且余韵无穷，给人留下深刻鲜明的印象。

在这首诗里，各章换用两个字，又起到一章比一章诗意发展和感情加深的作用。各章换的第一个字(梁、厉、侧)，是表现狐狸的动态：在猎人的目光中，毛茸茸的狐狸远远走来了，它走过了河梁，来到了浅滩，又来到了岸边，猎人的目光随它移动，向它瞄准。各章换的第二个字(裳、带、服)，是表现猎人的心理动态：先想到她的下裳，再想到还可以加一条衣带，当狐狸走近时又想到适合为她制外套。随着他内心活动的历程，把他对恋人无私的奉献和深切的关怀，淋漓尽致地表现出来。

《诗经》所保存的章节复沓的艺术，来源于古代民歌，它对我国古典诗歌创作有深远影响。直到现代，重章叠唱仍然是诗歌创作的一种重要手法。

(夏传才)

木　瓜

《诗经·卫风》

投我以木瓜，报之以琼琚。匪报也，永以为好也。

投我以木桃，报之以琼瑶。匪报也，永以为好也。

投我以木李，报之以琼玖。匪报也，永以为好也。

鉴赏

《木瓜》是一首歌咏男女欢爱的恋歌，从诗中的“木瓜”“木桃”“木李”看，投赠者当为女性，因为古时采摘工作一般是由妇女来承担的。顺手把手中的或篮子里的果子掷给自己看中的小伙子，乃是十分合乎情理的事。由此可推断，还报者即诗的作者必定是一个男性青年无疑。

诗的前两句是写男女互相赠答。这大概是当时青年男女选择对象的一种社会风尚，至今在一些民族中我们仍然可以发现某些类似的遗风旧俗。作者在此用“投”和“报”两个动作，给我们展示了一幅生动的图景，一群妇女正在采摘着果实，这时一个壮硕的青年男子途经此处，在女人们中间引起一阵骚动。一个大胆的俏姑顺手将一只果子投向这个小伙子。青年男子接住果子，惊喜极了。他知道这美人之贻的果子可不是一个平常的果子，于是解下身上的佩玉琼琚，双手向姑娘捧了过去。在此我们要特别注意体味“投”字的神韵，它将姑娘的泼辣大胆劲儿一下子显露了出来。如果换一个“递”字，诗味就会寡淡许多；如换成“赠”字，则更是了无生趣了。

诗的最后两句是作者直陈心曲。诗意至此顿一跌宕，显得意味盎然，也许姑娘这时想逗一逗小伙子，突然间变得一本正经起来：“轻薄子，这是干什么？”小伙子便急切地表白道：“这并不是你的果子的价钱，而是我想和你永远相好的信物。”说的是很淳朴率真的。

全诗的重心在最后这两句上，这一点，诗意本身是很清楚的。从修辞手法来说，《木瓜》采用的是比体。“比者，附也……附理者切类以指事。”（《文心雕龙·比兴篇》）本诗的“理”就是后面这两句，前面两句主要是用来比附说明“永以为好”的。还有，从篇章结构看，《木瓜》全诗共三章，除各章的前两句有几个字变化外，最后这两句则完全相同。作者连用三对不同事物的句子，来反复咏唱的就是“永结情好”的旦旦信誓。

如前所述，《木瓜》用的是比体，但是由于作者所用来进行比拟的不是抽象的一还两、得牛还马之类的俗语谚谣，而是取之于活鲜鲜的生活事实，并用当时活鲜鲜的口头语表达出来，所以全诗显得意象浑然、音同天籁，洋溢着勃勃生趣。

（凤录生）

黍离

《诗经·王风》

彼黍离离，彼稷之苗。行迈靡靡，中心摇摇。知我者谓我心忧，不知我者谓我何求。悠悠苍天，此何人哉！

彼黍离离，彼稷之穗。行迈靡靡，中心如醉。知我者谓我心忧，不知我者谓我何求。悠悠苍天，此何人哉！

彼黍离离，彼稷之实。行迈靡靡，中心如噎。知我者谓我心忧，不知我者谓我何求。悠悠苍天，此何人哉！

鉴赏

《黍离》一诗，基调悲凉凄怆，与《卫风·载驰》十分相似，非大忧大疾者是难出此音的。可能是一个长期在外为国奔忙，却遭到谗害的周大夫的舒忧泄愤之辞。

全诗共三章，结构完全相同。首二句是写途中所见，有“冬去春来”“花开花落”之意，各章的第一句重复相同，第二句则依次有“苗”“穗”“实”三字的变化，就像电影中的特写镜头，形象地显示了时序的推移变化。第一章的前两句是一组平行的关系，描写的是两种景象：黍子一行行，高粱苗儿晃。而二、三章则变成了一种对比关系：来时黍子一行行，而今稷穗儿壮又长；来时黍子一行行，转眼稷粒堆满仓。这样，旅途的辛劳，心情的烦躁自在不言之中了。对此，《孔疏》说得很明白确切：“诗人以黍秀时至，稷则尚苗，六月时也。未得还归，遂至于稷之穗，七月时也，又至于稷之实，八月时也。是故三章历道其所更见。稷则穗实改易，黍则常云离离，欲记其初至，故不变其文。”

另外，这三字的变化，在各章还起了变换韵脚的作用，使诗显得摇曳生姿。

前两句是诗人眼中的“情”景，下面的三、四两句则写景中之人。这是一个跋涉不已疲惫异常，内心充满忧愤的行者形象。“行迈靡靡”是从行动上来描写的。“行迈”即古诗“行行重行行”的意思，“靡靡”乃“行迈”所致。第四句则叙写人物的心理状态，作者在各章用“摇摇”“如醉”“如噎”几个字，分别对应其第二句中的“苗”“穗”“实”，形象地表现了诗人随着时序的变迁而不断加深的郁闷心情。

以下四句则直接倾诉诗人内心的悲愤感情，“知我者谓我心忧”，换句话，就是说我的心是很忧愁的，我是心有所忧才出外奔走的。这是指“摇摇”“如醉”“如噎”而言的。“不知我者”可能指那些对自己的行动和心情不理解或不以为然的人，更可能指那些颠倒黑白、嫉贤妒能的奸佞小人。春秋战国时期，游说干谒之士纵横于阡陌之上，他们到处投奔钻营，企图一朝得用，青云直上，荣华富贵。“何求”当此谓也。作者心系国运时祚，长年奔波于外，备受种种艰辛，反而因此受到误解和谗害，这怎能使他不感到冤屈悲愤呢！于是便发出了“悠悠苍天，此何人哉”的悲叹。苍天，在人们的心目中是公正无私的象征，当人们遇到奇冤大悲时，往往呼天喊地。在屈原的《离骚》和《九章》等辞赋中，这样的呼天之词并不鲜见。本诗的主人也终于将自己的是非曲直上诉于天庭了。可见其冤之深，其愤之广，亦可见当时政治之黑暗，朝廷之腐败。

这首诗，作者只是“心之忧之，且歌且谣”一味地倾诉而已，至于他究竟“忧”的是什么，行迈在外“求”的是什么，作者自始至终没有明说。不过细玩其词、详审其音，我们还是可以了解其个人身世之慨和所蕴含的忧国忧时的思想的。王鏊称其“有言外无穷之感”，可谓深得其三昧矣。

（凤录生）

君子于役

《诗经·王风》

君子于役，不知其期，曷至哉？鸡栖于埘，日之夕矣，羊牛下来。君子于役，如之何勿思！

君子于役，不日不月，曷其有佸？鸡栖于桀，日之夕矣，羊牛下括。君子于役，苟无饥渴？

鉴赏

《君子于役》是流传在东周王畿（今河南洛阳）附近的一首民间歌谣，大约产生在周平王东迁以后到春秋中期以前的这段时间里。作品表现了一位妇女对服役在外的丈夫的深刻怀念之情，反映了这个时期频繁的战争和沉重的徭役给劳动人民带来的深重苦难。春秋前期是周天子的王权下落、大国诸侯互相争霸、各国之间剧烈攻伐兼并的时期。单说当时与王畿有关的战争和徭役，前后就有桓王二年（前718）的虢公伐晋，桓王十三年（前707）的兴兵伐郑，惠王二年（前675）的被燕、卫所伐，襄王三年（前649）的太叔带召戎内侵，以及襄王十六年（前636）的太叔带二次作乱，周襄王被逐外逃等。《君子于役》中这位妇女的丈夫究竟是因何外出，是打仗，还是服劳役？作品没有细说，反正这类同题在当时是很多的。远的不说，就以《王风》中的邻近篇章而言:“扬之水,不流束薪。彼其之子,不与我戍申。怀哉怀哉!曷月予还归哉!”(《扬之水》)就是一首驻守外地的周国士兵们的思乡歌,表现了他们对于长期驻守在外,而且还常常调动换防的不满情绪。“有兔爰爰,雉离于罗。我生之初,尚无为!我生之后,逢此百罹。尚寐无吪!”(《兔爰》)在这里,那些饱经社会乱离、不堪忍受深重的赋税徭役之苦的周国臣民在怨天恨地,甚至他们觉得与其这样活着还不如死了好。意大利文艺复兴时期的大雕塑家米开朗琪罗在一座睡着的雕像的座子上刻道:“只要世上还有苦难和羞辱,睡眠是甜蜜的。要能成为顽石,那就更好。一无所见,一无所感,便是我的福气。因此别惊醒我。啊,说话轻些吧!”(《艺术哲学》)这刚好是“尚寐无吪”四个字的绝好注脚。这是多么愤激、多么痛苦的话啊!“苍苍烝民,谁无父母?提携捧负,畏其不寿。谁无兄弟,如足如手?谁无夫妇,如宾如友?”(唐李华《吊古战场文》)尽管统治者们草菅人命,不顾劳动人民的死活,但是他们的亲人却心疼地日日夜夜地思念牵挂着他们。这就是《诗经》里《君子于役》《伯兮》《卷耳》等一批妇女怀念征夫的作品所由产生的现实基础。

《君子于役》的大意是说:丈夫服役在外已经很久了,什么时候才能期满回来?他现在到了什么地方呢?鸡上窝(埘)了,太阳落山了,牛羊也都回来了。只有出门在外的丈夫不见踪影,这怎不叫人思念呢?丈夫服役在外已经很久了,还要在外头过多少时候呢?什么时候才能回来团圆(佸)?鸡上架(桀)了,太阳落山了,牛羊也都回来(下括)了。只有出门在外的丈夫不见踪影,他不会挨渴挨饿吧?“曷至哉”,郑玄和孔颖达都把它解释成何时来到,我觉得这样与第二句“不知其期”的意思重复。朱熹把这句解释成“今亦何所至哉”,我觉得这样比较曲折丰富。

这首诗的写作特点首先是用一种白描的手法来朴素真实地刻画女主人公的心理活动,整首诗都是以女主人公内心独白的形式来表现的。在这里没有《伯兮》中“自伯之东,首如飞蓬。岂无膏沐?谁适为容”那种给人以强烈刺激的肖像描写;也没有“愿言思伯,甘心首疾”,“愿言思伯,使我心痗”那种发誓赌咒般的激烈情绪;甚至它也没有像《卷耳》中那样翻进一层的对远人现时活动的种种设想,如“陟彼高冈,我马玄黄。我姑酌彼兕觥,维以不永伤”等等。它只是用一种洗练的笔调如实地勾画出了这位善良的女主人公的一片痴情。她的思想像一泓碧水,深沉澄澈;她的感情像一道小溪,汩汩流淌,曲折缠绵。她对亲人的那种无限关心、无限忧虑,以及她那种无比细腻的怀念之情,就是通过“不知其期”“不日不月”“曷至哉”“苟无饥渴”等这样几个聚光点反映出来的。而读者也就可以由此明白,由此推知征人在外的一切颠沛劳碌，一切衣食住行的艰辛无一不在这位善良妻子的忧思挂念之中了。《小雅·何草不黄》中写道："匪兕匪虎，率彼旷野。哀我征夫，朝夕不暇。"《小雅·采薇》中写道："行道迟迟，载渴载饥。我心伤悲，莫知我哀！"这是两首反映西周末期周国役夫士卒具体生活的诗篇，这不早就对《君子于役》中这位女主人公的"曷至哉""苟无饥渴"的内心呼问做出回答了吗！其实女主人公自己对此何尝不知？她的忧伤挂念不就是因为想到这些才变得格外沉重难挨的吗？这篇作品的心理描写是成功的，它用洗练的笔调极大程度地诱发了读者对于这位女主人公的形象以及她在当时这种特定环境中的种种音容、步履的丰富联想，从而更突出地显示了作品对读者的感染力。

《君子于役》在写作方法上的第二个突出特点是成功地描写景物、渲染气氛，使之与抒情主人公的思想情绪融为一体，从而构成了一种迷离怅惘，深沉绵缈，使人无限心折、无限流连的艺术境界。"鸡栖于埘，日之夕矣，羊牛下来。君子于役，如之何勿思？""鸡栖于桀，日之夕矣，羊牛下括。君子于役，苟无饥渴？"属于环境景物描写的实际上只有"鸡栖于埘，日之夕矣，羊牛下来"这十二个字，但在其所构成的艺术境界中，我们难道不是除了看到夕阳中走下山岗回到烟村来的牛羊外，同时，甚至首先看到了那些荷锄的农夫，提篮的桑女，以及那些担担背篓的樵子渔父吗！天黑了，这是一个鸟还巢，兽归窝，人人返回村落，返回家园的时刻啊！可是，"望尽千帆皆不是"，怎么这里边就独独没有自己长年外出的丈夫呢？他究竟到什么时候才能回来？不要说和别的人家，就与那些禽兽比一比吧，我们的这位女主人公在当前这种环境中是感到多么孤单、多么冷落、多么凄凉啊！由于这两句写景是在女主人公的心理独白中描述出来的，所以让人读起来觉得它是那样的自然省力，它与女主人公的失意情绪是那样的统一和谐，它仿佛有声有色，可触可闻；它怅恻缠绵、深沉辽远，使人不由地为之心动神摇，柔肠百结。

《君子于役》在表现与描写傍晚的环境景色和念远怀人、感伤别离的这种关系上，是具有开创性的。从此，后人的无数诗歌、辞赋、戏曲、小说都相继而起纷纷地描写这种场面境界，如曹植的《赠白马王彪》："原野何萧条，白日忽西匿。归鸟赴乔林，翩翩厉羽翼。孤兽走索群，衔草不遑食。感物伤我怀，抚心长太息。"潘岳《寡妇赋》："时暧暧而向昏兮，日杳杳而西匿。雀群飞而赴楹兮，鸡登栖而敛翼。归空馆而自怜兮，抚衾裯以叹息。"其他如李白的《菩萨蛮》、白居易的《闺妇》、李清照的《声声慢》，以至现代评剧《小女婿》中"鸟入林，鸡上窝"的唱词。它们的工拙尽管有别，但却显然都是与《君子于役》中的这种环境景物描写一脉相承的。清代许瑶光在他的《再读〈诗经〉四十二首》中写道："鸡栖于桀下牛羊，饥渴萦怀对夕阳。已启唐人闺怨句，最难消遣是昏黄。"说得很好，但实际上《君子于役》沾溉后人的岂止是"唐人闺怨"呢？

（韩兆琦）

中谷有蓷

《诗经·王风》

中谷有蓷①，暵其干矣②。有女仳离，嘅其叹矣。嘅其叹矣，遇人之艰难矣。

中谷有蓷，暵其脩矣③。有女仳离，条其歗矣④。条其歗矣，遇人之不淑矣。

中谷有蓷，暵其湿矣。有女仳离，啜其泣矣。啜其泣矣，何嗟及矣。

注释

①中谷：谷中。蓷（tuī）：药草名，即益母草。
②暵（hàn）：干枯。
③脩（xiū）：干肉，引申为干枯。
④条其歗矣：长声叹息。

鉴赏

在生产力水平还比较落后的东周时代，人们一遇天灾人祸，生活就更加困苦不堪，许多人甚至被弄得妻离子散、家破人亡。这首诗反映的就是这样的现实：由于凶年饥馑，丈夫为渡难关，竟忍心将结发之妻一脚踢开，无端抛弃了，这是非常触目惊心的。在古代社会，妇女被遗弃的因素很多，一般则不外是年老色衰，或不守妇道，像这样为度荒年而赶走妻子的事，还是颇为罕见的。它除了说明天灾之重、丈夫之薄情外,更可见出当时妇女的社会地位之低和命运的悲惨不幸。

所以,此诗的主旨就是通过这位被遗弃女子的沉痛悲诉,表达出对负心男人的怨恨之情。全诗避开那种平铺直叙的写法,把重点放在感情的强烈抒发上。每章开头都以"中谷有蓷,暵其……矣"起兴,用蓷草生于谷中湿地而干枯比喻女子被遗弃而憔悴,然后细致地描写了女子被遗弃后的悲痛怨恨的思想感情,以及作者对她的无限同情。展现在我们面前的是个孤苦伶仃、无依无靠的弱女子,在天灾人祸的突然打击下,她走投无路,求生不能,求死不得,没有一点办法,只好仰天慨叹,大声呼号,拼命哭泣,借以发泄内心的强烈痛苦与不平。在她如怨如慕、如泣如诉的哀婉声中,使人感到字字有血,声声皆泪,不能不为之怆然泪下,寄予深切的同情。

此诗的篇章结构,采用的是民歌常用的反复咏叹的形式,三章的词句基本相同,其中只换了几个字,句法结构完全一样。这样的形式,有助于突出主题,反复地抒发感情,使所表达的感情更加韵味深长,更加哀婉动人。虽说各章歌咏的内容基本相同,但又不完全一样。首章重在说识人之难,找不到一个称心如意、可以共甘苦同患难的丈夫;次章则指出男子缺德,自己所嫁非人;末章侧重表现女子那种追悔莫及的恼恨心情。三章意思层层递进,表现了女子对现实认识的逐渐清醒,逐步提高。当然,诗人把弃妇的遭遇归结为错嫁的偶然原因,而没有认识到这是男尊女卑的不合理社会制度造成的。这不能不说是一种时代的局限。

在用韵上,"仳离""艰难"为叠韵,三章中第二句与最末三句均是句末字用同声,韵在同声字的上一个字,并且是入声韵,读来倍觉缠绵凄楚,悱恻苍凉,沉痛至极,具有感人的艺术效果。

(俞樟华)

兔　爰

《诗经·王风》

有兔爰爰,雉离于罗。我生之初,尚无为!我生之后,逢此百罹。尚寐无吪!

有兔爰爰,雉离于罦。我生之初,尚无造!我生之后,逢此百忧。尚寐无觉!

有兔爰爰,雉离于罿。我生之初,尚无庸!我生之后,逢此百凶。尚寐无聪!

鉴赏

这是没落贵族感叹生不逢时而悲观厌世的哀歌。一说这是小民在重压下的痛苦呻吟。细玩诗意,当以前说为是。

这是《王风》中的一首诗,流传在东周京畿洛邑一带。平王东迁以后,周室衰微,家室飘荡,贵族集团失去了权势财富,饱经离丧动乱,而且诸侯背叛,构怨连祸,灾难频仍。本诗的作者正是生活在这社会大变革时期的这些没落贵族中的一员。

全诗三章,重章叠唱,每章只调换几个同义词,反复咏唱,加深主题。

诗人开篇以"兔""雉"做比喻,"有兔爰爰,雉离于罗"。他认为,原来那些看着不起眼、任人捕杀的小动物倒安详舒适、自由自在,而五彩斑斓的野鸡反而遭难陷进了罗网。在这里,他把当时的在位者比作卑贱的兔子,把自己所属的没落的一群比作高贵的野鸡。卑贱的和高贵的在今日完全颠倒了所处的地位,诗人以这个比喻表现了内心的愤慨。

面对这样的现实,代表无法挽回自己命运的没落的一群,诗人的眼睛只能向后看,留恋过去的岁月,埋怨今日的处境:"我生之初,尚无为!我生之后,逢此百罹。"当初出生的时候,还没有这些事故折磨,生下来以后,却遭到数不清的灾祸。诗人在怨天怨命,感叹生不逢时。

往昔一去不复返,看不到改变命运的出路,他陷入了悲观绝望之中。"尚寐无吪!"还是睡觉吧,躺下永远不起来。这就是说,他寻求的方法是但愿长眠不起,以死来求得解脱。这是对现实的逃避,对生活的绝望。思想感情是消极的,艺术表现却语直而情真,生动感人。

第二章和第三章只在相同位置上调换四个近义词。把"雉离于罗"的"罗"字分别换为"罦""罿";把"尚无为"的"为"字分别换为"造""庸";把"逢此百罹"的"罹"字分别换为"忧""凶";把"尚寐无吪"的"吪"字分别换为"觉""聪"。虽然所换的字都是近义词或同义词,但并不是简单地复沓咏叹,而是丰富了意象,加深了主题。

第一章写陷进了罗网,第二章写陷进了设置机关的覆车网,这是不易逃脱的;第三章写陷进了布设在车上的捕鸟网。言外之意是说:猎人设置了机关,到处布设了罗网,在这个世上无法逃避厄运。

第一、二章写初生的时候世上还没有这么多事故折磨，第三章写那时还没有这么多的劳累艰辛，表现了他对过去岁月和平、悠闲、安适生活的留恋，意思加深了。

第一章写他出生以后在生活上遭遇了百种灾难；第二章写他在精神上遭遇了百种忧愁；第三章写他在命运上遭遇了百种凶恶。从生活上、精神上、命运上多方面地表现了他在现实中的不幸。

第一章结尾说长睡不起，第二章说不再睁眼看这个世界，第三章说对这世界上的一切再不去听。不起、不看、不听，把自己和这个世界完全隔离，有力地表现了他对现实的诅咒。

由此可见，这首诗的重章复沓，不是简单的重复，而是层层递进，构成一个整体，使内容丰富、主题深化，给读者印下鲜明的形象，加强了感染力量。

（夏传才）

采　葛

《诗经·王风》

彼采葛兮。一日不见，如三月兮。

彼采萧兮。一日不见，如三秋兮。

彼采艾兮。一日不见，如三岁兮。

鉴赏

《采葛》是一首怀人的诗。诗人想象自己的意中人正在采葛，或在采萧、在采艾，借以抒发怀想之情。诗人自己呢，或在征战途中，或在外地做工，从诗中很容易看出，他无时不在思念着家乡亲爱的人儿。三个反复出现的“一日不见”，就表明思念之切、思念之苦，而另一方面，我们也可体会到，远离家乡、远离亲爱的人儿，是多么孤单、寂寞，此时，想想自己的意中人或在采葛，或在采萧，唱着山歌，说不定对方也在思念着自己呢，游子的心里又是多么可意温馨。

这首诗的艺术特色,我以为有下面几个方面值得欣赏。其一是合理的夸张手法的运用。作者抓住“离别苦”这个普遍的心理,加以扩大,一日不见,就有三月、三秋、三岁那么长,一日与三月、三秋、三岁相比,前者短,后者长,形象地表达了诗人思念之苦、思念之烈;而由三月而三秋、三岁,语意步步递进,情感步步发展,夸张的程度由小而大,表明了相思的程度久而益深,达到了表现对意中人热烈的惦爱的艺术效果。

其二,“一日不见”三次迭现,造成一种回环往复、丝丝入扣的艺术境界。“一日不见,如三岁兮”,诗至此戛然而止,思念的程度仿佛达到最高限,犹如紧绷的琴弦,再拉紧一点就会断掉一样。然而,由于有如三月、如三秋的铺垫,我们至此好像走进了一个更深远的意境,我们感到,诗人的思维远远没有停止,给读者留下了一个不尽的时间,一个不尽的空间……

从以上两方面也可以看出,诗人思念之情表白得相当大胆、率真、诚挚、热烈,在这里,并没有华丽辞藻的修饰,也没有半点的无病呻吟,这也是本诗作的鲜明特色。

《采葛》是一首民歌,很显然,属于男女言情之作,而这也是《诗经》中风诗的主要内容之一。《诗经》开篇便是一首流传千古的男恋女之歌——《关雎》。我个人以为,《诗经》能流传下来,主要就是有这类言情诗大量存在的缘故,至少也是原因之一:《卷耳》《汉广》《摽有梅》《静女》《木瓜》等,它们读起来是多么有滋有味啊!“一日不见如三秋”,流传了两千多年,已经成为俗语,可至今读起来还是那么鲜活,想起来又是那么令人心绪不宁,激动之情难以抑制,每每感到其表现的形象真切。诸如此类动人的诗作,优美的诗句,将千古流传,像希腊罗马的神话那样,永葆自己的青春,散发永久的艺术魅力。我想到了一个有趣的例子,一首好歌唱得流行以后,再好的歌唱家也没有第一个演唱者唱得那样有滋有味,至少听众的感觉是这样。它们之间有没有相同的或者相类似的内容呢?

这类文字表现在以后的中国文学史上,就远不如这源头之泉水来得这样欢快、这样鲜活,这不能不令人感到遗憾,也从反面说明它们存在的合理,流传的弥足珍贵。

(韩　晶)

将 仲 子

《诗经·郑风》

将仲子兮，无踰我里，无折我树杞。岂敢爱之？畏我父母。仲可怀也，父母之言亦可畏也。

将仲子兮，无踰我墙，无折我树桑。岂敢爱之？畏我诸兄。仲可怀也，诸兄之言亦可畏也。

将仲子兮，无踰我园，无折我树檀。岂敢爱之，畏人之多言。仲可怀也，人之多言亦可畏也。

鉴赏

春秋时代，是奴隶制开始瓦解并向封建制过渡的时代，当时的郑国，小生产已经出现，而小生产的特点之一是家长制，家长在家庭中是主宰一切的。据《周礼·媒氏》记载：男女结合，必须通过媒妁之言，父母之命，才能正式结婚。《诗经·豳风·伐柯》也说："伐柯如何？匪斧不克。取妻如何？匪媒不得。"所以，在《诗经》时代如果青年男女自由地谈情说爱，就会遭到家庭的谴责和人们的鄙视，正如孟子所说"不待父母之命，媒妁之言，钻穴隙相窥，逾墙相从，则父母国人皆贱之"（《孟子·滕文公下》）。《将仲子》这首诗，就是在这种旧礼教的束缚下不能自由恋爱的真实反映。诗一开头就说："求求您仲哥儿呀，莫翻我家里墙呀，可别攀折杞树杈呀。我哪敢吝惜杞树杈呀？怕的是我爹和妈呀。仲哥仲哥真想您啊，爹妈责骂也可怕呀。"在这委婉的规劝言辞中，倾诉着一位热情、坦率、善良、温柔的姑娘的内心矛盾和痛苦。这章诗的前三句，即"将仲子兮，无踰我里，无折我树杞"，显然是这位怀着羞怯恋情的姑娘万不得已说出的。当她说出之后，又生怕引起仲子的误解，以为她不爱他了，因此紧接着申明"我哪敢吝惜杞树杈呀，怕的是我爹和妈呀"，道出了姑娘内心深处说不出的苦衷。那时这个姑娘思想在翻腾，感情在起伏，终于在内心迸发出"仲哥仲哥真想您呀"的真情，可是最后想想，还是顾虑到"爹妈责骂也可怕呀"，刚燃起的恋情和勇气，又被旧礼教抑制了。同时值得我们注意的是，这首诗一连三章，三言"仲可怀也"，这表明这位姑娘坚决地、深切地爱着仲子，反映了她对婚姻自由幸福的憧憬和追求。但在奴隶制时代，哪有妇女恋爱自由之可言，没有"父母之命，媒妁之言"，一个姑娘想与自己心爱的人谈论自己的婚姻问题是不被许可的，这在当时是要受到父母的管制、诸兄的干涉和众人的非议的。诗中的女主人公，虽然是屈服于这种舆论压力，但在她的内心并不拒绝仲子。在本诗一连三章的"岂敢爱之"和"仲可怀也"的誓言里，蕴含着这位姑娘对仲子执着的爱情，以及对当时旧礼教压制的极端不满和抗争。尽管这位姑娘的抗争是软弱的，不像《鄘风 · 柏舟》中的女主人公那样矢志不从父母强迫的婚姻，敢于向礼教压制作公开的反抗，但也使我们认识到旧礼教的桎梏是怎样摧残千千万万男女青年的自由爱情的，具有深刻的社会意义。

这首诗写得既坦率又含蓄，是矛盾的统一。我们从"无踰我里，无折我树杞""无踰我墙，无折我树桑""无踰我园，无折我树檀"的表面现象看，似乎这位姑娘拒绝了仲子的求爱，表现得有点冷淡，但在一连三章的"仲可怀也"里，却隐藏着姑娘火一般的热情。詹安泰先生说："我以为这是一个恋爱中的女子替她心爱的人多方设想，以减少他的恋爱障碍，她并不是请仲子不要来，而是请他不要跳墙攀附而来；她虽然有多方面的顾忌，但主要的还是为要较顺利地达成她的目的。"并引用明代的一首民歌："姐道：我郎呀！若半夜来时，没要捉个后门敲。只好捉我场上鸡来拔子毛，假做黄鼠狼偷鸡，引得角角里叫，好叫我穿上单裙出来赶野猫。"以此来说明诗中女主人公言似拒之，实乃招之的心理状态。(《诗经里所表现的人民性和现实主义的精神》，《人民文学》1953 年 7 · 8 月号）这是不无道理的。因为一首好的诗歌，往往是意在言外，含而不露，启示人们产生联想，这本是诗歌作者的一种巧妙的表现手法。尽管这两首民歌的时代相距甚远，但其处理恋爱的方法却有一致的地方，一个是欲言不敢言，意在言外；另一个是直接替她的心上人设想了幽会的途径。两相比较，《将仲子》一诗更为隽永含蓄，耐人寻味。因为诗中女主人公不直接说出处理恋爱的方法，就留有更广阔的联想余地，可使对方设想多种达到恋爱目的的途径。

这首诗采用层递的手法，通过现实生活中的具体事物，来刻画男女主人公的形象，既真实又鲜明。诗中通过仲子"踰里""踰墙"而"踰园"，以及"折杞""折桑"而"折檀"的步步进逼、层层推进的手法，勾勒了一位为了追求爱情，不顾一切地爬墙踰垣、攀树折枝的粗猛的小伙子形象。是爱情的力量,使这位小伙子有勇气先翻过了里墙(古时五家为邻,五邻为里,里有里墙),接着又爬过住宅的围墙,再则又跨越种果木菜蔬的园墙,由外到里,由远及近,一步步地逼近。而且“折我树杞”“折我树桑”和“折我树檀”的“杞”“桑”“檀”三种树的次序也是有一定根据的,它与“踰里”“踰墙”和“踰园”是相对应的,并不是诗人单纯为了字句的押韵而随意写的。据《周礼》:“二十五家为社,各树其土之所宜木。”马瑞辰说:“里即社,杞亦社之所树木也。”(《毛诗传笺通释》)我们知道,杞是柳树一类,《郑风》是今天河南地方的民歌。北方农村一般种植杞柳较多,因为容易生长,可防风沙。至于“树桑”“树檀”也是有依据的,《孟子·尽心上》载“树墙下以桑”,《诗经·小雅·鹤鸣》则言“乐彼之园,爰有树檀”,所以仲子所攀折的树,也是由外及里,由远到近。这些细致的区别和描写,正反映了该诗作者,即当时的劳动人民,取材于现实生活,观察事物之细,表现能力之高。再以描写女主人公的畏惧心理来说,先是“畏我父母”,接着是“畏我诸兄”,再则是“畏人之多言”,这也是层递手法。因为从人们的关系亲疏来说,父母和子女最为密切,影响也最大,所以诗中女主人公首先顾及的是父母对自己的恋爱的态度,因此先言“畏我父母”,也就十分自然了。其次“畏我诸兄”,而不言“畏我兄弟”,这是因为在家长制的家庭中做哥哥的地位较高,有权管教妹妹,所以诗中说“畏我诸兄”。最后才顾及和自己没有亲属关系的左邻右舍的众人。这三章的层次是由亲而疏,也是符合人们日常生活的常情的。这种递进的写法,使人感到反对诗中的女主人公和仲子自由恋爱的,来自各方,并非一两个人,而是一群人,这正是当时社会不合理的旧礼教的习惯势力使之所然,逼得他们无路可走,非得翻墙踰垣不可,自然会激起人们对旧礼教的憎恨,这就是这首诗具有强烈的感人力量之所在。

这首诗共三章,是叠章体,即采用章节复沓的形式,每章的词句基本相同,其中只换几个字。这种手法,一是可以使诗的协韵不至单调,二是为了表现同一个主题,重点突出女主人公再三考虑问题的细致和她屈服于舆论压力的内心矛盾和痛苦,这正是民歌重在表达感情的特色,具有“一唱三叹”之妙。如果说《诗经·国风》中的爱情诗像一串明珠,那么《将仲子》就是这串明珠中璀璨的一颗。

(朱一清)

叔于田

《诗经·郑风》

叔于田,巷无居人。岂无居人?不如叔也,洵美且仁!

叔于狩,巷无饮酒。岂无饮酒?不如叔也,洵美且好!

叔适野,巷无服马。岂无服马?不如叔也,洵美且武!

鉴赏

关于这首诗,《毛诗序》明言为“刺庄公”,诗中之“叔”即《左传·隐公元年》所载之共叔段。长期以来,成为一种权威性解说,在一定程度上限制了人们对此诗的理解和鉴赏。其实细审此诗,篇中并无讽刺意味,而所谓“叔”,亦未见得必为共叔;崔述说得好,“仲与叔皆男子之字,郑国之人不啻数万,其字仲与叔者不知几何也”,怎见得“郑有共叔,他人即不得复字叔”呢?(《读风偶识》)可见,《毛诗序》所云,并无确凿的根据。就诗论诗,本篇内容其实写的是一个猎者,一位出众的男子;诗中非但无讥刺之意,反而是以夸美的笔调,挚诚的感情,热烈赞誉了他那雄健勇武的体魄和气度。全诗虽无正面的具体描绘,却蕴含丰富,构思奇巧,耐人品味。

诗一开始,就造语警拔,起势突兀。请看,“叔于田”,竟至招致“巷无居人”,不难想见其人是何等为人注目、何等出类拔萃而非同凡响了。旧评云“此句奇极”(《诗义会通》卷一),甚是。此句奇在它的极度夸张,竟使人有意外之感。然而,“叔”往出猎,里巷何以会空无一人?何至于空无一人?诗允许夸张,但这里是不是渲染得有些悖于生活常理,以致失却了其可信性呢?

应该说,诗的饶有趣味处,正在于作者“故撰奇句而自解释之”(《诗义会通》卷一)——既运用了极度夸张渲染之笔,复又就此作了巧妙的补充和申明:“岂无居人?不如叔也,洵美且仁!”原来,“巷无居人”一句,并非“实赋”,而是“虚写”。朱熹解释得好："非实无居人也，虽有而不如叔之美且仁，是以若无人耳。"（《诗集传》卷四）这样，"巷无居人"不过是用以突出作者的一种实实在在的主观感受而已。

可见，诗篇虽以"叔于田"起句，落脚点却不在郊外紧张、激烈的狩猎活动和"叔"追禽击兽的英雄壮举，而是把视角留在里巷，留在抒情主人公自身的心理世界，以"叔"出猎后抒情主人公的内心感受这一特殊角度来写"叔"，通过"叔"在人们心中的地位来渲染。这里虽未对"叔"作正面具体的描绘，但"叔"的形象却给我们留下了深刻的印象。试看，"叔"的存在，竟使满里巷众男儿黯然失色；"叔"之出猎，在抒情主人公心目中竟再也没有"洵美且仁"、能饮善骑之辈，这样，一位容貌健美、孔武有力、善于饮酒和驭马的超常拔俗之士的形象，就被突出地显示出来，并足以引起读者的联想和想象了。

在这里，饮酒、服马，绝不可理解为一般的饮酒作乐，这是一种诗的象征，其中所蕴含的是一种对于勇力、对于男性阳刚之气的崇拜和歌唱。事实证明，在人类早期的文化层面上，在人类主要还要靠气力与自然搏斗的时代，男性美的突出特征，往往是人们所赞美所咏唱的基本母题之一。《邶风·简兮》中抒情女主人公仰慕那位领队舞师，不正是因为他"有力如虎，执辔如组"吗？另外，所谓"伯兮朅兮，邦之桀兮"（《卫风·伯兮》）以及"赳赳武夫，公侯干城"（《周南·兔罝》）等，不也正是在赞美一种勇武有力的气度吗？《叔于田》中对"叔"堂堂容貌以及勇武之力的赞誉，同样反映了当时的这种审美观。

这首简短小诗的蕴含还不止于此。

正因为诗篇是通过抒情主人公自身的感受写"叔"，在"叔"这一铭刻着时代的印迹、蕴藏着丰富内涵的艺术形象树立起来的同时，另一个人物——抒情主人公也随之站立在我们面前。这里的一切，其实都是从这位抒情主人公的特定感受出发的。"叔于田"，顿觉空旷寂寥，竟至有"巷无居人"之感，他（她）对"叔"是怎样的专注、倾心！"叔"的离去，带走了他（她）的天地，他（她）的整个世界，这种感情又是何等的执着、深沉！从这个意义上讲，"巷无居人"虽有悖于一般常理，却十分符合这位抒情主人公情感逻辑和心理时空，这使我们想到了"出其东门，有女如云。虽则如云，匪我思存"（《郑风·出其东门》）的内心独白，也使我们想到了"岂无膏沐，谁适为容"（《卫风·伯兮》）的心理情境，如此专一、排他，恐怕只有炽烈的爱情！由此，我们是否进一步想象，这是一位姑娘对她心中的英雄热烈的赞美？朱熹《诗集传》在采用《毛诗序》说法的同时，又加上一句"或疑此亦民间男女相说之词"，可见他也从其中的感情色彩中体味到某种情爱的成分，以至对《毛诗序》产生了两可之意。其实，毋庸置疑，这的确是一首挚热的情歌，虽未直言情，但情在其中，正是在这带有相当夸饰成分的赞美中,灌注了女主人公对自己意中人的满腔热爱之情。

(董治安　廖　群)

大叔于田

《诗经·郑风》

叔于田,乘乘马。执辔如组,两骖如舞。叔在薮[①],火烈具举。襢裼暴虎,献于公所。将叔无狃[②],戒其伤女[③]。

叔于田,乘乘黄。两服上襄,两骖雁行。叔在薮,火烈具扬。叔善射忌[④],又良御忌,抑磬控忌[⑤],抑纵送忌。

叔于田,乘乘鸨[⑥]。两服齐首,两骖如手。叔在薮,火烈具阜[⑦]。叔马慢忌,叔发罕忌,抑释掤忌[⑧],抑鬯弓忌[⑨]。

注释

①薮:有浅水和茂草的大泽,是禽兽聚藏之所。

②将(qiāng):请求。狃(niǔ):习以为常而不加重视。

③女:通"汝"。

④忌:语气词,下同。

⑤抑:发语词,下同。磬控:用力勒马。磬:通"骋",放马疾驰。控:引辔以制马为"控"。

⑥鸨:通"駂"(bǎo),有黑白杂毛的马。

⑦阜(fù):旺盛。

⑧释掤(bīng):解开箭壶的盖子,准备将箭收起。掤:箭壶的盖子。

⑨鬯弓:把弓放进弓衣里。鬯:通"韔"(chàng),弓衣,这里做动词用。

鉴赏

这首诗也是写一位猎者,同样是带着亲切的感情夸美一位猎者的英武多能;它与《叔于田》可能是基于同一母题而写成的姊妹篇。然而,这首诗与上一篇的写法却迥异其趣,别为一格。作者选择了对“叔”的狩猎过程和英雄壮举加以正面表现的角度,运用“赋”的笔法,铺排描状,细腻刻画,在我们面前展现出一幅具体而生动的田猎图。全诗善于创造气氛,工于绘制画面,注意在动态中写人物,从而创造了一种新的境界。

“叔于田,乘乘马。执辔如组,两骖如舞。”诗一开始,就为我们推出一幅车马奔驰的出猎画面,把人们带进一个紧张、热烈而又节奏明快的动态情境之中:“得得”的马蹄声,飞扬的尘土,欢快奔驰的骏马,英武威风的驭者……而在这开阔、飞动的场面中,镜头的焦点又始终未离开“叔”的身影。两骖步履谐和中节,自是驭者御术娴熟,在这里,仿佛反复出现驭者双手执辔、自如调节的特写;一句“执辔如组”,就把他引动马缰绳有条不紊、挥舞潇洒的情态形容殆尽。作者正是在这动人的画面中用近镜头把主人公推到人们面前,一开始就给我们留下了深刻的印象。

然而,这仅仅是开始。作品善于在场面中在动荡中突出人物的特点,更典型地表现在围猎搏虎的一场激战中。

“叔在薮,火烈具举。”这是在一片沼泽丛林地带一次大规模的火田围猎活动。作者只选择“举火”这一富于色彩和表现力的具体事项,便活生生托出一个激动人心的热烈场面。对于这里的“举火”,《毛诗后笺》的作者胡承珙断言“此诗自是宵田用燎”,有的学者则持有异议,认为如果是夜间狩猎,则对于下文“叔”之“释掤”“鬯弓”就无从看得如此细致。(按:古代用火围猎,是为了以火惊兽,使之出现,同时也以火阻绝野兽的逃路,这乃是古人狩猎的方法之一。)《尔雅·释天》中“火田为狩”,《韩非子·难一》中“焚林而田,偷取多兽”,即皆谓此。这样,举火而猎自不必拘泥于白昼还是宵夜;至于诗中细节描写,作为诗的意境,也不能排斥其想象成分,因此,对于狩猎的具体时辰,我们尽可以理解得灵活一些。然而,诗为我们提供的具体场景却有某种确定性。所谓“火烈具举”,《毛传》释“烈”为“列”,《郑笺》申之云“列人持火俱举”,则“火烈”即火的行列。由火的行列可以想见人的行列,由火红的炬光可以想见人们激昂亢奋的情绪;而一个“具”字,又生动地描画出排排火焰同时升腾的壮观景象。这是一个何等盛大的场面呵!

正是在这熊熊火光的映照下,正是在群情振奋的气氛中,诗的主人公挺身而出,与猛兽展开了殊死格斗。“襢裼”,写其搏战之激烈,“暴虎”,更见其气概之无畏;这是力量的显示,这是壮美的颂歌。到此,诗篇所描状的狩猎活动达到高潮,出现了振奋人心的场面,“叔”这一英武猎者的形象也就在这大幅度的动作中,在众人围观的烘托中得到了更加突出的展现。如果说《叔于田》是从“叔”出猎后那种“巷无居人”的感觉显示斯人的超俗出众,那么这一篇则是把“叔”放在众人面前正面表现他的不同凡响,同样是通过对比、借助铺垫去突出英武绝伦的英雄形象,使读者获得了具体的审美感受。至于“将叔无狃,戒其伤女”两句,看似劝诫,实则是从一个很好的角度,对于“叔”的雄豪自肆,作了巧妙的渲染,愈见其无所畏惧的英雄胆气。

不难看出,作者在对“叔”这位英雄猎人作正面描写的过程中,总是把人物放在紧张、激烈、场面开阔的背景中突出刻画,有点有面,点面结合,不但使人物得到了有力的凸现,也为我们创造了一种神奇浪漫的意境,从而大大增加了诗的韵味。

继首章集中描写“叔”与虎的一场惊心动魄的激烈格斗之后,二、三章紧扣主题,进一步表现“叔”在狩猎活动中的雄勃英姿。值得注意的是,这首诗虽然同样采用了《诗经》中许多民歌所惯用的重章叠唱的形式,但各章之间特别注意显示了事件的发展、层次的递进、内容的演化,收到了再现狩猎全过程的效果。第二章所表现的是“叔”在徒手搏虎之后又登车追射走兽的新的一幕。他不但膂力超绝、胆气过人,而且射技神奇、御术高超。作者在这里极其细腻地描画了他从容不迫御马追击的情景,“抑磬控忌,抑纵送忌”,寥寥数语,就把他忽儿止马立定全神贯注,忽儿扬扬自得任马自驰的情态表现得淋漓尽致。至于第三章,是写狩猎的结束。“叔马慢忌,叔发罕忌,抑释掤忌,抑鬯弓忌”四句,从“叔”减慢车速、减少射箭,一直写到打开箭壶,放进余箭,又把弓藏进弓衣……这是一种追踪式的特写。正是在这种细腻而准确的连续刻画中,“叔”的形象在读者眼前占据了最大的空间。

总观全诗可以看出,与《叔于田》有所不同,本篇对于“叔”之其人其事的叙写,是一种正面而具体的铺陈。然而,它避免了那种刻板照相式的再现,全篇不仅有很好的气氛烘托、环境渲染、细节表现,而且具有强烈的倾向性,带有相当浓重的感情色彩,在铺陈叙写中巧妙地运用了夸饰之笔,因而使一位勇武猎者的形象得到极大程度的突出。有趣的是,恰恰在这里,我们又分明看到,与《叔于田》并无二致,本篇作者对于“叔”同样满怀深挚的关注、爱慕之情。因此,此诗极有可能与《叔于田》出自同一作者对同一对象的赞美。是否如此?诗无达诂,读者尽可以自己去体味。

(董治安　廖　群)

遵大路

《诗经·郑风》

遵大路兮①,掺执子之祛兮②!无我恶兮,不寁故也③!

遵大路兮,掺执子之手兮!无我魗兮④,不寁好也!

注释

①遵:循,沿着。
②掺(shǎn):持,拉住。祛(qū):袖口。
③寁(jié):速离。故:故人。
④魗(chóu):嫌弃,抛弃。

鉴赏

"为人莫作妇女身,百年苦乐由他人。"读过此诗,我们眼前就会出现这样的情景:一个落叶纷飞、秋风萧瑟的黄昏,一条大路伸向远方,路上走来了一男一女,男人正决然而去,女人则紧紧拉住男人的衣袖,满面泪痕,苦苦哀求。这是一个凄惨的场面,如同电影的特写镜头。此诗一开始就把剧情推向高潮,把女主人公被遗弃时的悲哀情景展现在读者面前,使读者对其不幸遭遇产生深切的同情。

《诗经》中有不少弃妇的篇章,如《卫风·氓》《邶风·谷风》等。《氓》通过女主人公的叙述,写了她和丈夫从相恋到结婚直至被抛弃的经历,《谷风》则写了女主人公被赶出家门时的怨恨心理。此诗则别出机杼,作者像一个高明的摄影师,他没有用过多的篇幅展示女主人公的生活经历,而是选取了极富冲突意味和表现意义的场景,把镜头直接对准了女主人公被丈夫遗弃的瞬间。选取了"在路上"这一特定空间场所,以及女主人公挽留丈夫的特定动作,从独特的角度揭示了女主人公的哀伤心理。也许,她和丈夫曾有过一段甜蜜幸福的生活,可现在丈夫却厌弃她了,离她而去,她该是多么失望和悲伤!然而,她并没有像《氓》中的女主人公那样和丈夫决绝分手,也没像《谷风》中的女主人公那样愤怒地指斥丈夫的忘恩负情，只是再三哀求，不放丈夫离去。可见她是一个温顺善良、性格柔弱的女性，从“掺执子之袪”到“掺执子之手”，两个虽简单却涵容丰富的动作转换，细致逼真地表现出她的恳切、悲痛和痴情，突然而起，又戛然而止，仅两章八句，写了女主人公的两个动作，两句哀语，一个可悲可怜而又痴情的妇女形象就宛然在目了。

（魏崇新）

女曰鸡鸣

《诗经·郑风》

女曰“鸡鸣。”士曰“昧旦。”“子兴视夜，明星有烂。将翱将翔，弋凫与雁。”

“弋言加之，与子宜之。宜言饮酒，与子偕老。琴瑟在御，莫不静好。”

“知子之来之，杂佩以赠之。知子之顺之，杂佩以问之。知子之好之，杂佩以报之。”

鉴赏

这首诗写一对青年男女从热恋到初定婚约的过程，在简短的对话叙述中隐伏着情节发展，刻画了人物性格，充满了艺术谐趣。流动于诗中的是某种喜剧性的期待，全诗稚气扑人，真切地再现了封建的伦理观点尚未形成以前，青年男女在游猎中所度过的天真烂漫的生活，表现了氏族公社遗风表现于爱情婚姻关系中的某种自由的天性。

诗开始在一个夜色将褪，晨曦初露的黎明。“女曰‘鸡鸣。’士曰‘昧旦。’”两句简短的对话烘托了清早独有的寂静气氛，而且有声有色，有着强烈的画面感。我们仿佛听到了远处传来的隐约鸡啼，看到了原野上弥漫的晨岚，侵袜的寒露。有趣的是，女子催男子起床，但不直呼其起，而用“鸡鸣”示意，男子大概过于劳累，没有理会女子的言外之意，只用“昧旦”（天快亮）作答，翻身又睡着了，下四句是女子再催促，她没有发火，依然柔声柔气地说：“你快起身看窗外的夜空吧，东方的天边挂着亮灿灿的启明星呢！天亮后，那些大雁野鸭就要满天飞翔了，你快准备弓箭，去猎射吧。”这里“翱翔”表现了凫与雁在蓝天下回旋飞翔的自由自在，意在勾起男子射猎的兴致；而在联绵词“翱翔”中插入两个“将”字，一方面使说话语气更委婉动人，另一方面也是因为所表达的是一种属于将来的预测性想法。“将翱将翔”在明星与夜色构成的静态面画中，注入一股动态的生机。

诗的开头“女曰”“士曰”规定了这首诗是由若干组对话构成的。时间过程在对话中消逝，事件进程在对话叙述中或在对话叙述以外展开。在士与女第二组对话中间，有着一个相当长的时间间歇，从第一节“晨催”到第二节“酒乐”，整个射猎场面和射猎过程被诗人巧妙地作了幕后处理。但从“弋言加之”的兴高采烈的叙述中，读者却隐约地感到这个场面的曾经存在。更为巧妙的是，这组对话既把无法容纳的大幅度动作留在话外，又把诗的前后两节组织成一个完整的有机整体；而在男主人公的话语中一方面处处流露出男性独有的孔武有力，热情自豪，另一方面又隐含着另一事件——“酒乐”的进程：“弋言加之，与子宜之。宜言饮酒，与子偕老，琴瑟在御，莫不静好。”这是力和美的歌！“瞧！这被我射中的大雁和野鸭，”男子举着他的猎物高兴地喊着，“把它献给你是再合适不过了。”这里有向自己的恋人表示忠诚的意思，但也潜有一种在女性面前显示男性力量的心理。面对一时烧成的佳肴，他酒兴勃发，“让我们一边品尝这鲜美的野味，一边畅饮这甘醇的好酒吧！”对着容颜姣好、温情可人的恋人，他酒酣耳热，情不自持，“与子偕老”一语，热情地表达了自己的心曲。然意犹未足，目光一转，落到摆在桌子上的乐器：“琴瑟在桌子上，不是可以用它们安静地和乐助兴吗！”这节诗通过对男主人公话语的叙述，隐伏着从打猎归来，到将猎物烧成佳肴，到饮酒作乐的事件进程；在事件进程中，又暗寓着这对恋人情感发展的心路历程。如果说，前节着重揭示女主人公的温柔精细的话，那么，这一节就是男主人公性格的丰满再现了。

第三节“赠佩”，是全诗的高潮。所谓高潮，就是说，无论诗的外在的情节线索，抑或主人公内在的情感历程，都达到了顶峰。在诗的高潮中，作者省略了一切不必要的叙述描写，包括应与开头鸡鸣、晨起相照应的夜色降临、一天结束的必要交代在内。只有如此，才能集中笔墨抒写女主人公的热烈情怀。在这里，作者发挥了语言表情达意的特殊功能，运用整齐而有音乐感的叠句，回环往复，层次分明，淋漓尽致地表现了女主人热烈而又细腻的感情变化。

这里有一个问题，即：从诗中所描

写的艺术情境看，显然是写男女同室而居、相互恩爱、和谐幸福的夫妻生活，但杂佩是古人用珍贵的玉、石、珍珠串起来佩在身上的装饰物，常被青年男女用作定情之物，赠佩一章显然是写初定婚约。应当怎样理解这一矛盾现象呢？诗中男主人公“士”是自食其力的自由民阶层。在奴隶社会，自由民的男女青年间从恋爱到结婚，是相当自由的。一般是男女自由选择对象，经过热恋、定情，然后找媒人说服家长，再嫁娶到男方家中。周代的婚姻可以说是“父母之命、媒妁之言”和青年男女自由恋爱的结合。这种婚姻形态在《氓》的开头，有着清晰的描述：“氓之蚩蚩，抱布贸丝。匪来贸丝，来即我谋。送子涉淇，至于顿丘。匪我愆期，子无良媒。将子无怒，秋以为期。”然而从“不落夫家”的普那路亚家庭婚姻制到女子嫁娶到男方家庭，经历了漫长的历史发展过程，至今在我国西南部分民族例如摩梭人中，还保留着原始氏族“走婚”的婚姻制形态。《女曰鸡鸣》这首诗所反映的爱情婚姻关系，正处于从“不落夫家”到嫁到夫家的过渡形态中。它截取一二生活片断，真切地再现了一对青年男女在共同的游猎生活中所形成的无拘无束、情真意蜜的爱情关系，具有重要的民俗学意义。如果把这首诗中人物的对话理解为夫妻对话，则诗的第三节“赠佩”，非但不是戏剧性的“高潮”，反而是多余的败笔。

（皇甫修文）

山有扶苏

《诗经·郑风》

山有扶苏，隰有荷华。不见子都①，乃见狂且②。

山有桥松，隰有游龙。不见子充，乃见狡童。

注释

①子都：古代的美男子。下文的“子充”也类此。

②狂：狂愚拙笨。且（jū）：从闻一多说注为“者”。“狂者”，诗中女子对其所不爱的男子的称呼。

鉴赏

这首诗以青年女子的口吻述说她对自己婚姻爱情的不满情绪,表现了春秋时期劳动妇女要求自由恋爱、自己选择爱人的美好愿望。

全诗共两章,各章章法结构相同,只换少许字句。每章的前两句都是起兴:“山有扶苏,隰有荷华”“山有桥松,隰有游龙”四句诗,通过女主人公的视野,描绘出一幅生机勃勃、茂盛葱茏的自然景物画面:高高的山上,生长着枝繁叶茂、挺拔高大的扶木、松树;低湿的沼泽里,开放着鲜艳美丽的荷花和枝蔓舒展的红草。山光水色,红绿相映,好一幅开阔、清新的自然风物画面!然而,这里展示的不仅仅是一般的眼前之景和身旁之物,而是一组具有深刻民俗内涵的自然物象。作为诗歌的起兴机制,它的深层结构是一种由悠远的民族文化心理积淀起来的、用以表现婚姻爱情内容的隐喻象征系统。山和泽(隰)是被人们用来象征人类社会男女性别的一组对立物象。山喻少男,泽(隰)喻少女(见《易传·说卦》)。这首诗以高山上的扶木、松树象征男子的强壮健美;用沼泽中的荷花、红草隐喻少女的娇艳美好。天地万物的生化繁衍是那样的巧妙和谐,这对生活于其中的人类来说,不啻是一种关涉自身的重要启示。茫茫的阴阳交合、两性运行的自然界与人类社会的男女情爱是那样相类似、相一致,从而成为一种观念内容,引起人们无尽的联想。这句诗所描绘的,正是兴起女主人公爱之情思的自然之物,它为女主人公抒发爱情胸怀建构了一种廓大的心理背景。“哪一个青年男子不善钟情?哪一个妙龄女子不善怀春?”(歌德《少年维特之烦恼·序》)诗中这位年轻美丽的姑娘在自然景物的感发、触动下,拨起了追求美好爱情的心弦。她渴望着纯真幸福的爱情生活,要求得到称心如意的情郎。然而,现实生活中,她的遭遇又如何呢?从女主人公的述说中我们了解到,她这种天经地义的爱情要求并未得到满足。在诗歌中,她满怀惆怅和怨愤地发出了“不见子都,乃见狂且”“不见子充,乃见狡童”的激切呼声。“子都”“子充”都是当时美男子的名字。“子都谓容貌之美”,“子充谓性行之美”(王先谦《诗三家义集疏》)。在诗中他们成为具有模糊语义的不确定对象,代指姑娘心目中理想爱人的标准。“狂且”“狡童”分别有轻狡、狡黠之意,这里代指女子所不喜爱的男子。这四句诗,是女主人公述说她在爱情生活中的不幸遭遇:她没有遇到形貌昳丽、情投意合的美男子,而活动在周围、追求她的尽是些轻狂、狡黠的男子。因此,她责怪命运的不公,发出不平的呼喊。

清人陈奂把每章的前两句标为“反兴”(见《诗毛氏传疏》),是很有道理的。诗歌正是以女主人公理应得到并充分享有的美好爱情生活与她在爱情遭遇中求而未得的现实处境相对照,突出地表现了这位年轻姑娘对美好爱情的强烈追求和热切向往。从她那天真无邪、直率大胆的爱情表白中,我们不是可以触摸到她那纯洁、朴实的美丽心灵吗？她选择爱人,不以财产、门第为附加条件,而是更看重形貌的漂亮和心灵性格的契合,把爱情看作纯粹是一种“主观的爱好”(恩格斯语)。她的择偶标准,明显地体现了现代性爱意识的因素,反映了春秋时期人的觉醒和爱情婚姻领域中新的人性审美关系。

这首诗语言浅近而意境深远,情感真切而蕴涵丰富,读来清新隽永,别有情趣。

(李梦奎)

萚兮

《诗经·郑风》

萚兮萚兮[①],风其吹女[②]。叔兮伯兮,倡[③]！予和女。

萚兮萚兮,风其漂女[④]。叔兮伯兮,倡！予要女[⑤]。

注释

①萚:草木脱落的叶。
②女:通“汝”。
③倡:通“唱”。
④漂:通“飘”。
⑤要:即“邀”。

鉴赏

这是青年男女聚会时女子唱的歌。“叔”是年纪小些的男子,“伯”是年纪大些的男子。这里女子称男子“叔”“伯”,表示亲昵,正如现代的情歌中常用的“哥哥”或“小哥哥”一类的称呼。《郑风》中另外的一些篇章如《叔于田》《大叔于田》及《卫风》中的《伯兮》也有这一类称呼。既然男子不止一个,女子也当是一群。因此,这是一篇女子的群唱歌词,或是由一人领唱,众人合唱。

上古风俗,民间有青年男女聚会的节日。《郑风》有一篇《溱洧》,就是写上巳节(三月三)这一天青年男女在溱、洧二水边上聚会的热闹情景。这大约是原始先民的遗俗。《周礼·地官》记载说:"中春之月,令会男女,于是时也,奔者不禁。"所谓"奔者",就是指私订终身的青年男女。不少人就是在这天寻得佳偶,成其好事。

这个歌是即兴唱的,口头传唱的特点十分鲜明。不难想象,一个暮春的傍晚,在软枣树丛边,青年男女群唱互答,那是怎样的情景。一个聪明的姑娘灵机一动,即从眼前的软枣树起兴,随口唱道:"萚兮萚兮……"即物起兴本来是"十五国风"中所辑民歌的常用手法,这里表现不同的地方在于紧接着的后一句:"风其吹女。""其"在句中加强祈使的语气,两句放在一起,就是:"软枣树呀软枣树,让轻风吹动你的柔条!"这就不像其他一些风诗那样,兴句同诗的主体内容往往意思上没有多少必然的关联,而是将取兴之物拟人化,使之变为诗的有机组成部分。诗的后半和这两句对称呼应。"叔兮伯兮"与"萚兮萚兮"由于同构关系而取得相同的意念,"倡(唱)!予和女"的热情邀请也仿佛春风吹拂枝条一样。这种表现手法,同歌者希望使被邀请的对方受到感染而奋发的抒情意向是一致的。全篇的面貌和艺术效果也因此而不同,质朴、单纯之外,更加上轻快活泼,调侃风趣。

歌词共两章,后一章同前一章句子大体相同,只是改换了个别字眼,意思并没有改变。风诗中多见这种现象。这多半是适应音乐重奏而敷衍出来的。因为《诗经》中所收的风诗都是在采集来的民间歌谣的基础上经过编纂修订,而在天子的庙堂之上演奏的。

(齐天举)

褰　裳

《诗经·郑风》

子惠思我,褰裳涉溱。子不我思,岂无他人?狂童之狂也且。

子惠思我,褰裳涉洧。子不我思,岂无他士?狂童之狂也且。

鉴赏

《褰裳》是《诗经·郑风》里的一首情歌。全诗都是写一个女子对她的情人的戏谑之辞。首章开头二句说:"子惠思我,褰裳涉溱。""子",是女子对情人的称呼。"惠",见爱。"褰裳",提起下裙。古代男子也着裙子。"溱",水名,源出今河南新密,流向东南,与下章所说的洧水(发源于登封)汇合,成为双洎河,今已干涸。女子说:"你要是爱我想念我的话,你就拉起裙子,趟过溱水,到我这里来吧。你要是不爱我,难道就没有别人爱我吗?""子不我思,岂无他人?狂童之狂也且。""不我思",即"不思我"。"狂童",傻小子。"且",句末语助词。这句话意思是说,你这个傻小子,真是太糊里糊涂的了。

诗的次章在文字上除了换上"洧""士"两个字之外,都是上一章的重复,诗意也同样是上一章的重复。采用章节复沓的形式,反复表现同一个主题,收到了淋漓酣畅地抒发感情的效果。

作为一首女子的歌唱,她将自己与恋人的打情骂俏表达得大胆热烈,充分显示了古代劳动妇女追求爱情的真挚感情和朴实活泼的性格。从这里可以看出,在先秦时代,男女恋爱择偶有着一定的自由,可以把自己的爱情献给真正爱自己的人。到了封建社会,加在男女爱情上的锁链越来越多,越来越沉重,爱情的悲剧也就越演越烈。这首诗,可作为先秦时代男女恋爱婚姻比较自由的历史见证。

(王锡九)

东门之墠

《诗经·郑风》

东门之墠①,茹藘在阪②。其室则迩③,其人甚远。

东门之栗,有践家室④。岂不尔思,子不我即。

注释

①墠(shàn):平坦的场圃。

②茹藘(lǘ):茜草,其根可作红色染料。阪:土坡。

③迩:近。

④践:善。

鉴赏

这是一首爱情诗,历来无异议。由于诗中无男女字,《郑笺》说是女子之词。方玉润说首章为"男求女",次章为"女望男"。(《诗经原始》)两章意义对称,语气一贯,心细语挚,似以郑说为长。

诗的结构单纯整齐。两章前两句,先直道出彼此所居之地,后二句再说出自己的一片心思。"东门之墠,茹藘在阪"与次章对参,二句之后当有"有迩家室",此探下句"其室则迩"而省。这二句是说,城东门外有个打谷场,场边紧挨着一个小土坡,坡上长满茜草,我那意中人的家就在这里。"东门之栗,有践家室",是说,城东门外有棵栗树,树旁有个浅门浅室的小户人家,那就是我的家。看来,他们两人都住在东门之外,而且相距不远,所谓"同是长干人"了,不过不是"生小不相识",或可能是"早相识",且有亲密的来往。只是近来,那茹藘坡的青年人走动少了,或是事忙,或是情疏,不管怎样,他还是没抽空儿看看栗树下的姑娘,这必然会引起她的老大不乐意和绵绵不尽的思念。这起首二句,或可就是站在栗树下,远望那"墠"、那"阪",满坡的茜草在秋风中摇曳,小花火红火红的,这正是当时男女"秋以为期"缔结姻缘的好时间,可自己孤孤单单的,于是不无埋怨地说:"其室则迩,其人甚远",那山坡下的屋子这么近,可那人却很为遥远。本来人室一处,当无分远近,而这里却说室迩人远,犹如江河本有自在的宽狭,觉其狭者曰"谁谓河广,一苇杭之"(《卫风·河广》),觉其阔者曰"江之永矣,不可方思"(《周南·汉广》)。江河无异,人的愿望强弱有别。这是就一个物象以情观之后的艺术变形。而"其室""其人"两句,把同处一所之室、人给予反差性对比型的处理,两相对照,其人则更远。把咫尺天涯,莫能相近的"思之而未得见之"(朱熹语)的心理,发蕴飞滞,显露无遗。钟惺说:"《秦风》'所谓伊人'六句,意象漂渺极矣,此诗则以'其室则迩'二句尽之。"(《诗归》)这是就其言洁情至而论之。姚际恒说,此"较《论语》所引'岂不尔思,室是远而'所胜为多。彼言'室远',此偏言'室迩',而'远'字属人,灵心妙手"(《诗经通论》)。这二句要在写一"思"字,而"八字中不露一'思'字,乃觉无非思,尤妙"(同上)。这就描摹心理、传人情思而言之,皆善体诗心。

次章首二句一方面交代己之所住,另一方面承"其人甚远"一句而来,隐然含有"其人"不至家室之意。昔日浅门浅户时或充满相见的欢乐,近日却冷冷清清,盼而不至,所以紧接着出之以"岂不尔思,子不我即"。这二句语切意急,故以倒装句式出之,是说"子不我即"的原因,难道是"不尔思"——岂能不想念你,不巴望你来?!一经倒置,意在显示"思尔"之甚,望来之切。如果说室迩人远是依门而望或空闺独处的思忖,那么此二句不言"其人",而说"尔""子",似乎是直对其面的诉说、宽解,实则是她自己对"人远"之感的自我抚慰,也是心理设想的,对"其人"亲昵的埋怨。如从对方设想则是"子惠思我,褰裳涉溱"(《郑风·褰裳》)的情思了。这诗写人心思真切细致,她想着他,也怨着他;怨其不至,盼其即来,始则说"其室则迩……",继则说"岂不尔思……",这是一个多么热烈、大胆的内心独白,简直把一个沉浸在热恋中的少女的一颗惴惴跳动的心捧出来给人看。

就诗本身看似单纯无多变化,细味,则表情传意内在脉络细密。次章前二句,与上"东门"相对,皆在东门之外,补足"室迩"之意。"栗""室"连文,衬出"墠""阪"与"室"连接。次章末二句分承前末二句。其"思"字,始露上章"室迩人远"的忧思,而"子不我即"正释"人远"之意,也以见所思之缘,心念之故。那章首不易注意的"墠"也非一般性的交代,陈奂《诗毛氏传疏》说:"古者家室必有场圃,春夏为圃,秋冬则为场,墠即场也。《周礼·序官·场人》注云'场,筑地为墠,季秋除圃中为之。'盖秋冬乃嫁娶之候,故诗人及时而生感也。"这样看来,这个"墠"也是主人公急急渴念的动情之物了。这些都适合表现心思细腻专一的女性特点。

这首一方相思的女性独唱,语涉双方,后来也有可能演变为男女求爱赠答唱和的二重唱,即方玉润之所云。

(魏耕原)

风　雨

《诗经·郑风》

风雨凄凄，鸡鸣喈喈。既见君子，云胡不夷？

风雨潇潇，鸡鸣胶胶。既见君子，云胡不瘳？

风雨如晦，鸡鸣不已。既见君子，云胡不喜？

鉴赏

这是一首优美的爱情歌曲。旧注或以为思君子，或以为怀友，均不合诗意。朱熹认为此诗是“淫奔之女，言当此之时，见其所期之人而心悦也”。“淫奔”之说固不可取，但认为是恋爱歌曲则可信。

此诗三章，写一位女子在风雨之夜与情人相见的情景。每章的前两句都是写景：风雨、鸡鸣，从视觉、听觉两方面着笔，渲染出凄凉之景色；每章的后两句都是抒写见到情人后热烈之心情。在这首诗中，未见之前与既见之后的景色是同一的，但主人公前后的心情则是相异的。因而，同一景色会起到不同的衬托作用。其一，主人公见到自己思念的人之后，“云胡不夷”“云胡不瘳（chōu）”“云胡不喜”，无限愁云顿然而失，积思之病霍然而愈，那么，未见之前的心情就不难想象了。也许她愁怀无限，郁结莫解，凭窗遥望，盼望着情人的到来，然而看到的只是凄凄风雨；也许她急躁不安，来回徘徊，继而静心听之，希望听到情人那熟悉的声音，然而听到的只是喈喈鸡鸣。希望变成了失望，她的心情是“不夷”“不瘳”“不喜”。从这个层面上说，景与情是成正对的，用景色的凄凉衬托出未见时内心的痛苦。其二，主人公见到自己思念的人之后，“云胡不夷”“云胡不瘳”“云胡不喜”，当时外在的环境仍是“风雨凄凄，鸡鸣喈喈”，但是，两人沉浸在幸福的海洋之中，什么也看不到了，什么也听不到了，外界的一切仿佛全部消失似的，看不到凄凄风雨，只看到对方那熟悉的面庞；听不到喈喈鸡鸣，只听到对方那亲热的话语。从这个层面上说，景和情是成反对的，用景色的凄凉来衬托内心的热烈。一冷一热,看似矛盾,却入情理。我们还应注意,前后景色虽然相同,可它们在诗中的位置及其分量是不同的。未见之前,景色占主要地位,通过景可以透视出人及其内心世界;既见之后,人及其内心世界占主要地位,通过它,又可以折射出景。其三,未见之前,主人公内心是“不夷”,既见之后,“云胡不夷”,表面看心情是平静下来了,把未见之前内心所翻起的波平息了。但是,由于既见之后“云胡不瘳”“云胡不喜”,因此,内心又掀起了新的更大的波澜,实际上内心又处于“不夷”的激动状态。当然,前后“不夷”的滋味不尽相同,前者是苦涩的,后者则是甜蜜的。

方玉润《诗经原始》评此诗时说:“诗人善于言情,又善于即景以抒怀,故为千秋绝调也。”其说并不过分。此诗虽是抒情诗,但主人公的形象也深深地留在人们的脑海中,她感情真挚,性格直率。这使我们想到《卫风·氓》那首诗。《氓》中的女主人公在热恋中等待氓时,“不见复关,泣涕涟涟。既见复关,载笑载言”,多么痴情!本诗中的女主人公在风雨之夜与情人见面,未见之前愁绪万端,积思成病,既见之后烟消云散,心病顿愈,其痴心酷似《氓》中的女主人公。为了更好地抒发这种纯真、火热的感情,诗人用反复咏唱的方法,每章一、二、四句只更换一两个字,使景色层层加重,感情步步加深。每章第三句不变,形成一个主旋律,回荡在整个诗篇之中。而且,写景时用了大量的叠词,加强了形象感和音乐感;每章第四句又用反问句,使主人公性格得到更好的体现。

“风雨如晦,鸡鸣不已”两句也是起兴,以“鸡鸣不已”兴相思不已。到了后代,又赋予它新的意义,鼓励人们为善不息,不改常度,在乱世中保持节操。

(张新科)

子　衿

《诗经·郑风》

青青子衿[①],悠悠我心。纵我不往,子宁不嗣音[②]?

青青子佩[③],悠悠我思。纵我不往,子宁不来?

挑兮达兮[④],在城阙兮[⑤]。一日不见,如三月兮!

注释

①衿(jīn):同"襟",衣领。
②宁不:犹"何不""怎不"。嗣音:《释文》引《韩诗》作"诒音",即寄书信。
③佩:佩玉的绶带。
④挑(tāo)、达(tà):独自徘徊貌。
⑤城阙:城门两边的观楼。

鉴赏

这首和《邶风·静女》一样,是写"月上柳梢头,人约黄昏后"那一类男女约会,地点都在城上。不同者,此是约而未会,采用"倒章体"结构(姑且私心名之)。《静女》,开始就交代人、地、事:"静女其姝,俟我于城隅。爱而不见,搔首踟蹰。"这篇则把相近景况置于末章,而首先出之女子待人不至的心理活动。

从末章"一日不见"看,这对青年人是经常相会的,地点是"在城阙"——或许这是他们的老地方,这也是当时男女幽会惯常所在地,犹如今日公园浓阴树丛之中。日入而息之时也可能是每次会面的老时间。可是这次事出意外,姑娘等候她的情人左盼不至,右盼不来,着急极了,心里不由得翻腾起来。"青青子衿""青青子佩"就是姑娘"聊乐我员(今)"的意中人,小伙子青青的衣领、青青佩带不时出现眼前,盘旋心头。这两句犹如幻化镜头,时而逼真,子之衿青青之色可视,声容可闻可见;时而模糊,只见一团衣色而人的形容不清。思而深,则所思真而近;思而切,所念遥遥可想而不可求。这如真如幻、一上一下,在她心里不停折腾着。"青青子衿""青青子佩"两句是实写所思者之形,"悠悠我心""悠悠我思"两句则虚写己之情。以实写虚、以虚带实,合起来很有些"有所思,乃在大海南"的情绪,按顺说应是"悠悠我心,青青子衿",如此则有思远怀人的意味,兹今倒置,情思更显急迫,映出候人之意。先言彼,着以浓墨重彩的描绘。次写己,以切切不尽之笔。久久反复荡漾在主人公心头的形象,首先扑入读者眼中,给人印象至深,提摄全篇之神。后人的"彩袖殷勤捧玉钟,当年拚却醉颜红"(晏几道《鹧鸪天》)就是这种手法的变化。

"纵我不往,子宁不嗣音?"这是待人不至的心里思忖,爽约何以如此突然?(先前当是按时来)《诗经》写人言语,皆大都言在口头,出语天然。这四句极为真朴。虽是直说,却非张口即道之语,蕴含着团团疑思:即使我有失约,你难道不再通相约之音,继而诘之,即次章二句,就是今日我不往,你岂能不在这儿等吗?这都是针对彼之不来,反而从己不往而生思推想,这是退一步的设想。而思之初,则当直从彼方着想：每次都往往是他先俟我于城阙，为何这次反常——如忽有他事羁绊，相待已久，此时也该到来——就是真的不来，何不事先透个音儿。这些都当在思之内，不言之中。这些团团疑思都包含在这看似率尔即道的话中，似乎是逻辑中三段论，大小前提都在心里推论，言在口头的只是结论而已。把初等的企盼，久等的忍耐，不见的焦思，失望的埋怨，不无没有的疑虑，以及不见"青青"而又不信其失约的信任心理，都以子子我我亲切嗔怪的数说语出之，真是千思万念，柔肠百转，如怨如慕，如泣如诉。这"悠悠我心"于她，于读者，都成势之难免了。吴公子季札观乐，论郑音"其细已甚"。其乐无闻，其词则确然细婉备至。

不断显现的"青青"、心思折腾的"悠悠"，至第三章点透剔明，那是"挑兮达兮，在城阙兮"的心境。"挑达"为双声联绵词，则"挑兮达兮"犹言"挑达兮挑达兮"，这独往独来的徘徊踟蹰是《关雎》的"辗转反侧"，也是《蒹葭》的"溯洄从之""溯游从之"，步履的匆匆不安以形容心情起伏不平，企盼的真切的"青青"终而变成"在水一方"式的幻化泡影。彻底的失望更激起她欲望如火，心急如焚。焦思聚积，而从心底迸发出一句"一日不见，如三月兮！"时间中每一时段，有不以人的意志为转移的客观性，这是人的"平常之我"无意识的共感。而特定时间对于"异常之我"的有识的感受中，时间在诗人特定情感中呈现异样的艺术变形。"居欢惕夜促，在戚怨宵长"（张华《情诗》），这是时间的变态。爱情能加快时间的流逝，也能缩短时间的流速。律动性的通感，在"乐短愁长"的感受中，"愁来一日即知长"（李益）更是感情的分量和张力。这里，先前日日相见，欢欣自得，不言其久，一日暂违，则"想如调（朝）饥"，时间"诚有未久而似久"者（《诗义证》），俨然而有三月之隔，时间变长意味着情感加深，这位挑达于城阙的女子的情感脉络不是突突可触吗？

这首诗不仅章为倒章，每章前两句均为倒装，使形象的再现性逼真凸现，从而使情感的表现性更为透越。叠音词"青青""悠悠"，联绵词"挑达"均置各章之首，增加诗的抒发性。虚词"纵……宁"及末章的四个"兮"字，似不经意而出神入化。前者在相互呼应之中，旋折转益出复杂微妙的心情，后者在前两章的叠唱之后，则有一唱三叹的韵致。末尾的"不见"和篇首的"青青"神情照应在有意无意之间。一篇情思都含裹在"悠悠我心"一句之中，而全诗处处都流露出悠悠不尽的情思。

（魏耕原）

出其东门

《诗经·郑风》

出其东门,有女如云。虽则如云,匪我思存。缟衣綦巾[①],聊乐我员。

出其闉阇[②],有女如荼。虽则如荼,匪我思且。缟衣茹藘[③],聊可与娱。

注释

①缟:素白绢。綦:暗绿色。巾:佩巾,似今之围裙的下衣。缟衣綦巾,是女子的朴素装饰。

②闉(yīn):城曲之门。阇(dū):城台。“闉阇”为偏义复合词,指城外曲城的重门。

③茹藘:茜草,其根可作红色染料,这里代指“綦巾”之“巾”。

鉴赏

这首诗写一位青年男子的爱情表白。诗歌通过他在春游时的所见所想,表现了这位青年对所爱女子的真挚、深切的恋情。

“出其东门,有女如云。”诗歌开头两句,是男主人公述说他的所见所闻。在三月上巳节的早上,他漫步来到郑国都城的东门外,映入他眼帘的是一幅欢闹热烈的场面:在明媚的春光里,在绿草如茵的田野上,聚集了许多青年男女。姑娘们穿着五颜六色的春装,艳丽非常。远远望去,宛如绚丽的云霞。她们和小伙子们踏青赏春,快乐地说笑着,互相表达着爱慕之情。这幅图景是诗人摄下的郑国民间欢度上巳节的一个镜头。古老的民俗节日,是青年男女能够无拘束地游玩的时刻,更是他们播种爱情、选择理想伴侣的好机会。面对着这种欢快热闹的场面,诗中的男主人公又是怎样的呢?“虽则如云,匪我思存”,这两句诗人的表白使诗歌情调产生了很大转折。如果说前两句描绘的热闹场面是"扬"的话,那么这两句写诗人看法的诗句就是"抑"了,把诗歌情调降到峰谷。"有女如云"的热闹场面,姑娘们的美丽姿容,都不能使他动心。他不去追求她们,也不想在她们中间选择自己的理想伴侣。经过这样的一扬一抑之后,男主人公才唱出了自己的心曲:"缟衣綦巾,聊乐我员。"原来,他早已情有所钟了。"缟衣綦巾"是当时简朴的女子服饰,在这里托物喻人,代指一位女子。对"缟衣綦巾",旧注一直解为诗中男子之妻,我认为看作男子所爱之人更恰当,《说文》引这句诗就解释为"未嫁女所服"。我们不妨这样理解,这位男子往日曾与一位装束简朴、淡雅的姑娘相识,彼此产生了爱慕情感,以后未能相见。在这个民间节日里,男子来到青年男女聚集的东门外,寻找这位女子。"缟衣綦巾"和二章的"缟衣茹藘"都是她的象征。也许她心地美好,善良纯洁;也许她天生丽质而又恬静素雅。只有她才是男子理想的伴侣,只有她才能给男子带来幸福和欢乐。诗歌表现的正是男主人公追求爱情时的这种心灵感受。

《诗经》的爱情诗歌对青年男女恋爱过程中的各种情境、场面都有所表现,这首诗既不是像《郑风·溱洧》写青年男女快乐游玩,互相表白爱慕之情,也不是像《邶风·静女》写姑娘与小伙子幽期密会,赠物定情,而是像《秦风·蒹葭》那样表现男子对美好爱情和所爱女子的强烈、执着的追求。但它又没有《蒹葭》那种凄迷虚幻、象征着爱情追求失意的哀婉情调。这首诗所表现的,是男主人公在现实生活中的追求、寻找。他满怀希望,心情乐观、对未来的幸福生活充满了美好憧憬和坚强信心,给人以乐观、昂扬的审美愉悦感。

这首诗在刻画男主人对所爱女子的深切思恋和执着追求的心态时,采用了意象对比的手法。首章的"有女如云"与"缟衣綦巾"、二章的"有女如荼"与"缟衣茹藘",这两组意象在数量、形象、色彩、虚实诸方面都构成了鲜明的对照。男主人公在他的恋爱心理中,把眼前之景与意中之人区别得异常清楚。当他把众多姑娘比作如彩云般美丽时,他的意中人则是素衣绿裙,朴素淡雅;当他形容姑娘们穿着白色服装,如漫天飞舞的白茅花时,他的意中人则是素衣红裙,于众女之中更显得娇艳出众。这种意象上的对比,突出了那位女子在主人公心目中的重要而不可替代的地位,形象地反映出男主人公情爱专一、忠于爱情的美好心灵。列宁说过:"把一般的性的冲动发展和提炼成为个别的性爱,是何等重要的事。"(蔡特金《列宁印象记》)诗中男子正是把对异性的一般感情提炼、升华为对特定对象的强烈、深沉的思恋,从而表现具有现代性爱因素的审美情操。

这首诗的语言朴实无华,不事雕琢,却有着自然的色彩美。全诗两章结构相同,写的是实景真情,却有着象征的意韵。诗中虽无呼天告地的激越誓言和生死不渝的爱情表白,但在看似平淡的诉说中却可以体察到主人公内心奔涌的爱之潜流。抑扬跌宕的诗歌情调,真实地展露出主人公不平静的心理过程,读来含蓄隽永,耐人品味。

(李梦奎)

野有蔓草

《诗经·郑风》

野有蔓草,零露漙兮①。有美一人,清扬婉兮②。邂逅相遇,适我愿兮!

野有蔓草,零露瀼瀼。有美一人,婉如清扬。邂逅相遇,与子偕臧!

注释

①零:落。漙(tuán):露多的样子。

②清扬:形容眉目漂亮传神。婉:美好。

鉴赏

这是一首写野合之美的诗。

野外艳遇,自秦汉封建社会确立和巩固以来,认为是淫乱的。但在一夫一妻制确立以后一个相当长的历史时期内,在某些特定的季节或时间,不仅被礼法和风俗所允许,而且笼罩着一种神秘和神圣的气氛。《周礼·地官》云:"中春之月,令会男女。于是时也,奔者不禁。若无故而不用令者罚之。"这种野合的时节在古希腊是祭酒神的狂欢节,在中国是"春社"之日。这种习俗,在近代日本很多村落,在现代南太平洋的许多岛屿上,都曾经或仍然普遍存在着(大井正著《性与婚姻的冲突》第25~29页)。这正如恩格斯在《家庭、私有制和国家的起源》中所说,是"在一个短时期内重新恢复旧时的自由的性交关系"。《墨子·明鬼》所记载的:"燕之有祖泽,当齐之社稷,宋之桑林,楚之云梦也。此之男女所乐而观也。"古人为什么长期保留甚至"在一个短时期内重新恢复”这一习俗呢？从浅层社会生活看，这与庆祝生子与丰收的礼仪有关；从深层社会心理看，它可能潜伏着“人们希望过去的传统的秩序、法律以及在此派生出的家庭模式、个人权威，在祭祈的昼夜里或短期内崩溃瓦解，再产生新的社会秩序、传统、权威”（同上第 24 页）的内心要求。野合的美，是追求和憧憬精神自由的一种外化形态。因此，欣赏这首诗，一个前提条件，首先要纠正被汉儒特别是宋明理学家所歪曲了的性的美，被儒家后期文化所亵渎了的人类童年期爱的纯真。

这首以感情的力量驱使语言像喷泉一样喷发的情诗，生动地描绘了一位青年小伙在沾满露水的田野里，与自己久已倾心的姑娘不期而遇时，立即大胆地向她求爱的举动和突然爆发出来的感情。诗的开头，以轻灵的笔调描绘出在初日照耀下的明澈晶莹之景，安排了一个十分清丽、幽静的自然环境，对全诗起到了烘托气氛的艺术作用。景色的清爽润美，很自然地引人想到姑娘的风韵与神情。在蔓草、零露与少女的形象之间，有着丰富的隐喻和联想。晶莹剔透的露珠，难道不正是姑娘那美丽的眼睛的写照吗？高高的蔓草，不正似亭亭玉立的少女的颀长身材吗？传情的景物描写与传神的人物描写，互相掩映，行文倩巧，情意泱泱。点睛之笔表现了姑娘的惊人俊俏，小伙子埋藏在内心的爱慕与相思之情，好像火山爆发一样，喷薄而出。两章重叠，看似语义重复，实则反复递进地传达了那热烈而缠绵的无拘无束的青春萌动！

这是一首青春的美、圣洁的自由性爱的赞歌。其审美意义又在于它展示了原始遗风中不伴有任何政治功利目的的两性爱情美的晶莹纯真。

（皇甫修文）

溱　洧

《诗经·郑风》

溱与洧①，方涣涣兮。士与女，方秉蕑兮②。女曰：“观乎？”士曰：“既且③。”“且往观乎！洧之外，洵訏且乐。”④维士与女⑤，伊其相谑⑥，赠之以勺药⑦。

溱与洧，浏其清矣。士与女，殷其盈矣。女曰：“观乎?”士曰:“既且。”“且往观乎!洧之外,洵訏且乐。”维士与女,伊其将谑,赠之以勺药。

注释

①溱(zhēn)、洧(wěi):溱水和洧水,均在今河南省境内。

②蕑(jiān):即兰草,古人以为手拿兰草可以避邪气。

③既且(cú):已经去过了。

④洵:诚然,实在。訏(xū):大。

⑤维:句首语气词。

⑥伊:语助词。谑(xuè):调笑,戏闹。

⑦勺药:蘼芜一类的香草,不是现在的芍药花;一名“可离”,古人离别时互相赠送勺药,表示依依不舍之情。

鉴赏

每当我们吟诵起这首古老的民间情歌时,上古时代中原大地上,三月上巳人们欢歌笑语涌向郊外游赏春光的空前盛况,就会有声有色地再现在我们的眼前。

郑国(今河南郑州一带)的风俗,阴历三月上旬巳日(三月三日)这一天,人们要到溱水和洧水之边“招魂续魄,祓除不祥”,祈求幸福和安宁。三月上旬,正是春光秾丽的季节。人们度过了索寞的寒冬之后,谁不愿意轻装外出到郊外领略明媚的春光,愉悦自己的身心呢?因此,三月上巳也就约定俗成地演变为民间的游春节日。这一天也是情人相会的好时光。《溱洧》篇所歌唱的,就是春秋时代郑国三月上巳节的盛况。这一天男男女女在溱洧岸边自由欢快地交游,他们互诉心曲,互相馈赠,寻找友谊和爱情。全诗二章。每章一开始,民歌作者总述了溱洧岸边春水涣涣,碧波荡漾,风日明丽,士女如云,歌如潮,笑如潮的节日气氛之后,接着将自己敏锐的目光转向远处一个僻静的角落,将一对正在相会的青年男女的窃窃私语公布出来。姑娘说:“去瞧瞧热闹怎么样?”小伙子回答:“已经看了一趟了。”姑娘又说:“再去看看好吗?洧水河那边,宽广、热闹,人们喜气洋洋!”他们终于带着欢歌笑语,奔向节日的人海中。临分手,互赠勺药,表达互相爱慕依依不舍的感情。19世纪德国杰出的诗人歌德,曾在附于《少年维特的烦恼》第二版(1775年)前的短诗中歌唱过:“青年男子谁个不善钟情?妙龄女子谁个不善怀春?……”这脍炙人口的诗句,不胫而飞,超越国界,震撼了无数青年读者的心灵。1922年,郭沫若同志的译本《少年维特之烦恼》在中国出版后,这首短诗，一时在许多青年中传唱不息，变成了对封建旧礼教的挑战和抗议。而前此两千多年，在古老的华夏大地上，民间诗人早已唱出了青春、欢乐、友谊、爱情的优秀诗章《溱洧》。只是因为历史上的种种原因，它却不太为人所知、所传。

《溱洧》诗的开篇，描写了郑国的男男女女涌向郊外赏春游乐的情景，意境妍丽明朗。它以溱洧两岸宽阔广袤的平野为背景，和风丽日温暖着人们的身心，碧波涣涣的春水让人们流连忘返，清波丽影与蓝天白云融合在一起！如此良辰美景，正当青春年华的少男少女，置身于大自然的怀抱中，陶醉在旖旎的春光中，尽情享受本应属于他们的欢乐，光明正大，合情合理。如果给《溱洧》篇冠以“淫声”的罪名(《诗集传》)，对它横加讨伐鞭挞，那就无异于对庄严的大自然和美好的人生的亵渎。不妨设想一下，节日的溱洧之边，在大自然舞台上，如果听不到青年男女的歌声笑语，看不到他们活泼健美的身影；只听到三三两两成年男女的慢悠悠私语，只看到三两对老年人颤巍巍相扶将的身影，三月上巳节的节日气氛，将是怎样的一番景象啊？至于那位尚不知道“人言可畏”的姑娘，无非是主动约了小伙子，强调洧水岸边的热闹景象，鼓动他陪着去玩，哪怕他已经去过了。她终于说动了小伙子的心。这几句直率天真的话语，透露出姑娘微妙的心理活动。潜藏在她心中的爱慕之情，使她变得大胆、执拗，非打动小伙子的心不可！民歌作者将这番话儿穿插到叙事写景之间，表明他欣赏的是情因景生，情与景会的意趣，生动地展现出一位妙龄少女在无边春色中勃发出来的对人生幸福的渴望，重在“情”字，而非单纯的情欲。如此“女惑男之语”，情愫纯洁，格调健康，没有任何见不得人的隐私欲念，热烈而不粗鄙，和淫声风马牛不相及，有何羞耻可言？又何必幡然悔悟？实际上，在中国历史上，历代最高统治者三宫六院，王侯权贵三妻六妾，以女人为玩物的生活，倒往往是淫欲无度。反映这种生活的“淫声”，也是屡见不鲜的。

《溱洧》是一篇结构别致的短叙事诗。前后两章，述情叙事，极富顿挫婉转之妙。“女曰”“士曰”，昵昵儿女语，像一段小小的插曲，在平铺直叙之中节外生枝，掀起波澜。作者的高明之处在于先写这对情人在僻静的地方幽会，经过一番商量、“辩论”，再写他们高高兴兴地奔向洧水之边。这种先抑后扬、欲纵故擒的手法，给这首短诗带来了铺叙中见曲折的韵致，使全诗的结构显得摇曳多姿，情味深长。本篇在用词上的特点，首先是虚字的妙用。前后两章，两“方”字，神色飞动；两“矣”字，轻隽有态；以“涣涣”“浏”“清”等简洁的词语状春水的荡漾明澈；以兰草、勺药这两样极富象征意味的香草，为青春儿女的亲谊和爱情点染了绚丽的色泽，增添了诗意的芳香；又以“洵”“讦”两个副词强调了人们在无边春色中感受到的巨大的欢愉。这些富有表现力的词语的运用，使全诗的意境显得妩媚动人,引人遐想。诗末以情人分手时互赠勺药寄托离情完篇,可谓言有尽而意无穷。节日欢乐的高潮虽已过去,荡漾在情人心海中爱情的春潮呢?也许它将浮载着祈求幸福的心愿,憧憬着美好的明天呢。

《溱洧》篇中描写的情景,反映出当时郑国男女社交相当自由、公开的社会风貌。孕育这首诗的时代虽说已成为遥远的历史,但是,诗中所闪烁的思想和艺术的光辉,对今天的读者仍然具有魅力,给人们以既遥远又亲切的回味。

(林家英)

东方未明

《诗经·齐风》

东方未明,颠倒衣裳。颠之倒之,自公召之。

东方未晞,颠倒裳衣。倒之颠之,自公令之。

折柳樊圃,狂夫瞿瞿。不能辰夜,不夙则莫。

鉴赏

这是一首用第一人称写成的"劳者歌其事"的诗篇。歌者显然是一位失去了人身自由的奴隶,他的主人是一位身居"公"位的贵族。在主人的监督下,他早出晚归,承受着繁重的劳务工作,生活节奏快得如同被皮鞭抽打着旋转不停的陀螺。诗人截取了他生活中的一个片断、一个瞬间,来反映他的整部生活史,以小见大,深刻地揭示了那个时代剥削者与被剥削者之间尖锐对立的阶级关系。

诗的前两章是叠咏,内容相同。首句点时间,突出"未明",以见其早,不着怨辞,而怨情却在其中。二、三句叙事,在动作描写中刻画人物心理。古代的衣服,上曰衣,下曰裳。不知是由于诗人睡意蒙眬,神志不清,抑或是屋里一团漆黑,光线太暗,他竟把衣和裳"颠倒"着穿到了身上。他很快发现穿错了,于是"颠之倒之",又将衣裳依序重新作了组合。这两句话画出了诗人起床的仓促、忙乱的情景,也渲染出一派紧张的空气。这到底是什么缘故呢？“自公召之”，原来是主人来叫他，催他去干活。有了这一句，前边两句的动作描写便有了心理依据。试想，“未明”之时，他还在沉睡之中，不意被人叫醒，当听清是“公”来“召”他，不觉吃了一惊，也许是他想起了某次被“召”迟到，挨了鞭笞，受了责罚，吃了苦头，于是这次他一点也不敢怠慢，结果差点弄出笑话不说，还是误了时间。这动作的背后正掩藏着诗人忐忑不安的恐惧心理。此句点明原因，放到第二句说出未尝不可，但放到章末，更显得回旋有味，意蕴丰厚。

“折柳樊圃，狂夫瞿瞿。”用比喻手法写感想。“樊”，指篱笆，用如动词。“圃”，指菜园。“瞿瞿”，惊顾貌。用杨柳柔弱的枝条作菜园的篱笆是极不牢固的，“然狂夫意之，犹惊顾而不敢越”（朱熹《诗集传》）。可自己呢，命运掌握在他人手里，身体虽十倍地强于杨柳，却无力自保，只有让人任意地践踏和欺凌，竟至连菜园子也不如，这是多么的不公平啊！末两句中“辰”通晨，“莫”即暮。“不能辰夜”，就是没有早晚；“不夙则莫”，是说不是早早地出工，就是天黑才收工。读者不难理解，如此超强度的劳动，绝不是一天两天，而是月月如是，年年如是。这便是一个奴隶的全部生活史，一、二章只不过是这部生活史中的一个镜头，一个片断，一个细节，是他生命三部曲中的一个音节，一个音符而已。这两句不但加大了诗的容量，而且使诗人有了言外之意，象外之象，言虽尽而意无穷。

（杨希武）

卢　　令

《诗经·齐风》

卢令令，其人美且仁。

卢重环，其人美且鬈。

卢重鋂，其人美且偲。

鉴赏

这是一首赞美猎人的短诗。姑且散译如下:猎狗一跑颈环丁零零响,/那猎人英俊好心肠。/猎狗颈上一环套一环,/那猎人英俊乌发鬈。/猎狗颈上一环套两环,/那猎人英俊美须髯。

没有情节,只于反复咏唱中直陈所见所闻,一位乌发卷曲、须髯优美、外貌英俊而心地温柔善良的猎人形象,连同那条不离左右的猎狗颈上的环发出的清脆的声音,无不给人耳闻目睹般的感受,将读者的想象带到辽阔的山原,跟随猎人去品尝驰骋的勇敢与智识的快意。全诗只有二十四字,赞人咏犬,两全其美。当其赞人,取其外美与内美互为表里的英俊的风姿,略去其纵犬捕获的情节;当其咏犬,取其环上发出的串串环声,略去其凶猛鸷悍的形状,配合着和谐的音调和活泼的句式,在回环反复的吟咏中,猎人和猎狗的神采,便活生生地展现在读者的眼前。本篇在剪裁方面表现出单纯自然、天衣无缝之工,反映出春秋时代喜好田猎的齐人对男性阳刚之美的崇拜。民歌作者本身也许就是一位猎人,他对猎人生活十分熟悉,对猎人与猎狗怀着满腔热爱的感情,因此,不假比兴,随口唱来。这首短诗是从作者心灵中流泻出来的一支未经雕琢的"天籁"。

(林家英)

葛　屦

《诗经·魏风》

纠纠葛屦[①],可以履霜[②]?掺掺女手[③],可以缝裳?要之襋之[④],好人服之[⑤]。

好人提提[⑥],宛然左辟[⑦],佩其象揥[⑧]。维是褊心[⑨],是以为刺。

注释

①纠纠：纠缠交错的样子。葛屦（jù）：夏布做的鞋，夏天穿的。
②可："何"的假借字。
③掺掺：同"纤纤"，形容女子的手柔弱纤细。
④要：同"褄"，系衣的衣带。襋（jí）：衣领，这里"要""襋"均作动词用，意为提带、提领。
⑤好人：美人。
⑥提提：即媞媞，安详的样子。
⑦宛然：形容回转身子的样子。辟：通"避"。
⑧象揥（tì）：象牙的簪子。
⑨维：因。是：代词，指"好人"。褊心：心胸狭窄。

鉴赏

我国诗歌有讽刺的优良传统，从汉乐府到唐代的新乐府运动，乃至元明清以来的政治讽刺诗，代代相承，连绵不绝。溯其源，则滥觞于《诗经》。《汉书·礼乐志》曰："周道始缺，怨刺之诗起。"郑玄《诗谱序》云："周室大坏，《十月之交》《民劳》《板》《荡》勃然俱作，众国纷然，刺怨相寻。"《毛诗序》在阐发诗歌的社会功用时也说："上以风化下，下以风刺上。"可见，古人很重视诗的讽刺作用，而且很早就自觉地操起了这柄利剑。在《诗经》中讽刺诗确实不少，但真正在诗中"明点作意"（方玉润语）声明讽刺之旨的诗唯有一首，即《葛屦》。诗人以"是以为刺"结束全诗，表示了鲜明的创作意图。说《葛屦》是中国讽刺诗的开山之祖，恐不过分。

《诗经》中的讽刺诗，一般多采用夸张和比兴手法描述消极、落后、反动、腐败事物的可笑、可耻、可悲。但《葛屦》通篇用赋体，作者以前后两章相对照，通过两个人物形象地位和态度的悬殊描写，表达了是非爱憎的道德评价和感情倾向。诗首章描写的是一个伺候人的缝衣女。冬天了，她还穿着夏布鞋踏在寒霜上，她缝衣的双手又细又瘦，她辛辛苦苦地劳作，完全是为了使女主人穿得漂亮、舒服。显然，这是个地位低下的贫寒劳动妇女的形象。而第二章出现的却是一个贵妇人，她头上戴着象牙发饰，一副安享尊荣的神情，缝衣女请她试衣，她却转过身去，不理不睬。无疑，这是一个地位尊贵、态度傲慢、心胸狭窄的贵族妇女形象。作者就是用这种写实的手法，把两个决然不同的形象客观地摆在读者面前，让你分析，供你评价，而作者的褒贬之意是在对人物的描述中自然流露的。篇末点名"是以为刺"的作诗宗旨，使诗歌的是非爱憎更加鲜明。

这种采用两相对照表现讽刺意义的方法,为后代诗人所沿袭。白居易的讽喻诗颇多采用。如“夺我身上暖,买尔眼前恩”(《重赋》);“一束深色花,十户中人赋”(《买花》)对比强烈,怨刺之情溢于言表,具有很强的艺术感染力。所以《葛屦》一诗,作为讽刺的最早诗作,是值得重视和研究的。

(程俊英　朱杰人)

园　有　桃

《诗经·魏风》

园有桃,其实之殽①。心之忧矣,我歌且谣。不知我者,谓我士也骄。彼人是哉?子曰何其②?心之忧矣,其谁知之?其谁知之,盖亦勿思③。

园有棘④,其实之食。心之忧矣,聊以行国。不知我者,谓我士也罔极⑤。彼人是哉?子曰何其?心之忧矣,其谁知之?其谁知之,盖亦勿思。

注释

①之殽:是食物。殽同“肴”,吃。之食,意同“之殽”。

②何其:犹言“怎么样”“是不是”。其:语气词。

③盖(hé):通“盍”,何不。勿思:不想。

④棘:酸枣,枣。

⑤罔极:无准则,指任意妄为,信口雌黄。

鉴赏

《园有桃》以抒写“心忧”为中心,层层展开,铺排起伏,意味颇为深长。但由于“桃”“棘”起兴的意义及其与“心忧”之间的关联,理解不一,所以自《毛传》至近人,对诗的主旨便有了种种说法。其实这首诗的内容并不复杂。诗写的是“士”的忧心。关于士，把他看作士阶层的士也好，看作一般男子也好(士也为男子通称，犹言先生)，都指文士之辈，而非寻常百姓。那么这个士人究竟忧心什么，因何而忧？诗无明文，难于臆测。但有一点是肯定的，即与“彼人”有关，因而不会是“贤者忧时”(姚际恒《诗经通论》)。就是说这个士人的忧心，是由“彼人”产生的。诗的另一个关键，是起兴的意义及其与忧心之间的关联。诗说园中的“桃”“枣”之实都是可吃的，有人因此以为这是比喻“国有民，得其力”(《毛传》)，忧心是忧国家“不能用其民”(《诗序》)；有人以为诗意是贱果“犹可以为食，兴国之无人也”(《诗经通论》)；有人以为是士对统治者不满而作诗刺之(高亨《诗经今注》)。我以为起兴可以没有多少意义，但或多或少与诗的内容还是有所关联的。此诗以平常可食之物起兴，显然在影射、反比自己的有才无用。因此，诗中所写的忧心，是士人怀才不遇的愁伤，是对“彼人”的怨望和不满，是由自身而发，并非忧时。所谓“彼人”，自然是指有相当权势的人物。

这个士人的忧心，自然不是因为他看到了园中的桃子和枣子。桃、枣都味美可口，不会使人忧心。但是这些味美之物，却可以在人平静无波的心田中激起一点波纹。“风乍起，吹皱一池春水”，是风吹起了池面的波纹，也就是春光掀动了一个女子平静的心扉。此处的“桃”和“枣”，虽与风吹水皱的暗喻不同，但撩拨心绪，却与之相似。按理味美之物应该引起人的喜悦，但却相反，士人紧接着却感叹“心之忧矣”！桃、枣在士人心田中激起的是相反的波动，引起的是他由对照而来的感叹愁伤。如此，诗句的内涵意义显然就是：物皆有用，可是我却如此！其不为世用、怀才不遇之慨，便蕴于其中。但是他对自己的处境又无可奈何，所以只好“我歌且谣”，聊以抒忧了。古人长歌当哭，借以遣愁，这里正是如此。以上四句，是士人因景生情，情因景发。但是句意含蓄，并没有道出忧由何起的原委。

“不知我者，谓我士也骄”一层，承上文拓开。士人忧心愁伤，自然也怨望不满，愤世嫉俗，不了解真情的人便会认为他骄傲而目空一切。别人的这种猜测，其实只是主要看法的一种。这与“知我者，谓我心忧。不知我者，谓我何求”(《黍离》)，句法相类，表意也近似。但“不知我者”的看法，只是从表面现象认定，与忧心的实情不合，所以说他们是“不知我者”。从行文而言，因这一笔荡开，诗意脉络便因之而起伏有致。此外，此处也点明了他“士”的身份。

“彼人是哉？子曰何其？”这一层又将笔锋折转回来，仍扣到忧心问题上。作者在此似乎要道出忧心的缘由，但却若即若离，闪烁其词，又轻轻宕开，写对“彼人”的评论，而“彼人”，正是使他忧心的根源。可是这个“彼人”不是泛指，是指一个真实的有权有势的人物。“子”指第三者，就是“不知我者”。要第三者评论那人对待自己的做法对不对,自己却不置一词,这是避实就虚,透露出作者不能明言的微妙心情。由此可见,作者虽然忧心忡忡,但却是比较软弱的。因而也只好藏忧在心,忧而生怨,怨不能解而姑且搁置一边以自宽,这就是最后一层四句所写的心情。

"其谁知之",是感叹自己的忧心不为人所知,是感叹,也是怨望。"谁"既指一般的"不知我者",也包括不了解自己的"彼人"在内。由不为人所知的感叹,进而想到何不不再想它,丢置一边,为另一个小层次。既然如此,又何必永怀不忘,日夜忧心呢?看来作者似乎达观而解脱了,但却不然。因为"盖亦勿思"并非斩钉截铁之语,语气犹豫,只是对上文的不甚坚定的和缓转折。因此诗句透露的只能是作者无可奈何中的聊以自宽之意,其忧心并没有彻底解脱。由此可见,作者仍然期望于为人所知、为人所用,根本没有超凡脱俗。

诗的第二章,句法语意和第一章基本相同,只有两处须要加以说明。一是"聊以行国"。由忧心而"聊以行国",和借歌遣愁同一机杼。但从此人比较软弱这点推想,似乎还不会决然去国,只能是姑且漫无目的地行于国中,借以遣愁而已。一是"谓我士也罔极",这和认为他骄傲自大,也是相通的。总上,全诗以两章反复咏叹,只写一忧字,而层转开合,颇有抑扬起伏之致。诗中写忧而不明言生忧的原委,正面用笔少,侧面用笔多,遂使诗意含蓄,耐人寻味。虽然诗的情调较低,但从中却可以窥见当时士人所处的环境及其不好的遭遇。

(孙其芳)

陟　岵

《诗经·魏风》

陟彼岵兮[①],瞻望父兮。父曰:"嗟!予子行役,夙夜无已。上慎旃哉[②],犹来无止[③]!"

陟彼屺兮[④],瞻望母兮。母曰:"嗟!予季行役[⑤],夙夜无寐。上慎旃哉,犹来无弃!"

陟彼冈兮,瞻望兄兮。兄曰:"嗟!予弟行役,夙夜必偕[6]。上慎旃哉，犹来无死！”

注释

①陟(zhì)：登，升也。岵(hù)：有草木的山。

②上：通“尚”，表祈使。旃(zhān)：之、焉的合音代词，之。

③止：停留在外地。

④屺(qǐ)：无草木的山。

⑤季：小儿子。

⑥偕：俱也。

鉴赏

这是一首怀人之作，写征人在行役中对父母兄弟的思念。在《诗经》中，描写怀人的题材可谓多矣，但一般采取直接描写的手法，讲“我”如何如何。而这首诗却独具一格：借他人之酒杯，浇自己之块垒。明明是怀人之作，却很少写自己如何思念对方，相反，却大书特书对方在如何如何怀想着自己。这样，不言己之思亲，而愈见思亲之心切；不言己之怀人，而愈显出怀人之情笃。

全诗三章，直接描写征人思亲的只是每章开头两句：“陟彼岵兮，瞻望父兮”“陟彼屺兮，瞻望母兮”“陟彼冈兮，瞻望兄兮”。诗人通过登岵、登屺、登冈这三个视角点，将自己的感情重沓托出。这样，不仅将其强烈的思亲思归之情表露无遗，而且一下子抓住了读者的心绪，使人仿佛听到了诗人矗立山头、遥思亲人的阵阵啜泣声。这样开头，收到了一石三鸟之效果。常言道：远望可以当归，长歌可以当哭。如果诗人思亲思归之情不是到了遏止不住的时候，他怎么会去登高远眺、以望代归呢？如果诗人思亲之情只是流于一般，对行役生活不是到了痛不欲生的程度，那他为什么要通过三个视角点去反复吟唱呢？照理，在每章直接道明思念的对象以后，应该进一步详尽抒写自己是如何思念他(她)，如何想要早日回到他(她)身边，摆脱行役的痛苦，等等。然而，诗篇笔锋陡转，变主为宾，写起远方的亲人是如何思念着自己来了。这一百八十度的大转弯，乍一看，使人猝不及防；定神细品，不由你不拍案叫绝。它妙就妙在为我们制作了一个大的幻景：亲人正在征人身边，正在同征人说话。把征人思亲的如痴如醉的精神状态活脱出来了。它妙就妙在是征人的痛苦心声和亲人的深切关怀和虔诚祝愿的二重组合。你看，“夙夜无已”“夙夜无寐”“夙夜必偕”，正是当时征人生活的写照：一天到晚劳作不息，黑天白日，没有尽头。而“上慎旃哉，犹来无止”“犹来无弃”“犹来无死”，分别写出了亲人对征人的祝愿。他们都嘱咐他要好好保重呀。父亲但愿他还能回来,不要永远滞留外边;母亲但愿他还能回来,不要把娘亲永远抛在家里;兄长但愿他还能回来,不要身死草莽、永不回头。至此,一家数口,在这梦幻般的景致中达到了大团圆,展现在读者面前的,仿佛已不是一个矗立在山巅的怅然远眺的孤独者的形象,而是一幅举家团圆的生活快照,诗人真不愧是善于捕捉瞬间的"摄影大师"。本来,行役之苦,乃征人之切身感受;期限之长,乃征人之素来畏惧;保重自己,乃征人之暗中打算;尽早生还,乃征人之唯一愿望。耐人寻味的是,这一切无一出自征人之口,全由父母兄长道出,如此表达,曲折有致,不但倍增征人生活之凄苦、思亲之心切,也能从心灵深处唤起读者对征人不幸家庭的无限同情和对制造人间灾难的统治者的无比愤慨!

全诗重章叠唱,极力渲染了一种"一人行而乡曲恨,一人死而万人悲"(桓宽《盐铁论》对《诗经·鸨羽》的分析)的凄惨气氛。行文虚实相生,写实处,点到为止;写虚处,大笔铺开,幻象奇生。以虚拟对方话语的方式,写自己思亲之情,让诗从彼岸飞来,让情从此岸传出,在中国古典诗歌怀人题材方面,别立一宗,影响和滋养了历代无数诗家。如徐陵描写征夫念妻室的《关山月》说,"关山三五月,客子忆秦川。思妇高楼上,当窗应未眠";杜甫在身陷长安时,作《月夜》一首怀念妻子,"今夜鄜州月,闺中只独看。遥怜小儿女,未解忆长安。香雾云鬟湿,清辉玉臂寒";寄寓思归的元好问在《客意》中说,"雪屋灯青客枕孤,眼中了了见归途。山间儿女应相望,十月初旬得到无?"溯根寻源,无一不是从《陟岵》中吸取了营养。这种绵延几千年的壮观局面,给中国古典诗歌的殿堂增添了一道奇异的光环。

(束有春)

十亩之间

《诗经·魏风》

十亩之间兮,桑者闲闲兮,行与子还兮!

十亩之外兮,桑者泄泄兮,行与子逝兮!

鉴赏

《诗经》民歌是劳动人民口耳相传的作品,许多作品就产生于他们从事劳动的过程之中。通常是一边劳动,一边歌唱,倾吐着他们各种感情。这首小诗,所写的则是一群“桑者”(采桑女),经过在十亩桑园的一天紧张劳作之后,行将收工时的情景,表达了一种劳动后所特有的轻松愉快之情。

全诗短小,仅两章六句。第一章描写在一片宽广的桑园树林里,采桑女的劳动就要结束了,这时有的安闲地歇下来,有的轻松愉快地走动着,她们相互招呼着,相约结伴同行,一路归去。第二章,紧接前章写一群采桑女已行至园外,这时她们三五成群“泄泄”(喜悦貌)地走在归家的路上,气氛轻松融洽,不久她们的身影就消逝在暮霭中了。

这首小诗,重章叠句,两章只换了几个字,但六句诗每句之后都用了语气词“兮”字,因而很自然地便拖长了语调,渲染出一种舒缓而轻松的气氛,正好与诗歌的内容相适应。从这里也可以看出,《诗经》民歌的节奏和韵律不仅优美、自然,像古人所说的“动乎天机,不费雕刻”(明陈第《读诗拙言》),同时它本身也是产生于生活,与生活内容紧密相结合的。关于这一点,不妨与同样写劳动情景的《周南·芣苢》一诗相比较来看。《芣苢》一诗写的是一群妇女采摘芣苢(车前子)的劳动过程,它通过劳动者一系列采摘动作的变化和收获迅速增加的情景,表现出饱满的劳动热情和劳动时无限欢快的情绪。这首诗以不断重复出现的“采采芣苢”句构成全诗的主旋律,节奏明快而紧凑,成功地渲染了当时紧张的劳动气氛,以及劳动者边劳动边歌唱的愉悦情绪。而《十亩之间》一诗,虽然也洋溢着一群劳动者的欢乐感情,但它表现的是劳动后的轻松情景,因而节奏舒缓,声调悠长,从而表现出来的情调就迥然不同了。

(褚斌杰)

伐　檀

《诗经·魏风》

坎坎伐檀兮①,寘之河之干兮②,河水清且涟猗③。不稼不穑[4]，胡取禾三百廛兮[5]？不狩不猎[6]，胡瞻尔庭有县貆兮[7]？彼君子兮[8]，不素餐兮[9]！

坎坎伐辐兮[10]，寘之河之侧兮[11]，河水清且直猗[12]。不稼不穑，胡取禾三百亿兮？不狩不猎，胡瞻尔庭有县特兮[13]？彼君子兮，不素食兮！

坎坎伐轮兮[14]，寘之河之漘兮[15]，河水清且沦猗[16]。不稼不穑，胡取禾三百囷兮？不狩不猎，胡瞻尔庭有县鹑兮[17]？彼君子兮，不素飧兮[18]！

注释

①坎坎：拟声词，伐木之声。檀：檀树。
②寘：放置。河之干：河岸边。
③涟：波纹。猗：义同"兮"，语助词。
④稼：种庄稼。穑(sè)：收庄稼。
⑤胡：何。廛(chán)：束，捆，与下文"亿""囷"同义。
⑥狩：冬天打猎，泛指打猎。猎：白天打猎，泛指打猎。
⑦貆(huán)：野兽名，幼小的貉。
⑧彼：那个。君子：指奴隶主。
⑨素：空，白。
⑩辐：车轮的横木。伐辐：即伐木做车辐。
⑪河之侧：河岸旁。
⑫直：直的波纹。
⑬特：三岁的兽。
⑭轮：车轮。
⑮漘(chún)：水边。
⑯沦：水波纹。
⑰鹑(chún)：鹌鹑。
⑱飧(sūn)：熟食，这里泛指吃饭。

鉴赏

《伐檀》是伐木工人的诗歌，它揭露了奴隶主贵族不劳而获、残酷地剥削劳动人民的丑恶行径。它是《诗经》中脍炙人口的名篇，两千多年以来，为广大人民所喜闻乐见。它为什么具有如此强烈的魅力呢？它之所以深受人们的喜爱，并不是仅仅因为它具有质朴明快的语言，反对剥削阶级的主题思想，而主要原因是它具有委婉曲折、似柔乃刚的艺术特色。

其一，此作不是使用一般的陈述句来揭露奴隶主贵族对劳动人民的剥削，而是用反诘排句和反语来质问和讽刺剥削者。这就使诗作别具一格，具有一股不可遏止的艺术力量。“不稼不穑，胡取禾三百廛兮？不狩不猎，胡瞻尔庭有县貆兮？”连用四个排句，质问剥削者：不种不收，为何抢走三百捆稻谷？冬季不狩，白天不打猎，为何庭院挂满野猪肉？这四句反诘诗句，喷薄而出，犹如连发的重型炮弹，发发击中敌人，使其毫无反手余地。如若用四句陈述句揭露剥削者，显然就不会有如此强烈的艺术魅力。诸如：“无衣无褐，何以卒岁！”“七月鸣鵙，八月载绩。载玄载黄，我朱孔阳，为公子裳。”（《诗经·七月》）用这样的诗句来揭露统治阶级对劳动人民的盘剥，就流于平平，失去了艺术的感染力。

尤其是紧承以上四句，诗作又使“彼君子兮，不素餐兮”两句反语，作为每段诗的画龙点睛之笔，以揭示主题，就更加具有深刻的讽刺含义。此作两千多年以来脍炙人口，经久不衰，即得力于这两句富有强大生命力的警句。前四句已经明明指出，那个“君子”不劳而获，而这两句却不直说他白白吃饭，反而委婉曲折地用反语轻轻一掉说：“彼君子兮，不素餐兮！”（作为一个贵族，是不白白吃饭的！）这两句在每段诗章后出现，真好像奇峰突起、彩云飞天，给人留下寻觅不尽的余味。表面看来，委婉曲折，似露非露，诗语似柔，其实至刚，它好像用橡皮包着钢条抽打敌人，给敌人以致命的一击！相比之下，《相鼠》《硕鼠》诗对奴隶主贵族的斥骂，是非常辛辣的，也颇为痛快淋漓，然而却没有给人留下更多的余味。所以，古人论诗，强调“情贵隐”，认为“盛气直述，更无余味”（魏泰《临汉隐居诗话》），是颇有见地的。

我们看到，在《诗经》中有许多像《伐檀》这样的诗篇，或以含蓄委婉或以生动形象的比喻来讽刺剥削阶级，都收到了良好的艺术效果。应当说，《诗经》是中国文学史上讽刺文学的滥觞，对后代讽刺文学的发展曾经具有积极的影响和推动作用。

其二，此作优美、抒情、欢悦，是诗、歌、舞三位一体的典型之作，具有很高的审美价值。它是伐木工人在伐树木时，边唱边舞的诗，所以具有浓郁的抒情性。读完开头三句，似乎深深感到，我们身临其境，真切地听见伐木工人坎坎伐木的刀斧之声。他们把砍伐好的树木整整齐齐地放在河边，他们举目看见清清的河流，河水泛起层层的碧波！在此等境界中，此种心境下，他们揭露奴隶主贵族不劳而获的可憎可恶，却起到极好的艺术效果，这正是《诗经》同类篇章所无法相比的。譬如，《硕鼠》诗写道：“硕鼠硕鼠，无食我黍！三岁贯女，莫我肯顾。”字里行间，充满着沉郁悲凉的气氛。《伐檀》则不同。虽然它揭示了同样的主题，却充满优美、抒情、欢悦的气氛。它是在轻松愉快之中，打了一个漂亮的胜仗。

此作对清清河水的描写，读来真是令人赏心悦目，美不胜收。不过，《诗经》中描写风景山水之作，为数甚多,诸如“河水洋洋,北流活活”(《硕人》)、“溱与洧,方涣涣兮”(《溱洧》)、“蒹葭苍苍,白露为霜。所谓伊人,在水一方”(《蒹葭》)、“昔我往矣,杨柳依依。今我来思,雨雪霏霏”(《采薇》)、“节彼南山,维石岩岩”(《节南山》)等。生活是创作的源泉。劳动人民在生活、劳动中看到的山水风景,写在诗里,就变成了美丽的风景山水诗。由此可见,《诗经》本应是山水风景诗之祖。只是随着社会的发展,人们审美能力的不断提高,山水风景诗的写作,才逐渐广泛和成熟起来。

其三,回旋重叠,反复吟咏,又给这首诗增添了不朽的艺术特色。一般说来,回旋重叠,反复吟咏,这在《诗经》中具有普遍性的特点。但是,这个特点在《伐檀》中,却与众不同。它在句式结构上,比较整齐对称,富有强烈的节奏感和韵律性。此诗三章,每章九句。第二、三章与第一章,只是在一些用字上有所不同,如由“伐檀”换成“伐辐”“伐轮”;由“河干”换成“河侧”“河漘”;由“涟猗”换成“直猗”“沦猗”;由“三百廛”换成“三百亿”“三百囷”;由“县貆”换成“县特”“县鹑”;由“素餐”换成“素食”“素飧”。尽管用词有许多不同,但在词意上,不过大同小异而已。这样回旋重叠,反复吟咏,就大大加强了诗作的讽刺力量及其抒情性和欢悦感。

我们读完此作,好像它那“坎坎伐檀兮……彼君子兮,不素餐兮”的悦耳歌声,还久久萦绕在脑际,这正是这首诗感人至深的艺术魅力所在。

(陆永品)

硕　　鼠

《诗经·魏风》

硕鼠硕鼠,无食我黍!三岁贯女,莫我肯顾。逝将去女,适彼乐土。乐土乐土,爰得我所。

硕鼠硕鼠,无食我麦!三岁贯女,莫我肯德。逝将去女,适彼乐国。乐国乐国,爰得我直。

硕鼠硕鼠,无食我苗!三岁贯女,莫我肯劳。逝将去女,适彼乐郊。乐郊乐郊,谁之永号!

鉴赏

《硕鼠》一诗，揭露了统治者对劳动人民的重重压迫和残酷剥削，也反映了人民对美好生活的向往。

诗以第一人称咏唱，缩短了与读者之间的距离。诗人用低沉的声调对其悲惨的生活发出声声控诉。将统治者比作一种专吃谷物的大老鼠。用大老鼠来比喻“食我黍”“食我麦”“食我苗”的统治者，既表现了统治者贪得无厌，好似饕餮，又表现了广大劳动者长期供养剥削者的沉重负担。就是这样，这些忘恩负义的大老鼠对劳动者仍不肯给予照顾，不肯感激他们的恩德、不肯感谢他们的辛劳。诗人发出了愤怒的呼喊：“大老鼠大老鼠，不要吃我的粱黍！我的麦子！我的禾苗！我将离开你了，到那公平而没有大老鼠的地方去。只有到那理想的乐土，才能求得理想的居处，才能够公平合理。”如果说《诗经·伐檀》是劳动者面对统治阶级不劳而获的现象十分不满，从而蕴藏着一团怒火，那么这团怒火则在《硕鼠》中表现得更为炽烈，已届爆发的极点。《硕鼠》中的劳动者在剥削压迫中对现实有了清醒的理解，并且流露出反抗的意识——“适彼乐土”。虽然这种逃亡是消极的反抗，而且在当时的社会条件下是不可能的，事实上也没有他们理想中的乐土，但仍不失为劳动者们的一种斗争方式。《诗序》说：“《硕鼠》，刺重敛也。国人刺其君重敛，蚕食于民，不修其政，贪而畏人若大鼠也。”封建时代的学者也无法回避地认识到这首诗的讽刺性和反抗精神。诗中充满了对大老鼠的蔑视，对剥削制度的憎恨，再三咏叹公平合理的乐土。尽管这只是劳动者向往自由的朦胧意识的表现，但仍然强烈地表达了人民对美好生活的追求，而且在它流传过程中一直成为鼓舞劳动人民为反抗剥削和压迫，争取美好生活而斗争的精神力量，即使在今天仍有对当时社会的认识价值，这绝无拔高之意。

赋、比、兴的运用，是《诗经》的重要艺术特色。《硕鼠》通篇用比的手法，比就是譬喻，它“或喻于声，或方于貌，或拟于心，或譬于事”（《文心雕龙·比兴》）。用大老鼠来比喻统治阶级的可憎可鄙，以人拟物，从而使形象更加鲜明。联章复叠的民歌唱法，使这首诗在情感的表达上、愤怒的控诉上更有层次感，层层递进地反映了劳动者的悲惨生活及对理想生活的向往和追求。反复咏唱，更加突出了主题，谁养活谁的事实和将去乐土的理想给读者留下了深刻的印象。全诗句句押韵，声韵流畅，字句斩截铿锵，随着复叠的变换而换韵，促使了语气的加深，也使情感流露富于变化。

（陆三强）

蟋　　蟀

《诗经·唐风》

蟋蟀在堂,岁聿其莫。今我不乐,日月其除。无已大康,职思其居。好乐无荒,良士瞿瞿。

蟋蟀在堂,岁聿其逝。今我不乐,日月其迈。无已大康,职思其外。好乐无荒,良士蹶蹶。

蟋蟀在堂,役车其休。今我不乐,日月其慆。无已大康,职思其忧。好乐无荒,良士休休。

鉴赏

《蟋蟀》是《诗经·唐风》中的一篇,是感时之作。诗人因岁暮而感到时光易逝,因时光易逝而想到及时行乐,但又警诫自己,要有所节制,不能荒废事业。这种错综复杂的思想,写来曲折回旋,富有艺术感染力。诗的第一章首句以"蟋蟀在堂"点明时节。古代是有以候虫纪时的。如《诗经·七月》:"七月在野,八月在宇,九月在户,十月蟋蟀入我床下。"就是一例。蟋蟀由野入户,表明天气逐渐变冷,岁将暮。这样紧接着"岁聿其莫"句,就来得很自然,直接道出岁暮,更加深了读者的印象。"聿",语助词。"莫","暮"的古字。那么,诗人对这岁暮有何感受呢?那就是"今我不乐,日月其除"——现在我不及时作乐,时光就会过去。"除",作"去"解。的确,一年辛辛苦苦,秋收之后,诗人并没有因时光易逝,应及时行乐而忘掉了自己的本分工作:"无已大康,职思其居。"行乐不能太过分,应当想到自己的职务。"已",过分。"大康",即泰康,是安乐之意。"职",作"应当"解。"居",指所处的地位。这表明了诗人是明理守职的,体现了劳动人民的优良品质,和那些统治阶级红灯绿酒、寻欢作乐有本质的不同。诗人懂得只有这样才是“好乐无荒”,即既快乐而又不荒废业务。这是贤良之士所要时时警诫的——“良士瞿瞿”。“瞿瞿”,是警诫的样子。以上是第一章,诗人以朴素的语言,白描的手法,生动的笔触,委婉地抒写他感时光易逝而及时行乐的那种“好乐无荒”的复杂思绪,表现了他处处不忘本,时时严格约束自己的“良士”品德。第二、三章与第一章基本相同,只是改换了个别字词。这是《诗经》的叠章叠调的基本形式。诗的第二章八句中有四句变换了一个字或词,这不仅仅是为了换韵的需要,而是为了适应客观事物的变化和感情的深入。如第一章的“岁聿其莫”句,从时间的推移来说,岁暮并非终止,还是要有变化发展的。所以,第二章改“莫”为“逝”正是体现了时光的迁移;第一章“日月其除”的“除”字,虽有“去”之意,但它表示的是“过去”,是静态词,而第二章改为“迈”字,则不同了。“迈”是“行”,是动态词,这就恰当地表达了日月在行的变化了。后四句是把第一章后四句中的“居”改为“外”,“瞿瞿”一词改为“蹶蹶”。“外”,指本职以外的工作。“蹶蹶”,勤劳做事的样子。这样,这两个字词的更换,已使这四句话的含义和第一章的有所不同了:一是已从想到自己本职进而想到别的工作;二是良士不仅要警诫自已,而且要勤敏做事。这就使诗的含义更加深了一层。第三章第二句换了三个字,第四、六句各换一字,第八句换了一个词。如果说,前两章是正面从岁暮来抒发感受;那么,这一章就稍有变化,从农事已毕来下笔了。意思是说,天寒了,蟋蟀已到屋堂里来,装载谷物的车子已闲放着,农事已毕,如今我不寻乐,时光很快就会流逝。但不要过分作乐,应当想想可能发生的忧患。这样,才能既玩乐而又不荒废事业,贤良之士就能宽慰无忧了。“役车”,农家收获时用来装载谷物的车子。“慆”,“滔”的借字,形容时间滚滚流逝。“休休”,安闲自得的样子。这里诗人仍是通过这几个字的变化,写出了乐而勤的结果是无忧。全诗三章,每章八句,前四句都是感物伤时。诗人分别以“岁暮”“岁逝”“车休”来表示一年将尽;分别以“除”“迈”“慆”来形容时间的流逝。后四句都是对行乐而发。诗人从“乐”又想到了“无已”“无荒”,警诫自己在行乐时不要只贪图安乐,荒废了事业,自勉要“思居”“思外”“思忧”,考虑到自己的职责和可能的忧患,并像贤良之士那样“瞿瞿”“蹶蹶”,时时顾念自己的职事,办事勤劳敏捷,以便能“休休”心宽自得。这样有节制的行乐,“好乐无荒”,使这首诗带有了很深的教育意义,也可见当时人民风俗的勤俭。

（郑曼元）

山 有 枢

《诗经·唐风》

山有枢[1],隰有榆。子有衣裳,弗曳弗娄。子有车马,弗驰弗驱。宛其死矣,他人是愉。

山有栲[2],隰有杻[3]。子有廷内,弗洒弗扫。子有钟鼓,弗鼓弗考。宛其死矣,他人是保[4]。

山有漆,隰有栗。子有酒食,何不日鼓瑟?且以喜乐,且以永日。宛其死矣,他人入室。

注释

①枢(ōu):又名刺榆,榆树的一种。
②栲(kǎo):又名山樗,皮厚木坚的树。
③杻(niǔ):又名檍,梓一类的树。
④保:占有。

鉴赏

本篇是对一个贪婪吝啬的富人进行讽刺的诗。不贪婪就不能占有大量财富,不吝啬就不能成为守财奴。贪婪和聚敛是当时一般奴隶主阶级的共性,而吝啬与开明却是这个阶级的个别人物的个性在生活表现上的不同。本篇着重讽刺吝啬的守财奴。大家知道,没有一个吝啬的人不经过贪婪聚敛过程的。所以讽刺吝啬,在自觉与不自觉中,也讽刺了贪婪。

从诗人的语气来看,如"子有车马""子有钟鼓""他人是保""他人入室"云云,显示他同被讽刺者是同一阶级的开明人物。所以他并未否定聚敛大量的衣服、车马、庭内、钟鼓、酒食等,好像视为当然,但他着重讽刺聚敛而不用,可以意味着与不聚敛相等,这就显示出有些开明,所以这篇讽刺诗有一定的社会意义。一般论者都以为此篇是劳动人民之作。唯高亨先生《诗经今注》以为“这首诗是贵族作品”。看来无独有偶。

“存在决定意识。”从诗人的语气中，不像出于劳动人民的思想意识，特别是“子有酒食，何不日鼓瑟？且以喜乐，且以永日。宛其死矣，他人入室”等。劳动人民不仅不能从酒食联系到钟鼓，更不可能有继承富人而“入室”的念头的产生，尽管劳动人民也要求发财致富，但他们对那种吝啬鬼、看财奴的形象也是蔑视的。所以本篇有普遍的社会意义。

全诗分为三章，都是以山有什么，隰有什么起兴，句法整齐。比方枢、栲、漆等皆生于山地，榆、杻、栗等皆生于隰地，好像这六种乔木之性已定，都不可转移，故诗人用之以兴人之吝啬，亦属性之固然。其实这是诗人的误解。一般说来，这六种乔木的生植地域，基本上都是可以转移。如漆有漆园，榆有榆林等。即《孟子》所谓“易地则皆然”。诗人的取譬虽不科学，却很有文采，以类取兴，以性质不变的枢树、榆树，而兴起性情不变的吝啬人。“子有衣裳”“子有车马”“子有廷内”“子有钟鼓”“子有酒食”，浓笔重墨的五个“子有”，将这奴隶主的财富首先展示出来，吃的，穿的，玩的，样样都有。应该说，这位奴隶主在过着非常豪奢的生活了。但出人意料的是，他有衣裳，却舍不得穿；他有车马，却舍不得使用；他有庭院，却舍不得居住；他有钟鼓，却舍不得敲击玩弄；他有美酒，却舍不得品尝；他有佳肴，却舍不得享受，是为了省吗？是为了俭吗？不！有衣不穿，有车不用，有庭院不住，是一个典型的吝啬鬼，是由于过分的贪婪，引起了心理上的变态。对于这样一个守财奴，作者只有用直笔戳穿、嘲讽：你不享用，等你一死，别人就会占有你的财产，享受你敛聚的财富，穿你的衣服，乘你的车马，住你的房屋……

诗人以简洁的笔法，给我们描绘出公元前五世纪唐地的一个吝啬鬼、守财奴的形象。他非常富有，衣物、土地、厅堂、钟鼓、车马，一应俱全，他这样人在全社会中，为数甚少，可他占有的财富，却为数甚多，他的财富自然是来自贪婪，而他的吝啬，却又囤积了他的财富，同时又使他愚昧无知。既吝啬又无知，只有爱财如命，埋金在地下，而不知生财有大道，通财在人间。那种不吃、不穿、不用的守财奴做法，只能使他的性格发生异化，心理发生变态。钟鼎的文明，音乐的精妙，游览的乐趣，烹调的魅力，这一切的一切，对他都不复存在了。诗人在这里，塑造了中国文学史上第一个吝啬鬼的形象，他将永远载入世界文学的宝库中。这一形象与吴敬梓笔下的严贡生那种吝啬相比，并无逊色。若与果戈理笔下的泼留希金那种吝啬、贪婪相比，则有过之无不及了。

总观全诗，作者是以夸张的手法，塑造了一个吝啬鬼兼守财奴的形象。尽管作品没有揭露尖锐的阶级矛盾，没有反映出残酷的阶级剥削，但我们从他对吝啬的态度,完全可以推断他在聚敛时是如何敲骨吸髓;从作品对他的嘲讽,可以体会出作者在统治阶级的内部矛盾中,显示出先进开明人士与吝啬顽固的人物,有着很大差别。作者揭露、鞭笞了吝啬贪婪的奴隶主阶级人物,在劳动人民看来,也必将为之拍手称快。

(华　锋)

绸　缪

《诗经·唐风》

绸缪束薪,三星在天。今夕何夕,见此良人?子兮子兮,如此良人何?

绸缪束刍,三星在隅。今夕何夕,见此邂逅?子兮子兮,如此邂逅何?

绸缪束楚,三星在户。今夕何夕,见此粲者?子兮子兮,如此粲者何?

鉴赏

这是一首贺新婚、闹新房的诗。

《诗经》中有不少礼俗诗,这些诗形象地反映了先秦时代的各种习俗。其中贺新婚的诗特别有趣,饶有风味。比如《樛木》诗,以葛藟附樛木比喻女子嫁给“君子”,祝贺新郎新娘快乐,并祈求上天降福给他。《桃夭》是贺新娘的诗,诗人看见春天柔嫩的桃枝和鲜艳的桃花,联想到新娘的年轻美丽。《鹊巢》也是贺新娘的,诗人唱道:“这位姑娘要出嫁,百辆车子来接她。”这些诗都用比兴手法,以重章叠句、回环反复的咏唱来表现一种热烈而欢乐的情感。如果把这几首诗同《绸缪》作一比较,我们可以看出,虽然它们题材相同,手法类似,但在风格上却表现出明显的差异。前者热烈而庄重,后者则活泼而戏谑;前者文辞典雅严整，后者则质朴粗犷。显然，前者是经过精心加工修饰的，而后者却是民间闹新房时的口头创作，比较原始，接近口语。

这诗凡三章，每章均以稍作变化的“绸缪束薪，三星在天”起兴。人们要问，新婚为什么要用捆扎柴草和天上的星星起兴呢？原来，周代的风俗习惯是：婚礼必在三星始现的黄昏时分举行，而且必定束薪为炬，束刍喂马，迎娶新娘。“绸缪束薪”是婚礼用物，“三星在天”是结婚时间。所以，柴草和星星之兴既烘托了婚娶礼俗的典型环境和气氛，也揭示了诗的内容主题。紧接着兴句的是一连串戏谑性的问句：今天夜里是什么日子？见到爱人心里喜欢不喜欢？这么好的丈夫（妻子），你今晚怎么对待他？一章问新娘，二章问男女双方，三章再问新郎。毫无疑义，这些问题是大可不必问的，不必问而故意问之，显然是出于戏谑。开玩笑，造成了闹新房热烈欢乐的气氛。《抱朴子·疾谬篇》云：“俗间有戏妇之法，于绸众之中，亲属之前，问以丑言，责以慢对，其为鄙黩，不可忍论。”这段话和《绸缪》不正可以互为印证吗？其实这首诗的可爱之处，正在于它的直率而粗犷。朴实无华的诗句，近似于口语的咏唱，纯如处子，质似璞玉，把当时的民俗形象地再现在读者眼前。如此充满生活情趣、接近当时生活现实的诗作应该说是很可宝贵的。

有趣的是，对这首诗的解说历来众说纷纭。有一种说法是，诗中反映的是洞房花烛夜，新婚夫妇的内心独白：妻子看着新夫婿，满心喜欢，真不知如何打发这新婚之夜；丈夫打量着美丽的新娘，情不自禁，竟不知如何表达心中的爱恋之情。诚哉，诗无达诂！当我们的欣赏思绪沿着这一条路延伸，展现在我们面前的将又是一幅怎样美妙动人的场景呢？也许这正是《绸缪》一诗的艺术魅力之所在吧！

（程俊英）

杕　杜

《诗经·唐风》

有杕之杜[①]，其叶湑湑。独行踽踽，岂无他人？不如我同父。嗟行之人，胡不比焉？人无兄弟，胡不佽焉[②]？

有杕之杜，其叶菁菁。独行睘睘[③]，岂无他人？不如我同姓。嗟行之人，胡不比焉？人无兄弟，胡不佽焉？

注释

①杕(dì)：树木孤立的样子。杜：树木名。杜梨，又名棠梨。

②佽(cì)：资助，帮助。

③睘睘(qióng)：同“茕茕”，孤独、无依无靠的样子。

鉴赏

《杕杜》是《诗经·唐风》中一首很普通的诗。长期以来，未被人看重，但仔细品味，仍不失为感人至深的抒情诗。

全诗分两章，每章九句。重章叠咏，声韵回环，充分抒发了诗人孤独感伤的情绪。诗的开始以春天独特的景致起兴，“有杕之杜，其叶湑湑。”一株孤零零的杜梨树，枝叶是那么繁茂，而诗人却“独行踽踽”，在漫长的路上，“岂无他人”，并非没有“他人”，而是“不如我同父”，没有自己亲爱的兄弟。诗人那无依无靠的孤独感、寂寞忧伤的情绪跃然纸上。那孤零零的杜梨树与诗人的踽踽独行，不是典型的异质同构吗？而“其叶湑湑”不是和“不如我同父”成为鲜明的对比吗？杜梨树虽然孤零，但枝叶繁茂。诗人的“独行踽踽”却没有亲密的兄弟。情景相生，亦景亦情，激发人无限的联想。它真实地反映了周时唐地的社会现实。唐，在今山西中部，是周成王的季弟姬叔虞的封地，境内有晋水，所以改称晋。晋分封曲沃之后，统治集团内部，争权夺势，互相残杀，社会动荡不安。正如朱熹所言“其地土瘠民贫”(《诗集传》)，百姓贫穷无助，饥馑流离。唐地诗歌的产生与这一社会现实，有着曲折而复杂的联系。

当然，诗人抒发的感情意绪，只是现实动乱社会的折射。诗歌的美学形象，只是浓缩了诗人个人的生活际遇。但诗歌审美的内在表现力，却可以引发人广泛的想象：那贫穷无靠的生活，那无亲无友的身世，那屡遭白眼和冷遇的现实，那凄风苦雨中的流浪，那孤独忧伤的情怀，那“天涯何处是归宿”的痛苦……这一切都在诗歌中典型化了，是诗歌形象的“弦外之音”，又是诗歌的审美意向。在诗中，难以抒发的情感物态化了，现实生活典型化了。

诗的第二章，只更换了几个字，分别是二、三、五诗句中的“湑湑”“踽踽”“父”，更换为“菁菁”“睘睘”“姓”，其意思未变。后四句，只字不变，反复咏叹，“嗟行之人，胡不比焉？人无兄弟，胡不佽焉？”以回环复沓的形式，强化了孤独忧伤之情。这些诗句，几乎不加雕饰，但韵味隽永，深沉的伤痛，无限的忧思，孤独的感喟。诗歌的情感气氛如此浓重，感情意象如此鲜明，那深涵着的愤慨与不平，几乎是脱口而出，“岂无他人！”这又是多么深情激动的自问，从而表现出多么强烈的感情力度。

(张怀荣)

有杕之杜

《诗经·唐风》

有杕之杜，生于道左。彼君子兮，噬肯适我①？中心好之，曷饮食之？

有杕之杜，生于道周②。彼君子兮，噬肯来游？中心好之，曷饮食之？

注释

①噬(shì)：通“逝”，发语词。适：往，到。

②道周：道右。“右”“周”古音同部，“周”即“右”之假借(用马瑞辰说)。

鉴赏

这是一首优美的恋歌。诗中所表达的，是一位年轻女子对所爱之人的殷切思恋。这首诗篇制短小，两章，章六句，总共不过四十八个字，且多复沓，却把女主人公那种如饥似渴的恋爱心态特征，写得特别传神。

诗的每章开头，都以“有杕之杜”的意象作为起兴。“有杕之杜，生于道左”，犹言在大路的东边，生长着一棵孤零零的赤棠树。这个意象兴发了诗中那种孤独零落的艺术氛围，使女主人公那种孤寂焦渴的心情得到了烘染。值得注意的是，“有杕之杜”的意象，并不仅是一般的起兴，同时也有特殊的意指，有着象征的作用。古人称牡为棠，称牝曰杜。《说文解字》里说：“牡曰棠，牝曰杜。”那么这个“有杕之杜”的意象，未尝不可以看作女主人公身份的暗示。孤独地挺立在路边的赤棠树，正是独处而渴望得到爱抚的年轻女子的象喻。“彼君子兮”两句，直接抒发对恋人的急切怀想。她呼唤着“那个好人啊，为什么不来看看我呢？”爱的焦渴之态，跃然纸上。“中心好之，曷饮食之？”从表层上看，是说既然衷心爱他，何不好好地招待他呢？而实际上，“饮食”，是以食欲的满足暗喻爱欲的满足。闻一多先生在《神话与诗》中，曾从原型批评的角度，谈到饥渴饮食是隐语，暗喻情爱之渴望。这对我们理解《有杕之杜》，无疑是指示了一条崭新的途径。闻先生通过许多资料的勾辑考证，较为令人信服地指出：“其实称男女大欲不遂为‘朝饥’或简称‘饥’，是古代的成语……虽以‘饥’或‘朝饥’代表情欲未遂，则说到遂欲的行为，他们所用的术语，自然是对‘饥’言之则曰‘食’，对‘朝饥’言之则曰‘朝食’了。”以之解此诗，这两句的意思应该是，既然深情相爱，那么，为什么不来欢会，满足爱的渴求呢？

第二章的意思与第一章基本相同，个别词语的变化，只是为了避免反复咏叹的重复与单调，使诗章在复沓中有变化。“道周”，指大道右边。“噬肯来游”与“噬肯适我”实际上的意思并无不同，仅是在词语上略加变化。

这首诗虽然只有短短的十二句，但所抒写的情思是热烈、急切而又不乏含蓄之感的。两章意思基本相同，而通过复沓的手法，造成一唱三叹的气氛，写出了女主人公热切的相思。这种复沓手法是《诗经》的篇什所共具的特色。

赤棠的兴象选择也可以说是“精妙世无双”的。一方面，作为全诗的起兴，生发出那种孤独寂寞的艺术氛围，另一方面，作为比喻，又十分恰当地暗示出抒情主人公的身份特征，那孤独寂寞而又急切盼望爱人的爱抚的心态，也由此流溢而出。这里，“有杕之杜”，作为比和兴的双重功能，又是极为浑融一致的。

（张　晶）

驷　驖

《诗经·秦风》

驷驖孔阜，六辔在手。公之媚子，从公于狩。

奉时辰牡,辰牡孔硕。公曰“左之”！舍拔则获。

游于北园,四马既闲。輶车鸾镳,载猃歇骄。

鉴赏

历代解诗者,大都认为这首诗是“美田猎之感”的作品。诗虽简短,却几乎概括了秦君狩猎的全过程。作品产生于何时,已不可确考。方玉润认为是“襄公以后诗也”。(《诗经原始》)

全诗共分三章。首章写秦君出猎时车马与从者之盛。“驷驖孔阜,六辔在手。”开篇从驾车的骏马起笔,极力形容马匹的高大雄壮,色彩夺目。“驷”(sì),四匹马的简称。“驖”(tiě),黑色之马,《说文》:“马赤黑者曰驖。”“孔”,甚。“阜”,肥大。“辔”(pèi),驾驭牲口的嚼子和缰绳。“六”,按正常数字计算,四匹马本应有八辔,但周代的车,独辕在中,内里两马称“服”,外两马称“骖”。服马各一辔,骖马各两辔,以便左右牵引,所以共有“六辔”。这两句说:驾车的四马,颜色黑红,高大雄壮;六条缰绳,抓在手中,奔向前方。“公之媚子,从公于狩。”“公”,指秦君。“媚”,爱。“媚子”,即秦君之爱子。“狩”(shòu),古代冬季打猎。这两句说:秦君的爱子,跟随秦君,一起出猎,心情欢畅。上面四句通过车骑之盛,从者之众,渲染出一派喜悦欢快的心情,浸透着胜利的气氛,暗示出获猎必将满载而归。

第二章写打猎的过程。“奉时辰牡,辰牡孔硕。”“奉”,有两种解释。一解为“虞人”,即掌管秦君苑囿的官吏,他把苑中豢养的兽群驱赶到猎场待射。另一解借“奉”为“逢”,即遭遇之意。从突出秦君射猎这一角度来看,似以后解为佳。“时”,是也,即这个。“辰”,借为“麎”(chén),大鹿。“辰牡”,大公鹿。“硕”,大。这两句说:进入猎场,恰好遇见公鹿一匹;公鹿健壮,肥而又大,正好射击。“公曰‘左之’！舍拔则获。”“左之”,命令赶车人把车转向鹿的左侧,以便射击鹿的左体。一是易于射中鹿的心脏,很快使鹿死去;一是古时祭祀多用兽的右半体,射中左方能保持右体的完整。“舍”,放。“拔”,箭的末端,或称为括。“则”,即时。“获”,获得,猎取。这两句说:秦君下令,调转车辕,朝向左方;拉弓射箭,应声射中,倒在地上。

第三章写猎后凯旋。“游于北园,四马既闲。”“游”,指射猎之后从容悠闲的情态,这中间省略了许多过渡性笔墨。“北园”,恐非田猎的苑囿,而应是射猎后暂时休憩的北地林园。“闲”,一作“娴熟”解,一作“闲暇”解。此以后解为佳。这两句说:射猎以后,路经北园,从容舒缓;四匹大马,全身放松,脚步悠闲。“辅车鸾镳,载猃歇骄。”“辅”(yóu)车,古代的一种轻便车。“鸾”(luán),通“銮”,车铃。“镳”(biāo),马口中的铁嚼子。“猃”(xiǎn),长嘴猎犬。“歇骄”,短嘴猎犬。这两句说:轻快的马车,铃声叮当,马嚼子作响;长嘴猎犬,短嘴猎犬,休息在车上。

以上三章,完整地反映了秦君狩猎的过程。作者有整体意识与完整的构思,每章均有不同的细节与刻画重点,通过不同的意象,渲染出不同的气氛。第一章写出猎盛况,突出马的雄壮矫健与驾车人的姿态。其中特别强调秦君的爱子随从出猎,愈加透露出随从队伍之盛大与必胜的信心。第二章点出公鹿的肥大,借以反衬秦君射击技艺的高超出众。“舍拔则获”一句把弓弦响处、大鹿应声倒地描写得惟妙惟肖。其中还夹有“左之!”这种命令词语,使读者有如闻其声之感。第三章写获猎后的喜悦心情,四句中连续用了“游”“闲”这种形容心态轻松愉快的语词,同时还特别交代了猎犬乘车的细节,借以衬托猎犬在射猎过程中也立下了汗马功劳,秦君对它们也毫未忘却。看似闲笔,实际却反映出作者的匠心。

全诗字句整饬,音韵整齐而略有变化。前两章四句一韵,如“阜”“手”“狩”叶韵,“牡”“硕”“获”叶韵。第三章则两句一换韵,比较准确地反映出获猎后起伏不平的愉悦心态。

从这首诗可以了解周代秦国统治阶级生活的一个侧面。

(陶尔夫)

蒹　葭

《诗经·秦风》

蒹葭苍苍,白露为霜。所谓伊人,在水一方。溯洄从之,道阻且长。溯游从之,宛在水中央。

蒹葭萋萋,白露未晞。所谓伊人,在水之湄。溯洄从之,道阻且跻。溯游从之,宛在水中坻。

蒹葭采采,白露未已。所谓伊人,在水之涘。溯洄从之,道阻且右。溯游从之,宛在水中沚。

鉴赏

这一首情歌,是男方对意中人的热烈追求,还是女方对所爱者的倾心爱慕,很难确定,不过这并不妨碍人们对这一首情诗的理解和欣赏。诗篇并没有采用比兴手法,而是用“叙物以言情”的赋体来写景和抒情。“蒹葭苍苍,白露为霜”,是主人公渴望会见心爱者在河边所见景物,但这秋天的清晨,河边的苍苍芦苇沾满了白霜的景象,给人以萧瑟冷落之感。因此这两句描绘即目所见景物的诗句,既有烘托环境气氛的作用,又有主人公凄婉感情的流露,情与景是相谐的。下面两句才指出心上人在水的一方,可望而不可即,其惆怅之情可知。这两句引出了所思念者和所在地,不仅和前二句融合无间,而且又为后四句抒发主人公与日夜相思的心上人欢会艰难之情作铺垫。从诗篇的艺术结构来考察,这两句诗是联上贯下的关键句。后面四句是在叙写道路的险阻中抒情。“溯洄从之,道阻且长”,是说逆着迂折盘曲的水道去与心爱的人儿相会,道路险阻又悠长,实在太困难了。这里描写出了水道的迂回盘曲,从一个方面具体地点明了“伊人”所在的“水一方”,同时也表现了主人公热烈追求与失望惆怅相交织的心情。“溯游从之,宛在水中央”,从另一个方面写出了主人公由直流而上去寻找亲爱者,但又好像“伊人”在三面临水之处,也是可望而不能相见。这不仅由另一个侧面进一步写出了“伊人”所在的“水一方”,也更深入地表现出主人公执着的爱情追求,以及不能和心爱者欢会倾诉衷情的怅惘情怀。

在这一章中,我们可以看出在艺术表现上,这位无名的诗人通过描绘在一定的时间和空间下的客观景物,来烘托自己的思想感情,达到情景相生,浑然一体的艺术境界。这种艺术境界,是那样自然质朴,那样真切感人,有着历久常新的艺术魅力。对这一种艺术表现手法,宋代的李仲蒙加以精当地概括,他说:“叙物以言情,谓之赋。”(胡寅《斐然集》)就是说“赋”既可以“叙物”,又可以“言情”,更可以通过“叙物”来“言情”,从而创造情景交融的艺术意境。黑格尔在《美学・序论》中认为在“古典艺术”中,“把理念自由地妥当地体现于在本质上就特别适合于这种理念的形象,因此理念就可以和形象自由而完满的协调”。又说:“在古典艺术里,心灵性的存在与感性的存在二者的完全融合就成为二者之间的符合。”《蒹葭》中情景交融的艺术境界,与黑格尔所说的“古典艺术”的特点有相似之处。

第二章开始两句仍然是写秋天的清晨河边芦苇沾满白露的景象,但与第一章首二句稍有不同。第一章“白露为霜”写出了露水浓重、凝结成霜的情景,这应该是天刚破晓时的景况;

第二章的“白露未晞”，其中就有时间的推移，那就是天已亮而露水还未曾干的景象。这时间的推移表现了主人公对所思慕者的深挚感情，而那清秋早晨的萧索景物，更增加冷寂落寞的气氛。这时主人公遥看自己要与之欢会的“伊人”，“在水之湄”，就是在河那边水与芦荻等杂草交接之处，这比第一章“在水一方”的描写更为具体，也有不同。在这可望而难达的情况下，主人公出于对“伊人”真诚深切的爱，还是不顾险阻跋涉前往，但是水流是那样回转曲折，道路又是那样不断升高而难行。这里的“道阻且跻”，比第一章的“道阻且长”有异，“跻”表现了逆行盘曲的小道而不断升高的艰难，这既符合沿着曲流向上游走的实际情况，又在这实写中蕴含着主人公感人的相思之情。“溯游从之，宛在水中坻”，这和第一章相较，才变了一个“坻”字，不过这一“坻”字，具体地写出了“伊人”在水中高地上，和“宛在水中央”景象有所不同。客观景物的变换，更深入一层地把主人公企求和失望的情绪推向高潮，因为倾心以爱的“伊人”，仍然是可望而不可即，欢晤受阻，失意郁闷之情，不言自明。

第三章紧承第二章，在太阳未出，芦苇上露珠尚存的时刻，主人公依然在凝望那个深深印在心坎上的“伊人”，她（他）好像在上游的河岸上。在强烈的爱情追求的支配下，主人公还是要逆迂曲的水边小路而上，去与思念不已的心上人相会，但是道路曲曲弯弯，实在难行。“道阻且右”，和第一章的“道阻且长”，第二章的“道阻且跻”，又有不同，这一句更准确地描写出傍着水流的小路的曲折弯窄，令人难以前行，则主人公的失望与难言的痛苦，完全可以思而得之。最后两句“溯游从之，宛在水中沚”，也与前两章有异，主人公顺着直流水边的小路去和日夜思念的人儿倾吐衷情，她（他）好像在水中的小洲渚上，依然是可望而不可会晤，深沉的相思之情见于言外。这里的“宛在水中沚”，与“宛在水中央”、“宛在水中坻”都是主人公远望“伊人”时的疑似之状，因为描写的是真切感受，所以婉曲动人。

这首情景相生的爱情诗，淋漓尽致地表达了主人公对“伊人”的爱悦之情，正如清人陈启源在《毛诗稽古篇》中所说：“夫说之必求之，然惟可见而不可求，则慕说益至。”陈说颇有见地。《蒹葭》三章采用章节复沓的形式，反复抒写“可见不可求”的企慕深情，但在重章复沓中景物有变化，感情也有发展，这样就显得富于变化而无呆滞之弊，诗篇语言朴质，接近于当时的口语，但于朴质中有醇味，这就使人深感其朴素之美。三章中句数相等，字数相同，只变换其中的几个字，这使诗篇又有一种整齐的形式美。就用韵而言，虽然三章所押上古韵的韵部不同，第一章是阳部韵，第二章是脂微合韵，第三章是之部韵，但韵脚的位置三章都相同，第一章是“苍”“霜”“方”“长”“央”为韵，就是第一句入韵，其余是偶句押韵，第二章、第三章的韵位与第一章完全相同，这使诗篇极富音乐性的回环之美。三章的景物描写鲜明具体,虽然不及唐诗中那种色彩明丽的勾画,但也使人有优美之感。马克思在论及希腊神话时说,希腊神话“仍然能够给我们以艺术享受,而且就某方面说还是一种规范和高不可及的范本”,但是“一个成人不能再变成儿童,否则就变得稚气了”(《政治经济学批判导言》),对于《诗经》中的优秀诗篇《蒹葭》,也应作如是观。

(王启兴)

黄　鸟

《诗经·秦风》

交交黄鸟①,止于棘。谁从穆公②?子车奄息③。维此奄息,百夫之特④。临其穴,惴惴其慄。彼苍者天,歼我良人!如可赎兮,人百其身⑤。

交交黄鸟,止于桑。谁从穆公?子车仲行⑥。维此仲行,百夫之防⑦。临其穴,惴惴其慄。彼苍者天,歼我良人!如可赎兮,人百其身。

交交黄鸟,止于楚⑧。谁从穆公?子车鍼虎⑨。维此鍼虎,百夫之御。临其穴,惴惴其慄。彼苍者天,歼我良人!如可赎兮,人百其身。

注释

①交交:读为“咬咬”,鸟鸣声。

②从:谓从死,指殉葬。穆公:秦穆公,名任好,春秋时“五霸”之一,卒于周襄王三十一(公元前621)年,以一百七十七人殉葬。

③子车:姓氏。奄息:人名;一说字奄名息。

④维:同“唯”。特:匹,敌。百夫之特:犹言抵得上一百个男人。

⑤人百其身:其身百人,谓他们每一个

人都值得用一百个人来赎身。

⑥仲行(háng):人名;一说字仲名行。

⑦防:郑笺为"当也",犹言抵得上。

⑧楚:灌木名。

⑨鍼(qián)虎:人名,一作箴虎;一说字鍼(箴)名虎。

鉴赏

这是一首挽歌。关于它的本事,《左传·文公六年》有明确的记载:"秦伯任好卒,以子车氏之三子奄息、仲行、鍼虎为殉,皆秦之良也。国人哀之,为之赋《黄鸟》。"《左传》批评穆公"死而弃民",《毛诗序》说此诗是"哀三良","刺穆公以人从死"。这大抵是可信的。齐、鲁、韩三家诗说与郑笺皆谓穆公生前约人从死,三良皆自杀以从。宋儒苏轼、苏辙、朱熹又有康公迫死之说。大抵皆回护穆公之词。清儒姚际恒、方玉润则又以为讽刺"秦俗",非关君之贤否,也自有其真道理在。要之,这首诗真实而生动地揭露了奴隶制杀殉、生殉的血腥罪恶。

在奴隶制社会里,杀祭、杀殉、生殉的事是司空见惯的,统治者用人殉葬,动辄数十百千,而无论君之贤否,概莫能外。但是,到了春秋时代,由于人的地位相对提高,这种用人殉葬和杀人祭神的野蛮残忍行为,却受到人们的普遍谴责。据《左传》记载:鲁僖公十九年(前641),宋襄公"使邾文公用鄫子于次睢之社",宋司马子鱼批评他"一会而虐二国之君(指滕子,鄫子),又用诸淫昏之鬼,将以求霸,不亦难乎?得死为幸!"鲁成公二年(前589),宋文公卒,始厚葬,用殉,《左传》引"君子曰"批评华元、乐举等人"君生则纵其惑,死又益其侈",不配做"臣"。鲁昭公十年(前532),季平子伐莒取郠,杀俘祭于"亳社",臧武仲批评"鲁无义"。这些都是明显的例证。但是,统治阶级奢欲的本性是不会改变的,于是就改用偶人来代替,临潼秦墓出土的兵马俑,就是历史的见证。这些大量用"俑"的现象,也受到时人的抨击,《礼记·檀弓下》"谓为俑者不仁",《孟子·梁惠王上》载:"仲尼曰:'始作俑者,其无后乎!'为其象(像)人而用之也。"因为有些俑不仅有面目,而且有肌发,酷似于生人,所以也被认为是一种奢侈、残忍的行为,自应受到人们的谴责。读《黄鸟》这首诗,我们仿佛看到那可怕的杀人殉葬的场面,那被杀者"惴惴其慄"的惊恐状态,又仿佛听到那送葬队伍及围观群众的哀泣惊呼声:"彼苍者天,歼我良人!"这是一幅多么惊人的逼真的历史画卷啊!

全诗共三章,分别哀悼三良。每章十二句,均分为三个层次。开头四句为第一层,写三良从死。一、二两句是兴,即以黄鸟起兴,引起下文所咏之词。咬咬鸣叫的黄鸟,落在荆棘丛中,暗喻三良从死为不得其所。马瑞辰说:"诗以黄鸟之止棘、止桑、止楚,为不得其所。兴三良之从死,为不得其死也。棘、楚皆小木，桑亦非黄鸟所宜止。《小雅·黄鸟》诗‘无集于桑’，是其证也。诗刺三良从死，而以止棘、止桑、止楚为喻者，‘棘’之言‘急’，‘桑’之言‘丧’也，‘楚’之言‘痛楚’也。”（按：马说精当，“楚”可训“痛”、训“辛”、训“苦”，古书多有。）由此可知，首二句是兴中有比，而且兼用隐谐的手法，给人以丰富的联想，使上下文之间如水乳交融，合为一体，引出从穆公而死的三良奄息、仲行、鍼虎，是被迫从死的，是死得悲惨凄楚的，是死而不得其所的。其艺术构想是十分巧妙的。

中间四句是第二层，采取直陈其事的赋体。但它不事铺排，而是以简洁精当的语言，抓住事物的本质特征予以点染。从死者并非凡夫俗子，而是“百夫之特”“百夫之防”“百夫之御”，是国之良材。三良的不幸从死，将会给秦国带来重大的损失，将在秦国广大人民思想上蒙上一层深深的暗影。这样写，就把杀人殉葬的悲剧气氛升华到一个新的高度。《左传》就这件事批评秦穆公“之不为盟主也宜哉！死而弃民。先王违世，犹诒之法，而况夺之善人乎？……今纵无法以遗后嗣，而又收其良以死，难以在上矣”！与本诗的描述是吻合的。后两句“临其穴，惴惴其慄”，郑笺谓“秦人哀伤此奄息之死，临视其圹，皆为之悼慄”，实非。当依焦里堂、胡承珙说，“秦之杀三良，而惴惴即为三良之临穴悼慄也”。（《毛诗后笺》）这“惴惴其慄，”既如实地描绘了三良被迫从死的惊恐状态，又渲染了秦人的悲愤情绪，也为下文“歼我良人”做了铺垫，实非泛泛之笔。

末四句为第三层，写秦人的悲愤惊呼。“彼苍者天，歼我良人！”这是秦人在绝望中发出的呼天抢地的悲鸣，它饱含着对统治者残暴行为的愤慨，对被杀者的深厚同情。“如可赎兮，人百其身。”诗的感情达到了高潮，它反映了秦人的善良愿望，但却是建立在假想基础上的。对当时昏聩的统治者和残暴的现实来说，这呼声是无济于事的，是无可奈何的。但是，对于惊醒世人，振起后世，却又是十分有力的，真可谓一语千钧。方玉润说：“圣人存此，岂独为三良悼乎？亦将作万世戒耳！”可谓知言。

总之，这三个层次，层层递进，含意深沉。其悲剧气氛，则又首尾相贯，环环紧扣，显得不露痕迹，结构十分严密。

诗以四言为主，每章又有两个三字句和一个带“兮”字的句式，整饬之中富有变化，增加了语言的活泼气息。特别是“如可赎兮”一句，一个“兮”，把人们对三良的深挚同情和要求赎出的强烈愿望，十分传神地表现了出来。这多少带有恳请的舒缓语气，又引出下面斩钉截铁的回答——“人百其身”，使之自生波澜。

诗的用韵也比较灵活，每章诗的前六句为一韵，首章“棘”“息”“特”为入声职部韵，次章“桑”“行”“防”为平声阳部韵，卒章“楚”“虎”“御”为上声鱼部韵；中间两句为一韵，即“穴”

“慄”入声质部韵；末四句为一韵，即“人”“身”平声真部韵。每章之中，六句、两句、四句分别为一韵，显得富有变化，毫不呆板。每章诗的诗句，有铺叙，有描写；有疑问，有回答；有恳请，有感叹，也极多变化，十分自由，充分体现了民歌古朴自然的风貌。

（殷呈祥）

晨　风

《诗经·秦风》

鴥彼晨风①，郁彼北林。未见君子，忧心钦钦。如何如何？忘我实多。

山有苞栎②，隰有六駮③。未见君子，忧心靡乐。如何如何？忘我实多。

山有苞棣④，隰有树檖⑤。未见君子，忧心如醉。如何如何？忘我实多。

注释

①鴥（yù）：鸟疾飞的样子。晨风：《说文》作鷐（chén）风，鸟名。
②苞：丛生的样子。栎（lì）：树名，俗称柞树或麻栎。
③駮（bó）：即赤李，又名駮马树。
④棣：唐棣，又名郁李，结果色红如李。
⑤檖（suì）：即赤罗，山梨。

鉴赏

此诗为一位少妇所唱，她在孤寂里苦苦地盼望着远行丈夫的归来，尽情倾诉着内心的忧思。

诗的开头，“鴥彼晨风，郁彼北林”，是这位少妇依门而望所见到的情景：太阳落山了，一群群鷐风鸟急急地飞回宿栖的北林。对于独守空房的少妇来说，这是一个撩人心动的画面。《王风·君子于役》也曾写到这种画面："鸡栖于埘，日之夕矣，羊牛下来。"天黑了，鸡进窝，鸟归巢，羊牛入圈。这种景象无疑会使孤身独处的少妇感到百无聊赖，最容易惹起她们"如之何勿思"的情绪。这一客观景物与女主人公的思想情绪融为一体，构成一种缠绵悱恻、感人肺腑的艺术境界。虽未明言思，而思念之情已溢于言外。

心感外物而思，"思而不见则忧"（郑玄笺《月出》"劳心悄兮"语）。全诗三章，作者以叠唱的形式反复地渲染女主人的"忧心"，集中表现了她深切的思念之情。"钦钦""靡乐""如醉"的忧心是女主人公依门而望一时所发，但这种忧情却是长年累月多时的积聚。傍晚的归鸟、夜半的月光、清晨的鸡鸣都会搅得她烦躁不安。春天，她看到相会游春的恋人；夏天，她看到相携劳作的夫妇，于是心潮起伏，难以平静。料峭的春寒、炎炎的酷暑、肃杀的秋风、凛冽的严冬，时间流逝，物换星移，深深的思念也许含着更多的惦念，更使她焦灼万状！"钦钦""靡乐""如醉"在描写女主人公的忧心上意义相近，而反复吟咏便造成一种强烈的气氛。

《国风》中有十几首思妇诗，《晨风》在像大多数诗那样渲染女主人公的忧愁以后，它没有像《邶风·雄雉》那样担心着路途的遥远，询问着丈夫的归期："道之云远，曷云能来？"没有像《召南·草虫》那样想象着重聚的欢乐："亦既见止，亦既觏止，我心则悦。"也没有像《殷其靁》那样热切地呼唤着"振振君子，归哉归哉！"而是反复咏唱着："如何如何，忘我实多。"这是在切切的思念之中，在焦躁的等待之后常常出现的一种心理状态。望而不见，于是转来转去，不知所措，"如何如何"活现了女主人公无可奈何、搔首踟蹰的情态。然后宕开一笔，写出了她的不同。"忘我实多"含着一点女性的猜疑，但更多的是对心上人儿的一种戏谑的责骂。这种"骂"是《郑风·褰裳》"子不我思，岂无他人"的骂，是明代民歌"你的形容倒容易画，你的黑心肠难画描"（《挂枝儿·黑心》）的骂，是挚爱、忧念之情无法抑制的一种表现。从艺术手法上来说，这是以退为进，欲擒故纵，从而使诗情跌宕多姿，趣味横生。

《诗序》说："《晨风》，刺康公也，忘穆公之业，始弃其贤臣焉。"这是以时代的泛论代替了作品的观赏。通过以上的分析，我们有理由认为这是一首情深意浓、风格别致的思妇诗。

（张庆利）

无　衣

《诗经·秦风》

岂曰无衣？与子同袍。王于兴师，修我戈矛，与子同仇。

岂曰无衣？与子同泽。王于兴师，修我矛戟，与子偕作。

岂曰无衣？与子同裳。王于兴师，修我甲兵，与子偕行。

鉴赏

关于《无衣》的解说，以往多有舛误。《毛诗序》谓"刺用兵也。秦人刺其君好攻战亟用兵，而不与民同欲焉"，显然不符合诗意。有人据《左传·定公四年》所载楚人申包胥如秦乞师，秦哀公赋《无衣》一事，论证是秦哀公为救楚出兵而作，亦属误解，秦哀公实是赋成诗作答同意出兵而已。观其诗意，无疑是一首表现秦国战士爱国之情的诗歌。秦为西周故地，西北接戎狄，备受侵害，终亡其手。平王东迁后，封秦襄公为诸侯，赐岐、酆以西之地。秦习修战备，抗击戎狄，渐收失地。正是这种环境，激发了秦人的爱国热情和战斗精神，唱出了这首雄壮豪迈的战歌。

全诗共三章，以民歌惯用的重章叠唱的形式，反复吟诵同一内容。每章首两句，用设问开头，"岂曰无衣？与子同袍（泽、裳）。"起势突兀，格调高亢，使每章一开始就洋溢着慷慨激昂的气氛。不仅气势夺人，含蕴也颇丰富。一句设问，活画出战士的精神面貌：豪放开阔的胸怀，无所畏惧的气概，乐观豁达的性格，患难与共的挚爱，而爱国是其精神的主宰。"无衣""同袍"自然是诗的艺术形象，但似乎从生活的底蕴中，依稀可透视到抗戎事业的艰苦境况。每章后三句陈述周王兴师,修好武器,共同参战。王先谦说:“秦自襄公以来,受平王之命,以伐戎。”周室虽衰,虚名尚在,秦在周王名义下,团结御侮,抗击戎狄。“修我戈矛(矛戟、甲兵)”表现了主动参战的热忱,一个“我”字,传达出战士珍爱武器的情感。“与子同仇(偕作、偕行)。”以誓师性的语言,表达了同仇敌忾的战斗决心和崇高的战争使命感。起势矫健,收势亦不逊色。

设问与陈事,内容相连,精神相通。设问的突兀起势,若无后面的陈事,便无着落。“与子同袍”是为“与子同仇”。内在的联系,使每章的结构紧凑、完整。反复吟咏、重章叠唱的歌辞形式,既起到深化主题、加强渲染的作用,也便于记忆传唱。直陈胸臆的抒情手段,将战士的精神、情感,表达得淋漓尽致。口语入诗,粗疏朴拙,但字字千斤,透纸贯耳,给人以力的美感享受。“诗发乎情,故能感人”(方薰《山静居诗话》),那令人壮心骤发、气血奔涌的艺术感染力,正是源于秦人那赤诚的爱国激情。诗的风格粗犷豪放,气韵劲健雄浑,显示着军歌的风格、军人的风采,是古代少有的军歌佳作。

(赵东栓)

宛　丘

《诗经·陈风》

子之汤兮①,宛丘之上兮。洵有情兮②,而无望兮。

坎其击鼓,宛丘之下。无冬无夏,值其鹭羽③。

坎其击缶,宛丘之道。无冬无夏,值其鹭翿。

注释

①子:指跳舞的女子。汤:古与“荡”通用,形容舞姿的摇摆。

②洵(xún):信,确实。

③值:持。鹭羽:用鹭鸶鸟的羽毛制成扇形或伞形的舞具,或持在手中,或戴在头上。下文中的翿(dào)义同。

鉴赏

这首诗写诗人爱慕一个舞女，描绘她的舞姿和巫舞的场面。

全诗三章，章四句。诗中的舞女一年四季在乐器的伴奏下化妆舞蹈在公众场所，看起来是以舞蹈降神祝祷为职业的女巫。首章写她在陈国都城外宛丘的高地上摇摆舞蹈，诗人在内心对她产生了爱慕，但是又不敢抱什么希望。为什么呢？因为巫是降神的，他心有爱慕，实际行动上又不敢有所亵渎。第二章、第三章就转而为巫舞的场景了。

这首诗的意义，在于它向我们反映了古代巫舞的场景，使我们了解当时风习和民间舞蹈的一些情况。

据《汉书·地理志》说：周武王长女太姬嫁给陈国第一代君主胡公满，当时陈国“妇人尊贵，好祭祀用巫，故俗好巫鬼，击鼓于宛丘之上，婆娑于枌树之下，有太姬歌舞遗风”。

从这首诗来看，在春秋后期陈国的巫风和民间舞蹈仍很盛行。这个巫女，她手持鹭羽，头戴鹭翿，伴随着咚咚的鼓点和击缶的敲击乐，在扭动腰肢，婆娑起舞。不管是在寒冬，还是在盛夏，她都在跳舞。她舞蹈的地方，在公众场所的高岗、低坡，或者在大道上，跳到哪里是哪里，可见都是即场跳舞，并没有专用的舞台。乐器是简单的。道具是原始的。它们很受群众的欢迎，舞者的姿容和舞姿也得到人们的爱慕和欣赏。巫舞就是我国古代的民间舞蹈，巫就是我国古代的职业舞蹈艺术家。巫舞在古代盛行，而且有着悠久的历史。

汉代以后经师说《诗经》，认识不到这首诗的意义，而曲解为“刺幽公也，淫荒昏乱，游荡无度焉”（《毛诗序》）。把它解释为讽刺诗，就未免迂腐了。

（夏传才）

东门之枌

《诗经·陈风》

东门之枌,宛丘之栩。子仲之子,婆娑其下。

穀旦于差①,南方之原。不绩其麻,市也婆娑。

穀旦于逝②,越以鬷迈③。视尔如荍④,贻我握椒。

注释

①穀旦:即良晨。差:择也。
②逝:往。
③越以:发语词。鬷(zōng):汇集。迈:往,去。
④荍(qiáo):《诗集传》云"荍,芘芣也,又名荆葵"。

鉴赏

陈国俗好歌舞,无冬无夏,盛行不歇。青年男女常常在欢歌鼓舞中择偶选婿、缔结良缘(这颇有点像文明社会中的交际舞),《东门之枌》就是一曲舞会中男女欢爱的恋歌,作者是男性。

全诗共三章。第一章写诗人看中了婆娑起舞的青年女子,她是子仲氏的女儿。诗的开头两句写歌舞之地,渲染环境。"东门"就其方位而言。实地是"宛丘",这是一种铺排的描写方法,实际意思是说,东门外宛丘这个地方,白榆和栎树枝柯相交,浓荫如盖。"陈风"中有一篇专以宛丘为题的诗歌,写的是这个地方长年歌舞不休的情景。看来宛丘是陈国的一处相聚歌舞的游乐场地。下二句写子仲姑娘婀娜的舞姿,偌大的场地,舞者肯定不止一个人,可是诗人的眼光却一下子盯住了她,可以想见其舞蹈之曼妙出众,及身容之娇艳冠群。"婆娑"二字原是形容词,舞态翩然美好貌,这里用如动词做谓语,形象而传神。孙鑛对此击节道:"婆娑字形容绝好。"

在姑娘一个漂亮的亮相后，诗人并没有接着写他们是如何相识相爱，而是在第二章又给我们展示了另一幅精彩的场面：一个微风徐徐、阳光普照的早晨，这对情侣手拉着手来到舞场，踩着坎坎的鼓点儿，翩翩舞动了起来。首二句是写二人相约赴会。“穀旦于差”，显然是指另外一个日子。能相约出游证明诗人的追求已经成功。“南方之原”实际上指的是宛丘，这和《陈风·宛丘》中的“宛丘之上”“宛丘之下”“宛丘之道”同意，是诗歌常常采用的一种铺排的描写方法，后二句写姑娘毅然应约，去和小伙子跳舞。“不绩其麻”，姑娘的爱情是很热烈奔放的，为了赴约竟然扔下手里的活儿，对父母由此可能产生的恼怒都在所不顾。从这句诗里我们还可以看出这位“子仲之子”原来是一位农家女子（男主人公的身份诗里虽然没有明说，但从全诗的那种率真朴质劲儿来看，绝不会是一个使姑娘心殆的浪荡公子）。“市也婆娑”，“婆娑”在此不同于上章。第一章指的是一个怀春女子的单人独舞，欢快，却杂以隐隐的哀愁。而此章则是指一对恋人的双人舞，热烈奔放，天地仿佛也为之旋转。

第三章。这又是一个火热的场面：在另一个穀旦吉日里，这对情人一面翩翩起舞，一面切切相谑，赠物表情。“穀旦于逝，越以鬷迈。”他们的爱情如火如荼地发展着，每逢美时佳辰，总是要相携出游宛丘。“视尔如荍”，这是诗人第一次也是唯一的一次对姑娘正面赞美，“你太迷人了，就像那荆葵花一样”！姑娘听了，高兴得心花怒放，马上送给了小伙子一把花椒。这和《魏风·木瓜》“投我以木瓜，报之以琼琚”及《溱洧》“伊其相谑，赠之以勺药”的情景十分相似；不过这首诗似乎还有更深一层的含意。“荍”即芘芣，以及“椒”，在古语里都含有宜子多息的意思。所以，这两句相对应的隐语就是：“我看善于生育就像那芘芣，你送我花椒表示没有问题。”古时结婚，主要是为了繁衍种族，传宗接代，所以在选择对偶时，女方能否生养往往被看成一个重要的条件。这种思想在《诗经》里的许多篇章里都有隐晦曲折的表达，如《周南·芣苢》《唐风·椒聊》等。另外，从这两句诗里，我们还可以看到这对恋人的关系已发展到赠物定情，准备结婚的程度了。

《东门之枌》是一首舞场恋爱曲，采用的是赋体手法。但是作者并没有平铺直叙，而是用生动的笔墨展示了三个典型的场面，即观舞（相识）、二人对舞（相爱）、相谑相赠（定情），形象地表现了这对情侣的恋爱过程有发生、有发展、亦有高潮，极富有戏剧性。

这首诗所描写的时间是顺次而变的，但背景却始终都在宛丘这个繁闹的舞场上，作者的笔墨绝少触及场外之事，因而显得非常紧凑干练。

（凤录生）

衡　门

《诗经·陈风》

衡门之下，可以棲迟。泌之洋洋，可以乐饥。

岂其食鱼，必河之鲂？岂其娶妻，必齐之姜？

岂其食鱼，必河之鲤？岂其娶妻，必宋之子？

鉴赏

这支青年男女欢乐聚会、相互表达恋慕之情的热烈歌唱，把我们带入古代民间生活欢快活泼的一幕。

夜幕在悄悄降临，村口上、农舍旁，是青年人的天地。一位歌手引吭而起：

支起横木作家门，横门陋室好棲身。

村边泉水哗哗淌，泉水清清润饥肠。

姑娘们在一边用和声唱起来。

难道你吃鱼，定要黄河大鳊鱼？
难道你娶妻，定要齐国姜姓女？

另一边男伴的和声也随之响起来：

难道你吃鱼，定要黄河大鲤鱼？
难道你娶妻，定要宋国子姓女？

欢乐的歌声唱了一遍遍，歌中唱出他们淳朴美好的爱情理想，唱出了时代的民俗风情；在歌声中他们翩翩起舞，在夜幕下对对恋人消失在林荫、村野……

这应是我们从诗中可以领会到的艺术境界，这情景与近代民间男女对歌又是多么相近！

作为民歌所共具的借比兴以言情，质朴明快而又含蓄生动的特点，在这里表现得非常突出。

诗的首章，用的是起兴而兼比喻的写法。“衡门”、“泌”泉，都是眼前景，诗人触物起情，即景抒怀，发为歌唱，是为兴。然而诗的中心，并不在于歌唱安贫寡欲的生活，这从诗的二、三章反复咏叹的重点即可明白；因此棲迟衡门、泌水疗饥，从全诗说来又是比喻，借以委婉表达对自己心上人的爱慕之情：你虽无齐姜宋子般高贵的社会地位，只是一个清贫的农家姑娘，恰恰正是我所钟爱的！兴以起情，比以见意，这里把两种手法结合起来，形成情景交融的意境，语既婉曲，情亦深长。

如果说，首章是以比喻之词、用委婉的语气表达了一种爱情思想的话，诗的第二、三章则是用反语点出正意，将这种理想明白说破。“食鱼”，本为男女相恋之隐语，诗用食鱼的通俗比喻逗出娶妻正意，食鱼不必名贵的鲤鲂，娶妻何必定要大族之女！两章之中，句句用反诘，问而不答，戛然而止，歌者所钟情的，他的理想究竟是什么？虽未明言，可意会得之；诗意已明，而语犹含蓄；真所谓引而不发，明白而不率露，无限韵味正在其中。

从结构看，首章两言“可以”，后两章各两用“岂其”，这是在一篇之中相对言之；正说反说，相为发明，使三章内容、语气连贯为一，使情感由隐而趋显，辅之词、句、章形式上的回环复沓，使全诗情、词、声、韵之美融为一体，反复吟诵，则其意味之妙恍然可得。

（胡大浚）

东门之杨

《诗经·陈风》

东门之杨，其叶牂牂。昏以为期，明星煌煌。

东门之杨，其叶肺肺。昏以为期，明星晢晢。

鉴赏

反映西周和东周五百年间社会风貌的《诗经》，其中写自由恋爱和婚姻家庭生活者颇不少。《周礼·媒氏》：“仲春之月，令会男女；于是时也，奔者不禁。”周统治者为了繁育人口，以每年的初春二月，让男女自由选择对象，以至自由同居。此诗正从一个侧面反映出彼时男女的恋情生活。

这是一个充满清新活泼气氛又带点凄寒况味的环境。你听，那杨树叶儿沙沙响——“其叶牂牂”“其叶肺肺”。“牂牂”“肺肺”，本茂盛貌，这里兼有象声辞义，都是风吹杨叶之声。这时，早已过了黄昏时刻，明星在天，其光“煌煌”，其光“晢晢”，甚是明亮。上下两首均是首句重复，第二句写听觉所闻，第四句写视觉所见，结构相同，用“昏以为期”这条彩绳贯穿前后，使画面呈现出一幅全新的意境：于咏物（杨叶、明星）的同时，而出现了人，并透视出人的感情、人的寻觅和思索。就字面说，这一切皆是这位前来赴约的多情少女耳之所闻、目之所见。

如果我们对于艺术作品的审美到此为止，那不过是说男女恋爱，相约于东门之白杨下，爱而不见而已。但是还可深一层来看。“明星”，据《尔雅·释天》：“明星谓之启明。”郭璞注：“太白星也，晨见东方为启明，昏见西方为太白。”“晢晢”，虽朱熹《诗集传》亦曰“犹煌煌也”。但“煌煌”者，大明貌。汉乐府《相逢行》：“中庭生桂树，华灯何煌煌。”本诗用“煌煌”示星光的灿烂辉煌。而“晢晢”，则有淡洁、白晢意，古乐府《陌上桑》：“为人洁白晢，鬑鬑颇有须。”汉左思《娇女》：“吾家有娇女，皎皎颇白晢。”两者同摹星光，还是大有不同。不妨说上首的“明星”，指“昏见”的太白星，其光辉煌；下首的“明星”，指“晨见”的启明星，其光淡白。由此窥知：约定黄昏来相会，这位少女实际是从星光灿烂的夜晚，直等到星光淡白的晨刻了。李渔《窥词管见》云：“有全篇不露秋毫情意，而实句句是情，字字关情者。”此诗虽“全篇不露秋毫情意”，但细审又“句句是情，字字关情”，只是不见其感情的波澜，怨尤之思隐藏在了背后。方东树《昭昧詹言》卷二一引范椁（德机）曰：“善诗者，就景中写意。不善诗者，去意中寻景。”方并认为诗须“情融乎内”。从上述分析可以看出此诗正是“景中写意”“情融乎内”；而其妙处恰在于：无一语道破，始终“不露秋毫”似的。

此诗用语明净洒脱，浅白如话，又情意蕴藉，韵律和谐，即使不用古音去读，也音节铿锵，富有美感。

（艾治平）

防有鹊巢

《诗经·陈风》

防有鹊巢，邛有旨苕。谁侜予美①？心焉忉忉。

中唐有甓②，邛有旨鹝③。谁侜予美？心焉惕惕。

注释

①侜(zhōu)：诳骗。予美：我的美人，指作者的妻子。

②唐：古代庭院中或宗庙门内的大路。甓(pì)：砖块，瓦片。

③鹝(yì)：借为"虉"，草名，又名绶草，开杂色的花。

鉴赏

这是一首描写男女之情的民歌。主人公的妻子被人骗走了，他四处寻找，心情十分忧惧。

全诗两章，都是托物起兴。第一章首二句译成现代汉语是：堤上有个喜鹊巢，丘上长得好陵苕。"鹊巢"和"旨苕"与诗人所咏之词有什么关系呢？对此，所见注家均语焉不详，这里不妨作点探索。"鹊巢"这一意象在《诗经·召南·鹊巢》中出现过。在那首诗里，用鸠占鹊巢比喻新夫人夺去原配夫人的宫室，喜鹊是受害者。而本诗的情形却不同。俗谓鸟类筑巢为垒窝。吾乡口语赋予"垒窝"一语的比喻义有栽赃、陷害、诳骗等多重含义，如反驳别人的攻击时常说"别想在我头上垒窝"，是一个贬义词。喜鹊筑巢于堤之上（或者说筑巢于榆枋之上）虽不能被看作对堤防的侵扰，但这会勾起诗人被侮辱被损害的心理体验当是自然的。曹植《魏德论讴》写道："鹊之强强，诗人取喻。饥食苕华，渴饮清露。"这证明了喜鹊是嗜食苕华的。这一点更加刺痛了诗人的心灵，因为"旨苕"正是"予美"的化身。土丘上陵苕的鲜嫩味美，暗喻"予美"的年轻貌美，这是许多注家已经指出的。这样我们就有理由认定以"旨苕”为猎取目标的喜鹊在这里扮演了一个侵略者的形象，今天称作第三者。明白了这一层关系，则首二句便不仅是托物起兴，而且兼有比义，是兴中有比，紧扣所咏之词的。

诗的后两句是直抒胸臆：是谁哄骗我的爱，心上愁雾不能消。“谁侜予美”，不是设问，亦不是明知故问，而是明知为谁而不敢直指之谓也。在奴隶社会里，奴隶没有自主权。漂亮一点的女奴，不管成家与否，被奴隶主随意抢占是司空见惯的寻常事。《诗经·豳风·七月》写道：“女心伤悲，殆及公子同归”，就是明证。在这首诗里，“予美”似不是被明火执仗地抢走的，诗人说是被诳骗的，至于花言巧语还是物质利诱，没有言明。有没有“予美”心甘情愿跟人家走的可能，诗人自己也未必确知。他只知道“予美”不见了，而由于地位的悬殊，自己无力与对手较量。一个“侜”字，隐然传达出主人公心灵受创却又无可奈何的悲苦意绪。

第二章词义与第一章相仿，但却不是同义重复：一方面场景有所变换，由堤防写到中唐，表现出主人公苦苦追寻的情态，他虽然不能“上穷碧落下黄泉”，但为了找回“予美”做到了他所能做的。“予美”的去向当然不会在野外，而他却沿着堤防、土丘、池塘这些荒郊野径寻找，其茫然不知所之的恍惚神情依稀可见。在野外，诗人正可面对苍天一舒胸中幽愤。其次，用“惕惕”置换“忉忉”，程度也不同。忧而且惧，既为“予美”的失踪，也担心自己头上会有新的灾祸降临。反复咏叹中，充分表现了忧伤的深长和难以排解。

《防有鹊巢》作为一首本色民歌，托物起兴，取譬生动，主人公心理刻画准确而细腻，都是值得称道的。

（杨　军）

月　出

《诗经·陈风》

月出皎兮，佼人僚兮，舒窈纠兮①，劳心悄兮②。

月出皓兮，佼人懰兮③，舒懮受兮，劳心慅兮④。

月出照兮，佼人燎兮⑤，舒夭绍兮，劳心惨兮⑥。

注释

①舒:徐缓。窈纠(jiǎo):与下“懮受”“夭绍”都是形容女子行走时身段的曲线美。

②劳心:忧心。悄:深忧貌。

③懰(liǔ):美好。

④慅(cǎo):忧虑不安貌。

⑤燎:明,言美人为月光所照。

⑥惨:通“懆”,今作“躁”,烦躁不安貌。

鉴赏

这是一首美的赞叹:月亮,美人,骚动的心。

浩浩天地,大千世界,高山流水各具美的形态,至于具有光洁、温和、悠远、婉柔之美,使人遐想种种,恐怕要数皎皎明月。于人类,郎才女貌审美观产生遥远。“女性苗条的腰肢,轻盈的体态,有一种特殊的奇妙的吸引力。”(罗丹)对美的追求是人的一种本能。“青年男子谁个不善钟情?妙龄女人谁个不善怀春?”(歌德《少年维特之烦恼》)这个钟情,追求本身也是一种美,不然,诗史上那么多爱情之歌——绝大多数是对女性追求,为什么具有经久不衰的生命力。这首诗就把这三种美结合在一起,使原来每个组成部分的美,更加焕发出它的光彩,形成一种倾人心魄的组合美,女性美——也是男性心灵的骚动美。

诗人的心被一个美丽女子的倩影全部占据,情爱的高潮,到了“寤寐思服”的程度。静静的夜晚,难以入眠,那窈窕的身段总是在眼前晃动。他徘徊屋外。这时一轮明月悠悠升起,如水的月光泻满大地,人影在地,树影婆娑。良夜美景,一切都静极了,而他被爱情灼热的热烈的心却不平静极了,看着,想着;想着,看着。他仿佛看到那女子,沐浴着月光,迈着轻盈徐缓的步子姗姗而来。那苗条的体态,婀娜的身段,柔软的腰肢,摇曳而来的一步一态的曲线美看得清楚了。她朝自己越走越近,皎洁的月光使她更显得晶莹照人。他简直感到了她“真正的青春,贞洁的妙龄的青春,周身充满了新的血液,体态轻盈而不可侵犯的青春”。(罗丹《艺术论》)小伙子高兴、激动极了,心里也紧张极了,快速跳动的心,几乎要冲出胸膛。等他极力镇定住自己,定神细看,那美丽的人儿似乎被夜风吹逝了。静静的大地,只有他茕茕一人,感伤极了,不由得叹道:“劳心悄兮”“劳心慅兮”“劳心惨兮”。

这首诗很美,余冠英先生的译文也美极了,兹举次章,一同欣赏:“月儿出来白皓皓啊,照着美人儿多么俏啊,安闲的步儿灵活的腰啊,我的心儿突突地跳啊。”这简直和原作是一对双璧,都能把人带到一个美的境界。这诗写月下怀人,“月出皎兮”“月出皓兮”“月出照兮”，晶莹圆润的明月写洁白的月光之美，使披着满身月光的美人更美。《正义》云：“月之初出其光皎然而白兮，以兴妇人白皙，其色亦皎然而白兮。”明明之月映出一个如玉石一般的美人。那如水的月光，朦胧的月色，又像给她披上一层透明的白纱，使人可见那具有“特殊的奇妙的吸引力”的曲线美。所以《正义》又说：“非徒面色白皙，又是佼好之人，其形貌僚然而好兮，行止舒迟，姿态又窈纠然而美兮。”这里如水的月光和温情脉脉的少女融合一体。绝美的风韵和清美的月色相辉相映，月下之美人从而更具有清晰而又朦胧的神秘美感，使诗人神魂颠倒。

皎皎之月是晶莹透彻的，美人不仅“肤如凝脂”，白皙动人，如明月一样皎美。她也有同样玲珑纯洁的贞洁的青春，而更为醉人。诗人把自己心中最美的人安置在清辉迷人的月光中，使人联想到《罗丹艺术论》里的话：“我们在人体中崇仰的不是如此美丽的外表的形，而是那好像使人体透明发亮的内在的光芒。”法国诗人雨果对于人体的美，尤其是心灵美，有着美的发现：“女人的肌肉，理想的泥土，奇迹呀，崇高的精神渗入那不能用语言形容的天神塑造的泥土中，这些泥土，心灵在包裹的布里闪耀……”女人的肌肤是这样的圣洁，竟使人不得不信，当情爱如火的时候，紧抱着的美就是上帝！

《月出》的意境，不正是表现出所追求的美就是纯洁、高尚的化身吗？反过来说追求这样高洁的美，不正是一种美的追求，美的心灵颤动吗？

在天皓皓之月，虽然温柔地注视着大地，但她却默然不语，可望而不可即，迷离缥缈的月波更增添了浓厚神秘而又诱人的色彩。她使人滋生幻想，而且如此逼真，但却可见而不可求。迷离的月光和怅然若失的忧伤又紧紧黏结一起，皓皓的夜空，温然无边，慕悦而不得的痛苦又是同样广阔无涯，这企慕的悲伤又反衬出佼人的无限美来。因而这是一曲美的赞歌，“如在月光皎白的夏夜听竹笛的曼奏”（郑振铎）。泯去色相，这首诗可成为纯美的颂歌。苏轼月夜泛舟赤壁，“诵明月之诗，歌窈窕之章”，即作如是观的。

这首诗结构别致。《诗经》基本句式是四言二二音节，而此则“每章四句，又全在第三句使前后句法不排。前后句皆上二字双，下一字单；第三句上一字单，下二字双也”（《诗经通论》）。音节单双错杂，读起来急促，和“劳心悄兮”之情协调；全诗除“月”“人”“心”三名词与叹词“兮”外，其余都是形容词，三个双声联绵词都居每章第三句，使疾快的节奏得到舒缓的间歇，从声韵效果上加强了美人的风韵美；“每章第一句写月色；第二句写她的容色之美，第三句写行动姿态之美，末句写诗人自己因爱慕彼人而慅然心动，不能自宁的感觉”（余冠英）；三章四句，每句后缀一“兮”字，加强赞叹的风神，在诗三百中，这些都显示出它别致的特色来。

（魏耕原）

泽 陂

《诗经·陈风》

彼泽之陂，有蒲与荷。有美一人，伤如之何？寤寐无为，涕泗滂沱。

彼泽之陂，有蒲与蕑。有美一人，硕大且卷。寤寐无为，中心悁悁。

彼泽之陂，有蒲菡萏。有美一人，硕大且俨。寤寐无为，辗转伏枕。

鉴赏

这是一首从多情郎心底流出的歌，即所谓“男悦女之词”。

一位男子来到荷塘边，他看见了荷花掩映之中的一位美女。那人儿“硕大且卷”（卷，通“婘”，美好），“硕大且俨”（俨，庄重），不禁引起了男子的深深爱慕，从此寝食不安。这首诗，就围绕着爱慕二字，反复吟唱，倾诉衷曲，写得韵味悠远，情意绵长。

“泽陂”（bēi），池沼的堤岸，这里指一个荷花池塘。那是诗人见到心上人的地方，诗作就以此为题了。这泽陂之内，有荷花，有香蒲，还有蕑（jiān，莲子）。诗人就在这香蒲红莲之间见着“她”的，因而就用兴中有比、比中有兴的手法，拿这些香洁可爱的荷与蒲起兴作譬，反复咏唱他对心中人的倾慕与思念。池中之荷的特色，是花色明艳、清香远扬，出污泥而不染，可叹赏不可把玩。因为这些美好品格，它受到人们的赞赏与敬重。在诗人眼中，他的心上人，有亭亭玉立的身材，有芙蓉一般的容貌，有娴雅的气度，有庄重的神态，她就是荷花，荷花就是她。所以诗人要反复咏唱，一会儿称“荷”，一会儿称“蕑”，一会儿又称“菡萏”，似乎非得把对方叫应了不可。为了加重这种氛围，诗人又用香蒲作映带，而“蒲苇韧如丝”，用来象征情意的绵长与纯洁，实在是非常熨帖的。

比兴之外，诗人更多的是在直抒情怀。他反复称赞对方的美，赞她的身材硕大，赞她的容貌婘好，赞她的神态端庄。正因为如此，他才那么久久地寝食不安。他一说自己“寤寐无为，涕泗滂沱”，再说自己“寤寐无为，中心悁悁”，又说自己“寤寐无为，辗转伏枕”，活灵活现地展现出他的痴情。起初，他的情感活动还比较外在，睡不稳觉，泪水直流；后来变得深沉些了，无法入睡，内心忧闷；再想到对方是那样的俨然端庄，自己应该献上一份诚挚的爱，但怎样才能做到呢？他“寤寐无为”而伏枕痴想了。这样的表现，层次分明，十分逼真。

为了表现这种诚挚的倾慕，刻骨的相思，诗人采用了重章叠句的咏唱法。三章之间，句式完全一致，词意也大体相同，而在表达情感的关键部位，则变换个别字眼，使诗篇在不变中又有变化，文情在流动中又有跳跃，表现出很强的韵律感。这就更加容易契入读者的心灵、收到较强的艺术效果了。

也有人说本诗是“女悦男”之作，或“男女相悦”、互为唱答之作，这不无道理。但旧时有人说它是“诲淫”之作、“刺时”之作，那就是一种故意的歪曲了。

（陈鸿彝）

素冠[①]

《诗经·桧风》

庶见素冠兮[②]，棘人栾栾兮[③]，劳心慱慱兮[④]。

庶见素衣兮，我心伤悲兮，聊与子同归兮。

庶见素韠兮[⑤]，我心蕴结兮，聊与子如一兮。

注释

①素冠：指孝帽，白色的。“素冠”与以下“素衣”“素韠”均为居丧期间所服。

②庶：庶及，这里指有幸。

③棘:通“瘠”,即瘦弱。后人居父母丧时,自称棘人。栾栾(luán):身体瘦弱的样子。

④劳心:忧心。慱慱(tuán):悲苦不安的样子。

⑤韠(bì):蔽膝,古代官服上的装饰。

鉴赏

这是一首赞美孝子的诗。周王朝礼制,臣下、子女、妻妾要为国君、父母、丈夫服丧守孝三年,在此期间,须穿孝服、吃粗食、悲哀哭泣,甚至扶杖行走。这种礼节到春秋时期已不再能够推行,作者有感于此,借对偶尔见到的一位独守古礼的孝子的同情和褒扬,表达了他对旧礼制的维护和对现状的不满。所以《毛诗序》论此诗主旨说:“素冠,刺不能三年也。”作者在诗中所表露的情感和倾向,在今天自然已是毫无积极意义可言,但它从一个侧面反映了当时“礼崩乐坏”的社会现实,多少为后人提供了一点认识价值。

诗用赋的手法,直陈其事,直抒胸臆。首章写诗人偶然看到头戴“素冠”的孝子,见他因居丧而瘦骨嶙峋,不禁忧从中来。在此基础上,二、三章进一步抒发了诗人内心的“伤悲”和“蕴结”,表达了他愿与孝子分担忧患以及志同道合、共守古礼的渴望。

这首诗最突出的艺术特征是采用了复沓的联章形式,这也是《诗经》章法上最显著的特点。三章句式基本相同,只变换了部分词语。这样写,首先使得诗歌在押韵之外通过重章叠调造成一唱三叹的音乐美;其次它借反复咏唱将诗人内心丰富强烈的情感抒发得淋漓尽致,真切动人。不仅如此,它还层层递进地展示出诗人由“劳心慱慱”到“伤悲”、再到“蕴结”的感情发展,由同情到“聊与子同归”、再到“聊与子如一”的思想升华,使主题逐步深化。

语言朴素自然,毫无雕饰痕迹,是这首诗的风格特点。但这并不意味着此诗只是信手拈来,其中没有诗人的任何艺术匠心。譬如诗中修辞手法的运用,显然是为了加强诗歌的形象性和表现力。如用“素冠”“素衣”“素韠”指代孝子,既避免用词重复,又巧妙地刻画出头戴孝帽、身穿孝衣、下着孝裙的全身缟素的孝子形象。再如使用叠字是《诗经》的出色创造,刘勰早在《文心雕龙·物色》中就高度赞扬了叠字“以少总多,情貌无遗”的功能,此诗用“栾栾”形容孝子瘦弱之状,用“慱慱”描述内心悲苦的程度,都生动形象,富有感染力。此外,如一个“庶”字,准确地传达出诗人乍见孝子时的意外和惊喜,都充分显示出作者用字的功力。

《素冠》并非《诗经》中的名篇,内容也无多可取,但从中亦不难看出这部诞生于上古、标志着我国古典诗歌源头的诗歌总集有着怎样出色的艺术成就。

(张明非)

隰有苌楚①

《诗经·桧风》

隰有苌楚，猗傩其枝②。夭之沃沃，乐子之无知。

隰有苌楚，猗傩其华。夭之沃沃，乐子之无家。

隰有苌楚，猗傩其实。夭之沃沃，乐子之无室。

注释

①隰(xí)：低下的湿地。苌(cháng)楚：羊桃，又名猕猴桃。

②猗傩(ē nuó)：柔顺，茂盛。

鉴赏

汉朝人解诗，有时求之过深，有时又失之太浅。这首诗，据《毛诗序》说是："疾恣也。国人疾其君之淫恣，而思无情欲者也。"有什么证据呢？看来唯一的证据是诗中有"乐子之无家""乐子之无室"二句。"家室"可以指妻子，"无家室"也就是无妻子。但疾恨国君"淫恣"，何至于要求国君"无情欲"，不成家，不娶妻呢？如此走极端，不仅违背常情，而且也不符合儒家的中庸之道，可见于理不通。

朱熹比汉儒有眼力。他不盲从古人，提出了新说："政烦赋重，人不堪其苦，叹其不如草木之无知而无忧也。"此说的长处是贴近了诗旨，能把诗意贯通了。先看第一章："低地里长着羊桃，展开那柔顺的枝条。你是多么嫩绿鲜亮，可喜你无知无觉。"诗中的抒情主人公触景生情，大发牢骚。他大概被人间的赋役烦恼搞得焦头烂额，憔悴不堪了。看到洼地里的一束羊桃也无限羡慕。他羡慕羊桃的不为人所注意，羡慕羊桃的无知无觉、无忧无虑。羊桃长势良好是谁看到都会承认的，但说它能够享受安宁，无忧无虑，很值得羡慕，这可是诗人独特的感受了。诗人把自己主观上十分需要而又在现实生活中无法获得满足的愿望通过对羊桃子的倾诉衷曲表现出来了。这就是所谓怊怅切情，婉转附物。第二章就沿着这种意脉情络往前发展："低地里长着羊桃，绽开那小小的红花。你是多么艳丽鲜亮，可喜你无室无家。"句式与第一章完全相同，但"枝"上已经着"花"，暗示这位诗人在野外奔波已经很久。这就很自然地产生了思家之念。但诗人十分清楚，思念之心再切，也不可能有回家团聚的一天，因此他只好寄愤于诗，托物言怀，说自己很羡慕羊桃子的"无家"。第三章是全诗的高潮："低地里长着羊桃，结出那累累果实。你是多么饱满可爱，可喜你无家无室。"羊桃子从抽枝、开花到结果，安然无恙地完成了一个生命的循环，而自己却仍然奔波在外，不知何处是归宿。一种惘然的失落感笼罩全篇。

古人云：草菅人命。话中包含着人命不该比草还贱的意思。本诗以强烈的主观色彩、第一人称的语气，控诉了民不聊生的世道，指出在烦政重赋之下，人生的价值不如一棵洼地上的小草。凄情苦语，耸耳惊心，启发后人无限诗思。李益《邠宁春日》："桃李年年上园新，风沙日日塞垣人。伤心更见庭前柳，忽有千条欲占春。"袁枚《古意》："种梅北窗下，香花开似雪。月月有春风，梅花常傲妾。"虽托词不同而意脉情韵与本诗潜通。

（吴汝煜）

候　　人

《诗经·曹风》

彼候人兮，何戈与祋。彼其之子，三百赤芾。

维鹈在梁，不濡其翼。彼其之子，不称其服。

维鹈在梁，不濡其咮。彼其之子，不遂其媾。

荟兮蔚兮，南山朝隮。婉兮娈兮，季女斯饥！

鉴赏

曹国是春秋时代的一个小国，领有今山东西南部菏泽、定陶、曹县一带地。《诗经》中"曹风"共有诗四篇，《候人》为其中之一。

关于这首《候人》的诗旨及时代背景，旧有二说。一说认为，《左传·僖公二十八年》记载晋军攻入曹国，晋文公责备曹共公不用贤臣而"乘轩者(大夫以上乘轩车)三百人"，语与诗中"三百赤芾"相符，诗即作于此时。一说认为，《国语·晋语》记载晋文公流亡至楚，楚成王语已引"彼其之子，不遂其媾"句，故诗当作于此前晋文公流亡曹国时(当鲁僖公十九年，即公元前641年)。二说皆以史实扣合《毛诗序》。《毛诗序》云："刺近小人也。共公远君子而好近小人焉。"朱熹亦信从《毛诗序》对诗意的解释，但对以晋文公事扣合《毛诗序》却持怀疑态度(《诗集传》)。今天研究者的一般看法是：对庸碌冗滥、饱食终日的曹国高官显要们(三百，即极言其滥)的讽刺和对劳苦清寒、昼夜守望曹国国境的小官(候人)的同情，乃此诗主旨之所在。诗歌作者当为曹国的下层文士。

全诗分四章，每章四句。我们反复诵读全诗，犹如浏览四幅形象生动的连环图画，每幅画皆有主景，有衬景，形成了鲜明的对照。第一幅画面的主景是暮色苍茫中，一个负责守望国境和迎送宾客的小官，肩扛戈和殳，拖着疲惫的身躯，在曹国边境的道路上来往巡逻着；衬景是一群酒足饭饱的曹国高官显要，个个身着大红蔽膝，趾高气扬。第二幅画的衬景是鹈鹕落在沼泽的鱼梁上，它那不曾沾水的羽毛显得十分美丽；主景是一群曹国的高官显要，个个身着华美的朝服，可他们那庸碌无能的样子和华美的朝服却很不相称。第三幅画面的衬景是落在鱼梁上的鹈鹕那尚未入水捕食的长喙干净漂亮；主景是一群无所事事的曹国高官显要和他们占据的重要职位显得极不协调。第四幅画面的主景是候人的小女儿在家中忍饥挨饿，盼望着通宵值勤的父亲早早归来；衬景是南山顶上浓云密布。

很明显，四章诗所描绘出来的四组景象的对比，都表现着诗人的爱与憎，诗人爱憎分明的激情，是贯串全诗的一条直线。

然而，诗人描绘四组景象对比所采用的具体表现手法却并不是呆板一律的。我们看：第一章为两种人物形象的映照；第二、三两章托物起兴，以鸟喻人；第四章则以景起兴，以景衬人。另外，各章或先出主景，或先出衬景，也不拘一格。各章不同的表现手法，便造成了全诗错落有致的独特的艺术结构。

像《诗经》中所有的篇章一样，这首《候人》也是乐歌。它的曲调虽已不得而知，但从"彼其之子"这句复唱歌辞的往复回环,我们仍可以约略领会到它那凄凉哀婉的韵律。在我们反复诵读全诗时,随着眼前四幅连环图画的转换,凄凉哀婉的乐音足以将我们引入诗境之中,让我们去分担诗人那仿佛已不胜负担的爱憎之情。

(杜维沫)

七　月

《诗经·豳风》

七月流火,九月授衣。一之日觱发[①],二之日栗烈。无衣无褐,何以卒岁!三之日于耜,四之日举趾,同我妇子,馌彼南亩[②],田畯至喜。

七月流火,九月授衣。春日载阳,有鸣仓庚。女执懿筐[③],遵彼微行[④],爰求柔桑。春日迟迟,采蘩祁祁[⑤]。女心伤悲,殆及公子同归[⑥]。

七月流火,八月萑苇。蚕月条桑,取彼斧斨,以伐远扬,猗彼女桑[⑦]。七月鸣鵙,八月载绩。载玄载黄,我朱孔阳[⑧],为公子裳。

四月秀葽,五月鸣蜩。八月其获,十月陨萚[⑨]。一之日于貉,取彼狐狸,为公子裘。二之日其同,载缵武功[⑩]。言私其豵[⑪],献豜于公[⑫]。

五月斯螽动股,六月莎鸡振羽。七月在野,八月在宇,九月在户,十月蟋蟀入我床下。穹窒熏鼠,塞向墐户。嗟我妇子,曰为改岁[⑬],入此室处。

六月食郁及薁，七月亨葵及菽。八月剥枣，十月获稻。为此春酒，以介眉寿⑭。七月食瓜，八月断壶。九月叔苴⑮，采荼薪樗⑯，食我农夫。

九月筑场圃，十月纳禾稼。黍稷重穋⑰，禾麻菽麦。嗟我农夫，我稼既同⑱，上入执宫功⑲。昼尔于茅，宵尔索绹⑳，亟其乘屋㉑，其始播百谷。

二之日凿冰冲冲，三之日纳于凌阴，四之日其蚤㉒，献羔祭韭。九月肃霜，十月涤场。朋酒斯飨，曰杀羔羊。跻彼公堂㉓，称彼兕觥，万寿无疆！

注释

①一之日：夏历十一月。下文"二之日""三之日""四之日"，分别为夏历十二月、正月、二月。觱发（bì bō）：形容寒风触物声。

②馌（yè）：送饭。南亩：泛指田地。

③懿筐：深筐。

④微行：小路。

⑤蘩：即白蒿，煮之以沃蚕子，可使其易出。祁祁：众多貌。

⑥殆及：将与。

⑦猗：借作"掎"，摘。女桑：嫩桑叶。

⑧孔阳：甚为鲜明。

⑨陨萚（tuò）：落叶。

⑩缵：继续。

⑪言：乃。私：指猎者个人占有。豵（zōng）：一岁之内的小猪，此泛指小兽。

⑫豜（jiān）：三岁大猪，此泛指大兽。公：指农奴主。

⑬曰：发语词。改岁：意为过年。

⑭介：借为"丐"，祈求。眉寿：长寿。

⑮叔：拾取。苴（jū）：麻籽。

⑯荼（tú）：苦菜。薪：砍柴。樗（chū）：臭椿。

⑰黍稷：性黏和不黏的谷类。重穋（chóng lù）：先种后熟和后种先熟的农作物。

⑱同：收齐。

⑲上：同"尚"，还得……。宫功：指修建宫室。

⑳索绹（táo）：用手搓制绳索。

㉑亟：急。乘屋：上屋修缮。

㉒蚤：同"早"。

㉓跻：登。公堂：民众聚会之所。

鉴赏

这是一首农事诗,是西周时期农业生产、社会生活的真实反映。从内容来看,这首八章八十八句、长达三百八十多字的豳风诗,有着明显的双重意向:一是写人与自然的和谐,用大量笔墨铺叙自然物候和全年劳动生产的繁忙景象,一是写人与人之间的矛盾,以凄楚的笔调抒写农奴的贫苦生活。前者表现为物候天演、劳动有成的歌唱,后者则是农奴生活不幸的悲诉。

在三百篇里,人与自然的关系是一个被普遍描述的重要问题。因为,自然在上古的人们心目中占有崇高的位置。在这首诗中,自然作为先民的衣食之源,虽没有作直接的讴歌,但表现出极大的关注。在那个时代,似乎人们早已有了相当深刻的物其天成的生产意识。他们依照月令季节的变化,进行着春种、夏耘、秋收、冬藏的劳动,一切都顺应着自然的法则和规律,安排自己的生产活动和生活节奏。他们显然对天文历法、节气物候已有相当透彻的了解,并掌握了丰富的农业生产知识和技术,在当时的人类文明中处于领先地位。当他们描述按季节食郁及薁、烹葵及菽、剥枣获稻、食瓜断壶和收获黍稷重穋、禾麻菽麦,四时有成,物馈不乏的时候,自然蕴含着对自然和谐温厚的观照和对大地的依恋深情。他们对自然的感情,虽包含着对造物主的祈求和感恩,但更多的是表现为利用、征服自然的积极劳动,表现为通过勤劳的双手建设祖先所开发出来的并赖以生存的黄河沃土。这种感情心理,不独存在于封建社会初期,不独是以农业安身立命,建国创业的周民族所特有,也是贯穿于数千年封建社会之中,构成中华民族文化心理的重要形态。所以,《七月》的意义,不只是展示了一幅周民族农业生产、农村生活的风俗画,更重要的是揭示了积淀于我们民族灵魂深处的文化意识。它以生动的事实昭示我们:只有像周民族这样笃实敦厚、勤劳朴素的劳动者才是真正的炎黄子孙、黄河儿女,真正的华夏大地的主人。

诗中所写的人与人之间的矛盾,是统治阶级的公、公子、田畯和被统治阶级的农夫之间的封建领主与农奴的矛盾。在封建领主土地上劳动的农奴,不仅需要为自身生活辛苦耕织,而且还必须为封建领主提供所有的生活资料和杂役劳动。如诗中所述,从"三之日于耜,四之日举趾"到"九月筑场圃,十月纳禾稼",全年要进行繁重的大田劳动。除此之外,还有采桑养蚕、采集瓜果、染织布帛、缝制衣裘和打猎、酿酒、凿冰、修屋、祭享、献寿等。甚至在农闲季节,也还得"昼尔于茅,宵尔索绹",夜以继日、无尽无休地为封建领主服劳役。封建领主不但无偿地占有农奴的劳动和劳动成果,而且可以任意对农奴进行人格侮辱乃至于人身占有。严重的剥削、压迫必然造成阶级地位、生活的悬殊差别。诗中用对比手法从衣、食、住三个方面,十分突出地描述了这种阶级差别。封建领主穿的是“载玄载黄”色泽鲜明、质地精良的丝织品和用狐皮制作的大衣,吃的是甘美可口的春酒佳酿、大兽肥肉,住的是冬暖夏凉的宫室高屋。而农奴却是“无衣无褐,何以卒岁!”他们非但直到年底穿不上一件粗劣的衣服,平时连饭也吃不饱,只得“采荼薪樗,食我农夫”,用臭椿烧煮野菜充饥。至于在住的方面,则是“穹窒熏鼠,塞向墐户。嗟我妇子,曰为改岁,入此室处”。鼠患猖獗,土墙洞穿,门窗破败,寒风肆虐,只得用泥巴、杂物涂抹、堵塞,一家老小就在这破陋、阴暗的屋子里度过饥寒交迫的年节。这是一幅多么悲惨的生活画面!除此之外,农奴妇女还要遭受农奴主的凌辱和蹂躏:“春日迟迟,采蘩祁祁。女心伤悲,殆及公子同归。”这充满悲伤和恐惧的心音诉说了她们更为不幸的命运。

从以上两个方面的剖析中,可以看到人与自然的和谐气氛被人与人之间的剥削、压迫破坏了,黄土地给周民族的丰厚赐予被封建领主掠夺去了,留下来的是人间的苦难、贫困和仇恨。这不但是西周社会的真实反映,也是中国数千年封建社会的真实缩影。

这首诗所描述的农奴与封建领主之同的矛盾是对抗性的、不可调和的,但是没有像《伐檀》《硕鼠》那样的斥责和反抗。这是由于当时的社会处于封建制早期阶段,农奴和封建领主的矛盾还没有发展到爆发的程度。同时,也由于农奴刚挣脱奴隶制的枷锁,存在着对自己土地的依恋、对领主土地的依存心理,加上天道观念、宗法制度等的欺骗、约束,他们非但不得不屈从于领主的统治,甚至存在着某种错觉与幻想。正是基于这种既不满又幻想、既憎恨又屈从的矛盾心理,促成了对领主的不很情愿的供奉和服役。诗中所描述的“为公子裳”“为公子裘”“献豜于公”“为此春酒,以介眉寿”“跻彼公堂,称彼兕觥,万寿无疆”等,便是其矛盾心理表现的几个方面。而这些方面的延续和发展就构成了整个封建社会国民性软弱的重要因素。所以,对于农奴举起酒杯为领主祝愿,不必讳言其真实心理。尽管在他们的祝愿声中潜隐着人间的辛酸,但确有着短暂的同乐共享的气氛。而这一点,恰是统治阶级所需要的。

这首诗在创作艺术上,除了成功地运用对比之外,主要采用“赋”的写作方法,直陈其事,某些诗句也带有抒情的意味。在句法上,以四言为主,而以五、六、七言穿插其中,参差错落,灵活变化。有些句子,如“六月食郁及薁,七月亨葵及菽”等按月令叙事,带有散文化的色彩。这可能是古代诗歌散文化的最初征候。它的篇幅,在十五国风中是最长的,反映现实生活也是风诗中场面最大、画面最多的,堪称鸿篇巨制。它所涉及的天文历法、生产知识更是三百篇中少见的。因此,它不仅是文学史上的杰作,而且在农业史、天文史上也具有很重要的史料价值。历来的诗学家对它的评价很高,方玉润《诗经原始》说它“言农桑稼穑之事”,“亲切有味”,孙鑛《孙月峰评经》更说它以“衣食为经,月令为纬,草木禽兽为色,横来竖去,无不如意。固是叙述忧勤,然即事感物,兴趣更自有余,体被文质,调兼《雅》《颂》,真是无上神品”。将其誉为“无上神品”,可谓推崇备至,很有眼力,决非溢美之词可比。

(臧维熙)

鸱　　鸮

《诗经·豳风》

鸱鸮鸱鸮!既取我子,无毁我室。恩斯勤斯①,鬻②子之闵③斯!

迨④天之未阴雨,彻彼桑土⑤,绸缪⑥牖户。今女下民⑦,或敢侮予!

予手拮据⑧,予所捋荼⑨,予所蓄租⑩,予口卒瘏⑪,曰予未有室家。

予羽谯谯⑫,予尾翛翛⑬。予室翘翘⑭,风雨所漂摇,予维音哓哓⑮。

注释

①斯:语助词。恩勤:殷勤。
②鬻:同“育”,养育。
③闵:病。
④迨:及。
⑤彻:剥取。桑土:桑树根。土:通“杜”。
⑥绸缪:缠缚。
⑦下民:指树下过往的人们。
⑧拮据:手指因过度劳累而不能屈伸自如。

⑨荼：茅草花。
⑩租：通“苴”，一种可以垫鞋的草。
⑪瘏瘏（tú）：因病嘴唇剥裂。
⑫谯谯（qiáo）：形容羽毛稀疏脱落的样子。
⑬翛翛（xiāo）：形容羽毛枯槁。
⑭翘翘：形容鸟巢危险不安定。
⑮哓哓（xiāo）：指因恐惧而发出的鸣声。

鉴赏

《鸱鸮》是《诗经·豳风》中的一篇。关于它的作者，毛传和郑笺都认为是西周初年的周公旦。他们主要根据《尚书·金縢》篇。此说近人多不信从，因为从诗的内容看，与所谓周公讽成王之事并无联系。就诗论诗，应该承认，它其实是一首民间创作的寓言诗。其产生时代应在《金縢》之前，西周初期或中期。

作者运用拟人化的手法，假托一只小鸟诉说她遭到鸱鸮的欺凌迫害所带来的种种痛苦，曲折地表达了劳动人民的深重灾难和嗟叹。

鸱鸮就是猫头鹰，她本来是益鸟，然而古人却认为是“恶鸟，攫鸟子而食者也”（朱熹《诗集传》）。有人认为，似即今天生活在陕西、河南一带的雕鸮，为大型鸮类，夜间活动，主食鼠、兔及其他小鸟。古豳地在今陕西境内，其时雕鸮可能甚多。作者在诗中，显然把鸱鸮作为邪恶强暴势力的象征，一开始就对她提出控诉：鸱鸮啊，鸱鸮！你已经抢走了我的孩子，可别毁了我的窝巢呀！我辛辛苦苦，殷勤劳作，就是因为养育孩子才累病的呀！这一章可谓如泣如诉，如怨如慕。听到这样悲惨的呼唤，人们很自然会联想到当时被压迫被剥削的劳动人民的呻吟。在奴隶社会里，奴隶的子女常常被奴隶主贵族掠为奴婢，奴隶的微薄家产被随便夺取而毁荡。诗人把这种现象概括地比拟为动物界的弱肉强食，是对当时统治者以及不合理社会制度的有力批判。

第二章主要写劫后的收拾。趁着没有阴天下雨，我赶快飞到桑根剥取树皮，捆扎我那被破坏的门窗。你们树下的人们，还有敢欺负我的吗？这一章表现可怜的自救，也是微弱的抗争。覆巢之下，很容易有人投石取卵；破败之余，必须得自己奋力求生，简单几句，充满血泪和愤怒，隐含着不屈不挠的意志。

第三章回顾经营室家的辛苦。我的脚爪忙得够呛，我取来苇花垫巢，我积蓄了芳草，我的嘴巴累得皲裂了，可是我的巢儿还没有弄好。表面上是小鸟自述，实际上正是一个处于社会最底层的劳动者终日劳作疲惫不堪窘况的写照。

第四章形容其憔悴模样。我的羽毛渐渐稀少了，尾巴干枯了，小巢儿危险极了，经常有风吹雨打受不了，我着急害怕只好大声呼叫。不但描绘鸟儿的外形，还写出了心理，甚至模仿鸟叫的声音，已是惟妙惟肖。

在《诗经》中，以人比物或托物兴词的手法是比较常见的。但这首诗已不是通常修辞意义上的比、兴，而是一个初具规模的寓言。作者把动物的某些生理特征和可能有的遭遇，与人类社会中的某些现象有机联系起来，借物寓人，言在此而意在彼，含蓄地揭示某种生活本质。作者笔下的鸟，既有禽类的特征，又有人类的感情。把这两方面自然结合，使读者并不感到勉强。这种艺术手法，表现出诗人丰富的想象力，在《诗经》的其他篇章中是不曾出现过的。拿同样是借物比人对剥削者进行谴责的《硕鼠》来说，其批判揭露比《鸱鸮》更为尖锐，但其抒写方式只是人对鼠讲话，说明人的一种感情和态度，并未描写鼠类的具体活动，主体是人而不是鼠。而《鸱鸮》则全部写鸟而不曾写人，通篇是鸟对鸟讲话和鸟的自述，而且还写出了鸟的一系列动作和造成的结果，从而也就展示出一定的过程，具备了初步的情节性。因此，我认为《硕鼠》只属于比喻，《鸱鸮》则已是寓言的雏形。

关于先秦寓言的起源，有人追溯到《周易》，认为像《大壮》“羝羊在藩，不能退，不能遂”，《困》“困于介，据于蒺藜，入其宫，不见其妻”之类，已是寓言故事。在我看来，《周易》所用属于象征手法，它所选择的某些具体现象，可能包含比较深奥的道理，但其现象和道理之间并没有必然的联系，寓意并不确定，很难判断究竟是因象赋义还是以义取象；因而人们对《周易》的同一卦象和事例，可以产生种种不同理解。这和寓言之有意编造人或动物故事以说明既定观点是不太一样的。故而《周易》中某些生活片断，只能算是哲学家手中的素材，还不能看成文学家笔下的寓言。还有人把《左传·昭公二十二年》的“雄鸡自断其尾”当成中国最早的寓言。其实那句话仅仅指出一种比较少见的现象，不成其为故事。当时人把它解释为“自惮其牺也”（自己害怕被捉去当祭品），仅仅是猜测和附会，抑或故意讽谏，跟寓言故事中能说话而且具有人的思想感情的动物形象相差较远。所以我主张，先秦寓言的第一篇，应该从《鸱鸮》算起。

战国时期，寓言进一步繁荣，并且形成高潮，但都是散文，以诗的形式作寓言者十分罕见。《鸱鸮》是诗，所以具有与散文体寓言不同的民间歌谣的特点。从句法看，它喜欢用重言和同型句式。如开头连呼“鸱鸮”，这和《硕鼠》《黄鸟》一样，都是为了强化感情，引起注意。而像第二、三章连用八个以“予”字开头的同型句，在《诗经》中亦常见。如《楚茨》“我艺黍稷，我黍与与，我稷翼翼。我仓既盈，我庾维亿”，《黍苗》“我任我辇，我车我牛。我行既集，盖云归哉”等，作用是一一备陈，显得周详全面，以加深读者印象。明人戴君恩《读风臆评》说，《鸱鸮》篇“连用十‘予’字，而身任其劳，独当其苦之意可想”。从用韵看，它也比较自由，不像《硕鼠》那样整齐严密。这也许是由于它产生较早,或尚未经后人修饰之故。第四章连用四个叠字“谯谯”“翛翛”“翘翘”“哓哓”以及叠韵词“漂摇”,显然是为了便于歌唱,都是自然形成,并非有意讲求。从语言风格看,它朴素无华,不加雕琢,但却准确鲜明。“通遍哀痛迫切,真哓哓之鸣。”(《读风臆评》)“收结作无聊不可奈何语,更警”(李九华《毛诗评注》引《诗志》)。个别字句今天不太好懂,但在当时可能是比较通俗接近口语的词汇,和典雅庄重的《颂》诗风格迥然不同。

这种以动物为主角的寓言诗,在汉代乐府民歌中逐渐多起来。像《鼓吹曲辞·汉铙歌》中的《雉子班》、《相和歌·古辞》中的《乌生》以及《枯鱼过河泣》《蜨蝶行》等均是。魏晋南北朝以后,由禽言诗又派生出寓言赋,由民间创作发展为文人模拟。唐代许多著名诗人,如杜甫、韩愈、柳宗元、白居易等,都写过禽言诗。宋元以降,代有佳作,历久不衰。这个悠久的传统,正是从《诗经》的《鸱鸮》发轫的。

(谭家健)

东　　山

《诗经·豳风》

我徂东山,慆慆不归。我来自东,零雨其濛。我东曰归,我心西悲。制彼裳衣,勿士行枚①。蜎蜎者蠋②,烝在桑野③。敦彼独宿④,亦在车下。

我徂东山,慆慆不归。我来自东,零雨其濛。果臝之实⑤,亦施于宇。伊威在室⑥,蟏蛸在户⑦。町畽鹿场⑧,熠耀宵行。不可畏也?伊可怀也。

我徂东山,慆慆不归。我来自东,零雨其濛。鹳鸣于垤⑨,妇叹于室。洒扫穹窒⑩,我征聿至⑪。有敦瓜苦⑫,烝在栗薪。自我不见,于今三年。

我徂东山，慆慆不归。我来自东，零雨其濛。仓庚于飞⑬，熠耀其羽。之子于归，皇驳其马。亲结其缡⑭，九十其仪。其新孔嘉⑮，其旧如之何？

注释

①士：通“事”，从事。行枚：古人行军，用枚（形似筷子）衔在口中，以防说话有声，此借指战争。
②蜎蜎（yuān）：虫蠕动貌。蠋（shǔ）：一种野蚕。
③烝：久。
④敦（duī）：孤独的样子。
⑤果臝（luǒ）：葫芦科植物，即栝楼。
⑥伊威：一种小虫，俗称土虱。
⑦蟏蛸（xiāo shāo）：长脚蜘蛛。
⑧町畽（tiǎn tuǎn）：田地被野兽践踏处。
⑨鹳（guàn）：水鸟名，形似鹤。垤（dié）：蚁洞口的小土堆。
⑩穹：空隙。窒：堵塞。
⑪聿：语助词，含有将要的意思。
⑫瓜苦：即匏瓜。
⑬仓庚：黄莺。
⑭亲：指妻子之母。缡（lí）：妇女出嫁时系的佩巾。
⑮孔：很。

鉴赏

《毛诗序》说：“《东山》，周公东征也。周公东征，三年而归。劳归士。大夫美之，故作是诗也。”余冠英先生以为无确据，说是久戍士卒在还乡途中思念家室的诗。有人认为是周公为了慰劳士卒们而作的，就更不可靠了。朱东润说：诗中有反映农村荒凉景象，当时一定发生过较大规模的战争，且诗中有“于今三年”之句，也与《尚书大传》：“周公摄政，一年救乱，二年东征，三年践奄”相符，认为诗序对本篇时代背景的解释是可信的。（《中国历代文学作品选》）

这位久戍边防、偶然生还的战士，因为久久不归，这次终于自东而归，本当一喜，却不见其喜，只见其忧。因为蒙蒙细雨，本身就给人一种愁绪不尽之感。“无边丝雨细如愁”，无边无际、没完没了的蒙蒙细雨，还与主人公心中“剪不断，理还乱”的缕缕愁思相应。贺铸“若问闲愁都几许？一川烟草，满城风絮，梅子黄时雨。”后人多宗于此。这二句展现了一幅淫雨霏霏、满目萧然的凄凉画面，是征人凄苦心情的象征。二句一喜一悲，呈现了役满归来的征人又悲又喜的心情。“我来自东”，是征人重返家园的深沉感叹。面对阴霾的雨天，不禁思绪万端。“我东曰归，我心西悲”两句正是这种思绪的进一步抒发。在踏上归途时，暗自庆幸自己解甲而归，完成戍役，从此可以安安然然过日子了。“东”“西”说明征人身还在东，心已向西，写出了思绪驰骋、归心似箭、急不可待的心情。出征遥远，历时长久，当然要“悲”了，自己如此，家里而又如何，这则更是悲上加悲。日思夜想，西归故乡，今得实现，高兴当是无以复加，却曰“我心西悲”，初视之，不达情理，深思之，三年戍役，日夜造成的精神负担太重了，一旦可以摆脱，自然欣喜。欣喜之际，反生悲恸，真是悲喜交集。心情激动平息，心里的第一个想法，就是回到家里，穿上平民的服装，重新开始田家生活。“制彼裳衣，勿士行枚”，饱含难以名状的欢畅和喜悦，表达了征人对和平生活的向往。“蜎蜎”四句，一说是独宿在车下是这个征人，一说是后两句是回想过去行军中之露宿生活，后说为佳。看到山间路旁蜷缩蠕动的野蚕，而忆起昨日先前蜷曲车下的辛酸日子，以往数年间含枚疾行，寒夜露宿生活就又在脑海中浮现。痛定思痛，真不知当初是如何熬过来的。这是“悲”之一。

二章前四句写家中庭院、屋子冷落、萧条。后二句写整个村子荒凉可怕。整洁的房屋和亲人的欢声笑语，都被空寂荒凉、兽迹虫踪和乱飞的磷火所代替了。这是征人的想家之词，这个猜想是归途所见村落破败荒凉所引起的，是在“三年音书断，近乡情更怯”的情况下产生的想象，是频繁的兵役对社会经济和人民生活破坏的形象缩影。这是“悲”之二。尽管家乡一片荒寂，死气沉沉，但这毕竟是征人劳动、生活过的地方，亲人之所在，所以仍然一往情深，而曰之“不可畏也？伊可怀也”。诗中荒凉的气氛反成了征人热爱家园的烘托。

三章的“妇叹于室”，言鹳鸣引起妻子在家里因思念自己而长叹。“洒扫”二句为倒装句，此二句踊跃而接上章“伊可怀也”，倍有精神。这想象使他感到若许的家庭温馨，其间又渗透挂念牵怀不尽心绪。征人心驰神往，仿佛已来到家门口，抬眼就见到“有敦瓜苦，烝在栗薪”。一说，妻子看见那匏瓜搁在柴堆上已经很久了，就想起丈夫同自己分别三年了，亦通。“自我不见，于今三年”二句，戛然顿住，锁上一笔，截断思念，分量极重。情之凄怆，怅然不尽。家庭每一物什，对征人来说都很怀念。古人结婚行礼，就是一瓠（葫芦），分作两瓢，夫妇各执一瓢，盛酒漱口。所以表示他和妻子结合的“瓠瓜”，就更撩起他的心思，也自然引出下章之所思。这一章不说自己想念妻子，而说妻子如何想念自己，正见思妻之深。这是影中取影，想象之中包孕想象。

四章写征人回忆新婚情景，三年的戎马生活终于熬过来了，新生活的憧憬在心中燃起火花。两情相爱，经久弥新，新婚的美好情景自然涌上心头。妻子的倩影在眼前浮动，那一天真是美不可言，那一瞬间的幸福，仿佛历历在目，记忆犹新。黄莺飞舞，闪亮的羽翼带来了喜气洋洋的欢乐气氛。“之子于归”，那个年轻可爱的新娘快过门了。“皇驳其马”，那迎亲的队伍簇拥着喜不自禁的新郎驾车迎娶。新娘家中又是一番热闹景象：“亲结其缡，九十其仪。”母亲为女儿结上佩巾，将那些做媳妇的礼节叮咛了又叮咛。这些充溢一片香艳幽情，“骀荡之极，真是出人意表”（姚际恒）。不但表现了征人对新婚情景鲜明的追忆，同时与“妇叹于室”情景形成对比，点明战争给人们带来多么大的创伤。正因为如此，征人的思绪从回忆又急转到现实中来，情不自禁地担心自问：“其新孔嘉，其旧如之何？”不晓得三年后的现在情形怎么样？征人多么愿意往日的平安生活又重新开始，但却又不能不担忧现在的景况——妻子如今怎样，有没有因灾荒饥寒而死去？还是逃亡到他乡？是被贵族强劫？还是另嫁了人？种种疑惧涌上心头，不尽忧虑全倾入末一句沉重的自问之中。

诗中表现了农民淳朴的思想感情。他们爱自己的家乡和农作物，热爱和平安定的劳动生活。正是以这样善良的思想情感反映了征人的不尽心思，心绪的起伏。这首诗外在事物的错落叙述，为内在情感所贯穿。先写征人在征途中想象回家后“制彼裳衣”之欣喜，以及思家和回顾军伍生活的悲喜交加的心情。再加上在“零雨其濛”的忧郁气氛中时时透出喜悦的情调，给人留下难忘的印象。第二章以更深沉的哀怨情调，展现家乡的萧条，继而又寄于对妻子怀念和对新婚的回忆，感情表露灼热似火，把情思推向高潮，最后一句“其旧如之何”的转戾，又使驰骋的想象回复到现实中来，情感的波涛从想象的巅峰跌入现实的浪谷。这种悲与欢的矛盾统一，构成动人的意境。其次，对事物的描写层次，是凭借联想展开的，伸缩自然。艺术构思离不开想象，想象是“最杰出的艺术本领”（黑格尔《美学》）。诗人的构思，不限于身之所历，感物而生情，凭心构象，无有时空限制，都是情感所之，也是情理所之。这是《国风》中想象力最丰富的一篇。首章触景生情是再现式想象，家乡荒芜是纯幻想式的想象，思妻基于旧日生活是再创造式的想象，末章是追忆性想象以及对未来推理性的想象。写想象能以小见大。果蠃、潮虫、蜘蛛写尽庭院的残破；鹿蹄、磷火以见田园的荒芜。思室家则“有敦瓜苦”；写新婚热闹到“皇驳其马。亲结其缡”。以少举多，情貌无遗，再现了不同的气氛和场面，“凡道途之远，岁月之久，风雨之陵犯，饥渴之困顿，裳衣之久而垢敝，室庐之久而荒废，室家之久而怨思”（朱善），都可感可触，而又无不融注了征人变化动荡的心态和忧心忡忡的思绪。

（魏耕原）

皇皇者华

《诗经·小雅》

皇皇者华，于彼原隰。駪駪征夫，每怀靡及。

我马维驹，六辔如濡。载驰载驱，周爰咨诹。

我马维骐，六辔如丝。载驰载驱，周爰咨谋。

我马维骆，六辔沃若。载驰载驱，周爰咨度。

我马维骃，六辔既均。载驰载驱，周爰咨询。

鉴赏

这首诗写的是使者四出，遍访贤达、征求嘉谋善策的情景，洋溢着一种为了国事、不惜辛劳的激情，基调是明快的，可能是西周早期政局清明时期的产物。为便于阅读，现撮其大意，译述如下：

光彩烨烨的鲜花，开遍了原野，开遍了洼地。众多的使者纷纷登程，他们唯恐完不成自己的任务而辛苦征行。（于是，在那广漠的原野上，便传出了他们的歌唱——）

我牵来骏马驾上车，紧拉着润泽的缰绳我跨越原野。马儿欢，车儿快，诚心地向贤达们征求意见啊，我要把各方的人才多多了解。

我套上骏马拉大车，调理好丝缰啊我跨越原野。马儿欢，车儿快，诚心地向贤达们征求意见啊，听他们说说国家的事情该如何安排。

我驾起骏马飞大车，紧抓着光润的缰绳啊我跨越原野。马儿欢，车儿快，诚心地向贤达们征求意见啊，弄清了事理我好不开怀！

我赶着骏马飞大车，调理好缰绳啊我跨越原野。马儿欢，车儿快，诚心地向贤达们征求意见啊，为国家要赢得他们亲人般的全部信赖。

本诗在结构上用了先总起、后分叙的办法。先总叙“骁(shēn)骁征夫”即众多使节如何启行的情况,再分头歌唱使者们各自的使命。他们一心为国,恭勤职守,唯恐因某种原因耽误了完成任务。有了“每怀靡及”这一句,全诗的基调就定下来了。诗的主体部分,是使节们的歌唱。试设想一下,广漠的原野,鲜花遍地。使者们分头启程了。他们驾骏马,乘大车,放开歌喉,唱着自编的歌儿奔向远方,这该是一种多么动人的场景!

顺便交代一下,这首诗的主体部分是用重章叠句法写的。相应位置上用以替换的关键词汇有三组:一是称呼骏马的,有“驹”“骐”“骆”“骃”等,少壮之马为驹,毛色交叉成纹的是骐,白毛黑鬣为骆,浅灰色杂毛为骃;一是形容缰辔的,有“如濡”“如丝”“沃若”“既均”等,是说那缰绳丝一般光润可爱,执辔者得心应手,调理自如,意思是互补的;一是写使命的,用了“咨诹”(zōu)“咨谋”“咨度”(duó)“咨询”等语,古人说访才为诹,同事为谋,求义为度,咨亲为询,中心意思是广泛征求嘉谋善策。诗句这样写,显得文字简约而意思丰满、多变化。我们在译述时,照顾到这些区分,但作了必要的变通。还有一个词“周”,这里作“忠信”讲,如作“周遍”讲,于义也无不可。

(陈鸿彝)

采　薇

《诗经·小雅》

采薇采薇,薇亦作止①。曰归曰归,岁亦莫止。靡室靡家,玁狁之故②。不遑启居,玁狁之故。

采薇采薇,薇亦柔止。曰归曰归,心亦忧止。忧心烈烈,载饥载渴。我戍未定,靡使归聘③。

采薇采薇,薇亦刚止。曰归曰归,岁亦阳止,王事靡盬,不遑启处④。忧心孔疚,我行不来⑤。

彼尔维何？维常之华[6]。彼路斯何[7]？君子之车。戎车既驾，四牡业业[8]。岂敢定居，一月三捷。

驾彼四牡，四牡骙骙[9]。君子所依，小人所腓[10]。四牡翼翼，象弭鱼服[11]。岂不日戒，玁狁孔棘。

昔我往矣，杨柳依依。今我来思，雨雪霏霏。行道迟迟，载渴载饥。我心伤悲，莫知我哀！

注释

①薇：豆科植物，野生，可食用。作：生出。止：语助词。

②靡：无。玁狁（xiǎn yǔn）：一作"猃狁"，我国古代北方民族名，春秋时称"戎""狄"，秦、汉时称"匈奴"。

③归聘：此指从前线回归后方的使者。聘：探问。

④靡盬（gǔ）：没有止息。遑：闲暇。启处：同"启居"，指安定下来。

⑤孔：甚。疚（jiù）：病痛。来：归。

⑥尔：同"薾"，花盛开的样子。维：是。常：常棣的简称。

⑦路：即"辂"，高大的车子。

⑧业业：马高大的样子。

⑨骙骙（kuí）：马强壮的样子。

⑩君子：指将帅。依：乘。小人：指士卒。腓（féi）：隐蔽。

⑪翼翼：整齐严肃的样子。象弭（mǐ）：两端用象牙装饰的弓。鱼服：用鱼皮制作的箭囊。服："箙"的借字，盛箭的器具。

鉴赏

此诗用戍卒的口吻，在战后戍卒归家的途中，追述戍边作战时的苦况，用痛定思痛的反思，和一连串的回忆镜头，多层次多侧面地表现了行役之苦。

全诗分六章，每章八句。诗的前三章，均以"采薇采薇"开头，用一唱三叹的复沓形式，反复吟咏。一个久戍不归的士兵，连饭也吃不饱，不得不采薇（野豌豆苗）而食，过着"载饥载渴"的生活。他渴望与家人团聚，但是一年快完了，还是没能回家。有家归不得，等于无室无家，从军出征，疲于奔命，那能过一天安定的生活？怨嗟之情，于是油然而生。诗中主人公将怨嗟之情归结到玁狁的入侵上，而不指责周天子和将帅，可谓顾大局，识大体。诗人将满腔的怨悱，表现得委婉而含蓄，这就是前人所说的“不失温柔敦厚之旨”。

前三章的写法大体一致，前四句有的用首章的原句，有的或易一句，或易一字。后四句基本上是改弦更张，转笔描写新的生活场景。如“薇亦作止”“薇亦柔止”“薇亦刚止”，每句虽只易一字，却显示了薇菜三个不同的生长阶段，由刚刚破土而出，到幼苗的柔嫩，再到长出粗硕的梗子。时间上的递进，象喻着戍卒的久戍不归。同样，从“岁亦莫止”到“岁亦阳止”，随着时间的流逝和物换星移，征人的痛苦也在与日俱增。从“心亦忧止”到“忧心烈烈”，再到“忧心孔疚”，表现征人的痛苦，可谓层层递进，这就将感情的波澜，层层推向高潮。

四、五两章，追述的是从军作战的紧张的战斗生活。“彼尔维何”四句，自问自答，以兴起下文。“戎车既驾”之后，意味着即将开始的拼杀。“四牡业业”一句，以驾车雄马的高大，象喻着从军士卒雄赳赳气昂昂的精神，这是烘云托月之法。“岂敢定居，一月三捷”两句，写出了战斗的频仍。第五章的战斗场面，写得十分生动：主帅乘坐四匹雄马驾的戎车在车上指挥战斗，步卒随在战车后面借以隐蔽身体，并随时准备出击。“四牡翼翼，象弭鱼服”两句，道出了军容之严整和军事器械的精良。“岂不日戒，玁狁孔棘”两句，显示出军情的紧急。

第六章在全诗中别构一体。诗人由回忆写到归途中的情景。回忆起昔之从军之时，正值美好的春天，万条杨柳，迎风披拂；今日归来，却遇上雨雪霏霏的冬天，虽已踏上归途，但归路漫漫，还要忍受“载饥载渴”的生活，抚今追昔，想到出生入死的戎马生活和征途中的艰难险阻，谁能知道我的劳苦忧伤呢？常年从军，与家人音讯隔绝，谁又知家人的情况如何呢？“莫知我哀”四字，状写征人的忧伤之情，以少总多，真是累千百万言所难表达。

《采薇》一诗，在题材上可以称作边塞诗的鼻祖，征人思乡，是日后边塞诗的重要主题，它打动着千百万读者的心弦。此诗在艺术上最值得称道之处，是它创造出千古传颂的佳句。在我们文学鉴赏史上，人们刚刚知道摘句欣赏之时，便发现了《采薇》篇的佳句。《世说新语·文学》中记载了这样一个故事：“谢公（指谢安）因子弟集聚，问《毛诗》何句最佳？遏（谢玄）称曰：‘昔我往矣，杨柳依依。今我来思，雨雪霏霏。’公曰：‘讦谟定命，远猷辰告。’谓此句偏有雅人深致。”谢安与谢玄叔侄对《诗经》佳句的欣赏，比较起来还是谢玄的鉴赏能经得住历史的考验，他确实抓住了《诗经》中的最佳名句。刘勰《文心雕龙·物色》篇说：“‘灼灼’状桃花之色，‘依依’尽杨柳之貌……并以少总多，情貌无遗矣。虽复思经千载，将何易夺。”“杨柳依依”四字，表现杨柳之态，可以说是情貌无遗的。千百年来，人们常用折柳表示送别，又用“依依”二字表示惜别之情。

"杨柳依依"的意象,一经创造出来,便有了强大的生命力,虽经千载,也想不出更好的词来代替它。正因为这个原因,"杨柳依依"四句,成了千古不朽的名句。宋祁《宋景文笔记》卷中云:"《诗》曰:'萧萧马鸣,悠悠旆旌',见整而静也,颜之推爱之。'杨柳依依,雨雪霏霏',写物态,慰人情也,谢玄爱之。"宋祁认为,"杨柳依依"数句,好就好在物态描写中见人情,物中有我,景中含情。王士禛在评论谢安、谢玄及颜之推对《诗经》名句的鉴赏时说:"玄与之推所言是矣,太傅所谓'雅人深致',终不能喻其旨。"他同意谢玄的见解,而认为谢安的说法让人不可理解。

《采薇》在艺术上的另一成功之处,在于它创造了"以乐景写哀,以哀景写乐"的诗歌美学境界。王夫之《姜斋诗话》说:"'昔我往矣,杨柳依依。今我来思,雨雪霏霏。'以乐景写哀,以哀景写乐,一倍增其哀乐。"这段话常为人们所称引。

《采薇》的艺术造诣,与末章有很大关系,正如清人方玉润所说:"此诗之佳,全在末章,真情实景,感时伤事,别有深情,非可言喻"(《诗经原始》)。

(刘文忠)

杕　杜

《诗经·小雅》

有杕之杜①,有睆其实②。王事靡盬③,继嗣我日④。日月阳止⑤,女心伤止,征夫遑止⑥。

有杕之杜,其叶萋萋⑦。王事靡盬,我心伤悲。卉木萋止,女心悲止,征夫归止。

陟彼北山,言采其杞。王事靡盬,忧我父母。檀车幝幝⑧,四牡痯痯⑨,征夫不远。

匪载匪来,忧心孔疚。期逝不至⑩,而多为恤⑪。卜筮偕止⑫,会言近止⑬,征夫迩止。

注释

①杕(dì):树木挺立的样子。杜:棠梨。
②睆(huàn):果实浑圆的样子。
③靡盬(gǔ):没有穷尽。
④嗣:延长。日:归期。
⑤阳:阳月,农历十月。止:语助词。
⑥遑:闲暇。
⑦萋萋:草木茂盛的样子。
⑧幝幝(chǎn):破旧的样子。
⑨痯痯(guǎn):疲惫的样子。
⑩逝:过去。
⑪恤:忧虑。
⑫偕:俱。
⑬会:合。

鉴赏

据《毛诗序》:“杕杜,劳还役也。”孔颖达《毛诗正义》进一步坐实说:“文王劳还役。言汝等在外,妻皆思汝。”细读原作,总感到这些说法不大可信。余冠英先生认为“这首诗写应役远戍的人过期不得还乡,和家里的人互相思念。每章七句。上四句写征人,下三句写思妇”。(《诗经选译》)这一看法,较旧说为优。“互相思念”,涉及写作技巧,可进一步探究。

按照生活的逻辑,征人与思妇总是互相思念的,而且此诗的每章上四句确实写征人,下三句确实写思妇,因此如果把这首诗看作是征人与思妇的对唱,是很有意思的,不过这不符合我国古代抒情诗的客观实际。《诗经》中的每首抒情诗,一般只有一个抒情主人公。吴闿生的《诗义会通》云:“全篇皆作室家思望之词,而其文煞有顿挫,雍容闲雅。”他看到了作品中的设想成分,这是很正确的,但认为这篇作品的抒情主人公是思妇,则不确。这首诗的抒情主人公应该是征夫。每章上四句均为征夫之词,自不待说,就是每章下三句也都是征夫从思妇、父母处设想而来的。弄明白这一点,对理解这一首诗的思旨和鉴赏这一首诗的艺术,都是很重要的。

首章以杕杜的果实起兴:“孤零零的棠梨树,长着圆圆的棠梨果。”果树到一定的季节就开花结实,这个现象,在自然界中司空见惯,并无奇突之处,但对于那个服役过期、不得还家的征夫来说,却引起了强烈的感慨:“王家差事无穷尽,还乡日子一再拖。”征夫的这一感慨的心理机制,孔颖达《毛诗正义》说得比较具体:“杕然特生之杜,犹得其时,有睆然其实蕃滋得所。我君子独行役劳苦,不得安于室家,以尽天性而生子孙,乃杕杜之不如。”兴有正反之分。本诗的兴句,属于反兴。后来杜甫的《新婚别》:“仰视百鸟飞,大小必双翔。人事多错忤,与君永相望。”即从此等处化出。“日月阳止”以下三句，写征夫思家心切，不觉自言自语道：“时间已到十月啦，妻子盼不到我多伤心啊，应该轮到我回家休息啦！”读来倍觉真切凄楚。

第二章以杕杜的叶子起兴，句式大致同首章，而感情色彩更为浓重。作者已经不是一般的怨恨服役时间之长，而是直说：“我心伤悲。”《盐铁论》云：“古者行役不逾时。春行秋返，秋行春返。”春不返，误种；秋不返，误获。误种误获，父母妻子都要挨饿。更何况还有亲子之爱、夫妇之爱的感情因素在！短短四句，包含的内容极为复杂。“卉木萋止，女心悲止，征夫归止”三句，钱锺书先生说：“《东山》：‘鹳鸣于垤，妇叹于室。洒扫穹窒，我征聿至’，同此机杼。王昌龄《闺怨》：‘忽见陌头杨柳色，悔教夫婿觅封侯’；李端《闺情》：‘披衣更向门前望，不忿朝来喜鹊声’；柳色、鹊声亦即‘卉萋’‘鹳鸣’之踵事增华也。”（《管锥编》第一册）不仅指出了这几句诗的诗美所在，而且还提示了这几句诗对后世诗歌的深刻影响，所论至为精当。

第三章比第一、二两章又进了一层。征夫由思念妻子，进而思念父母。“檀车幝幝”以下三句，从父母处设想思子情状。他想象父母在家叨念道：“儿子长久行役在外，大概檀木车儿该破了，健壮的马儿该乏了，回家的日期该近了。”关切之情，溢于言表。不说自己如何想父母，而说父母如何想自己，这种写法，造成了感情的双向对流，不仅使感情显得更为深切，而且使形象也显得更为鲜明和饱满。

第四章是全诗的感情高潮。“匪载匪来”四句，将满腹愁绪，倾泻而出，几至一字一泪，莫可究诘。结末三句，复设为家人思念情状。“卜筮偕止”的“偕止”二字下得精妙。征夫过期不归，父母心里着急，妻子心里也着急；父母心里恐慌，妻子心里亦恐慌。在当时的自然科学水平下，除了占卜、问卦之外，还有什么更好的办法来使内心平静下来呢？但疑虑与恐慌既多，单凭占卜，似觉不够，故又继之以筮卦。占卜、问卦的结果，征夫出于安慰的需要，努力为之设想道：“都说征夫快要回来了，而且已经离家不远了。”全诗至此戛然而止。征夫究竟回家没有？诗中没有说，也没有必要说，是之谓“含不尽之意，见于言外”。吴闿生《诗义会通》引旧评曰：“曲体人情，命意特高。”细味全诗，堪称允当。

（吴汝煜）

六　月

《诗经·小雅》

六月栖栖[1]，戎车既饬[2]。四牡骙骙[3]，载是常服[4]。猃狁孔炽，我是用急。王于出征，以匡王国。

比物四骊[5]，闲之维则[6]。维此六月，既成我服。我服既成，于三十里。王于出征，以佐天子。

四牡脩广，其大有颙[7]。薄伐猃狁，以奏肤公[8]。有严有翼，共武之服[9]。共武之服，以定王国。

猃狁匪茹[10]，整居焦获[11]。侵镐及方[12]，至于泾阳[13]。织文鸟章，白旆央央[14]。元戎十乘[15]，以先启行。

戎车既安，如轾如轩[16]。四牡既佶[17]，既佶且闲。薄伐猃狁，至于大原[18]。文武吉甫，万邦为宪。

吉甫燕喜[19]，既多受祉[20]。来归自镐，我行永久。饮御诸友，炰鳖脍鲤[21]。侯谁在矣，张仲孝友[22]。

注释

①栖栖：忙碌紧张貌。

②饬（chì）：整顿。

③牡：公马。骙骙（kuí）：马行雄壮的样子。

④载：装在车上。常：一种绘有日月的旗。服：战服。

⑤比:配。物:指马。骊:黑马。
⑥闲:训练。维:以。则:法则。
⑦颙(yóng):大貌。
⑧肤:大。公:通"功",功劳。
⑨共:即"恭",恭谨奉行。武之服:用武之事。
⑩茹:柔弱。
⑪整居:整军旅而占据。焦、获:地名,在今陕西省泾阳县。
⑫镐、方:两个地名。
⑬泾阳:地名,在今甘肃省平凉市。
⑭央央:鲜明貌。
⑮元戎:大型战车。
⑯轾:车向下俯。轩:车向上仰。
⑰佶:健壮。
⑱大原:地名,在今甘肃省境内。
⑲燕:欢。
⑳祉:福。
㉑炰(páo):同"炮",以火烧肉。
㉒张仲:周之名臣,尹吉甫之友。

鉴赏

玁狁,古又称北狄、匈奴,邻近西周国境,是一个游牧民族,善骑射,性强悍,经常对周人进行侵犯掠夺。周宣王时,曾派尹吉甫北伐玁狁,大获全胜,保卫了自己的疆域。本诗即以此为背景,歌颂尹吉甫的功绩,赞美周天子的英明。

第一章开笔点明出征时间。《司马法》上说"冬夏不兴师",但因玁狁入侵,不得不六月出兵。这一方面说明情况的紧急,同时也说明了这次出征是正义的,是为了还击侵略者,保卫自己的国土。接着几句写车坚、马强、旗盛,显示出周军的气势。五、六两句从敌我双方入手,突出这次战争的紧张气氛:敌人气焰嚣张,犯边甚急,我们也必须严加警惕、针锋相对。七、八两句点明这次出征的目的是保家卫国。

第二章至第五章写行军、作战,有几点值得我们注意。其一,作者并不是平铺直叙地写战争,而是把主要的笔墨放在写战马、战车、战旗上,用衬托的方法预示了周军必胜。战马壮健,熟于作战,虽奔而恒闲;战车开路,时俯时仰,虽驰而常安;战旗鲜艳,高高飘扬,乃是胜利的象征。写马、写车、写旗,实际上是侧面写人,说明周军是强大的,这样的军队,不战则已,战则必胜。其二,作者写战争始终注意到敌军的气焰。除了第一章点出"玁狁孔炽"外,第四章对敌军的声势也作了较具体的描绘:"玁狁匪茹,整居焦获。侵镐及方,至于泾阳。"从占据焦获,到侵略镐、方,最后至于泾阳,一步一步逼近,猖獗无忌。把敌军气焰写得愈嚣张,愈能显出周军力量之强大,这是一种反衬的方法。其三,作者多次点明本次出征的目的在于"以佐天子""以定王国",与第一章一致,可见出征是正义的,不是侵略。正由于此,他们纪律严明,军心整齐,充满了战斗的豪情和必胜的信心,为本次战斗的胜利奠定了坚实的基础。其四,作者没有直接描写这次出征的统帅尹吉甫,但从战争的过程及作者的称赞可以看出,他确是一位文武双全的将帅,有谋有勇,指挥千军万马,打退了玁狁的进攻,保卫了国家,赢得了国人的尊重。当然,如果没有广大士兵的英勇作战,要取得胜利也是不可能的。

第六章写尹吉甫胜利而归,宴享朋友。如果说前几章是从侧面写尹吉甫的武功的话,那么,本章就是从正面写尹吉甫的文德了,笔调轻松愉快。最后以孝友张仲作为陪笔,“结得冷而妙”(姚际恒《诗经通论》),干净利落,戛然而止,给人留下无限韵味。

整个诗篇,用赋的方法,给我们展现了一场规模宏大的战争,详略得当,虽然没有冲锋陷阵的具体场面,但从作者着意描写的战马、战车、战旗方面,我们已经看到了精神昂扬的将士,看到了周军的胜利,也感受到了古战场上的气息。语言虽不华丽,但描绘的图景却光彩照人。正如孙鑛所说:“《六月》严整闳壮,俨然节制之师气象。语不浓,却劲色照人,盖自古质中炼出。”(陈子展《诗经直解》引)另外,此诗运用顶真、反复等修辞手法也很突出,如“既成我服。我服既成”“共武之服。共武之服”“王于出征,以匡王国”“王于出征,以佐天子”等,增强了诗的气势。

(张新科)

车　攻

《诗经·小雅》

我车既攻①,我马既同。四牡庞庞,驾言徂东。

田车既好②,四牡孔阜③。东有甫草,驾言行狩。

之子于苗④,选徒嚣嚣。建旐设旄,搏兽于敖⑤。

驾彼四牡,四牡奕奕。赤芾金舄⑥,会同有绎⑦。

决拾既佽[8]，弓矢既调。射夫既同，助我举柴[9]。

四黄既驾，两骖不猗。不失其驰，舍矢如破。

萧萧马鸣，悠悠旆旌。徒御不惊[10]？大庖不盈？

之子于征[11]，有闻无声。允矣君子！展也大成[12]。

注释

①攻：通"工"，修缮。
②田车：猎车。
③孔阜：很肥壮。
④苗：夏猎。
⑤敖：山名，在今河南荥阳。
⑥赤芾（fú）：红色护膝。金舄（xì）：金色套靴。
⑦会同：古时诸侯朝见天子的通称。有绎：连续不断。
⑧决拾：即抉拾，古时射箭用具。抉：用骨角制成，戴在右手大拇指上，用以钩弦。拾：用软皮制成，套在左臂，用作护袖。佽（cì）：齐备。
⑨柴（zì）："骴"的假借字，堆积的禽兽尸骨。
⑩徒御：步卒与车夫。
⑪征：行，此指凯旋。
⑫展也：意同"允矣"，信然，确是。

鉴赏

这是一首描写帝王游猎的诗。古时打猎，既是一种体育娱乐活动，又是一项军事训练措施，周王朝及各诸侯国都十分重视，一般在农闲时进行。《左传·隐公五年》说：春猎谓之蒐，夏猎谓之苗，秋猎谓之狝，冬猎谓之狩。西周建都镐京，又以洛邑为东都，所以周王常到东方去打猎，《车攻》便是叙写周王夏天到东方打猎，借以会合诸侯、检阅军事力量的诗。

全诗三十二句，每四句为一节，共计八节，可分为四个层次。一、二两节，写整顿车马，东行狩猎；三、四两节，写夏猎于敖山，诸侯会同；五、六两节，写射夫精干，猎获甚多；七、八两节，写猎毕而归，军容整肃。叙事井然有序，全诗充溢着热烈、庄严的气氛。

这首诗的作者是个参加狩猎大典的官员，我们叫他"随军记者"吧。他用生动的笔触成功地描绘了这次活动的各个方面。"我车既攻，我马既同""四牡庞庞""四牡孔阜"，极写车马齐整,准备充分;“建旐设旄”“赤芾金舄”,形容装备精良、声威赫赫;“不失其驰,舍矢如破”,赞美训练有素、射技高超;“萧萧马鸣,悠悠旆旌”,画出军容壮盛,一举成功。层次分明,铺陈有致,正是这首诗的作者身手不凡之处。

写诗必须借助于形象思维。形象,又要诉诸视觉与听觉。此诗作者深得其中奥秘。“萧萧马鸣,悠悠旆旌”,最是得力之句。“萧萧”形容马鸣之声,“悠悠”刻画旗飘之状。透过这种描画,完全可以想见全军在凯旋时的那种人欢马叫、意得气扬的状态。这种描画,真可谓形神兼备,声色俱妙。方玉润《诗经原始》指出“马鸣”二句写出了“大营严肃气象”,正是“猎后光景”;钟惺《评点诗经》认为“萧萧马鸣”四语,“装点太平光景殆尽”;《渔洋诗话》更说:“颜之推标举王籍‘蝉噪林逾静,鸟鸣山更幽’,以为自《小雅》‘萧萧马鸣,悠悠旆旌’得来。此神契语也”。真是愈说愈奇,可谓赞赏备至了。细细想来,“萧萧”二句,却也的确是声、情、景、态俱肖的。如果说杜甫的“落日照大旗,马鸣风萧萧”,李白的“挥手自兹去,萧萧班马鸣”,从这里得到了启示,大概是会得到学术界的认可的。

(汤效纯)

鸿　　雁

《诗经·小雅》

鸿雁于飞,肃肃其羽。之子于征,劬劳于野。爰及矜人,哀此鳏寡。

鸿雁于飞,集于中泽。之子于垣,百堵皆作。虽则劬劳,其究安宅?

鸿雁于飞,哀鸣嗷嗷。维此哲人,谓我劬劳。维彼愚人,谓我宣骄。

鉴赏

这是《诗经·小雅》中的一篇优秀作品,但历来对它有不同的解释。《毛诗序》说:“鸿雁,美宣王也。万民离散,不安其居,而能劳来、还定、安集之,至于鳏寡无不得其所焉。”郑玄、孔颖达的笺疏多采其说,但与诗意不符,显然出于穿凿附会。另一种解释,是东汉刘陶对该诗的理解。刘陶在上桓帝疏中说:“臣尝诵《诗》至于鸿雁于野之劳,哀勤百堵之事,每喟尔长怀。”后来“哀鸿遍野”四字,成为饥民流徙的代词,其源即出于《鸿雁》一诗,可见毛、郑、孔诸人的笺注不足信。朱熹《诗集传》就不采其说,认为作品本身“未有以见其为宣王之诗”,不过是“流民以鸿雁哀鸣自比而作此歌”。这就比较接近事实了。

细看原诗三章,第一章“鸿雁于飞,肃肃其羽。之子于征。劬劳于野。爰及矜人,哀此鳏寡”。开头两句,用“鸿雁”起兴。三、四两句,标明是“之子”被征远行去服劳役,而“劬劳于野”。周代是封建社会,盛行“力役之征”,亦即所谓劳役地租,人民常受过度劳役的折磨而有怨言,《韩诗外传》说的“劳者歌其事”,就包括《鸿雁》这类作品在内。朱熹解“劬劳”为“病苦”,可以想见人民在“野”外服役的痛苦状况。句中的“之子”是男性,指服役的壮丁,绝非指周宣王或其属下的“侯、伯、卿、士”。被征服役的人,也不仅限于“之子”(壮丁),而且“爰及矜人”了。“矜人”,是可怜的人,包括鳏寡在内。诗人用“哀此鳏寡”四字,紧承上句,表明这些“劬劳于野”的人,已不限于“之子”(壮丁),而包括可怜的鳏寡之人在内。封建社会初期,“力役之征”的严酷现实,都摆在读者面前了。

第二章仍用“鸿雁”起兴,“之子于垣,百堵皆作”。系指“之子(壮丁)”为封建领主筑墙(垣,墙)。旧注说是周宣王派“侯、伯、卿、士”去替人民修房子,是错误的。按当时筑墙的规定,“一丈为版,五版为堵”。“百堵皆作”,表明五百丈长的墙垣,都同时“兴作”起来,这当然不是民居,而是封建领主的墙垣。下文的“虽则劬劳,其究安宅?”是疑问语气,而不是肯定语气。“究”,终。“安”,何。“宅”,居。“之于”筑城“百堵”,其最终结果怎样呢?他到何处居住呢?当时的农奴,用劳力为封建领主修筑了居宅的墙垣,而自己无处安身,其怨气在寥寥八字中发泄出来了。

第三章仍用“鸿雁”起兴,“维此哲人,谓我劬劳。维彼愚人,谓我宣骄”,是“之子”唱出前两章之后,感到只有“哲人”(即明白事理的人)才知道“我”被征服役,在野外很劳苦,在筑墙时也很劳苦;那些“愚人”,还以为“我”在“宣骄(喧嚣)”呢!愤怒之情,溢于言外。

全诗因“鸿雁”起兴,但起兴也并

非毫无意义。第一章的"肃肃其羽",用鸿雁飞行时羽声"肃肃",象征"之子"行役的劳苦。第二章的"集于中泽",暗示鸿雁还有"中泽"可以休息,而筑墙百堵的"之子"得不到可以安居的地方。第三章的"哀鸣嗷嗷",象征"之子"的呼吁。艺术风格是素朴而细致的。诗篇的形式,极似《邶风》的《燕燕》,但《燕燕》是女人送女人,不过表现一点委婉的离别之情。如"燕燕于飞,差池其羽,之子于归,远送于野……",情调止于凄婉。本篇则自始至终充满愤怒的情调,可见情调是因为内容不同而有所差异的。

(刘知渐　鲜述文)

庭　燎

《诗经·小雅》

夜如何其?夜未央。庭燎之光。君子至止,鸾声将将。

夜如何其?夜未艾。庭燎晰晰。君子至止,鸾声哕哕。

夜如何其?夜乡晨。庭燎有辉。君子至止,言观其旂。

鉴赏

早朝是封建王朝的盛典,《庭燎》就是写周天子早朝的。这是一首宫廷乐歌,生动描绘了在夜未尽、天将晓之时,王、侯、公、卿云集庭前准备朝拜的场面。全诗分为三个乐章,首章译成现代汉语是:夜色何时分?夜色犹未尽。庭中大烛光耀金。君子待驾到朝廷,但闻叮咚响鸾铃。首二句一问一答,点明时辰是夜色将尽未尽之际。第三句写庭燎,这种用麻秆、芦苇束成浸以蜡汁的大烛此刻燃得正旺,跳跃的光焰使大庭充满热烈而庄严的气氛。四、五句写大臣们正陆续聚齐,我们可以想象他们穿着表示自己级别的朝服,按部就班。人身、车影在烛影中看得不大分明,而车骑的鸾铃声阵阵传来,清脆悦耳。我们不能不佩服诗人笔触的洗练明快,他仅仅描绘了烛光和鸾声,就让读者仿佛看到那早朝前的情景。如果说"萧萧马鸣,悠悠旆旌”(《小雅·车攻》)表现了天子狩猎行阵的肃穆,那么本诗的“鸾声将将”“庭燎晰晰”则突现了早朝场面的宏大和气氛的雍容庄穆。我们很容易联想到《韵语阳秋》对王珪和晏殊描写富贵的评论:禹玉(珪字)多用金玉珠玑锦绣,时号为至宝丹;元献(殊谥)诗曰“梨花院落溶溶月,柳絮池塘淡淡风”,自然有富贵气象。艺术创作中这种虚与实、少与多的辩证关系非常值得玩味。

诗的后两章是不是首章的同义重复呢?对此清代经学大师王引之曾有论述,谓:“夫歌之为言也,长言之也。长言之,则一唱三叹而不痛其复。此三章皆言早朝之事,文虽异而义则同。若必以未央、未艾、乡晨分先后,则庭燎之光、庭燎晰晰、庭燎有辉,岂亦有先后乎?凡三章同义者,《诗》中往往有之。”末一句无疑是正确的。至于本诗三章是否完全同义却要具体分析。就时间概念而言,“乡晨”比“未央”“未艾”无疑更接近黎明;就烛光而言,“有辉”与“晰晰”也有区别。“辉”,又作“煇”,有“天欲明而见其烟光相杂”(《诗集传》)的意思。至于第三章的变鸾声为“言观其旂”,则更明显地见出烛光转暗而晨曦乍临的情景。所以,这里的重复视为“重章之循序渐进者”较为合适。就表现手法言,这里更值得注意的是绰留余地、引而不发的技巧。按理,周天子的早朝其高潮应该是朝见,而诗人写了一场序幕便结束了全诗,把高潮留给读者去想象,凭借被调动起来的创造思维去完成。由于诗人已成功地描绘了序幕这一“有包孕的瞬间”,全诗已神完气足。如果一定要写到“九天阊阖开宫殿,万国衣冠拜冕旒”(王维《早朝大明宫》)才罢手,诗味反而淡了。

(杨　军)

黄　鸟

《诗经·小雅》

黄鸟黄鸟①,无集于榖②,无啄我粟。此邦之人,不我肯穀③。言旋言归④,复我邦族。

黄鸟黄鸟,无集于桑,无啄我粱。此邦之人,不可与明⑤。言旋言归,复我诸兄。

黄鸟黄鸟，无集于栩⑥，无啄我黍。此邦之人，不可与处。言旋言归，复我诸父。

注释

①黄鸟：黄雀。

②无：通“毋”。穀（gǔ）：一种落叶乔木，也叫楮或构。

③穀：善。

④言：语助词。旋：还，返。

⑤明：通“盟”，信任。

⑥栩（xǔ）：栎树，也叫柞树。

鉴赏

这是一首怀旧之作，属雅诗中的“变雅”类。古代理解此诗，多有穿凿。《毛诗序》说：“《黄鸟》，刺宣王也。”《郑笺》释曰：“刺其以阴礼教亲而不致，联兄弟之不固。”“阴礼”，即男女之礼，指男不旷、女不怨。“联”，犹合。“兄弟”，谓婚姻嫁娶，乃指夫妇。近人也有持诗中的“我”是一个流浪汉或是一个奴隶之说者，似皆不得要领。此诗产生的时代，当在奴隶制已开始解体的春秋末期，比《硕鼠》产生的时代稍后一点。诗中的“我”是一个可以自由出卖自己劳动力的佃农。因为自西周王朝实行“有亡荒阅”的政策以来，奴隶主对奴隶的逃跑采取了联合防范措施，逃出的奴隶也要被押送回本土。《魏风·硕鼠》体现的是奴隶们的反抗意识开始觉醒，准备逃亡，所以奴隶们只能是向往“乐土”，向往一种理想的人生而已。而《黄鸟》中的“我”不是在准备逃跑，而是要“旋”“归”，要重新回到故土来。他也许受不了家乡地主的压榨，不得不背井离乡，来到王畿谋求生路，但在这里仍然遭受坐食阶级的残酷剥削，再加上举目无亲，凄清孤独，思归之心油然而生，所以就唱出了这首歌。

全诗三章，章七句，每章又有三个层次。每章落笔即以急管繁弦般的频率连连大呼：“黄鸟黄鸟，无集于穀，无啄我粟”“无集于桑，无啄我粱”“无集于栩，无啄我黍。”不仅给人造成一种急促突兀之感，而且给全诗罩上了一层愤懑哀怨的气氛。但诗人并没有停留在对黄鸟的怨怼上，而是以此作兴，又以此作比。看似在痛斥黄鸟的“啄我粟”“啄我粱”“啄我黍”，实际是在痛斥“此邦之人”，痛斥他们对诗人的百般虐待（“不我肯穀”），痛斥他们的背信弃义、不守信用（“不可与明”），痛斥他们的丧失人性、难共藏天（“不可与处”）。一群群黄鸟飞来啄食，使人极易联想起那些时刻觊觎劳动者果实的剥削阶级群体。这样，由"兴"过渡到"比"，十分自然。面对王畿这种"不我肯穀"的局面，诗人痛定思痛，觉得月还是故乡明，人还是故乡亲，情不自禁地发出了"归去来兮"的感慨声。全诗每章顺利地转入第三层："言旋言归，复我邦族""言旋言归，复我诸兄""言旋言归，复我诸父"，态度果决，似乎即刻就要启程。一个"旋"字，突现出了诗人当时的焦灼难耐、归心似箭的心绪。在天下乌鸦一般黑的情况下，引发他思归之心的第一动力，并不是因为家乡的奴隶主比王畿的奴隶主剥削得轻一些，而是他对自己孤独凄凉处境的伤感，对故乡父老兄弟的思念。这种明知回去后还要遭受本土的"硕鼠"剥削，但又不得不回的复杂境况，从另一个侧面衬托出当时的劳动人民被"硕鼠""黄鸟"们逼得走投无路、流离失所的凄凉情景。所以我们说，这首诗在《诗经》的怀旧诗中当属别格。

全诗采用《诗经》中民歌最常见的三章、重章叠唱的形式。但以兴落笔，兴中有比，是这首诗的第一特色。由"黄鸟"的"啄我粟"（粱、黍）联想到"此邦之人"对"我"的刻薄狠毒，进而产生旋归心理。一层一层，环环相扣。如果说第一层是第二层的触发机，那么第二层则可为第三层的直接导火线。另外，全诗三章，每章一韵到底，极易诵唱。第一章韵脚"穀""粟""穀""族"属屋部；第二章的韵脚"桑""粱""明""兄"属阳部；第三章的韵脚"栩""黍""处""父"属鱼部。而第一、第三两章的韵脚均为仄声，第二章的韵脚为平声，这样，全诗又形成了一个平仄相间、跌宕起伏的整体用韵结构，避免了"一边倒"现象，使人读来感到急中有缓，柔中带刚，既不感到过分局促，也不感到乏味，相反，却易产生感情上的共鸣。

（朿有春）

我行其野

《诗经·小雅》

我行其野，蔽芾其樗①。昏姻之故，言就尔居②。尔不我畜③，复我邦家。

我行其野，言采其蓫④。昏姻之故，言就尔宿。尔不我畜，言归斯复⑤。

我行其野，言采其葍[6]。不思旧姻，求尔新特[7]。成不以富[8]，亦祇以异[9]。

注释

①蔽芾（fèi）：草木茂盛的样子。樗（chū）：臭椿。

②言：乃。就：相从。

③畜：喜爱。

④蓫（zhú）：一种野菜，即蓨，又名羊蹄菜。

⑤归：女子被休归母家。

⑥葍（fú）：一种多年生蔓草，根可食。

⑦特：配偶。

⑧成：借为“诚”，的确。

⑨祇：只。异：异心。

鉴赏

这是一首弃妇诗。在古代封建社会，由于封建礼教的压迫，妇女常常遭受被喜新厌旧的丈夫遗弃的悲惨命运，这是一种普遍的社会现象。在《诗经》中，《卫风·氓》《邶风·谷风》《王风·中谷有蓷》《郑风·遵大路》等篇，塑造了不同性格的弃妇形象，从不同角度控诉了礼教的罪恶，具有深刻的社会意义。

此诗以弃妇情词哀怨的自述形式，抒发了她凄伤怨愤的感情和无可告慰的痛苦。这位被朝三暮四、见异思迁的丈夫无情抛弃了的妇女，带着满腔的愁恨，独自凄苦地徘徊在郊野之中，神色黯然，怅然若失，心中别有一种滋味。她边走边想，自言自语，明为采摘野菜，实际上是借此以排遣一种剪不断、理还乱的无可名状的离情别恨。这熟悉的郊野，或许是他们夫妇俩原先劳动的地方；这采摘野菜，又可能是他们夫妇俩生活中的一项令人难以忘怀的重要内容。过去，夫妻双双、同进并出，边劳动边生活，是那般恩爱相得。可此时此刻，丈夫已另觅新欢，投入他人怀抱，只落得自己孤身一人，被遗弃在茫茫的郊野之中。人情冷暖，变化是多么的快啊！弃妇旧地重游，野菜重摘，不免触景生情，睹物伤怀。她似乎想从此寻求已经失落毫无踪影的梦境，追回早已风流云散无可挽回的恋情，但是尽管她寻寻觅觅、费尽心血，仍是一无所获、两手空空。从弃妇一遍又一遍地诉说“尔不我畜”“尔不我畜”中可知，夫妻俩结婚伊始，也曾有过一段伉俪相得的甜蜜日子，丈夫也曾信誓旦旦，赌咒发愿，说要永远相爱，白头偕老的；谁知好景不长，相亲只是一时，恩爱未能长久，丈夫二三其德，转眼就不再爱她了。因此，弃妇受不了这忽然而来的打击,她感到愤怒,她要大声呐喊,我们仿佛听见她在丈夫面前那种声嘶力竭的呼叫:“你说要爱我的,现在你又不爱我了！你说要爱我的,现在你又不爱我了!”在这呼叫声中,有对往昔恋情的追念,也有对人情变化的悲叹,有早知今日,何必当初的自悔自恨,也有对负心郎的挽留和对其绝情寡义的谴责,感情是极其丰富复杂的。当然,弃妇回天无术,丈夫是劝不回来了,她痛心疾首、肝肠欲断,终于化爱为恨,对忘恩负义的丈夫做出了愤怒的指责,并用愤然决绝的态度来结束这场悲剧,表现了一种坚强的性格。

诗中的主人公是位热情善良的女子,她渴望爱情,希冀幸福,所以一旦与人约为婚姻,就欣然“言就尔居”“言就尔宿”,正表现出她的热烈多情。又由于她的多情轻信,才比较容易上当受骗。最后没有任何过错,只是年老色衰,就被活生生地抛弃了,其不幸之遭遇,令人一掬同情之泪。

全诗语言朴素,感情真挚,一脉哀怨之情贯注全篇,读来如闻泣诉,动人心弦。

(俞樟华)

斯　　干①

《诗经·小雅》

秩秩斯干②,幽幽南山。如竹苞矣③,如松茂矣。兄及弟矣,式相好矣④,无相犹矣⑤。

似续妣祖⑥,筑室百堵,西南其户。爰居爰处,爰笑爰语。

约之阁阁,椓之橐橐⑦。风雨攸除⑧,鸟鼠攸去,君子攸芋⑨。

如跂斯翼⑩,如矢斯棘,如鸟斯革⑪,如翚斯飞⑫,君子攸跻。

殖殖其庭[13]，有觉其楹[14]，哙哙其正[15]，哕哕其冥[16]。君子攸宁。

下莞上簟，乃安斯寝。乃寝乃兴[17]，乃占我梦。吉梦维何？维熊维罴，维虺维蛇。

大人占之：维熊维罴，男子之祥；维虺维蛇，女子之祥。

乃生男子，载寝之床[18]，载衣之裳，载弄之璋[19]。其泣喤喤，朱芾斯皇[20]，室家君王[21]。

乃生女子，载寝之地，载衣之裼[22]，载弄之瓦[23]。无非无仪[24]，唯酒食是议[25]，无父母诒罹[26]。

注释

①这是祝贺周王宫室落成的一首颂诗。诗题取自首句"秩秩斯干"中的"斯干"二字。斯：语助词。干："涧"的假借字，山间流水。

②秩秩：水流清澈貌。

③如：枚举之词，犹"有"。苞：植物丛生稠密貌。

④式：发语词。相好：彼此和睦。

⑤相犹：相互欺诈。

⑥似续：犹"嗣续"，继承。似：与"嗣"同。妣(bǐ)祖：犹"先祖"。妣：本为亡母之称。一说"妣"指姜嫄，"祖"指后稷。

⑦椓(zhuó)：敲击。橐橐(tuó)：捣击声。二句写古代筑墙时用绳缚板和用重物捣土。

⑧攸：所。除：消除，避免。

⑨芋：一作"宇"，居住。

⑩跂：同"企"，踮起脚跟站立。翼：端正恭敬貌。

⑪革(jí)："翱"的假借字，鸟翅，此指栋宇如鸟振翅。

⑫翚(huī)：有五彩羽毛的野鸡。

⑬殖殖：平正貌。

⑭觉：高大直立的样子。楹：房柱。

⑮哙哙：同"快快"，屋宇轩豁明敞的样子。

⑯哕哕(huì)：同"煟煟"，明亮貌。冥：指房屋幽深处。

⑰兴：起床。

⑱载：发语词。此句谓把男孩放在床上睡。

⑲弄:把玉器放在孩子手边,让他摆弄。璋:一种玉器。弄璋是古代一种风俗,意在鼓励男孩成人后养成优良品德。

⑳朱芾(fú):天子之服。皇:同"煌",色彩华贵。

㉑室家:犹"有室有家"。君王:犹"为君为王"。皆祝颂之词。

㉒裼(tì):褓衣,婴儿的裹被。

㉓瓦:纺线用的陶制纺锤。弄瓦意在鼓励女孩成人后勤于纺绩。

㉔无非:犹"无违",指女子成婚后不违背公婆和丈夫。无仪:犹"无邪"。

㉕此句言女子主内,负责办理酒食之事。

㉖诒罹(lí):犹"添忧"。诒:同"贻",给,与。罹:忧愁。

鉴赏

与《小雅》作品大都寓怨刺、托讽喻不同,《斯干》是一首风格和美典雅的赞颂诗。它在艺术上所显示的最大特点是结构完美、铺叙有序、描写生动和祝颂得体。

这首为祝贺周王新建宫室落成而作的诗,给人的第一个突出印象是它的整体结构,正如它所赞美的宫室那样庄重和完美。诗共分九章,第一章总述,先概写宫室的地理环境和对王室兄弟和睦相处的美好祝愿。然后二至五章描述宫室,六至九章表达贺意,整个结构严谨完整,具有一种稳健匀称的建筑美。

其次是铺叙有序。如首章总起,前四句描述宫室依山傍水的地形,为以后二至五章对宫室的分层铺写做了铺垫;后三句敬祝兄弟和睦,又为六至九章的具体祝福做了准备。从第二章起,诗人即有条不紊、循序渐进地描绘了新落成的宫室,他先写筑室的目的和起因,是为了"似续妣祖",以及宫室落成后王室兄弟"爰居爰处,爰笑爰语"的欢乐情景;继写宫室坚固严密,能挡风遮雨,避免鸟鼠之患;再从外貌形象入手,赞美宫室建筑的雄壮轩翥;从内部感觉落笔,称扬宫室结构的宽敞豁亮。接着又从第六章起,诗人祝愿主人在新居内安寝,并获吉梦,生儿育女:男孩将来品德出众,为君为王;女孩将来性格柔顺,宜室宜家。诗的这种层层铺叙,既多侧面地再现了新宫建筑的成因、过程、外观形象和内部结构,又完整地表达了对主人的现在和将来、兄弟和子女的美好祝愿,内容丰富充实。

同时,生动的描写也为这首铺叙平直的颂诗增色不少。如诗一开始,即形象地描绘了宫室四周的地理生态环境,那清清的涧水、幽幽的南山、葱翠的竹丛、繁茂的松林,勾勒出周王这座宫室的建筑经过慎重挑选的优美景色。同时它还作为一种象征,能使人对诗人的祝愿和山水的深沉、松竹的繁盛产生美好的联想。又如诗写宫室落成后兄弟们"爰居爰处,爰笑爰语”,也使人仿佛看到了主人对新居满意、称扬的情景,听到了他们的欢声笑语;而“约之阁阁,椓之橐橐”二句,又把筑室时那种繁忙和喧闹的场景,展现在人们的眼前。然而诗中最精彩的描写,当属第四章诗人眼中的殿堂外观形象。他先写宫室整个建筑群落端庄、整齐地耸立,接着把房屋四隅的棱角比作箭头,把宏伟的栋宇比作振翅的大鸟,把宫室四面带有华饰的飞檐比作雉鸟的腾飞。这一连串比喻性的描写,静中有动、重中见轻,令人应接不暇。诗对古代建筑的这种描写,尽管无法与后来汉赋中宫殿类作品相比,但它朴直、简练、生动、传神,实为汉代京都宫殿赋的滥觞。

另外,祝颂自然、得体,是这首诗的又一特点。诗从第六章起,即由对宫室的赞美转入对主人的祝颂,因室美而安寝,又因安寝而获得吉梦,过渡自然合理。而且诗人的祝颂也没有采用通常的直接方式,而是由得梦而巧妙地设计了一个太卜占梦的情节,从而使他对主人早生儿女、儿女将来定有成就的祝愿既合情合理、顺乎自然,同时又带有古代迷信中那种令人信服的权威性。这种表现方法,在艺术上是很值得注意和借鉴的。

然而这首诗还有它更重要的价值,就是它一方面比较具体地描述了古代宫室的建筑和结构状况,为我国古代建筑史提供了一些有关周代建筑的宝贵资料。同时,在另一方面,它真实地记载了古人根据梦的形象来预测生男生女的风俗。“维熊维罴,男子之祥”,是取其强壮勇猛;“维虺维蛇,女子之祥”,是取其柔顺委婉。这种看法可能有更原始的意义,但它确实反映了周人对后代的不同期望。另外,诗中对生男女的不同祝愿,也体现了我国古代封建家族制的重男轻女和迷信中的天地阴阳观念。生了男孩,“载寝之床,载衣之裳,载弄之璋”,以见其尊贵;生了女孩,则“载寝之地,载衣之裼,载弄之瓦”,以示其卑顺。这种男女有别的处置,在《礼记·内则》关于“子生,男子设弧于门左”“女子设帨于门右”的记载中,也可以得到证实。因此,它又是我国古代风俗史中不可多得的材料。要了解我国古代建筑和生儿育女的民俗风情,不能不一读此诗。

(曹明纲)

无　　羊

《诗经·小雅》

谁谓尔无羊？三百维群。谁谓尔无牛？九十其犉。尔羊来思[①]，其角濈濈[②]。尔牛来思，其耳湿湿[③]。

或降于阿，或饮于池，或寝或讹[④]。尔牧来思，何蓑何笠[⑤]，或负其糇[⑥]。三十维物[⑦]，尔牲则具。

尔牧来思，以薪以蒸[⑧]，以雌以雄。尔羊来思，矜矜兢兢，不骞不崩[⑨]。麾之以肱[⑩]，毕来既升[⑪]。

牧人乃梦，众维鱼矣，旐维旟矣。大人占之[⑫]：众维鱼矣，实维丰年；旐维旟矣，室家溱溱[⑬]。

注释

①思：语气词，无意义。下同。
②濈濈（jí）：亦作“戢戢”，聚集貌。
③湿湿：耳动貌。
④或寝或讹：有的睡了，有的醒着。
⑤何：同“荷”，负荷。
⑥糇（hóu）：干粮。
⑦物：牛羊的毛色。
⑧薪：粗柴枝。蒸：细柴枝。
⑨骞：亏损。崩：溃散。
⑩麾：同“挥”。肱（gōng）：手臂。
⑪既：完全。升：登，此指进入羊圈。
⑫大人：占卜的官。占之：占卜这梦的吉凶。
⑬溱溱（zhēn）：同“蓁蓁”，众多貌。

鉴赏

在《诗经》直接描写生产劳动的作品中,以描写农桑种植、采集的居多,其次是描写田猎的,而描写畜牧活动的仅两首,一首是《鲁颂·駉》,另一首就是这首《小雅·无羊》。以思想和艺术成就而论,《无羊》不仅远远超过《駉》,就是在《诗经》全部作品中,它也是以画面的清新生动,富于独特的生活气息和情趣,而引起历代人们的注意。清代方玉润在《诗经原始》中说:"诗首章'谁谓'二字飘忽而来,是前此凋耗,今始蕃育口气。以下人物杂写,或牛羊并题,或牛羊浑言,或单咏羊不咏牛,而牛自隐寓言外。总以牧人经纬其间,以见人物并处,两相习,自不觉其两相忘耳。其体物入微处,有画手所不能到。晋、唐田家诸诗,何能梦见此境?末章忽出奇幻,尤为匪夷所思,不知是真是梦,真化工之笔也。"

如果用画来做比喻,《无羊》并不是浓墨重彩的工笔画,而是用简单线条所勾勒的速写画。但就是这单纯而准确的线条,却十分生动形象地为我们展现了一幅幅古代人民的放牧图。

诗的第一章写牛羊的蕃盛,开头以"谁谓"连发两问,而以"三百维群""九十其犉"来回答,朱熹所谓的"羊以三百为群,其群不可数;牛之犉者九十,非犉者尚多也"(《诗集传》),点明了作者的用意。接下来,作者描写了牛羊的情态,"其角濈濈",是写众多的羊聚集在一起安息、互不惊扰的样子。"其耳湿湿"则是写牛羊反刍,咀嚼用力,双耳摇动的样子。虽然只写了羊的角、牛的耳朵,但就在这细微处,写出了辽阔牧场上特有的和平安谧的气氛。

第二章从静到动,写有的牛羊走下山坡,有的到池塘饮水,有的还在睡觉,有的却已起来活动。接着出现了牧人的形象:他们披着蓑衣,戴着斗笠,有的还背着干粮口袋,着重表现了牧人风餐露宿的辛劳。"三十维物,尔牲则具",是说牛羊蕃息,品目齐全,适于各种用途的需要。虽然是写物,但由于是紧接着牧人形象后出现的,因此又似乎使人想见牧人们面对劳动成果,在劳累的脸上所呈现的欣慰笑容。

第三章写牧人放牧技术的高超。"尔牧来思,以薪以蒸,以雌以雄",是说牧人为牛羊选择有多种牧草的牧场,并注意区别牛羊的性别,以便适时交配繁殖。接下来是写在牧人的精心管理、调驯下,牛羊的繁盛和安顺,于省吾说:"矜矜本应作矜矜,凡典籍中的矜字,乃从矛令声之矜字之讹","矜矜应读作邻邻,训为众多;兢兢本应作競競,训为競逐。骞训为亏歉,崩训为失去。'尔羊来思,邻邻競競,不骞不崩',是说尔羊之来,为数繁多,争先恐后,既不亏歉,也无逃失。"(《泽螺居诗经新证》)"麾之以肱,毕来既升"，牧人一挥手臂，牛羊都顺从地回到圈牢之中。用笔简洁，却极为传神，野外放牧那种"人物并处，两相习，自不觉两相忘"的谐和情景，如在眼前。

最后一章以牧人的梦及占卜人对梦的解说作结，表现了古代人民淳朴的风习和他们对美好生活的向往，为诗中形象生动的放牧图，增添了欢快气氛和传奇色彩。"众维鱼矣，旐维旟矣"，前人的解说颇为纷纭，主要是因为年代久远，当时的民俗已不可知。现代学者多从马瑞辰的说法，认为"众"当为螽及蠡之假借。螽，蝗也。并引《埤雅》所记鱼子逢旱日曝晒变为蝗虫，而雨水充濡，则化为鱼的传闻，证明诗中牧人梦螽蝗化为鱼，故为丰年之兆。诗中二"维"字训为"乃"。螽乃鱼矣，谓螽化鱼；旐乃旟矣，亦谓旐易以旟。旟有众义，故为室家溱溱之兆。于省吾不同意马瑞辰的说法，他认为："'旐维旟矣'的旐字应读作兆，《释名·释兵》谓'旐，兆也。'……'众维鱼矣'之众，与'旐维旟矣'之兆互文同义，古籍谓十亿或万亿曰兆。引申之则为众多之泛称……众与兆均为量词，维为句中助词。此诗本谓牧人所梦的是鱼之众与旟之多，众鱼为丰年之征，兆旟为室家繁盛之验。"(《泽螺居诗经新证》)马、于两家说法不同，论证的方法都是改字作释，似不能作为确解，但他们的说法都还通达，有助于诗义的理解。

对于作品社会背景的准确把握，有助于对诗义的理解，但对自汉以来的封建经师对《诗经》的种种解说，则需要认真分析。《毛诗序》说："《无羊》，宣王考牧也。"它的意思是：宣王作为周的中兴之主，由于选用牧官得人，牛羊复得蕃盛，《无羊》就是用来歌颂宣王时候畜牧成就的。现代学者虽不一定认为这首诗是为宣王考牧而作，但由此引申认为这首诗是叙写奴隶主畜牧牛羊的情况，反映出他们占有大量的牲畜，并有奴隶替他们放牧。有的还认为这首诗的作者是贵族。对于这样的解说，我以为不在于它是否准确，而在于它无助于对《无羊》的理解。

记得方玉润在驳斥汉代经师认为《七月》一诗出自周公之手时说："《七月》一篇，所言皆农桑稼穑之事，非躬亲陇亩，久于其道，不能言之亲切有味也如是。周公生长世胄，位居冢宰，岂暇为此！"我们也可以依傍他的这种推论得出《无羊》不可能出自当时的贵族之手的结论，它的作者当是那些常年与牛羊为伍的牧人。尽管阶级的压迫，使得奴隶们的劳动变得十分艰难和痛苦，但他们并不轻视、鄙视劳动，正如高尔基所说："人们生活不能没有欢乐，他们善于发笑，会编快乐的歌曲，爱舞蹈。他们为自己的劳动成就而感到欢欣雀跃，甚至在祭司们的宗教仪式上也采用了歌曲、舞蹈和游戏，连阴郁冷酷的耶稣教也不得不在自己的节日诵唱一些快乐的圣歌。而艺术也就给奴隶们沉重的苦役般的生活带来了很多快乐。在伊斯拉斯坎人的瓷瓶，在古老的金饰品、武器和雕刻,在埃及、希腊、墨西哥、秘鲁、印度和中国的古寺遗迹,在欧洲中世纪的大教堂,在东方的地毯和法兰德斯的织花壁毯等等上面,我们所看见的美,正是奴隶们创造的”(《论艺术》)。《无羊》编入《诗经》,可能与奴隶主祭祀天地祈求丰年有关,但就本源来说,它是一首牧人的歌,歌中所表达的是牧人们对自己所从事的劳动的赞扬和他们面对辛勤劳动所创造的劳动成果的欣悦心情,并在千百年后,仍给我们美的享受,这正是它具有永恒魅力的所在。

(费振刚)

节 南 山

《诗经·小雅》

节彼南山[1],维石岩岩[2]。赫赫师尹[3],民具尔瞻[4]。忧心如惔[5],不敢戏谈。国既卒斩,何用不监?

节彼南山,有实其猗[6]。赫赫师尹,不平谓何?天方荐瘥[7],丧乱弘多。民言无嘉,憯莫惩嗟[8]。

尹氏大师,维周之氐[9]。秉国之均[10],四方是维。天子是毗[11],俾民不迷。不吊昊天[12],不宜空我师[13]。

弗躬弗亲,庶民弗信。弗问弗仕[14],勿罔君子[15]。式夷式已[16],无小人殆[17]。琐琐姻亚[18],则无膴仕[19]。

昊天不傭[20],降此鞠讻[21]。昊天不惠,降此大戾[22]。君子如届,俾民心阕[23]。君子如夷,恶怒是违[24]。

不吊昊天,乱靡有定。式月斯生[25],俾民不宁。忧心如酲[26],谁秉国成[27]?不自为政,卒劳百姓[28]。

驾彼四牡,四牡项领[29]。我瞻四方,蹙蹙靡所骋。

方茂尔恶,相尔矛矣。既夷既怿[30],如相酬矣。

昊天不平,我王不宁。不惩其心[31],覆怨其正[32]。

家父作诵[33],以究王讻[34]。式讹尔心[35],以畜万邦。

注释

①节:高峻貌。
②岩岩:山石堆积貌。
③赫赫:地位权势显赫貌。师:官名,太师的简称,周代三公之最尊者。尹:姓氏,是周代之名族。
④具:俱。
⑤惔:"炎"的借字,火烧。
⑥实:广大貌。猗:同"阿",山阿,大的丘陵。
⑦荐:屡次,多次。瘥(cuó):病。荐瘥:屡次降灾。
⑧憯(cǎn):曾,乃。嗟:语助词。此句谓不曾自己惩戒。
⑨氐(dǐ):同"柢",根本。
⑩均:同"钧",指权柄。
⑪毗(pí):辅佐。
⑫不吊:不善,不好。昊(hào)天:上天。
⑬空:穷困。师:众民。我师:我们大众。
⑭仕:察。
⑮勿:语助词。罔(wǎng):欺骗。
⑯式:语助词。夷:平。已:止。
⑰殆:接近。
⑱琐琐:微小貌。姻亚:女婿之父为姻,两婿互称曰亚。
⑲膴(wǔ):美厚。膴仕:高官厚禄。
⑳傭(chōng):均,平。
㉑鞠讻(xiōng):大祸。
㉒戾(lì):恶,罪。
㉓阕:息。
㉔违:去,消除。
㉕式月斯生:言灾祸月月产生。
㉖酲(chéng):病酒,喝醉酒神志不清。
㉗国成:国政的成规。
㉘卒:同"瘁",病。
㉙项:肥大。领:脖颈。
㉚夷:平。怿(yì):喜悦。
㉛不惩其心:谓周王没有改过之意。
㉜覆:反。此句谓周王反而怨恨劝谏的人。
㉝诵:诗。
㉞究:穷究。
㉟讹:改变。

鉴赏

《诗经》里有不少政治讽刺诗,它们可分为两种,一种是《国风》中的讽刺性民歌,另一种是《大雅》《小雅》中的贵族讽喻诗。这首《小雅·节南山》属于后一种。

诗中对尹氏太师的谴责极为强烈。诗共十章,其中第一、二、三、八章即是专对尹氏而言。开头两章,都以瞻望南山起兴。南山高峻雄伟、耸立云霄,就像太师权势显赫,"民具尔瞻",为老百姓所瞩目。但是,身为太师的尹氏,并不是一个众望所归的贤明大臣,相反,他却以手中掌握的国家大权,胡作非为,暴虐不平,恰恰又像南山积石累累、险峨崔嵬、峰巅谷底、曲折不平。正是由于尹氏专横恣肆,老百姓忧心如焚,连随便戏谑谈笑都不敢,老天也多次降灾,国家衰微。而尹氏却不思己过,毫无警诫之意,仍然我行我素,走着一条亡国败政的道路。第三章则从国家政治生活的高度出发,义正词严地谴责尹氏。此章前六句从正面说明太师在周代国家政治中的重要地位和职责:执掌国家大权,维系四面八方,对上辅佐天子,对下要为老百姓指迷领路。然而,尹氏却旷废国政,为非作歹,把国家搞得乱七八糟。故后二句急转,抱怨老天不善,不应该使众多的老百姓穷困到如此地步。这里责怪上帝的呼天抢地之言,实是对尹氏的愤恨至极之词,它比直接表达对太师的不满和讽刺更为有力。第八章另换一副笔墨,对作恶多端的尹氏痛加指斥。全章共四句,两句一意,比喻形容尹氏为人变幻莫测、反复无常。当他发怒时,凶狠得像是一杆杀人的长矛;当他平静下来的时候,就像宾主劝酒一样情意殷切。由这样的人来执政,是国家的不幸,人民遭殃是可想而知的。诗写得深切感人。

除了对尹氏太师的讽刺之外,诗中还对周天子提出了批评。因为太师暴虐残狠、弄权行奸,天子实有用人不当和放纵的责任。诗的第四、五、六、九章,都是围绕这一方面叙写的。具体地说,有如下几点意思:第一,批评周王不躬亲政事,不信任人民,不了解下情,任人不做考察,使小人得势,而诬罔了君子。第二,对周王提出了殷切的希望,改正用人上的错误,对于那些委琐庸碌的亲戚,不要再施以恩惠,不让他们当高官、享厚禄。以上两层主要体现在诗的第四章里。第三,诗人认为,尽管现在老天不公平,屡降灾难,政治昏暗,但只要朝廷进用君子,让他们来主政,那么,天怒人怨就能够平息,国家就可以太平。这是诗的第五、六章的中心思想。在写法上。第五章反反复复说明老天降下大灾大难,但只要君子执政,即可消天变、可息民愤,前后相对、正反相射,很有力地表达出进用贤能的政治主张。第六章则说大乱之所以仍在继续发生,原因就在于尹氏以及像他这样的小人当权,诗中用疑问句从侧面表示对周王在用人上的不满。说到底,仍然是希望天子任用贤人执掌朝政。第四,怨恨周王不悟。面对乱政,他不仅没有惩戒之意,反而听不进廉正之士的劝谏。粗看起来,似乎觉得诗意反复零乱,实际上,诗人正是要以这种方式表达他对周天子的厚望,词旨温厚、恳挚有力,与对尹氏所进行的无情鞭挞,分寸上是很不相同的。诗的第十章则"卒章显志",结束全诗。诗人恳切地说明他作诗的目的在于希望通过对尹氏的罪恶的揭露,以引起周王的注意,改弦易辙,整顿纪纲,振兴国家,安抚四方。

统观全诗,它主要是讽刺太师尹氏暴虐不平,败国害民,同时也批评周王任人失当,应承担委政于小人的责任。诗以这两者为线索,前者为主,后者为辅,前者为正,后者为衬,章法错综,交叉展开,反复其词,叮咛琐屑,不厌其烦地对他们进行讽喻批判,务求痛切,以期达到作诗干政的目的。无论是讽刺尹氏,还是指责周天子,归结到一点,其核心就是强调朝廷一定要任用贤能,清除小人。只有这样,才能使政治清明,国家安定。这是从《诗经》开始,我国古代政治讽喻诗的一个基本思想。诗人对尹氏的讽刺,慷慨激烈,必欲铲除而后快;而对周王则委婉敦厚,在谴责之中仍寄希望于这位最高统治者;诗人自己处在混乱不堪的政局中,欲避之而无地(见第七章),唯有愤慨悲伤而已。这种写法,也开创了后世讽喻诗的基本模式。另外,诗中多次用"不吊昊天""昊天不傭""昊天不惠""昊天不平"等词语,呼天悲诉,以深化怨天尤人的愤恨之情,强化控诉执政者的力量,也收到了很好的艺术效果。

(李廷先　王锡九)

十月之交

《诗经·小雅》

十月之交,朔月辛卯。日有食之,亦孔之丑[①]。彼月而微,此日而微。今此下民,亦孔之哀。

日月告凶,不用其行[②]。四国无政,不用其良。彼月而食,则维其常。此日而食,于何不臧。

烨烨震电[3],不宁不令[4]。百川沸腾,山冢崒崩。高岸为谷,深谷为陵。哀今之人,胡憯莫惩[5]。

皇父卿士,番维司徒。家伯维宰,仲允膳夫,棸子内史,蹶维趣马。楀维师氏,艳妻煽方处[6]。

抑此皇父,岂曰不时[7]?胡为我作,不即我谋?彻我墙屋,田卒汙莱[8]。曰:“予不戕[9],礼则然矣。”

皇父孔圣,作都于向。择三有事[10],亶侯多藏[11]。不慭遗一老[12],俾守我王。择有车马,以居徂向[13]。

黾勉从事,不敢告劳。无罪无辜,谗口嚣嚣。下民之孽,匪降自天。噂沓背憎[14],职竞由人[15]。

悠悠我里[16],亦孔之痗[17]。四方有羡[18],我独居忧。民莫不逸,我独不敢休。天命不彻,我不敢傚我友自逸。

注释

①孔:甚。之:语中助词,无实义。
②行(háng):轨道。
③烨烨(yè):明亮有光彩。震:雷。
④宁:安。令:善。
⑤憯(cǎn):曾,乃。
⑥煽:犹言活跃。方:指左右。方处:言在幽王的身边。以上八人皆幽王宠者,宠任有先后,故尊卑不嫌杂陈。
⑦时:农时。不时:不顾农时。
⑧卒:尽。汙莱:污秽不治,杂草丛生。
⑨予不戕:我并不害你。
⑩三有事:旧说皆指三有司,即司徒、司马、司空。林义光《诗经通解》:“三有事:即《雨无正》篇所谓三事大夫也。”按,林说是,三有事,三能事者。
⑪亶(dǎn):确实。侯:语中助词,无实义。
⑫慭(yìn):肯,愿意。遗:留。一老:可能是作者自指。
⑬徂:去,往。以居徂向:即“徂向以居”。
⑭噂(zǔn)沓:议论纷纷。背憎:背后互相憎恨。
⑮职:主要。竞:犹言硬。职竞由人:硬

由人造成。

⑯里:“悝”的假借字,忧愁。

⑰痗(mèi):忧病。

⑱羡:愿,欣喜。

鉴赏

本篇写作的时代,是在周幽王六年(前776)十月间。幽王昏暗,内宠褒姒,委政于贪官皇父,民生凋敝。正值十月初一,发生日食。日食在今天,人皆知是自然界现象,与人事无关。可是在二千七百多年前有神论观点的支配下,人们看到天象变得昏黑,便与当时的政治生活联系起来。幽王二年(前780),恰恰有“三川皆震、岐山崩”的事实(见《国语》),从而感到天怒于上,就是人怨于下的反映。于是诗人把本来不相干的两件事联系在一起,而写成此诗。

本诗作者,应是一个受到当权派排斥打击的高级官员。这篇诗是借题发挥,借日食与地震的天象变化,发挥了政衰民怨的实际情况。作者从关心国家政治、人民生活的炽烈感情出发,写成了这篇政治怨刺诗,要求掌权者改弦更张,选贤任能,励精图治,以舒民困。同时表示决心,甘愿为此抛弃安逸,承担艰苦,继续奋斗。

这篇诗分为八章,内分三段:

第一段包括第一、二、三章,诗人把日食、月食与地震等自然界的变化与灾害,都归之于“四国无政,不用其良”,即四方的政权机构,都靡有善政,不用贤良,于是人怨于下,天怒于上,才出现了天昏地暗,山崩川竭,雷电大震,陵谷变迁,给人民造成罕见的惨痛灾难。诗人以愤慨的心情,大声呼吁,说可叹如今的掌权人噢!为什么不自我惩戒,改弦更张呢?日食月食与山川地震等自然现象,当然与政治兴衰无关,诗人虽然错误地把它们联系在一起,但借此以揭露黑暗、批判丑恶、促进光明的积极作用,确是很大的。由于作者的感情充沛、辞藻丰富,读者为之动容。

第二段包括第四、五、六章。首先具体揭露以皇父卿士为首的黑暗统治集团。先叙述他们的领导班子都是些什么人物,大则有地官司徒、天官冢宰,小则包括膳夫、趣马,还有内史掌典章,师氏管文教,牛溲、马勃,俱收并蓄,这些杂碎,通过褒姒的口,煽起邪风,说给幽王,都成了红官儿。其次揭露皇父的独断专行,损人利己。他从来不承认错误,不与人商量,甚至拆毁人们的院墙房屋,践踏人们的田地,变成一片草莱,也不打个招呼,反而还说“不是我们害了你们,国家制度就是如此”。第六章更进一步揭露皇父的所作所为。诗人用反语讽刺的口气说:这位皇父卿士当然是圣明的喽!只有圣明的人,才能看别人都是白痴,如果别人不是白痴,那么,皇父的谋划及其一举一动就会像“皇帝的新衣”一样,使人不敢发笑。谁能不知道,国家兴建土木工程,用钱最多,皇父竟敢新作都城,使钱财出于国库,入于私囊。虽千家呼号,万夫暴露,他也要火中取栗,在所不惜。他对作都的大事,选定了三个有司,确乎是善于搜刮、善于聚敛的能手,在搬迁中,要求一切皆新,旧居腾空了,才便于清老底;旧臣都拆散了,谁能把皇父的所作所为告诉君王,保卫君王?皇父安排已定,然后派遣他选好的最亲密的车马,把他所积聚的钱财重器,一趟一趟地运往向城。

第三段包括七、八两章。这是诗人倾诉自己在皇父政权高压下的态度与心情。有些说诗者以为这位诗人最后屈服软化了,听天由命了。我的认识恰恰相反,这位诗人正在做韧性的斗争。你听,诗人说了:“我且黾勉以从事,不敢宣布我忧劳。我虽靡罪又靡错,还有谗人说我孬……”在反动势力的高压下,若不能随屈就伸,怎么能存在?不能存在,又怎么能继续战斗?其实诗人的“不敢告劳”暗藏着万苦千辛,和当时所有老百姓的灾害,同出一源,所以能同呼吸共命运,这灾害之源,尽人皆知不是自上而下的天灾,而硬是出于人祸。人民不敢当面斥责,却能指背痛骂——皇父该死。

诗人想到这里,激动的感情再也不能控制了。他唱着说:“悠悠我心忧,忧病上心头。”他忧的是什么呢?仔细玩味,诗人的忧虑太深了,他是为了国家政治已沉入忧病的海洋。你看,他像发疯一样,什么都不要了,当然也就没有羡馀了。别人都有暇豫安逸的时候,他独不敢安逸睡大觉,因为还有重大的责任在身,那就是“天命不彻”,也就是王的政令不合正道,这是国家存亡的大问题,必须扶危为安、救亡图存,作为人臣的必须承担此责任,不能追求安逸,必须继续奋斗。

我国前代的伟大诗人,没有不以爱国主义思想突现于诗篇的。溯本追源,向来都以屈原为鼻祖。称道屈原主要由于其《离骚》。从这个意义来说,《十月之交》这一不著作者姓名的诗篇,出于西周末世,远比屈原《离骚》领先,应该归功在首创。这位诗人虽受历史局限,误把天灾人祸联系在一起,但他能借题发挥,写成激动人心的政治怨刺诗,委婉讽刺幽王昏暗,指名斥责皇父乱政。确实难能可贵。而其奋不顾身,甘愿抛弃自己的安逸,勇敢承担国家的忧患,继续为衰败的王朝政治进行奋斗,更是大义可风。至于本诗的语言,有时哀怨,如吊月秋虫;有时锋利,如投枪匕首,可供后人借鉴。

(华钟彦)

小　宛

《诗经·小雅》

宛彼鸣鸠，翰飞戾天①。我心忧伤，念昔先人。明发不寐，有怀二人②。

人之齐圣，饮酒温克③。彼昏不知，壹醉日富④。各敬尔仪，天命不又⑤。

中原有菽，庶民采之。螟蛉有子，蜾蠃负之。教诲尔子，式榖似之⑥。

题彼脊令，载飞载鸣⑦。我日斯迈，而月斯征⑧。夙兴夜寐，毋忝尔所生⑨。

交交桑扈，率场啄粟⑩。哀我填寡，宜岸宜狱⑪。握粟出卜，自何能穀⑫？

温温恭人，如集于木。惴惴小心，如临于谷。战战兢兢，如履薄冰。

注释

①宛：小的样子。彼：那。鸣鸠：斑鸠。翰：高。戾：到达。

②明发：醒。明、发二字同义。寐：睡。有：通“又”。二人：指父母。

③齐：正，端正。圣：通，通明。人之齐圣：端正通明的人。温克：温和自持。

④昏:指愚昧的人。不知:无知,是"昏"的补足语。壹:语助词。日富:日益自满。"日富"与"温克"正相反。

⑤敬:儆,警惕。尔:你们。仪:威仪,容貌举止。天命:上天主宰下的人的命运。又:复,再。

⑥式:语助词。穀:善。似:像,类似。教诲尔子,式穀似之:教育你们的子孙,像蜾蠃用善道(养子)。

⑦题:"题"(tí)之借字,视,看。脊令:鹡鸰鸟。载:又,且。

⑧日:日日。斯:助词,无义。迈:远行。而:尔,你。月:月月。征:远行。

⑨夙兴夜寐:早起晚睡。忝:辱没。尔所生:你的父母。

⑩交交:小小的样子。桑扈:鸟名,一名青雀。率:循,沿着。场:打谷场。啄:鸟用嘴吃食。

⑪填:通"殄",穷困。寡:贫。宜:且,又,清人马瑞辰《毛诗传笺通释》:"二宜字皆且字形近之伪。"岸:讼,诉讼。

⑫自:从。穀:善,此指吉利的卦词。

鉴赏

《小宛》一诗,《毛诗序》以为是"大夫刺幽王也",即是一位大夫讽刺周幽王的,但与诗意实际并不相符。据今人高亨《诗经今注》:"这首诗的作者当是周王朝的一个小官吏。他生在黑暗时代,为生活而奔忙,但常受到统治者的迫害,因作此诗以自伤,并劝告他的兄弟。"这个说法颇合诗意。这首诗对小官吏忧伤、相戒、自警、畏祸等复杂的心态描写,对险恶的社会环境的暗示等方面都很出色,富有认识意义。在比兴手法的连用上也很有特色。

全诗共六章,每章各六句。首章写自己内心忧伤而思念父母。次章慨叹世道,告诫兄弟注意自己的举止威仪。三章劝告兄弟以善道教育子孙。四章勉励兄弟勤劳生活不辱父母。五章哀叹自己穷困贫苦出门自卜。六章告诫自己小心生活,免遭不测之祸。各章词意错杂丰富,但不论告诫自己,或劝诫兄弟,都流露出诗人浓重的忧伤畏惧的心情。诗人为什么会"我心忧伤"?为什么一再告诫兄弟?为什么要"惴惴小心""战战兢兢"呢?压在诗人心灵上的沉重的精神负担来自险恶的社会环境,来自黑暗的时代。尽管诗人与兄弟"我日斯迈,而月斯征"地奔波忙碌,但仍有"宜岸宜狱"的风险,其前途"如临于谷""如履薄冰",既危险又无保障。所以这首诗在反映古代小官吏的心态与社会环境的关系方面,确是具体入微的。

全诗有五处用兴。首章"宛彼鸣鸠,翰飞戾天",以小小的鸣鸠高飞,兴起诗人的自伤之词。鸣鸠虽小,尚能高飞,相形之下,自己渺小而满怀忧伤。三章用了两个兴。清人姚际恒《诗经通论》指出:"'中原'二句,'螟蛉'二句,此双兴法,亦奇。"又据朱熹《诗集传》认为"中原有菽,则庶民采之矣。以兴善道人皆可行也。螟蛉有子,则蜾蠃负之,以兴不似者可教而似也。”四章以脊令鸟“载飞载鸣”,兴起兄弟日迈月征。五章以桑扈鸟“率场啄粟”用来养活自己,兴起诗人自己穷苦之身而又遭诉讼,是失其所。六章连用三个比喻,将诗人小心畏祸的难言心情生动形象地描绘出来了。“战战兢兢,如履薄冰”,已相传为成语,以形容极端害怕而小心谨慎的样子。《诗经·小雅·小旻》:“战战兢兢,如临深渊,如履薄冰。”从句型到句意都与这首《小宛》相似。

由于此诗多用比兴,多形象的描写,诗人所要表达的畏祸小心的心情,读者容易体会到。但何以会产生这种心情的时代背景以及诗人具体的身份交代得都很含蓄,只有多读才能把握它。

(陈兰村)

巧　　言

《诗经·小雅》

悠悠昊天！曰父母且！无罪无辜,乱如此幠。昊天已威,予慎无罪。昊天泰幠,予慎无辜。

乱之初生,僭始既涵。乱之又生,君子信谗。君子如怒,乱庶遄沮。君子如祉,乱庶遄已。

君子屡盟,乱是用长。君子信盗,乱是用暴。盗言孔甘,乱是用餤。匪其止共,维王之邛。

奕奕寝庙,君子作之。秩秩大猷,圣人莫之。他人有心,予忖度之。跃跃毚兔,遇犬获之。

荏染柔木,君子树之。往来行言,心焉数之。蛇蛇硕言,出自口矣。巧言如簧,颜之厚矣。

彼何人斯？居河之麋。无拳无勇，职为乱阶。既微且尰，尔勇伊何？为犹将多，尔居徒几何？

鉴赏

这首诗共六章，每章八句，以第五章“巧言”二字名篇。所谓“巧言”指的是那些兴风作浪、挑拨离间的人所说的甜言蜜语。诗人深恶其淆乱是非、颠倒黑白，指出这些巧言为君王所听信，害民又乱政。

诗的前三章写巧言致乱。首章从无罪遭祸写起。一开头就呼叫苍天父母，申诉自己无罪却遭到如此巨大的灾祸。“昊天”，喻君王。“乱”，指被谗遭祸。“憮”（hū），作大讲。诗人这样的呼唤，正是体现了他满怀悲愤至极，难以抑制。接着他又再三呼叫自己无罪，责怪昊天的过分暴虐。可谓起势陡峭，回环入妙，并为下面写巧言乱政设下伏笔。

第二章落笔就直斥巧言，点出祸乱的初生和继续，是因为谗言屡进，并得到宽容和君子的听信。前四句就是写乱从“初生”至“又生”，是因谗言从被“涵”至被“信”。句中的“君子”，指当权者。“涵”，宽容。诗人认为小人进谗言于君子，君子宽容而不拒之，祸乱就开始发生。小人因而得意，又再进谗言。由于谗言都是一些奉承好听的话，爱听好话的君子相信了它，国乱、政乱就出现了。后四句则从反面来说：假如君子听了谗言能加以怒斥，而喜纳贤者的忠言，大乱庶几可迅速制止。“遄沮”“遄已”，都是迅速终止的意思。“祉”，即福，这里有“扶助”的意思。总之，君子听信谗言，乱就发生；君子怒斥谗言，乱即被制止。然而趋炎附势之徒无一不是巧言的家伙，有权有势的人又莫不爱奉承，这两种人处在一起，天下怎能不乱，无罪无辜的人怎能不遭殃受祸！

第三章前四句进一步指出君子信谗是祸害的根源，说明君子一再与谗人盟约，祸乱就因此更加重；君子信任了那些陷害人的强盗，祸乱也就因此而更加厉害。后四句则从谗人甜言蜜语对君子的危害来写，说明谗人强盗的话很甜蜜，听起来信而不疑，这样，乱便逐渐加深。“孔甘”，很甜蜜。“餤”（tán），增多，加剧。并指出谗者恭谨执礼，容易蒙蔽人，所以，他成为君王的病患，造成君王的过失。“匪”，作“彼”解，指谗者。“止共”，即止恭，外表恭敬。“邛”（qióng），病，指灾祸。这一章中两用“盗”字以喻谗人为盗者，恰如其分地揭示了谗人的恶劣本质。昏君信谗召乱，圣明的君主又怎样呢？

第四章，诗人赞美了圣明君主明察是非，为国制定典章制度。指出高大的宗庙宫室，是君子建造的；高明的宏谋大略，是圣人制定的。臣民的心事,贤明的圣君都能揣度出来,就像蹦蹦跳跳的狡兔遇犬被获一样,怀有险恶用心的谗人,遇到了他也一定会被捉住。“奕奕”,高大的样子。“秩秩”,智慧。“予”,是诗人代“圣君”自谓。

第五章前四句承第四章的意思而进一步加以发挥。诗人先以植树为比喻,说好的树木生长起来,是君主预先栽培的。然后才直说对来往无定的流言,他是心中有数的。进一步说明了圣君做事有预见性及其胸有成竹。后四句转向谗人之徒,讽刺他们的厚颜无耻。说欺诈的大话,出自谗人之口。他们像笙簧之声那样讲得好听,脸皮不知有多么厚。这里暗示君主应心中明察是非,培养善人,对惯于造谣、善于恭维的无耻之徒,应多加注意,那些“硕言”“巧言”,方无所入。

第六章诗人又进一步刻画了巧言者的丑恶形象。前四句是叙述,以问句引出人物:他究竟是什么人?原来他是住在河水边的,既无力气,又无勇气,专门制造祸端。这里以水边下湿之地来比喻谗人地位卑下,突出了他虽无势无力,仍成为祸乱的根源。后四句继而对他予以诘责和挖苦:你腿上生疮脚下肿,还讲什么勇气?你诡计多端,你的党徒能有几人?这里诗人骂得痛快淋漓,虽未说出此人姓甚名谁,也无史料可供查考,但却给读者留下一个地位卑下、材力柔懦、疾恶者多、和者无几的谗人形象。

像这样卑不足道的人,只凭三寸不烂之舌,就巧言以惑乱君心,而使国家大乱,人民遭殃。要根除这些害人虫是不难的,只是昏君不悟,无法下手而已。诗从无罪无辜的人遭祸乱受痛苦追述到乱的根源是谗人的巧言,又进而揭示出巧言佞臣之所以得势,肆无忌惮,为所欲为,是昏君纵恶的结果,真是下刺谗者,上刺昏君。

旧说这首诗是讽刺周幽王的,但史无确证。诗中不仅揭露了巧言的危害,还描绘了谗人的丑态,这就使得全诗既是议论又赋予形象,因而更富于讽刺意味。

(郑曼元)

何 人 斯

《诗经·小雅》

彼何人斯?其心孔艰[①]。胡逝我梁[②],不入我门?伊谁云从[③]?维暴之云。

二人从行，谁为此祸？胡逝我梁，不入唁我[4]？始者不如今，云不我可[5]。

彼何人斯？胡逝我陈[6]？我闻其声，不见其身。不愧于人，不畏于天？

彼何人斯？其为飘风。胡不自北？胡不自南？胡逝我梁？祇搅我心！

尔之安行，亦不遑舍[7]。尔之亟行，遑脂尔车[8]？壹者之来，云何其盱[9]！

尔还而入，我心易也[10]。还而不入，否难知也[11]。壹者之来，俾我祇也[12]。

伯氏吹埙，仲氏吹篪[13]。及尔如贯，谅不我知[14]。出此三物，以诅尔斯[15]！

为鬼为蜮，则不可得。有靦面目，视人罔极[16]。作此好歌，以极反侧！

注释

①斯：语助词。孔艰：很险恶。
②胡：何。逝：往。梁：鱼梁，拦水捕鱼的堤坝。
③伊：其。从：随从。
④唁：吊问，慰问。
⑤可：通“哿”，嘉，好。
⑥陈：堂下至门的路。
⑦遑：空闲。舍：止息。
⑧亟：急。脂车：以油脂涂车，或曰以轫木支车轮使止住。
⑨壹：同“一”。盱（xū）：忧，病，或曰望也。
⑩易：悦。
⑪否：不。
⑫俾：使。祇：病，或曰安也。
⑬埙（xūn）：古代陶制吹奏乐器，中空，

有六孔。篪(chí):古代竹制乐器,像笛子,有八孔。

⑭及:与。贯:为绳贯穿之物。谅:诚信。

⑮三物:猪、犬、鸡。古人订盟时,杀牲歃血,告誓神明,后若违背,令神明降祸。诅:盟诅。

⑯靦(miǎn):露面见人之状。视人罔极:其心难测,没准儿,或曰相视无有极时,终必为人见之。

鉴赏

本诗既以疑询开篇,我们的鉴赏不妨也先设一问:《何人斯》究竟是一首什么诗?

《毛诗序》说:"《何人斯》,苏公刺暴公也。暴公为卿士而谮苏公焉,故苏公作是诗以绝之。"从此把它作为苏公写给暴公的政治"绝交"诗,历来众口相承,少有异词。

不过,当我们仔细考察本诗内容时,便发现上述意见实有许多牴牾之处:诗中一再出现"胡逝我梁"之辞,这正与《邶风·谷风》的"毋逝我梁,毋发我笱"一样,明为古代主持中馈的家庭主妇的口吻,与苏公之辈有何相涉?至于"伊谁云从?维暴之云",也与《卫风·氓》之指斥丈夫"言既遂矣,至于暴矣"相似,说的是丈夫的暴虐无情,与"暴公"的谮言毫无关系。诗中又有"尔还而入,我心易也。还而不入,否难知也"之句,点明女主人公的住处,也正是她所怨责的彼人即丈夫之家,因此他可以"还"家,以至于在庭中"脂车"。倘是指谗毁苏公的暴公,则他的"还"苏公之家并在那里"脂车",均不可通了。所以,与其说此诗写的是苏、暴二公政治上的纠葛,不如说它是一首指斥丈夫狂暴无常、喜新厌旧的弃妇诗,似乎更恰当些。

如果这一推测不错,那么,我们在诗中又结识了一位身世遭际类似于《卫风·氓》的女主人公。她当初也曾得到过短暂的爱情,甚至还有过海誓山盟。但日月如梭、年华易逝,当女主人公珠黄色衰之时,"其心孔艰"的丈夫待她便"始者不如今",不再以她为美、嘘寒问暖了。丈夫一回家,想到的只是河梁中鱼虾的享用,而对操劳终岁的妻子,则连进房慰问一下的兴致都没有。他总是推托有事,匆匆而来,急急而去。说他没事吧,他似乎连在家安息的时间都没有;说他有事吧,他却能在庭中慢条斯理地用油脂涂他的车!命运之绳曾将他们联系在一起,他们理应是亲如伯仲(古时常以兄弟喻夫妻)、和如埙篪的夫妻啊,而今,丈夫竟连起码的夫妻之礼都不顾了!这怎能不激起女主人公的悲愤和不平?在长夜难眠的"反侧"之中,她终于发出了痛切的诅咒:他徒然生着一张人脸,心思的险恶活脱脱就是"鬼蜮"啊——在这首诗的结尾,我们听到的,正是女主人公如此凄怆的呼号和控诉。

这首诗与《卫风·氓》一样，虽然同为弃妇诗，但在艺术表现上则别有千秋、各臻其境。《卫风·氓》采用的是描述的方式，在回首往事中追昔抚今，痛切地倾诉胸中的悔恨和不平。全诗脉络清晰，描述生动，带有相当的叙事成分。《何人斯》却不同，它几乎没有多少情节，只有似断非断、飘忽散乱的意象，伴随着女主人公充满疑云的询问和诘责，跳跃于诗行之间。如果要找一个适当的词来说明它的表现特点，那就是两个字——“梦幻”。这大概与女主人公“作歌”时的精神状态有关吧。从诗中内容看，薄情丈夫对女主人公的冷遇，大抵已是由来已久。每当她望眼欲穿盼着丈夫归来时，丈夫却迟迟不归；就是归来，也行迹诡秘、形同飘风，从来不肯到妻子身边叙叙别情。一对亲密夫妻，竟变得如同陌路之人！这一切印象，当然会深深烙在女主人公脑际而驱赶不去。因此，当她辗转床侧、神思恍惚之际，便全都化作片片断断、散乱飘忽的梦思，浮现在她的眼前。此诗正是适应了这一特定背景，采用叠章和问句、跳荡不定和迅速转换的意象，将女主人公日常生活中多次积累的片断印象，梦幻式地再现于读者眼前。进入女主人公思虑中的对象，明明是她的丈夫，她却似乎不认识他，开篇即以“彼何人斯”相询，正是绝妙地表现了这种神思恍惚中的迷乱；后文的“胡逝我梁，不入唁我”“我闻其声，不见其身”，更以扑朔迷离之辞，表现了梦幻般的印象和思绪。女主人公刚想细细审视，幻境却又一变，车影、语声竟化作一团飘风，忽东忽西地卷向鱼梁去了；但转眼间，她又似乎看到，丈夫分明还在庭中，正悠然自得地“脂车”呢！与这些扑朔迷离的景象相并行，诗中又不时跳出女主人公那疑惑、焦虑、惊惧、失望、悲愤的诘询之语，使错综、颠倒、转眼即逝的意象全为女主人公悠深的情感所浸染，带有强烈的抒情色彩。

（潘啸龙）

巷　伯

《诗经·小雅》

萋兮斐兮①，成是贝锦②。彼谮人者，亦已大甚！

哆兮侈兮③，成是南箕④。彼谮人者，谁适与谋？

缉缉翩翩⑤，谋欲谮人。慎尔言也，谓尔不信。

捷捷幡幡⑥，谋欲谮言。岂不尔受，既其女迁⑦。

骄人好好⑧，劳人草草⑨。苍天苍天！视彼骄人，矜此劳人！

彼谮人者，谁适与谋？取彼谮人，投畀豺虎。豺虎不食，投畀有北⑩。有北不受，投畀有昊⑪。

杨园之道，猗于亩丘⑫。寺人孟子⑬，作为此诗。凡百君子，敬而听之。

注释

①萋、斐：花纹错杂貌。
②贝锦：织有贝形花纹的锦缎。
③哆(chǐ)：张口貌。侈：大。
④箕：星宿名，由四颗星组成，形似簸箕。
⑤缉：通“咠”，附耳私语。翩翩：谝谝的假借，花言巧语。
⑥捷捷幡幡：犹“缉缉翩翩”。
⑦既：既而。女：汝。迁：迁移。此句谓祸患不多时也要移用于你的身上。
⑧骄人：指进谗者。好好：喜悦。
⑨劳人：指被谗者。草草：忧愁貌。
⑩有北：北方荒凉之地。
⑪有昊：昊天，苍天。
⑫亩丘：丘名。
⑬寺人：宦官。孟子：寺人的名。

鉴赏

这是一首因遭谗致罪而发泄怨愤之情的诗篇，作者是西周王朝的寺人孟子。《毛诗序》说：“寺人伤于谗，故作是诗也。”其说可从。

此诗前四章重在刻画谗人者的形象。一、二两章劈头来两个比喻：正像那一丝半缕可以织成漂亮的贝锦一样，谗人者东拼西凑罗织别人的罪名；正像那南箕星张着大口一样，谗人者整天张着大口陷害好人。方玉润说：“凡谮人者不外文致、簸扬两端，首二章已将小人伎俩从喻义一面写足，以下便不费手。”(《诗经原始》)作者感情激愤,因此一下笔就入木三分地勾画出谗人者的丑恶嘴脸,并且义正词严地斥责谗巧小人,你们这样做,实在太过分了。

如果说前两章是从喻义入手,那么,三、四两章就是正面揭露了。谗人者整天交头接耳,制造谣言,陷害好人。作者连用“缉缉翩翩”“捷捷幡幡”四对叠词,把谗人者的形象勾勒了出来。他们时而窃窃私语,无中生有,罗织罪名;时而花言巧语,造谣中伤,迷惑众人。作者无辜遭谮受刑之时,正是谮人者得意忘形之日。也正是从自己的不幸遭遇中,作者看清了谮人者的面目,并大声警告他们:赶紧悬崖勒马,停止这种恶劣的行径,否则,人们不会相信你们的,你们也会玩火自焚!语句中显示出一种凛凛正气。

第五章为全篇枢纽。作者把谮人与受谮于人两面双题,总上启下。“骄人好好,劳人草草”,一组对比,揭示出社会的黑暗无道。在忍无可忍的情况下,作者只好呼叫苍天,希望苍天明察骄人之罪,怜悯无辜之人。这里的“苍天”,实乃是最高统治者的代称。

第六章是全诗的高潮。作者满腔怨恨,犹如火山爆发,喷涌而出:“取彼谮人,投畀豺虎。豺虎不食,投畀有北。有北不受,投畀有昊。”由于对谮人者深恶痛绝,因此,“欲其死之之甚”(朱熹《诗集传》),就设想把谮人者扔给吃人的豺虎,以解心头之恨;可是豺虎厌恶而不食,又设想把谗人者扔到那荒无人烟的北极去,可是北极嫌弃他,也不接受,最后只好扔给老天爷任其发落。作者用顶真的修辞方法,突出强调“不食”“不受”,以表明“谗谮之人,物所共恶”(《诗集传》),也表明自己与谮人者誓不两立,不共戴天。这一章语言犀利,喷射着愤怒的火焰,如姚际恒所说“刺谗诸诗无如此之快利,畅所欲言”(《诗经通论》),体现出作者的战斗精神和正义之感。

最后一章,用“杨园之道,猗于亩丘”起兴,说明贱者之言或许有补于君子。“凡百君子,敬而听之”,提醒君子们警惕那些专搞阴谋的谮人者,并公开以自己的名义与谗人者针锋相对。谮人者只能在暗地里玩弄花招,陷害好人,而作者则光明正大,毫无畏惧。两相对照,更显出作者的耿直、磊落。

此诗是发愤之作。作者综合运用赋比兴的手法,刻画了两个人物形象:一个是谮人者,一个是作者寺人孟子(抒情主人公)。谮人者是邪恶势力的代表,是作者严厉斥责、无情鞭挞的对象。从谗人者身上,人们可以看出剥削阶级的丑恶本质,作者对谗人者的批判,实质上是对剥削阶级的控诉。寺人孟子是正义的代表,他耿直、勇敢,疾恶如仇。虽然在肉体上是受害者、残废者,但在精神上却是胜利者、是完人。孔子说:“好贤如《缁衣》,恶恶如《巷伯》”(《礼记·缁衣》),实乃是对寺人孟子战斗精神的肯定。班固在《司马迁传》中把司马迁与之相比，虽然结论有所偏失，但确是看到了两人在遭遇、精神方面的相同之处。“未有腐迁，先有巷伯，古今人可同声一哭也。”（方玉润《诗经原始》）从他们身上，我们可以得到许多有益的启示。

（张新科）

蓼 莪

《诗经·小雅》

蓼蓼者莪，匪莪伊蒿。哀哀父母，生我劬劳。

蓼蓼者莪，匪莪伊蔚。哀哀父母，生我劳瘁。

瓶之罄矣，维罍之耻①。鲜民之生②，不如死之久矣！无父何怙？无母何恃？出则衔恤，入则靡至。

父兮生我，母兮鞠我③。拊我畜我④，长我育我。顾我复我⑤，出入腹我⑥。欲报之德，昊天罔极。

南山烈烈⑦，飘风发发。民莫不穀⑧，我独何害？

南山律律⑨，飘风弗弗⑩。民莫不穀，我独不卒！

注释

①罍（léi）：古代器皿，形似壶，用以盛酒或水，大者可容一斛。
②鲜民：孤儿。
③鞠：养育。
④拊：通“抚”，爱怜。畜：爱，喜欢。
⑤复：通“覆”，庇护，保护。
⑥腹：怀抱。
⑦烈烈：山高路险貌。

⑧穀:善。
⑨律律:山险峻貌。
⑩弗弗:风疾貌。

鉴赏

敬爱父母,是人之常情。这种"常情"如果不能得到满足,自然是人所难堪的。"不平则鸣"。长期在外服役、被剥夺了供养父母的权利的征夫,怎么能不倾诉自己的苦衷呢?《蓼莪》便是征夫们尽情抒发这种苦衷的一支动人心曲。

诗的主人公是个穷苦的征夫,在家之时大约常常采莪作食。长大后长年服役在外,每见到莪蒿之类,他马上想到父母曾于困顿拮据之中把自己拉扯大;而今父母年老力衰了,却得不到自己应有的奉养。于是一再感叹:"哀哀父母,生我劬劳","哀哀父母,生我劳瘁。"他深知父母之于儿女,是无私的奉献,是伟大的爱的化身。"父兮生我,母兮鞠我。拊我畜我,长我育我。顾我复我,出入腹我",爱抚、关怀、培育、指引,哪一点不倾注满腔心血?可自己一旦长成,"欲报之德",父母却因积劳成疾而悄然离开人世。这种哀痛欲绝的心情向谁诉说?只好诉之于天。"昊天罔极"四字,有泪有血,正是"朱子所谓无所归咎而归之天也"(王引之《经义述闻》)的极度伤痛之辞。

"诗者,志之所之也。在心为志,发言为诗。情动于中而形于言。言之不足,故嗟叹之。嗟叹之不足,故永歌之。"(《诗大序》)此诗首尾四节通过反复"永歌"的手法,主人公尽情倾吐了自己思念父母、深愧未能尽奉养之责的痛楚心情。这种反复"永歌"之中夹上"父兮生我,母兮鞠我。拊我畜我,长我育我。顾我复我,出入腹我"数句,连下几个"我"字,陈述历历,体念至深,倍增哀痛,大有"谁言寸草心,报得三春晖"的由衷叹息。

这种痛苦何以酿成?诗人没有明说,先用了一个比喻:"瓶之罄矣,维罍之耻",接着便是一声长叹:"鲜民之生,不如死之久矣!"此中旨意十分显明:酒瓶空空,是酒坛之耻;百姓贫困,是君王之罪。他之所以不得终养父母,不是他不知道父母恩德像天高、如地厚;也不是他不愿意尽其所能、罄其所有去赡养父母,而是严酷的现实迫使他无以为计。这种难堪状况,与其活着苦熬,"不如死之久矣"。然而又不能明言,他只好诉之于天。无可归咎而归之于天,其矛头所向,不是昭然若揭吗?

晋代王仪因讲直话触怒了司马昭而被杀,其子王裒"以父死非罪,每读《诗经》至'哀哀父母,生我劬劳',未尝不三复流涕"(《诗集传》)。可见《蓼莪》的哀怨之情是感人至深的!

(汤效纯)

大　东

《诗经·小雅》

有饛簋飧[1]，有捄棘匕[2]。周道如砥[3]，其直如矢。君子所履，小人所视。睠言顾之[4]，潸焉出涕。

小东大东[5]，杼柚其空[6]。纠纠葛屦[7]，可以履霜[8]？佻佻公子[9]，行彼周行[10]。既往既来，使我心疚。

有冽氿泉[11]，无浸获薪[12]。契契寤叹[13]，哀我惮人[14]。薪是获薪，尚可载也。哀我惮人，亦可息也。

东人之子[15]，职劳不来[16]。西人之子[17]，粲粲衣服。舟人之子[18]，熊罴是裘。私人之子[19]，百僚是试[20]。

或以其酒，不以其浆[21]。鞙鞙佩璲[22]，不以其长。维天有汉[23]，监亦有光[24]。跂彼织女[25]，终日七襄[26]。

虽则七襄，不成报章[27]。睆彼牵牛[28]，不以服箱[29]。东有启明，西有长庚[30]。有捄天毕[31]，载施之行[32]。

维南有箕[33]，不可以簸扬。维北有斗[34]，不可以挹酒浆。维南有箕，载翕其舌[35]。维北有斗，西柄之揭[36]。

注释

①有:词头,作用如叠词,有饛(méng)即饛饛,下同。饛:食物盛满器皿貌。簋(guǐ):古代食器,圆口,圈足。飧(sūn):熟食。
②捄(qiú):长而弯曲貌。棘匕:酸枣木做的勺。
③砥:磨刀石。
④睠言:犹"睠然",回顾貌。
⑤小东大东:指东方各诸侯国,离镐京近的为小东,远的为大东。
⑥杼柚(zhù zhóu):梭子和机轴,这里代指织的布帛。
⑦纠纠:缠绕貌。葛屦:用葛草织的夏布鞋,夏天所穿。
⑧可:通"何"。
⑨佻佻:美好貌。
⑩周行:大路。
⑪冽:寒冷。氿(guǐ)泉:泉水上涌受阻,从侧面流出。
⑫获薪:砍下的柴草。
⑬契契:愁苦貌。寤:醒着。
⑭惮:通"瘅",劳苦。
⑮东人:指东方诸侯小国的人。
⑯职劳:从事劳役。来:通"赉",赏赐。
⑰西人:指西方周王朝的贵族。
⑱舟:通"周"。
⑲私人:家庭奴隶。
⑳百僚:指各种仆役劳作。
㉑浆:薄酒。这句意为有的人连薄酒也喝不上。
㉒鞙鞙(xuàn):佩玉下垂貌。璲(suì):瑞玉名。
㉓汉:天汉,即银河。
㉔监:镜子。
㉕跂:形容织女星三星分出的样子。
㉖七襄:织女星在天空要移动七个区域。
㉗报章:指布匹上的花纹。
㉘睆(huàn):明亮貌。
㉙服:驾车。箱:车厢。
㉚启明、长庚:即金星,早晨出现在东方,称为启明;黄昏出现在西方,称为长庚。
㉛天毕:星宿名,由八颗星组成,形似长柄的网。
㉜载:犹"则"。施:张设。行:道路。这句比喻毕星像长柄网一样张设在道路上。
㉝箕:星宿名,由四颗星组成,形似簸箕。
㉞斗:斗星,在箕星之北,由七颗星组成,形似斗。
㉟翕(xī):收缩。
㊱西柄:柄向西方。揭:高举。

鉴赏

《大东》是周代东方诸侯小国怨刺西周王室诛求无已、劳役不息的诗。诗中鲜明地塑造了两个形象:一个是残酷、贪婪、骄奢的西人剥削者形象;一个是被榨取、被奴役、被压迫得透不过气来、对西人满怀仇恨的东人形象。

赋、比、兴的表现手法，这首诗都用到了。第一章开首两句“有饛簋飧，有捄棘匕”，这些食具，都是当时贵族用的。诗人看见家中的故物，联想到今日降为“小人”后生活的痛苦，不免伤心流泪。这是所谓“陈古而言今”的兴法，巧妙地塑造了诗人“今不如昔”的感伤情绪，贯串着本诗的主要内容，也反映了他原来的贵族身份。“如砥”和“如矢”是比。它在诗篇中仅联系局部，在一句或两句中起作用。如《卫风・硕人》的“肤如凝脂”。诗人看见女子皮肤的洁白，就用过去认为洁白凝炼的猪油来比拟它，这个用来作比的东西，仅仅联系句中被比的东西。“如砥”“如矢”也是如此。所不同者，诗人以具体的“砥”“矢”比喻描绘“周道”的抽象的平直，使它形象化了。章末四句是赋，赋是铺叙，是直述法，诗人将本事或思想感情，平铺直叙地表达出来。“履”和“视”二字，透露了君子和小人对这条大路的两种不同的观感。诗人看看昔时的碗匙，看看今日的大路，不禁潸然泪下。此情此景，物我交融；千载之下，沁人心脾！第三章诗人以获薪不能让水浸湿，比喻东人不堪再受摧残。刚砍下的柴棍，还可用车子装载使用，比喻劳苦的东人也可以让他休息一下。以“获薪”和“惮人”对比，以见人不如物，显得十分沉痛。从第五章后四句起至末，是诗人仰观天象，触景抒情之作，这些银河、织女、牵牛、长庚、天毕、北斗、南箕等形象，都是比喻象征西周剥削者的，是诗人思想感情和艺术手法的统一体，所以兴中有比，比中有赋。这种赋、比、兴的错综运用，使形象更鲜明，诗的思想意义更深刻。

方玉润《诗经原始》说：“诗本咏政赋烦重，人民劳苦。之后忽历数天星，豪纵无羁，几不可解。”其实，诗前半段的创作方法主要是现实主义的，后半段则运用了浪漫主义的方法，不过诗人不自觉罢了。当他面对社会上人压迫人的不合理现实而仰观星象时，不禁有感于怀，展开了幻想的翅膀，把自己的怨愤诅咒之情移加到星宿上去，进一步刻画出有名而无实用的吸血者的贪婪形象。天汉闪闪发光，但照不出人影，不能起水镜的作用。一天更位七次的织女星，却织不出丝毫布帛。牵牛不能供驾车之用，毕星不能助猎兔之劳。东方的启明，西方的长庚，有助日之名而无实光。箕星形如簸箕，能供人簸谷扬糠吗？北斗状若量斗，能供人舀取酒浆吗？它们高高在上，却不能解除东人所受的痛苦。所有这一切天上的繁星，都变成了地上剥削者的投影，是象征拟人的、幻想式的、浪漫主义的，但有作者深厚的现实生活基础。不仅如此，这些星斗，简直像嗜血成性的吃人者。诗人仿佛感到箕星吮吸着舌头，正舔着人血；斗星高举起斗柄，像要把东人的血汗都舀干。诗人骂到这里，那种惊弓之鸟似的内心活动，使歌唱戛然而止，引导读者进入“环譬以托讽”的艺术境界，真是言有尽而意无穷，耐人寻味。所以我们说《大东》这首诗，已经含有现实主义与浪漫主义相结合的创作方法的因素。有人说,后世李白歌行、杜甫长篇,悉脱胎于此;其实,战国时期伟大诗人屈原的作品,早已闪烁着这种两相结合创作方法的光芒,可见《大东》对后世诗坛影响的深远了。

(程俊英)

四 月

《诗经·小雅》

四月维夏,六月徂暑。先祖匪人,胡宁忍予?

秋日凄凄,百卉俱腓[①]。乱离瘼矣,爰其适归?

冬日烈烈,飘风发发[②]。民莫不穀[③],我独何害?

山有嘉卉,侯栗侯梅[④]。废为残贼,莫知其尤。

相彼泉水,载清载浊。我日构祸,曷云能穀?

滔滔江汉,南国之纪。尽瘁以仕,宁莫我有[⑤]?

匪鹑匪鸢[⑥],翰飞戾天[⑦]。匪鳣匪鲔[⑧],潜逃于渊。

山有蕨薇[⑨],隰有杞桋[⑩]。君子作歌,维以告哀。

注释

①腓:草木枯萎。
②发发(bō):疾风之声。
③穀:善。
④侯:维,即“是”。
⑤有:通“友”,亲善。
⑥鹑(tuán):猛禽,即雕。鸢(yuān):

老鹰。

⑦翰飞:高飞。

⑧鳣(zhān):大鲤鱼。鲔(wěi):鲟鱼。

⑨蕨薇:指蕨菜和薇菜,两种野菜。

⑩杞:木名,枸杞。桋(yí):木名,赤楝。

鉴赏

《毛诗序》说:"《四月》,大夫刺幽王也。在位贪残,下国构祸,怨乱并兴焉。"语意不甚明确。高亨先生认为:"西周王朝的小官吏,行役到南方去,遭遇变乱,久不得归。写出此诗,来表达自己的痛苦心情。"(《诗经今注》)其说可从。

全诗八章,可分三层。

前三章为一层,借景抒情,奠定了全诗的基调。作者以夏、秋、冬为时间顺序,叙写苦役之长,抒发哀痛之情。这三章,前两句都是写实景,后两句都是抒胸臆。行役、遭乱固是哀情,因此,作者有意抛开暖春季节(人们的普遍心理是:春和景明,鸟语花香,是用来写乐情的),选取酷夏、凄秋、寒冬三个季节来衬托这种哀情。由于作者的心情是哀痛忧伤的,所以,眼前的景色也都显得十分黯淡,秋天万物肃杀,百草枯萎;冬季寒风凛冽,刺人毛骨。其中"凄凄""烈烈""发发"等叠词,绘声绘色,加强了悲凉气氛。透过这一幅幅图景,我们仿佛看到了行役者艰难的步履,也仿佛听到了行役者哀怨忿恨的声音。每章冠以季节时令,一方面来暗示行役者自夏历秋至冬,久不得归,另一方面说明行役十分艰苦,顶酷暑,冒严寒,风里来,雨里去。正是由于时间长、苦楚多,更引起行役者的思家之情,每章后二句就是直接抒发这种痛苦心情的,并且发出一连串痛心疾首的疑问:先祖不是别人,何以忍心让我受苦呢?眼下变乱不已,前途迷惘,我向何处去呢?他人无不好好生活,为何唯独我要遭祸乱?一声比一声强烈,一声比一声凄楚,不禁使人潸然泪下。

接着四章是第二层,作者全用比兴手法来倾诉自己的忧心,是对第一层内容的深化。用"栗""梅"惯于被残、而残者却不知过错来比喻残害人的人不知罪过,说明自己长期行役也与小人陷害有关;以水有清有浊比喻朝政只浊不清,揭示出"我日构祸"的社会根源;以江水能纲纪南国众水来比喻"王朝反不能为天下之纲纪"(王先谦《诗三家义集疏》);以鸟能飞天、鱼能潜渊比喻自己无所逃难,点明自己目前的艰难处境。四章连用四喻,揭露了当时社会的种种矛盾,抒发了行役者的忧虑、悲愤之情。栗、梅、泉水、长江、汉水,乃至于猛鸟大鱼,都是行役途中易见之物,因而以它们为喻,也就十分自然贴切,尤其是最后一喻,前人评为"意新语险"(孙鑛语),洵为的论。第二层所说朝政混乱、自己无容身之地,正是第一层所说久不得归的原因所在。

最后一章是第三层,作者表明写诗的目的:“君子作歌,维以告哀。”这也是对全诗的总结。所告之哀即前两层所述。“哀”是全诗的基调,有哀景,有哀情;哀时势,亦哀自己。

这首诗通过行役者诉说苦衷,反映了当时王朝昏暗、不能纲纪天下的社会现实,具有深刻的认识价值。艺术上,借景抒情,情景交融。赋比兴手法综合运用,抒发了诗人深沉的哀怨之情,读来真切感人。

(张新科)

北　山

《诗经·小雅》

陟彼北山,言采其杞。偕偕士子,朝夕从事。王事靡盬,忧我父母。

溥天之下,莫非王土;率土之滨,莫非王臣。大夫不均,我从事独贤。

四牡彭彭,王事傍傍。嘉我未老,鲜我方将。旅力方刚,经营四方。

或燕燕居息,或尽瘁事国;或息偃在床,或不已于行!

或不知叫号,或惨惨劬劳;或栖迟偃仰,或王事鞅掌。

或湛乐饮酒,或惨惨畏咎;或出入风议,或靡事不为。

鉴赏

这首诗里有四句话:“溥天之下,莫非王土;率土之滨,莫非王臣。”这四句诗现在已经家喻户晓了，因为它准确地概括了中国历史上的大一统政治局面，所以为人们所广泛引用。不过，当我们把这几句诗放到《北山》全诗中去读时，却体味到一种溢于言表的哀怨之情。原来，《北山》一诗，写于周末政局昏暗之时，朝中大员只知自寻安乐，不恤国事；而基层吏卒则奉命奔波，辛苦劳碌却不知为谁！他们失去了工作目标，也就失去了工作热情。不仅如此，面对不公道、不平等的社会现实与政治现实，他们也要呐喊一声，起而抗争了。

全诗可分为两大部分。前三章倾诉行役之苦。身体强壮的吏卒，朝夕为王家奔走，忙碌得没个尽头。他想：大王不是统治着整个天下吗，凭什么这么不公道地让我一人辛苦劳碌呢？我的父母为我久役不归而忧劳感伤，你们却"表扬"我年轻力壮，正是好时候，可以奔走四方……这位小人物的满腹怨苦，已经到了不能不发泄倾诉的时候了。后三章便用密集对比方式，把国家大小臣僚的劳务的极端不公作了最鲜明、最强烈的对照：一边是在位者的优游闲散，不知叫号，在灯红酒绿中醉生梦死，还要出入朝廷，高谈阔论，任意褒贬，信口雌黄；一边是小人物的惨惨劬劳，八方奔波，在风尘坎坷中靡事不为，他们已经是尽瘁为国了，但却随时可能被加以罪名，飞来横祸，弄得人"惨惨畏咎"，提心吊胆。这样高度集中以后的强烈对比，自然给人以特别深刻的印象。如果说前三章写的是个人经历，在哀怨声中，我们已经听出了他心灵的苦痛，那么，后三章又推宕开去，连用十二个"或"字，把在位者与小人物的营垒清楚明白地展示在读者面前，这就使诗的涵盖力一下子扩大了。诗人不仅仅是为自己的遭际在悲叹，他代表着整整一个阶层在悲诉。他让上层人士的"燕燕居息"和下层人员的"不已于行"形成鲜明对照，显示出巨大的反差，它抨击的也就不只是诗人所直接面对的当权者，而是整个不平等、不公正的社会现实了。

这是一首政治诗。它的目的在于倾吐胸中的积恨，因而没有辛苦征行的铺叙描摹，只有所思所想的直接抒发，后三章简直就是用比较整齐的散文句式写成的一段议论，可谓朴实地道尽事实真相，反而加强了说服力。

（陈鸿彝）

车　　舝

《诗经·小雅》

间关车之舝兮①,思娈季女逝兮②。匪饥匪渴③,德音来括④。虽无好友,式燕且喜⑤。

依彼平林,有集维鷮⑥。辰彼硕女⑦,令德来教⑧。式燕且誉,好尔无射⑨。

虽无旨酒⑩,式饮庶几⑪。虽无嘉殽,式食庶几。虽无德与女⑫,式歌且舞。

陟彼高冈,析其柞薪⑬。析其柞薪,其叶湑兮⑭。鲜我觏尔⑮,我心写兮⑯。

高山仰止⑰,景行行止⑱。四牡騑騑⑲,六辔如琴⑳。觏尔新昏㉑,以慰我心。

注释

①间关:拟声词,形容车辖在行车时发出的响声。舝(xiá):同“辖”,古时插在车轴两端孔内的铁键。

②思:发语词。娈:美好貌。季女:少女。逝:往,指出嫁。

③匪:非。

④德音:有美德的言谈,代指美德。括:通“佸”,结合。

⑤式:发语词。燕:通“宴”,宴饮。

⑥鷮(jiāo):野鸡的一种。

⑦辰:善良。硕女:身材长大的姑娘。

⑧令:美好。

⑨尔:你,指季女。射(yì):厌倦。

⑩旨:甘美。

⑪庶几：犹今人说“一些”。
⑫女：同“汝”。
⑬析：劈木柴。柞：树名。
⑭湑(xǔ)：茂盛。
⑮鲜：难得。觏(gòu)：遇见。
⑯写：通“泻”，宣泄。
⑰止：当作“之”，下句同。
⑱景行：大道。
⑲牡：公马。騑騑：马不停蹄貌。
⑳辔：马缰绳。琴：指琴弦。
㉑昏：同“婚”。

鉴赏

这是《诗经》中一首优秀的抒情诗，描写的是迎娶新娘的一路上的情景。诗人驾着四马拉的车子去亲迎，可见是一个贵族。但是比起那些车马成群、侍从如云的王公诸侯来，他又只不过处在贵族的下层，大概是一个士吧。他态度谦逊，特别赞美了新娘的品德，“德音来括”“令德来教”“虽无德与女”，透露了诗人择偶的主要标准。这位新娘擅长歌舞，古代诗、歌、舞是三位一体的，能歌善舞的必定会赋诗，她是诗人的同道。“式歌且舞”，透露了诗人择偶的第二标准。在奴隶社会，妇女的地位是很低的。而贵族们娶妻，讲求的无非是门第，挑剔的不外是美貌。但是这位诗人却倾慕才德，寻求志趣，所以他们的结合是理想的。

作者可能素有艺术修养，同“季女”又素有深厚的交谊。由于亲迎，生活起了变化，突然的诗意向他袭来，不由自主地便歌唱起来。这便是所谓“缀文者情动而辞发”，并非为作诗而作诗。一路上的景物激发了诗人的灵感，间关的车辖声，丛林中的雉鸡，可扎火把的柞树枝，柔嫩的柞叶，甚至高山大道、四马六辔，一切都染上了诗人真挚的爱情色彩。他写的是真事物、真感情，以自己的结婚感受，唤起我们的美感，同时也塑造了诗人自己的形象。清人方玉润《诗经原始》评论这首诗的结构说：“前后两章实赋，一往返，一归来。二、四两章皆写思慕之怀，却用兴体。中间忽易流和之笔，三层反跌作势，全诗章法皆灵。”方氏所谓的“三层反跌作势”，实际上反映了诗人亲迎往返的真实过程。他兴冲冲而去，喜滋滋而归，一路上看到什么就唱什么，世间的事物在他看来是那么美好；想起妻子将在宴会上轻歌曼舞，显示非凡的艺术才能，他更是乐不可支，情不自禁地唱出了三章那一段“流和之笔”。全诗章法的灵妙之处，正在于朴实和自然，没有丝毫做作的痕迹。

这首诗在运用语言塑造形象方面也是很成功的。在刻画新嫁娘这位少女时，诗人用了三组词。第一组“思娈季女逝兮”的“娈”和“季”，“辰彼硕女”的“辰”和“硕”。这几个形容词勾勒出新娘年轻美丽、硕长善良的外貌。第二组是“德音来括”的“德音”和“令德来教”的“令德”。这两个名词展示了新娘美好的内在品质。第三组是“思娈季女逝兮”的“逝”，“德音来括”的“括”，“式歌且舞”的“歌”和“舞”，“觏尔新昏”的“觏”。这几个动词描画了少女的多才多艺和出嫁之行。三组词虚实交错地使用，这位女子的形象便栩栩如生，呼之欲出了。诗人在形容自己的心情时，“饥渴”比喻刻骨相思，“无射”表示绵绵无绝期的爱情，用“写”“慰”陈述婚后喜悦的心情，都非常简练而又生动。如“六辔如琴”一句，对“六辔”的形容，在《诗经》中多次出现，如“六辔如丝”“六辔如濡”“六辔耳耳”“六辔沃若”等，但在此诗中，诗人却用如琴弦般调和来形容这六条缰绳。《关雎》说：“窈窕淑女，琴瑟友之。”古代娶妻时，是要奏乐的。《车舝》的诗人接到了新娘，他坐在马车上，也许又在想象弹琴奏瑟娶新人的场面。那么在他眼中，这六条马缰恐怕只能用琴弦来形容了。若能体会诗人彼时的心情，便不得不叹服“如琴”二字的确切不移。

（程俊英）

采　绿

《诗经·小雅》

终朝采绿①，不盈一匊。予发曲局②，薄言归沐③。

终朝采蓝④，不盈一襜⑤。五日为期，六日不詹⑥。

之子于狩，言韔其弓⑦。之子于钓，言纶之绳⑧。

其钓维何，维鲂及鱮。维鲂及鱮，薄言观者。

注释

①终朝（zhāo）：天明到早饭时。绿（lù）：“菉”的假借字，草名，一名王刍，又称荩草，可制黄色染料。

②予：我。曲局：卷曲，蓬乱。

③薄言：语助词，含有勉力之意。沐：洗头。
④蓝：草名，其叶可制蓝色染料。
⑤襜(chān)：围裙。
⑥詹：到。
⑦言：语助词，无义。韔(chàng)：弓袋，此处指将弓装入弓袋。
⑧纶：理丝。绳：此指钓丝。

鉴赏

此诗约作于西周晚期。《毛诗序》说："采绿，刺怨旷也。幽王之时，多怨旷者也。"可以参考。诗歌以一位妇女的口吻写她对外出丈夫的殷切思念，反映了当时妇女爱情生活的一个侧面。

此诗四节，可分为两部分。

第一部分，即前二章。写丈夫外出不归，这位女子时刻思念，以至忘记梳妆，无心劳作。诗歌突兀而起，连续设置了两个悬念。"终朝采绿"二句，写一个女子整个早晨都在采集一种常见植物荩草，但却收获甚微。这很不正常，必然引起疑问：是荩草缺乏呢，还是采集者本身有问题？这样，诗歌设置了第一个悬念。"予发曲局"二句，写采集者头发蓬乱，没经过很好地梳理，连她自己也感到不应继续如此。她怎么会这样呢？是忙得不可开交，还是心不在焉？于是，诗歌又设置了第二个悬念。接下来，诗歌以"终朝采蓝"二句的叠唱进一步加强了第一个悬念。经过如此铺垫，七、八二句对于悬念做出正面解释：一切都是由于丈夫外出愆期，未能及时返家引起的。这是画龙点睛之笔。至此，前面的描述都变得事理明晰而富于情蕴。于是"予发曲局"与"自伯之东，首如飞蓬。岂无膏沐，谁适为容"(《诗经·卫风·伯兮》)的相似之处显示出来了。所不同的是，《伯兮》中的女子，只愿为自己心上人打扮的一片痴情，完全是自己有意识的表现，而这位女子只愿为丈夫打扮的深情则是在下意识中流露出来的，她并不希望"予发曲局"，因而告诫自己"薄言归沐"，可见她的感情更为含蓄。

这样，"采绿""采蓝"所获甚微的情况也就有了意味深长的理解。荩草、蓝草都是用来为衣物染上色彩的东西。如果丈夫愆期不归，出现意外，那么，衣物还有什么用处？更不要说染衣物的颜色了。但是，社会加在当时妇女身上的束缚又使她不可能采取什么有效的行动来改变自己的现实处境，于是，只好继续从事那已经变得毫无目的的采集工作，因而才出现了那种若痴若呆、采而不获的状态。

第二部分，即后二章。写这位女子设想丈夫归来后，无论打猎还是钓鱼，自己都要追随左右，不与之分离。她为丈夫担忧，可能意识到某种危险，但并不绝望，甚至不肯从坏处着想。她一心憧憬着圆满的团聚。"之子于狩"四句，丈夫外出的愆期，使她更深一层地理解了生活，深感未来的重逢值得珍惜。她叮嘱自己：丈夫归来后，如果去打猎，自己一定要帮他装好弓箭；如果去钓鱼，自己一定要帮他理好钓绳。丈夫在家时，她很可能从来未能做到这一点。因此，她这样想，也许是不无追悔的。“其钓维何”四句，设想丈夫钓到很多鱼，自己在旁边分享乐趣。其实，这节诗除表层内容外，还有一层象征意义。这就是：祝愿自己与丈夫双宿双飞，爱情生活美满幸福。闻一多先生说：“诗言鱼，多为性的象征，故男女每以鱼喻对方。”（《古典新义》）这首诗以钓鱼得鱼作结，显然隐含着夫妇生活谐畅的意义在内。

（颜邦逸）

苕之华

《诗经·小雅》

苕之华，芸其黄矣。心之忧矣，维其伤矣！

苕之华，其叶青青。知我如此，不如无生！

牂羊坟首①，三星在罶②。人可以食，鲜可以饱。

注释

①牂（zāng）：母羊。坟：大。

②罶（liǔ）：竹编成的捕鱼器具。

鉴赏

这是《诗经·小雅》中一首哀叹饥馑的诗。饥馑的造成一方面在天时，一方面大约与政治不修有关，所以诗人牢骚极盛，恚怨情绪溢于言表。小雅中这样情调的诗并不少。

《苕之华》凡三章，章四句。各章的前两句都是景语，后两句又都是直露宣泄思想情绪的话，而且从表面看去，一章中的景语与情语似乎很少关联。那么这些景句是不是随意的或可有可无的诗行？当然不是。试想如果拿掉各章中前两句景语，岂不成为一首缺乏形象的、审美素质极为淡薄的诗！这样，就有一个疑窦需要解开：诗中的景语作为诗的组成部分，在艺术创作中是怎样产生的？在艺术欣赏中究竟起着怎样的作用？

“苕之华，芸其黄矣”，“苕之华，其叶青青”，这都是兴句。关于《诗经》六义中的“兴”，我以为宋人体察得最为深刻入微。郑樵说兴是“作诗者一时之兴，所见在是，不谋而感于心”，所以兴句与其下诗人抒写本旨的诗句之间的意义联系“不可以事类推，不可以理义求”（郑樵《六经奥论》）。苏辙的话更值得注意，他说诗的兴体“意有所触乎当时，时已去而意不可知，故其类可以意推，而不可以言解也”（苏辙《栾城应诏集诗论》）。在诗人作诗时微妙的思维活动中，兴句的产生是有其逻辑的，绝不是没头没脑、无龙无脉；但时过境迁之后，原来的思维轨迹往往难再寻绎。然而原本既是有逻辑的，对诗人作诗时的艺术心理我们当然也可以进行苏辙所说的“意推”。我们都有这样的心理经验，即当我们有心事的时候，失意或哀伤的时候，对于有诗意的美景特别敏感。中秋之夜，中天的明月最容易触发离别者的哀愁；失恋者在柳绿莺啼的湖畔比之关在室内会更加不可为怀。不过您一定会体味到，您这时的感情波澜和思维活动已经不是那种黏着于不快事情本身的原发性心理活动，而是升华了的或多或少带有审美成分的心理活动。如果您身上多少有点艺术细胞，您心田中就产生了某种诗的兴会。在曹雪芹笔下，林黛玉的许多诗正是在这样的情况下写出来的。《苕之华》一、二两章的兴句，也正是如此产生的。荒年里，诗人正为人们的饥饿而忧伤，可在此时，他看到凌霄花开了，开得很盛，一片金黄，叶子浓密青绿，生意盎然。这种情景，便触动了诗人伤时的艺术神经，把他的感情活动由诗的路径引向外化。于是，“在心为志，发言为诗”，以凌霄花叶起兴，而咏叹出内心的忧苦：“心之忧矣，维其伤矣！”“知我如此，不如无生！”

第三章的两句赋体景语也极见特色。如果说前两章的景句与诗人的感情是反向的话，第三章的两句景语与情语则呈顺向。通过这两句诗，我们对诗人所处的饥荒年景则有了具体的感性认识。诗人并没有筛选出具有覆盖性含义的荒年现象来论述式地叙写饥荒，而是抓取感性意象，类似电影的特写镜头，这样便强化了诗歌的艺术品格。一只母羊，它的头是那样大；捕鱼的竹器沉在水里，星光照在上面静静的不动。羊的饲料也匮乏了，饿得身子瘦小，就突出了硕大的头；河中的鱼也凋耗以尽，捕鱼器徒然设在水中没有收获。所以清人王照圆《诗说》云：“至‘牂羊坟首，三星在罶’，真极为深痛矣，不忍卒读矣！太平之日，虽堇荼亦如甘饴，饥馑之年，即稻蟹亦无遗种。”（陈子展《诗经直解》）

统观全诗，《苕之华》最突出的艺

术特征便是景语与情语的分隔。这种分隔在第三章中情况与前两章不同。前两章都以景句起兴,兴句与本旨句关联的分隔,是中国诗的普通常规,自不必说;第三章的景语虽属赋体,即实写诗人即目所见之景,但与后两句的慨叹在语义逻辑上却也抽掉了直接牵连的大段链条。《苕之华》中这种景语与情语的分隔,显示了中国诗歌即使在它的早期就已具备了极强的表现性。但这种表现性并未走到使人对全诗主旨的不能把握,而只是把景物意向推开去,使之与诗中思想感情的表露保持较远的距离。这样,景物意象便具有非常大的延展性和散发性,给读者的审美感受提供了广阔的领地。

(费秉勋)

何草不黄

《诗经·小雅》

何草不黄,何日不行。何人不将,经营四方。

何草不玄,何人不矜。哀我征夫,独为匪民。

匪兕匪虎,率彼旷野。哀我征夫,朝夕不暇。

有芃者狐,率彼幽草。有栈之车,行彼周道。

鉴赏

这首诗是士兵的怨怒之歌。《毛诗序》认为是"下国刺幽王也。四夷交侵,中国背叛,用兵不息,视民如禽兽。君子忧之,故作是诗也"。朱熹《诗集传》说:"周室将亡,征役不息,行者苦之,故作是诗。"从整体上看,这首诗是以长期服役东奔西走的士兵的口吻写成的,它深刻反映了周代士兵所遭受的痛苦以及厌战思归、渴望和平的心情。

全诗共分四章。首章大处着墨,从广阔的空间与绵长的时间来咏叹征夫的辛苦。开篇“何草不黄”，以“草”为兴，兴中有比，作者以草的枯黄凋萎象征征夫的疲困与憔悴。“何”，什么，哪种。通过“何草”二字，涵盖了所有的草木，无限的空间自在其中了。“何日不行”，从时间角度说明征夫无时无刻不在到处奔波，迄无宁日。第三句中的“将”，朱熹《诗集传》解为“行”字，但又可解作“创”字，“将”亦可读作“创”，《说文》：“创，伤也。”以后一解为佳。此句说，没有人能逃脱当苦差的伤害。“经营四方”再从空间的角度反映征夫的足迹已经走遍了四面八方，行役之苦有了形象化的烘托，在结构上又照应了首句。

第二章写长期服役而不得夫妻团圆。“何草不玄”。“玄”，赤黑色，形容草由枯黄而变为腐烂之色，苦更甚矣。“何人不矜。”“矜”(guān)，通“鳏”，无妻曰鳏。久役之人，长期离开家室，等于无妻，故曰“矜”。又“矜”亦可解作痛苦。二者皆可通。“哀我征夫，独为匪民。”“征夫”，即服役在外之人。“匪”，非。“匪民”，即指遭受非人的待遇。

第三章承上写征夫非人的生活。“匪兕匪虎，率彼旷野。”“兕”，古时类似犀牛的一种野牛。“率”，循。这两句是说：我们既不是野牛，也不是老虎，却整天在旷野里转来转去。“哀我征夫，朝夕不暇。”这两句与首章第二句(“何日不行”)遥相呼应，进一步从“朝夕”落笔，说明从早到晚野兽一般在野地里生活，毫无喘息之机。

第四章继续申写行役之苦。“有芃者狐，率彼幽草。”“芃”(péng)，兽毛蓬松的样子。这两句是说：狐狸尾巴粗大蓬松，像繁茂的野草，而自己却跟狐狸一样，在草地里生活，在草地里行走。“有栈之车，行彼周道。”“栈”，一说为车高高的样子，一说是不加漆饰的白木车。《说文》：“栈，竹木之车曰栈。”这两句是说：我又像是那没有漆饰的大车一样，成天在大路上来回奔跑。“周道”，大道。

因为这是一首发自征夫心底的怨怒之歌。“饥者歌其食，劳者歌其事。”诗中所写，字字句句都与征夫行役之苦密切相关，他们通过自身的感受，把非人的生活描绘得淋漓尽致，形象地揭露了统治阶级对人民的奴役。

全诗四章，内在结构十分紧密。首章从广阔的时空落笔，反映行役之苦的时间之长与地域之广。第二章，从长期离别家室过鳏居生活，对首章前两句作具体补充。三、四两章又从人与野兽生活的类比中，反映了征夫非人的境遇。

与《诗经》中其他民歌作品一样，本篇成功地运用了比兴的艺术手法。诗中的兴、比，与征夫的生活紧密联系在一起。因为他们整日行役于旷野之中，看见的自然是草木的枯黄并逐渐腐烂。人非草木，孰能无情？他们由草木而联想到自己的悲惨命运。他们整日生活在旷野之中，经常与野牛、猛虎、狐狸为伴，于是他们有了“匪人”的觉醒与人性的呐喊。他们行进在大道上，大道上有“栈车”奔驰，而他们却只能靠双腿,"行彼周道"。深层的愤怒,更在笔墨之外。雅诗中有许多作者为统治阶级内部人物,其中有些是粉饰太平、颂扬先祖的作品。因此,雅诗中像《何草不黄》这样反映人民疾苦、揭露统治罪恶的诗篇,就更加值得珍视了。

(陶尔夫)

大　明

《诗经·大雅》

明明在下,赫赫在上。天难忱斯①,不易维王。天位殷適②,使不挟四方。

挚仲氏任③,自彼殷商。来嫁于周,曰嫔于京④。乃及王季⑤,维德之行。大任有身,生此文王。

维此文王,小心翼翼。昭事上帝,聿怀多福。厥德不回⑥,以受方国。

天监在下,有命既集。文王初载,天作之合。在洽之阳,在渭之涘。文王嘉止,大邦有子。

大邦有子,伣天之妹⑦。文定厥祥⑧,亲迎于渭。造舟为梁⑨,不显其光⑩。

有命自天,命此文王,于周于京。缵女维莘⑪,长子维行⑫,笃生武王。保右命尔,燮伐大商⑬。

殷商之旅,其会如林⑭。矢于牧野,维予侯兴⑮。上帝临女,无贰尔心。

牧野洋洋，檀车煌煌。驷騵彭彭[16]，维师尚父[17]，时维鹰扬。凉彼武王[18]，肆伐大商，会朝清明[19]。

注释

①忱：信实，此处意为执着不变。斯：语气词。
②適（dí）：同“嫡”。
③挚：古代国名。仲：排行第二。
④曰：动词词头，无实际意义。嫔：妇女，此处活用为动词，意为出嫁。
⑤王季：文王的父亲。
⑥厥：他的。
⑦伣（qiàn）：好比。
⑧文：礼。祥：吉事。
⑨梁：浮桥。
⑩不：通“丕”，大。
⑪缵（zuǎn）：继。
⑫长子维行：长子维亡。此句谓文王长子伯邑考早逝。
⑬燮：“袭”的假借字。
⑭会：《韩诗》作“旝”。《说文》：“旝，建大木，置石其上，发以机，以追敌也。”
⑮矢：“誓”的假借字。侯：语气词，加强语气。
⑯驷騵：一辆兵车驾四匹马叫“驷”，红马黑鬃白腹叫“騵”，泛指驾车战马。
⑰维：句首语气词。师：军师。尚父：吕望，武王尊称他为“尚父”。
⑱凉：《韩诗》作“亮”，《尔雅·释诂》：“亮，右也”，佐助。
⑲会朝：会战的早晨。

鉴赏

本诗是周人叙述开国史的诗篇之一。诗以时间为序，记述了王季、文王的婚配，他们的德政及武王伐纣的牧野大战。诗中交织着浓重的神话传说成分。作者以为君王之德如何决定着上帝是否肯赐他享有王位。全诗充溢着对王季，尤其是对文王、武王的溢美之情，给这些周的统治者涂上了一层浓丽的灵光圣彩。

首章是全诗的总纲。主要写天命无常，唯德是从，指出了天命之不可恃。前四句说，人间君主的政治清明，必然会在上天得到显现。上帝的主意并非一成不变，所以做君王也很不容易。按照周人的“天命观”，人间君主乃执行“帝”命而为天子，天命无常，唯德是从。其“德”的内容概括而言，即“敬天”“孝祖”“保民”。对那些违背仁德天心的虐民的暴君，它必然要夺其权柄而重新选择能代天保民的有德之人。本章后二句说天子之位虽然是殷商的嫡嗣（指纣王），然上帝却不让他统治天下。这就把读者的思路引向了将要叙写的事件上。

次章至六章叙述了王季、文王的婚配、生育及其德政。诗作紧扣天命移周、周室昌兴、颂赞及神化周国统治者这一中心。

第二章写的是王季的婚配、积累德行以及文王的出生。太任是挚国国君的二女儿,她从遥远的殷商属地来到周国地界,在周国京城与王季合欢成亲。太任是位贤妃。诗中略记曰"乃及王季,维德之行",意谓她跟她的丈夫王季,只是做有德的事情。圣君圣配,共行大德。一方面表明"明明在下,赫赫在上",上帝看在眼里,周王朝必定要昌兴,另一方面也在说明有此身披灵光之贤德父母,有文王这样的圣子是不奇怪的。末二句说,太任有了身孕,就生下了这个文王。

第三章写文王之德政及上帝的感应。说文王在位,办事恭谨认真,一片诚心侍奉上帝。其品德纯正无瑕,迎得了上帝的青睐,求得了大福的降临,四方的诸侯也纷纷归附于他。

诗篇的第四、五两章主要叙写了文王的婚配。诗中说,上天临视着下界,天命已经归集到周王朝。文王即位初年,上天就给他安排好了美满的婚姻。那女子在洽水北岸,在渭水旁边。洽水、渭水使人联想到水的清澈明净及生于斯间的人的秀美姣好。诗篇称扬了这个女子的仪容,这个女子叫太姒,诗中说她像是天帝的妹妹。如此称扬包括了她的外表美,也包括了她的内在美——天帝的妹妹不能是无德无能的。文王于是送上聘礼定下良缘,并制造船只连成浮桥,亲自到渭水边迎娶。这里写婚礼的隆重盛大,不直言迎亲人数之众多、婚礼场面之热烈,只写了"造舟为梁"这一场面。这是婚娶活动的准备工作,依此,其婚礼之盛大可以想见。这章叙事娓娓道来、有条不紊,从上天作合到太姒的仪容再到隆重的婚娶,写得真切自然,如在眼前。那闪着灵光的太姒形象给人印象极深。把武王父母神圣化,无非在于表明武王乃秉承天意的仁德之君。神化武王这一点在第六章写武王出生时就表现得更为明显。

第六章说从上天发下命令,命文王改国号为周,改邑为京。太姒继太任之后,也是个贤内助。她的长子早亡,上天降下大恩让她生了武王。上帝保佑,命令这个武王,联合诸侯讨伐大商。这里给武王身上加上的圣灵色彩十分惹人眼目。且不论其德政如何,总之他从娘胎里出来就带了上帝的福赐、神圣的气息。

第七、八两章描写了武王伐纣,攻灭商王朝夺取王位的牧野之战。该诗抓住这次战争的几个重要场面加以生动描绘。诗篇以敌人的木石武器如林极言敌军的众多。在大敌面前,武王毫不胆怯,誓师动员时语言简短、铿锵有力,充满了必胜的信心:"我们周国要昌兴,上帝监视着你们,你们不能怀有二心。"寥寥数语,一个强君圣主的形象跃然纸上。诗中还以"洋洋"极言战场的辽阔广大,以"煌煌"形容战车的鲜亮,以"彭彭"形容战马的强壮威武。以"鹰扬"——如鹰一样在战场上飞扬,写军师尚父吕望的勇猛驰击，辅佐武王指挥大军袭击商军，非常生动形象。这里“肆”字也用得极妙，把周军纵军疾驰掩卷袭敌的情景写得淋漓尽致。这里有战争的总体描绘，也有局部描写，把战争场面的宏伟壮阔及战争的激烈表现得有声有色，活灵活现。

至此，商王朝已然油尽灯熄，王位移周。结尾照应首章，全诗戛然而止。

应该指出的是，该诗的中心是写商王朝气尽，天命唯周之“德”是从，王位移周。所以周室之“德”及牧野之战是重点。但诗作却以大量笔墨叙写王季及文王之婚配。这样写，一方面使娴静的生活情景与激烈的战争场面相结合，使诗的意境富于变化，增加了诗的情趣。更主要地还在于写家天下时代的王朝更迭时，向读者展示周室之“王家气象”。王季以千里之外的挚国国君的有德之女太任相配，太任千里迢迢由殷商属地来到周国同王季合欢成亲，尤其是文王以“伣天之妹”的莘君之女太姒为配，其婚礼隆重盛大，显示了周室的一派繁兴景象，使人深感周室不仅德配天地，宜据王位，而且周室之“气象”亦与一个王室相配。同时，王季、文王婚配的叙写增加了本诗的史诗气息。对一个王朝来讲，其大事无非政事、婚姻、生育。写一个王朝兴起，也不应略其婚配大事。

（杨立川）

緜

《诗经·大雅》

緜緜瓜瓞①。民之初生，自土沮漆②。古公亶父，陶复陶穴③，未有家室④。

古公亶父，来朝走马⑤。率西水浒⑥，至于岐下。爰及姜女⑦，聿来胥宇⑧。

周原膴膴⑨，堇荼如饴⑩。爰始爰谋⑪，爰契我龟⑫。曰止曰时⑬，筑室于兹。

迺慰迺止⑭,迺左迺右,迺疆迺理,迺宣迺亩⑮。自西徂东,周爰执事。

乃召司空,乃召司徒,俾立室家。其绳则直,缩版以载⑯,作庙翼翼⑰。

捄之陾陾⑱,度之薨薨⑲,筑之登登⑳,削屡冯冯㉑。百堵皆兴,鼛鼓弗胜㉒。

迺立皋门,皋门有伉㉓。迺立应门,应门将将㉔。迺立冢土㉕,戎丑攸行㉖。

肆不殄厥愠㉗,亦不陨厥问㉘。柞棫拔矣,行道兑矣㉙。混夷駾矣㉚,维其喙矣㉛。

虞芮质厥成㉜,文王蹶厥生㉝。予曰有疏附㉞,予曰有先后㉟,予曰有奔奏㊱,予曰有御侮。

注释

①瓞(dié):小瓜。

②土:应作"杜",水名。漆:水名。沮:应为"徂",到。

③陶:通"掏",挖掘。复:通"覆",与"穴"皆指土室。

④家室:房屋。下"室家"同。

⑤来:指从豳来岐山。走马:驱马。

⑥率:自。浒:水边。

⑦爰:于是。姜女:太姜,太王之妃。

⑧聿:语助词。胥宇:犹言"相宅",谓察看地形。

⑨膴膴(wǔ):肥美的样子。

⑩堇、荼:两种苦味野菜。

⑪始:意同"谋",谋划。

⑫契:刻。古人问卜,先在龟甲上钻孔,再烧灼孔处,观其裂纹以断吉凶。

⑬曰:发语词。止:意为此地可居住。时:意为此时可兴工。

⑭慰:安定。

⑮宣:疏导沟洫。亩:耕种田亩。

⑯缩:捆扎。版:筑板。载:通"栽",筑墙的长板,用为动词。

⑰翼翼:严正貌。

⑱捄(jū):盛土于筐。陾陾(réng):众

多的样子。

⑲度(duó):填土于筑板。薨薨:填土声。

⑳筑:用木杵把土砸实。登登:捣土声。

㉑屡:古“娄”字,隆高。冯冯(píng):刮土墙声。

㉒鼛(gāo):大鼓。

㉓皋门:王都的城门。有伉(kàng):即伉伉,高大的样子。

㉔应门:王宫的正门。

㉕冢土:大社,祭祀社神处。

㉖戎:大。丑:大众。攸:所。行:往。古代有军事,用大众,必先祭社。

㉗肆:陈尸祭社(从杨公骥说)。殄:灭绝。厥:指周。

㉘陨:损害。问:通“闻”,声誉。

㉙兑:通畅。

㉚駾(tuì):惊慌逃窜。

㉛维其:何其。喙(huì):通“瘃”,疲困。

㉜虞、芮:均古国名。质厥成:成其好。

㉝蹶(guì):感动。生:通“性”,天性。

㉞疏附:率下亲上之臣。

㉟先后:君王前后辅佐之臣。

㊱奔奏:奔走四方之臣。

鉴赏

周族在始祖后稷时居有邰之国,公刘时迁居豳地。古公亶父继立后,积德行义,“国人皆戴之”,但时时遭戎狄侵扰。于是他率周族“废漆沮,踰梁山”,来到岐山下的周原,营城筑室,建立国家机构。以后周族就在这里逐步强大起来,至文王时,周已发展成为可与殷商抗衡的力量。因此后人有“太王作周”的美誉(《史记·周本纪》索隐述赞)。《诗经·大雅·緜》篇艺术地再现了周人迁岐、建国、创业的过程。

诗分九章,前七章叙古公亶父事,后二章言文王事。《毛诗序》说:“《緜》,文王之兴,本由太王也。”正道明了诗人的构思。

全诗以“緜緜瓜瓞”起笔。“瓞”,小瓜。“緜緜”,连绵不断。这是所谓兴而比,谓周如绵延不绝之瓜瓞,始虽小而终将大。这一句总领全篇,钟惺云:“只緜緜瓜瓞四字,比尽一篇旨意。”(陈子展《雅颂选译》引)接着诗人在第一章中交代了两件事:一是周族最初生活在杜水至漆水流域;二是古公亶父初来岐时与当地人民一起穴地而居。这五句看似一笔带过,实际已暗示古公亶父在周族发展史上的重要贡献和崇高地位,下文叙写古公亶父的六章正是围绕此二事展开。

由豳迁岐,这是周族的第二次迁徙。此次迁徙,表面上失去了一城一地,但实际上一是赢得了更多的民心,二是扩大了自己的势力,是一次具有历史意义的转移。因此诗人以赞美的语气在二、三、四章集中而有次序地叙写了这一事件。先写古公亶父亲自观察地势。对以农业为主的周人来说,土地占有突出重要的地位,因此尽管境遇险恶,古公亶父还是精心地察看着有利于周族发展的地理位置。这个比较的选择过程,作者凝聚在“率西水浒,至于岐下”八个字中,概括性极强,这里凸现了一个有强烈责任心和民族感的圣王形象。次写决定迁岐。对于周原,诗人写道:“周原膴膴,堇荼如饴。”“膴膴”,形容周原的肥美。肥美到什么程度呢?作者未做更多描绘,只用了一个比喻:在这块土地上,苦菜都好像饴糖般甜。这是在写土地,写土地的吸引人;也是在写人,写人的热爱土地。诗人很善于捕捉形象,执简驭繁,短短两句就将周人初见到周原时的欣喜和诗人对周原的感情表现出来。“爰始爰谋”是谋事于人,“爰契我龟”是求问于神,“曰止曰时,筑室于兹”既是占卜的结果,也是人们的心愿。天、地、人达到了和谐的统一,周人决定在此定居。接下来作者连用虚词的排比方式,将周人迁岐后的繁忙景象十分简洁地勾画出来:“迺慰迺止,迺左迺右,迺疆迺理,迺宣迺亩。”有条不紊而劳作不止。再用“自西徂东,周爰执事”总括一笔,使劳动形象更加丰腴。

周人初迁岐时,是与土著居民一起穴地而居,因此营建宫室居邑对周人来说具有特殊意义,它预示着新生活的来临。这种兴奋的情绪,我们可以从诗人对建筑场面的夸张描写看出来。从诗中叙述的建宗庙、筑宫室、立门、立社的内容来看,其规模是巨大的,场面是壮阔的,但诗人只抓住建筑过程中具有典型性的几个动作,运用排比的方式,利用拟声词的效果,将整个劳动情景展现出来:“捄之陾陾,度之薨薨,筑之登登,削屡冯冯。”铲土、填土、打夯、削平,分开来看各是一个动作,合起来看就是一个有序的过程。再把极富动态意义的拟声词加在上面,再用“百堵皆兴,鼛鼓弗胜”的夸张语气稍加描绘,那种壮美的劳动场面、那种饱满的劳动热情都表现出来了,使人如闻其声、如历其境。

八、九两章写文王。文王是古公亶父之孙,他受命后,积德行善,去敌伐叛,三分天下有其二。在周的历史上,他以文治武功奠定了自己崇高的地位。《緜》诗正从此两方面入手。承上文“迺立冢土,戎丑攸行”,诗人先言其伐戎狄的胜利。长期以来,戎狄对周族威胁最大,因此文王受命第二年首先“伐犬戎”(《史记·周本纪》)。先扩大自己的势力以孤立敌人,然后再出击:“柞棫拔矣,行道兑矣。混夷駾矣,维其喙矣。”表现出文王的机智,四个“矣”字显示了周人的骄傲和自豪。写文治,诗人选取平虞芮之讼的故事。虞、芮是与周邻近的两个小国,虞、芮之君因争田而久不和,便往周决讼,入其境,但见“耕者皆让畔,民俗皆让长”(《史纪·周本纪》),二人十分感动,“乃相让,以其所争之田为闲田乃退”(《毛传》)。这个故事全从影响方面着眼,使文王之德政教化昭然若揭。正因为文王在文治武功上有了这样的成绩,所以诗人掩饰不住内心的喜悦,最后站出来四次叠用“予曰”赞美了周的崛兴。王夫之读此四句,叹道:“传其情,写其势……如群川之洊(水流不断)流也,如春华之喧发也，如风之吹万而各以籁鸣也。呜呼，盛矣！”(《诗广传》)此二章照应篇首“緜緜瓜瓞”一句，以见周创业于太王、繁盛于文王之意。

《緜》是周族史诗之一，诗人以周族发展为线索，一路道来，叙述有条有理，繁简各宜。迁岐与筑室于事最要，故详铺细叙。第四章写周人到周原后的安置，这在迁岐与筑室之间是个过渡，故略写，但也井然有序。这首诗以叙事为主，但其中穿插着精彩的描写，有的只一两句(如“周原膴膴，堇荼如饴”)，有的则用一章的篇幅(如第六章)，这些有声有色的描写使诗具有跌宕之美。《緜》在叙事和描写上的成就表现了诗人高超的生活观察力和艺术表现力。

(张庆利)

生　民

《诗经·大雅》

厥初生民[①]，时维姜嫄[②]。生民如何？克禋克祀[③]，以弗无子[④]。履帝武敏[⑤]，歆[⑥]！攸介攸止[⑦]。载震载夙[⑧]，载生载育[⑨]，时维后稷。

诞弥厥月[⑩]，先生如达[⑪]。不坼不副[⑫]，无菑无害[⑬]，以赫厥灵[⑭]。上帝不宁[⑮]，不康禋祀[⑯]，居然生子。

诞寘之隘巷[⑰]，牛羊腓字之[⑱]；诞寘之平林[⑲]，会伐平林[⑳]；诞寘之寒冰，鸟覆翼之[㉑]。鸟乃去矣，后稷呱矣[㉒]。实覃实訏[㉓]，厥声载路[㉔]。

诞实匍匐[㉕]，克岐克嶷[㉖]，以就口食[㉗]。蓺之荏菽[㉘]，荏菽旆旆[㉙]。禾役穟穟[㉚]，麻麦幪幪[㉛]，瓜瓞唪唪[㉜]。

诞后稷之穑[㉝]，有相之道[㉞]。茀厥丰草[㉟]，种之黄茂[㊱]。

实方实苞[37],实种实褎[38];实发实秀[39],实坚实好[40],实颖实栗[41]。即有邰家室[42]。

诞降嘉种[43]:维秬维秠[44],维穈维芑[45]。恒之秬秠[46],是获是亩[47];恒之穈芑,是任是负[48],以归肇祀[49]。

诞我祀如何?或舂或揄[50],或簸或蹂[51];释之叟叟[52],烝之浮浮[53]。载谋载惟[54],取萧祭脂[55],取羝以軷[56]。载燔载烈[57],以兴嗣岁[58]。

卬盛于豆[59],于豆于登[60]。其香始升,上帝居歆[61],胡臭亶时[62]!后稷肇祀,庶无罪悔[63],以迄于今[64]。

注释

①厥初:其初。民:人,此指周部族的始祖后稷。

②时:是。维:助词。姜嫄:古代传说中古帝王高辛氏帝喾之妃,周始祖后稷之母。

③克:能够。禋(yīn):一种野外祭天的活动。

④弗:借作"祓"(fú),为除灾祈福而进行的祭祀活动,引申有排除的意思。

⑤履:脚踏,践。武:足迹。敏:借作"拇"(mǔ),大拇指。

⑥歆:同"欣"。

⑦攸:乃,就。介:读作"愒(qì)",休息。

⑧载:则,就。震:借作"娠",怀孕。夙:疑原为"孕"字,形近而误。

⑨生:分娩。育:哺育。

⑩诞:发语词,无实义。弥:满。月:后稷在胎里的月份。

⑪先生:头生,初胎。达:通"羍",小羊羔,引申为滑利、顺生。

⑫坼(chè):裂开。副(pì):割开。

⑬菑:即"灾"字。以上两句是说后稷出生时非常顺,不用破裂产门,母子没有灾难。

⑭赫:显示。灵:神异。

⑮宁:安。不宁:犹言不高兴。

⑯康:读为"赓",继续。此两句是假托上帝说的话。

⑰寘:同"置",弃置。隘巷:狭窄的巷里。

⑱腓:庇护。字:哺育。

⑲平林:平原上的树林。

⑳会:适逢。

㉑覆:盖。翼:用作动词,用翅膀覆盖。

㉒呱(gū):婴儿啼哭。

㉓实:同“寔”,是。覃:长。訏(xū):大。

㉔载路:犹言充溢于道路之上。

㉕匍匐(pú fú):伏地爬进。

㉖岐:开始懂事,能分辨事物。嶷:借作“凝(yì)”,小儿有知识,懂事。

㉗以:犹“而”。就:往,趋向。口食:食物。

㉘蓺:同“艺”,种植。荏菽:大豆,黄豆。

㉙旆旆(pèi):犹言“勃勃”,茂盛的样子。

㉚禾:谷子。役:通“颖”,禾苗之末。穟穟(suì):禾穗成熟下垂的样子。

㉛幪幪(měng):茂密覆地的样子。

㉜唪唪(běng):众多的样子。

㉝穑(sè):收割庄稼,此处泛指整个农业生产。

㉞相:助。道:方法,窍门。

㉟茀:一作“拂”,拔除。丰草:茂草,指杂草。

㊱黄茂:指嘉谷。

㊲方:萌芽始出地面。苞:谷种吐芽,苗将出未出时。

㊳种:谷种长出短苗。褎(yòu):禾苗渐长的样子。

㊴发:禾苗舒发拔节。

㊵坚:指谷粒灌浆饱满。好:漂亮。

㊶颖:本为穗芒,此处指禾穗繁硕。栗:犹言“栗栗”,形容收获众多的样子。

㊷即:往。有邰(tái):地名,在今陕西省武功西南,有邰为周部族的发祥地。

㊸降:赐。嘉种:优良的种子。

㊹维:同“惟”,是,为,有。秬(jù):黑黍,性黏。秠(pī):一种一壳中有两个米粒的黑黍。

㊺穈(mén):一种赤苗嘉谷。芑(qǐ):一种白苗嘉谷。

㊻恒:读为“亘”,满,普遍,指普遍种植。

㊼获:收割。亩:堆在田里。

㊽任:抱,担。负:背。

㊾以:犹“以之”,把它……。归:运回。肇祀:开始祭祀。

㊿舂(chōng):舂米,用杵在臼中捣米去糠。揄(yóu):舀米,用勺从臼中把米舀出。

51簸:簸米去糠。蹂:蹂搓,使米更为精细。

52释:用水淘米。叟叟:即“嗖嗖”,淘米的声音。

53烝:即“蒸”,蒸米。浮浮:蒸米时热气腾升的样子。

54载…载…:又…又…。谋:计议,商量。惟:思考,考虑。谋、惟都是指准备祭祀时设法把祭典搞得更严肃、更完美。

55取:选取。萧:香蒿。祭脂:牛肠间的脂肪。古代宗庙祭祀,在香蒿上放置牛肠脂,用火焚烧,使其香气上升。

56羝(dī):公羊。軷(bá):祭祀路神。古代郊祀上帝之前,要先祭路神。

57燔(fán):烧。烈:烤。

58兴:兴旺,此处作动词,祈求兴旺。嗣岁:来年。

59卬(áng):我,周人自称。盛(chéng):放置。豆:食器,形如高足盘,木制,用以陈列祭品。

60登:食器,似豆而浅,陶制。

61居:语助词。歆:享受。此句指上帝安然享受祭祀。

㉒胡:大。臭:气味,此指祭品发出的芳香气味。亶:诚然,真正。时:善,美好。

㉓庶无:大概,差不多,幸而。悔:小的罪过,过失。

㉔迄:至,到。

鉴赏

这是一篇具有史诗性质的叙事诗,是周部族人民叙述并歌颂自己的始祖后稷诞生、成长的神异和在农业上的英雄业绩的。

全诗共八章。每章的叙述,都突出地表现了神异的色彩,这正是一般史诗所具有的特色。

第一章,写后稷的母亲姜嫄受孕的神异。她为了"以弗无子",所以"克禋克祀"。结果在祭祀的野外,"履帝武敏",于是就"载震载夙,载生载育"。姜嫄所孕育的,就是周部族的始祖后稷。

第二章,写后稷诞生的神异。姜嫄怀孕"诞弥厥月"之后,后稷降生得非常顺利。"不坼不副,无菑无害",母子都很安全和健康。但是由于姜嫄怀孕后再没有继续的禋、祀,因而引起了上帝的不安,姜嫄以为不祥,也就不敢抚养了,因而引起了"姜嫄弃稷"的一段故事。

第三章,写后稷被弃而不死的神异。姜嫄弃稷于陋巷里,牛羊庇护他、乳养他;弃置在原野中的树林里,恰巧碰上了伐木的人们,把他收养回来;把他放置在寒冰上,鸟儿却用翅膀去温暖他。这些神异的遭遇,充分表现了后稷顽强的生命力,因而最后"实覃实讦,厥声载路",终于生活在人间了。这也就是后稷原名弃的原因。

第四章,写后稷成长的神异。他很快地能匍匐,能走路,能自寻食物,特别是从小时就有特殊的爱好,那就是善于农艺。他所种植的庄稼,"荏菽旆旆,禾役穟穟,麻麦幪幪,瓜瓞唪唪",说明他在农业种植方面很有天赋。

第五章,写后稷在农业上的神异成就。后稷成人之后,在农业种植上,"有相之道",即有特殊的帮助庄稼茂盛成长和获得丰收的好办法、好措施、好窍门。因而他种的五谷,"方、苞、种、褎、发、秀、坚、好、颖、栗",真是田畦整齐、根深叶茂、颗粒饱满、处处可爱可喜的一片丰收景象。有了这么好的农业条件和成就,后稷和他的族人就可以在有邰定居了。

第六章,写天赐嘉种、帮助后稷获得更大丰收的神异。后稷在农业上的神异才能,感动了上帝,因而降下了"嘉种":"维秬维秠,维穈维芑"。于是,后稷"恒之秬秠""恒之穈芑",结果获得了大丰收。后稷及其族人,"是获是亩""是任是负",一片繁忙、欢快的景象。他们把庄稼收回家中,并开始举行大祭,以感谢上帝的恩赐。

第七章,写后稷率领族人举行大祭的神异。祭祀的目的是"以兴嗣岁”，祈求明年更大的丰收。祭祀时，“或舂或揄，或簸或蹂”，又是“叟叟”地淘米，又是“浮浮”地蒸米，几乎是人人欢快、人人忙碌。为了把祭祀搞得更虔诚、更隆重、更丰盛，他们“载谋载惟”，千方百计。这一祭祀的盛况，也从侧面反映出了后稷稼穑的神异。

第八章，写“后稷肇祀”之后，全族人民继承后稷的事业，虔诚祭祀，因而“上帝居歆”，使周部族“庶无罪悔，以迄于今”，以总言后稷功业的神异。

全诗采用赋体，直述其事。为了赞美、歌颂后稷，不惜用大量极其夸张的语言和丰富的想象，使全诗充满了神奇、浪漫的色彩，有些地方甚至使人感到荒诞得不近情理。因此，为了更好地认识、理解和鉴赏这首诗，我们必须理解以下几个问题，才能深刻体会到它所蕴含的深广意义。

周族人民认为，他们的祖先是后稷，是他母亲姜嫄履上帝足迹怀孕生育的，亦即所谓是“感天而生”的。实际上，后稷生活的时代，正是我国原始社会的末期。原始社会是一个漫长的历史时期，除了极为远古荒渺的初期阶段以外，一般学者认为它大体经历了母系氏族社会和父系氏族社会两个阶段。母系氏族社会时期，男女杂交野合，人们只知其母，不知其父，血缘关系是以母亲为标志的，妇女也就自然成为氏族的核心和领袖。到了父系氏族社会时期，妇女的社会地位逐渐下降，婚姻关系也逐渐由群婚制到对偶婚制，于是血缘关系的标志也就慢慢地转向了男性，男子也就逐渐成了氏族的核心和领袖。这是社会发展的必然趋势，也是社会发展、进步的表现。《生民》中的后稷，应该是生活在由母系氏族社会向父系氏族社会转变时期。古代人不理解这个转变的道理，以祖先崇拜的思想感情去理解、去解释、去叙述，把历史的发展神话化、传说化，通过敷衍、夸张、比附，从而神话化了后稷的诞生。这种历史神话化、传说化的理解（它本身就是神话、传说），在古代几乎每个民族都有。契等人的出生都有奇异的神话。伟大的历史家司马迁也不理解这个道理，专门给传说中原始社会的帝王、首领排了世系，写了《五帝本纪》，又把神话传说历史化了。汉代以来的一些古、今文经学派在解释这首诗歌时，当真在后稷出生问题上发生了分歧。古文经学家坚持后稷有父，今文经学家主张后稷无父，争论得喋喋不休，今天看来非常可笑。归根到底是不理解社会的发展，不理解神话传说产生的根源及它的意义。

周部族是一个以农业为主体而发展、兴盛起来的部族。从传说中后稷经营有邰起，以后不断迁徙，如公刘迁豳，古公亶父（周太王）迁于周原等，除了部族斗争的原因外，主要是为了如何更有利于农业发展，以利于本部族的发展和富强。从丰富的历史资料来看，由狩猎向游牧、向农业，是世界各国、各民族古代社会发展的基本轨道，也是社会发展的一种进步。古代人不理解这种发展和进步，更不理解这种发展还是长期的，因而便以祖先崇拜的思想感情去认识、去理解、去叙述，并把这种发展归功于自己祖先神异、天才的创造，从而把祖先神异化、英雄化，使他创造了民族、创造了社会、创造出了许许多多惊天动地的业绩。后稷，按司马迁的《史记》所说，本来是帝舜主管农业的官名，后人把官名说成了人名。他主管农业，也随之被附会为发明稼穑、创造农业了。这样的例子，在古代神话传说中是很多的，如架木为巢、以避群害的有巢氏；钻木取火、以化腥臊的燧人氏；作为网罟、以佃以渔的伏羲氏；始作耒耜、教民稼穑的神农氏等，实际上并不真有其人，或不是其人的独自创造，不过是历史发展到某一特定阶段的艺术化反映罢了。《生民》中后稷在农业上的神异天才和业绩，也属于这种性质。

我们说这首诗是具有史诗性质的。所谓史诗，通常认为，它反映了重大的历史事件，塑造了神奇的英雄形象，具有神话传说的色彩或性质，结构一般也是宏大的。这首诗，虽然仍属于短篇诗歌，但在性质和色彩上来说，是具有史诗特点的。它表面上是赞美和歌颂后稷生长的神异和他在农业上的功业，实际是在描述周部族的成长和发展，并特别突出地表现了这个民族在农业上的成就和贡献。读这首诗，要和《诗经·大雅》中的《公刘》《緜》《皇矣》《大明》等篇结合起来，它们就像一组史诗一样，生动、具体地再现了周部族的发展史。《公刘》写公刘迁邠察地形、定都邑、建房舍的情况；《緜》写周太王（古公亶父）由豳迁于周原，从而使周部族兴旺、发达的事迹；《皇矣》除写太王外，又写了王季、文王，写了周部族的发展、强盛；《大明》是写武王伐纣建国。后稷、公刘、古公亶父、王季、文王、武王，是周部族发展史上的重要领袖和英雄人物，这组史诗描写了他们的业绩，就等于谱写了一部形象化的周部族发展史。由此可见，《生民》所表现的思想内容，所反映的社会意义，都是很广泛、很深刻的。

从写作方法上说，《生民》虽然全用赋体，直述其事，但由于作者是以饱含着对祖先无限崇敬和热爱的感情来叙述的，是以高度的赞美和歌颂的口吻来表现的，因此在全诗的字里行间就跳动着感人的激情和神情贯注的气势，不仅形象地塑造了后稷坚强的生命力、创造力，而且生动地描绘出了一幅幅动人的创造美、劳动美的意境。整篇的语言结构，既参差错落，又整齐和谐，色彩鲜明，富有动态性。它以后稷的出生、成长、创造、成就为线索，依次描述，层次清晰，气韵流畅，不枝不蔓，一气呵成。大量排比句式的运用，增强了诗篇表述的气势；大量拟声状态词语的运用，增强了诗篇描述的生动性。第四章写后稷儿时的艺植，既用了紧缩句法，又用了四对叠字，摹情状态，惟妙惟肖，使我们看到了一片五谷茂密丰美的景象。第五章描写庄稼的生长、成熟，连用了十个形容词，使我们仿佛亲临于五谷的生长、成熟的过程之中，并目睹了他们的丰收。第七章准备祭祀场面的描写，更是生动具体。“或舂或揄，或簸或蹂”，既写出了场面的盛大，又写出了人员的众多，似乎使人能看到他们的繁忙，听到他们的欢笑。下面两句，也使我们听到了“叟叟”的淘米声，看到了蒸米时“浮浮”上腾的蒸气。就这样，色彩、音响、感情、气势，在全篇内交相辉映，呈现出一个创造、劳动、协力、欢快相互交织的美丽世界。

这是一首神异英雄的赞歌，也是一篇创造与劳动的颂诗，无论是其思想或艺术，在《诗经》中都算是最优秀的篇章之一了。

（霍旭东）

公　刘

《诗经·大雅》

笃公刘①，匪居匪康②。迺埸迺疆③，迺积迺仓④，迺裹糇粮⑤，于橐于囊⑥，思辑用光⑦。弓矢斯张⑧，干戈戚扬，爰方启行。

笃公刘，于胥斯原⑨，既庶既繁，既顺迺宣，而无永叹。陟则在巘⑩，复降在原。何以舟之⑪？维玉及瑶，鞞琫容刀⑫。

笃公刘，逝彼百泉，瞻彼溥原⑬，迺陟南冈，乃觏于京⑭。京师之野，于时处处⑮，于时庐旅，于时言言，于时语语。

笃公刘，于京斯依⑯。跄跄济济，俾筵俾几⑰。既登乃依，乃造其曹⑱。执豕于牢，酌之用匏。食之饮之，君之宗之⑲。

笃公刘，既溥既长，既景迺冈[20]，相其阴阳，观其流泉，其军三单[21]，度其隰原，彻田为粮[22]，度其夕阳[23]，豳居允荒[24]。

笃公刘，于豳斯馆。涉渭为乱，取厉取锻[25]。止基迺理[26]，爰众爰有。夹其皇涧[27]，遡其过涧[28]。止旅迺密[29]，芮鞫之即[30]。

注释

①笃：忠实厚道。公刘：后稷三世孙，“公”是称号，“刘”是名。

②匪：同“非”，不能，不敢。居、康：安居。

③迺：于是。埸(yì)：田地的小界(田埂)。疆：田地的大界。埸、疆在这里均作动词用。

④积：露天堆积粮食处，又叫庾。仓：粮仓，有屋曰仓。积、仓在这里均作动词用。

⑤糇(hóu)粮：干粮。

⑥橐：没有底的粮袋，盛物时结两端；一说为小袋。囊：有底的粮袋，盛物时结一端；一说为大袋。

⑦思：语助词，放在形容词前。辑：和睦。用：以。光：光大，光荣。

⑧斯：于是。

⑨于：乃。胥：相，察看。斯原：指豳地原野。

⑩巘(yǎn)：山峰。

⑪舟：借为“周”，环绕，佩带。

⑫鞞(bǐng)：刀鞘。琫(běng)：刀鞘口部的玉质装饰。容刀：佩刀。

⑬溥原：广阔的原野。

⑭觏：见到。京：高大的山丘。

⑮时：同“是”。处处：安居。

⑯依：安居。

⑰俾：使。筵：竹席，这里用作动词。

⑱造：告祭。曹：通“褿”，祭猪神。

⑲宗：大宗，族长。此处谓使公刘做大家的国君和族长。

⑳景：同“影”，此指测日影以定方位。冈：指登高远望。

㉑单：通“禅”，更番轮换。三单：指对军队分三批轮换防守和垦田。

㉒彻田：治理田亩。

㉓夕阳：指山丘的西边。

㉔豳居：豳地的居处。允：确实。荒：大。

㉕厉：“砺”之本字，一种粗硬的磨石。锻：通“碫”，质地坚硬的一种钻石。

㉖止基：居处的基址。

㉗皇涧：豳地涧名。此句谓人们居住在皇涧两岸。

㉘遡：向，面对。过涧：豳地涧名。

㉙止：居。旅：寄居。密：众多。

㉚芮(ruì):水名。鞫(jū):水边向外凸出处。即:就,居住。此句谓迁来的人愈来愈多,公刘使他们到芮水边居住。

鉴赏

一个民族有一个民族的史诗。这些史诗以古老的传说,传说着本族历史发展过程中的重大事件和英雄人物。古希腊的荷马史诗一直被西方人奉为圭臬,是人们认识西方上古史的窗口。在我国,由于历史文化发展的多元性,没有形成一部规模宏大的民族史诗供后人赏阅。但是,在《诗经》中却保存了一部分记载周部族发展的诗篇,其中关于周人祖先开国创业的英雄业绩,记载得最为完整,并且都保存在《诗经·大雅》中。《公刘》就是这些史诗中的第二篇。

据说周人原先在后稷的领导下,居住在邰(今陕西武功县境内),到了公刘时代,因受夏桀的侵扰,周人被迫渡渭水北迁豳地(今陕西旬邑和彬县一带),这就是《史记·刘敬列传》中所说的"公刘避桀居豳"。到了豳地后,情况怎样呢?《史记·周本纪》载:"公刘虽在戎狄之间,复修后稷之业,务耕种,行地宜,自漆沮渡渭,取材用,行者有资,居者有畜积,民赖其庆。百姓怀之,多徙而保归焉。周道之兴自此始,故诗人歌乐思其德。"可以推测,《公刘》一诗就是《史记》这些记载的张本,而司马迁的取材大概也是从《诗经》中来。

全诗共有六章。第一章,写公刘率领族人经过策划、准备后,开始由邰迁豳。第二章,写公刘到豳地后察看地形。第三章,写公刘确定都邑,族人欢洽。第四章,写周人定居后的宴饮之乐。第五章,写公刘进一步相地之宜,整训军旅,大力发展农业生产。第六章,写人口日繁,公刘率众扩建宫室馆舍。整个诗篇按照时间发展的顺序,完整地勾勒出了周民族由邰到豳的迁徙过程。

但是,所有这些过程的呈现,又是围绕着对事件的核心人物公刘形象的塑造而展开的。诗篇开章就深情地赞叹到:"笃公刘"——多么诚实厚道的公刘呀!这就为整个事件的发展、为公刘形象的塑造,定下了饱蘸激情的基调。诗人为什么要这般深情地赞美公刘呢?在部族生存受到威胁的危急关头,公刘"匪居匪康",食不甘味,在思考着部族的出路。为了避免部族蒙受生灵涂炭的灾难,他做出了迁徙的决定。历史上,商部族的盘庚曾有过迁殷的举动,但是阻力相当大。而公刘率领的周部族的迁徙,却较顺利,原因就在于周部族的人们在公刘率领下,"思辑用光",光大后稷创立下来的基业。我们看到,氏族祖先的亡灵在这里发挥着凝聚力的作用。从迁徙前的粮食准备和迁徙途中的"弓矢斯张,干戈戚扬"看,公刘为这次迁徙做了长期而又周密的谋划,显示了他的富有远见卓识的部族首领的才能。当部族顺利到达了“既庶既繁”的豳地后,部族生存的希望之火在这里又重新燃起。于是,在这块未开垦的处女地上,到处留下了公刘奔波的身影。他,上山冈,下平原;定京师,察水源;开垦土地,测量隰原;测日影之长短,观山丘之阴阳……全诗通过这种“剪影”的方式,为我们烘托出一个为了部族的利益而身先士卒、事事躬亲的部族首领的形象。这种忧人民之所忧(“匪居匪康”)、乐人民之所乐(“既顺迺宣,而无永叹”)的首领,理应受到人民的爱戴,所以,全诗反复咏唱着“笃公刘”的主旋律。诗篇在着力追踪公刘的身影时,在中途又宕开一笔,采用了一组特写镜头:“何以舟之?维玉及瑶,鞞琫容刀。”这一笔,点染华贵,看似无关宏旨,实际上是公刘马上马下、会生产、能打仗的部落首领生活的艺术体现,是诗人对公刘精干威武形象的美的欣赏。这种采用多方位角度塑造人物形象的手法,表现了我国英雄史诗出手不凡的内在功力,于后叙事诗的发展裨益无穷。

全诗诗中有画,画面清晰逼真。“迺裹糇粮,于橐于囊”“弓矢斯张,干戈戚扬”,这是一幅生动的部族迁徙图,使我们仿佛看到了周人装满干粮、持着弓矢干戈跟随公刘迁徙的壮观场面。“于时处处,于时庐旅,于时言言,于时语语”,这是安居和寄居的人们三三两两、欢歌笑语的嬉戏场面,描摹得绘声绘色,如在眼前。“跄跄济济,俾筵俾几。既登乃依,乃造其曹。执豕于牢,酌之用匏”,这是一幅群饮图。用大瓢酌酒,既表现出了周人艰难创业的朴实风貌,又给人以豪爽痛快之感。而最令人赏心悦目的是诗尾出现的一幅画面:“夹其皇涧,遡其过涧。止旅迺密,芮鞫之即。”在绿水莹莹、流水潺潺的豳地沃野上,周人新居傍山依水,点缀其间,同“京师”遥遥相对,其盎盎生机呼之欲出。全诗用这幅“新居如画”的画面打住,独具匠心,向人们昭示了周部族“国势之大,日进无疆”(方玉润《诗经原始》)的美妙前景,也形象地说明了“周道之兴自此始”的史实。值得借鉴的是,诗在展现这几幅画面时,有些地方采用了同质异构的手法。例如,同是写周人的居住情况,写京师与写四野就截然不同。写京师刚刚确定,偏重于人物语言的渲染:“于时言言,于时语语”。最后一章写扩建后的四野民宅,则偏重于对地理位置的刻画。这样,不仅告诉我们周人居住地在“允荒”扩大、人口富庶,在行文上又避免了雷同。

全诗在用语上十分简练。“君之宗之”“其军三单”,简短的话语,却向我们透露了两个重大信息:以血缘关系为纽带的国家政权和家族组织结合一体的宗法制已经诞生;寓兵于农的耕作方式已经出现。这样运笔,使全诗风格显得古朴而又风雅,语言简练而意蕴深邃。

(束有春)

民　　劳

《诗经·大雅》

民亦劳止，汔可小康[①]。惠此中国，以绥四方。无纵诡随，以谨无良。式遏寇虐，憯不畏明。柔远能迩，以定我王。

民亦劳止，汔可小休。惠此中国，以为民逑[②]。无纵诡随，以谨惛怓[③]。式遏寇虐，无俾民忧。无弃尔劳，以为王休[④]。

民亦劳止，汔可小息。惠此京师，以绥四国。无纵诡随，以谨罔极[⑤]。式遏寇虐，无俾作慝[⑥]。敬慎威仪，以近有德。

民亦劳止，汔可小愒[⑦]。惠此中国，俾民忧泄。无纵诡随，以谨丑厉。式遏寇虐，无俾正败[⑧]。戎虽小子，而式弘大。

民亦劳止，汔可小安。惠此中国，国无有残。无纵诡随，以谨缱绻。式遏寇虐，无俾正反[⑨]。王欲玉女[⑩]，是用大谏[⑪]。

注释

①汔（qì）：庶几，差不多。

②逑：聚合，这里指人民欢聚安居乐业。

③惛怓(náo):喧哗争吵。
④休:美。
⑤罔极:品行不端、任意作恶的人。
⑥慝(tè):邪恶。
⑦愒(qì):休息。
⑧正败:正道败坏。
⑨正反:政事颠覆。
⑩玉:指金玉财宝。女:指女色。
⑪是用:因此。大谏:深切劝告。

鉴赏

西周的厉王姬胡是我国历史上著名的暴虐无道之君。他残忍荒淫,任用一批贪人败类来把持朝政,并利用巫祝、僧侣控制社会舆论,极端残酷地剥削压榨人民,致使社会矛盾激化,最终引起了人民群众的反抗,厉王本人落得个逃亡而死的可耻下场。在厉王垮台之前那样一个"山雨欲来风满楼"的政治环境中,统治阶级中的一些有识之士写作了一批忧时感事和政治讽刺诗,力图借此警醒暴君与权臣,挽狂澜于既倒。他们以诗干政的这种努力虽然没有奏效,但这批优秀诗篇却真实而生动地反映了当时国家的动乱和人民的苦难,以艺术的形式保留了珍贵的历史镜头。这首《民劳》,就是其中的代表作之一。传说它是召穆公(名虎,康公之后)刺厉王之诗。全诗充溢着浓烈的忧患意识,对于厉王听信奸宄及其暴虐之行给予尖锐警告,以为如不改弦更张,势将引起人民反抗,而使王朝倾覆。这篇被前人目为"变《大雅》"的作品,主题十分鲜明,艺术表现也很杰出。

全诗用"敷陈其事而直言之"的赋体写成。与《诗经》中一些重比兴的篇章含蓄隐约的风格不同,这首诗直截而明快,通篇是唯恐其意不彰的直言诉说和大声疾呼。这大约是因为当时王室的深刻危机和社会的剧烈动荡使得这位有心补天的贤人已经无暇做任何隐蓄,而只希图以快言快语去刺痛醉迷的昏君了。诗的主旨,是讽喻厉王安民防奸。

全诗共五章,每章十句,其内容全是围绕这个主旨来安排的。为了突出和强调主题,让当事者对"安民"与"防奸"这两条互为关联的建议获得深刻印象,作者采用了章节复沓的形式。这种一首分为若干章,每章结构和句数一样,词句往往重复(只更换少数词字句)的复沓形式,《诗经》中诚然不少,但本篇却有独到的安排和独特的意义。

试看第一章分为三小段,第一小段为开头四句,开门见山地呼吁说:人民已经太劳苦了,要求稍稍得到安康,只有这样才能搞好周朝的王畿,从而安抚四方的诸侯;第二小段为中间四句,对那些助厉王为虐的奸人满怀愤恨,劝告厉王别听信狡诈欺骗的话,要警惕不良之徒,制止暴虐与劫掠,以及那些胆大包天、违法乱纪的行为;第三段为末二句,说明只要能不分远近地安抚亲善人民，厉王的统治就能安稳无事。以下四章，基本上是对首章内容的反复强调。各章段落、层次和含义与首章一样。这就充分地抒发了感情，突出了讽谏的中心内容，起到了淋漓尽致地表达诗歌主题思想的作用。同时，这种复沓并不是相同内容的机械而呆板的重复，而是根据诗情变化和主题深化的需要来部分地更换字、词、句，达到了既保持整一的形式和鲜明的节奏，又扩展和推进了诗意的目的。例如每一章的第一小段，虽然都以“民亦劳止，汔可……”两句开头，反复强调与民休息的迫切性，但下二句的具体内容则有所不同，首章是总体上强调只有安民才能富国保境；次章则说国家搞好了有利于人民安居乐业；第三章又说安民之后安抚诸侯就顺利；第四章意再转换，说安民之要在于搞好国家，使人民消除怨气；第五章则归结到只有安抚好人民，才能使国家不致破败。这样就把安民的迫切性、必要性、侧重点及其好处等方面都说出来了。又如五个章的第二小段，都是提醒厉王防奸的，但第一章只是总说必须警惕“无良”之辈和遏止“寇虐”之行，以下四章则详为分说：第二章具体说明要警惕喧闹争权的小人；第三章说要警惕品行不端、任意作恶者；第四章说要警惕居心险恶、行事贪狠者；第五章更进一步提醒厉王要防止这些奸人结党营私，形成危害朝廷的巨大力量。这样就把各种奸宄之徒的丑恶面目及其危害性透彻而全面地揭露出来了。由此可见，本篇的以赋为主、兼用复沓章法的艺术表现，不但尽兴地表露了感情，反复强调了主题，而且还层层深入地发展了诗意，扩展了思想内容，一唱三叹，起到了充分地打动读者心灵、加深读者对特定内容的印象的作用。至于篇末以“是用大谏”等句来表明写诗意图的作法（《诗经》中其他一些篇章也有此种结尾），则是唐代白居易等人的政治讽喻诗“卒章显其志”的先声。

（刘扬忠）

板

《诗经·大雅》

上帝板板[①]，下民卒瘅[②]。出话不然，为犹不远[③]。靡圣管管[④]，不实于亶。犹之未远，是用大谏。

天之方难，无然宪宪[⑤]。天之方蹶[⑥]，无然泄泄[⑦]。辞之辑矣，民之洽矣。辞之怿矣[8]，民之莫矣[9]。

我虽异事，及尔同僚。我即尔谋，听我嚣嚣[10]。我言维服，勿以为笑。先民有言，询于刍荛[11]。

天之方虐，无然谑谑[12]。老夫灌灌[13]，小子蹻蹻[14]。匪我言耄[15]，尔用忧谑。多将熇熇[16]，不可救药。

天之方懠，无为夸毗[17]。威仪卒迷，善人载尸[18]。民之方殿屎，则莫我敢葵[19]。丧乱蔑资[20]，曾莫惠我师[21]。

天之牖民[22]，如埙如篪[23]，如璋如圭[24]，如取如携。携无曰益，牖民孔易。民之多辟[25]，无自立辟[26]。

价人维藩[27]，大师维垣，大邦维屏，大宗维翰[28]，怀德维宁，宗子维城。无俾城坏，无独斯畏。

敬天之怒，无敢戏豫。敬天之渝，无敢驰驱。昊天曰明，及尔出王[29]。昊天曰旦，及尔游衍[30]。

注释

①板板：指违背常道，朱熹《诗集传》："板板，反也……言天反其常道。"

②卒："瘁"之假借。瘁瘅：言忧病之深。

③犹：同"猷"，图谋，策略。

④靡圣：眼中没有圣人。管管：恣肆放纵。

⑤宪宪：喜悦的样子。

⑥蹶：指社会动乱。

⑦泄泄：与"呭呭"通，指妄发议论。

⑧怿：同"殬"(dù)，败坏。

⑨莫：同"瘼"，病痛。

⑩嚣嚣：同"謷謷"，听不进别人的批评意见。

⑪刍荛：割草打柴的人。

⑫谑谑：嬉笑快乐的样子。

⑬灌灌：即"款款"，诚实的样子。

⑭蹻蹻(jiǎo)：傲慢的样子。

⑮耄(mào)：八十为耄，此处指昏乱。

⑯熇熇(hè):火炽盛的样子。
⑰夸毗:指卑躬屈节、胁肩谄笑。
⑱载:则。尸:指神尸。
⑲葵:"揆"之假借,揆度。
⑳蔑:无。资:财产。
㉑师:众庶。
㉒牖:通"诱",诱导。
㉓埙(xūn):陶制的圆形吹奏乐器。篪(chí):古代竹制的管乐器。
㉔璋、圭:朝廷所用的玉制礼器。
㉕辟:通"僻",邪僻。
㉖辟:法。
㉗价人:大人,善人。
㉘翰:骨干。
㉙王:通"往"。
㉚游衍:游荡。

鉴赏

西周王朝自夷王时起,逐渐走下坡路。到了厉王时代,"政教尤衰,周室大坏",于是"众人纷然,刺怨相寻"(郑玄《诗谱序》),大量的讽刺朝政的诗篇出现了,《板》就是这类"乱世之音"的代表作之一。

关于诗的作者,《毛诗序》云:"《板》,凡伯刺厉王也。"郑《笺》说:"凡伯,周同姓,周公之胤也,入为卿士。"魏源《诗古微》认为即是《汲冢纪年》中的"共伯和"。但作者是否为凡伯,已不可知。从诗中"及尔同僚""老夫灌灌"等诗句来看,作者当是王朝内一个具有正直良心的老臣。

诗一开始,便单刀直入,点明大谏的理由:上帝违反常道,致使下民遭殃;上帝说话不对头,政策无远见,因此,我要大力劝谏。这里的"上帝",暗指周厉王。接着几章,作者反复指出:天下动荡不安,社会混乱不堪,"天之方难""天之方蹶""天之方虐""天之方懠(qí)",人民正处在水深火热之中,"民之方殿屎","丧乱蔑资",但同僚们却视而不见,无动于衷。面对这样的社会现实,作者非常清醒,也非常忧虑,警告同僚们:"无然宪宪""无然泄泄""无为夸毗""无自立辟""无俾城坏""无独斯畏""无敢戏豫""无敢驰驱",如果不自醒、不警惕,那么,国家就不可救药了。

看来,那些小人并不以此为然,因此,这位老臣又苦口婆心,开导他们:政令和顺,臣民便会协和齐心;政令败坏,臣民便会受灾受难。我的忠言是合情合理的,并非昏老之言,不要以为这是戏言玩笑。为了打动他们的心,老臣又多次用比喻说明道理:上天诱导下民,如奏埙、篪,和谐其音;如佩璋圭,契合不分;如同拿取、提携,不费精神。善良臣民是国家的藩篱,大众群黎是国家的垣墙,诸侯大国是国家的屏障,王宗大族是国家的骨干,王亲嫡子是国家的干城,以德相和,国家便能安宁。到最后,以"敬天之怒""敬天之渝"作收,"令人凛凛而敬心自生"(方玉润《诗经原始》)。人的一举一动,上天都能看见,天威不可犯,这是老臣最后的警告了,以"天"来压制不敬天的人,反映了周代社会的敬天思想。

厉王时代,小人鼓舌,贤人钳口,《国语》记载周厉王弭谤一事就是例证。那么,这首诗中的老臣不避祸患,大胆劝谏,理想虽不能实现,但其忧国忧民之情怀,确属难能可贵了。同时,从他的劝谏中我们可以认识到,整个朝廷内部一片混乱,君臣根本不讲治国之道,不管民生疾苦,小人得势,好人受气,真是国将不国了。

这首诗篇幅长,内容广,重在劝谏,因此,"多用正言,极文章变化之妙"(姚际恒《诗经通论》),多次用复唱形式,加重语气,体现出老臣的赤胆忠心。第六、七章,则用排比、比喻的方法,一气贯注,把道理说得明白清晰。在用字上,多用叠字:"板板""管管""宪宪""泄泄""嚣嚣"等,增强了诗的形象感和音乐美。"询于刍荛""不可救药"等词已是千年流传的成语了。

(张新科)

荡

《诗经·大雅》

荡荡上帝①,下民之辟②。疾威上帝,其命多辟③。天生烝民,其命匪谌④。靡不有初,鲜克有终。

文王曰:咨!咨女殷商!曾是强御⑤?曾是掊克⑥?曾是在位?曾是在服⑦?天降滔德,女兴是力⑧。

文王曰:咨!咨女殷商!而秉义类⑨,强御多怼。流言以对,寇攘式内⑩。侯作侯祝⑪,靡届靡究⑫。

文王曰:咨!咨女殷商!女炰烋于中国⑬,敛怨以为德。不明尔德,时无背无侧。尔德不明,以无陪无卿⑭。

文王曰:咨!咨女殷商!天不湎尔以酒,不义从式⑮。既愆尔止⑯,靡明靡晦。式号式呼,俾昼作夜。

文王曰:咨!咨女殷商!如蜩如螗,如沸如羹。小大近丧,人尚乎由行⑰。内奰于中国⑱,覃及鬼方⑲。

文王曰:咨!咨女殷商!匪上帝不时⑳,殷不用旧。虽无老成人,尚有典刑。曾是莫听,大命以倾。

文王曰:咨!咨女殷商!人亦有言:颠沛之揭㉑,枝叶未有害,本实先拨㉒。殷鉴不远,在夏后之世。

注释

①荡荡:任意骄纵、不守法度的样子。上帝:假托君王。
②辟:君王。
③辟:通"僻",邪僻。
④谌(chén):诚。
⑤强御:凶暴。
⑥掊克:聚敛。
⑦服:任。
⑧女:通"汝"。
⑨而:通"尔",你。秉:持,用。
⑩寇攘:寇盗攘窃。式:在。内:内部。
⑪侯:是,维。作:借为"诅"。祝:通"咒"。
⑫届:尽。
⑬炰烋:同"咆哮"。
⑭无陪无卿:与上句"无背无侧"都是说君上不明,暗昧蔽惑,背叛、倾仄之人不能明辨,陪贰、公卿良材不能善用。
⑮义:宜。从:纵。式:用。
⑯愆:过失。止:举止。
⑰人尚乎由行:尚且助长此种行为。由:犹"有",助。
⑱奰(bì):怒。
⑲覃:延。鬼方:远方之国的通称。
⑳不时:不好。
㉑揭:举起。
㉒拨:"败"的假借字。

鉴赏

《毛诗序》说这首诗是"召穆公伤周室大坏"的诗,"厉王无道,天下荡然无纲纪文章,故作是诗也"。三家诗无异议。根据诗的内容来看,其说可从。召公名虎,谥穆公,是周文王庶子召公奭之后,厉王、宣王时执政大臣。《国语》记载他曾劝厉王弭谤,可见其忧国忧民之情怀,本篇则是他用诗歌斥责厉王的真实写照。

诗共八章。第一章开篇即斥责君

王暴虐,是以下各章的总目。其中的“上帝”实是影射周厉王。用“荡荡”“疾威”来指斥至高无上的君王,先声夺人,激情溢于言表,给全诗奠定了基调。

第二章到第八章,是对第一章的具体阐发。作者借文王斥责商纣的口气,逐层揭露厉王的罪过,总括起来就是:暴敛如狂,恣行无忌;迫害贤人,构祸朝中;敛怨为德,善恶不明;沉湎于酒,狂乱可憎;怙恶不改,朝政纷乱;废弃典刑,大命以倾;剥丧本根,国将不国。由于厉王的专制,以至于民怨四起,如蝉之鸣,如羹之沸,无时能静,无地能清。在国家濒于灭亡之际,召公忧心烈烈,大胆地向厉王敲响了警钟:“殷鉴不远,在夏后之世!”这个结尾极有力量,如同“豹尾”,振起全篇,扬起历史的灰尘。

此诗构思极为奇特,具有虚中见实之妙。吴闿生说:“此诗格局最奇,本是伤时之作,而忽幻作文王咨殷之语。通篇无一语及于当世,但于末二语微词见意,而仍纳入文王界中。词意超妙,旷古所无……然尤妙者,在首章凌空发议,末以‘殷鉴不远’二句结之,尤极帷灯匣剑之奇。否则真成论古之作矣,人安知其为借喻哉?”(《诗义会通》)吴氏之评恰到好处。这就是说,“咨女殷商”是虚写,“殷鉴不远”才是实意。如果没有“殷鉴不远”这一深意“出匣”,“咨女殷商”就会成为真正的虚笔,成为论古之作了。

此诗每章以“文王曰:咨!咨女殷商”领起,给人以居高临下之感,一个代表着正义、忧国愤世、敢于斥君的形象矗立在我们面前。他目击时事日非,“虽败坏已极而犹冀其感悟,庶几一改厥图,以臻于治,此臣子忧国爱君之心自有所不能已于言者”(方玉润《诗经原始》)。虽然他的出发点是为了维护奴隶制统治,但其忧国爱君之情仍有积极的意义。一首《荡》诗,不亚于一篇《召公谏弭谤》。同时,我们从诗中也可看出周厉王的形象:残暴、昏庸。贪暴是他的本性,这样的国君掌握着国家的命运,国家能不灭亡吗?后来的事实不也正说明了这一点吗?

这首诗在语言上也很有特色。第二章用四个“曾是”句作为排比,气势逼人,突出“贪暴”二字。第三章“不明尔德”“尔德不明”回旋其中,揭露厉王的昏暗不明。第六章用“如蜩如螗,如沸如羹”比喻民怨沸腾,社会动荡。“俾昼作夜”一语,寓意深刻,一方面说明君王不理朝政,黑白颠倒,纵酒无度;另一方面也说明社会黑暗,长夜漫漫,没有光明。此外,“靡不有初,鲜克有终”,“殷鉴不远,在夏后之世”等句已成为人们广泛运用的名言警句了。

由于这首诗反映的内容与上篇《板》基本相同,是动荡社会的产物,也是动荡社会的一面镜子,因此,后世人们就以“板荡”合称,代指政局混乱、社会动荡不安。“疾风知劲草,板荡识忠臣”即是此意。

(张新科)

常　武

《诗经·大雅》

赫赫明明,王命卿士,南仲大祖[①],大师皇父[②]。整我六师,以修我戎。既敬既戒,惠此南国。

王谓尹氏[③],命程伯休父[④]:左右陈行,戒我师旅。率彼淮浦,省此徐土[⑤]。不留不处,三事就绪[⑥]。

赫赫业业[⑦],有严天子。王舒保作[⑧],匪绍匪游[⑨]。徐方绎骚,震惊徐方。如雷如霆,徐方震惊。

王奋厥武,如震如怒。进厥虎臣,阚如虓虎[⑩]。铺敦淮濆[⑪],仍执丑虏[⑫]。截彼淮浦,王师之所。

王旅啴啴[⑬],如飞如翰。如江如汉,如山之苞。如川之流,绵绵翼翼。不测不克,濯征徐国。

王犹允塞[⑭],徐方既来。徐方既同,天子之功。四方既平,徐方来庭。徐方不回[⑮],王曰还归。

注释

①南仲:周宣王时卿士。大祖:太祖庙。
②大师:职掌军政的大臣。皇父:人名,周宣王太师。
③尹氏:指周宣王时大臣尹吉甫。
④程伯休父:周宣王出师时的军帅之一。
⑤省:察视。
⑥三事:犹“三有事”,“三事大夫”,即

周之三公。
⑦业业:举止有威仪的样子。
⑧舒:舒徐。保:安。作:指行军。
⑨绍:犹"缓",舒缓。
⑩阚(hǎn):虎怒貌。虓(xiāo)虎:咆哮的虎。
⑪铺:犹"敷""陈"。敦:屯。濆(fén):水边。
⑫仍:因,就。丑虏:指降服的敌军士兵。
⑬啴啴(tān):众盛貌。
⑭犹:通"猷",谋略。塞:信实。
⑮回:"违"之假借,违抗。

鉴赏

周厉王的残暴统治,导致了国家的覆没,厉王被流放到彘地。宣王即位后,励精图治,东征西讨,国势一度中兴。这首诗就是赞颂宣王平定徐国叛乱功绩的诗篇,气势宏大,如方玉润所说,"是一篇古战场文字"(《诗经原始》)。

关于作者,《毛诗序》说是"召穆公美宣王",虽无确据,姑且从之。篇名"常武",《毛诗序》说是"有常德以立武事,因以为戒然";方玉润认为是以乐名诗,"武王克商,乐曰《大武》,宣王中兴,诗曰《常武》","以示后世子孙不可以武为常,而又不可暂忘武备,必如宣王之武而后为武之常"(《诗经原始》);王质《诗总闻》认为"自南仲以来,累世著武,故曰常武"。说法不一,对理解全诗也无大碍,因此,我们不再深究。

诗共六章,描绘了宣王伐徐的全过程。一、二两章写出征前的部署,宣王在太祖庙中命令卿士南仲和大师皇父:整顿六军,修理兵器,准备去平定叛乱。这里用"惠此南国",是说平定叛乱对南国有好处,是施恩于人。接着宣王又令尹吉甫命程伯休父为副帅,左右排行,沿着淮河岸边前进,去征讨徐国。三、四两章写周宣王亲征,占领淮浦之地。当强大的周军如雷如霆,逼近徐国时,他们早已骚乱、震惊。这里用"徐方绎骚""震惊徐方""徐方震惊"回环之笔衬出周军的声势。接着,宣王指挥着虎贲之士,势如破竹,攻占淮浦之地,大获全胜,擒获了敌军的俘虏。这两章,从正侧两面着笔,描绘出了周军一往无前的精神。

第五章是全诗的高潮。一组排比句,虚张声势,把周军的威风描绘得淋漓尽致。这组排比句,也是夸张,也是比喻,一气呵成,极为传神,正与周军强大的气势相一致。"如飞如翰"写其迅疾,"如江如汉"写其势众,"如山之苞"写其坚不可摧,"如川之流"写其势不可当。"绵绵"状其不可绝,"翼翼"状其不可乱。"不测",神速不可知;"不克",敌不能胜我。最后一句"濯征徐国"更是形象有力,净洗贼窟,不留遗孽,用字极奇极新。

第六章写周军征服徐国,班师回朝,体现了周军以德取天下的策略。其中“徐方”二字回环互用,奇绝快绝,“杜甫‘即从巴峡穿巫峡,便下襄阳向洛阳’之句,有此神理”(《诗经原始》)。

此诗写战争最为得力,用赋的手法,按时间顺序铺叙了整个战争的过程,但重点突出,不显紊乱。在战争的具体描写中,又用比喻、夸张等手法渲染气氛,突出了本次征讨的特点(本次征讨的路线是:先淮夷而后徐戎)。在语言方面,用了大量的叠词,“赫赫明明”“赫赫业业”“王旅啴啴”“绵绵翼翼”等,有力地写出了宣王的气势,给人以形象之感。

(张新科)

瞻　　印

《诗经·大雅》

瞻印昊天,则不我惠。孔填不宁①,降此大厉②。邦靡有定,士民其瘵。蟊贼蟊疾,靡有夷届③。罪罟不收④,靡有夷瘳。

人有土田,女反有之。人有民人,女覆夺之。此宜无罪,女反收之。彼宜有罪,女覆说之⑤。

哲夫成城⑥,哲妇倾城⑦。懿厥哲妇⑧,为枭为鸱。妇有长舌,维厉之阶⑨。乱匪降自天,生自妇人。匪教匪诲,时维妇寺⑩。

鞫人忮忒⑪,谮始竟背。岂曰不极,伊胡为慝?如贾三倍⑫,君子是识⑬。妇无公事⑭,休其蚕织。

天何以刺⑮?何神不富?舍尔介狄,维予胥忌⑯。不吊不祥,威仪不类。人之云亡,邦国殄瘁。

天之降罔，维其优矣⑰。人之云亡，心之忧矣。天之降罔，维其几矣⑱。人之云亡，心之悲矣。

觱沸槛泉⑲，维其深矣。心之忧矣，宁自今矣。不自我先，不自我后。藐藐昊天，无不克巩⑳。无忝皇祖㉑，式救尔后㉒。

注释

①孔：甚。填(chén)：久。
②厉：祸。
③夷：平。届：终，极。
④罟(gǔ)：网。
⑤说：通"脱"，开脱。
⑥哲：智。成：立。城：犹言邦国。
⑦倾：倾覆。
⑧懿：通"噫"，叹词。厥：那。
⑨阶：根由。
⑩时：是。寺：寺人，周朝宫中的近侍小臣。
⑪鞫(jū)：穷尽。忮：害。忒(tè)：变更。忮忒：意谓巧于作恶。
⑫贾(gǔ)：商人。三倍：多倍利润。
⑬君子：德才兼备的人。识：通"职"。
⑭公：工。公事：指蚕织之事。周礼规定，王后等须亲为蚕桑之事以教民。
⑮刺：指责。
⑯维：只。胥：是。忌：恨。
⑰维：语助词。优：厚，引申为严重。
⑱几：近。
⑲觱(bì)沸：泉水翻涌如沸。槛：借为"滥"，泛滥。
⑳克：能。巩：以韦(皮条)束物，此作"制约"解。
㉑忝(tiǎn)：有愧于……。皇祖：先祖。
㉒式：用。后：指后代子孙。

鉴赏

《毛诗序》说《瞻卬》(卬，音yǎng，义同仰)和《大雅·召旻》同为"凡伯刺幽王大坏"之作。清代学者方玉润在《诗经原始》中也说："此刺幽王嬖褒姒致乱之诗。"参验史实，他们的意见是对的。幽王是一个专横暴戾、骄纵荒淫的昏君。在他统治时期(前781—前771)，用"为人佞巧，善谀好利"的虢石父为卿，把持朝政，又宠幸褒姒，败坏朝纲，加上关中大震和对西北游牧部族用兵接连失败，闹得天灾人祸、国无宁日、民不堪命、怨声载道，《瞻卬》一诗便是在这个历史背景下写成的。此后不久，幽王立褒姒为后，以其子伯服为太子，废掉申后和太子宜臼，激怒申后之父申侯，于是申侯联合缯和犬戎,起兵攻破镐京,杀幽王于骊山之下,西周王朝至此宣告灭亡。对这一可悲的结局,诗人是预见到了的,所以诗中充满了悲愤和忧虑。

这首诗共七章。一、二两章指责幽王纵凶为恶,迫害无辜和侵吞土地、人口的行为。第一章先写诗人仰天悲诉的情景,他怨恨苍天没有惠爱之心,把巨大的灾难降到人间,弄得“邦靡有定,士民其瘵”,那些奸佞邪恶之徒“蟊贼蟊疾”,像害虫一样猖獗,为非作歹,祸国殃民,没有终极。这实际上是借天写人,呼天斥王,把进攻的矛头直指周幽王。所以第二章紧接着揭露幽王劫夺封建领主土地、人口的事实:“人有土田,女反有之。人有民人,女覆夺之。”诗人认为这种行为不仅有悖先王之教,而且侵犯封建领主的根本利益,必然加深统治阶级内部的裂痕,破坏西周王朝的中上层社会基础,把国家推向崩溃的边缘。然后再联系具体事实加以斥责:“此宜无罪,女反收之。彼宜有罪,女覆说之。”无罪反而收捕,有罪反而开脱,颠倒是非,善恶不分,幽王的昏庸、政治的黑暗程度也就昭然若揭了。这一章的八句,言辞尖锐,放言无忌,切中要害,一针见血,有力地揭露了幽王倒行逆施的罪恶行径,充分地表现了诗人刚直不阿的可贵品格和无所畏惧的战斗精神。

诗的第三、四两章,掉转笔锋揭露褒姒扰乱朝纲、谗害忠良的丑恶嘴脸。诗人说她是一个不肯安分守己、专好拨弄是非、巧于作恶的“长舌妇”,是一个坏事做绝、怙恶不悛、不可教诲的像鸱鸮一样的恶人。诗人认为褒姒乃“维厉之阶”,是危害国家的祸根,对政治的混乱负有不可推脱的罪责,故怀着极大的愤慨说:“哲妇倾城”,“乱匪降自天,生自妇人。”按照周朝礼制,王后等应恪守周礼,亲躬蚕桑以为民先,以教天下,不应干预朝政,而褒姒非但“休其蚕织”,不能母仪天下,反而“为枭为鸱”,“鞫人忮忒”,“如贾三倍”,惯于谗害忠良,惯于从玩弄阴谋中捞取私利,作恶多端,罪行深重。诗人不顾个人安危,敢于用辛辣的语言对褒姒进行无情的讽刺和揭露,极为突出地表现了疾恶如仇的耿介品格和为国忘身的思想境界。他对褒姒的讽刺和揭露,当有事实依据,不会是虚妄的强加之罪。但如果将倾城倾国的责任全部归之于褒姒,也是不全面的。《史记·周本记》曾记载过这样一件事情:褒姒不好笑,幽王欲其笑,万方不得,乃举烽火,诸侯以为寇至而起兵援救,至而无寇,褒姒乃大笑。幽王悦之,为数举烽火。为博取褒姒一笑,竟至点燃烽火,戏弄诸侯,祸乱天下,这个罪责只能由幽王来负。

诗的五、六两章描述在幽王的暴虐统治下,天怒人怨、众叛亲离的情形。诗中呼天控诉,反复三次写到士民不堪忍受而纷纷逃亡,一曰“人之云亡,邦国殄瘁”,二曰“人之云亡,心之忧矣”,三曰“人之云亡,心之悲矣”,痛恨暴政、忧国忧时的感情愈来愈强烈。诗人认为,之所以会造成这种可恨可悲的局面,罪在幽王。是他“舍尔介狄,维予胥忌。不吊不祥,威仪不类”，纵容大恶元凶，忌恨良臣，为君不仁，为人不善，威仪不好，致使苍天震怒，降下惩罪的天网。故而他连续地悲痛呼号：“天之降罔，维其优矣”，“天之降罔，维其几矣”！在诗人看来，上天无私，唯德是辅，如今幽王昏庸失德，暴虐无道，天不再福佑，西周王朝行将覆灭的厄运已经迫近，这是诗人不愿发生而又不能不正视的可怕现实，所以在他的内心深处蓄积着莫以名状的大痛。

诗的最后一章，诉说深忧大痛和人生劫难，告诫幽王敬天敬祖、谋及长远。开头两句以泉水涌沸为比，诉说自己对国家命运的忧虑已经很深很久了，他忧心忡忡地说最大的动乱“不自我先，不自我后”，恰恰发生在自己生活的时代，他痛恨幽王，痛恨这个时代。但是，出于对国家命运、子孙后代的关心，向幽王提出最后的告诫：“藐藐昊天，无不克巩。无忝皇祖，式救尔后。”上天虽藐藐高远，但主宰着人间，制约着一切。违天不祥，作为西周天子，不能辱没先祖，只要弃恶从善，来者犹必可救，子孙也会得到福佑。

总观这首诗，内容深刻，感情强烈，尖锐地揭露了周幽王以及褒姒等人的大罪大恶，是一首极富批判精神的现实主义诗歌。至于诗中所流露的天道观念，在两千多年前以天命论为精神支柱的西周时代是无法克服的。最后对幽王的告诫和希望，也是不切实际的幻想，这是和诗人的阶级地位、利益联系在一起的，不必作过分的苛求。

这首诗基本为四言，相当整齐。语言简练质朴，表现力很强。二章八句尤为精练，一正一反，推挽往复，对比有力。有些诗句，如“哲夫成城，哲妇倾城”，概括性很强，蕴含也非常深刻。其他一些诗句，如“蟊贼蟊疾”“为枭为鸱”“如贾三倍”“觱沸槛泉”等比喻非常形象，有力地增强了艺术效果。而“妇有长舌”一句更为生动，一笔勾画出褒姒长舌多事、巧于谗毁的丑恶嘴脸。通篇以叙事为主，而以议论、抒情穿插结合，笔路富于变化。全诗七章虽各有重点，但都围绕着“乱”字来写，写乱的根源、罪责、表现和后果，具体而不琐细，概括而不抽象，往往只言片语便可一发中的。这些都充分说明诗人不仅有洞察社会的眼力和击其要害的胆识，而且具有相当高的文化素养和创作技巧。

（臧维熙）

召　旻

《诗经·大雅》

旻天疾威[1]，天笃降丧[2]。瘨我饥馑[3]，民卒流亡。我居圉卒荒[4]。

天降罪罟[5]，蟊贼内讧。昏椓靡共[6]，溃溃回遹[7]，实靖夷我邦[8]。

皋皋訿訿[9]，曾不知其玷。兢兢业业，孔填不宁[10]，我位孔贬。

如彼岁旱，草不溃茂，如彼栖苴[11]。我相此邦，无不溃止。

维昔之富不如时，维今之疚不如兹[12]。彼疏斯粺[13]，胡不自替[14]？职兄斯引[15]。

池之竭矣，不云自频？泉之竭矣，不云自中？溥斯害矣，职兄斯弘[16]，不烖我躬[17]。

昔先王受命，有如召公[18]。日辟国百里，今也日蹙国百里[19]。于乎哀哉！维今之人，不尚有旧？

注释

①旻天:指上天。疾威:暴虐。
②笃:厚,重。
③瘨(diān):降灾,灾害。
④居:国内。圉(yǔ):边疆。
⑤罪罟(gǔ):罪辜。
⑥昏:乱。椓:通“诼”,谗毁。共:通“供”,供职。
⑦溃溃:昏乱的样子。回遹(yù):邪僻。
⑧实:是。靖:图谋。夷:灭。
⑨皋皋:通“譹譹”,欺诳的样子。訿訿(zǐ):毁谤的样子。
⑩填(chén):长久。
⑪栖:草偃伏在地如栖息。苴(chá):枯草。
⑫疚:贫病。兹:此,指此地。
⑬疏:稷,即高粱。斯:此。粺(bài):精米。
⑭替:废弃。
⑮职:主,含有“此”意。兄:同“况”,情况。斯:语助词。引:延长。
⑯溥:通“普”,普遍。斯:此。弘:大。
⑰烖:同“灾”。躬:身。
⑱召公:召康公,文王、武王、成王时的大臣。
⑲蹙(cù):缩小。此句指犬戎入侵,诸侯外叛。

鉴赏

《召旻》是一个悲剧人物的自述。周幽王宠幸褒姒,任用奸邪,朝政昏乱,以致外患严重,国土日削。这一切使一位前朝老臣目不忍睹,他痛感自己人微言轻无回天之力,只能看着先王开创的百年基业一天天沦丧下去。他面对苍天、面对君主发出了呼天抢地的呐喊。

这首诗以其强烈的悲剧色彩震撼着人心。强烈的感情触动和深刻的理智启发互相融合,是悲剧美感心理的突出特点。悲剧人物的苦难、不幸乃至死亡,绝不是偶然的现象,而是对立的社会力量互相冲突的结果,体现着一种历史本质的必然,显示着深刻的社会意义。《召旻》的成功正在于它形象地揭示了这种“冲突”。诗中写道:一方面,天灾频仍,饥馑遍地,十室九空,国土荒芜;另一方面,那些当权的“蟊贼”们内讧相争,不理朝政,为一己私利而谗言乱政,肆虐逞凶。一方面,兢兢业业的君子们对黑暗腐败的现实心怀不满,却无力抗争;另一方面,奸邪小人却欺诈攻击,包藏祸心。一方面,贫困日甚,昔日的富裕之家也只能以粗粮度日;另一方面,有些人却吃着白米而尸位素餐。诗人把当时社会的黑暗现实描绘得非常形象生动。但是诗人的笔触并未停止于表象的描摹,他力图追寻这场灾难发生的原因,并试图找出一条摆脱危机的出路。在第六章中,诗人指出,池水的枯竭绝非一天之祸，而是从池边开始，慢慢向中心扩展，泉水的断流却是始自中心的泉眼。他想告诉人们，国家陷入今天这样的困境，是长期政治腐败的结果，而腐败的根本原因则在于权力中心的昏暗。面对这可悲的现实，诗人痛苦万分，他在全诗的结尾大声疾呼，请那些先朝的旧臣们站出来效力，以挽救国家的败亡。诗人的用心可谓良苦，但他毕竟不懂得，这个国家的灭亡已是历史的必然，即使周公再生，也改变不了它的命运。

席勒曾经指出，悲剧的愉快是由于它描写冲突和奋斗，表现最高的道德意识，从而使人得到伦理精神上的提高。从心理学的角度说，这是一种崇高感。这种悲剧的崇高感能使人的心灵在受到强烈的震荡、感情在经历异常的激动之后，引起精神上的奋发、昂扬、提高，从而产生特有的艺术感染力。《召旻》诗的“最高道德意识”和它的“崇高感”，突出表现在作者忧国忧民的强烈感情和对国家兴亡所怀的高度责任感。诗人以饱含悲痛的笔触描绘了天灾人祸给国家、人民带来的灾难，对那些祸国殃民的奸邪小人，诗人加以无情的揭露和斥责，在最后一章中他动情地追述先王“日辟国百里”的丰功伟绩，又以无限惋惜的哀伤之情痛泣“今也日蹙国百里”，并发出“于乎哀哉”的悲叹。崇高是构成美感的重要形态，崇高的美感愉悦主要不是感情的愉悦，而是交织着深刻的理性思维和巨大的伦理情感的愉悦。读《召旻》诗，我们看到一个身居下位，兢兢业业，疾恶如仇，忧国忧民，为了挽救国家不惜冒杀身之祸，揭露权贵，抨击黑暗势力，矛头直指最高统治者的诤臣形象。他的崇高精神使我们心情激荡，情绪感奋，精神为之一振。吴闿生说，此诗为“忧乱之将至，哀痛迫切之音。贤者遭乱世，蒿目伤心，无可告愬，繁冤抑郁之情，《离骚》《九章》所自出也”（《诗义会通》），实在是有识之见。

（程俊英　朱杰人）

载　芟

《诗经·周颂》

载芟载柞，其耕泽泽①。千耦其耘，徂隰徂畛②。侯主侯伯，侯亚侯旅，侯彊侯以③。有嗿其馌，思媚其妇④。有依其士，有略其耜⑤。俶载南亩，播厥百谷，实函斯活⑥。驿驿其达，有厌其杰⑦。厌厌其苗，绵绵其麃⑧。载获济济，有实其积，万亿及秭[9]。为酒为醴，烝畀祖妣，以洽百礼[10]。有飶其香，邦家之光。有椒其馨，胡考之宁[11]。匪且有且，匪今斯今，振古如兹[12]。

注释

①芟：除草。柞：砍树。泽泽：土质松散。

②耦：二人并耕。徂：往。隰：低洼地。畛：田间小路。

③主：家长。伯：长子。亚：次子。旅：众多，指幼小子弟辈。彊：强壮者。以：雇工。

④嗿（tǎn）：吃饭的声音。馌：给田间劳动的人送的饭。

⑤依：壮盛。略：锋利。

⑥俶：开始。载：从事。函：包含。活：生机。

⑦驿驿：接连不断。达：苗出土。厌：饱满。杰：苗先出土者。

⑧绵绵：茂密的样子。麃：通"穮"，谷物的穗。

⑨济济：众多的样子。秭：数目，十万为亿，十亿为兆，十兆为京，十京为垓，十垓为秭。

⑩醴：甜酒。烝：奉献。畀：给予。洽：合乎。

⑪飶（bì）：香的食物。椒：指椒酒。胡考：长寿老人。

⑫且：此地，这里。振古：自古。兹：此。

鉴赏

我国是一个历史悠久的农业国，早在西周时期，农业已较发达。人们对春耕秋收等农事活动也十分重视，每年都要举行"春祈""秋报"活动，祈祷丰年，祭祖祭天，答谢神佑。《周颂·载芟》就是这样一首祭歌。全诗可分为两部分，从开始到"万亿及秭"描写了劳动、收获的场面，从"为酒为醴"到结束描绘了举行祭礼的场面。

"载芟载柞，其耕泽泽。千耦其耘，徂隰徂畛。"诗的开头便展现了一幅宏大的农耕场面：有的在除草，有的砍杂树，成千上万的人一道耕耘，高地、低地、田中、田畔，到处是劳动者的身影。这十六个字，将紧张繁忙的集体劳动景象生动地展示出来。场面壮阔，气魄宏大。

"侯主侯伯，侯亚侯旅，侯彊侯以。"这三句是开头四句的补充，前面是全景式鸟瞰，这里再选一个点来展开：某一家人，父子老小全部出动，个个身强力壮，辛苦劳作。诗采用了排句的形式，进一步烘托劳动的气势。

"有嗿其馌，思媚其妇。"在紧张的劳动场面中，忽然插入一段女子送饭,男子吃得津津有味的场面,以此显示男性的强壮、女子的漂亮,充满浓郁的生活气息,富有情趣,结构上起到了张弛有致的效果。

"有依其士,有略其耜。"这两句写农家子弟身强力壮,铁制的犁头锋利无比。两句对举,都采用了倒装句式,突出强壮和锋利。"俶载南亩,播厥百谷,实函斯活。"在朝阳的土地上,开始播种百谷,种子吸收了阳光水分,生机勃勃,那饱含生命力的种子就要化成一片绿色的希望。"驿驿其达,有厌其杰。"庄稼连续不断、争先恐后地从地里冒出头来,还有那良种出的苗更是饱满突出,似乎有心要显示自己的存在。"厌厌其苗,绵绵其麃。"一眨眼,绿油油的一片变成了沉甸甸的禾穗。以上从庄稼的播种到成熟一一写来,条理井然,铺排有序。前面突出劳动者的强健和勤苦,后面重点写庄稼的长势,而农人的辛勤劳作也就不言而喻了。

"载获济济,有实其积,万亿及秭。"这三句以夸张的手法写庄稼的丰收。堆积的粮食要以万亿来计算,可以想见田里场头堆满庄稼,繁忙中充满欢乐的气氛。

"为酒为醴,烝畀祖妣,以洽百礼。"丰收了,收获的粮食制成酒。收获不忘本,在先民崇尚"报本反始"的思想支配下,首先将美酒献给祖先,报答庇佑之恩,并祈求来年丰收。

"有飶其香,邦家之光。有椒其馨,胡考之宁。"供品散发出芬芳的香味,使整个家族都增添了荣光。椒酒既香且美,老年人喝了健康长寿。这两句渲染了祭祀的隆重,具有浓郁的抒情色彩,体现了劳动丰收后的喜悦和对祖先虔诚的礼拜。

"匪且有且,匪今斯今,振古如兹。"前两句是互文见义。这几句既是咏叹,也含有祝愿。不仅是此地,不仅是今年,自古以来,丰收后的祭礼都是如此隆重。这种结尾既符合颂诗的格调,又给人一种深远的历史感,在苍茫深沉的意境中结束全篇,给人留下无尽的回味。

这首诗的作者应是周王朝的史官,作诗意在颂扬神明祖先之功,颂扬年丰谷熟之景,颂扬和平王化之盛。从客观上讲,本诗也反映了劳动者的艰辛忙碌,但这种认识极其淡化,作者主要是颂,而不是讽。

作为一首农事诗,作者又较完整地记下了一年之中的劳动过程,从开耕、播种、耘草到收获,历历在目。另外,诗中描写了祭祀活动以及民俗民情等,扩大了知识面,其意义又超出了纯粹的祭神颂歌。

《载芟》是一篇赋体诗,前一半铺叙农事,用排比一一写来,层次井然;后一半写祭祖祀神,人神共存,幽思微茫,给人以神秘的感觉。

(金启华)

良　耜

《诗经·周颂》

畟畟良耜，俶载南亩①。播厥百谷，实函斯活②。或来瞻女，载筐及筥，其饟伊黍③。其笠伊纠，其镈斯赵，以薅荼蓼④。荼蓼朽止，黍稷茂止⑤。获之挃挃，积之栗栗⑥。其崇如墉，其比如栉⑦，以开百室。百室盈止，妇子宁止。杀时犉牡，有捄其角。以似以续，续古之人。

注释

①畟畟：耒耜深耕快进的样子。耜（sì）：翻土工具。俶：开始。

②函：包含。活：生机。

③饟：供给食物，用食物款待。

④纠：本指三股的绳索，这里指用带子系住。镈：一种除草的农具。赵：锋利。

⑤止：语助词。

⑥挃挃：割庄稼的声音。栗栗：众多的样子。

⑦墉：城墙。栉：梳头的器具，齿比梳密。

鉴赏

《良耜》这首诗是西周初期的诗。据《毛诗序》云："《良耜》，秋报社稷也"。可见，这本是一首祭歌，但诗记叙的主要内容是春耕、夏耘、秋收、冬藏，到最后四句才提到祭祀活动，所以，虽是祭神秋报之歌，我们却可把它作为一首农事诗来读。

"畟畟良耜，俶载南亩。"锋利的犁头插入大地，在向阳的南亩开始了耕种。诗从良耜耕地写起，这是农事活动的开端。而对良耜的赞美，又显示了人们对生产工具的重视，在农业社会的初级阶段，生产工具的进步往往就代表了生产力的发展。"播厥百谷，实函斯活。"播下百谷，种子在松软的土壤里吸收了水分就饱含了勃勃生机。"或来瞻女，载筐及筥，其饟伊黍。"有人来看你们了，手里提着方筐圆筥,里面装着黍米饭。这几句写男子在田地里辛勤劳作,妇女们送饭到了地头,对这种同心协力、努力生产的场面,诗歌描写时带着一种热情洋溢的赞美之情。“其笠伊纠,其镈斯赵,以薅荼蓼。”斗笠的带子系在项下,那锄头真锋利,铲除旱地的荼、洼地的蓼,全靠这锋利的锄头。可以想见,农夫们一定在顶着烈日,挥汗如雨,辛勤地给庄稼除草培土。“荼蓼朽止,黍稷茂止。”除去的荼蓼杂草慢慢地腐烂了,正好成为农作物的肥料,黍米高粱得到这天然的肥料长得更加茂盛了。以上描写了耕地、播种、除草、施肥等生产情况,其中自然包含了农人的辛勤劳动,加上气候正常,下面写秋后丰收就水到渠成了。

“获之挃挃,积之栗栗。其崇如墉,其比如栉,以开百室。”这五句写秋收场面,收割时只听到一片嚓嚓声,粮食堆得密密麻麻,高得像城墙,密得像篦子,打开一间间粮仓装粮食。这里,诗歌运用比喻、夸张等修辞手法,又通过叠词的效果摹声摹状,表现了丰收的场景,渲染了欢乐的气氛。“百室盈止,妇子宁止。”多间屋子都装满了,妻子儿女都安心了。“民以食为天”,只有仓廪实,才能知礼节。以后则写丰收后的祭祀礼仪。“杀时犉牡,有捄其角。”宰一条大肥牛,把弯弯的牛角献给社稷之神,献给祖先,报本反始,祈求来年获得更大丰收。“以似以续,续古之人。”继旧岁,续往事,按照古人传下的方法行秋报大祭。这既是陈述,又是祝愿,希望年年如此,岁岁平安。

这首诗概括而凝练地写了整个农业生产的过程,反映了人们对粮食丰收的欣喜和追求,这种追求又通过秋报活动反映出来,反映了特定时代的文化特征。诗中对便利农业的工具表现了热烈的赞美,说明当时鲁人对生产工具的巨大作用已有所认识。

《良耜》是一首祭歌,却没有西方宗教祭祀歌那种宗教迷信色彩和神秘气氛,而是充满了现实的生活气息,体现了中国古典文化的入世精神,即以对现世人生的追求代替对神的狂热礼拜,这首诗属赋体,诗中铺陈农事生活,有条不紊,用典型化细节概括描写各个生产阶段,生动形象。用词造语朴实、自然而富有表现力。

《良耜》这首诗还影响了后世各种郊祀诗,并为考察我国古代社会的农耕情况留下了很珍贵的史料。

(金启华　史双元)

駉

《诗经·鲁颂》

駉駉牡马①,在坰之野②。薄言駉者③!有驈有皇④,有骊有黄⑤,以车彭彭⑥!思无疆⑦!思马斯臧⑧。

駉駉牡马,在坰之野。薄言駉者!有骓有駓⑨,有骍有骐⑩,以车伾伾⑪!思无期⑫!思马斯才⑬。

駉駉牡马,在坰之野。薄言駉者!有驒有骆⑭,有骝有雒⑮,以车绎绎⑯!思无斁⑰!思马斯作⑱。

駉駉牡马,在坰之野。薄言駉者!有骃有騢⑲,有驔有鱼⑳,以车祛祛㉑!思无邪㉒!思马斯徂。

注释

①駉駉(jiōng):马肥壮的样子。牡马:雄马。
②坰(jiōng):远郊。
③薄言:发语词。
④驈(yù):两股有白毛的黑马。皇:黄白色相间的马。
⑤骊:黑马。黄:赤黄色的马。
⑥车:用作动词,驾车。彭彭:形容马强壮有力的样子。
⑦思:发语词,无义。无疆:无穷,极言马多。
⑧臧:善。
⑨骓(zhuī):青毛白毛相杂的马。駓(pī):黄毛白毛相杂的马。
⑩骍(xīn):赤色马,又称红栗毛马。骐:青黑色花纹如棋盘格子的马。
⑪伾伾(pī):马奔跑时矫健迅疾的样子。
⑫无期:无数,多得没法数。
⑬才:才能。
⑭驒(tuó):有鳞状黑斑纹的青色马。骆:白身黑鬃的马。

⑮骝(liú):赤身黑鬃的马。雒(luò):黑身白鬃的马。
⑯绎绎:马疾驰追逐的样子。
⑰无斁(yì):无数(用于省吾说,见《泽螺居诗经新证》)。
⑱作:起,马敏捷腾跃的样子。
⑲骃(yīn):浅黑夹杂白毛的马。騢(xiá):赤毛白毛夹杂的马。
⑳驔(diàn):黑色黄脊的马,一说脚胫有长毛的马。鱼:眼上有白毛的马。
㉑祛祛:强健的样子。
㉒无邪:犹言"无边"(于省吾说)。

鉴赏

此诗是我国古代第一首专门咏马的诗。诗人描写了马群之盛、马种之全、马姿之雄、马德之美,以此歌颂僖公时鲁国养马的业绩。

诗的作者,《毛传》以为是史克,《三家诗》说是奚斯,今人多信后一说。

春秋时代,马是主要交通工具,同时,战场上也以车战为主,故养马业在各诸侯国都发展起来,但具体描写养马盛况的诗文却不见于史籍,此诗正补充了这一缺憾。

此诗在艺术上的显著特点是全用赋法。此所谓赋法有两层含义,一是说全用直接描写和叙述的方法;二是说诗人用铺陈的写法,讲究方位对称的图案式的布局,可视为汉赋技法的最早之源。全诗四章,每章结构相同,分咏十六种花色的牡马。

首章一、二句咏马场全景。"牡马",应释为公马,有人解为牧马,不如前解好。在《诗经》中写"牡马"的诗句很多,诸如战阵、宴会、行役等都用牡马驾车,因为它雄健威武、善于奔跑。诗人用"駉駉"一个叠词,写出了牡马的肥壮强健的雄姿。接着"在坰之野"一句,把读者带到水草丰美的牧场,那里无数的矫健雄马,或奔跃长嘶,或"分背相踶"(庄子《马蹄》),一派欢腾的景象,表现出一种阳刚雄健之美。鲁国养马业之盛,甚至鲁国诗人对国力的赞颂之情,也初露端倪。如果把"牡马"改读为"牧马",就索然无味了。

如果说一、二句是写牧场的全景,那么中四句便是特写镜头,出现在读者眼前的是四种骏马。诗人对这些马没有具体描写,只是点出它们的名称,对现代人来说,确实抽象了些,但当我们知道这些马的肤色后,就会知道诗人并不想描绘马的体态,而是想用马的色彩来表现马群之美。黑身白跨的驈、黄白二色相间的皇、纯黑的骊、赤黄色的黄,组成以黑黄两色为基调的彩色群落,色调和谐端庄而且华丽,把读者带入美的境界,马群的雄健和兴盛气象,随着色彩的闪耀得以形象地表现。

诗人知道仅有外部色彩的美,对马的美的歌颂毕竟还不够充分,于是,用"以车彭彭"的形象予以补足,使读者亲见牡马驾车奔驰的雄姿。"彭彭”二字相叠，音节响亮，表现马的整齐有力快速的蹄声。同时，与上文色彩的描写相配，动静相映，有声有色，增加了无穷的情趣。至此，马的色彩美与品质美、形与神得到完美的统一。诗写到这里本可煞住，为了歌颂的需要，诗人又加两句颂辞：“思无疆！思马斯臧。”这既是颂马，也是颂人，诗人的赞叹之情得以充分地表达。

第二章至第四章的结构与首章同，诗人反复咏叹，以尽其情。但并非简单的重复歌唱，于反复中有变化发展，改换了马的品种花色，对马场整体图案的色彩是一种补充，更进一步渲染了牧马业的繁荣气象。第二章写了以赤黄为基色的四种马。第三章写了白、黑、赤为基色的四种马。第四章是以白为基色的四种马。四章诗通过色彩的变幻，构成了一幅绚丽的图案，整个牧场又像花团锦簇的花园，这些色彩是鲁国骏马的精英荟萃。有人说，这是歌颂鲁国人才济济，作此联想是读者的权利，作者是否真有此意，也不得而知。古人也曾说：四章诗，分别写四种马，即良马、戎马、田（猎）马、驽马，验之《诗经》其他作品，发现此说并不确切（如《小雅·皇皇者华》写行役用马有驹、骐、骆、骃）。诗人只不过是把十六种马分布于四章诗中，求其色彩的谐调壮丽，进行多方位的铺陈，组成多姿多彩的马群，并有意用色彩构成绚丽的画面，渲染出繁荣昌盛的景象，以表达赞颂之情，这种意象布局法，对后世汉赋的作者有一定的启迪。

（周满江）

那

《诗经·商颂》

猗与那与[①]！置我鞉鼓。奏鼓简简[②]，衎我烈祖[③]。
汤孙奏假[④]，绥我思成[⑤]。鞉鼓渊渊，嘒嘒管声。
既和且平，依我磬声。於赫汤孙[⑥]，穆穆厥声。
庸鼓有斁[⑦]，万舞有奕[⑧]。我有嘉客，亦不夷怿！
自古在昔，先民有作。温恭朝夕，执事有恪。
顾予烝尝，汤孙之将。

注释

①猗(ē)、那(nuó):美好的样子。与:通“欤”,叹词。
②简简:鼓声。下“渊渊”同。
③衎(kàn):欢乐。烈祖:有功勋的祖先,这里指商汤。
④汤孙:商汤的子孙。奏:祈求(先祖)。假:通“格”,来临。
⑤绥:赐予。我:主祭人自称。思:语助词。成:福禄。
⑥於(wū):叹词。赫:显赫。
⑦庸:通“镛”,大钟。斁(yì):洪大。
⑧有奕:即“奕奕”,从容而整齐。

鉴赏

关于《商颂》,学者多有考证,认为是商族后裔宋国公室祭祀祖先时所用的乐歌,写作时间大约在春秋前期。诗中几次提到“汤孙”,当是主祭者自称,宋国国君最有资格担任这个角色。《商颂》是宋国历代国君沿用的祭祖的颂诗。

《那》诗写出了祭祀商汤的一个庄严而热烈的场面。旧本都把这篇诗定为一章,现在我把它分为五章,每章四句,分别押韵(四、五章韵同),最后剩两句,大概属于和声,即歌咏结束或告一段落时增加的朗诵祝词。

诗中有“万舞有奕”的赞语。清孙诒让认为这里所说的“万舞”即指《大濩》舞。商代甲骨文中有“隻”字、“濩”字,学者认为即助祭的乐舞名,后世记载中或称为《大濩》。学者还指出,“濩”字像鸟入水之形,是商族信奉鸟图腾的象征。商族最初用“濩”祭祀祖先,后来专用于祭祀商汤。《那》诗正是配合《大濩》舞的歌词,也反映了《大濩》舞表演的情况。

诗中有些语词,解释多有分歧。今参考诸家言,试加分析。第一章说,多么美好啊!“鞉鼓”(摇鼓)都已摆列出来。敲鼓的声音非常洪大,来娱乐先祖之灵。第二章说,汤孙祷告祈福,期望赐予福祉。鞉鼓的声音洪大,还有管乐相和。第三章说,乐声和平,都以玉磬为准。汤孙的功业显赫,祭祀的声音肃穆。第四章说,钟声和鼓声震耳,万舞是何等地从容而整齐。贵宾看了,没有不兴高采烈的。第五章是“乱”。“乱”是乐曲的高潮部分,也是诗歌内容的重点,一方面颂扬祖先,一方面用以自勉,并勉励后人。大意是,从古代以来,先民都有所作为,温和谦逊,朝夕谨慎,严肃对待事业。这是汤孙的传统族训。诗的最后两句是祝词,大意是祈求先祖降临,享用供品,这是汤孙奉献的。

就乐舞方面说,此曲有五“成”(段)。用了多种乐器,有轮奏,有合奏(乱)。音乐“既和且平”,和歌词所强调的“温恭朝夕”,和舞蹈所表现的“猗兮那兮”,风格一致。就语言说,除少数语词外,一般还是文从字顺的,比起《周颂》来,它出现的时间是比较晚的。

(阴法鲁)

烈　祖

《诗经·商颂》

嗟嗟烈祖①,有秩斯祜②。申锡无疆③。及尔斯所④。
既载清酤,赉我思成⑤。亦有和羹,既戒既平⑥。
鬷假无言,时靡有争⑦。绥我眉寿,黄耇无疆⑧。
约軧错衡⑨,八鸾鸧鸧⑩。以假以享,我受命溥将⑪。
自天降康,丰年穰穰⑫。来假来飨,降福无疆。
顾予烝尝,汤孙之将。

注释

①嗟:叹词。
②秩:大。祜:福。
③申:重。锡:赐。
④所:处所。
⑤赉:赐予。
⑥戒:具备。平:适中。
⑦争:喧争。
⑧黄耇(gǒu):长寿。黄:年老发黄。耇:年老寿高。
⑨约:缠裹。軧(qí):古代车毂两端皮制的装饰物。衡:车辕前端的横木。
⑩鸾:通“銮”,马镳两端的铃铛,驷马八铃。鸧鸧(qiāng):铃声,或写作“锵锵”。
⑪溥:广大。将:长远。
⑫穰穰:收成丰盛。

鉴赏

本诗在旧本中都定为一章,现在把它分为五章,每章四句,各自押韵。最后也剩两句。章句结构和《那》相同,只是第四章末句多一字。诗的最后两句和《那》诗最后两句文字也相同。如果《那》是配合《大濩》的歌词,

《烈祖》也是祭祀商汤的配合《大濩》的歌词。

第一章赞扬先祖赐予大福的恩德,并且祈求永远使更大的福祉降临汤孙之门。第二章说,献上清酒,祷告祈福,还有调和的羹汤,已经齐备,滋味适口。第三章说,默默地祷告,一时没有喧争之声。祈求赐予高寿的福祉,长生不老。第四章说,助祭人乘坐的马车,红皮缠裹着轴头,衡木上纹彩交错,他们都在八只鸾铃声中到达。这时先祖降临享用供品,我承受的天命既重大而又久长。第五章说,上天使人们安康,年年丰收。先祖降临,享用供品,赐给我无限福祉。按照《那》诗的结构,它的第五章是"乱",那么,《烈祖》的这一章也应当是"乱"。各章的大意相当清楚。

在《诗经·商颂》中,《那》着力描写的是奏乐舞蹈的情景,《烈祖》着力描写的是举行典礼的情况,而两诗的主旨则在祈福一事,所以反复表示这种愿望。作品可能出于巫祝等人之手,文风质朴,使用了不少祭坛术语,具有一定的文学价值。通过这两篇诗,我们大致可以了解或想象当时祭祀商汤的场面,以及在乐舞艺术方面所取得的成就。典礼上所采用的仪式和乐舞中,或许还保存着商族世代相传的《大濩》舞的影子。

(阴法鲁)

玄　鸟

《诗经·商颂》

天命玄鸟,降而生商。宅殷土芒芒。古帝命武汤,正域彼四方,方命厥后,奄有九有。商之先后,受命不殆,在武丁孙子。武丁孙子,武王靡不胜。龙旂十乘,大糦是承。邦畿千里,维民所止。肇域彼四海,四海来假,来假祁祁,景员维河。殷受命咸宜,百禄是何!

鉴赏

《毛诗序》云:"玄鸟,祀高宗也。"可见,此为祭祀之诗。祭祀的对象除殷高宗武丁外,还上溯契、汤。由于年代久远,口口相传,殷王朝历代祖先的功业、德行难免渐传渐神，故《玄鸟》又是神话色彩颇强的英雄史诗。

“天命玄鸟，降而生商”，起句突兀，向我们展示了一个优美的神话场面。老天命燕儿降下卵来生育了商的先祖契，并让他住在殷这片茫茫的大地上。契，是商的始祖，其母简狄。《烈女传》载：“契母简狄者，有娀氏之长女也。当尧之时，与其妹娣浴于玄印之水，有玄鸟含卵过而坠之，五色甚好。简狄与其妹娣竞往取之，简狄得而含之，误而吞之，遂生契焉。”《毛传》曰：“玄鸟，鳦也。春分玄鸟降。汤之先祖，有娀氏女简狄配高辛氏帝，帝率与之祈子高禖而生契。故本其为天所命，以玄鸟至而生焉。”说法虽不尽相同，但都认为是上天命鸟降而生高祖。商颂《长发》所谓“有娀方将，帝立子生商”，正与此相印证。契生活的时代，与禹同，“契长而佐禹治水有功，帝舜乃命契曰：‘百姓不亲，五品不训，汝为司徒。’”后来契被封于商地，并赐姓子氏。《史记》的这段记载，表明契的功绩。既受命于天，又施惠于民，契的后代当然就绵绵不绝，业垂后世了。这三句诗，追述了商玄祖的功业，是历史，又是神话。怎样解释这种“自神其祖”的现象？其实，自神其祖，非独商民。史传：禹母吞薏苡而生禹，姜嫄履天帝迹而生稷，皆以天为父而降生，故曰“天子”。“天子”一说，除含有受命于天的尊崇外，也是保留了母系制残存记忆的产物。知母不知父，也只有寻诸上天了。故自神其祖的颂诗，又包含着人类开化之后对野蛮状态的讳饰。

“古帝”以下四句，专颂武汤。汤，是商的开国之君。郑玄指出：“自契至汤八迁，始居亳之殷地而受命，国日以广大芒芒然。”契感天而生，汤循天而行，用伊尹之智，靠武功征伐，占有四方，成了九州之王。五百年的基业，是汤靠武功伐桀除暴而开创，故此诗特别点出他的“武”“正”“域”，即勇武、征伐、占有。这与商颂《长发》中“武王载旆，有虔秉钺，如火烈烈，则莫我敢曷……韦顾既伐，昆吾夏桀”的描写对照，更让人体会到开国之君的武功不凡。

从第八句起，皆颂高宗武丁。依据诗意，十五句诗，又可分成五个小层面。第一层为“商之先后”以下五句，颂武丁能“守成”。自契至汤，十四世而八徙都，汤建商朝；自汤至武丁，二十一世而王朝四衰，高宗武丁用傅说而中兴。武丁之所以追功武汤，主要在于他谨承天命，时时不殆，因此，武汤的事业，他没有不能胜任的。诗中的“武丁孙子”，非“武丁的孙子”，应解作“武丁这孙子”，对契与汤而言。第二层为“龙旂十乘”二句，颂武丁能“敬祖”。龙旗的大车数十乘，大祭典都给他担承。《殷本纪》载：“武丁祭成汤，明日，有飞雉登鼎耳而呴。”即为其中一次祭祀的异兆。祀祖怀德，修政敬民，这在那个时代是福佑社稷长安的大事啊！第三层为“邦畿千里”二句，颂武丁“爱民”。国都的附近方千里，都是人民聚居的场所。民心向君与君心爱民，全被这居处的相近统一起来了。第四层为"肇域彼四海"四句，颂武丁能"怀远"。邦畿千里安定巩固之后，武丁开始据有那四海之地。德感所及，四海朝服，以至朝进者络绎于途，住满京师。"来假祁祁，景员维河"，是一幅颇为融乐的民族团结图画。它说明商朝绝非仅居中国一隅的诸侯部落，而是带有集权性质的多民族国家。第五层为诗末二句，由武丁的能"中兴"，进而歌颂殷朝社稷。既然殷受天命都很合适，所以百种福禄都应由它永远地承受着。这两句诗，不但内含因果关系，且有训诫意义，教育殷商后代，永远敬天而行。

全诗一章二十二句。作为史诗，它与西方动辄千行以上的史诗（如《荷马史诗》《罗兰之歌》等）相比，是太简约了。虽然简约，但它对殷商史实的追述还是眉目清晰的。这对我们认识殷商时代，无疑有史的参考价值。若纯从"诗"的角度衡量，《玄鸟》也是颂诗中不可多得的佳篇。

它有强烈的神话色彩。鲁迅认为，在古代，"不问小说或诗歌，其要素总离不开神话"。此诗述史颂祖，实中有虚，天人相感，那神话的气息是十分浓郁的。其次，它结构完整，首尾呼应。一诗颂三代先祖，有次有主，有先有后，完整地表现了一个朝代由奠基到创业、到守成光复的全过程；诗从"天"写起，到"天"结束，中则以敬天的精神贯穿起丰富的史料，使诗歌保持了较好的整体性。

（田秉锷）

长　发

《诗经·商颂》

濬哲维商[1]，长发其祥。洪水芒芒[2]，禹敷下土方[3]，外大国是疆[4]。辐陨既长[5]，有娀方将[6]，帝立子生商[7]。

玄王桓拨[8]，受小国是达[9]，受大国是达。率履不越[10]，遂视既发[11]。相土烈烈[12]，海外有截[13]。

帝命不违[14]，至于汤齐[15]。汤降不迟[16]，圣敬日跻[17]。昭假迟迟[18]，上帝是祗[19]，帝命式于九围[20]。

受小球大球㉑，为下国缀旒㉒，何天之休㉓。不竞不絿㉔，不刚不柔，敷政优优㉕，百禄是遒㉖。

受小共大共㉗，为下国骏厖㉘，何天之龙㉙。敷奏其勇㉚，不震不动，不戁不竦㉛，百禄是总㉜。

武王载旆㉝，有虔秉钺㉞，如火烈烈，则莫我敢曷㉟。苞有三蘖，莫遂莫达㊱，九有有截㊲。韦顾既伐㊳，昆吾夏桀㊴。

昔在中叶㊵，有震且业㊶。允也天子㊷，降予卿士㊸。实维阿衡㊹，实左右商王㊺。

注释

①濬(ruì)："睿"的假借字，明智。商：指商之始祖契。
②芒芒：即"茫茫"。
③敷：治。言禹施政教于天下四方。
④外：邦畿之外。全句是说以外大国为中国之境。
⑤辐陨：即"幅员"，指疆域。
⑥有娀方将：言有娀氏之女(契母)正在壮大。
⑦帝立子生商：上帝立有娀氏之女为高辛(契父)之妃，从而生了契，也就创立了商。
⑧玄王：指契。桓拨：威武刚强。
⑨受小国是达：此句指小国归附玄王，玄王受之，能通达其国情。
⑩率：遵循。履：借作"礼"。不越：不超越礼法准则。
⑪视：巡视。发：施行政令。
⑫相土：契之孙。烈烈：威武貌。
⑬截：整齐划一。全句言四海率服。
⑭帝：指上帝。
⑮齐：同。全句言至于汤就能齐同上帝之命而王业大成也。
⑯汤降不迟：此句言汤之降生恰当其时。
⑰跻：升也。全句言圣明之德日进也。
⑱昭假：祷告祈福。迟迟：久久不息。
⑲祗：敬。全句言汤尊敬上帝。
⑳式：法。九围：即九州。全句言上帝命汤统治九州。
㉑受：通"授"。球：圆玉。
㉒为下国缀旒：此句指汤以小球大球赐予下国之君，以作穿旒之用。
㉓何：通"荷"，蒙受。休：福佑。
㉔竞：争。絿：急躁。
㉕敷政：施政。优优：宽和。

㉖禄:福。遒:聚。

㉗受:通“授”。共:通“珙”,玉。

㉘骏:大,指桓圭。厖:“龙”的假借字,杂色,指杂色之圭。全句言汤以大小之玉赐下国诸侯,以作桓圭或龙圭。

㉙何:通“荷”,蒙受。龙:通“宠”。全句言蒙受天之宠爱。

㉚敷奏:施展。

㉛戁(nǎn):恐惧。竦(sǒng):恐惧。

㉜总:聚。

㉝武王:指汤。旆:大旗。载旆:大旗插在车上。

㉞虔:威猛。秉:持。钺:大斧。

㉟曷:通“遏”,阻止。

㊱苞:丛生之草。蘖:斩伐树木后长出的新芽。此以苞草比夏桀,以三蘖比韦、顾、昆吾三国。遂、达:草木生长的样子。

㊲九有:九州。截:斩获。

㊳韦、顾:夏的同盟部落,后为商汤所灭。

㊴昆吾:夏的同盟部落,后为商汤所灭。

㊵中叶:指汤在位的中期。

㊶震:威严。业:大。

㊷允:诚然。此指商汤真是上帝的儿子。

㊸降予:上帝赐我。卿士:执政之官,此指汤之大臣伊尹。

㊹阿衡:商人称执掌政权之大官为阿衡,此指伊尹。

㊺左右:辅佐保佑。商王:指汤。

鉴赏

《长发》共七章,是《诗经》中比较长的诗,可以研究的问题不少,这里只就其表达的特点分三个方面来谈:

一、表达得很集中;

二、典重而不板滞;

三、声韵有特色。

先谈第一个方面:

这是叙述和歌颂成汤功德的诗,全诗都集中在对成汤的描述上。我们可以从各章来印证:第三章写上帝降福于成汤;第四章写成汤统治天下的政绩;第五章和第四章密切联系,着重写成汤的威望;第六章写成汤的武功。这四章很明显都是集中写成汤的。第一章写成汤的祖先;第二章写成汤以前商的发展情况。这两章也是为写成汤而写的。第七章写伊尹佐汤。很显然,这也是为了写成汤而写的。

集中对长诗来说,是从结构上组织得有条不紊,不至散漫无归,所以显得特别重要。

再谈第二个方面:

典重是指全诗庄敬严肃的风格来说的。《长发》是宗庙祭祀的乐歌,出语自然要庄敬严肃。但庄敬严肃的诗,在长篇中容易陷于板滞,而《长发》却能避免,究其原因有三:

(一)如前所分析,《长发》的结构非常清楚,每一章中均有重点,次序井然。这就使全诗的表达不至陷于板滞。

(二)各章的表达基本上是不同的,但也有例外,如第四章和第五章。尽管第四章重点写成汤的政绩,第五章重点写成汤的威望;但由于二者内在的联系非常密切，于是作者在通篇都采用同类的句子来加强表达。这就全诗来说，倒具有一种不规则的特色。

（三）语言的多样化。从句式来说，基本上是四言，但也有少数的五言和六言，显得错落有致。篇中有比较古奥的语言，也有流利通畅的语言，二者结合得很和谐。

再谈第三个方面：

声韵是诗歌的有机组成部分，从我们常说的声情并茂，就可以看出它的重要作用。《长发》是一首祭祀宗庙的乐歌，也就更重视这一点。下文就显而易见地提出三点：

（一）句句押韵，在音节上就显得很集中。

（二）以第一章为例，七个韵脚的韵尾都是收 ng 的，都能从声音给读者以发扬、阔大的气象，这和庄敬严肃的表达是相适应的。

（三）以第六章为例，七个韵脚多用舌齿音，又都属入声字，显得特别有力。这和描绘成汤在武功上的成就是相适应的。

不难看出：以上三个方面互有联系，而集中又是它们之中的重点。

《长发》是统治者的作品，但成汤的事业是符合当时人民的利益的，也就可以歌颂；而通过上述的分析，的确具有特点和优点，也就值得我们去研讨了。

（张志岳）

屯如　乘马

先秦古歌

屯　　如

屯如，邅如，乘马班如。匪寇，婚媾。

乘　　马

乘马班如，泣血涟如。

鉴赏

这两首反映抢婚习俗的诗都选自《周易》，第一首是屯卦六二爻的爻辞，第二首是屯卦上六爻的爻辞。题目都是笔者所加。《周易》又称《易经》，简称《易》，是儒家的重要经典之一。《周易》有六十四卦，三百八十四爻。爻（yáo），指构成卦的横画，每六爻合成一卦。卦和爻都各有说明，称为卦辞和爻辞。卦辞、爻辞中有一些是上古流传下来的民间歌谣。从中可以约略看出上古社会生活的某些侧面和当时人们的一些思想感情。

抢婚是原始社会部落之间存在的一种婚姻习俗。这里所选两首诗，上一首写抢婚的男子，下一首写被抢的女子，在时间上、情节上和画面上都有上下相承的关系。

先看《屯如》。“屯如”的“屯”（zhūn）是困难的意思，“如”是语末助词，无义；“邅如”的“邅”（zhān）意为徘徊；“班如”的“班”意为旋转不进。抢亲的男子及与他同来的部族兄弟都是“乘马”而来的，已行进到抢亲女子的土房附近。只见他们的坐骑“屯如”“邅如”“班如”。这里的用字不但形象、生动，而且还富于层次感。“屯如”，形容行进的困难，但毕竟是在向前；“邅如”是徘徊之意，已是有进有退；至“班如”就干脆是在原地转圈子了。“乘马”人为什么不动作迅疾地翻身下马，立即抢亲呢？坐骑的徘徊不前正好表明马上人心底的犹豫。是犹豫打算打退堂鼓了呢，还是正在酝酿着准备下手的决心？马上主人公心底的波翻浪涌，就只有他们自己才说得清楚了。

以上几句是绘形绘色的描画，以形写神。后面两个短句以议论点明。“匪寇”，意为不是强盗来抢东西。“匪”，通“非”，“婚媾（gòu）”即婚姻，从正面说明此行的目的。这两句就像一幅画图上说明性的题款，虽是侧笔，却恰到好处地置于画幅的空白处，与画面相映成趣。

关于这首小诗，郭沫若在他的《中国古代社会研究·周易时代的社会生活》中曾有过评论，现录之于后，以供参考。“这是写一个男子骑在马上迂回不进。他不是去从征，而是去找爱人。‘邅’‘班’为韵，‘寇’‘媾’为韵，更加三个‘如’字的语助词，把那迂回不进的情趣表现得多么充足呢？”

再看《乘马》。镜头已由男子转向被抢女子。看来，那男子经过犹豫之后，终于下手并且得手了。这回轮到女方“乘马班如”，在房子附近盘旋不进了。她是被抢者，“班如”是反抗，是不忍离去的表现。再看她的脸部——“泣血涟如”，由于过度伤心，哭泣已没有声音，淌眼泪就像流血一样，“涟如”极写泪流不止的样子。从上句到这一句，镜头由近景更推成大特写，借助无声的画面，强调了被抢者极度伤痛的感情。

以上两首小诗，篇幅虽短，却都有景有情，画面流动，富于力度，从所反映的生活内容到表现形式都给我们留下了深刻的印象。

（陈志明　叶志衡）

得　　敌

先秦古歌

得敌。或鼓,或罢,或泣,或歌。

鉴赏

本篇也选自《周易》,是中孚卦六三爻的爻辞,写一次胜仗后的情况。题目为笔者所加。

战争在原始社会晚期是极平常的现象。古希腊"英雄"时代,中国的"三皇五帝"时代,部落间的战争都很频繁。生产力的发展带来战争,战争使人类走向更文明的社会。这首小诗摄入的不是"怒触不周之山"或"刑天舞干戚"等正面争斗的场景,而是战后获胜一方士兵们反应不一的各种情态。

"得敌",抓获了许多俘虏,说明是打了胜仗。这是展现以下场景的一个大背景。从叙事来说,这是采用横截的手法,迅速切入正题,行文简洁干净。为了赢得这场胜利,战士们付出了多少辛苦、多少代价啊！这一切,都在胜利后各自的表现中自然地反映出来了。"或鼓——或罢——或泣——或歌",可谓千姿百态,应有尽有。四个"或"字都是"有的(人)"的意思。"鼓""罢""泣""歌"都是动词。"鼓",打鼓;"罢"(pí),通"疲",疲乏;"泣",小声哭;"歌",唱歌。有的余勇可贾,精神亢奋,擂响了鼙鼓;有的太疲乏了,躺在一边安静地休息;有的受了伤或失去了亲人,正在嘤嘤啜泣;有的高兴地即兴唱起了欢乐的歌。这是一组群像,精神体态各不相同,富于立体感。虽没有工笔细描,却不妨凭个人的想象补上轮廓分明的线条。这是一曲交响乐:有"罢"者的安静无声,有由安静无声衬出的啜泣声,有高八度的嘹亮歌声,还有震耳欲聋的鼓声。以如此经济的笔墨展现出如此巨大的场面与如此丰富的内容,令人叹为观止。

从表现手法来说,"或鼓"等四个短句,都是主谓结构,每一个短句展现一个场面,表现出一个完整的意思。四句都以"或"字引出,成为一组整齐的排比句,一气直下,严谨而又顺畅。四个谓语动词的视觉形象、听觉形象以及感情色彩各不相同,令人想起汉大赋铺陈扬厉的气势。

(陈志明　叶志衡)

弹　　歌

先秦古歌

断竹，续竹；飞土，逐宍。

鉴赏

本篇和下面将要赏析的《伊耆氏蜡辞》，及上面的《屯如》《乘马》《得敌》等诗都属上古歌谣一类。我们所说的上古歌谣，指产生于原始社会和奴隶社会早期的民间歌谣，是《诗经》以前人民的口头创作。由于年代久远，原始社会的口头创作流传到后世并被记录下来的寥寥无几。现在能见到的上古歌谣，多数是进入奴隶社会以后的产物。见于《周易》的较多，在《尚书》《礼记》等古代典籍中也偶有记载。上古时期，生产力落后，还没有体力劳动与脑力劳动的分工，因而还不可能出现后世所谓的“纯文学”。

上古歌谣在思想内容上的最大特色是与现实生活的紧密联系。在艺术形式上，作为古老的民间口头创作，一般都具有字句简短、语言质朴和节奏明快的特点。通过对《弹歌》等的赏析，我们可以更为具体地加深对上古歌谣的认识和了解。

《弹歌》选自《吴越春秋》。据《吴越春秋》记载，春秋时期，越国的国君勾践向楚国的射箭能手陈音询问弓弹的道理，陈音在回答时引用了这首《弹歌》。《吴越春秋》为东汉赵晔所著，成书较晚。但从《弹歌》的内容和语言加以推测，这首短歌很可能是从原始社会口头流传下来而经后人写定的。这是一首反映原始狩猎生活的二言诗，句短调促，节奏鲜明，读来很有情趣。

全诗才八个字，却写出了从制作工具到进行狩猎的全过程。

制作工具共分两步。先是“断竹”，即砍伐竹子。由这两个字指引，我们仿佛见到一群围裹着树叶、兽皮的原始先民在茂密的原始竹林旁正手拿骨刀、石斧在砍伐根根竹子。“续竹”是制作过程的第二步。歌中没有交代“断竹”以后怎样削枝、去叶、剖竹成爿，从画面的组接上来说，从“断竹”到“续竹”，中间已有所省略、承转。所谓“续竹”，是指用野藤之类韧性植物连接竹爿的两端，制成弹弓。至此，狩猎工具已经制成。以下便接写打猎。

打猎也分两步。先是“飞土”,把泥弹装到弓上打出去。至于泥弹的制作过程,诗中也未做交代,但从“续竹”到“飞土”,可以想见还有一个制作泥弹的环节。“飞土”的目标,或是飞禽,或是走兽,一旦打中,便向猎获物奔去。“逐宍”便是指追捕受伤的鸟兽。“宍”,古“肉”字,指代飞禽走兽。

根据社会发展史和古人类学的研究,人类学会制作弓箭之类狩猎工具,已是原始社会的新石器时代。那时的人类究竟怎样进行生产劳动和生活,只能向残存的原始洞岩壁画和上古歌谣以及考古发现中去探寻。在这一点上,这首古老的《弹歌》起到了活化石的作用。因为有了它,我们才得以窥见洪荒时代先民们生产与生活的部分生动图景。

从艺术表现的角度来看,此歌虽仅简短的八个字,竟然涵盖了从制作工具到获取猎物的全过程,艺术容量之大,令人惊叹。作品是怎样达到这一步的呢?一是省略,每一句的主语“我们”都省略了。这将场景与场景间的次要过程省略了。二是多用并巧用动词,每句以一个动词带出,使画面富于动感,且容易唤起人们对“断”“续”“飞”“逐”动作前后过程的联想。此诗的语言两个字一顿,节奏明快,凝重有力。韵字“竹”“土”“宍”,以入声“－K”收韵,更增强了诗句的凝重感,令人联想起先民们在极端低下的生产力条件和严酷的自然条件下,颇不轻松的劳动场面。

(陈志明　叶志衡)

伊耆氏蜡辞

先秦古歌

土反其宅,水归其壑,昆虫毋作,草木归其泽。

鉴赏

这首上古歌谣选自《礼记·郊特牲》。

人类进入新石器时代以后,开始出现了原始农业,随之而来也就有了为农业进行祝祷的宗教祭祀活动。这首《伊耆氏蜡辞》便是一个叫伊耆氏(有说即神农氏)的部族首领“腊祭”时的祝辞。“蜡”,音乍(zhà)。“蜡辞”,即“腊辞”。古人在每年十二月祭祀百神,感谢众神灵一年来对农作物的福佑并为来年的丰收祈福,称作“腊祭”。由于我国社会长期停滞在以农业为主的自然经济阶段,腊祭的习俗至今还在我国农村的一些地方保留着。

这篇祝辞从农业生产的角度分别从土、水、昆虫、草木四个方面提出祝愿,每一句正好说着一个方面。

先说“土”,希望“土反其宅”。“反”,同“返”。“宅”,居住的地方,这里指原地。全句说,土返回它的原地,是希望田土不流失的意思。一说,是祈求用于蓄水与障水的堤防安稳、牢固的意思。

次说“水”,希望“水归其壑”。“壑”,这里指洼地。全句说,水流向它的洼地,是希望水流不要泛滥成灾的意思。

再次说“昆虫”,希望“昆虫毋作”。“昆虫”,指螟、蝗等农作物的害虫。“毋”(wú),不要。“作”,兴起。这一句是希望昆虫不生,免除虫灾。

最后说“草木”,希望“草木归其泽”。“草木”,指危害庄稼的稗(bài)草、荆榛(zhēn)等植物。这一句是希望草木返回它们的沼泽地带,不再危害庄稼。

所举“土”“水”“昆虫”“草木”四物,与农业生产的好坏关系至为密切。原始部落生产力低下,对于这四物的灾害力难以控制,但又觉得非要控制不可。这种矛盾心理就体现在虔诚庄严的“蜡辞”形式之中。四句诗,句句都是愿望,又都是命令;既都是祝辞,又都是咒语。一种原始人心灵深处的动荡、不平衡通过这四句歌谣得以表达了出来。阅读这首祝辞,当我们眼前出现一群原始人正在荒野上举行虔诚庄严的祝祷仪式时,当我们设身处地、神思飞越地逐一念起这一句又一句的祝辞时,我们在心灵深处感受到了原始人当年有过的那种动荡、不平衡的感情,并由此获得了艺术美的享受。

(陈志明　叶志衡)

离　骚①

屈　原

帝高阳之苗裔兮②,朕皇考曰伯庸③。摄提贞于孟陬兮④,惟庚寅吾以降⑤。

皇览揆余初度兮⑥,肇锡余以嘉名⑦。名余曰正则兮[8]，字余曰灵均。

纷吾既有此内美兮[9]，又重之以修能[10]。扈江离与辟芷兮[11]，纫秋兰以为佩[12]。

汩余若将不及兮，恐年岁之不吾与[13]。朝搴阰之木兰兮[14]，夕揽洲之宿莽[15]。

日月忽其不淹兮[16]，春与秋其代序[17]。惟草木之零落兮，恐美人之迟暮[18]。

不抚壮而弃秽兮[19]，何不改乎此度[20]？乘骐骥以驰骋兮，来吾道夫先路[21]！

昔三后之纯粹兮[22]，固众芳之所在[23]。杂申椒与菌桂兮，岂维纫夫蕙茝[24]？

彼尧舜之耿介兮[25]，既遵道而得路[26]。何桀纣之猖披兮，夫唯捷径以窘步[27]！

惟夫党人之偷乐兮[28]，路幽昧以险隘。岂余身之惮殃兮[29]，恐皇舆之败绩[30]。

忽奔走以先后兮[31]，及前王之踵武[32]。荃不察余之中情兮[33]，反信谗而齌怒[34]。

余固知謇謇之为患兮[35]，忍而不能舍也[36]。指九天以为正兮，夫唯灵修之故也[37]！曰黄昏以为期兮[38]，羌中道而改路。

初既与余成言兮[39]，后悔遁而有他[40]。余既不难夫离别兮[41]，伤灵修之数化[42]。

余既滋兰之九畹兮[43]，又树蕙之百亩[44]。畦留夷与揭车兮[45]，杂杜衡与芳芷[46]。

冀枝叶之峻茂兮[47]，愿俟时乎吾将刈[48]。虽萎绝其亦何伤兮[49]，哀众芳之芜秽[50]！

众皆竞进以贪婪兮[51]，凭不厌乎求索[52]。羌内恕己以量人兮[53]，各兴心而嫉妒[54]。

忽驰骛以追逐兮[55]，非余心之所急[56]，老冉冉其将至兮[57]，恐修名之不立[58]。

朝饮木兰之坠露兮[59]，夕餐秋菊之落英[60]。苟余情其信姱以练要兮[61]，长顑颔亦何伤[62]！

揽木根以结茝兮[63]，贯薜荔之落蕊[64]。矫菌桂以纫蕙兮[65]，索胡绳之纚纚[66]。

謇吾法夫前修兮[67]，非世俗之所服[68]。虽不周于今之人兮[69]，愿依彭咸之遗则[70]！

长太息以掩涕兮[71]，哀民生之多艰[72]。余虽好修姱以鞿羁兮[73]，謇朝谇而夕替[74]。

既替余以蕙纕兮[75]，又申之以揽茝[76]。亦余心之所善兮[77]，虽九死其犹未悔。

怨灵修之浩荡兮[78],终不察夫民心[79]。众女嫉余之蛾眉兮[80],谣诼谓余以善淫[81]。

固时俗之工巧兮,偭规矩而改错[82]。背绳墨以追曲兮[83],竞周容以为度[84]。

忳郁邑余侘傺兮[85],吾独穷困乎此时也[86]。宁溘死以流亡兮[87],余不忍为此态也[88]!

鸷鸟之不群兮[89],自前世而固然。何方圜之能周兮[90],夫孰异道而相安?

屈心而抑志兮,忍尤而攘诟[91]。伏清白以死直兮[92],固前圣之所厚[93]。

悔相道之不察兮[94],延伫乎吾将反[95]。回朕车以复路兮[96],及行迷之未远[97]。

步余马于兰皋兮[98],驰椒丘且焉止息[99]。进不入以离尤兮[100],退将复修吾初服[101]。

制芰荷以为衣兮[102],集芙蓉以为裳[103]。不吾知其亦已兮[104],苟余情其信芳。

高余冠之岌岌兮[105],长余佩之陆离[106]。芳与泽其杂糅兮[107],唯昭质其犹未亏[108]。

忽反顾以游目兮[109],将往观乎四荒[110]。佩缤纷其繁饰兮[111],芳菲菲其弥章[112]。

民生各有所乐兮[113]，余独好修以为常。虽体解吾犹未变兮[114]，岂余心之可惩？

女媭之婵媛兮[115]，申申其詈予[116]。曰："鲧婞直以亡身兮[117]，终然殀乎羽之野[118]。

"汝何博謇而好修兮[119]，纷独有此姱节[120]？薋菉葹以盈室兮[121]，判独离而不服[122]。

"众不可户说兮[123]，孰云察余之中情[124]？世并举而好朋兮[125]，夫何茕独而不予听！"

"依前圣以节中兮[126]，喟凭心而历兹[127]。济沅湘以南征兮[128]，就重华而陈辞[129]。

"启《九辩》与《九歌》兮[130]，夏康娱以自纵[131]。不顾难以图后兮[132]，五子用失乎家巷[133]。

"羿淫游以佚畋兮[134]，又好射夫封狐[135]。固乱流其鲜终兮[136]，浞又贪夫厥家[137]。

"浇身被服强圉兮[138]，纵欲而不忍[139]。日康娱而自忘兮[140]，厥首用夫颠陨[141]。

"夏桀之常违兮[142]，乃遂焉而逢殃[143]。后辛之菹醢兮[144]，殷宗用而不长[145]。

"汤禹俨而祗敬兮[146]，周论道而莫差。举贤而授能兮[147]，循绳墨而不颇[148]。

“皇天无私阿兮，览民德焉错辅[149]。夫维圣哲以茂行兮[150]，苟得用此下土[151]。

“瞻前而顾后兮[152]，相观民之计极。夫孰非义而可用兮，孰非善而可服[153]？

“阽余身而危死兮[154]，览余初其犹未悔[155]。不量凿而正枘兮[156]，固前修以菹醢。”

曾歔欷余郁邑兮[157]，哀朕时之不当[158]。揽茹蕙以掩涕兮[159]，沾余襟之浪浪。[160]。

跪敷衽以陈辞兮[161]，耿吾既得此中正。驷玉虬以乘鹥兮[162]，溘埃风余上征[163]。

朝发轫于苍梧兮[164]，夕余至乎县圃[165]。欲少留此灵琐兮[166]，日忽忽其将暮。

吾令羲和弭节兮[167]，望崦嵫而勿迫[168]。路曼曼其修远兮[169]，吾将上下而求索[170]。

饮余马于咸池兮[171]，总余辔乎扶桑[172]。折若木以拂日兮[173]，聊逍遥以相羊[174]。

前望舒使先驱兮[175]，后飞廉使奔属[176]。鸾皇为余先戒兮[177]，雷师告余以未具[178]。

吾令凤鸟飞腾兮，继之以日夜。飘风屯其相离兮[179]，帅云霓而来御[180]。

纷总总其离合兮[181]，斑陆离其上下[182]。吾令帝阍开关兮[183]，倚阊阖而望予[184]。

时暧暧其将罢兮[185]，结幽兰而延伫[186]。世溷浊而不分兮[187]，好蔽美而嫉妒。

朝吾将济于白水兮[188]，登阆风而緤马[189]。忽反顾以流涕兮，哀高丘之无女[190]。

溘吾游此春宫兮[191]，折琼枝以继佩[192]。及荣华之未落兮[193]，相下女之可诒[194]。

吾令丰隆乘云兮[195]，求宓妃之所在[196]。解佩纕以结言兮[197]，吾令蹇修以为理[198]。

纷总总其离合兮，忽纬繣其难迁[199]。夕归次于穷石兮[200]，朝濯发乎洧盘[201]。

保厥美以骄傲兮[202]，日康娱以淫游。虽信美而无礼兮，来违弃而改求[203]。

览相观于四极兮[204]，周流乎天余乃下[205]，望瑶台之偃蹇兮[206]，见有娀之佚女[207]。

吾令鸩为媒兮[208]，鸩告余以不好[209]。雄鸠之鸣逝兮，余犹恶其佻巧[210]。

心犹豫而狐疑兮[211]，欲自适而不可。凤皇既受诒兮[212]，恐高辛之先我[213]。

欲远集而无所止兮[214]，聊浮游以逍遥[215]。及少康之未家兮[216]，留有虞之二姚[217]。

理弱而媒拙兮[218]，恐导言之不固[219]。世溷浊而嫉贤兮，好蔽美而称恶。

闺中既以邃远兮[220]，哲王又不寤[221]。怀朕情而不发兮[222]，余焉能忍与此终古！

索藑茅以筳篿兮[223]，命灵氛为余占之[224]。曰："两美其必合兮[225]，孰信修而慕之？

思九州之博大兮，岂唯是其有女？"曰："勉远逝而无狐疑兮[226]，孰求美而释女？

"何所独无芳草兮，尔何怀乎故宇[227]？世幽昧以昡曜兮[228]，孰云察余之善恶[229]？

"民好恶其不同兮[230]，惟此党人其独异。户服艾以盈要兮[231]，谓幽兰其不可佩。

"览察草木其犹未得兮，岂珵美之能当[232]？苏粪壤以充帏兮[233]，谓申椒其不芳！"

欲从灵氛之吉占兮，心犹豫而狐疑。巫咸将夕降兮[234]，怀椒糈而要之[235]。

百神翳其备降兮[236]，九疑缤其并迎。皇剡剡其扬灵兮[237]，告余以吉故[238]。

曰:“勉升降以上下兮[239],求榘矱之所同[240]。汤禹严而求合兮[241],挚咎繇而能调[242]。

“苟中情其好修兮[243],又何必用夫行媒。说操筑于傅岩兮[244],武丁用而不疑[245]。

“吕望之鼓刀兮[246],遭周文而得举[247]。甯戚之讴歌兮[248],齐桓闻以该辅[249]。

“及年岁之未晏兮[250],时亦犹其未央[251]。恐鹈鴂之先鸣兮[252],使夫百草为之不芳!”

何琼佩之偃蹇兮,众薆然而蔽之[253]。惟此党人之不谅兮[254],恐嫉妒而折之[255]。

时缤纷其变易兮[256],又何可以淹留[257]。兰芷变而不芳兮[258],荃蕙化而为茅。

何昔日之芳草兮,今直为此萧艾也[259]?岂其有他故兮,莫好修之害也[260]!

余以兰为可恃兮[261],羌无实而容长[262]。委厥美以从俗兮[263],苟得列乎众芳[264]。

椒专佞以慢慆兮[265],樧又欲充夫佩帏[266]。既干进而务入兮[267],又何芳之能祗!

固时俗之流从兮[268],又孰能无变化?览椒兰其若兹兮[269],又况揭车与江离[270]!

惟兹佩之可贵兮[271]，委厥美而历兹。芳菲菲而难亏兮[272]，芬至今犹未沬[273]。

和调度以自娱兮[274]，聊浮游而求女。及余饰之方壮兮[275]，周流观乎上下[276]。

灵氛既告余以吉占兮，历吉日乎吾将行[277]。折琼枝以为羞兮[278]，精琼爢以为粻[279]。

为余驾飞龙兮，杂瑶象以为车[280]。何离心之可同兮[281]，吾将远逝以自疏！

邅吾道夫昆仑兮[282]，路修远以周流。扬云霓之晻蔼兮[283]，鸣玉鸾之啾啾[284]。

朝发轫于天津兮[285]，夕余至乎西极。凤皇翼其承旂兮[286]，高翱翔之翼翼。

忽吾行此流沙兮[287]，遵赤水而容与[288]。麾蛟龙使梁津兮[289]，诏西皇使涉予[290]。

路修远以多艰兮，腾众车使径待[291]。路不周以左转兮[292]，指西海以为期[293]。

屯余车其千乘兮[294]，齐玉轪而并驰[295]。驾八龙之婉婉兮[296]，载云旗之委蛇[297]。

抑志而弭节兮[298]，神高驰之邈邈。奏《九歌》而舞《韶》兮[299]，聊假日以媮乐[300]。

陟升皇之赫戏兮[301],忽临睨夫旧乡。仆夫悲余马怀兮[302],蜷局顾而不行[303]。

乱曰[304]:已矣哉[305]! 国无人莫我知兮,又何怀乎故都[306]? 既莫足与为美政兮[307],吾将从彭咸之所居[308]!

注释

①离骚:其含义历来说法不一,而汉代人所做的两种解释较为通行:一是遭遇忧患;二是离别的忧愁。

②帝:指传说中的远古帝王。高阳:古帝颛顼(zhuān xū)即位后用的称号。苗裔(yì):后代子孙。

③朕(zhèn):我。先秦之人,都可称"朕",至秦始皇,始定"朕"为帝王自称的专用词。皇考:对亡父的尊称。伯庸:是屈原父亲的字。

④摄提:古代星历学中的"太岁纪年法",把太岁在寅位的那一年称为"摄提格"。此处"摄提",是"摄提格"的简称,指寅年。贞:正,正当。孟陬(zōu):夏历正月即寅月。

⑤惟:发语词。庚寅:指屈原的生日。用"干支"计日,这一天恰是庚寅日。

⑥皇:即上文说的"皇考"。览:观察。揆(kuí):估量。初度:指初生之时。

⑦肇(zhào):开始。

⑧"名余"二句:是说给我取名叫"正则",取字叫"灵均"。屈原,名平,字原。"正则"含有"平"字之意,"灵均"含有"原"字之意。

⑨纷:盛多的样子。

⑩重(zhòng):加。修:长。能:才能。修能:长才。

⑪扈(hù):披。江离:香草名,即川芎。辟芷(zhǐ):长在幽辟之处的芷草。芷:香草名,即白芷。

⑫纫:连缀。兰:香草。秋天是兰草开花的季节,故言"秋兰"。佩:佩饰。以为佩:以秋兰作为佩在身上的饰物。

⑬"汩余"二句:是说时间过得飞快,我总好像来不及似的,怕的是年岁不等人。汩(yù):水流迅疾的样子,比喻时间过得快。不及:来不及。与:等待。不吾与:即"不与吾"的倒装。

⑭搴(qiān):楚方言,拔取。阰(pí):山坡。木兰:香草名。

⑮揽:采摘。洲:水中的陆地。宿莽:一种经冬不死的草。

⑯日月:指时光。忽:倏忽,迅速的样子。

⑰代序:时序更相替换。

⑱美人:作者自喻。迟暮:指年老。

⑲抚:持有,引申为凭借。秽(huì):脏东西,指不好的行为。

⑳度:指行为的准则。

㉑“乘骐骥”二句:是说如果君王肯任用贤臣,则自己愿为前驱,以引导君王,使政治走上轨道。

㉒三后:指传说中三位古代贤君,一说指夏禹、商汤、周文王。后:君王。

㉓众芳:比喻众多的贤臣。在:集中于一处。

㉔“杂申椒”二句:是说这“众芳”里,岂但汇集了蕙草和白芷,而且还聚拢了花椒和菌桂等芳香之物。申椒:申地产的椒。菌桂:亦作菌,即肉桂。岂维:岂但。蕙:香草,与兰草同类。茝:同“芷”,即白芷。上述香物,比喻各种贤臣。

㉕耿介:光明正大。

㉖道:路,指治国的正确方向。

㉗“何桀纣”二句:是说夏桀、商纣是多么放纵自恣,他们只走邪路,因而寸步难行。

㉘惟夫:语助词,无义。党人:指结党营私的小人。

㉙惮(dàn):害怕。

㉚皇舆:本指国君所乘的车,这里比喻国家。败绩:本指作战大败,兵车倾覆,这里指国家遭难。

㉛忽:急急忙忙的样子。先后:指在国君的前后来回奔忙。

㉜及:赶上。踵武:足迹。

㉝荃(quán):香草名,比喻国君。中情:内情,本心。

㉞齌(jì)怒:暴怒。

㉟謇謇(jiǎn):正直敢言的样子。为患:成为祸患。

㊱忍而不能舍:忍耐不住,不能自止而不言。

㊲“指九天”二句:是说指天发誓,上天可以作证,我那样做完全是为了国君的缘故。九天:传说天有九重,故言“九天”。正:同“证”。灵修:具有神明远见的人,这里指楚怀王。

㊳“曰黄昏”二句:这是后人加的衍文,应删去。

㊴初:当初。成言:说定,约定。

㊵悔:反悔。遁:迁移。悔遁:指心意改变。

㊶难:为难。离别:指离开楚怀王。

㊷数(shuò):屡次。

㊸滋:栽种。畹(wǎn):古代土地面积单位,十二亩为一畹;一说三十亩为一畹。九畹:表示种得很多。

㊹树:种植。

㊺畦(qí):田垄,这里用作动词,按垄种植。留夷、揭车:皆香草名。

㊻杂:穿插种植,间种。以上皆以种植香草比喻培养人才。

㊼冀:希望。峻茂:高大茂盛。

㊽俟(sì):等待。刈(yì):收割。

㊾萎:枯萎。绝:凋落。

㊿芜秽:本指植物的荒芜,这里指群贤的变质。

51竞进:指对利禄权势的争相追逐。

52凭:饱满。厌:满足。

53羌(qiāng):楚方言,发语词。内:对内,对自己。恕己:宽恕自己。量:度量,揣度。量人:以小人之心度量他人。

54兴心而嫉妒:即生嫉妒之心。

55驰骛(wù):马奔跑的样子。追逐:追名逐利。

56所急:急于去做的事。

57老:指年老。
58修名:美名。
59坠露:指木兰树上坠下的露水。
60落英:即落花。
61信:确实。姱(kuā):美好。练:精。要:指操守坚定。练要:精诚专一。
62顑颔(kǎn hàn):面黄肌瘦的样子。
63揽:持。木根:泛指植物的根本。结:系上。
64贯:贯穿。薜荔(bì lì):常绿藤本植物,亦称木莲。蕊(ruǐ):花心。
65矫:举。菌桂:亦作"箘桂"。
66索:作动词用,指把胡绳搓成绳索的形状。胡绳:一种蔓生香草,叶可做绳索。纚纚(xǐ):形容以绳串物,长而下垂的样子。
67謇(jiǎn):楚方言,发语词。前修:前代贤人。
68服:用。
69周:合。
70依:依照。彭咸:传说是殷代的贤臣,因劝谏君主不被听取,投水而死。遗则:留下的榜样。
71太息:叹息。
72民:即人。民生:即人生。这是屈原自叹其遭遇之多艰。
73虽:同"唯",只。好:衍文。修姱:美好。鞿(jī):马缰绳。羁(jī):马络头。鞿羁:比喻对自己的约束。
74谇(suì):进谏。替:废弃。
75以:因。纕(xiāng):佩带。
76申:重复。申之:犹言"加上"。
77亦:语助词。
78浩荡:无思无虑的样子。
79民心:人心,指屈原自己的用心。
80众女:指营私的小人。蛾眉:女子长而美的眉毛,也指女子貌美,这里是比喻自己是被小人嫉妒的贤才。
81谣诼(zhuó):造谣诬蔑。
82"固时俗"二句:是说那些小人趋时媚俗,背弃法度,改变措施。工巧:善于投机取巧。偭(miǎn):背弃。错:同"措"。
83背:违背。绳墨:木工用的墨斗、墨线,是取直的工具,这里比喻正道。
84周容:苟合求容。度:法则。
85忳(tún):忧愁的样子。郁邑:苦闷烦恼、怨抑不申的样子。侘傺(chà chì):失意、不得志的样子。
86穷困:走投无路的样子。
87宁:宁可。溘(kè):忽然。流亡:随水而去。
88此态:指苟合求容之态。
89鸷(zhì)鸟:像鹰隼(sǔn)一类性情猛烈的鸟,这里比喻个性刚强忠正的人。
90"何方圜"二句:是说方的和圆的怎么能相合?不同道的人哪能彼此相安?圜:同"圆"。周:符合。
91忍尤:忍受罪过。攘(rǎng):取。诟(gòu):辱。
92伏:同"服",保持。死直:死于直道。
93前圣:前代圣贤。
94相道:看路。
95延:引颈遥望。伫(zhù):久立等待。延伫:迟迟不去。反:同"返"。
96复路:回到旧路上去。
97及:趁着。行迷:去入迷途。
98步:慢行。皋(gāo):水边的高地。
99丘:小山。椒丘:有椒树的山丘。

⑩进：指进身于君前。不入：不被楚君所用。离：同“罹”，遭遇。尤：过失。离尤：获罪。

⑩退：离去。初服：当初的服饰，实指原来的志趣。

⑩制：裁制。芰：菱，此指菱叶。荷：指荷叶。

⑩芙蓉：即荷花。

⑩“不吾知”二句：是说不了解我也罢了，只要我的内心真正芳洁。

⑩高：这里作动词，使之高。岌岌（jí）：高耸的样子。

⑩长：这里作动词，使之长。陆离：长的样子。

⑩芳：指香洁的东西。泽：通“襗（zé）”，汗衣，引申为污垢的东西。杂糅（róu）：混杂在一起。

⑩昭质：光明纯洁的品质。

⑩反顾：回头看。游目：纵目远眺。

⑪四荒：四方荒远之地。

⑪缤纷：盛多的样子。繁饰：繁盛的装饰。

⑪菲菲：香气很盛的样子。章：同“彰”，明显。

⑪“民生”二句：是说人生各有所乐，我却独好善美的东西，而且习以为常。

⑪体解：肢解。

⑪女媭（xū）：是作者所假托的一位有身份的女性。婵媛（chán yuán）：是“啴咺”的假借字。啴：喘息。咺：楚方言，哀泣不止。婵媛：因说话愤急而喘息的样子。

⑪申申：反复地。詈（lì）：责骂。

⑪曰：即女媭说。鲧（gǔn）：夏禹的父亲因治水不成，被放逐，死在羽山之野。婞（xìng）直：刚愎任性。

⑪终然：终于。殀（yǎo）：死。羽：即羽山。

⑪博謇（jiǎn）：学问广博而秉性忠直。

⑫独：单单。姱节：美好的节操。

⑫薋（cí）：草多貌。菉（lù）：草名，亦名王刍、淡竹叶。葹（shī）：草名，即苍耳。“菉”“葹”都是普通的草。

⑫判：分别，区别。

⑫“众不可”句：是说对众人不能挨家挨户地去说明。

⑫余：指咱们，这是女媭以屈原和自己两个人的口气说的。

⑫“世并举”二句：是说世上的人都喜欢成群结党，你为什么这样的孤独而又不听我的话呢？

⑫节中：即“折中”，公正地判断是非。

⑫喟（kuì）：叹息。凭：愤懑。凭心：即愤懑之心。

⑫济：渡。沅湘：沅水、湘水，都在今湖南境内。

⑫就：投向。重华：即舜。陈辞：陈述自己的言语。

⑬启：夏启，禹之子，夏朝君主。《九辩》《九歌》：皆乐曲名。

⑬夏：指夏启。康娱：追逐安逸，贪图享乐。自纵：放纵自己。

⑬顾难：看到危难。图后：考虑后来的事。

⑬五子：即“五观”，一作武观，启之幼子。失：是衍文，应删。用乎：因而。家巷：内讧，内乱。

⑬羿（yì）：即后羿，以善射著名，传说是夏代有穷的君主，曾起兵推翻夏启之子太康。佚（yì）：放纵。畋（tián）：

打猎。

⑬⑤封:大。封狐:泛指大的野兽。

⑬⑥乱流:淫乱之辈。

⑬⑦浞(zhuó):人名,即寒浞,传说他是羿之相。他贪恋羿妻,勾结羿的家臣逢蒙将羿杀死。

⑬⑧浇(ào):通“奡”,人名,寒浞之子。被服:即“披服”,这里指身上具有。强圉(yǔ):即“强御”,即强暴有力。

⑬⑨忍:克制。

⑭⓪日:天天。自忘:忘记自身的危险。

⑭①厥首:他的头。颠陨(yǔn):坠落。

⑭②常违:即“违常”,违背常规。

⑭③乃:就。

⑭④后辛:即商纣王。菹(zū):腌的酸菜。醢(hǎi):肉酱。菹醢:这里作动词用,指把人剁成肉酱。

⑭⑤殷宗:殷的宗庙祭祀,即殷王朝。

⑭⑥“汤禹”二句:是说商汤、夏禹、周文王皆严肃恭敬,议论治国之道没有差错。俨:恭敬庄重。祗(zhī):敬。

⑭⑦授能:把职务交给有才能的人。

⑭⑧绳墨:比喻法度。

⑭⑨“皇天”二句:是说皇天没有偏私,观民之有德者,便给予辅助。阿(ē):偏袒。错:通“措”,设置,安排。

⑮⓪圣哲:指圣贤之人。

⑮①苟得:才能够。下土:指国土,天下:与“皇天”相对而言。

⑮②“瞻前”二句:是说看一看古今兴亡之事,从中观察人们衡量事物所取的标准。

⑮③“夫孰非义”二句:是说哪个不义、不善的人可以选用呢?服:用。

⑮④阽(diàn):临近危险。阽余身:即“余身阽”。

⑮⑤初:指当初的心志。

⑮⑥“不量凿”二句:是说不度量一下插柄的孔,就削好了榫头,这本是前代贤臣被剁成肉酱的原因。凿:器物上的孔眼,供安插榫头之用。枘(ruì):榫头。

⑮⑦曾:通“增”,愈加。郁邑:烦恼苦闷。

⑮⑧时:时世。

⑮⑨茹:柔。茹蕙:柔弱的蕙草。

⑯⓪浪浪(láng):流不断的样子。

⑯①“跪敷衽”二句:是说铺开衣襟跪着陈述了以上的话,我心里明白地感到已经得了正道。

⑯②驷(sì):古代驾一辆车所用的四匹马,这里作动词,指把四虬驾在一起拉车。玉虬:带有玉饰的虬。鹥(yī):凤凰一类的鸟。乘鹥:以鹥为车而乘之。

⑯③溘(kè):忽然。埃风:夹着尘埃的风。上征:向上行,指向天上飞行。

⑯④轫(rèn):停车时抵住车轮的木块。发轫:启程,动身。苍梧:即九嶷山,在今湖南宁远。

⑯⑤县圃:相传昆仑山有三级,“县圃”在中级,是神人所居之地。县:同“悬”。

⑯⑥少留:少许停留。琐:本指宫殿门上雕镂的花纹,这里指宫门。因县圃为神人所居,所以它的门为“灵琐”。

⑯⑦羲(xī)和:神话中的人物,即太阳神的驾车者。弭(mǐ):停止。弭节:犹言“停车”。

⑯⑧崦嵫(yān zī):神话中的山名,是太阳所入之处。

⑯⑨曼曼:同“漫漫”,长远、无际的样子。

⑰上下:指上天下地。
⑰饮(yìn):给牲畜水喝。咸池:神话中的天池,相传是太阳洗浴的地方。
⑰总:结。辔:缰绳。扶桑:神话中的树名,生在日出的地方。传说日出于旸谷,浴于咸池,然后从扶桑上拂掠而过,升到高空。
⑰若木:神话中的树名,生在昆仑最西面日入的地方。拂:遮蔽。
⑰聊:姑且。相羊:通“徜徉(cháng yáng)”,徘徊。
⑰望舒:神话中的人物,是为月神驾车的人。
⑰飞廉:神话中的风神。属(zhǔ):跟随。奔属:在后面紧紧跟着奔跑。
⑰皇:通“凰”,雌凤。先戒:先行戒备。
⑰雷师:雷神。未具:行装尚未齐备。
⑰飘风:旋风。屯:聚。离:通“丽”,附拢。
⑱帅:同“率”。御(yà):同“迓”,迎接。
⑱纷:盛多的样子。总总:丛簇聚集的样子,指天空云霓之多。离合:指云霓被风吹得忽散忽聚。
⑱斑:色彩斑驳的样子。上下:指云霓忽高忽低。
⑱阍(hūn):守门人。帝阍:替天帝守门的人。开关:开门。
⑱“倚阊阖”句:是说他倚着天门望着我不管。阊阖(chāng hé):传说中的天门。
⑱时:时光。暧暧(ài):日光昏暗的样子,指天色将晚。罢(pí):同“疲”,疲倦。
⑱结:编结。伫(zhù):久立而待。
⑱溷(hùn)浊:混乱污浊。不分:善恶美丑不分。
⑱白水:神话中水名,传说发源于昆仑山。
⑱阆(làng)风:神话中的地名,传说在昆仑山上。緤(xiè):系,拴。
⑲高丘:高山,指阆风。
⑲春宫:神话中东方青帝所居的宫殿。
⑲琼枝:玉树的枝。继佩:指在原佩物上再用琼枝饰之。
⑲及:趁着。荣、华:花。
⑲下女:指人间的女子。诒(yí):通“贻”,赠给。
⑲丰隆:云神。
⑲宓(fú)妃:人名,相传是伏羲氏之女,溺死于洛水,遂为洛水神。
⑲佩纕(xiāng):即佩带。结言:订约。
⑲蹇(jiǎn)修:人名,传说是伏羲氏之臣。理:使者,媒人。
⑲纬繣(wěi huà):乖戾,不合。难迁:难迁就。
⑳次:止宿。穷石:神话中的山名。
⑳濯(zhuó):洗。洧(wěi)盘:神话中的水名。
⑳保:恃。
⑳“虽信美”二句:是说宓妃诚然美好,但骄傲无礼,故弃去而另作追求。来:犹言“归去来”。违弃:离弃,抛开。
⑳览、相、观:看。
⑳周流:遍行。
⑳瑶台:用美玉砌成的台。偃(yǎn)蹇:高耸的样子。
⑳有娀(sōng):传说中国名。佚(yì)女:美女。传说有娀之佚女名简狄(dí),住高台,后来成为帝喾(kù)之

妃,生子契,是商代的始祖。

⑳⑧鸩(zhèn):鸟名,传说其羽有毒,置于酒中,可致人死亡。

⑳⑨不好:是说其女并不美好。

㉑⓪“雄鸠”二句:是说雄鸠叫着飞去说媒,我又嫌它太轻佻巧利。鸠:即斑鸠。佻巧:指口吻轻薄。

㉑①“心犹豫”二句:是说心里犹豫而疑惑不定,想自己到简狄那里去,又觉得于礼不合。

㉑②凤皇:即“凤凰”,古代传说中的玄鸟。传说简狄吞玄鸟卵而生契。受诒:指受帝喾之委托。诒:托。

㉑③高辛:即帝喾。

㉑④集:本指鸟栖于树,这里与“止”同义,停留。

㉑⑤浮游:游荡。

㉑⑥少康:传说是夏代的中兴之主,夏相之子。夏相被过、浇杀后,少康逃到有虞国,娶了国君的两个女儿,后借助有虞的力量,杀死了浇,恢复夏朝。未家:没有成家。

㉑⑦有虞:传说中的国名,姚姓。二姚:有虞国君的两个女儿。

㉑⑧理、媒:指媒人。

㉑⑨导言:指媒人说合时通达双方的话。不固:指媒人之言不坚,难以成事。

㉒⓪闺:旧时指女子所居内室。

㉒①哲:智。哲王:贤智之王,指楚怀王。寤:通“悟”,醒悟。

㉒②“怀朕情”二句:是说我怀着忠贞之情无可抒发,如果永远处在这种环境,我怎能忍受得下去?

㉒③索:取来。藑(qióng)茅:一种可用来占卜的草。筳(tíng):占卜用的小竹片。篿(zhuān):相传楚人用灵草编结筳竹以占卜叫作“篿”。

㉒④灵氛:古代善占卜者。占:占卜。

㉒⑤曰:主语是屈原。以下四句是屈原问卜之词,意思是说两美必合,但谁是真正修洁之人而对我表示爱慕呢?天下如此广大,难道只有这里才有美人吗?

㉒⑥“勉远逝”二句:你努力往远方去,不要疑惑不决,谁寻求美好的人而会把你放弃?曰:主语是灵氛。以下十四句是灵氛的答话。

㉒⑦“何所”二句:是说何处没有贤君,又何必单单眷恋自己的故国呢?故宇:即“故国”。

㉒⑧幽昧:昏暗。昡曜(xuàn yào):本指日光强烈,引申为眼光迷乱。

㉒⑨云:语助词。余:灵氛代屈原自称。

㉓⓪“民好恶”二句:是说人情之好恶本无差别,只是这帮小人与众不同。

㉓①户:家家户户。服:佩带。艾:艾草。在作者心目中,这是一种恶草。要:同“腰”。

㉓②“览察”二句:是说那帮党人观察草木都得不到正确的认识,岂能对美玉有恰当的评价?珵(chéng):美玉。

㉓③苏:取。粪壤:粪土。帏(wéi):古人佩带的香袋。

㉓④巫咸:传说中的神巫。

㉓⑤怀:带着。椒:花椒,用以浸洒降神。糈(xǔ):精米,用以祭神。要:同“邀”,迎候。

㉓⑥“百神”二句:是说天上的诸神遮天蔽日地全部降临了,九嶷山上的众神也纷然相迎。翳(yì):遮蔽。迎:应作“迓”。

㉓⑦皇:指百神。剡剡(yǎn):光芒照耀的

样子。扬灵:显示神灵。

㉓⑧吉故:指前代君臣遇合的吉事。

㉓⑨曰:主语是巫咸。以下十六句,是巫咸传述百神的话。

㉔⓪榘(jǔ):同“矩”,画方形的工具。矱(huò):尺度。榘矱:比喻准则、法度。榘矱之所同:指志同道合之人。

㉔①严:一本作“俨”,恭敬,指律己严正。

㉔②挚(zhì):即伊尹,传说是商汤的贤相。咎繇(gāo yáo):即皋陶(yáo),传说是夏禹的贤相。

㉔③“苟中情”二句:是说只要衷心爱好美德,就不必借助媒使说合。

㉔④说(yuè):即傅说。傅岩:地名,在今山西平陆县东。

㉔⑤武丁:即殷高宗。相传高宗思贤,梦得圣人,即以梦中的形象访求天下,得傅说,用其为相,殷室大兴。

㉔⑥吕望:即姜太公。相传姜太公曾困于殷都,一度做过屠夫。

㉔⑦周文:周文王。

㉔⑧甯戚:春秋时卫国人。相传甯戚曾为商贾,宿于齐东门之外,齐桓公夜出,甯戚正在喂牛,并用手扣牛角而歌。桓公听后,知其贤,便举用为卿。

㉔⑨齐桓:即齐桓公,春秋前期齐国国君。该辅:备位于辅佐大臣之列。

㉕⓪年岁之未晏:年纪不算老。

㉕①央:尽。

㉕②“恐鹈鴂”二句:是说要趁年岁未老,有所作为,若年老力衰,如同鹈鴂鸣,百草不芳那样,便再也来不及了。鹈鴂(tí jué):鸟名,即子规,亦称杜鹃,鸣于春末夏初,正是落花时节。

㉕③琼佩:用美玉制成的佩物,比喻美德。偃蹇:繁盛美好的样子。薆(ài)然:隐蔽遮盖的样子。

㉕④谅:信实。

㉕⑤折:摧残。之:指佩玉。

㉕⑥缤纷:纷乱的样子。

㉕⑦淹留:停留,这里指在故国停留。

㉕⑧“兰芷”二句:是说兰和芷变得不香了,荃和蕙化成了茅草,比喻一些人的变质。

㉕⑨萧:蒿类植物名。艾和萧都是贱草,比喻不肖之人。

㉖⓪害:祸害。

㉖①可恃:可依靠,可信赖。

㉖②无实:华而不实。

㉖③委:弃。厥美:它原有的美质。

㉖④苟:苟且。

㉖⑤专:专横。佞(nìng):谄媚。慢、慆(tāo):傲慢。

㉖⑥榝(shā):木本植物,一名茱萸(zhū yú)。

㉖⑦“既干进”二句:是说他们既然拼命钻营,怎能保持自己的美质呢?

㉖⑧“固时俗”二句:是说时俗本来就是随波逐流,谁能不随之而变化呢?

㉖⑨若兹:如此。

㉗⓪揭车、江离:香草名。

㉗①“惟兹佩”二句:是说只有我的佩饰是可贵的,但它的美质却被人鄙弃直到如今。

㉗②亏:亏损。

㉗③沬:已,尽。

㉗④“和调度”二句:是说我虽然未被任用,但仍然修己洁行,以自娱慰藉,且遨游四方,以求同志。

㉗⑤余饰:我的佩饰。

㉗⑥周流:周游。观乎上下:即观访上下四方。

㉗⑦历:选择。
㉗⑧羞:美好的食物。
㉗⑨精:舂米使之精。靡(mí):屑。琼靡:玉屑。粻(zhāng):食粮。
㉘⓪杂:兼用。瑶:玉石。象:象牙。以为车:用来装饰车子。
㉘①"何离心"二句:是说彼此不同心怎能合在一起,我将远去,自求疏远。
㉘②邅(zhān):转弯,转道。
㉘③扬:扬起。云霓:云霞,这里是以霓为旗。晻蔼(yǎn ǎi):因云霞蔽日而光线变暗的样子。
㉘④玉:指马身上佩的玉饰。鸾:马身上系的铃。啾啾(jiū):拟声词,指鸾铃的鸣声。
㉘⑤天津:即天河渡口,在东方箕星和南斗星之间。
㉘⑥"凤皇"二句:是说凤凰恭敬地举着龙旗,在高空有节奏地飞翔。
㉘⑦流沙:神话中西方的沙漠地带,据说那里的沙在不停地流动。
㉘⑧遵:循着。赤水:神话中的水名。
㉘⑨麾(huī):指挥。梁:桥,这里作动词用,指架桥。
㉙⓪诏:命令。西皇:即古帝少皞(hào),是西方之神。
㉙①腾:传话,吩咐。待:等候。
㉙②路:这里作动词用,路过。不周:神话中的山名,即不周山。
㉙③西海:神话中西方的海。
㉙④屯:屯集。
㉙⑤齐:使之整齐。轪(dài):车毂端管状的帽盖。并驰:并驾齐驱。
㉙⑥婉婉:同"蜿蜿",蜿蜒,形容龙身摆动的样子。
㉙⑦云旗:以云为旗。委蛇(yí):卷曲而伸展的样子,形容旌旗飘动。
㉙⑧"抑志"二句:是说旌旗和车马都停止了,我的思绪却继续飞驰。
㉙⑨韶(sháo):即《九韶》,传说是虞舜时的乐舞。
㉚⓪假:借。日:指日光。媮(yú):同"愉",愉快。
㉚①"陟升皇"二句:是说升到了光明的天空,居高临下,我忽然看到了故乡。
㉚②仆夫:指随从的人们。
㉚③蜷(quán)局:指马身蜷缩。顾而不行:指马回头张望,不肯前行。
㉚④乱:指篇终时的结语,即"尾声"。
㉚⑤已矣哉:等于说"算了吧"。
㉚⑥故都:即故国。
㉚⑦莫:没有人。美政:理想的政治。
㉚⑧从彭咸之所居:追随彭咸,投水死去。

鉴赏

（一）

《离骚》是一首用生命写成的规模宏大的伟大诗篇。它以空前的规模和气势,生动地展现了屈原的人格力量、爱国情怀及其与社会对立所引起的情感矛盾的浩荡波澜。它是封建时代知识分子的正直人格的巨型雕塑,它是中华民族爱国志士的苦恋情操的交响乐,它是人类心灵的辩证运动和苦难历程的巨幅图画。

司马迁说过:"屈原之作《离骚》,

盖自怨生也。”(《史记·屈原贾生列传》)“怨”是屈原创作《离骚》的情感动力,也是《离骚》丰富的情感内容的核心。郭沫若称《离骚》为“以烦恼为主题的一部回旋曲”。正是这个“怨”字,凝结了《离骚》的永恒普遍的魅力。钱锺书先生的《管锥编》对《离骚》的“怨”有过精彩的阐发:“弃置而复依恋,无可忍而又不忍;欲去还留,难留而亦不易去。即身离故都而去矣,一息尚存,此心安放?江湖魏厥,哀郢怀沙,‘骚’终未‘离’而愁将焉避!”“宁流浪而犹流连,其唯以死亡为逃亡乎!故‘从彭咸之所居’为归宿焉。思绪曲折,文澜往复;司空图《诗品·委曲》之‘似往已回’,庶几得其悱恻缠绵之致。”“读之为觏其郁结蹇产。念念不忘,重言曾欷,危涕坠心。旷百世而相感,诚哉其为‘哀怨起骚人’(李白《古风》第一首)也。”这几段文字既是读《骚》之印象,也是“旷百世而相慰”的生发。千年之后,《离骚》之“怨”仍能激发如此深刻沉痛的共鸣,其典型性岂不令人深思!

总之,《离骚》想象丰富,境界恢宏,情诚怨深,整体和谐。它的构思纵横驰骛,像宇宙一样寥廓;它的形象和语言精彩绝艳,像云霞一样绚丽;它的思想感情跌宕变化,像黄河九曲,汹涌澎湃而又回旋往复;它的风格幽深含蓄,像箫管笛音,委婉隐约。其内容的伟大崇高和艺术的成熟入化,堪称划时代的巨著。

（二）

《离骚》所表现的是一种“剪不断,理还乱”的情感湍流,因而难免有时“郁结蹇产,重言曾欷,前后失照”,但由于优秀作品的情理统一性和艺术完整性规律起作用。因此,纵观《离骚》全诗,我们还是可以感受到一种巨大的逻辑力量,它把叙事与抒情融为一体,现实过程的叙述与心灵历程的再现水乳交融,处处表现出现实生活的矛盾对立和诗人情感的辩证运动,从而构成一个庞大而有序的逻辑结构。

全诗隐伏着两条基本的逻辑线索:一为现实的矛盾斗争的过程;二为心灵的辩证运动的历程。前者为副线,后者是主线。

现实过程几乎概括了诗人的一生:出身、少年时代的学习、修养和抱负以及后来所遇到的各种挫折,最后选定以死向现实抗议的结局。这个过程的公式是:内美好修→节节受挫→上下求索→以身殉国。

心灵的历程再现了诗人复杂的情感冲突,经历几个情感的波折,最后形成感情的瀑布和漩涡。这个过程的公式是:满怀热情→失望痛苦→彷徨往复→绝望决裂。

在现实过程的叙述中,诗人的“自我”面对着三种基本的矛盾冲突:一是“致君尧舜”的努力与昏聩楚王的“不察”和排斥的矛盾;二是正道直行与党人的谗佞的对立;三是独立不迁与众芳变质的对立。在心灵历程的表现中,诗人的“自我”也面对着三种基本的矛盾冲突:一是忠君与罪君的内心冲突;二是矢志与随俗的内心冲突;三是恋国与去国的内心冲突。这两类矛盾冲突的线索交织在一起,相辅相成,形成全诗的情感中线。沿着这条情感中线,各种现实矛盾和内心冲突渐次展开,波澜叠起,境界万千,诗人的“自我形象”也逐渐显露和完成。

现在,我们可以把《离骚》的逻辑结构,绘成图表,显示如下:

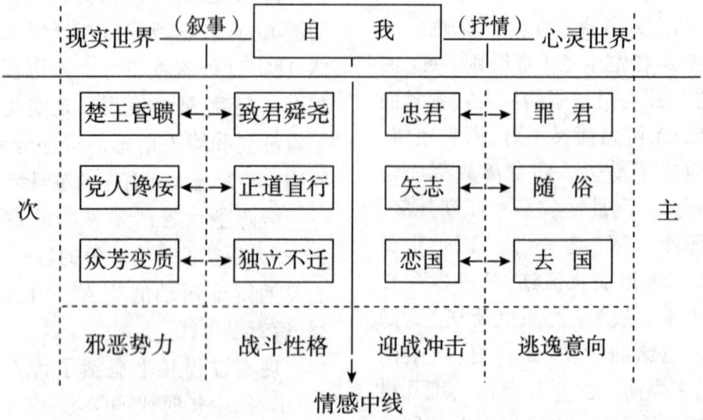

（三）

《离骚》的意象是绚烂多姿、极其丰富的,包含着三大意象群:一是人事的意象群,二是花草禽鸟的意象群,三是神仙传说的意象群。而每一个意象群都可以分为互相对立的两组,即肯定性与否定性两组。这三个意象群的内在矛盾性,暗示着诗人的情感矛盾无时不在、无处不在。

《离骚》的三大意象群构成了三个世界:人事意象群构成现实世界,它是诗人生命痛苦的土壤。花草禽鸟的意象群构成象征的世界,它是诗人高洁人格的投影。神仙传说的意象群构成超现实的世界,它是诗人企图超世拔俗、迈向真善美境界的幻象。总之,《离骚》的意象三界都是诗人苦难灵魂的客观化,从心理学的角度看,它们分别导源于三种心理功能,即感知的功能、投射的功能、升华的功能。

那么《离骚》的意象三界之间的关系是怎样的呢?由于它们都是诗人苦难灵魂的客观化,因此它们都来源于诗人对现实生活的审美感受,是一而三的,也即它们是一个东西的三种形态。正如元稹说的“骚人作而怨愤之态繁”(见《元氏长庆集》卷五十六,《唐故工部员外郎杜君墓系铭并序》),它们都是诗人的“怨愤之态”。人事的意象群是诗人“怨愤之态”的现象界,花草禽鸟的意象群是诗人“怨愤之态”的影子界,神仙传说的意象群是诗人的“怨愤之态”的形上界。它们之间的关系可以绘成如下图:

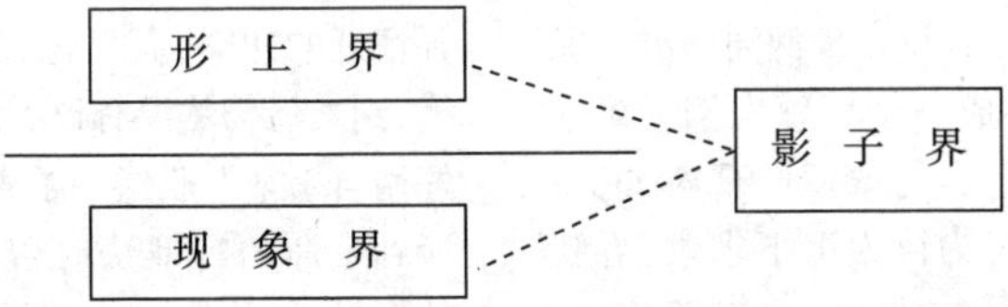

这种意象结构向人们暗示着诗人的灵魂在上天入地地挣扎,暗示着诗人的痛苦如影随形、弥漫宇宙。《离骚》的这种意象结构的规模是极其宏伟的,它的空间感和时间感也是空前的。这只有但丁的《神曲》可以与之媲美。刘勰云:“才高者苑其鸿裁。”今天,我们欣赏《离骚》,就应着眼于这种伟大的“鸿裁”(格局),也即庞大的逻辑结构和意象结构,而不是仅仅关注它的细部技巧。

(四)

《离骚》的艺术美除了表现在它的庞大的逻辑结构和瑰丽雄伟的意境形象外,更主要的表现在抒情的高超艺术上。《离骚》的情感表现艺术有如下一些特点:

第一,《离骚》的情感表现采用了统一的哭诉的语调。诗人好像是面对着亲人、朋友、知音,面对着公正无私的宇宙洪荒,诉说着他的不幸、痛苦、幽怨和不平。这种哭诉求援的语调贯穿诗的始终,未曾中继或转移。因此,尽管诗中的情感内容是很丰富的,但却有统一的语言色彩,形成一个统一的语言情境,从而强化了全诗的整体性效果。另一方面,这种哭诉求援的语调使人感到亲切。尽管诗中的政治倾向很强烈,但不会产生强制、训诫的感觉,反而大大增强了情绪的感染力。这种语调容易诱导读者进入“抒情的出色状态”,容易激发读者的同情心。

第二,抒情中夹杂着行动和对话的描写,使抒情过程形成情节性的变化。全诗在抒情的进程中,描写了一次对话,即女媭的责备与诗人向舜帝的陈诉(见第33节至第44节)。两次问卜:第一次“命灵氛为余占之”,灵氛劝他远行(见第65节至第69节);第二次是向巫咸问卜,“巫咸将夕降兮,怀椒糈而要之”,巫咸也劝其去国寻求同道以施展抱负(见第70节至第75节),同时描写了诗人的三次飞行。在第二次飞行中,又包含着三次求女的过程。这一次对话、两次问卜、三次飞行以及三次追求的失败的情节性描写,形成了《离骚》的外在节奏感。实际上,女媭、灵氛、巫咸的话以及三次飞行的情景都是诗人否定性人格的化身。是诗人潜意识中逃逸意向的表现,也就是诗人内心矛盾的反映。全诗始终贯穿着两种力量、两种动机、两种价值观的冲突,这是一种内在的、无形的心理冲突,但诗人通过外在的、有形的情节性描写表现出来,这不仅使全诗的抒情艺术曲折、生动,而且使诗的情感内容含蓄蕴藉,富有意味。

第三,《离骚》的抒情还具有内在的情感节奏。其特点是汹涌澎湃而又回旋往复,形成三个情感大潮。第一大潮围绕着忠贞与谗佞的现实冲突;第二大潮表现为诗人上下求索,寻找通向"哲王"的道路而与各种阻挠、困难进行斗争的过程;第三大潮围绕着离开故国、另求贤主的意向与怀恋故都的爱国热情的矛盾冲突展开。这三次悲剧情感的大潮一浪比一浪高,情感矛盾逐步加剧。彷徨往复,欲去又留,最后情感冲突达到高潮时,却如一川巨流从高空跌落,形成情感的瀑布,把诗人抛入绝望和死亡的深渊。这三次悲剧情感发展的大潮,每次都是以希望始,以失望终。希望与失望交替往复,恰似九曲回旋的江河。这种情感流程的特点使读者感到既波澜壮阔而又深邃莫测。诗人总是在反复诉说着、分辨着、表白着,生动地表现出愁肠百结、欲言难尽的痛苦心态,给人以强烈的情感撞击。

第四,《离骚》的情感表现深刻体现了人类心灵的辩证法。情感矛盾贯穿着全诗的始终,形成情感辩证运动的过程。抒情主人公一方面在埋怨"荃不察余之中情",另一方面却又忍不住要劝谏,并指天誓日地表白"夫唯灵修之故也";一方面感到这样下去没有好结果,想要遗世而自疏,甚至闪过随波逐流的念头,另一方面却执着地坚持自己的理想和政治主张;一方面他明明看到祖国毫无前途,发出"何怀乎故都"的感慨,另一方面,他却死也不肯离开祖国。总之,几乎在每一小段甚至每一小节中都包含着两种情感的冲突,而且这种冲突无始无终,到最后仍然没有得到解决,所以只好用自杀来摆脱这一矛盾。黑格尔在谈到生命的辩证法时曾说过:"生命的力量,尤其是心灵的威力,就在于它本身设立矛盾、忍受矛盾、克服矛盾。"(《美学》第一卷)《离骚》的抒情正体现了这种生命辩证法的运动。贯穿《离骚》始终的基本矛盾线索是:诗人追求"美政"的意志力量与社会反追求的现实力量之间的冲突。这个基本冲突经历了三个阶段:第一阶段是追求目标的冲突,即动机冲突;第二阶段是追求过程的冲突,即行为冲突;第三阶段是变态追求的冲突。而在每一阶段中,诗人又不断设立矛盾、忍受矛盾、克服矛盾。这就使情感的辩证运动波澜起伏、曲折有致。

《离骚》还显示了抒情主人公的情感辩证运动从量变到质变的过程。诗中展示了两类冲突力量的消长曲线:第一类是个体对社会压迫的抗争,由于社会力量过于强大、未被克服,所以个体的活力逐渐被削弱。具体表现为失望情绪的增强,实现目标的信心的减弱,最后发出"已矣哉"的感慨。第二类是抒情主人公精神领域中迎战冲动与逃逸意向两种心理力量的对抗。迎战冲动不断受到干扰、阻遏,因而由进攻性转入防御性,诗人的精神支柱由进取性的"前圣"转为防御性的先贤"彭咸",逃逸意向逐渐加强,最后产生"何怀乎故都"的与世决绝的决心。总之,在诗人情感的辩证运动的过程中,我们可以看到一系列的从量变到质变的发展:诗人的“美政”目标的现实性逐渐减弱,而“国无人莫我知”的寂寞感、失望情绪以及“从彭咸之所居”的死亡观念逐渐增强,从而揭示了抒情主人公以身殉国的必然性。

最后,《离骚》空前细致、生动地展现了人类所面临的现实与理想、感情与理智、意识与潜意识等多重矛盾。这些心理冲突错综交织、丰富多彩,但它们都围绕着追求的过程而统一起来,形成一个丰富完整的心灵世界。《离骚》在表现抒情主人公的情感矛盾的激烈和逼真方面,已经达到了惊人的成熟地步,在表现的细致入微和丰富深刻上令人叹为观止,这是《离骚》能够产生巨大的情感冲击波的重要原因。

(五)

如上所述,庞大有序的逻辑结构、瑰丽雄奇的意象境界以及超乎寻常的情感表现,这些都是构成《离骚》旷古绝伦的艺术美的主要因素。它们整体和谐充分地表现出《离骚》的艺术成就,形成它的“天然去雕饰”的审美形式。但是《离骚》的不朽,除了它的艺术美具有永恒的魅力外,更重要的在于《离骚》所蕴藏的人性美、人情美。以上所说的各种艺术美的因素,都导向一个目标,即塑造《离骚》的自我形象。这个自我形象所表现出来的人性美和人情美,更具有巨大的荡涤人类灵魂的力量。

从思想性质来看,《离骚》所塑造的诗人的自我形象是一个有抱负、有作为的爱国政治家的形象。《离骚》自我形象的思想内涵是相当丰富的,包括政治思想、哲学思想、伦理思想、社会思想等,其核心是以“美政”为目标的政治改革论。屈原的思想比较接近于孟子的思想体系,但也体现了儒、法融合的倾向。他的政治抱负和政治改革论,都是导源于他的爱国思想,他念念不忘楚国的兴亡,对楚国前途抱有深刻的忧虑,他希望致君尧舜,推行贤明政治,挽救国家的衰亡,振兴楚国,直至统一中国。他的各种政治主张都是振兴楚国的具体药方,这种爱国思想是《离骚》的一条思想红线。

从人格特征来看,《离骚》所塑造的诗人的自我形象是封建时代一个节操高尚的士人形象。他品行高洁、内美好修;他具有超世拔俗的素质,因此他能正道直行;他对楚国的君王怀着一片赤心,因此他为国家竭忠尽智;他为实现理想而四处奔波,虽罹患而百折不挠,表现出“亦余心之所善兮,虽九死其犹未悔”的宁死不屈的精神。综合上述各种人格因素可以看出:《离骚》自我形象的最主要人格特征,可以用“诚”“气”“节”三个字来概括。“诚”就是真诚、忠贞,不计个人得失,不顾遭遇悲惨,置生死于度外;“气”就是进取、追求,有着强烈的、不可遏止的对于理想(真理)的求索精神,虽然羽折翎落,滴着鲜血,仍然苦苦挣扎;“节”就是独立、坚定的节操,决不向恶势力屈服,不与世俗同流合污,决不妥协投降,誓死不渝地忠于自己的事业和理想。这完全是封建时代受人景仰的士人的高尚人格。

从情感基调来看,《离骚》所塑造的自我形象是一个苦恋着祖国的时代弃儿的形象。《离骚》的基本情感内容是这样三类:一是遗弃感,这是一种忠贞遭弃、壮志难酬的痛苦;二是离异心,这是一种上下求索、彷徨歧路的迷惘;三是故国情,这是一种报国无门,但仍忠于祖国,宁死也不离开故土的苦恋。“乱”辞概括诗人的两大悲哀:既未能拯救国家的危亡,也未能获得社会的理解和支持。国难多、志难酬、世俗沉睡、人莫我知。唯有捐躯全节是其唯一的出路,他是一个痛苦的时代弃儿。因此,全诗从头到尾贯穿着深沉而又强烈的历史性悲剧情调。总之,抒情主人公的人格结构的核心是一个“恋”字,即对祖国的爱恋。他的情感矛盾的基本状态则是一个“苦”字,即壮志难酬,人莫我知的痛苦。很明显,从情感性质的角度看,《离骚》又可以说是一支苦恋式的咏叹调。

诚然,李白的“哀怨起骚人”概括了《离骚》情感内容的重要特点。这一说法影响很大,长期以来对中国抒情诗产生了潜移默化的作用。但是,《离骚》的哀怨之中包含着壮烈,且不说它的规模、境界和气势十分壮阔,给诗中的哀怨之情形成一个吞纳宇宙的构架。而且诗中处处流贯着一种“浩然之气”,一种为真理、为理想而斗争的顶天立地、气吞山河的胸襟情怀,一种为真理而献身的壮烈的激情。因此,它不仅给人以哀怨悱恻的美,而且给人崇高的悲剧美。

综合以上三个方面的分析,即可对《离骚》所塑造的自我形象的基本性质做出比较完整的判断:这是一个独立不迁、忠于祖国、为振兴楚国而痛苦追求“美政”、至死不渝的先秦进步政治家的形象。这个形象缺乏独特个性的生动形态,因而它具有较大的普遍性、抽象性,这是早期抒情诗的特点。

(六)

从上一节的分析中可以看出,《离骚》的自我形象具有鲜明的思想特征、人格特征和情感特征,这些特征都具有很大的概括力。强烈的目标感是《离骚》自我形象第一个重要特征。那么这个目标是什么呢?就是“美政”。它虽然有其具体的历史内容,但因表现得比较抽象,便容易激发读者对美好的政治局面的想象。抒情主人公对党人的“时俗之工巧兮,偭规矩而改错。背绳墨以追曲兮,竞周容以为度”的否定,对前圣的“循绳墨而不颇”的肯定,都指向着秩序的思想,这是对特权的一种约制,它意味着对稳定的政治局面的追求,抒情主人公对“举贤授能”的提倡就是对那种僵化的、世袭的、腐朽的用人制度的否定,也是对那种凝固的社会观的否定,而肯定了唯物的社会发展观,它意味着对社会进步的追求。至于诗中的民本思想,则包含着民主思想的因素。由于抒情主人公的这种政治理想与当时楚国的社会现实是对立的。因此，诗人在表现这种理想时总是贯穿着对黑暗现实的批判。这就使《离骚》的思想内容不仅具有追求稳定、进步、民主的政治局面的普遍性，而且具有变革现实的精神和意志力量这一思想形式。它表现出人类普遍存在的“对现实生活的利益和关系的积极参预和推进”(黑格尔《美学》第三卷下第284页)的基本特征。因此，“美政”实际上是人类追求稳定、秩序、民主的美好政治局面和变革现实的愿望的象征。

其次，抒情主人公具有高尚的目标，但在现实中却不能实现。他面临种种挫折和不幸：君王的昏庸、不信任，党人的造谣陷害，后生的背叛，社会人心的败坏等。他虽然处在非常恶劣的环境中，但决不妥协、屈服，决不随波逐流，而是坚持独立不迁的人格，顽强地继续追求理想和真理，表现出被遗弃而不沉沦，蒙谣诼而不自毁的品质和以国家民族的利益为重、宁死不屈的人格，充分表现出身处逆境仍然对理想、对真理、对祖国忠贞不渝的特征。而且它象征着人类对真、善、美追求的巨大热情和不可逆转的坚定性。这是人类巨大的意志力量的表现。

最后，从情感特征来看，抒情主人公是一个封建时代失意知识分子的形象。他满腹经纶，但却怀才不遇；他忠君爱国，但却报国无门；他品质高尚，但却不被人理解。这是整个封建时代中国知识分子灵魂痛苦的呼喊，是他们的不幸遭遇和复杂心境的真实写照。这是中华赤子的九曲回肠，是志士仁人的百叠隐衷。而这种复杂的情感矛盾还具有更大的普遍性，实质上是一种苦恋式的悲剧心境，即追求的目标难以达到而又无法舍弃的痛苦的心理状态。这种苦恋式的悲剧心境是人类精神生活中的一种普遍的存在形式。凡是失意文人，无不感到《离骚》与自己“心有灵犀一点通”。

上面我们对《离骚》自我形象所蕴含的象征意蕴进行了简要的分析。从这里可以看出：《离骚》不仅是先秦时代楚国的一个失败政治家的哀怨，而且是中国封建时代失意文人的灵魂的呼喊；也不仅是失意文人的灵魂的呼喊，而且是华夏性格的雕塑；还不仅是华夏性格的雕塑，而且是人类苦恋心境的象征。《离骚》自我形象是一个在政治黑暗时期诞生的、身处逆境仍然坚定地、痛苦地追求着“美政”目标的悲剧性格。它的灵魂是一个痛苦的追求者的伟大灵魂。在诗中，我们可以看到这个灵魂不安的悸动，听到这个灵魂孤寂的叹息，我们还可以看到这个灵魂痛苦的挣扎，听到它对后来追求者的呼唤。它是那样扣动人的心弦，不仅使人心生怜悯和同情，而且给人生命的热力。这个追求者的灵魂是由目标的正义性、人格的崇高性和情感的悲剧性三者的统一构成的，因此它具有极大的概括性。它那坚定的、进步的目标，它那刚毅、伟岸、坚不可摧的人格力量，它那无法摆脱的痛苦的情感冲突，表现了人类向往进步、追求真理的精神以及对之忠贞不渝的优良品性。就《离骚》历史内容的这种普遍性而言,我们可以把《离骚》看成是历史性悲剧人物的人性、人情的一次比较全面、综合的再现。因此,它是人类心灵悲壮历程的史诗,是一首真正的人的诗。

由于《离骚》的这一痛苦的追求者的伟大灵魂蕴含着上述的普遍性,因此它就具有永恒的、丰富的象征功能。(前面已经说过:《离骚》中的自我形象是一个复杂丰富的性格整体,它的不同侧面具有相对独立的典型性,因此,《离骚》的象征功能也是复杂、丰富的,它们形成一个象征体系。)

从纵向来看,《离骚》中自我形象的象征功能可以分为三个层次。

在第一个层次里,《离骚》的自我形象是先秦时代的时代精神的象征。《离骚》的自我形象并不是从天而降的怪物,而是先秦时代的思想文化哺育出来的骄子。它体现了战国后期各派融合的政治思想特征。同时,春秋战国时期是一个百家争鸣、生气勃勃的时代,社会充满了进取的、批判的精神。《离骚》的自我形象所表现出来的敢于斗争、决不妥协、上下求索的批判和进取的特点,正是当时的时代精神的表现。因此,在《离骚》产生的那个时代,正是这种进取、批判的精神在激荡着读者的心灵。

在第二个层次里,《离骚》的自我形象又是中华民族民族心理的象征。《离骚》自我形象所表现的忠君、爱国的思想和气节,在中华民族的民族心理中占有重要的地位。中国长期在封建中央集权的统治下,皇帝是国家的象征。因此在人们的心理上忠君与爱国常常连在一起,成为一种等价物。而气节则是维系这种专制统治所需要的长期形成的社会性的人格特征。“气”和“节”是中国固有的两种道德标准,主要指的是读书人或士人的立身处世之道。“气节”作为一种人格特征,具有激动人心的力量。总之,忠君爱国的思想和气节已经成为中华民族的民族心理的组成部分。正因为这样,《离骚》表现出来的对楚王的一片赤诚、对楚国故土宁死也不肯背离的深情以及对恶势力毫不妥协的独立不迁的人格,才能千百年来都扣动着中华民族各个成员的心弦。另一方面,《离骚》的情感内容和表达方式在中国长期的封建社会中也是极富典型性的。有理想、有抱负、想在自己的祖国推行“美政”,却得不到君王的信任和支持;明明看到君王的昏庸,却又不能不忠诚于他、依赖于他;心中怀着满腹牢骚与怨愤,却无法痛快地、直截了当地倾吐出来,只好用美人香草作比兴,借神话传说为寄托,甚至以女子的口吻与情态来表现。这正是千百年来中华民族的人臣百姓普遍的情感矛盾。因此,《离骚》能够成为中华民族的人格和情态的象征形式。

在第三个层次里,《离骚》的自我形象则是人类精神生活的悲壮历程的象征。人民群众是理想的向往者、真理的追求者。他们在自己的人生旅程中,不懈地追求着、创造着,从而推动历史的前进。人类的历史,可以说就是不尽地追求真、善、美境界的历史。但是,由于现实与理想的矛盾,这种向往和追求往往受到阻遏和挫折。因此,人类的精神生活常常表现为追求——失败——再追求的悲壮历程。《离骚》的自我形象怀抱着济世之志却不为世用,报国无门但仍然痛苦地上下求索,最后下决心以身殉国的经历,不正是人类追求——失败——再追求的悲壮历程的典型写照吗?《离骚》所展示的实际上是人类对真、善、美境界追求的热情,是人类理想、世界真理的伟大追求者孤独失败的苦闷,以及追求中宁死不屈的精神。因此,各个时代、各个民族的读者,都可以从这追求的热情中得到鼓舞,对这追求失败的苦闷产生同情,与这宁死不屈的精神产生共鸣。

从文艺欣赏实践的横向来看,《离骚》所塑造的这个痛苦追求者的灵魂又具有多重的象征功能。由于《离骚》自我形象的性格内涵和情感因素的丰富性,因此处于不同环境、具有不同心境的读者,都可以在它里面找到象征形式。例如,有济世之志而不为世用者、身处逆境而忠贞不渝者、怀恋故土欲去不忍者、报国无门而又欲罢不能者,还有心中郁结不能解者、顽强地上下求索者、愤世嫉俗者、独善其身者、忠良遭害者,等等,都可以在欣赏《离骚》的过程中,从不同角度获得情感的共鸣。

(林兴宅)

云 中 君

屈 原

浴兰汤兮沐芳,华采衣兮若英。灵连蜷兮既留,烂昭昭兮未央。蹇将憺兮寿宫[①],与日月兮齐光。龙驾兮帝服,聊翱游兮周章。灵皇皇兮既降,猋远举兮云中[②]。览冀州兮有余,横四海兮焉穷!思夫君兮太息,极劳心兮忡忡[③]。

注释

①蹇(jiǎn):滞留,停留。憺(dàn):安。寿宫:供神之处。

②猋(biāo):迅速。

③忡忡(chōng):忧心貌。

鉴赏

在古人的心目中,云气之美好、神秘,并不亚于璀璨的日月。它"精微乎毫毛,充盈于大寓"(荀子《云赋》),曾被视为"天地之本"(《河图地运记》)。它多姿多态,"如树木""如白鹄""如车盖""如冠缨"(《易通卦验》),激起过人们多少神思遐想的奇趣!因为它常与朝日的升腾相伴,"非气非烟,五色纷缊"(《瑞应图》),便有了"人主之象""太平之应"的美称。何况它又能"油然作云,沛然下雨"(《孟子·梁惠王上》),因此又与人间的水旱吉凶结下了不解之缘。这样看来,古人尊云为神,并将它提到与太阳神("东君")同等的地位,列入隆重的祀典,也就不奇怪了。《九歌·云中君》所祭祀的,就是这样一位美好而神秘的云霓之神。

这首祭歌可分为两部分。前八句为第一部分,以绚丽的色彩,描摹了云神的降临。古代巫风降神的特点之一,就是巫者的衣饰、打扮,必须与所降神灵相仿佛,神灵才会依附其身。此歌开头两句,极力描摹降神的巫者以兰汤浴身、芳草沐发,所穿的衣着绚丽多彩,正如春日绽放的鲜花。这里描摹的虽是巫者,实际上却是在为云神画像——古人心目中的云神,正是如此的光彩夺目、美好芬芳!接着便写云神的降临,此刻的景象便更神异了——"灵连蜷兮既留,烂昭昭兮未央"。诗人以"连蜷"二字,状貌云神的身形,再加上"烂昭昭"三字着色,云神那曲折飘逸之态和华光四射的风采,便以全部魅力吸引了读者的目光,牵动了人们的心魄!当它安然休憩于"寿宫"并享用祭品之时,熠熠闪耀的神光,还不时映射苍穹,简直可与日月争辉;而当它乘着飞龙、穿着皇天上帝赐予的庄严服装,在祭坛四周遨游的时候,神态又何其肃穆、安详!在这一部分,诗人对云神的描绘,巧妙地结合着祭祀中的降神、享神展开,可以说是一种近距离的观照,所用色彩也较为浓烈。因为期待的神灵,终于如愿降临,所以在描述之际,自有一种赞叹、喜悦之情荡漾于字里行间。

后面六句为全诗的第二部分,以惆怅的笔调,抒写云神的离去。美好云神的降临,曾带给祭祀的人们多少慰藉,而当它飘然引去之时,人们又不免怅然若失。"猋远举兮云中",不仅形象地展现了云神离去时的飘忽和迅疾,同时也隐隐流露了人们希冀其长留又不能如愿的失落之感。云是一种奇妙的东西，它可大可小、忽东忽西，“舒则弥纶覆四海，卷则消液入无形”（晋成公绥《云赋》）。它的踪迹，以茫茫天地为界。“览冀州兮有余，横四海兮焉穷”二句，正以惊叹的口吻，表现了云神这一遍览天下、横历四海的视野和气魄。相比之下，小小的人间、冀州，又岂能将它留住？难怪诗人要发出“思夫君兮太息，极劳心兮忡忡”的深沉慨叹了。全诗以这样两句深切“太息”之语作结，既将人们翘望云天、目送云神冉冉远去时生出的牵念之情和淡淡的哀愁，表现得深长婉转，不绝如缕，更为读者留下了咏罢沉思，掩卷回味的余韵。《云中君》这首诗，描摹云神的状貌神态、去留变幻之形，缥缈灵动；抒写人们迎送神灵之际的情感变化，亦复精妙。诗人将这两者融为一体，便使这首诗放出了光华！

（潘啸龙）

湘　君

屈　原

君不行兮夷犹[①]，蹇谁留兮中洲[②]？美要眇兮宜修[③]，沛吾乘兮桂舟。令沅湘兮无波，使江水兮安流。望夫君兮未来，吹参差兮谁思[④]？

驾飞龙兮北征，邅吾道兮洞庭。薜荔柏兮蕙绸，荪桡兮兰旌[⑤]，望涔阳兮极浦[⑥]，横大江兮扬灵[⑦]。扬灵兮未极，女婵媛兮为余太息。横流涕兮潺湲[⑧]，隐思君兮陫侧[⑨]。

桂棹兮兰枻[⑩]，斫冰兮积雪[⑪]。采薜荔兮水中，搴芙蓉兮木末。心不同兮媒劳，恩不甚兮轻绝。石濑兮浅浅[⑫]，飞龙兮翩翩[⑬]。交不忠兮怨长，期不信兮告余以不闲[⑭]。

鼌骋骛兮江皋[⑮]，夕弭节兮北渚[⑯]。鸟次兮屋上，水周兮堂下。捐余玦兮江中，遗余佩兮醴浦[⑰]。采芳洲兮杜若[18]，将以遗兮下女[19]。时不可兮再得，聊逍遥兮容与[20]。

注释

①君：指湘君。夷犹：犹豫不决。
②蹇：发语词。
③要眇：美好的样子。宜修：修饰得体。
④参差：古乐器名，排箫。
⑤柏：闻一多先生认为是"帕"之误，是旗类的总称（《楚辞校补》）。绸：闻一多先生认为是"所以缠旗杆者"。桡：指旗杆上的曲柄。旌：指旗杆顶上的装饰。
⑥涔阳：地名，在洞庭湖西北岸与长江之间。
⑦灵：即"舲"，有舱有窗的船。
⑧潺湲（chán yuán）：水流不断的样子，这里形容流泪不止。
⑨陫侧：通"悱恻"，伤心的样子。
⑩棹、枻（yì）：均为划船工具。
⑪斫冰兮积雪：形容船行迅速，破浪前进，如破冰、如积雪（堆积白雪，指浪花）。
⑫浅浅（jiān）：水急的样子。
⑬翩翩：轻快的样子。
⑭期：约期相会。
⑮骋骛：奔驰。
⑯弭：停止。渚：水中小洲。
⑰醴（lǐ）：通"澧"。澧浦：即澧水之滨。
⑱杜若：香草名。
⑲遗（wèi）：赠予。
⑳容与：徘徊，漫步。

鉴赏

湘君与湘夫人原为湘水的配偶神。自战国以后，人们便把他们与这样一个动人的传说联系在一起：帝舜继承帝尧的王位之后，平定四方，治理洪水，之后到南方去巡视，死在苍梧，他的妃子娥皇、女英追踪而至，听到舜的死讯，南望痛哭，投湘江而死。配偶神与这个传说的结合，就使帝舜成为湘水男神，二妃成为湘水女神了，也使神话传说的内容更丰富、更生动了，水神也更有其性格了，以前那虚无缥缈的神灵，变为可感可知的人杰了。本篇是描写湘水女神（湘夫人）等待男神（湘君）不至而感到怨慕悲伤的诗篇，表现了湘夫人对湘君的纯真的爱情。依照湘夫人复杂内心的变化过程，本篇可以分为四段：

第一段从开头到"吹参差兮谁思"。这一段可分为三层。前两句先深入到湘夫人的内心世界，一个疑问句，沉吟自语，写出了湘夫人那急切盼望见到湘君的焦灼心情，这是第一层。紧接着，通过湘夫人的一系列动作把这种心情进一步外化：她精心修饰、打扮自己，驾着美丽的桂舟，急速来到约会的地方，并且让沅水、湘水不要掀起波浪，让江水平流，以便他们顺利见面，这是第二层。最后两句，是第三层,仍用一个疑问句,再次深入到湘夫人的内心世界,但与第一层有所不同。前者的疑问是她问湘君,后者的疑问则是她表达自己的意愿,带着肯定的语气:我吹着排箫,心里想的是什么呢?难道想的不正是您吗?三层内容,重点在于刻画湘夫人兴奋渴望的心情,把湘夫人纯真、痴情的形象初步展现在读者面前。

第二段从"驾飞龙兮北征"到"隐思君兮陫侧",深切思慕之情比第一段更深沉。这一段可分为两层,前六句为第一层。湘夫人急于见到湘君,但仍不见他来,恍恍惚惚,她进入了幻想境界。想象着湘君也坐着华美的船只前来赴约;以薜荔为旗,以香蕙为缠旗杆的绸,以香荪装饰旗杆曲柄,香兰缀在旌旗之顶。自己站在洲头,极目远眺,但见湘君横渡大江,乘着舲船扬桨奔驰而来,多么美妙的憧憬!这一层,通过想象进一步刻画出湘夫人的天真痴情。后四句为第二层,湘夫人从想象回到现实,从天空坠到地面,她的美梦如泡影一般破灭了,湘君仍然没有踪影。希望愈大,失望也就愈大,也愈令人痛苦,她的内心世界由深切的思慕转化为深沉的悲痛,眼泪像水一样地往下流,连自己的侍女也替她感叹。正是在这种想象与现实的碰撞冲突中,诗篇闪出了火花,使湘夫人的形象愈显清晰。

第三段从"桂棹兮兰枻"到"期不信兮告余以不闲"。湘夫人的感情由原来的悲痛又转为怨恨。前四句为第一层,湘君失约未来,在万分痛苦之中,湘夫人仍抱有一线希望,因此,她又驾起自己的桂舟,船头、船桨、船舷激起浪花翻腾,如破冰、如积雪,迅速前进,期冀着能与湘君见一面。然而,她的一切努力都是徒劳的,如同在水中采薜荔,在树梢上摘芙蓉一样,毫无所获。后六句为第二层,细致刻画了湘夫人的内心世界,在极度失望、悲痛之际,她静心思考,认为湘君临期推托乃是由于两人爱不深、心不同,这时,她的内心又一次掀起波澜转入了对湘君的怨恨。实际上,湘夫人对湘君的责怪与怨恨,是由她单方面的猜疑引起的,这种猜疑,只是一个误会,因为她还深深地爱着湘君。这种既怨又爱感情的出现,给下文捐玦遗佩和采杜若两个情节打下了基础。

第四段从"鼂骋骛兮江皋"到完,又可分两层。前四句为一层,写湘夫人孤独惆怅之情。为了与湘君会面,她奔波了一整天,早晨在江边高地上急忙奔驰,晚间,在江北小洲上草草休息。现在,自己所看到的只有鸟儿在房上栖息,水在房前环绕,多么寂寞、冷落啊!这种荒凉的景象,正与她悲凄的心情合拍。后六句为第二层,在孤独、失望、怨恨达到极点后,她决定把湘君先前赠给自己的玉玦、玉佩抛入长江、醴水之中,以示决绝。然而,这种举动也不能使她完全抛却对湘君的一片赤心,"抽刀断水水更流"。她又陷入了更深的矛盾漩涡之中,爱与恨、失望与希望、寂寞与追求,种种感情交织在一起,"剪不断,理还乱"。于是,她又采来了杜若香草,准备赠给对方，希望能一通最后之情愫，实际上也是她生死不渝的坚贞爱情的表露。这里的“遗兮下女”，就是送给湘君的意思。古人常常不直接称呼对方，而称“左右”“执事”等，以示尊重。“下女”就是代指湘君。最后两句是在摆脱了矛盾心理后的自慰之词，思而不见，期而不来，聊且逍遥自在、悠然自得地度日吧。当然，这种逍遥自在，包含着不可言喻的复杂的情感，最后给人留下的仍然是割不断的情思。

这篇祭神乐歌所描写的情节，完全是人间恋爱故事的重演，这里的神，乃是人的化身，与人有相通的思想感情，有一样的行为举止，甚至有相似的经历和遭遇，这样的神是可敬可爱的。由于虞舜和娥皇、女英的悲剧传说制约，湘夫人虽然抱着热切的期望来赴约，而终于无缘相会，全篇沉浸在悲怨缠绵的思绪之中。为了突出表现湘夫人对湘君深沉的爱，作者把湘夫人的举动与内心情感的变化结合来写。其动作的变化过程是：精心打扮、及早赴会——吹箫寄情、耐心等待——进入幻想、两人相会——幻想破灭、泣涕涟涟——继续寻找、劳而无获——晚宿北渚、凄凉一片——捐玦江中、遗佩醴浦——采集香草、赠予对方——逍遥徘徊、悠然自得。情感的历程也极富变化，由兴奋渴望到深切思慕，由悲哀到怨恨，由惆怅到绝望，继而又转入深切思慕。为了深入表现这种情感的跌宕起伏，作者还加强了环境气氛的渲染，如湘夫人晚上宿于北渚时，“鸟次兮屋上，水周兮堂下”，以此来衬托她悲凉的心情。还用“采薜荔兮水中，搴芙蓉兮木末”比喻自己所求不遂，等等。总之，诗篇以湘夫人心灵的历程作为内在的线索，塑造了一个纯真坚贞、可敬可爱的女神形象，并且永远留在人们的脑海里。

（张新科）

湘 夫 人

屈 原

帝子降兮北渚[1]，目眇眇兮愁予。嫋嫋兮秋风，洞庭波兮木叶下。登白薠兮骋望，与佳期兮夕张。鸟何萃兮蘋中，罾何为兮木上？

沅有茝兮醴有兰，思公子兮未敢言。荒忽兮远望，观流水兮潺湲。麋何食兮庭中，蛟何为兮水裔[2]？朝驰余马兮江皋，夕济兮西澨[3]。

闻佳人兮召予，将腾驾兮偕逝。筑室兮水中，葺之兮荷盖。荪壁兮紫坛[4]，匊芳椒兮成堂。桂栋兮兰橑，辛夷楣兮药房。罔薜荔兮为帷，擗蕙櫋兮既张[5]。白玉兮为镇，疏石兰兮为芳。芷葺兮荷屋，缭之兮杜衡。合百草兮实庭，建芳馨兮庑门。九嶷[6]缤兮并迎，灵之来兮如云。

捐余袂兮江中[7]，遗余褋兮醴浦[8]。搴汀洲兮杜若，将以遗兮远者。时不可兮骤得，聊逍遥兮容与。

注释

①北渚：北面的小洲，系"二湘"中湘君和湘夫人的约会之地。

②裔：衣服的边缘，泛指边沿。水裔：即水边。

③澨(shì)：水边。

④坛：中庭。

⑤櫋(mián)：一作"榠"。高亨曰："当作幔，幔是帐子的顶。"

⑥九嶷：九嶷山，在湖南，这里指九嶷之神。

⑦袂：这里指外衣。

⑧褋(dié)：贴身的内衣。

鉴赏

本篇与《湘君》是姊妹篇，《湘君》是以湘夫人的口吻表达对男神湘君的思恋与追求，写了她约会不见的忧伤，苦心期待的焦虑，由思念而怀疑，由怀疑而抱怨，哀婉缠绵，一波三折，细腻深刻地展现了一个女性执着追求、纯情感人的内心世界。而《湘夫人》则是以湘君的口吻表达对湘夫人的期待与热诚，表现的是一位痴情男神的绵绵情思。

"帝子降兮北渚，目眇眇兮愁予。"湘夫人是舜妻尧女，故称帝子。"降"，即从天而降，湘灵神韵，着字之妙，皆于此可见。"北渚"，乃二神约会之地，《湘君》即云："夕弭节兮北渚。""眇眇"，即望而不见之意。既望而不见，又撩人愁肠，"帝子降兮北渚"显然是湘君心之想象、目之幻象。相思以至成幻，就足见这位湘灵是何等的痴情。"嫋嫋兮秋风，洞庭波兮木叶下。”期待佳人不至的惆怅，顿使眼前的湖光水色也失去了迷人的风采，只见千里洞庭，秋风吹动，碧水生波，黄叶飘零，一派萧索凄冷！似乎天地与之同忧，洞庭为之共愁。以秋写愁，情景通融，使这种愁绪充乎于天地之间，也沉沉地压在这位湘灵的心头，异常绝妙地表现了这位多情男儿凄婉欲绝的情愫。以秋写愁，也是屈原天才的创造，宋玉《九辩》有云：“悲哉秋之为气也！”吴梦窗词云：“何处合成愁，离人心上秋。”盖得力于此。“登白薠兮骋望，与佳期兮夕张。鸟何萃兮蘋中，罾何为兮木上？”由于思恋心切，湘君于是登上长满白薠的洲渚。“骋望”，极目远望。“望”上着一“骋”字，则毕见其心驰神往之情。“与佳期兮夕张”，“夕”点明约会的时间。“月上柳梢头，人约黄昏后。”“张”，即张设、布置之意，为了迎接这个美好时刻的到来，他一方面心驰神往地张望，一方面则刻意装饰他们的幽会之所，以此来表现其对湘夫人殷切的期盼和真诚的厚爱，但期盼不至的焦虑则又使他忧疑之情顿生：“鸟何萃兮蘋中，罾何为兮木上？”鸟儿本该聚栖树上，却为何落在蘋草之中，渔网本该落水捕鱼，却为何高挂树梢之上？这些颠倒了的现象，迭迭而生的疑问，似乎使他预感不妙。诗人通过对这种微妙心理的捕捉，表现了湘君期待的焦虑和痴迷的深情。

“沅有茝兮醴有兰，思公子兮未敢言。荒忽兮远望，观流水兮潺湲。”“公子”，指湘夫人，胡文英云：“古人称女子，亦为公子。《左传》庄公三十年：‘女公子观之。’”“荒忽”，即恍惚。沅水有茝，澧水有兰，芳馨遍地，多么迷人的幽会之所。可是，佳人难期，真是“良辰美景奈何天”！相思难见的苦恼又一次折磨着这位多情的神灵，不忍说而精神恍惚，恍惚之中仍然远望寻觅，其情是何等的绵邈深沉，可眼前依然是秋水潺湲，一无所见。如此美好的聚会之地却不见湘夫人的到来，恍惚之中，似乎又感到了世界的颠倒，不由得发出“麋何食兮庭中，蛟何为兮水裔”的质问。但他毕竟有着男儿的胸怀，没有像湘夫人那样幽愤至极而来一点美人儿的小脾气。等而不见，他则要前往寻觅：“朝驰余马兮江皋，夕济兮西澨。”从早到晚，寻遍那江边水边之地。由期待而寻觅，展示了这位湘灵精诚专注，执着追求的情怀。

“闻佳人兮召予，将腾驾兮偕逝。”在走马江皋、觅踪西澨之际，又恍惚听到佳人的召唤，顿使这多情的湘灵如聆福音至，“虚应空中诺”，即刻表示“将腾驾兮偕逝”，又开始尽心刻意地营造他们聚会的圣殿：“筑室兮水中，葺之兮荷盖。荪壁兮紫坛，匊芳椒兮成堂。桂栋兮兰橑，辛夷楣兮药房。罔薜荔兮为帷，擗蕙櫋兮既张。白玉兮为镇，疏石兰兮为芳。芷葺兮荷屋，缭之兮杜衡。合百草兮实庭，建芳馨兮庑门。”采来各种各样的香草宝物，在洞庭水中筑室相迎，以青碧的荷叶覆盖屋顶。用荪草装饰墙壁，拿来紫贝铺砌庭院，再用香椒涂饰堂壁。

桂木为梁而木兰为椽,辛夷作为门楣而白芷装点卧室。把薜荔结成帷幕,挂起那蕙草结成的床帐。用白玉作为镇席,再铺洒上芳香的石兰,在荷叶做成的屋顶上装点上芷草,然后用杜衡四周缠绕。再来堆满庭院的百花香草,搭起芳馨醉人的牌楼。香宝既成,他又招来缤纷如云的九嶷山众神,要用热烈盛大的场面来迎接这位久久思念的湘水女神,等候那香闺藏娇的神圣时刻。但如痴如醉的期盼终究未能改变那无情的事实,不知何故,还是没有见到湘夫人的到来。煞费苦心,芳闺空筑,幽思成梦,不知使他又增几多惆怅,几多苦恼,这种精神情感上的苦苦折磨,使他简直难以承受了。

“捐余袂兮江中,遗余褋兮醴浦。搴汀洲兮杜若,将以遗兮远者。时不可兮骤得,聊逍遥兮容与。”这里“袂”“褋”对举成文,一指外衣,一指内衣。把自己的衣物送给别人,是古代女子表达爱情的一种流行习惯。久久期待而无果,使湘君想把这珍贵的定情之物投诸水中,诗人借此以揭示湘君内心不堪忍受的痛苦。但这痛苦的利剑仍斩不断他对湘夫人的思念,转而却去采摘汀洲之上芳香的杜若,要俟机送给那远方的情人。“不可骤得”,即好事多磨、不能即刻得到,这是他在苦苦思念中无可奈何的自我安慰,并表示还要慢慢地寻觅等待。他备尝期待的痛苦,备历相思的折磨而不改初衷,由相思而怨愤、由怨愤又转而自慰、由自慰而转为更加耐心地等待,这种心理活动的曲线,把其情之深、其心之诚表现得达于极致,曲折淋漓地写出他“半失神的恍惚状态的白热”。从而使这位湘灵成为中国古典文学中不可多得的痴情男儿的不朽的艺术典型,永远放射出不可磨灭的光华。

这篇作品在艺术上也有其突出的成就,首先表现在它善于借景抒情,情景交融。如“嫋嫋兮秋风”四句,就是饶有韵味的借景抒情的佳句。用洞天秋水、黄叶飘零写了秋之萧索凄冷,也渲染了主人公内心的惆怅和寂寞,构成了一个情景交融的艺术境界,使这种凄冷幽怨的情调笼罩于全篇,深为历代诗家所推崇。其次是善于刻画人物的内心世界,作品始终紧紧围绕主人公相思成幻的心理,予以多角度多层次地表现,骋望、远望、迭迭而生的疑问、幻觉中的召唤、难言的愁苦、无可奈何的自慰等,曲折尽致地表现了这位湘灵若梦若幻的情感活动,诚挚深沉、痴迷专注的内心世界。另外,写恋情而附以美丽的神话故事,既增加了作品的情致韵味,也使作品富于浓郁的浪漫主义气息而具有独到的艺术魅力。

(吕培成)

少 司 命

屈 原

秋兰兮麋芜[①],罗生兮堂下。绿叶兮素华,芳菲菲兮袭予。夫人兮自有美子[②],荪何以兮愁苦[③]!

秋兰兮青青[④],绿叶兮紫茎。满堂兮美人,忽独与余兮目成[⑤]。

入不言兮出不辞[⑥],乘回风兮载云旗。悲莫悲兮生别离,乐莫乐兮新相知。

荷衣兮蕙带,儵而来兮忽而逝[⑦]。夕宿兮帝郊[⑧],君谁须兮云之际[⑨]?

与女沐兮咸池[⑩],晞女发兮阳之阿[⑪]。望美人兮未来,临风怳兮浩歌[⑫]。

孔盖兮翠旍[⑬],登九天兮抚彗星[⑭]。竦长剑兮拥幼艾[⑮],荪独宜兮为民正[⑯]。

注释

①麋芜:即"蘼芜",香草名,细茎、小叶、白花。从这句以下是迎神的女巫所唱。

②夫:发语词。美子:好的儿女。

③荪:一本作"荃",香草名,这里指少司命。

④青青:“菁菁”的假借字,茂盛的样子。从这句以下是迎神的女巫所唱。

⑤目成:两心相悦,眉目传情。

⑥辞:告别。从这句以下又是迎神的女巫所唱。

⑦儵(shū):同“倏”,急速的样子。

⑧帝郊:天帝的郊野。

⑨须:等待。

⑩这句的前面今本有“与女游兮九河,冲风至兮水扬波”两句,古本没有,洪兴祖《楚辞补注》说:“《河伯》章中语也。”是《河伯》窜入的文字。今本《河伯》开头就是这两句,可见他的说法是正确的,所以删去。女:即“汝”,指迎神的女巫。咸池:古代神话中太阳出来时洗澡的地方。从这句以下都是扮少司命的男巫所唱。

⑪晞(xī):晒干。阳之阿:古代神话中的山名,太阳出来时经过的地方。这两句是神的愿望、想象。

⑫怳(huǎng):怅惘、失意的样子。

⑬孔盖:用孔雀羽毛做的车盖。翠旍:用翡翠鸟羽毛做的旌旗。从这句以下又是迎神的女巫所唱。

⑭彗星:俗称“扫帚星”,古代传说彗星出现象征战乱、灾难。少司命手抚彗星,有为儿童扫除灾难的意思。

⑮竦(sǒng):执。幼艾:对年幼者的称呼,指少年男女。

⑯荪:指少司命。正:古代人对君长的称呼,意义与“主宰”相同。

鉴赏

“司命”就是主管命运的意思,《大司命》说“纷总总兮九州,何寿夭兮在予”,可见司命就是主管寿夭(长寿和短命)之神。王夫之说:“大司命统司(总管)人之生死,而少司命则司人子嗣之有无。以其所司者婴稚,故曰少。”(《楚辞通释》卷二)“嗣”,古文作“孠”。“子嗣”近似传宗接代人的意思。

《少司命》虽然是首短诗,但是在解释上却存在很大的分歧:一是少司命是位男神还是女神?二是这首诗的讲唱形式是独歌还是对唱?三是为什么这首祭神的歌只有开始六句与结尾四句与祭神关系密切,而中间部分却大写爱情?我们同意这首诗是由男巫扮少司命、女巫扮迎神者、用对唱的形式演唱的说法。诗一开始便由扮迎神者的女巫演唱:“秋兰兮麋芜,罗生兮堂下。绿叶兮素华,芳菲菲兮袭予。夫人兮自有美子,荪何以兮愁苦!”是说神堂下长满了秋兰和麋芜,绿的叶,白的花,香气袭人。人人都有美好的子女,你少司命神何苦替他们操心呢?还是安心下降人间接受祭祀吧。这样写完神堂下的景物和求神下降的愿望后,还是由迎神的女巫演唱:“秋兰兮青青,绿叶兮紫茎。满堂兮美人,忽独与余兮目成。”除了重复写神堂里的景物,还说满堂都是神的美人,而你少司命神忽然独独同我以目传情。这表明神已下降人间,来到堂上。接着还是由女巫演唱:“入不言兮出不辞,乘回风兮载云旗。悲莫悲兮生别离,乐莫乐兮新相知。"说的是少司命的来去情况及迎神者的悲欢离合的心情。女巫再唱:"荷衣兮蕙带,儵而来兮忽而逝。夕宿兮帝郊,君谁须兮云之际?"是说少司命神以荷为衣,以蕙为带,忽然而来忽然又去,晚上住在天帝的住处的郊外,你还在云际等待谁呢?直到这里,扮少司命的男巫才唱:"与女沐兮咸池,晞女发兮阳之阿。望美人兮未来,临风怳兮浩歌。"这是对上面女巫提问的回答,说:我要同你们在咸池洗头,在阳之阿晒干头发,可是我盼望你们而你们这些美人没有到来,我临风惆怅地放声高歌。接下去又是女巫演唱:"孔盖兮翠旍,登九天兮抚彗星。竦长剑兮拥幼艾,荪独宜兮为民正。"这是对少司命的礼赞,说你乘着用孔雀毛做车盖、用翡翠鸟毛做旌旗的车子,登上九天扫除邪恶,握持着长剑拥抱幼儿,你最适合为民做主。从以上所述的内容可以看出,这首歌词虽是主管少儿命运之神的祭歌,却只有首尾部分与主题关系密切,而大部分内容是描写爱情。之所以出现这种情况,当与楚国的巫风有关,《汉书·地理志下》说楚地"信巫鬼,重淫祀"。朱熹在王逸《九歌序》的基础上进一步说:"昔楚南郢之邑,沅湘之间,其俗信鬼而好祀。其祀必巫使觋(xí,男巫)作乐,歌舞以娱神。蛮荆陋俗,词既鄙俚,而其阴阳人鬼之间,又或不能无亵慢淫荒之杂。"(《楚辞集注》卷二)这些娱神歌曲,"阴阳人鬼之间",有"亵慢淫荒之杂",因而也就不免掺杂了大量的爱情描写,使得这首诗写了人神之间的爱情,从另一个角度表现了人们在爱情上的欢乐和愁苦,从侧面反映了人们对爱情的追求。

这首诗在艺术上自有其特点:一是写景如画。"秋兰兮麋芜,罗生兮堂下。绿叶兮素华,芳菲菲兮袭予"和"秋兰兮青青,绿叶兮紫茎"都是写景的名句。如果说《湘夫人》中的"嫋嫋兮秋风,洞庭波兮木叶下"是描写了洞庭湖肃杀凄清的秋景远视图,而这里写的则是一幅室内香草近视图。读着这些诗使我们想到迎神堂下长满了秋兰、麋芜,散发出阵阵幽香,沁人心脾,大有"暗香浮动月黄昏"(林逋《梅花》)之感,作者不但从视觉上写出了秋兰、麋芜的色泽,而且从嗅觉上写出了它们的芳香。这样从色香上着笔,正体现出人们赏花的习惯。二是传情入微。诗中传情入微莫过于以下六句:"满堂兮美人,忽独与余兮目成。入不言兮出不辞,乘回风兮载云旗。悲莫悲兮生别离,乐莫乐兮新相知。""目成"二字,可值千金,实际说的是对望。一望之中,心心相印,起到了沟通双方情感的作用,与"盈盈一水间,脉脉不得语"相似,是一见钟情,还是欲语不语……这一"目成"之中有着丰富的情意值得体味。孟子说:"存(察)乎人者,莫良于眸子。"(《孟子·离娄上》)俗话也说:"眼睛是心灵的窗户。"还有人说:"爱情不需要语言,眼睛会告诉你一切。""目成"二字正把这种丰富而复杂的情感细致入微地表达出来了,且留下了广阔的想象空间,让读者去驰骋,起到了言有尽而意无穷的作用。至于“入不言兮出不辞”，虽然“不言”“不辞”，没有说话，但由于和“目成”联系在一起，却远远超过了说了很多的话，这便是所谓的意在不言中。宋朝罗烨的《醉翁谈录》记载，有个叫吴仁叔的人，在太学读书，写了一封信回家，误将一张白纸封入缄内。他的妻子开缄后，见是一张白纸，便回了一首诗给丈夫，说：“碧纱窗下启缄封，一纸空头彻底空。料想仙郎怀别恨，忆人全在不言中。”她从一张白纸中体会出了“仙郎怀别恨”，原因是夫妻之间有感情基础，而这里人神之间也曾以目传情。下面又接有“悲莫悲兮生别离，乐莫乐兮新相知”二句，我们怎么不可以从“入不言”中体会出他们“新相知”的欢乐，从“出不辞”中体会出他们“生别离”的痛苦呢？而“悲莫悲兮生别离，乐莫乐兮新相知”二句，上承“入不言兮出不辞”，下启“儵而来兮忽而逝”，诗人巧妙地使用了比较和对比的手法，将“新相知”的欢乐和“生别离”的痛苦这种悲欢离合之情表述到了无以复加的地步。就单句来说是比较，“生别离”是悲哀的，这种悲哀的程度没有任何悲哀能超过它；“新相知”是欢乐的，这种欢乐的程度也没有任何欢乐能超过它。有了这种虚拟的比较，就使人感到这种悲欢离合之情达到了登峰造极的地步。就双句来说是对比，“悲莫悲”和“乐莫乐”是对比，“新相知”和“生别离”是对比。二者互相衬托，相反相成，悲有乐对比就显得更悲，乐有悲对比也显得更乐，有“新相知”的欢乐更衬出“生别离”的悲哀；反之，有“生别离”的悲哀也就更衬出“新相知”的欢乐。如果他们情同路人，又哪里会有“生别离”的痛苦呢？稍有生活阅历的人，都体验过“新相知”的欢乐，也忍受过“生别离”的痛苦，但又有几人能像诗人一样做出如此深刻的概括呢？三是写神如神。少司命之神尽管有愁苦，有悲欢，有惆怅等人之常情，但他毕竟是神，他具有神的尊严，不失神的特点，不忘神的职责。他为人们有无子嗣而愁苦，还扫除邪恶，握持着长剑保护幼儿，处处体现出是一个为民谋福的有尊严的神，尽到了神的职责。他入不言、出不辞，乘着回风，载着云旗，忽然而来，忽然而逝；在帝郊住宿，在云端候人，要和美人在咸池洗头，在阳之阿晒干头发；穿的是荷衣蕙带，乘的是孔盖翠旍，可上九天，可下神堂，神出鬼没，来去无踪。这一切又显示出他毕竟是神而不是人。这种神奇的色彩，超现实的想象，又使得这首诗具有浓厚的浪漫主义气息，符合《九歌》是祭天神、地神、鬼神的祭歌的特色。

（温宏隆）

东　君

屈　原

暾将出兮东方①，照吾槛兮扶桑。抚余马兮安驱，夜皎皎兮既明。

驾龙辀兮乘雷，载云旗兮委蛇。长太息兮将上，心低徊兮顾怀。羌声色兮娱人，观者憺兮忘归②。

緪瑟兮交鼓③，箫钟兮瑶簴④。鸣鯱兮吹竽⑤，思灵保兮贤姱⑥。翾飞兮翠曾⑦，展诗兮会舞。应律兮合节，灵之来兮蔽日。

青云衣兮白霓裳，举长矢兮射天狼。操余弧兮反沦降⑧，援北斗兮酌桂浆。撰余辔兮高驼翔⑨，杳冥冥兮以东行。

注释

①暾(tūn)：初升的太阳。

②观者：指看热闹的人。憺(dàn)：义同“安”，即安乐，亦可释为贪恋。

③緪(gēng)：紧，指乐器的弦绷得很紧。交鼓：相对击鼓。

④箫：“擹(xiāo)”的假借字，敲击。簴(jù)：悬挂钟磬的木架。

⑤鸣：吹响。鯱(chí)：通“篪”，古代管乐器，似笛，有八孔。竽(yú)：古代管乐器，似笙，有三十六簧。

⑥灵保：扮神的巫。姱(kuā)：美好。

⑦翾(xuān)：轻飞貌。翠：翠鸟。曾：“翻(zēng)”的假借字，展翅。

⑧操：持，拿着。弧(hú)：弧矢，星名，有九星，组成弓箭形，在天狼星东南，传说是天弓。沦降：降落。

⑨撰：抓住。辔(pèi)：马缰绳。驼：通“驰”。

鉴赏

《九歌·东君》是一篇歌颂太阳神的神话诗。歌颂太阳神的光明崇高,描写光明战胜黑暗,是这首诗的主题思想。

宇宙天体中的太阳,与地球有着不可分割的关系。它总是无私地释放光和热,给大地送来光明,给万物带来生存和发展的条件,造福于人类。然而对于原始先民来说,太阳却是个威力无穷的神秘物。先民们对它顶礼膜拜,并怀着强烈的好奇心去探索其中的奥秘,试图对太阳做出解释,这就产生了像《东君》这样的太阳神话。这首诗在描写拟人化的神格形象中,巧妙地把太阳的自然美和它所象征的社会美显现出来,含蓄地反映了先民的审美理想和道德理想。

《东君》在描绘太阳神的形象时,注意与客观的自然现象(太阳的物质属性)紧密结合起来,使它们成为一个有机体。由于神的形象融入了祭祀者的心理因素,这就使得太阳拟人化,具有生动活泼的生命力。在此基础上,诗人用炽热的感情和丰富的想象力,把分散的、互不相连的一系列自然现象串联起来,塑造了一位巨大的、生动的、光辉的太阳神的形象。它有着自身的突出特征,不能移植于别的神身上,也是别的自然现象代替不了的。

这首诗有着鲜明的时空感,它将礼赞光阴的活动背景置于宇宙空间和社会空间,然后通过巫者这个中间媒介,使得天上的神与地上的人在情感上得以交流。在时间上,它描写了一天的历程:日出——正午——黄昏——夜间。

整首诗是以迎神者的目光和心情来体察、想象天上日神形象的存在与变化的。为了与日神交流感情,共同分享乐趣,迎神者借助想象来与天国的日神靠近。这样,人的世界和神的世界是通过艺术幻想保持了亲切的交流和直接的联系。神的世界是宇宙空间,主人公是日神,它居高临下,处于最高层次;人的世界是社会空间,处于空间的低层次,太阳出来,万众仰首。神与人,各处在不同的空间层次,随着时间的进程,不同的空间层面、不同的人物,也会随之发生变化。这种变化,既有自然现象方面的,也有心理方面的。诗人以独特的眼光来审视天上和人间,运用娴熟的表现手法,将人的世界与神的世界沟通。于是,一幅幅充满着幻想色彩的画图,一幕幕动人的场面,在他的笔下展示出来。

诗的第一、二段写日出时的情景。黎明时刻,人们等候在祭坛周围,翘首东望,全神贯注。随着太阳的升起,人们展开了丰富的想象,太阳的化身日神被拟人化,有着和人一样的感情和表现。他拍马缓行,神态安详,龙车滚动,旌旗飘舞,随从神灵前呼后拥,气派不凡。可是他却"长太息兮将上,心低徊兮顾怀",似乎有所依恋,故而回顾徘徊。既描写了日出时的情状，又反映了人们盼望光明到来的迫切心情。“羌声色兮娱人，观者憺兮忘归”二句，是写日神在天空所看到的祭神场面和所听到的悦耳的音乐声。这两句起着过渡到第三段的作用。

第三段着力描绘祭神场面。诗人将视角从宇宙空间转向社会空间。祭神仪式开始后，歌舞乐同时并起，人们的情绪顿时活跃起来，边唱边舞，天性直露，别具民间风韵。整个祭神场面极为生动，热闹非凡。它反映了人们对日神的崇拜和敬仰，对光明的向往、追求和热爱。最后用“灵之来兮蔽日”一句，把祭神活动推向高潮。从时间来看，正好是正午。丽日中天，威光逼人，日神及随行诸神一齐出现。然而他们并未光顾人间，仅仅是在高空俯瞰，表示一点愉悦之意。因为日神的原型是太阳，它要不断地驱散黑暗，不断地放射光明，勤劳不息地运行着，所以无暇降临人间。但他毕竟亲临上空，接受了人们的良好祝愿，领略了人们的欢欣，给人类带来光和热。这对祭神者来说，愿望已经实现，心理上也得到了满足。

第四段的描写又从地面转向天空。时间是由白天进入黑夜。当夜幕降临时，日神与天狼星展开了一场光明与黑暗的生死搏斗。在这场搏斗中，日神的形象显得更加鲜明突出。日神这个崇高的形象，是自然性和社会性的完美结合，既体现了太阳整个运行过程的自然特点，又体现了先民的道德理想（善战胜恶）和社会理想（光明战胜黑暗）。诗人以丰富的想象和巧妙的艺术手法，把太阳及其他星辰的形象刻画得惟妙惟肖。你看：那太阳旁弥漫着的白云、白色日晕或红霓，居然成了日神的衣着；四射的日光，变成了金色长箭；状如弓形的弧星成为日神手中的弓；传说会吞食日月的天狼星成为日神的射击目标；勺形的北斗星成了日神豪饮时用的酒杯，等等。诗人将这些形象与它们的原型巧妙地联系起来，显得贴切生动，不露斧凿痕迹。一场恶战结束了，日神取得了胜利。他举杯豪饮，以壮胸怀，然后上马高驰，继续前进。这位日神，在人们的心目中，是多么的崇高、庄严、英勇、豪爽！又是多么的富有人情味！他的光明，永远给人类以美感！

（殷光熹）

河　伯

屈　原

与女游兮九河，冲风起兮横波。乘水车兮荷盖，驾两龙兮骖螭。

登昆仑兮四望，心飞扬兮浩荡。日将暮兮怅忘归，惟极浦兮寤怀。

鱼鳞屋兮龙堂，紫贝阙兮朱宫。灵何为兮水中？

乘白鼋兮逐文鱼，与女游兮河之渚，流澌纷兮将来下①。

子交手兮东行，送美人兮南浦。波滔滔兮来迎，鱼邻邻兮媵予②。

注释

①流澌（sī）：解冻时流动的冰块。纷：纷纷。

②邻邻：一作"鳞鳞"，众多貌。媵（yìng）：原指陪嫁的女子，此处作动词用，陪送。

鉴赏

《河伯》写黄河之神。河神最初是高禖之神，属于女性，掌管天下万物的生长和繁殖。后来河神的性别发生了变化，被男性代替。他的职责仅仅是管理河水。这一变化过程反映了父权制社会代替了母权制社会的历史轨迹。由于黄河经常发生水患,河伯成为专门制造灾害的凶神,声誉大降。据古籍记载,河伯又是一个爱情纠葛中的人物。他的妻子宓妃,是个美丽而放荡的洛水女神,又同后羿发生恋爱,后羿射瞎了河伯的左眼,夺走了他的妻子。官司打到天庭,天帝说他活该,结果后羿反而成了除害的英雄,受害的河伯却成了孽物。由此可见,河伯因闹水患而给人的印象十分不佳。

然而屈原笔下的河伯形象并不像传说中所描绘的那样凶神恶煞、令人憎恶。这恰恰说明屈原对民间祭歌是做了加工提高的。《九歌》中的河伯形象,从情感因素和心理活动来看,完全是拟人化的。他和宓妃的恋爱生活也同人间一样有着幸福和不幸的时刻。这篇作品写他和宓妃同游九河,同登昆仑山,同游河渚,最后终于在南浦离别。在这同游过程中,河伯既感到一种相会时的幸福,又因自然环境的变化和时间的进程,使得他感到痛苦和惆怅。他的心情处在矛盾状态中:同游九河时,河中刮起了大风,掀起了大浪;同登昆仑山,正感心旷神怡时,夕阳西下,于是怅然思归;同游河渚时,冰流纷纷而下,慌忙中他拱手告别,一路东行相送,至南浦终于一别,唯有滔滔江水和成群的鱼儿与自己做伴。作品对他们爱情生活的描写,看不出有丝毫的淫荡气,相反却是正面描写了他们之间的爱情是真挚的、热烈的、淳朴的,因而也是健康的。在他们的相爱过程中,交织着悲喜哀乐、离愁别绪。河伯是个多愁善感而又富于人情味的河神,并非凶狠无情的怪物。这对异性神的爱情生活,实际上是人间爱情生活的幻化。从作品中透露出来的惆怅之情,我们还可看到当中伴随着屈原的影子。屈原对民间祭歌"更定其词,去其泰甚",使得歌词格调显得雅而不俗,笔调婉丽清新。

这首诗在描写手法上最突出的特点是紧扣一个"水"字——对水神、水族、水景的描绘。

河伯是水神,亦即龙神。诗中对他的外形没有做正面描绘,主要是通过侧面衬托的手法来刻画他那水神的形象。他的整个行程都没有离开河水,即便登上昆仑山,也不能说与水无关。因为昆仑山原是黄河发源之地。他乘坐的交通工具是水车、无角龙、白鼋,住的是鱼鳞屋,还有紫贝阙、珠宫。文鱼为他带路,鱼群同他做伴,波涛滚滚相迎,冰凌纷纷而下。"灵何为兮水中?"一句,点明河伯是水中之物。加一"灵"字,说明他是水中之神灵。和这位水神相爱的也是一位水神——洛水女神宓妃。诗中的主人公是水族,配角也是水族。他们生活的环境全与河水有关。这样写,就把河伯这个形象置于可信的基础上;又因为他是神,而不是一般的水族,所以他又处于水族之上。他既有水族的自然特性,又多少具有人的灵性。整首诗是立足于水的世界,围绕着一对异性水神的恋游,调动各类水中动物为其创造气氛。整个水景的描写,既不像湖水那样平静柔和,也不像长江那样平稳温和,而是狂风大浪、冰块撞击,这正是黄河气势的剪影。而这里所描写的水景,富有动态感、惊险感,速度快,力度强,给人一种壮美的感觉。然而这样的景物对于水神来说乃是司空见惯的事了,尤其对于热恋中的情侣来说,换换环境和空气,似乎新鲜些,幽静总比喧闹适宜,因而诗中写他们欢快的时刻不是在水上而是在山上,不是在水中而是在小洲。

(殷光熹)

山　鬼

屈　原

若有人兮山之阿,被薜荔兮带女罗[①]。既含睇兮又宜笑,子慕予兮善窈窕[②]。

乘赤豹兮从文狸,辛夷车兮结桂旗[③]。被石兰兮带杜衡,折芳馨兮遗所思[④]。余处幽篁兮终不见天,路险难兮独后来[⑤]。

表独立兮山之上,云容容兮而在下[⑥]。杳冥冥兮羌昼晦,东风飘兮神灵雨[⑦]。留灵修兮憺忘归,岁既晏兮孰华予[⑧]!

采三秀兮于山间,石磊磊兮葛蔓蔓[⑨]。怨公子兮怅忘归,君思我兮不得闲[⑩]。

山中人兮芳杜若,饮石泉兮荫松柏[⑪],君思我兮然疑作[⑫]。

靁填填兮雨冥冥[⑬],猨啾啾兮又夜鸣[⑭]。风飒飒兮木萧萧,思公子兮徒离忧[⑮]!

注释

①阿：曲隅，山的弯曲处。被：披。带女罗：以女罗为带。

②含睇（dì）：含情微视。宜笑：微露牙齿的优美笑貌。子：指山鬼。予：装扮成山鬼的女巫。窈窕（yǎo tiǎo）：美好貌。

③从：随行。文狸：毛黄黑相杂的狸。辛夷：香木名。结桂旗：结桂枝为旗。

④石兰、杜衡：均香草名。遗（wèi）：赠送。

⑤幽篁：深密的竹林。

⑥表：特出貌。容容：通“溶溶”，水流貌，这里指云气流动飘浮貌。

⑦杳：深沉。冥冥：昏暗貌。昼晦：白天昏黑。神灵雨：神灵下雨。

⑧灵修：山鬼。憺：安。晏：晚。孰华予：谁能使我青春常驻。

⑨三秀：芝草，一年开花三次，故称三秀。磊磊（lěi）：众石貌。

⑩公子：指山鬼。

⑪荫松柏：以松柏为荫。

⑫然：不疑，信。

⑬填填：雷声。

⑭猨：一作“狖”（yòu），猿类。

⑮徒：徒然。离：同“罹”，遭受。

鉴赏

《山鬼》是一首祭祀山神的歌。

在中外神话中，都有关于山神的传说。《国语》《左传》所说的山神，大抵为“木石之怪”，“魑魅魍魉”，属于妖魅一类；《淮南子》所说“山出嘄阳（狒狒）”，据《尔雅》所释，则是“披发迅走食人”的野兽。古希腊的山林之神“潘”，倒是位性情和善，爱好音乐，常为“求爱”而把仙女追得慌不择路的可爱角色。但他的形象，却又叫人不敢恭维：头上长着两只山羊角，上半身虽为人形，下肢却是山羊腿，还长着对小蹄子。楚人生活在南国山泽，“天地之气，盛于东南，而楚之山川，又奇杰伟丽，足以发抒人之性情”（清洪亮吉《洪北江诗文集》卷二）。故屈原笔下的山神，一扫怪魅之气，变成了具有“人之性情”、既美丽又痴情的女郎。因为是女郎，传说她也有钟情的恋人。《山鬼》所抒写的，就是她与恋人期会不遇的哀怨情思。

不过，在此诗开头，“山鬼”还正喜滋滋地行进在赴会路上。“若有人兮山之阿”，是一个远镜头，表现山鬼的出场。诗人用一个“若”字，状貌她在山隈忽隐忽现的身影，起笔便给人以缥缈神奇之感。镜头拉近，便是一位身披薜荔、腰束女罗、鲜翠嫩绿、清新扑面的女神——正是山林之神独有的装扮。此刻，她的双眸，正微微流转，蕴含着脉脉深情；嫣然一笑，齿白唇红，更使笑靥生辉！“既含睇兮又宜笑”，着力处只在眼神和笑意，较之于《诗经·硕人》对女主人公“手如柔荑，肤如凝脂，领如蝤蛴，齿如瓠犀”的众多比喻，反更显得轻灵传神，是一种“少少许胜多多许”的笔法。山鬼的美丽很容易让人猜想，她大概是位文静、娴雅的姑娘？但“子慕予兮善窈窕”一句，诗人写她开口便是不假掩饰的自赞自夸，一下子显露了在山林间撒野惯了的性格，说起话来也活泼泼、火辣辣的，毫无扭捏之态。这四句给山鬼画像，应该说精妙极了。诗人似乎又嫌它清冷了些，所以又将镜头推开，色彩浓烈地渲染山鬼的车驾和随从：“乘赤豹兮从文狸，辛夷车兮结桂旗。被石兰兮带杜衡，折芳馨兮遗所思。”这真是一次堂皇、欢快的行进：火红的豹子作乘骑，斑斓的花狸紧随身后，制作车驾用的是开满笔尖似花朵的辛夷树，上面还结扎着芳香四溢的桂枝旗！山林间有的是奇花异兽，诗人用它们充当山鬼的旗仗车骑，既切合山鬼的身份、环境，又将她手拈花枝、笑吟吟赴约的气氛映衬得格外热烈、欢快。

自“余处幽篁兮终不见天”以下，情节出现了曲折，诗情也因此从欢快的顶峰跌落下来。满怀喜悦、憧憬期会的山鬼，由于山峻路险误了时间，竟没能见到热切盼望的恋人。她懊恼、哀伤，同时又怀着一线希望，开始在山林间焦急地寻找。此诗中间部分，诗人运用不断转换的镜头，通过一幅幅环境、景物画面的交替，表现的正是山鬼的这一四处寻觅的过程。她忽而出现在高高山巅，俯瞰山林，希望能发现恋人的踪影。但容容升腾的山雾，却遮蔽了她焦虑的视线；“表独立兮山之上”，传达了她心中的几多失望和孤寂！她忽而行走在幽深的林中，但古木森森，昏暗如夜；那山间的飘风阵雨，又增添了她几多烦恼和悲凉。神灵是不会衰老的。然而此刻，山鬼却担心起自己“岁既晏兮孰华予”了——对于恋人的苦苦寻觅，已搅得她神思恍惚，竟忘却了自身的神灵特点。为了宽慰年华不再的落寞之感，她还要在山间采食灵芝以延年益寿！在这些抒写中，山鬼似乎显得很可笑。但于可笑之中，恰恰透露了她那充满人情味的憨朴和执着。诗人表现山鬼，还特别善于刻画她的心理。“怨公子兮怅忘归”，分明对恋人生出了怨意；“君思我兮不得闲”，眨眼之间，却又怨气顿消，反去为恋人的失约辩解起来。“山中人兮芳杜若”，从字面上看，与开头的“子慕予兮善窈窕”相近，似乎还在自赞自夸；但放在此处，则又隐隐显露了山鬼期会不遇后的自怜和自惜。“君思我兮然疑作”，对恋人既思念、又猜疑的明明是山鬼自己；但开口诉说之时，却又推说是对方！这些诗句，将山鬼不遇恋人、四处追寻的复杂心理，表现得极为微妙。清人吴世尚称赞《九歌》：“可谓善言鬼神之情状者矣！”（《楚辞疏》）《山鬼》也正是如此。

到了结尾，神女的寻觅已趋绝望，诗中出现了凄厉长啸的变徵之音。“靁填填兮雨冥冥”三句，将雷鸣、猿啼、风声、雨声交织在一起，展现了一幅极为凄凉的山林夜景。诗人似乎是运用了反衬手法，他愈是渲染雷鸣、猿啼的夜声，便愈加见出山鬼所处幽深山林的静寂。正是在这凄风苦雨的无限静寂之中，诗人的收笔，却是一句突然迸发的呼号之语："思公子兮徒离忧！"那是发自山鬼内心的痛切呼号之声，它凝聚了山鬼苦苦追求而终于不遇的全部哀思。这位美丽、痴情的神女，开始曾那样喜悦地拈着花枝、乘着赤豹，沿着曲曲山隈，在诗中向读者微笑走来；至此，她却带着多少幽怨和愁思，在凄风苦雨中呼号着离去，隐没在一片雷鸣、猿啼声中——这就是屈原笔下的《山鬼》，一首形象鲜明而又多么缠绵动人的祭歌！

（潘啸龙）

国　殇①

屈　原

操吴戈兮被犀甲②，车错毂兮短兵接。旌蔽日兮敌若云，矢交坠兮士争先。

凌余阵兮躐余行③，左骖殪兮右刃伤④。霾两轮兮絷四马⑤，援玉枹兮击鸣鼓⑥。天时怼兮威灵怒⑦，严杀尽兮弃原壄。

出不入兮往不反，平原忽兮路超远。带长剑兮挟秦弓，首身离兮心不惩。诚既勇兮又以武，终刚强兮不可凌。身既死兮神以灵，魂魄毅兮为鬼雄。

注释

①国殇：指为国而战死的将士。
②犀甲：犀牛皮制的甲。
③躐（liè）：践踏。
④骖（cān）：驾在车辕两旁的马。殪（yì）：倒地而死。
⑤霾：通"埋"。
⑥枹：同"桴"，鼓槌。
⑦怼（duì）：怨怒。威灵：神灵。

鉴赏

《九歌》中的其他篇章,基本上是祭祀神灵的,而这首《国殇》,则是追悼阵亡将士的祭歌。诗中刻画了为国捐躯的将士的形象,歌颂了他们视死如归的牺牲精神。

诗人是通过一场敌胜我败的残酷战斗,来歌颂这些为国捐躯的英雄的。最后的结局是我方全军覆灭,战场上尸横遍野。但这些阵亡将士的英魂不死,显示出这个民族威武不屈、反抗强暴的民族精神。诗中的这种描写有着深刻的历史背景。楚国自怀王后期,几次与秦国发生战争,都是秦胜而楚败。不妨略举一点史料。《史记·楚世家》曾记载:"(怀王)十七年春,与秦战丹阳,秦大败我军,斩甲士八万,掳我大将军屈匄""二十八年秦乃与齐韩魏共攻楚,大破楚,杀楚将唐昧,取我重而去,二十九年秦复攻楚,大破楚,楚军死者二万,杀我将军景缺"。由于怀王后期政治的昏昧,军事、外交连连失利,怀王本人也被扣押于秦,最后客死于强秦手中。顷襄王的统治也未能挽救楚国的命运,楚国最终还是亡于秦国的刀剑之下。在与强秦的残暴侵略进行的殊死战斗中,楚国人民付出了无法计算的血的代价,他们那种顽强不屈的战斗精神是永远不能磨灭的。当时楚地人民流传着这样的口号:"楚虽三户,亡秦必楚",充分体现了楚国人同仇敌忾的复仇之志。屈原作为一个伟大的爱国诗人,对楚国遭遇惨败的悲痛心情是可想而知的。对那些为祖国的存亡流尽了最后一滴血的楚军将士,更是充满了崇敬。他把满腔的悲愤都倾注在诗中,塑造了那些虽死犹生、气贯长虹的"国殇"形象。

这首诗大致可分为三段。从开头到"矢交坠兮士争先"为第一段。诗人描写了战争的残酷、激烈,而又在这种残酷激烈的战争环境中凸现了我方将士的英雄形象。这种英雄形象,在诗的头一句便得到了光彩照人的展示。我方将士披坚执锐,手操吴戈,身被犀甲,在短兵相接的阵前拼死搏斗。两军的战车车毂互相磨戛,两军士兵舍命拼杀,战斗十分激烈。而关于"吴戈",这里有必要说明一下。据说当时吴国所制之戈最为锐利,诗中以之烘托战士的英武。另一种说法,认为"吴戈"即"吴科",指盾。然而,从诗的语境角度看,还应该是"戈"。正如马茂元先生所指出的:"战士身上所配备的武装,一般地说来,必然包括有进攻和防御两部分,'吴戈'和'犀甲'相对成文。戈,用以进攻。甲,用以防御。吴,表示戈的锋利。犀,表明甲的坚韧。语气上极为合适。假如把'吴戈'说成盾牌,那就和犀甲在意义上重复了。"(《楚辞选》)马先生的看法是较合情理的。"旌蔽日兮"两句,描写敌军的强大凶悍,气势汹汹,在数量上,我方处于寡不敌众的劣势是很明显的。这里暗示出我军处于战败地位的趋势，同时更反衬出我军将士的英勇无畏、视死如归。敌人射来的箭多如飞蝗，而将士们冒着流矢，毫不退缩，争先杀敌。虽然战局凶险，情势极为不利，但战士们仍然斗志高昂，他们无贪生之企望，抱必死之决心，充满了悲壮的复仇精神。

从“凌余阵兮躐余行”到“严杀尽兮弃原壄”，是本诗的第二段，描写我军战败，主将英勇殉难的悲壮情形。“凌余阵”两句，写敌军得胜，践踏我军队伍，主将战车的骖马非死即伤的场面。下面两句接着写战车两轮深深陷入泥中，驾车的马都像被拴住了一样。在这种败局已定、危急万分的情况下，主将又是怎样的呢？他仍然屹立在车上，高举着玉棰猛击战鼓，激励着所剩无几的士兵与强敌做最后的拼杀。“天时”两句，则渲染出我军将士全军覆灭后悲壮肃杀的战场气氛。这些英勇的将士全都弃尸荒野，战场上一片惨象，目睹这种情形，天公神灵怨怒不已。

从“出不入兮往不反”到诗的结尾，是诗的第三段。诗人通过对“国殇”英魂的礼赞，进一步歌颂了这些死难将士为国捐躯的牺牲精神。“出不入兮”二句，是说这些将士抛尸荒野，魂灵飘荡远地，难以返回故土。“带长剑兮”二句，想象这些英勇非凡的将士牺牲以后，仍然气度非凡的雄姿，进一步歌颂了他们为国捐躯、至死不悔的献身精神。“秦弓”，是秦地所制之弓，这种弓极硬，而射程又最远。将士们虽然战死在疆场，却仍全副武装，佩剑挟弓，雄姿不改。“首身离兮”这一句，进一步揭示了这些将士高尚的精神世界。他们虽然身首异处，但他们是为祖国而战死，至死不悔。“诚既勇兮”二句，既歌颂了他们的勇武，又歌颂了他们浩气长存的气节。头可以断，血可以流，而志不可夺。这里不仅是对牺牲将士的歌颂，也是对民族精神的弘扬。“身既死兮”两句，是说肉体固然可以消亡，而精神却是不死的，即使化成了魂灵，也要成为鬼中之雄的。

《九歌》的其他篇什，大多是祭祀神灵之歌，诗中充满了许多浪漫主义的瑰丽想象，带有一种迷离惝恍的奇幻之美。而《国殇》则是祭奠、歌颂那些英勇献身的楚国将士，它的语言风格、艺术手法都与其他篇什有稍异之处。这首诗用“直赋其事”的手法来描写“国殇”形象，白描的特点颇为突出。较之其他篇什，这首诗语言较为质朴，没有那么绚丽的色泽。艺术风格慷慨悲壮、动人心魄，读之使人激动不已。

（张　晶）

惜　诵

屈　原

惜诵以致愍兮,发愤以抒情①。所非忠而言之兮,指苍天以为正。令五帝以析中兮,戒六神与向服②;俾山川以备御兮,命咎繇使听直③。竭忠诚以事君兮,反离群而赘肬④。忘儇媚以背众兮,待明君其知之⑤。言与行其可迹兮,情与貌其不变。故相臣莫若君兮,所以证之不远。吾谊先君而后身兮,羌众人之所仇也⑥;专惟君而无他兮,又众兆之所雠也⑦。壹心而不豫兮,羌不可保也。疾亲君而无他兮,有招祸之道也。思君其莫我忠兮,忽忘身之贱贫。事君而不贰兮,迷不知宠之门。忠何罪以遇罚兮,亦非余心之所志。行不群以巅越兮,又众兆之所咍⑧。纷逢尤以离谤兮,謇不可释⑨。情沉抑而不达兮,又蔽而莫之白⑩。心郁邑余侘傺兮,又莫察余之中情。固烦言不可结而诒兮,愿陈志而无路⑪。退静默而莫余知兮,进号呼又莫吾闻。申侘傺之烦惑兮,中闷瞀之忳忳⑫。

昔余梦登天兮,魂中道而无杭⑬。吾使厉神占之兮,曰:“有志极而无旁⑭。”“终危独以离异兮?”曰:“君可思而不可恃。故众口其铄金兮,初若是而逢殆。惩于羹者而吹齑兮,何不变此志也⑮?欲释阶而登天兮,犹有曩之态也⑯。众骇遽以离心兮,又何以为此伴也⑰?同极而异路兮,又何以为此援也?晋申生之孝子兮,父信谗而不好。行婞直而不豫兮,鲧功用而不就。”吾闻作忠以造怨兮,忽谓之过言。九折臂而成医兮,吾至今而知其信然⑱。矰弋机而在上兮,罻罗张而在下⑲。设张辟以娱君兮,愿侧身而无所[20]。欲儃佪以干傺兮,恐重患而离尤[21];欲高飞而远集兮,君罔谓女何之[22];欲横奔而失路兮,坚志而不忍。背膺牉以交痛兮,心郁结而纡轸[23]。捣木兰以矫蕙兮,糳申椒以为粮[24]。播江离与滋菊兮,愿春日以为糗芳[25]。恐情质之不信兮,故重著以自明[26]。矫兹媚以私处兮,愿曾思而远身[27]。

注释

①惜诵:以悼惜的心情赋诗。致愍(mǐn):表达忧苦之思。

②六神:上下四方之神,或曰日、月、星、水旱、四时、寒暑之神。戒:告诫。向服:对质。

③备御:备用,指陪审。咎繇:即皋陶,舜时的法官。听直:听讼和判明是非曲直。

④赘肬(zhuì yóu):多余的肉瘤。

⑤儇(xuān):轻佻。

⑥谊:通“义”。羌:句首语气词。

⑦惟:思。众兆:大多数人。雠:怨恨。

⑧行不群:行为不与众人相同。巅越:跌落。咍(hāi):嗤笑。

⑨逢尤:遭到责怪。謇:语助词。释:解释。

⑩沉抑:沉闷压抑。蔽:壅蔽。白:表白。

⑪烦言:很多的言语。结而诒:把心意寄结于信物中赠予所爱慕的人。

⑫申侘傺:重重的失意。烦惑:烦闷,困惑。闷瞀(mào):忧闷烦乱。忳忳(tún):忧伤貌。

⑬杭:通“航”,摆渡的船。

⑭厉神:大神,或以为“殇鬼”。极:至。旁:辅助。

⑮惩:惩戒。羹:滚汤。齑(jī):切作细末的菜,冷食品。

⑯释:放下。阶:梯阶。曩(nǎng):以往。

⑰骇遽:惊慌。伴:同下文“援”,为联绵词拆用。伴援:用“畔援”,跋扈,倔强。

⑱九折臂而成医:多次折臂受伤,在治疗中积累了经验,成为懂得医理的人。

⑲矰弋(zēng yì):带有丝绳的射鸟短箭。机:矰弋上的机栝,一触即发,这里作动词用,安装。罻(wèi)罗:捕鸟的网。张:张设。

⑳张:和弧相类似的弓。辟:即“繴”,捕鸟的器具。娱:娱乐,包含有“诱惑”的意思。侧身:犹言“置身”。

㉑儃佪(chán huái):徘徊。干傺:寻求机会。重患:再次遇祸。

㉒罔:诬罔,陷害。

㉓膺:胸。牉(pàn):分为两半。纡轸:曲结,隐痛。

㉔矫:通“挢”,揉。糳(zuò):舂。

㉕滋:培植。糗(qiǔ):干粮。

㉖情质:情性,素质。重:再次。著:明。

㉗矫:举。媚:美好。曾思:多次思考。

鉴赏

《惜诵》是屈原《九章》的第一篇，大约作于诗人遭受楚王黜退初期或放逐离郢前夕。

我们从《离骚》已经了解，屈原是一位热情而执着的理想主义者。他志在振兴楚国，为人婞直忘身，可谓社稷之柱石。但在楚国，却遭到党人的嫉恨、君王的斥逐——黑暗的世道所带给他的是何等不公正的命运啊！诗人的胸中，怎能不被重重的愤懑和愁思所充塞？

《惜诵》开头两句“惜诵以致愍兮，发愤以抒情”，突兀而起，毫不借助于比兴，正表现了这种愤懑之气的突然迸发。接着六句，诗人仰望苍穹，忽生奇思，竟大声相邀冥冥中的“五帝”“六神”、山川众灵，来听取自己的申诉。这几句写得既自信，又苍凉：诗人对于自己的作为，敢于仰对天地神明而无愧，无疑充满了自信；而楚国之大，竟无一人能够辨明自己的冤屈，只能请茫茫天地来决断，不免又透出几多酸楚和悲凉。这使以下的整个申诉笼罩了一重肃穆而凄怆的氛围。

诗人的申诉，诗中约有二十多句。而表述的内容，实可用一句话概括：诗人竭诚事君，并无任何罪过；群小的加祸，完全是颠倒是非。不过，屈原倘若满足于如此简括的表述，《惜诵》就没有那样动人的诗情了。此节的申诉，在艺术上主要运用了两种方法：一是对照，二是复沓回环式的铺排。例如“吾谊先君而后身兮”，正面述说诗人所执守的事君之道，表现了一种磊落光明的情操，按理应该得到赞美；但接着“羌众人之所仇也”，则展现了截然相反的结果，党奸们非但不加肯定，竟至疯狂敌视。一正一反的对照，鲜明地揭示了党奸加罪于诗人的卑劣。自“专惟君而无他兮”以下六句，内容与此并无不同，也都运用了正反对照，诗人却不嫌重复，层层铺排而下。这就使上述对照，在诗中不断加强；诗人蒙受冤屈的愤懑之情，也愈蓄愈烈，带有了破闸而出的汹涌之势。由于这一蓄积和汹涌，到了“忠何罪以遇罚兮”以下，沉郁的申诉，便一变为痛切的呼告之语。诗人在每两句之间，又加上“羌”“又”等转折、递进词，句尾连用四个感叹词“也”，来表达对于忠而遇罚、无端遭祸的惊讶、不平和痛苦，更增强了这些呼告的情感色彩。读者从中可以感受到，诗人的冤屈有多沉重，其痛苦又如何广大无边！然而，悠悠天地，毕竟是无情之物；冥冥众神，全都沉默不语。诗人“陈志而无路”，“退静默而莫余知兮，进号呼又莫吾闻”，终于陷入了极度“烦惑”和“闷瞀”的神思恍惚之中。以上是全诗的第一部分，重在抒写诗人忠而遇罚的愤懑和不平。

《惜诵》的第二部分，思致奇特，颇出读者的意料。因为在上一部分结尾，愤懑之情大抵已写尽，除了收煞，似已再无进路。但清人刘熙载说得好：庄子于无路可进时，往往能“跳过去”;屈原则善于用“回抱法”,以尽“旁通之妙”(《艺概·赋概》)。此诗的第二部分,正是在无路可走之际,突然回笔,以“昔余梦登天兮”,又旁出一段虚境:诗人梦见自己正驶向高天,半路上却失去了乘坐的航船。梦思的奇异,正与前文诗人所处的“烦惑”“闷瞀”的迷乱状态相接,该是一种恍惚中的幻觉吧?梦意的难寻,又可生出下文的“厉神占梦”来解通。全诗由此被引向了一个新的境界。厉神的占梦向诗人发出不祥的预告:“你虽有穷极目标的志向,却注定得不到扶助!”诗人因此焦急地询问:“我难道从此与君王离异,将在危独中度过时光吗?”厉神的答复,却是一番令诗人寒心的劝告。自“君可思而不可恃”以下,厉神明确指出,君主不可依靠,众人更不能扳援。唯一的出路,只有吸取教训,改变志节,正如被热羹烫了,就是吃细菜末,也须先吹吹凉一样。厉神还列举伯鲧、申生的实例证明,在“众口铄金”、君王“信谗”的情况下,倘若“婞直而不豫”,只会招致杀身之祸。这一节抒写,全出于诗人的虚拟。与《离骚》后半篇引入“女媭劝说”“灵氛占卜”诸多情节一样,无非是进一步展示诗人的内心冲突,以便更淋漓尽致地表现诗人峻洁的情怀。从艺术效果上说,它同时还使这首抒情诗带上了諔诡、奇秘的浪漫气息。

面对厉神的劝说,诗人的抉择是痛苦的。他曾经怀疑过“作忠以造怨”的说法,但有了自身忠而遇罚的经历,此刻是知其为“信然”了。他的处境也实在危险:党奸遍设“矰弋”“罻罗”迫害贞臣,诗人在朝廷已无立锥之地。离开楚国“高飞而远集”吧,又何以面对君王的责询?背离正道,与党奸一起“横奔”吧,岂不要改变坚守的志节?诗中“吾闻作忠以造怨兮”以下,正是这样涛涌波翻,展示了一颗伟大心灵的痛苦冲突。最后,诗人做出了断然的抉择:他明知前途已毫无希望,坚守志节只能遭遇更大的祸殃,依然不向命运屈服,选定了已经走着的荆棘丛生之路。在《惜诵》结尾,诗人正是战胜了焦虑和犹豫,带着特有的平静,坦然地为即将到来的“危独离异”生涯整治行装:“捣木兰以矫蕙兮,糳申椒以为粮。播江离与滋菊兮,愿春日以为糗芳。”诗人骄傲地宣布,他虽将“远身”而“私处”,却拥有世上最美好的“情质”。《惜诵》一诗,经过愤懑的申诉、不平的呼号、矛盾而痛苦的内心冲突,于乌云密布、雷电交作之后,终于一扫阴霾,透出了明朗的晴光。它照亮了诗人的过去和未来,给踏上前路的伟大“自我”,投射了一束明丽的色彩。

《九章·惜诵》在屈原的诗作中,具有相当重要的地位:它处在诗人政治生涯的转折点,是“发愤以抒情”诗作的第一声;它的诗体形式,也显示了对早期《橘颂》四言体式的改造,成为诗人独创的“骚体诗”的开端;它的风格,既不同于《九歌》的清丽婉转,也不同于《天问》的瑰奇峭拔,而表现了作为屈赋基调的沉郁顿挫的特色;其富于浪漫气息的“梦天”和“占梦”想象,则又与后来的长诗《离骚》略相仿佛。难怪有些研究者把它看作《离骚》的“草稿”，郭沫若先生更称赞它是《离骚》“这篇大作的前驱”（《屈原研究》）。所以，《惜诵》和《离骚》，不妨对照着阅读和欣赏。

（潘啸龙）

涉　　江

屈　原

余幼好此奇服兮[①]，年既老而不衰[②]。带长铗之陆离兮[③]，冠切云之崔嵬[④]。被明月兮珮宝璐[⑤]。

世溷浊而莫余知兮[⑥]，吾方高驰而不顾[⑦]。驾青虬兮骖白螭[⑧]，吾与重华游兮瑶之圃[⑨]。登昆仑兮食玉英[⑩]，与天地兮同寿，与日月兮同光。哀南夷之莫吾知兮[⑪]，旦余济乎江湘[⑫]。

乘鄂渚而反顾兮[⑬]，欸秋冬之绪风[⑭]。步余马兮山皋[⑮]，邸余车兮方林[⑯]。乘舲船余上沅兮[⑰]，齐吴榜以击汰[⑱]。船容与而不进兮[⑲]，淹回水而疑滞[⑳]。朝发枉渚兮[㉑]，夕宿辰阳[㉒]。苟余心其端直兮[㉓]，虽僻远之何伤[㉔]。

入溆浦余儃佪兮[㉕]，迷不知吾所如[㉖]。深林杳以冥冥兮[㉗]，乃猿狖之所居[㉘]。山峻高以蔽日兮，下幽晦以多雨[㉙]。霰雪纷其无垠兮[㉚]，云霏霏而承宇[㉛]。哀吾生之无乐兮，幽独处乎山中[㉜]。吾不能变心而从俗兮，固将愁苦而终穷[㉝]。

接舆髡首兮[㉞]，桑扈臝行[㉟]。忠不必用兮，贤不必以[㊱]。伍子逢殃兮[㊲]，比干菹醢[㊳]。与前世而皆然兮[㊴]，吾又何怨乎今之人！余将董道而不豫兮[㊵]，固将重昏而终身[㊶]。

乱曰[㊷]：鸾鸟凤皇[㊸]，日以远兮。燕雀乌鹊[㊹]，巢堂坛兮[㊺]。露申辛夷[㊻]，死林薄兮[㊼]。腥臊并御[㊽]，芳不得薄兮[㊾]。阴阳易位[㊿]，时不当兮[51]。怀信侘傺[52]，忽乎吾将行兮[53]。

注释

①奇服：奇伟的服饰，指下文的带长剑，戴高冠，佩珠玉等，比喻自己的高洁。
②不衰：不懈。
③长铗：长剑。陆离：长貌。
④切云：冠名。
⑤被：披。明月：珠名，即夜光珠。
⑥溷浊：混乱污浊。
⑦高驰：高高飞驰。
⑧青虬：青色的无角龙。骖：套在辕马之旁的马。白螭：白色的无角龙。
⑨重华：帝舜之名。瑶：美玉。圃：园。
⑩玉英：玉树的花朵。
⑪南夷：南方落后民族，此为讽刺楚国集团。
⑫旦：清晨。
⑬鄂渚：地名，在今湖北省武汉市武昌区。
⑭欸：叹息声。绪风：余风，喻寒气未尽。
⑮山皋：依山傍水的高地。
⑯邸：通"抵"，至。方林：地名。
⑰舲(líng)：有窗的船。沅：水名，在今湖南。
⑱齐：并举。吴榜：船桨。汰：水波。
⑲容与：徘徊不进的样子。
⑳淹：停留。回水：回旋的水。疑滞：同"凝滞"，停滞不前。
㉑枉渚：同"枉陼"，地名，在今湖南常德市南。
㉒辰阳：地名，在今湖南辰溪西。
㉓苟：诚，只要。
㉔僻远：偏僻辽远。
㉕溆浦：地名，在今湖南。儃佪：徘徊。
㉖如：往。
㉗杳：深远。
㉘狖(yòu)：黑猿，仰鼻长尾。
㉙幽晦：幽深黑暗。
㉚无限：无边无际。
㉛霏霏：云气很盛的样子。承宇：连接屋檐。
㉜幽：深隐。
㉝固：必，一定。终穷：政治失意到底。
㉞接舆：春秋时楚国贤者，隐居不仕，与孔子同时。髡(kūn)首：剃去头发，是古代刑罚的一种。
㉟桑扈：古代隐士。臝(luǒ)行：同"裸行"，脱去衣服裸身而行。
㊱以：用。
㊲伍子：伍子胥。
㊳比干：殷纣时的贤臣，谏止纣王淫乱，被剖腹挖心而死。菹(zū)：酸菜。醢(hǎi)：肉酱。菹醢：古代酷刑。表示死得很惨。
㊴与：同"举"，整个。
㊵董：正。
㊶重昏：陷于层层黑暗包围的境地。
㊷乱：辞赋总结全篇宗旨的一段文字。
㊸鸾鸟凤皇：比喻贤人。
㊹燕雀乌鹊：比喻佞臣。
㊺堂坛：比喻朝廷。
㊻露申：即瑞香，芳香植物。辛夷：香木名。
㊼林薄：稠密的树木杂草，比喻众多的小人。
㊽腥臊：气味恶臭之物。御：用。
㊾薄：靠近。
㊿阴阳易位：自然界极端混乱的现象，这里比喻当时楚国的政治状况。

㉛时不当:生不逢时。
㉜怀信:心怀忠诚。侘傺(chà chì):不得志的样子。
㉝忽:飘忽。

鉴赏

屈原《九章》之一的《涉江》,是伟大诗人流放途中抒情言志的作品。他从今湖北省武汉市武昌区出发,到了现在的湖南省地区。诗中说他乘鄂渚,邸方林,渡江湘,又溯沅水而上,宿辰阳,迷途于溆浦山中,行程路线,历历在目,是研究屈原晚年经历和思想的极为重要的第一手资料,很值得我们重视。

屈原处于大变革的时代洪流中,合纵连横,远交近攻,战争连绵,掠地攻城,如不发愤图强,革新内政,随时都有覆灭的危险。屈原是楚国的贵族,具有强烈的爱国主义思想,主张联齐抗秦,实行法治,举用贤能,不仅要使祖国能够自立于列强之林,还想积聚力量,完成统一天下的大业。但由于统治阶层的群小沆瀣一气,千方百计加以抵制和破坏,屈原不但壮志未酬,反而被朝廷所疏远,甚至流放,只能眼睁睁地看着祖国不可挽回地日益沉沦,自己在政治上、生活上以及身心各个方面也都受到了严重的挫折和摧残。但是,他有坚定的信念,崇高的理想,在逆境中绝不愿改变初衷而随波逐流。在《离骚》中,屈原已表示过“进不入以离尤兮,退将复修吾初服。制芰荷以为衣兮,集芙蓉以为裳。不吾知其亦已兮,苟余情其信芳!”在《涉江》中,一开始他就又重申了这种信念:“余幼好此奇服兮,年既老而不衰。带长铗之陆离兮,冠切云之崔嵬。被明月兮珮宝璐。世溷浊而莫余知兮,吾方高驰而不顾。”他的用芰荷裁衣、芙蓉作裳,不过是坚持追求品德高洁的象征,并非真正去搞奇装异服,以惊世骇俗。他的所谓“奇服”,不论是腰佩长剑,头戴高冠,还是满身珠宝,也不过是标榜他那特立独行,到晚年仍毫不动摇的坚定信念。他坚信真理和正义在自己一边,能够经得住时间的考验,完全可以“与天地兮同寿,与日月兮同光”,因此在任何艰难困苦的情况下都能知难而进,虽“年既老而不衰”,诚非虚言。司马迁在《史记·屈贾列传》中就赞誉他“濯淖污泥之中,蝉蜕于浊秽,以浮游尘埃之外,不获世之滋垢,皭然泥而不滓者也。推此志也,虽与日月争光可也。”千百年来,屈原之所以一直受人崇敬,不仅因为他的作品好,也因他的人品高尚的缘故。

屈原流放途中,一度迷失方向,独处深山,猿狖哀鸣,雨雪纷纷,地黑天昏,环境极其恶劣。他在《涉江》中写道:“入溆浦余儃佪兮,迷不知吾所如。深林杳以冥冥兮,乃猿狖之所居。山峻高以蔽日兮,下幽晦以多雨。霰雪纷其无垠兮,云霏霏而承宇。哀吾生之无乐兮,幽独处乎山中。”这些景物不完全像是托物言志,似乎更多的是实景实录。面对如此凄凉幽暗的现实,怎能不感到孤独?但他觉得“苟余心之端直兮,虽僻远之何伤?”这与孔子所说的"言忠信,行笃敬,虽蛮貊之邦行矣"(《论语·卫灵公》)的思想如出一辙。只要自己正道直行,就会无所畏惧。

屈原固然不怕流放,但他也清楚地了解到:"吾不能变心而从俗兮,固将愁苦而终穷。"摆在他面前的,永远是一条政治上坎坷、生活上困难的道路。话又说回来,他知道只要他肯"变心而从俗",即不再坚持自己的正确主张,能够投楚王之所好,与小人狼狈为奸,置国家与人民的利益于不顾,马上便可安富尊荣。但是,屈原绝对不愿意出卖自己的理想和良心,正如他在《离骚》中所表白的:"虽体解吾犹未变兮,岂余心之可惩!"他是宁死也不会"变心从俗"的。当然,处于政治黑暗的环境里,如果不同流合污,他就不可能改变命运,只有越来越坏,愈陷愈深。他在《涉江》中所写的"余将董道而不豫兮,固将重昏而终身",当是他对自己的前途所做的清醒的判断。

屈原不仅有吃大苦的精神准备,还流露出以身殉国、为理想而献身的大无畏精神。他说:"忠不必用兮,贤不必以。伍子逢殃兮,比干菹醢。与前世而皆然兮,吾又何怨乎今之人!"屈原已深刻地理解到,历史上许多著名的忠臣,不但不被重用,而且下场都非常悲惨。以古为镜,自然也就知道自己的得失了。由于有了充分的精神准备,似乎也就不必去"怨乎今之人"了。他对忠臣虽死犹荣是崇敬的,在《离骚》中就想到"伏清白以死直兮,固前圣之所厚",这一信念当老而弥笃。

东汉王逸在《楚辞章句》中盛赞屈原:"《离骚》之文,依《诗》取兴,引类譬谕,故善鸟香草,以配忠贞;恶禽臭物,以比谗佞;灵脩美人,以媲于君;宓妃佚女,以譬贤臣;虬龙鸾凤,以托君子;飘风云霓,以为小人。"《涉江》也善于运用类似的艺术手法。他说的"鸾鸟凤皇,日以远兮。燕雀乌鹊,巢堂坛兮。露申辛夷,死林薄兮。腥臊并御,芳不得薄兮",全都是比喻。其中的"鸾鸟凤皇""露申辛夷",代表君子;"燕雀乌鹊""腥臊",则是代表小人。屈原认识到在楚国的黑暗现实下,贤臣日远,深受迫害,生死未卜。那些小人,高踞要津,并取得了楚王的信任。直如《怀沙》所说"变白以为黑兮,倒上以为下"的局面,联系屈原在《涉江》中所写的"阴阳易位,时不当兮"的悲愤心情,就会对我们伟大的诗人有更进一步的理解和同情。

(赵光勇)

哀　郢[①]

屈　原

皇天之不纯命兮[②],何百姓之震愆[③]。民离散而相失兮[4],方仲春而东迁[5]。去故乡而就远兮[6],遵江夏以流亡[7]。出国门而轸怀兮[8],甲之鼂吾以行[9]。发郢都而去闾兮[10],怊荒忽其焉极[11]。楫齐扬以容与兮[12],哀见君而不再得。望长楸而太息兮[13],涕淫淫其若霰[14]。过夏首而西浮兮[15],顾龙门而不见[16]。心婵媛而伤怀兮[17],眇不知其所跖[18]。顺风波以从流兮,焉洋洋而为客[19]。凌阳侯之泛滥兮[20],忽翱翔之焉薄[21]!心絓结而不解兮[22],思蹇产而不释[23]。

将运舟而下浮兮[24],上洞庭而下江[25]。去终古之所居兮[26],今逍遥而来东[27]。羌灵魂之欲归兮[28],何须臾而忘反[29]!背夏浦而西思兮[30],哀故都之日远。登大坟以远望兮[31],聊以舒吾忧心[32]。哀州土之平乐兮[33],悲江介之遗风[34]。

当陵阳之焉至兮[35],淼南渡之焉如[36]!曾不知夏之为丘兮[37],孰两东门之可芜[38]!心不怡之长久兮[39],忧与愁其相接。惟郢路之辽远兮[40],江与夏之不可涉[41]。忽若去不信兮[42],至今九年而不复[43]。惨郁郁而不通兮[44],蹇侘傺而含感[45]。

外承欢之汋约兮[46],谌荏弱而难持[47]。忠湛湛而愿进兮[48],妒被离而鄣之[49]。尧舜之抗行兮[50],瞭杳杳而薄天[51]。众谗人之嫉妒兮,被以不慈之伪名[52]。憎愠惀之修美兮[53],好夫人之忼慨[54]。众踥蹀而日进兮[55],美超远而逾迈[56]。

乱曰[57]:曼余目以流观兮[58],冀壹反之何时[59]!鸟飞反故乡兮[60],狐死必首丘[61]。信非吾罪而弃逐兮,何日夜而忘之[62]!

注释

①郢(yǐng):楚国的都城,在今湖北江陵。据1966年5月《文物》载《湖北江陵三座楚墓出土大批重要文物》称:"湖北江陵县境内纪南城,是春秋战国时代楚国郢都故址,至今地面仍保存有较为完整的土筑城垣,规模相

当庞大,地下文化遗存也很丰富,城的四周有大量的楚墓群。”

②纯:善。不纯命:不给好运。

③震愆(qiān):震惊受罪。

④相失:互相失散。

⑤仲春:阴历二月。

⑥故乡:指楚之郢都。

⑦遵:沿着。江夏:长江和夏水。夏水是从石首到汉阳一段汉水的别名。

⑧国门:郢都城门。轸怀:痛心。

⑨甲:古以干支纪日指仲春二月的甲日。鼂:同“朝”,早晨。

⑩闾:居里之门。去闾:离家。

⑪荒忽:恍恍惚惚。焉极:不知何止。

⑫楫:船桨。齐扬:并举。容与:行动缓慢,表示依恋。

⑬长楸:指郢都高大的楸树。

⑭涕淫淫:泪流不止。霰:雪珠。

⑮夏首:地名,今之汉口。

⑯顾:回望。龙门:郢都东门。

⑰婵媛:牵挂不舍。

⑱眇:同“渺”,渺茫。跖(zhí):至。不知其所跖:即不知自己归宿之处。

⑲焉:乃。洋洋:漂泊不定。

⑳凌阳侯之泛滥:冒着泛滥的大波。阳侯:波神,代指波涛。

㉑忽:迅速。焉薄:何处可停靠。薄:指靠岸。

㉒絓(guà):牵挂。

㉓蹇(jiǎn)产:诘屈,忧郁若连环。思绪郁结不畅。释:解脱。

㉔运舟:掉转船头。

㉕洞庭:洞庭湖,在今湖南,从夏首方位看,洞庭居于长江上游,所以说是“上洞庭”。

㉖终古之所居:祖祖辈辈所居之处。

㉗逍遥:徜徉,缓步行走。东:东方,以郢都位置而言。

㉘羌:发语词。

㉙须臾:片刻。忘反:忘记返回郢都。

㉚背夏浦:背离夏水之滨。西思:思念西方的郢都。

㉛大坟:水边高地。

㉜聊:姑且。舒:舒散。

㉝州土:泛指目中的国土。平乐:地面宽阔,人民乐业。由于想到这些土地可能亦遭强秦的蹂躏,乃哀从中起。

㉞江介:江岸。遗风:楚国古老的风俗。由于想到江岸楚国风俗可能亦受强秦入侵而改变,故又悲从心生。

㉟当:顺应。

㊱淼(miǎo):汪洋大水,一望无际。如:往。焉如:究竟要往何方?

㊲曾不知:不曾料到。夏:同“厦”,指郢都宫殿。丘:废墟。

㊳孰:谁。两东门:指郢都两座东门。芜:荒芜。

㊴怡:愉快。

㊵惟:想到。郢路:往郢都的路程。

㊶江与夏:长江和夏水。涉:无舟楫而徒步渡过。不可涉:指政治上的障碍。

㊷忽:时光匆匆。若:仿佛。不信:难以令人置信。

㊸不复:不被召回。

㊹惨郁郁:愁思郁积。不通:不能上通楚王。

㊺蹇:发语词。侘傺(chàchì):失意的样子。慼:同“戚”,忧伤。

㊻外承欢:邪臣外表上很能揣摩别人的心意,讨人喜欢。汋(chuò)约:同“绰约”,姿态优美的样子。

㊼谌(chén):诚然,确定。荏(rěn)弱:软弱。持:依靠。

㊽忠:忠臣。湛湛:厚重老实。进:仕,做官。

㊾妒:妒贤的群小。被离:同“披离”,纷纷杂遝的样子。鄣:设置障碍,进行中伤。

㊿抗行:高尚的行为。

51瞭:光明。杳杳(yǎo):高远。薄:迫近。

52被:加。不慈之伪名:朱熹云:“尧舜与贤而不与子,故有不慈之名。《庄子》云:‘尧不慈,舜不孝。’盖战国时流俗有此语也。”

53愠惀(yǔn lǔn):忠诚而不善言辞的样子。

54夫人:指那些群小。忼慨:指善于在口头上发表激昂慷慨的言辞。

55踥蹀(qiè dié):小步行走的样子。日进:日日高升。

56美:指君子。逾迈:越来越疏远。

57乱:辞赋总结全篇宗旨的一段文字。

58曼:引长,延长。流观:环顾四方。

59冀:希望。

60故乡:故巢。

61狐死必首丘:据说狐将死时,必将头朝向生己的山丘,以表示永不忘本。

62之:指代故乡郢都。

鉴赏

《哀郢》是伟大诗人屈原的《九章》之一。

郢是楚国的故都。自楚文王于公元前689年在郢建都,到楚顷襄王二十一年(前278)被强秦攻陷,前后经营了四百一十二年,是当时我国南方最大的城市,也是楚国政治、经济、文化的中心。楚国的发展,曾以此为根据地,南平夷越,北服江汉间的小国,拓地千里,问鼎中原;还曾跻身于春秋五霸,到战国时仍然长期处于七雄的行列。如能继续励精图治,坚持革新,搞好内政外交,以其强大的实力,很有希望实现统一天下的历史使命。惜乎到了屈原所处的怀、襄时代,君主昏庸,佞臣当国,弄得国弱地削,以至故都沦亡,庐舍丘墟,即使匹夫匹妇,都会痛心疾首,何况是伟大的爱国诗人屈原,就会更加痛心疾首。通过《哀郢》,我们便可体察到诗人对故乡风土人情、一草一木的真挚眷恋,对举国上下所遭苦难的深切同情,对国君的倒行逆施、奸佞的当权误国自然要给以严厉的斥责。

战国时代,兼并战争是极其残酷的。“争城以战,杀人盈城;争地以战,杀人盈野”,郢都的陷落,当会引起百官震恐,人民流离。于是屈原乃呼天抢地,感情激越地说:“皇天之不纯命兮,何百姓之震愆。民离散而相失兮,方仲春而东迁。”作者把朝野上下所遭受的空前的灾难,似乎认为是天不作美,上帝没有给个好运的缘故。其实屈原是不相信天命的,这不仅有《天问》可证,在《哀郢》中,他也很注意揭露楚国积弱的根源:“外承欢之汋约兮,谌荏弱而难持。忠湛湛而愿进兮,妒被离而鄣之……憎愠惀之脩美兮,好夫人之忼慨。众踥蹀而日进兮,美超远而逾迈。”这里清楚地指明了国君只是一味信赖善于察言观色、吹牛拍马并无真正才能的佞臣,对心怀忠诚、德才兼备的贤人却百般阻碍，疏远排斥，使他们不能报效祖国。长此下去，势必国将不国。在《战国策·楚策三》中苏秦已告诉怀王："今王之大臣父兄，好伤贤以为资……自令尹以下，事王者以千数，至于无妒而进贤，未见一人也。"可是怀王只当作耳旁风，屈原的被谗见疏就是一个典型例证。到了怀王之子顷襄王时，更为变本加厉。楚庄王的后裔庄辛也曾及时敲起了警钟。他在《战国策·楚策四》中说："君王左州侯，右夏侯，辇从鄢陵君与寿陵君，专淫逸侈靡，不顾国政，郢都必危矣。"并说他们"饭封禄之粟，而载方府之金，与之驰骋乎云梦之中，而不以天下国家为事。不知夫穰侯（秦昭王的舅父）方受命乎秦王，填黾塞（楚之险关名）之内，而投己乎黾塞之外。"但是积重难返，顷襄王只知与宠臣州侯、夏侯、鄢陵君、寿陵君等沉溺于田猎游乐之中，根本不顾强敌压境，国家兴亡，终于导致郢都失守。秦国主将白起的观察，可以作为最好的注脚。他说："是时楚王恃其国大，不恤其政，而群臣相妒以功，谄谀用事，良臣斥疏，百姓心离，城池不修。既无良臣，又无守备，故起所以得引兵深入。"（《战国策·中山策》）白起分析郢都之所以陷落，完全是由于楚国"谄谀用事，良臣斥疏"，内政不修所引起的，与屈原之所见，简直不谋而合。像屈原这样有理想、有才能的良臣，一再遭受疏远排斥，"忽若去不信兮，至今九年而不复"，在国家存亡关头，竟不能稍尽匹夫之责，痛何如哉！他也知道回朝无望，满怀悲愤而难以倾诉。所以，只能"蹇侘傺而含慼"。朝廷腐败至此，真是"自作孽，不可活"了。果然在郢都沦陷五十多年之后，即公元前223年，楚国就被秦彻底灭亡了。

郢都是楚国的心脏，也是楚国的象征，它的兴衰存亡，直接关系着楚国的命运和广大人民的利害，所以屈原对郢都的沦陷极为敏感而痛心。他一再申述自己"心絓结而不解兮，思蹇产而不释"，"羌灵魂之欲归兮，何须臾而忘反"，"心不怡之长久兮，忧与愁其相接"，其眷恋关注之情已到了无时或止的地步。他也知道自己"冀壹反之何时"，收复和回到郢都的希望是太渺茫了；他又意识到楚国不可能再有什么光辉的前景了，迟早要被强秦完全吃掉，所以面对平乐的州土，江介的遗风，便兴起了无限的哀愁。可是故土难舍，"鸟飞反故乡兮，狐死必首丘"。禽兽尚且如此，更何况是伟大的爱国诗人屈原呢？

司马迁称："屈平正道直行，竭忠尽智以事其君，谗人间之，可谓穷矣；信而见疑，忠而被谤，能无怨乎？"（《史记·屈贾列传》）诚哉斯言！屈原以"信非吾罪而弃逐兮，何日夜而忘之"来结束《哀郢》全篇，就是那种心声的强烈反映。他不仅怨己无辜被逐，还念念不忘收复故都，拯救广大人民于水深火热之中，重振楚国昔日的雄风。虽是一厢情愿的幻想，但由此我们可以窥见屈原的内心世界，从而激发我们对扼杀人才的腐朽统治者的憎恨和对壮志难酬的伟大诗人的同情与崇敬。

（赵光勇）

抽　思

屈　原

心郁郁之忧思兮[①],独永叹乎增伤[②]。思蹇产之不释兮[③],曼遭夜之方长[④]。悲秋风之动容兮[⑤],何回极之浮浮[⑥]?数惟荪之多怒兮[⑦],伤余心之懮懮[⑧]。愿摇起而横奔兮[⑨],览民尤以自镇[⑩]。结微情以陈词兮[⑪],矫以遗夫美人[⑫]。

昔君与我成言兮,曰黄昏以为期。羌中道而回畔兮[⑬],反既有此他志。憍吾以其美好兮[⑭],览余以其修姱[⑮]。与余言而不信兮,盖为余而造怒[⑯]。

愿承间而自察兮[⑰],心震悼而不敢。悲夷犹而冀进兮,心怛伤之憺憺[⑱]。兹历情以陈辞兮[⑲],荪详聋而不闻[⑳]。固切人之不媚兮[㉑],众果以我为患。

初吾所陈之耿著兮,岂至今其庸亡[㉒]!何独乐斯之蹇蹇兮?愿荪美之可完[㉓]。望三五以为像兮[㉔],指彭咸以为仪[㉕]。夫何极而不至兮,故远闻而难亏。善不由外来兮,名不可以虚作。孰无施而有报兮?孰不实而有获?

少歌曰[㉖]:与美人抽思兮,并日夜而无正[㉗]。憍吾以其美好兮,敖朕辞而不听[㉘]。

倡曰[㉙]:有鸟自南兮,来集汉北[㉚]。好姱佳丽兮,牉独处此异域[㉛]。既惸独而不群兮[㉜],又无良媒在其侧[㉝]。道卓远而日忘兮[34],愿自申而不得。望北山而流涕兮[35],临流水而太息。

望孟夏之短夜兮,何晦明之若岁[36]?惟郢路之辽远兮,魂一夕而九逝[37]。曾不知路之曲直兮[38],魂识路之营营[39]。何灵魂之信直兮?南指月与列星。愿径逝而未得兮,人之心不与吾心同。理弱而媒不通兮[40],尚不知余之从容[41]。

乱曰[42]:长濑湍流,溯江潭兮[43]。狂顾南行,聊以娱心兮[44]。轸石崴嵬,蹇吾愿兮[45]。超回志度,行隐进兮[46]。低佪夷犹,宿北姑兮[47]。烦冤瞀容,实沛徂兮[48]。愁叹苦神,灵遥思兮[49]。路远处幽,又无行媒兮。道思作颂,聊以自救兮[50]。忧心不遂,斯言谁告兮[51]?

注释

①郁郁:即"郁悒",忧郁的样子。

②永叹:长叹。乎:《文选》中司马相如《长门赋》注和张衡《四愁诗》注并引作"而"。

③蹇产:叠韵联绵词,王逸注:"心中诘屈如连环也。"不释:不能解脱。

④曼:长。夜:喻现实黑暗。

⑤容:借为搈。《说文》"搈,动搈也",朱骏声说"'动容'犹动搈也,犹言动摇"。

⑥回极:林云铭以为是"四极"的讹误,非是。朱季海说:"按《九叹·远游》:'征九神于回极兮',《注》:'回,旋也。极,中也。谓会北辰之星于天之中也……盖回以回旋为义,正谓运转随时,极谓居天之中,王注《九叹》得之;既是州国分野、年命所政,故遭夜方长,仰见斗运而伤时政焉。"浮浮:动貌。蒋骥说:"秋风撼物而极为之浮动,暴君怒臣而心为之忧伤,所为赋其事所起兴也。"

⑦数:每每,屡次。惟:思。荪:香草名,一作"荃",意同,喻指怀王。

⑧慢慢:王逸注:"痛貌",戴震以为当作"慢慢,烦惑也"。

⑨摇起:跃起,急起。王念孙说:"摇起,疾起也。"横奔:姜亮夫说:"横奔犹大奔也。"蒋骥说:"不俟命而趋君所也。"郭沫若以为奔往他国。按:郭说为允。

⑩尤:痛苦(采郭沫若、丁山说)。镇:定,止。

⑪结:结续,王逸注:"结续妙思作辞赋也。"

⑫矫:举。遗:赠。美人:喻指楚怀王。王逸注:“举与怀王使照览也。”

⑬羌:发语词,义犹“乃”。回畔:中途返折,犹《离骚》“后悔遁而有他”之意。畔:同“叛”。

⑭憍:同“骄”。

⑮览:示,显示,炫耀。修姱:美好。王逸释此二句云:“握此宝玩,以侮余也;陈列好色,以示我也。”洪兴祖《楚辞补注》曰:“此言怀王自矜伐也。”

⑯盖:同“盍”,一本作“盍”,意犹“何”。造怒:作怒,发怒。

⑰承间:俟机,找机会。自察:自明,自己说明白。

⑱夷犹:犹豫。冀进:希望亲近君王。怛(dá):伤痛。憺憺:谭戒甫说:“声假为惔惔……意犹焦灼。”

⑲兹历情:今敷陈此情。历:当借为“厤”,《尔雅·释诂》注“厤,数也”,引申即列举、敷陈之意,一本作“历兹情”,亦通。

⑳详(yáng)聋:装聋。详:同“佯”。

㉑切人:闻一多谓当作“切言”,“切言犹直言也,故曰不媚。”谭戒甫曰:“《说文》媚,说也……按说,即今喜‘悦’字,直言不悦,犹云直不悦于耳。”

㉒耿著:明明白白。庸:黄公渚谓“庸”与“遽”同。此二句意谓:我起初所言明明白白,难道至今就忘记了吗?

㉓独:偏偏。蹇蹇:艰难。一本作“何毒药之謇謇兮”,有误。完:当从,一本作“光”,犹言发扬光大。

㉔三五:三王和五霸,一说指三皇五帝。像:榜样。此句言君。

㉕彭咸:王逸注谓殷之贤大夫,因“谏其君不听,自投水而死”。顾颉刚、谭戒甫谓指巫彭、巫咸,姑备一说。仪:准则。此句言己。

㉖少歌:一作“小歌”,乐章名。《荀子·赋篇·佹诗》亦有“小歌”,杨倞注云:“此下一章即其反辞,故谓之‘小歌’,总论前意也。”又曰:“反复叙说之辞,犹《楚辞》‘乱曰’。”

㉗并:兼。并日夜:朱熹曰:“言旦暮如一也。”谓日日夜夜谈论。无正:朱熹曰:“无与平其是非也。”

㉘敖:同“傲”。朕:我。敖朕辞:以我之言辞为傲慢。

㉙倡:犹“唱”,蒋骥曰:“亦歌之音节,所谓发歌句者也。”

㉚鸟:屈原自喻。南:指郢都。集:止。汉北:汉水之北。

㉛姱:好。胖:同“叛”,背离,离弃。异域:指汉北。

㉜惸:姜亮夫谓:惸独,指禀性言;不群,指无交往言。

㉝良媒:喻指怀王左右之贤臣。

㉞卓:当从,一本作“逴”,《说文》:“逴,远也。”逴远:犹“遥远”。日忘:谓怀王一天天忘记屈原。

㉟望:遥望,想象之辞。北山:指郢都附近之小山,戴震指为江陵县北三十五里之纪山,为县境山之最著者,一本作“南山”。

㊱望:视。晦:暗,谓夜。明:谓昼。晦明之若岁:极言心忧情苦,夜不成眠。

㊲惟:意同“虽”。九:表多数(详汪中《释三九》)。逝:去。

㊳曾:乃。此下六句本作“曾不知路之曲直兮,南指月与列星。愿径逝而未得兮,魂识路之营营。何灵魂之信直兮?人之心不与吾心同。”今依谭戒甫说从王逸所见一本改正。

㊴营营:营营绕绕。

㊵理:提亲人。理与媒大同而小别,理

是男女二家初谈婚姻关系的提亲人；媒是婚姻的撮合者。此亦以媒妁为喻。

㊶从容：举动。

㊷乱：辞赋总结全篇宗旨的一段文字。就内容说，乱，理也，是全文思想的总结；就乐章说，乱是终了的乐章，即尾声。因曲终繁音促节，交错纷飞，故曰"乱"。

㊸濑：多沙石的浅水。湍：急流。溯：逆流而上。潭：深渊，一说江潭为地名。

㊹狂顾：急切地回顾。娱心：蒋骥曰："姑以快其南归之思。"

㊺轸石：路上的石子。"轸"字旧解多误，故曲说甚多。按："轸"当借作"畛"，二字古音同部通假。《文选》阮籍《咏怀》诗"连轸距阡陌"。谢灵运《登临海峤》诗"含酸赴修轸"。李善注并云："轸，当为畛。"是其力证。《说文》："畛，井田间陌也。"借指道路。崴嵬：《集韵》："不平也。"比喻路途艰险。蹇吾愿：谓阻碍吾南行意愿的实施。

㊻超：超越。回：迂回。志：标记。度：拟度。隐进：微微而进，缓慢地前进。

㊼北姑：小地名。饶宗颐、谭戒甫均以为是齐国的薄姑，实乃臆断之辞。蒋骥曰："北姑，盖地之近汉北者……方欲快意南行，而地有所限，仅宿北姑而止。"按：蒋说近是。

㊽烦冤：谭戒甫曰："愁烦委屈之义，与烦懑意近。"按：谭说甚是。瞀（mào）容：烦乱不安。瞀：乱。容：借作"傛"，《说文》："傛，不安也。"沛徂：急行。

㊾苦神：谭戒甫谓当作"苦呻"，是。

㊿道思：导思，引出思想。作颂：谓写作此篇。自救：自我解脱。

(51)遂：安。斯言：此言。谁告：告诉谁。

鉴赏

《抽思》是屈原的政治抒情诗《九章》中的一篇，是屈原初次流放于汉北时写的，约当楚怀王二十五六年之间。"抽思"就是引出其忧思、抒发其情怀的意思。诗中陈述了他被流放的原因，抒发了忧国忧民的爱国情思。同《离骚》一样，也是"一篇之中三致志焉"。全诗分为四段，反复呻吟，一唱三叹，感情一层深于一层，给人留下了难以忘怀的深刻印象。

诗的第一段共十二句，陈述写作本篇的原因，亦即引思作颂的原因。开头四句紧扣一个"思"字展开，"心郁郁之忧思兮，独永叹乎增伤。思蹇产之不释兮，曼遭夜之方长。"忧思一层，郁郁之忧则又进一层；永叹则忧之深者，独永叹则又其深者，故由忧而至于伤，忧伤至于蹇产，诘屈如连环，连绵不断，忧伤不已，不可开释，其忧思之情则更深一层；而且是在漫漫的长夜里，久久不能入眠，其孤凄哀切之情，尤其可伤。这里，诗人把一个"思"字渲染得如此逼真，一层深似一层，恰是他面对黑暗现实、备受打击、独处汉北的真实写照，读来催人泪下。

诗人为什么如此悲伤呢？"悲秋风之动容兮，何回极之浮浮？"这两句是即景生情，因以起兴。秋风摇荡，万物肃杀,引起悲伤。仰观北斗,浮浮若动,因而联想到时政的黑暗、局势的动荡,为国为民而忧伤不已。“数惟荪之多怒兮,伤余心之慢慢。”每每想到楚怀王的“多怒”,使他心痛如焚,他的忧伤无处发泄,竟达到发怒的程度。“愿摇起而横奔兮,览民尤以自镇。”他想要跃起奔往他国,但是,一想到人民的痛苦,就又立刻镇定下来。他的情感是如此坚贞,“结微情以陈词兮,矫以遗夫美人。”用自己的深情结成这一诗章,把它赠送给君王。这充分说明他写此诗的用意,乃是希望怀王读了之后能够幡然醒悟,用心可谓良苦。

诗的第二段从“昔君与我成言兮”至“敖朕辞而不听”,凡三十二句,乃是追叙,承首段“美人多怒”而来,说明流放汉北的原因。这段又可分为四个层次。

第一层八句,追述初见信用、后被疏远之事。“昔君与我成言兮,曰黄昏以为期。”黄昏,是古人结婚的时刻。他用男女关系上的结婚来比喻他和怀王的关系,既然已达成约言,准备结婚,但却中途背约失信,另有他图,“羌中道而回畔兮,反既有此他志。”更有甚者,反而以他的所谓“美好”“修姱”,在自己面前骄傲、炫耀。不仅言而无信,反而无端大发脾气。“憍吾以其美好兮,览余以其修姱。与余言而不信兮,盖为余而造怒。”实际上这是在追述遭谗被疏之事,即《史记·屈原列传》所载:屈原为楚怀王左徒时,“王甚任之”,使他造为宪令,后来怀王听信谗言,“怒而疏屈平”。一场改革法令的努力,毫无结果地中途夭折了。蒋骥说:“盖怀王为人,矜名好胜。而谗人之言,有以深中其忌。故其于原,口不言而忿日深。其所矜示者,亦因疑原之自伐,而与之相竞耳。宋真宗夜召杨亿入禁中,以文稿示之曰:‘此皆朕所为,非臣下代作也。’亿惶恐再拜而出,知必有谮之者。事与此同。而怀之昏愎,殆有甚焉。原所以不免于流放也。”这一段话,很精辟地揭示出怀王为屈原“而造怒”的原因。

第二层也是八句,写自己欲辩白而不能,反而招致更大的打击。本希望“承间”“自察”,找机会向怀王解释清楚,由于对现实有较清醒的认识,因而“心震悼而不敢”。“悲夷犹而冀进兮,心怛伤之憺憺。”冀进,犹豫,心情焦灼,彷徨无主。最后毕竟鼓足了勇气,“兹历情以陈辞”,但是,怀王竟装聋作哑,充耳不闻,而群小又忧虑损害他们的私利,于是把屈原视为忧患而谗毁之,迫害之,使他被流放于汉北。诚如蒋骥所说,这一层“言欲及君之暇以自明。而始则心惧而不敢言,继则欲言而心益惧。及其言也,君方置若罔闻,而众已虑其伤己。此其所以斥于汉北也。”

第三层十二句,陈述自己的一片忠贞,希望怀王醒悟,不要只图虚名而不务实际。前八句述说自己的忠贞,“初吾所陈之耿著兮,岂至今其庸亡!”当初我所陈说的明明白白,难道到现在就忘记了吗?我为何偏偏乐于坚持正道而陷此蹇蹇困境,“愿荪美之可完。”乃是希望怀王保持美德并发扬光大,能够以三王、五霸为榜样,选贤任能,发愤图强。只要坚持下去,就能够达到目的，“夫何极而不至兮，故远闻而难亏。”当然，他也清醒地看到，自己坚持真理可能导致遭受更严重的打击和迫害，因而想到殷代为坚持真理投水而死的贤大夫彭咸，要以他为自己学习的榜样，“指彭咸以为仪”。“楚怀王心矜好高人，无道而欲有伯王之号。”(贾谊《新书》语)后四句，屈原针对怀王好图虚名、盲目自大的缺点，告诫他“善不由外来”，“名不可以虚作”，古往今来，谁又能“无施而有报”，“不实而有获”呢？希望他能够改弦易辙，注重实效。字里行间，充满了对楚王、对祖国的一片忠贞，也充满了对怀王醒悟的幻想，尽管是不切实际的幻想。

最后一层是“少歌”，即“小歌”，共四句，是对上两段内容的总结。前两句“与美人之抽思兮，并日夜而无正”是说自己导引出内心深藏的对怀王、对楚国的忠贞情思，日日夜夜不停地倾诉，但却孤立无援，无人评说是非。后两句“憍吾以其美好兮，敖朕辞而不听”是说怀王以自己的所谓“美好”傲视屈原，对屈原的謇謇忠言却根本听不进去，从而揭示出怀王的昏庸、刚愎自用与现实的浑浊、冷酷。

第三段是“倡”，凡二十二句，写自己独处汉北的心情。这段又分为两层，前十句为第一层，写独处异域的悲凄。“有鸟自南兮，来集汉北。”这里屈原以鸟自喻，从郢都而来，被流放至汉北。由于他“好姱”“佳丽”，所以遭人谗毁，乃至“牉独处此异域”。他茕独不群，又无“良媒”为之说合，道路逴远，昔日“成言”之约被对方一天天忘记，要想自己申明也无此可能了。“望北山而流涕兮，临流水而太息。”这两句情景交融，虚实辉映。前句“望北山”，是望郢都附近之北山，乃幻想之辞，是虚写；后句“临流水”，是临汉水，乃亲临之境，是实写。虚写也好，实写也好，并皆“流涕”“太息”，互相辉映，点明他内心里时时刻刻充满了悲伤。这悲不是为个人而悲，而是为国事日非而悲，为怀王的不醒悟而悲，为报国之志不得实现而悲。

后十二句为第二层，写他孤处汉北幻想返回郢都的情景。“望孟夏之短夜兮，何晦明之若岁？”洪兴祖说：“上云‘曼遭夜之方长’，此云‘望孟夏之短夜’者，秋夜方长，而夏夜最短，犹不能寐，冀夜短而易晓。”这极写他孤处异地、心情凄苦，度日如年。他无时无刻不在梦想回到郢都，虽然郢都路途“辽远”，却“魂一夕而九逝”。现实生活中他径直而返的希望是不可能实现的，乃至“不知路之曲直”，然而梦魂却能识别路径的营营绕绕。灵魂为什么如此“信直”呢？它兴高采烈，“南指月与列星”。但是，一回到现实中来，“愿径逝而未得兮，人之心不与吾心同。理弱而媒不通兮，尚不知余之从容”。希望径直而返吗，这绝不可能，尽管我感情深厚，态度坚决，但是人我心异，谗毁会纷至沓来。让“美人”间接了解吗，提亲人孱弱，说媒人也说不通，以至于糊涂的“美人”尚不了解我的举动。把孤处异域、欲返不得的悲苦心情，通过梦境与现实的反复对照，渲染得如此逼真而又波澜起伏。

第四段是“乱”辞，凡二十句，是全诗的结尾，也是情感发展的高潮，具体描绘想象中由汉北南行的情况。前四句写自己不待君命而擅自南行,顺汉水急流而下,至长江之深潭又复逆水而上。曰“狂顾”,曰“娱心”,明明内心的兴奋、喜悦,犹如杜甫《闻官军收复河南河北》时的心情,“即从巴峡穿巫峡,便下襄阳向洛阳”,“却看妻子愁何在,漫卷诗书喜欲狂”。杜甫是写现实中的真情,屈原是写幻想中的真情,因而又有所不同,所以不得不说“聊以娱心”。这狂喜的心情是虚幻的,而且又蕴含着诚惶诚恐。次六句写旅途中的辛苦,行至北姑而上。“轸石崴嵬,蹇吾愿兮。”路上的石子坎坷不平,使我南行的愿望备受险阻。自己克服重重障碍,或超越,或迂回,或标记,或拟度,隐微而进。无奈,只好“低徊夷犹”,宿于北姑而止。返回郢都的计划,只好中途辍止了。下六句写心情烦乱不安。旅途上困难重重,自己又急遽而行,因而他“愁叹苦神”,只有靠灵魂遥思遐想,得到暂时的满足。但是,“路远处幽,又无行媒”,终于达不到目的。最后四句结语,说明结续情思撰写本诗,只不过是姑且自抒忧愤、自解烦恼罢了。以写诗消愁,犹如以酒消愁,忧心难平。这又向谁陈说呢?

总之,全诗的主题是抒发忧愤之思。这忧愤是为国事日非而忧愤,是为楚王的昏庸糊涂而忧愤,是为小人当道谗害忠良而忧愤,是为楚国的厄运和人民的疾苦而忧愤,是为自己的美政理想不能实现反而遭受打击又无法申辩而忧愤。这忧愤之中充满忠君爱国的深厚感情。抒发忧愤之思,是发扬了《诗经》变风、变雅的讽刺现实的战斗精神,是怨而且怒的。后世如司马迁的“发愤著书”说,刘勰的“世积乱离,风衰俗怨”说,韩愈的“不平则鸣”说,以及后世众多的反映现实矛盾的骚人墨客,都是深受屈赋影响的。李白说“哀怨起骚人”,元稹说“骚人作而怨愤之态繁”,他们都清楚地看到楚辞是中国文学史上怨愤文学的始祖之一。因而,屈骚在中国古代历史长河中的影响是巨大的。

《抽思》在艺术手法上也是独具特色的。《九章》是一组政治抒情诗,它反映了屈原一生的斗争经历和晚年流放的行踪。《惜诵》《涉江》《哀郢》《怀沙》《惜往日》《悲回风》六篇是直接抒发其政治情怀,《橘颂》一篇是采用象征手法抒发其早年的理想抱负,而《抽思》《思美人》两篇则是以男女欢爱的婚姻关系作譬,来抒发其为追求美政理想实现而遭受打击的忧愤。王逸在《离骚序》里说:“灵修美人,以媲于君。”这自是屈骚的共同特色,而《抽思》一篇,则是从头至尾以男女婚姻关系来比喻君臣关系的,来抒发其对美好政治理想的追求的。这在中国文学史上也是开了先河的。如曹植的《洛神赋》《美女篇》诗,以爱情生活来比喻政治生活,这种艺术手法,是深受屈原影响的。

这首诗在结构形式上,与《楚辞》其他大部分篇章在结尾用“乱”辞者不同。它既有《小歌》,而且又有“倡”和“乱”辞。洪兴祖说:“此章有《少歌》有《倡》有《乱》。《少歌》之不足,则又发其意而为《倡》,独《倡》而无与和也,则总理一赋之终以为《乱》辞云耳。”这与《离骚》“一篇之中三致志焉”,用意正同。这恰恰是屈子采取不同的艺术形式来充分表达其复杂的内心感情所需要的,既是由于诗歌内容所决定的,也是由于诗歌艺术结构形式不宜雷同所要求的,它充分体现了屈子的艺术匠心,因而能够成为千古名篇。

(殷呈祥)

怀　沙

屈　原

滔滔孟夏兮,草木莽莽。伤怀永哀兮,汩徂南土[①]。

眴兮杳杳,孔静幽默。郁结纡轸兮,离慜而长鞠[②]。

抚情效志兮,冤屈而自抑。刓方以为圜兮,常度未替[③]。

易初本迪兮,君子所鄙。章画志墨兮,前图未改[④]。

内厚质正兮,大人所盛。巧倕不斫兮,孰察其拨正[⑤]?

玄文处幽兮,矇瞍谓之不章。离娄微睇兮,瞽以为无明[⑥]。

变白以为黑兮,倒上以为下。凤皇在笯兮,鸡鹜翔舞[⑦]。

同糅玉石兮,一概而相量。夫惟党人之鄙固兮,羌不知余之所臧[⑧]。

任重载盛兮,陷滞而不济。怀瑾握瑜兮,穷不知所示[9]。

邑犬之群吠兮，吠所怪也。非俊疑杰兮，固庸态也[10]。

文质疏内兮，众不知余之异采。材朴委积兮，莫知余之所有[11]。

重仁袭义兮，谨厚以为丰。重华不可遌兮，孰知余之从容[12]？

古固有不并兮，岂知其何故？汤禹久远兮，邈而不可慕[13]。

惩违改忿兮，抑心而自强。离慜而不迁兮，愿志之有像[14]。

进路北次兮，日昧昧其将暮。舒忧娱哀兮，限之以大故[15]。

乱曰：浩浩沅湘，分流汩兮。脩路幽蔽，道远忽兮[16]。

怀质抱情，独无匹兮。伯乐既没，骥焉程兮[17]？

万民之生，各有所错兮。定心广志，余何畏惧兮[18]。

曾伤爰哀，永叹喟兮。世溷浊莫吾知，人心不可谓兮[19]。

知死不可让，愿勿爱兮。明告君子，吾将以为类兮[20]。

注释

①滔滔:《史记》作"陶陶",阳气盛。莽莽:茂盛。汩(yù):迅疾。徂:往。

②眴(shùn):同"瞬"。杳杳:深冥。孔:很。幽默:清静无声。纡:屈。轸:痛。慜(mǐn):痛。鞠:穷困。

③抚:循。效:核。刓(wán):削。替:废。

④迪:道路。鄙:耻。章画:指木工雕空刻镂的图案。章:明。志:记。墨:指画在木板上的墨迹花纹。前图:雕刻前画在木板上的图样,即墨迹花纹。

⑤内厚:内心淳厚。质正:品质端正。盛:盛赞。倕(chuí):尧时巧工。拨正:枉曲还是正直。枉:曲。

⑥玄文:玄妙之文。章:明。离娄:黄帝时明目人,能明察秋毫。

⑦笯(nú):鸟笼。鹜(wù):鸭子。

⑧糅:杂。概:平斗斛的木。臧:同"藏",怀抱。

⑨陷:陷没。滞:留滞。济:成。

⑩非:非毁。

⑪文质:指瑜瑾的美好质地。疏内:通达于内部,指玉"鳃理自外,可以知中"的"义之方"等美好品质。材朴:条直为材,壮大为朴。

⑫袭:重叠。重华:舜。遻(è):遇。从容:举动。

⑬不并:不生于同一时代。

⑭惩:抑制。违:怨恨。强:坚强。迁:改变。像:效法。

⑮昧昧:昏暗。大故:死亡。

⑯忽:远。

⑰无匹:无双。伯乐:秦穆公臣,善相马。程:量。

⑱错:安置。定心:不移之心。广志:远大之志。

⑲曾:重累。爰哀:悲哀不已。谓:说。

⑳让:推却。爱:爱惜。类:法,楷式。

鉴赏

《怀沙》是屈原肯定地做出了死的决定以后的作品,对于我们认识屈原生命历程中最后期间的心态、情状具有重要意义。在这篇诗中,他表达了四个方面的问题:(1)表示决不改变初衷。(2)伤痛不为世人理解。(3)感叹明主贤臣不能并世相遇。(4)决心以死为后世立法。全诗思想悲痛深沉,感情低回往复,没有愤激之辞,没有懊恼与慌乱。艺术上的思考也绵密精细,臻于完美。

正文的开头写他"汩徂南土",结尾写他"进路北次",《乱》的开头也说"脩路幽蔽,道远忽兮"。伴随着这三处行程,同时写出地理环境和节候时辰。正文开头以"滔滔孟夏兮,草木莽莽",自然气象的欣欣向荣,反衬他生命的垂亡;《乱》辞开头,以"浩浩沅湘,分流汩兮",川流的欢腾活跃,反衬他生命的将息。而正文开头又以"眴兮杳杳,孔静幽默",末尾以"日昧昧其将暮"衬托他心境的孤独寂寞,命之将终。这三者散处三处,互相映照,关合全诗。它给读者一个深刻的印象：这位做出了死亡决定的年迈诗人，这时正低头沉吟，在楚国江南大地上南来北往，把自己沉重的足迹，慢慢地，一个一个地，印在沅湘山水之间。他在回味人生，思索着，检核自己一生的行为与思想。

屈原是最长于以比象手法抒怀明理的。本篇的比象，如山有起伏，水有曲折，辗转绵延，反复连络，使深沉的哀伤悲痛，从低回往复的吟哦中，不露形迹地流露出来。他先以木工的"刓方以为圜"，比喻要自己放弃方正，变为圆滑入俗之人，但他的"常度"尚未废弃，不可改变原本选择的道路。接着以木工的章画为喻。"章画"，是指木工在木板上雕空刻镂，形成透空的图案花纹。要镂出章画必须按照首先在木板上用墨迹打好的图样去雕刻。因此前图未改，刻镂章画就必须志墨。这就是表示要将原本的主张坚持到底。以上两个比喻都是说明决不改变初衷的。然后进入第二层意思，说明贤才不受任用，才能就无法表现出来。意思进了一层，但比喻却绵延相连，仍以木工为喻。"巧倕不斫兮"，谁知道他技艺的高超呢。为了推进这一层新的意思，又提出一个新的比喻："玄文处幽兮，矇瞍谓之不章。"这似乎与前面的比喻没有联系了，但"玄文"者，神妙之文，正是根据章画而来，比喻的辗转，似断若续。而下文的"离娄微睇兮，瞽以为无明"，又是"矇瞍谓之不章"所生发。接着又由不章不明及于白黑互变，上下颠倒，鸡凤易位，玉石同糅。在比喻的同类相蝉联中，而意思却在不知不觉中又推进了一层，转入指斥社会的贤佞不分与易位。又由上面的"同糅玉石兮"，进一步提出"怀瑾握瑜"相连的比喻，说明自己的德才不为人所认识。这与"巧倕"的比喻相联系，在内容上形成一个回还往复的曲折。由于前面提出了"怀瑾握瑜"，因此又提出"文质疏内"，以玉之德比己之德。"文质"，是指玉之文质。《说文》："玉，石之美有五德者。润泽以温，仁之方也。䚡理自外，可以知中，义之方也……""疏内"，即是指"䚡理自外，可以知中"而言，用它来代表玉的五德。又以"异采"连及"异材"，所以后面又说"重仁袭义兮，谨厚以为丰"，这是总玉之厚德与材之委积而言。又由才德不为人所认识，进而发出明主贤臣难并的感慨。在《乱》辞中，还提出"伯乐既没，骥焉程兮"的比喻，形成对方德不得施展的第三次咏叹。这些比喻的绵延联络，意义的辗转反复，表现了诗人艺术思考的周密细致。

何谓怀沙？前人认为或是怀抱沙石，或是感怀长沙。这二说都与屈原作品标目的规律不合。屈原作品的标目都与作品中的某些词句或内容有密切联系。《九歌》《天问》不必说，其余如《离骚》"余既不难夫离别兮，伤灵修之数化"，《惜诵》"惜诵以致愍兮"，《涉江》"旦余济乎江湘"，《哀郢》"哀故都之日远"……没有一篇例外。《怀沙》中虽然讲到死，但没有讲到死的具体方式；虽然讲到了沅湘，但没有讲到长沙。《怀沙》的内容是回味一生的哀伤悲痛，我们认为，"怀沙"就是心中哀愁的意思。《说文》："沙，水散石也。"《札记·内则》："鸟皫色而沙鸣"郑注："犹嘶也。"《周礼·内饔》

郑注作“澌也”。按“嘶”“澌”“厮”通,而《说文》无“嘶”字。《说文》:“厮,声散也。”《方言》:“东齐声散曰厮。”又中医称霍乱、中暑等急病为痧。段玉裁《说文》注说:“石散碎谓之沙,引申之,凡生涩皆为沙。”那么引申到思想感情上,必然就是心碎或心伤之意。扬雄曾作《反离骚》《广骚》,又依傍《惜诵》以下至《怀沙》一卷,名曰《畔牢愁》。《惜诵》至《怀沙》中间还有《涉江》《哀郢》《抽思》,共五篇。《反离骚》《广骚》是针对或依傍《离骚》这个篇名的。“畔”也是反的意思。《畔牢愁》是针对五篇中的哪个篇名呢?前四个篇名意义都很明显,不可能是针对它们的,因此必然是针对《怀沙》。扬雄是著名的文字学家,上引《方言》就是他的作品。他的这个标目也证明了“沙”是愁伤的意思。本篇第三句云:“伤怀永哀兮”,就是本篇标名为《怀沙》的原因。《怀沙》的标目,与屈赋其他所有作品标目的规律,完全是一致的。

(曹大中)

橘　颂

屈　原

后皇嘉树,橘徕服兮。受命不迁,生南国兮。

深固难徙,更壹志兮。绿叶素荣,纷其可喜兮。曾枝剡棘,圆果抟兮①。青黄杂糅,文章烂兮。精色内白,类任道兮。纷缊宜脩,姱而不丑兮。

嗟尔幼志,有以异兮②。独立不迁,岂不可喜兮。深固难徙,廓其无求兮③。苏世独立,横而不流兮④。闭心自慎,终不失过兮。秉德无私,参天地兮。

愿岁并谢,与长友兮。淑离不淫,梗其有理兮。年岁虽少,可师长兮。行比伯夷,置以为像兮⑤。

注释

①曾:通“层”,重累。剡(yǎn):锐利。棘:刺。抟(tuán):圆。
②幼志:指橘树从小就具有的品格。
③廓:廓落,旷远。
④苏:苏醒。不流:不随流俗。
⑤像:榜样。

鉴赏

《橘颂》是屈原唯一的一篇咏物诗,也是我国文学史上第一篇咏物诗。从表面上看,它前后都是紧扣着橘树的特性的,是颂橘。而从实质上看,前后又都是紧扣着屈原的精神的,是颂人。融树性与人品为一体,两者互相渗透,密不可分。正如林西仲说:“句句是颂橘,句句不是颂橘。但见原与橘分不得是一是二。彼此互映,有镜花水月之妙。”(《楚辞灯》)这篇短赋最核心的内容是“受命不迁”,“深固难徙”。前半部分描述,后半部分赞颂,都是围绕这一核心内容展开的。开头两句,“后皇嘉树,橘徕服兮。受命不迁,生南国兮”,与《离骚》“帝高阳之苗裔兮”八句的“内美”精神是一致的。“深固难徙”以下描述橘树“绿叶素荣”等,意在说明正是南国的土地培育了它的种种可喜的特性。后半部分是针对橘树的这一主要特征进行赞颂。首先赞颂它独立不迁的性格是可喜的,然后指出它之所以具有深固难徙的品德,是因为廓其无求。接着指出它苏世独立的表现,是如同中流砥柱横如乱世之中,不随波逐流。

屈原为什么要选取橘树的这一特征来加以歌颂呢?这是与他一生的精神矛盾与痛苦分不开的。屈原的理想是充当君主的先导,“忽奔走以先后兮,及前王之踵武”。但结果是遭谗被嫉,失去了君王的信任,招致放逐。在这种情况下,他精神极度痛苦,去与留的问题经常萦绕脑中。《离骚》说:“余既不难夫离别兮,伤灵修之数化。”《抽思》说:“愿摇起而横奔兮,览民尤以自镇。”可见这一精神矛盾与痛苦是曾经长期折磨着他的。但在多次反复之后,他的思想终于安定下来,所以最后借颂橘以见志,将这至死不离楚国的决心与感情,以平静的笔调,高度凝练地形象地表现在这一篇短赋中。

我们认为,《橘颂》是屈原的绝笔,而不是青年时代的作品,因为与屈原青年时代的精神风貌完全不同。屈原出身于楚国王室三大家族之一,本人又“博闻强志,明于治乱,娴于辞令”,青年时代即担任了左徒,“入则与王图议国事,以出号令,出则接遇宾客,应对诸侯”。那时他风度翩翩:“扈江离与辟芷兮,纫秋兰以为佩”,“带长铗之陆离兮,冠切云之崔嵬”。心如鹏举:“乘骐骥以驰骋兮,来吾导夫先路”,“世溷浊而莫余知兮,吾方高驰而不顾”。在他的脑际里怎么会出现“迁”和“徙”的问题呢?

我们认为,《橘颂》是紧接《怀沙》之后所作,除了看到《橘颂》创作的生活经历基础与精神痛苦基础以外,还有两个原因:第一,《怀沙》作于"滔滔孟夏"之时,离五月初五尚有一段时间。这期间正是橘花开放后开始结果的时候。由于此时屈原的去留矛盾早已解决,生死的决定已由感情上的激愤进入成熟的平静,因触景而生情,将一生思索的重大的去留问题,寄寓于橘树的形象之中,于是造成了《橘颂》严肃而不激烈、深沉而不痛苦的特异风格。第二,更为重要的具体的论据是《橘颂》的内容,紧紧扣着《怀沙》正文的末节。其末节曰:"惩连改忿兮,抑心而自强。离慜而不迁兮,愿志之有像。进路北次兮,日昧昧其将暮。舒忧娱哀兮,限之以大故。"这里和《橘颂》讲的都是不迁的问题。且王逸注"志之有像"曰:"像,法也。言己自勉修善,身虽遭病,心终不徙,愿志行流于后世,为人法也。"又从"限之以大故"一句推测,屈原大致已选定了自己的忌日,自沉的思想完全成熟了。就是在这一大故之限期内,屈原写了《橘颂》,用橘树的"受命不迁""深固难徙"来表达他决不离开宗国的思想感情,期望它能传于后世,即"愿志行流于后世为人法"的具体化,这就是他写作《橘颂》的用意。《橘颂》说"行比伯夷,置以为像兮",清楚地说明了这一点,从而证明了它是紧接《怀沙》之后的绝世之作。

(曹大中)

思　美　人

屈　原

思美人兮,擥涕而伫眙。媒绝路阻兮,言不可结而诒①。蹇蹇之烦冤兮,陷滞而不发。申旦以舒中情兮,志沉菀而莫达②。

愿寄言于浮云兮,遇丰隆而不将。因归鸟而致辞兮,羌迅高而难当。高辛之灵盛兮③,遭玄鸟而致诒。欲变节以从俗兮,愧易初而屈志。独历年而离愍兮④,羌冯心犹未化⑤。宁隐闵而寿考兮⑥,何变易之可为!

知前辙之不遂兮,未改此度。车既覆而马颠兮,蹇独怀此异路。勒骐骥而更驾兮，造父为我操之。迁逡次而勿驱兮，聊假日以须时。指嶓冢之西隈兮，与纁黄以为期。

开春发岁兮，白日出之悠悠。吾将荡志而愉乐兮，遵江夏以娱忧。擥大薄之芳茝兮，搴长洲之宿莽。惜吾不及古人兮，吾谁与玩此芳草？解萹薄与杂菜兮，备以为交佩。佩缤纷以缭转兮，遂萎绝而离异。吾且儃佪以娱忧兮⑦，观南人之变态。窃快在中心兮，扬厥凭而不俟。芳与泽其杂糅兮，羌芳华自中出。纷郁郁其远蒸兮，满内而外扬。情与质信可保兮，羌居蔽而闻章⑧。

令薜荔以为理兮，惮举趾而缘木。因芙蓉而为媒兮，惮褰裳而濡足。登高吾不说兮，入下吾不能。固朕形之不服兮，然容与而狐疑。

广遂前画兮⑨，未改此度也。命则处幽，吾将罢兮⑩，愿及白日之未暮也。独茕茕而南行兮，思彭咸之故也⑪。

注释

①诒：赠予。
②沉菀（yù）：沉闷而郁结。
③高辛：帝喾的称号。灵盛：犹言神灵。
④离：通“罹”。离愍：遭遇祸患。
⑤冯（píng）心：愤懑的心情。
⑥隐闵：隐忍忧悯。
⑦儃佪：徘徊。
⑧章：通“彰”，显明。
⑨广遂：多方求实。
⑩罢：同“疲”，完，尽。
⑪彭咸：王逸谓：“彭咸，殷贤大夫。谏其君不听投水而死。”其人于楚辞中凡七见，可以看出他是一个耿介正直、品行高洁、深为屈原所仰慕之人。这里的“思彭咸”句，只是表其仰慕之情，并非南行投水。

鉴赏

《思美人》，是屈原《九章》之一。“美人”，王逸谓指楚怀王，甚是。这篇作品的创作时间应在怀王时屈原遭谗被疏之后。

屈原是伟大的爱国诗人，也是“明于治乱”的政治家。他顺应时代潮流，积极改革以图楚国富强，曾深得怀王信任，但由于触动了旧贵族的利益，于是怨诽四起、谗言日进，使楚怀王“怒而疏屈平”。呕心沥血的改革毁于一旦，使其无限惋惜和怨愤。而怀王又惑于群小，昏聩固执。诗人于厄境之中，借这篇作品表达了忠言难进的痛苦，坚贞高洁的志趣，满腔的爱国热忱以及对腐败政治的揭露和抨击。

作品一开始，就以美人喻君，以男女之间的思念喻对怀王的向往之心，本已把思君之情写得真挚强烈，继之又用“擥涕”表达思君不见的痛楚，用“伫眙”表现思君之情的殷切。这强烈的思君陈情的愿望体现了诗人在逆境之中力挽狂澜、重图改革的努力。但眼前的现实却严峻而无情：“媒绝路阻兮，言不可结而诒。”怀王惑于奸佞，忠言难达天听。“蹇蹇”四句中，“蹇蹇”，即“浅浅”之借，指小人们的奸巧之言；“烦冤”，即烦乱冤苦；“申旦”句，即“日日陈己之言”；“沉菀”，即沉郁、深重之意。这几句就揭露了小人们以花言巧语欺蔽庸主，使诗人陷入赴诉无门的深重苦恼之中。“愿寄言”四句则是诗人紧承前语，借助比兴手法形象地表现了诗人期达于君的努力和奔波无果的苦恼，揭示了诗人执着的政治追求与腐败现实形成的尖锐冲突。“高辛之灵盛兮，遭玄鸟而致诒”，诗人用玄鸟欣然为媒而帝喾喜得简狄的故事表达了君臣遇合的美好理想，但面对现实却又使他感到回天无望，于是激愤之辞油然而作“欲变节以从俗兮，愧易初而屈志”，想与时俯仰而摆脱困境，但又为改变初衷难申强国之志而惭愧。于是诗人对其胸志再次做出严肃的表白和郑重的宣告，“独历年”四句就是表示：宁可忍受忧愁苦恼而直到终老，也不干那些变节从俗的丑恶勾当。至此，是作品的第一部分，写诗人逆境之中理想难以实现的痛苦与执着的追求。

“知前辙”四句中，“前辙”比喻楚怀王数次内惑于子兰、靳尚之流，外受欺于张仪而奉行的背齐亲秦的错误政策。“不遂”，犹言失败，即指由上述政策而招致的兵败地削的惨重后果。而子兰、靳尚、南后郑袖之流对此仍不知悬崖勒马，为一己私利依然勾结张仪、欺惑怀王而不放弃亲秦之策，一步步把国家推向灾难的深渊。“知前辙”四句，就是对他们这种误国行径的无情揭露和愤然抗争。在此君昏臣佞、国策失误、国运阽危之际，诗人再申其扭转乾坤、力挽狂澜之志，“勒骐骥”以下六句就是对这一思想的表达。“造父”，周穆王时人，以善驾车而闻名。“迁”，前进；“逡次”“勿驱”，缓行；“须时”，犹言等待时机，是说要待时而动、勿感情用事，其中包含了对楚怀王轻举妄动的批评。“嶓冢”，山名，在今甘肃境内，是秦国最初的封地。这几句是说，只要重整军政、待时而动，迟早会有直捣秦国老巢的这一天。以上是第二部分，是对楚国错误国策的批评并申明自己的主张。

在他踌躇满志而面对现实却一筹莫展之际，只好娱游以宽怀。诗人一生追求高洁的品行志趣，在被疏娱游之际，他依然不弃“好修”之志，这也是他与群小们相水火之处。他认为小人们的误国丑行盖出于“莫好修之害也”，在这里，他用拔取丛薄中的芳茝、采集长洲之上经冬不死的宿莽，以喻其对美好品质的孜孜不懈地追求。而无人理解的痛苦又使他发出知己难遇、生不逢时的感慨：“惜吾不及古人兮，吾谁与玩此芳草？”尽管如此，他依然广采萹薄与杂菜、做成花饰繁多、色彩缤纷的佩带，这种矢志不渝的对美质的追求、苦心结缀的佩带，却受到群小的诋毁与践踏，枯萎断绝而支离破碎！他们之间竟是如此的大异其趣、水火不容。正如诗人在《离骚》中所揭露的那样：他们喜欢用粪土去装填香囊，却说申椒不芳香！正是这种美丑的颠倒，造成了他们违背常情的心理和行为，即诗人所说的“南人之变态”：“窃快在中心兮，扬厥凭而不俟。”“扬厥凭”，即弃其愤懑之心；“不俟”，言其忘仇之快。这两句是说，私欲满足而心中暗喜，国仇国耻却不以为意！直刺群小的丑行、丑态、丑恶的灵魂，可谓鞭辟入里、入木三分！“芳与泽”四句，言己以高洁之志处浊世之中，不屈于流俗而卓然自见，像浓郁的芬芳之气充于内而溢于外。“情与质”两句，“情”“质”对言，“情”指“质”的外在表现，保持着自己高洁的品质，身处厄境而令名益彰。以上是第三部分，表现了诗人对高洁品质的赞扬与矢志不渝的追求以及对小人们丑恶灵魂的鞭笞。

以下是作品的最后一部分，收总余篇，重申其于逆境之中内心的矛盾与追求。在“令薜荔以为理兮”等八句中，前四句连用两个比喻表达了“可以请托在朝之臣在君王面前替自己说合，但又不愿意这样做”（马茂元语）的矛盾心理。“登高”两句中，“登高”与“入下”对举，分承前面的“缘木”与“濡足”，再申其不可违心屈就之义。“固朕形”两句则是说，虽质性使然不习惯于屈己事人，而难申强国之志又使自己无所适从。“广遂前画”四句，则又最终表明，要多方努力以期实现自己一直所坚持的强国之策。“命则处幽，吾将罢兮”，就是在身处厄境、前途莫测之际也要坚持自己的追求：“愿及白日之未暮也，独茕茕而南行兮，思彭咸之故也。”要追步古贤遗风，效法彭咸，耿介正直而不随流俗，以铿锵坚定的表白而结束了全篇。

作品通篇以抒发坚定不移的爱国情怀为中心，表现了诗人在逆境之中的忧愤、抗争，对国家命运的关注和力挽狂澜的努力。或指陈国事，或直陈胸志，多层次多侧面地反复表达其理想和追求，具有像《离骚》那样“一篇之中三致志焉”的特点。正是在这种反复申言之中，使诗人的思想感情得到了真挚深沉而动人的表现，也加强了作品的抒情色彩。同时，诗人也借助比兴手法、神话故事，使这种一般来说容易流于平板枯燥的政治抒情诗形象生动而神韵飞扬，具有突出的艺术价值。

（吕培成）

惜 往 日

屈 原

惜往日之曾信兮[1],受命诏以昭时[2]。奉先功以照下兮,明法度之嫌疑[3]。国富强而法立兮,属贞臣而日娭[4]。秘密事之载心兮,虽过失犹弗治[5]。心纯庬而不泄兮[6],遭谗人而嫉之。

君含怒而待臣兮,不清澂其然否[7]。蔽晦君之聪明兮,虚惑误又以欺[8]。弗参验以考实兮[9],远迁臣而弗思。信谗谀之溷浊兮[10],盛气志而过之[11]。何贞臣之无辠兮,被离谤而见尤[12]。惭光景之诚信兮[13],身幽隐而备之[14]。

临沅湘之玄渊兮,遂自忍而沉流。卒没身而绝名兮,惜壅君之不昭[15]。君无度而弗察兮,使芳草为薮幽[16]。焉舒情而抽信兮[17],恬死亡而不聊[18]。独鄣壅而蔽隐兮[19],使贞臣为无由[20]。

闻百里之为虏兮[21],伊尹烹于庖厨。吕望屠于朝歌兮[22],甯戚歌而饭牛[23]。不逢汤武与桓缪兮[24],世孰云而知之。吴信谗而弗味兮[25],子胥死而后忧。介子忠而立枯兮[26],文君寤而追求[27]。封介山而为之禁兮,报大德之优游[28]。思久故之亲身兮,因缟素而哭之。

或忠信而死节兮,或訑谩而不疑[29]。弗省察而按实兮,听谗人之虚辞。芳与泽其杂糅兮,孰申旦而别之[30]。何芳草之早殀兮[31],微霜降而下戒。谅聪不明而蔽壅兮[32],使谗谀而日得[33]。自前世之嫉贤兮,谓蕙若其不可佩[34]。妒佳冶之芬芳兮[35],嫫母姣而自好[36]。虽有西施之美容兮,谗妒入以自代。愿陈情以白行兮[37],得罪过之不意[38]。情冤见之日明兮,如列宿之错置。

乘骐骥而驰骋兮，无辔衔而自载。乘氾泭以下流兮[39]，无舟楫而自备。背法度而心治兮[40]，辟与此其无异[41]。宁溘死而流亡兮，恐祸殃之有再。不毕辞而赴渊兮，惜壅君之不识。

注释

①曾信：曾经信任。
②昭时：使时世变得清明。
③嫌疑：指法律中含糊不清的地方。
④属：托付。娭：同“嬉”，玩乐。
⑤治：追究。
⑥纯：纯正。庬：厚实。
⑦澂：同“澄”，清澈。清澂：作动词用，弄清楚。
⑧虚：指无中生有。惑：指以假乱真。
⑨参验：比较证明。考实：考察真相。
⑩溷浊：污浊丑恶。
⑪盛气志：大怒。过：责罚。
⑫被离：遭遇。尤：责备。见尤：被责罚。
⑬景：通“影”。光景：指太阳的光和影。
⑭备：收藏。
⑮壅君：受蒙蔽的君主，这里指顷襄王。
⑯薮幽：草泽的幽暗处。
⑰抽：有条理地表述。信：真实的心意。
⑱恬：安于。不聊：不苟且求生。
⑲鄣：同“障”。障壅、蔽隐：均指谗人在君王面前造成障碍，蔽隐贤才。
⑳无由：无从，不可能。
㉑百里：指百里奚。
㉒吕望：指姜太公。
㉓甯戚：春秋时卫国人。饭：作动词，喂。
㉔汤：指商汤。武：周武王。桓：指齐桓公。缪：同“穆”，指秦穆公。
㉕吴：指吴王夫差。味：玩味。弗味：不能理解。
㉖介子：指介之推。立枯：指抱树烧死。
㉗文君：指晋文公。寤：通“悟”，觉悟。
㉘优游：形容大德宽广的样子。
㉙訑（tuó）谩：欺骗。
㉚申旦：明白的样子。
㉛殀：同“夭”，死亡。
㉜谅：诚然。聪不明：一作“不聪明”。
㉝得：得志。
㉞蕙若：蕙草和杜若。
㉟佳冶：指美人。
㊱嫫母：传说中的丑妇。
㊲白行：表白自己的行为。
㊳不意：想不到。
㊴氾：同“泛”，浮起。泭：木筏。
㊵心治：随心所欲地治理。
㊶辟：通“譬”。

鉴赏

这是诗人哲学家屈原继《离骚》后的又一精到的自传抒怀诗。它清晰地透射着浮升与沉沦反复交替的真实的人生图景。

诗的开首以“惜往日”三字引出汩汩的回忆，用包举的口吻和俯视的方法引出了深沉的对往事的回忆与思绪，为全诗确立了悲伤呼号的基调，也使得起句卷裹着理意的内蕴，开始了多层次的展开。因而也就超越了对现实具体事宜的零碎述写，而显示为一种深刻的具有诗化哲学的意味。随之而来的回忆——健全的理性向往完善，永恒与社会机体在时间中腐烂死亡的全息展开，成为诗人的精神漂泊记。当然这其中昭示了作为政治家的屈原的政治文化观：倡“明法度之嫌疑”，反“背法度而心治”的法制文化观与民本思想。下面的“心纯庬而不泄兮”几句，则是陈述反面恶相，显示了人生艰难与人心险恶，也喻示着一切美好的有生命物易凋谢之悲戚与痛苦难堪，相应隐伏了人生荒谬感的启悟：不为人理解、非人性因素的存在及人在此前产生的不适感、在他所是的东西的图像面前引起的堕落。如是，诗人“惜”“哀”之情的产生也成为必然。然而诗人好似欲彻底裸露这荒谬的人生，于是在更广大辽阔的意蕴流注之中卷裹出层层的意象群落，“蔽晦君之聪明兮……”，往事的回味与眼前的体会便把永恒的人生命运再次浓稔地展示出来，一切都网罗在深沉的悲剧之中。

荒谬的人生与荒谬对衡共在。荒谬使他失去了未来的希望与永久的自由，但却恰恰使他更自由。人生既然是悲剧，那就当让悲剧去演个轰轰烈烈，诗人开始找寻“家园”，开始了漂泊历程，“像一缕青烟把寒冷的天空寻求”（尼采）。然而是出奇的宁静：“临沅湘之玄渊兮，遂自忍而沉流……”真是悲愤之久、怅惘之深、孤寂之重、悲观之透的灭绝心境，这孤寂寞寞无蔽的心境中竟担荷着几多情绪和思意。诗人一步步将物事意象引入主题之域，通过对比、反衬及词汇的伸缩变化和构结的糅、粘、分、离，逐渐加强了一种浓郁情感的浮动，让这种高度统一的意念从各方面得以加强，于是纷繁的语象共成一张力场，使孤傲自洁的形象顿然晕化而出。然而更为有意味的是与《离骚》等作品一道，诗作对死亡这一人类永恒的主题作了诗意的观照与反思，进一步渲染了古代文学中这一最为“惊采绝艳”的头号主题。诗人正是在这激情的反抗中检讨荒谬，也因之以死亡的抉择使个体主动性得以空前高扬。诗人一任生命情意倾流在这层层递进的结构中，一步步增强读者的激动，于是一个豁亮的智慧心境宣布诞生，然而又是何等的美丽而伤情！于是诗作进入另一境界——历史的纵深——以之反照现实的必然，现实因之也被以神奇的方式赋予历史特征。诗作连举伊尹之于汤等史事，畅明了对美好秩序的神往及自伤不遇的悲怨。紧紧的急湍语言流泄中，诗人神游千古，纵笔八荒后又以死亡选择表白忧心的重负，个性所在，同样折射了其文化背景所在。最末一句以“思久故”引之，则千古之事大有杂沓而来之势，历史与现实、时间与空间在情感的激流中融为一体，以无际的荒谬漠漠之感直追读者。“荒谬”“忧郁”之气纠结溢露，在飘忽而去、悠然而至的“思接千载”中对人生体味显得十分洒脱、深沉，更显示了一种震颤心扉的生命力受到压抑后的反抗与宣泄，接着的“或忠信而死节兮……”，是诗人负荷历史之后的思索。前四句为不平之叹，“或”的复沓出现，使情感喷薄欲出，直如深山穷谷中踽踽独步时忽闻千林震怒，万木狂鸣，何等力量。陡接的“芳与泽其杂糅兮”几句，则如利锥直入，显示了激昂排宕、逸怀浩气的屈词风格。诗作又以跳跃性发问展现了无限大的美丑混杂绚丽多彩的审美空间；这神圣的“恶之花”，挟裹着读者共同渲染着一种渴望、一种向往。“芳草”“蕙若”等的出现，使诗的空间突增，从而诗绪神远，中气沛然。由于诗人主体之神渗入向往的、灌注心血的客体之中，于是这些诗歌载体显示了作为生命体之“神”性。由此，在丰富与可感中，诗人在反思中趋近于生命的澄明；在分裂式的环照和沉重灰调与清晰光明的对立中，生命清晰的圆体由不太确定性走向历史的探寻，灵性的呼唤，走向光明洞澈，澄莹中立，而这一切被涵盖在“惜往日”的巨伞之下。

“春归何处？寂寞无行路；纵有千种风情，只有弦上说相思。”于是诗人在笔妙如环的行进中，展现给读者的又是现实的厮磨，“愿陈情以白行兮”几句，诗人再次直吐心曲，并深入现实与人生的感悟中：“乘骐骥而驰骋兮……宁溘死而流亡兮……”在对应中“小世界”形成。诗作再次引导读者兴起一种难以排遣的无可奈何的怅惘哀伤之感，也表白了美好的德行与人性的完美，在大的回环中意蕴深厚、曲折。诗人深知神遥之旨，于环妙笔法中沉积着对现实的忧患意识，飘荡着一种人类危机感、一种对自由与秩序的深深渴念。再次的对死亡的抉择映对了心曲的初露，也加重了诗作的感发力量，使读者心旌为之震颤，“只有从死这一方面，才有可能透彻地判断爱”，我们由此面对的只能是一颗受伤的爱心的挣扎，在这种探寻中，诗人完成了对青春生命的感悟，从而也交给人们一把读解无限的钥匙，因为它最有理由成为生命世界的百花园。

这是一首富有崇高美学特色、愁肠百结的咏叹调。它里面的艺术——回荡的节奏、激越的文辞、大开大合的大手笔、强烈的对比，当然充满个性。诗人擅长的交响诗结构巧妙地被化入诗作：“述怀”“追求”“幻灭”无不交而合一显示了挣扎痛苦的心路历程。它的语句间发着迫切感觉的幽幽蓝光，它将强大的情感的节奏敲到诗中去，它之间跳动着“怨”的情愫。正是这强大的情感为中心的构结方式，才使诗作流畅宏美，纵横驰骋，又回环往复。当然诗作中娴熟的抒情技能，诸如始终如一的苦诉语调，抒情中杂以行为描写从而使抒情情节化，自我形象刻画中表现的矛盾及多面性，各种人事意象群、花草意象群等组成的意象界的丰富，以及灌注始终的生命意识等，都无不似继续生长的生命细胞，成就了仍旧是生命的整体，成为诗人哲学家屈原走向无蔽与澄明、寻找生命世界的“林中路”的缩影！

（王春泉）

招　魂

屈　原

朕幼清以廉洁兮[①]，身服义而未沬[②]。主此盛德兮[③]，牵于俗而芜秽[④]。上无所考此盛德兮[⑤]，长离殃而愁苦[⑥]。帝告巫阳曰[⑦]："有人在下，我欲辅之。魂魄离散，汝筮予之[⑧]。"巫阳对曰："掌梦[⑨]。上帝其难从[⑩]。若必筮予之，恐后之谢[⑪]，不能复用巫阳焉。"

乃下招曰[⑫]："魂兮归来！去君之恒干[⑬]，何为四方些[⑭]？舍君之乐处，而离彼不祥些。魂兮归来，东方不可以托些[⑮]！长人千仞[⑯]，惟魂是索些。十日代出[⑰]，流金铄石些[⑱]。彼皆习之，魂往必释些[⑲]。归来兮，不可以托些！魂兮归来，南方不可以止些！雕题黑齿[⑳]，得人肉以祀，以其骨为醢些[㉑]。蝮蛇蓁蓁[㉒]，封狐千里些[㉓]。雄虺九首[㉔]，往来儵忽[㉕]，吞人以益其心些。归来兮，不可以久淫些[㉖]。魂兮归来，西方之害，流沙千里些！旋入雷渊[㉗]，爢散而不可以止些[㉘]。幸而得脱，其外旷宇些。赤蚁若象，玄蜂若壶些[㉙]。五谷不生，藂菅是食些[㉚]。其土烂人，求水无所得些。彷徉无所倚，广大无所极些。归来归来，恐自遗贼些[㉛]！魂兮归来，北方不可以止些。增冰峨峨[㉜]，飞雪千里些。归来兮，不可以久些！魂兮归来，君无上天些！虎豹九关[㉝]，啄害下人些[㉞]。一夫九首，拔木九千些。豺狼从目[㉟]，往来侁侁些[㊱]。悬人以娭[㊲]，投之深渊些。致命于帝[㊳]，然后得瞑些。归来归来，往恐危身些！魂兮归来，君无下此幽都些[㊴]！土伯九约[㊵]，其角觺觺些[㊶]。敦脄血拇[42],逐人駓駓些[43]。参目虎首[44],其身若牛些。此皆甘人[45],归来归来,恐自遗灾些!魂兮归来,入修门些![46]。工祝招君[47],背行先些[48]。秦篝齐缕[49],郑绵络些[50]。招具该备[51],永啸呼些。魂兮归来,反故居些[52]。天地四方,多贼奸些。像设君室[53],静闲安些。高堂邃宇[54],槛层轩些[55]。层台累榭,临高山些。网户朱缀[56],刻方连些[57]。冬有突厦[58],夏室寒些。川谷径复,流潺湲些。光风转蕙[59],氾崇兰些[60]。经堂入奥[61],朱尘筵些[62]。砥室翠翘[63],挂曲琼些[64]。翡翠珠被,烂齐光些[65]。蒻阿拂壁[66],罗帱张些[67]。纂组绮缟[68],结琦璜些[69]。室中之观,多珍怪些。兰膏明烛[70],华容备些[71]。二八侍宿[72],射递代些[73]。九侯淑女[74],多迅众些[75]。盛鬋不同制[76],实满宫些。容态好比,顺弥代些[77]。弱颜固植[78],謇其有意些[79]。姱容修态[80],絙洞房些[81]。蛾眉曼睩[82],目腾光些[83]。靡颜腻理[84],遗视矊些[85]。离榭修幕[86],侍君之闲些。翡帷翠帐,饰高堂些。红壁沙版[87],玄玉梁些[88]。仰观刻桷[89],画龙蛇些。坐堂伏槛[90],临曲池些。芙蓉始发[91],杂芰荷些[92]。紫茎屏风[93],文缘波些[94]。文异豹饰[95],侍陂陁些[96]。轩辌既低[97],步骑罗些[98]。兰薄户树[99],琼木篱些[100]。魂兮归来,何远为些。室家遂宗[101],食多方些[102]。稻粢穱麦[103],挐黄粱些[104]。大苦咸酸[105],辛甘行些[106]。肥牛之腱[107],臑若芳些[108]。和酸若苦[109],陈吴羹些[110]。胹鳖炮羔[111],有柘浆些[112]。鹄酸臇凫[113],煎鸿鸧些[114]。露鸡臛蠵[115],厉而不爽些[116]。粔籹蜜饵[117],有餦餭些[118]。瑶浆蜜勺[119],实羽觞些[120]。挫糟冻饮[121],酎清凉些[122]。华酌既陈[123],有琼浆些。归来反故室,敬而无妨些。肴羞未通[124],女乐罗些[125]。敶钟按鼓,造新歌些。《涉江》《采菱》[126],发《扬荷》些[127]。美人既醉,朱颜酡些[128]。娭光眇视[129],目曾波些[130]。被文服纤[131],丽而不奇些。长发曼鬋[132],艳陆离些。二八齐容[133],起郑舞些。衽若交竿[134],抚案下些[135]。竽瑟狂会[136],搷鸣鼓些[137]。宫庭震惊,发《激楚》些[138]。

吴歈蔡讴[139]，奏大吕些[140]，士女杂坐，乱而不分些。放敶组缨[141]，班其相纷些[142]。郑卫妖玩[143]，来杂陈些[144]。《激楚》之结，独秀先些[145]。菎蔽象棋[146]，有六簙些[147]。分曹并进[148]，遒相迫些[149]。成枭而牟[150]，呼五白些[151]。晋制犀比[152]，费白日些。铿钟摇簴[153]，揳梓瑟些[154]。娱酒不废[155]，沉日夜些[156]。兰膏明烛，华镫错些[157]。结撰至思[158]，兰芳假些[159]。人有所极[160]，同心赋些[161]。酎饮尽欢，乐先故些[162]。魂兮归来，反故居些！”

乱曰[163]：献岁发春兮[164]，汩吾南征[165]。菉蘋齐叶兮[166]，白芷生。路贯庐江兮[167]，左长薄[168]。倚沼畦瀛兮[169]，遥望博[170]。青骊结驷兮[171]，齐千乘。悬火延起兮[172]，玄颜烝[173]。步及骤处兮[174]，诱骋先[175]。抑骛若通兮[176]，引车右还[177]。与王趋梦兮[178]，课后先[179]。君王亲发兮[180]，惮青兕[181]。朱明承夜兮[182]，时不可以淹。皋兰被径兮，斯路渐[183]。湛湛江水兮，上有枫。目极千里兮，伤春心。魂兮归来，哀江南[184]。

注释

①朕：我。

②服：信奉。沬：通“昧”，昏暗。

③主：坚守。

④芜秽：败坏。

⑤上：君王。考：成就。

⑥离：通“罹”，遭。

⑦帝：天帝。巫阳：神巫名。

⑧筮（shì）：用蓍草占卜。

⑨掌梦：专管占梦的官。

⑩难从：难于踪迹。

⑪若：汝，帝称巫阳。谢：凋谢，朽坏。

⑫焉：于是。乃：就。下：来到下界。招：呼唤招魂。

⑬恒干：躯体。

⑭何为：为什么。些（suò）：语尾助词。战国楚方言。

⑮托：托身，寄住。

⑯仞：七尺或八尺为一仞。

⑰代：轮流。

⑱流、铄：熔化。

⑲释：消解。

⑳雕题：在额头上雕刻花纹。

㉑醢（hǎi）：肉酱。

㉒蓁蓁（zhēn）：繁茂貌。

㉓封：大。

㉔雄虺：大毒蛇。

㉕儵(shū)忽：迅速。
㉖淫：淹留。
㉗雷渊：神话中的水名，深潭。
㉘靡(mí)：破碎。
㉙玄：黑色。壶：通“瓠”(hú)，葫芦。
㉚藂菅：丛生的野草。
㉛遗(wèi)：给予。贼：祸害。
㉜增(céng)冰：层层冰雪。
㉝虎豹九关：虎豹把守的九重天。
㉞下人：凡人。
㉟从目：纵目。
㊱侁侁(shēn)：众多貌。
㊲娭(xī)：戏耍，玩乐。
㊳致命：复命，上报。
㊴幽都：阴司，地狱。
㊵土伯：地府的魔王。九约：扭曲得很厉害。
㊶觺觺(yí)：角尖锐貌。
㊷敦：厚。脄(méi)：背肉。血拇(mǔ)：血淋淋的手脚指头。
㊸駓駓(pī)：迅速貌。
㊹参：同“三”。
㊺甘人：以食人为美味。
㊻修门：郢都城南门三关之一。
㊼工祝：本事高明的男巫。
㊽背行先：倒退着领先走。
㊾秦篝：秦国产的竹笼。齐缕(lǚ)：齐国产的丝线。
㊿郑绵：郑国产的絮棉。络：编织。
51该备：齐备。
52反：同“返”。
53像：想象。
54邃宇：幽深的房子。
55层轩：层层高楼。
56网户：刻镂网状空格的门户。
57方连：方格相连。
58突(yào)厦：结构深邃、冬暖夏凉的房子。
59光：阳光。风：微风。转：摇动。蕙：蕙草。
60氾(fàn)：即“泛”，洋溢。崇：丛生。
61奥：内室。
62尘：承尘，即顶棚。筵：竹席。
63砥(dǐ)：磨平的石板。翠翘：翠鸟的羽毛。
64曲琼：琼玉做的帘帷钩子。
65烂：灿烂。齐光：一齐放光。
66蒻(ruò)阿：柔软的丝绸。
67罗帱(chóu)：丝罗帐。
68纂：红色的丝带。组：丝带。绮：平纹底上起花的丝织品。缟(gǎo)：素色的丝织品。
69琦璜：美玉。
70兰膏：兰草香料的油脂。
71华容：美女。
72二八：十六个。侍宿：侍候陪夜。
73射：厌倦。递代：更换代替。
74九侯：泛指各国诸侯。
75多迅众：非常多。
76盛鬋(jiǎn)：浓密的鬓发。制：式样。
77顺：确实。弥代：盖世。
78固植：固志，即贞洁之志。
79謇(jiǎn)：发语词。
80姱：美好。修：美。
81絙(gèng)：贯穿首尾。
82曼睩(lù)：眼波流动貌。
83腾光：闪光。
84靡、腻：细腻光洁。理：皮肤。
85遗(wèi)视：瞥。矊(mián)：情意深长貌。
86离榭：离宫，别墅。修幕：大帐篷。
87红壁沙版：用朱砂涂的板壁。

⑧⑧玄玉梁：黑玉装饰的屋梁。
⑧⑨桷（jué）：椽子。
⑨⓪槛（jiàn）：栏杆。
⑨①芙蓉：荷花。
⑨②芰（jì）：菱叶。
⑨③屏风：即水葵。
⑨④文：同“纹”，指波纹。缘：因为。
⑨⑤文异豹饰：穿着饰有斑纹异彩衣服的卫士。
⑨⑥陂陁（pō tuó）：高低不平的山坡。
⑨⑦轩辌（liáng）：国君的卧车。低：通“抵”，达。
⑨⑧罗：罗列。
⑨⑨薄：草木丛生。
⑩⓪琼木：一种名贵的树木。
⑩①室家：家族。宗：聚。
⑩②多方：多样，丰盛。
⑩③粢（zī）：小米。穱（zhuō）：早熟的谷物。
⑩④挐（rú）：杂。黄粱：黄小米。
⑩⑤大苦：正味的苦。
⑩⑥行：调配。
⑩⑦腱：蹄筋。
⑩⑧臑：通“胹”（ér），炖烂。若：与，和。
⑩⑨和（huò）：掺和调拌。
⑪⓪陈：陈列，献上。吴羹：吴邦做法的菜汤。
⑪①胹（ér）：煮。炮：烤。
⑪②柘（zhè）浆：甘蔗汁。
⑪③鹄：天鹅。臇（juǎn）：浓汤。凫（fú）：野鸭。
⑪④鸿鸧：大雁。
⑪⑤露：借为“卤”，一种烹调方法。臛（huò）：肉羹。蠵（xī）：一种大龟。
⑪⑥厉：浓烈。不爽：没有失去本味。
⑪⑦粔籹（jù nǚ）：古代一种以蜜和米面经熬煎或油炸而成的食品。蜜饵：蜜糖糕。
⑪⑧餦餭（zhāng huáng）：糖麻花蜜。
⑪⑨瑶浆：美玉般的酒。勺（zhuó）：通“酌”。蜜勺（zhuó）：甜酒。
⑫⓪实：倒满。羽觞（shāng）：雀状饮酒器，有头、尾、羽翼，故名。
⑫①挫糟：滤去酒糟。冻饮：加冰的酒。
⑫②酎（zhòu）：醇酒。
⑫③华酌：豪华的酒宴。
⑫④通：结束。
⑫⑤女：舞女。乐：乐队。罗：排列。
⑫⑥涉江、采菱：均为楚地歌曲名。
⑫⑦发：唱。扬荷：即《阳阿》，楚地歌曲名。
⑫⑧酡（tuó）：因饮酒而脸红。
⑫⑨娭（xī）光：挑逗的眼光。眇（miǎo）视：偷看。
⑬⓪曾：通“层”。
⑬①被：披。文：纹。
⑬②曼鬋：长鬓角。
⑬③二八：舞女们八人一队，分两队列。齐容：一样的打扮。
⑬④衽（rèn）：衣襟。交竿：交错的竹竿。
⑬⑤抚案：抚按，指按乐曲起舞。下：下场。
⑬⑥狂会：热烈地齐奏。
⑬⑦搷（tián）：急击。
⑬⑧激楚：楚地歌曲名。
⑬⑨吴歈（yú）：吴地的歌曲。蔡讴：蔡地的歌曲。
⑭⓪大吕：古代音乐十二律之一。
⑭①放敶：放开，解散。组：衣带。缨：帽带。
⑭②班：座次。
⑭③妖玩：小调情歌。

⑭杂陈:纷纷演奏。
⑭秀先:突出,优秀。
⑭菎(kūn):琨,美玉。蔽:筹码。象棋:象牙做的棋子。
⑭六簙(bó):古代弈棋一种,以六只筹码十二个棋子对弈。
⑭分曹:分成两边。
⑭遒:有力。相迫:互相攻逼。
⑮枭(xiāo):枭棋。牟(móu):鱼。成枭而牟:棋子一步步地走到“枭棋”,得到了“鱼”。
⑮五白:掷采时一种最好的点数。
⑮犀比:犀牛角做的带钩。
⑮铿钟:敲钟。簴(jù):挂钟的架子上的立柱。
⑮揳(jiá):弹奏。梓瑟:梓木制的瑟。
⑮不废:不止。
⑮沉:沉湎。
⑮镫:灯。错:交错。
⑮结撰:结构撰写。至思:尽力思索。
⑮兰芳:华美的辞藻。假:借。
⑯极:极力构思。
⑯赋:作赋献诗。
⑯先故:祖先,一说故知旧交。
⑯乱:尾声。
⑯献:进。发春:春气发动。
⑯汩(yù):急速貌。
⑯菉:绿。蘋:水草名。
⑯庐江:水名,今湖北襄阳南的蛮河,汉时犹称中庐水。
⑯长薄:地名。
⑯倚:沿。沼:沼泽。畦:一块块。瀛(yíng):大泽。
⑰博:广大的荒野。
⑰青骊:青黑色的马。
⑰悬火:火把。延起:蔓延燃烧。
⑰玄颜:黑夜被照亮。烝:火气上升。
⑰步:徒步。骤:骑马奔驰。
⑰诱:向导。骋先:在前面驰骋带路。
⑰抑:止。骛(wù):奔驰。若通:顺畅。
⑰右还:右转。
⑰梦:云梦泽。
⑰课:考核。
⑱亲发:亲自发射。
⑱惮:通“殚(dān)”,尽,此“惮”字应在句末。青兕:青色的犀牛。
⑱朱明:太阳。
⑱斯:这。渐:浸,淹。
⑱哀江南:整个江南都在为你哀悼。

鉴赏

这是一首具有浓郁民间风味和浪漫色彩的瑰丽诗篇。其作者,历来众说纷纭:或以为屈原,或以为宋玉,或以为汉人拟作。其所招对象,亦颇多歧义:或云屈原自招生魂,或云屈原招楚怀王生魂,或云屈原招楚怀王亡魂,或云宋玉招屈原生魂。总之是争论很大,聚讼千年,难以定谳。细绎诗义,证以典籍,我们认为,似以屈原所作、招怀王亡魂之说为长。

招魂,本为中国古代的一种礼俗。人新死,魂魄离散,速招回其魂而复于魄,或冀其可救。先秦典籍,多所记载,而且一律是死招而非生招;生招,恐是唐代以后才逐渐盛行起来的。因此,该诗本事当是:楚怀王受骗入秦,遭扣留而竟客死于异国，顷襄王三年，怀王灵柩归楚，楚国上下震惊哀悼。屈原感此奇耻大辱，满怀热爱宗国、眷恋怀王的至哀至痛至愤的感情，仿照楚国民间巫觋招魂的旧俗，杂糅中原周礼，为招怀王亡魂归来，自铸伟辞，发为绝唱。

全诗内容，可分为三部分。第一部分，从“朕幼清以廉洁兮”到“恐后之谢，不能复用”，叙述招魂缘由，为诗篇的引子。首三句，诗人自叙家世、秉性和抱负。接下来，屈原假天帝之言告巫阳：下界有个人，我要辅他为君，可是他刚刚死掉，魂魄离散，你赶快筮问求其魂而予其魄。巫阳诿之掌梦，天帝急了，命令他赶快筮求，迟了恐怕魂魄已凋谢，就不能再行卜筮招魂了。第二部分，从“巫阳焉乃下招曰”到“魂兮归来，反故居些”，这是招魂的正文，也是诗篇的内容重点。先依次铺写东南西北上下六方的险恶和恐怖，次逐一铺叙故居的豪华富丽，宫庭院落的精美，卧室的考究，饮食的丰盛，歌舞的逸乐，博戏的狂欢，目的在于突出故国故居的美丽温暖，反复招劝怀王亡魂归来。第三部分，从“乱曰”到篇末，是全诗的尾声。屈原曾经追随怀王校猎云梦泽，极狩搜、夜猎之乐，故特著之篇末，再一次招劝怀王亡魂归来。昔日盛况，历历在目，不堪回首；对国仇的愤慨，对国事的隐忧，对祖国的热爱，溢于言表。在声声怨歌吟唱之中，点出“伤春心”“哀江南”的主题，给人以痛切、激愤之感。三部分内容，首尾相照，有机结合，总以虚幻的归来之乐，衬映沉痛的客死之悲，抒发了“魂兮归来哀江南”的愤懑、哀思之情，实堪称“全部楚辞中最酣肆最深刻之作”（梁启超《要籍解题及其读法》）。

艺术上，《招魂》更是一篇具有独特风格的杰作。其最突出、最显著的特点，首先就是铺陈扬厉的描写手法。无论是写人、写景，还是叙事，都细致入微，层次井然，而又多以排比句式出之，辞藻华丽，气势滔滔，极富感染力。譬如，招魂一节对天地四方险恶环境的描写，就极尽铺张扬厉之能事。各种鬼怪，森然罗列，形象逼真，如绘如睹：东方，有食人灵魂的千仞巨人，有销铄金石的十个太阳；南方，有文身刻面的土伯吃人肉，抽人筋，有蝮蛇、大狐狸、九个脑袋的大毒蛇；西方，有掀起千里流沙的暴风，深不可测的雷渊，无边无际的荒野丛莽，有体大如象的赤蚁，腰如葫芦的黑蜂，以及烤焦人体的炎夏和陷人死地的沼泽泥潭；北方，有峨峨冰山，飞雪千里，寒风怒号；天上，有虎豹把守、吮人如麻，有每日拔树九千的九头怪将人倒悬作乐、投入深渊；地府，有犄角尖锐、身体扭曲、背肉隆起、指爪沾血的魔鬼，有三只眼睛虎首牛身的怪物……一路写来，光怪陆离、夸张渲染，令人毛骨悚然，从而有力地突出了天地四方均不可以淹留的召唤。又譬如，对故国故居宫廷生活的奢侈淫乐，作品仍然是浓墨重彩、淋漓酣畅地铺叙。写宫室豪华，则高堂邃宇，层轩累榭，翠羽玉钩，轻纱薄缯，美女如云；状园林之美，则雕栏玉山,砌水成趣,芙蓉满池,兰蕙盈畦;述饮食之丰,则黍稷麦五谷俱备,牛羊鸣鸭畜禽尽献,龟鳖鸿雁海味山珍罗列,麻花糕饼名酒冷饮一应齐全,酸咸苦辣辛七味兼施;道歌舞音乐之盛,则《涉江》《采菱》《阳阿》《激楚》、吴歌、蔡讴纷然杂奏,竽、瑟、鸣鼓声震宫廷;言夜宴之乐,则士女杂坐,绝缨错履,美人醉眼流波,舞女翩翩舒袖,并进六簙,狂呼五白,兰膏明烛,通宵达旦……真是密集堆砌,应有尽有,纷沓而至,使人眼花缭乱,从而更加有力地突出了故国旧居的温暖可爱,与天地四方的险恶恐怖形成鲜明的对比,怀王亡魂又焉能不为之动情归来?所有这些描写,无不饱含感情,具体生动,辞藻华丽,笔墨肆张,而且几乎全用四字句排比而出,节奏紧促而音韵铿锵,明显地呈现出夸张扬厉的风格特征。这种铺叙手法,在《离骚》中已有运用,本篇则更为集中突出,它对后世汉大赋的形成和发展,有直接和深远的影响。

其次,《招魂》篇制宏大,与《离骚》《天问》鼎足而三,是屈赋中洋洋洒洒的长篇,充分表现出屈原丰富而复杂的思想感情,博大深广的精神境界,以及学问、智慧和文学上的天才。《招魂》匠心独运,结构精巧:从整体上看,全篇由引子、招魂和尾声三部分组成,招魂最为详尽,尾声次之,引子最略,重点突出,布局合理。从部分看,天地四方与故国旧居的描写,则采用对比的结构,一虚一实,一丑一美,一前一后,一抑一扬,感情态度十分鲜明,而结构上又大体对称,呈现出稳定、匀称的美感。再仔细分析,又不难发现,其对天地四方与故国旧居的描写,又各有侧重,绝不平均用力记流水账。天地四方的险恶,描写最少的是北方,只有六句。天、地、东、南四方,为十至十四句,居中。最多的是对西方的描写,达十七句,并且写得格外恐怖:流沙、雷渊、赤蚁、玄蠭、缺粮、断水、烤焦人的土地、腐烂人的沼泽,真是可怕至极!可见,西方是招魂的重点区域。实际上,西方正是仇敌秦国的所在,是怀王客死的地方,故详加描写和诅咒。对故国旧居的温暖美丽,诗篇则先宫室(由总体到局部,由内到外),再园林,再饮燕,再舞乐,再博戏,层层铺叙,极有条理。重点在于突出饮食之丰盛和宴饮歌舞之逸乐,强调物质享受、感官刺激,以招来怀王亡魂,从而歌颂了昔日楚国的强盛和富庶,充满了自足自豪之情。所有这些方法,总起来,就形成了《招魂》完整而细密、繁华而不紊乱、详略得体、重点突出的构思特点。而每一小节描写之间,又以"魂兮归来"的召唤嵌置其间,承上启下,转接自然,形成了一种回环往复的节奏美感,为诗篇的结构和抒情增色不少。

再次,《招魂》的语言,雍容华丽,色彩鲜明。如"川谷径复,流潺湲些。光风转蕙,氾崇兰些。经堂入奥,朱尘筵些。砥室翠翘,挂曲琼些。翡翠珠被,烂齐光些。""翡帷翠帐,饰高堂些。红壁沙版,玄玉梁些。仰观刻桷,画龙蛇些。坐堂伏槛,临曲池些。芙蓉始发，杂芰荷些。紫茎屏风，文缘波些。”“美人既醉，朱颜酡些。娭光眇视，目曾波些”之类，皆绘形绘色，妖艳浮华。同时，注意楚语楚音的运用，如“些”字，就是楚地民间招魂词中惯用的语气词。而且，又多用双声字（如参差、陆离）、叠韵字（如潺湲、彷徉、翡翠）、叠字（如蓁蓁、峨峨、侁侁），与诗人思想感情相吻合，增强了诗歌的音乐美感，更易震撼人心，引起共鸣。其句法，整齐之中寓变化。第一部分，多用长句；第二部分，以四字句为主，在某些地方又插入三、五、六、七字句；第三部分，除去语气词，则几乎是整齐的七言。诵读起来，但觉错落多姿，舒卷自如，回肠荡气。

读《招魂》，我们仿佛步入了一个丰富多彩的神话世界，又仿佛置身于昔日楚王游猎、宴乐的盛大场面中。天地四方，鬼神怪异，庭院台榭，美女佳人，楚王臣僚，五味八珍，竽瑟钟鼓，骏马青兕，历历在目，济济一堂，有多少诡奇迷幻的故事在这里蕴发，有多少奢侈淫逸的生活在这里展览！应该说，整首诗都充满了丰富的想象和夸张，洋溢着浪漫主义的情调。这乃是《招魂》高度艺术性的又一特点。它既带有原始的、朴素的民间祭神歌舞的印记，又得力于诗人天才的想象和创造，因此，《招魂》是一首植根于楚文化又高于楚文化的极奇特极瑰玮的诗篇。其真挚炽烈、沉深哀婉的感情，其铺张扬厉的描写手法，其华丽而富于地方色彩的语言，其丰富的想象和浪漫风格，都将永远熔铸在这部伟大的杰作之中，从而形成《楚辞》乃至中国文学史上的奇观瑰宝。

（谭优学　刘德煊）

大　招

屈　原

青春受谢，白日昭只[①]。春气奋发，万物遽只。冥凌浃行，魂无逃只。魂魄归徕，无远遥只。魂乎归徕！无东无西，无南无北只。

东有大海，溺水浟浟只，螭龙并流，上下悠悠只。雾雨淫淫，白皓胶只[②]。魂乎无东，汤谷寂寥只。

魂乎无南，南有炎火千里，蝮蛇蜒只。山林险隘，虎豹蜿只。鰅鳙短狐，王虺骞只[③]。魂乎无南，蜮伤躬只。

魂乎无西！西方流沙，漭洋洋只。豕首纵目，被发鬤只。长爪踞牙，诶笑狂只。魂乎无西，多害伤只。

魂乎无北！北有寒山，逴龙赩只[4]。代水不可涉，深不可测只。天白颢颢，寒凝凝只。魂乎无往！盈北极只。

魂魄归徕，闲以静只。自恣荆楚，安以定只。逞志究欲，心意安只。穷身永乐，年寿延只。魂乎归徕！乐不可言只。

五谷六仞，设菰粱只。鼎臑盈望，和致芳只[5]。内鸧鸽鹄，味豺羹只。魂乎归徕，恣所尝只。

鲜蠵甘鸡，和楚酪只[6]。醢豚苦狗，脍苴蓴只[7]。吴酸蒿蒌，不沾薄只[8]。魂兮归徕，恣所择只。

炙鸹烝凫，煔鹑陈只。煎鰿腌雀，遽爽存只[9]。魂乎归徕！丽以先只。

四酎并孰，不涩嗌只。清馨冻饮，不歠役只[10]。吴醴白蘖，和楚沥只[11]。魂乎归徕，不遽惕只。

代秦郑卫，鸣竽张只。伏戏《驾辩》，楚《劳商》只[12]。讴和《扬阿》，赵箫倡只[13]。魂乎归徕，定空桑只[14]。

二八接舞，投诗赋只[15]。叩钟调磬，娱人乱只。四上竞气，极声变只。魂乎归徕，听歌撰只。

朱唇皓齿，嫭以姱只。比德好闲，习以都只[16]。丰肉微骨，调以娱只。魂乎归徕，安以舒只。嫮目宜笑，娥眉曼只[17]。容则秀雅，稚朱颜只。魂乎归徕，静以安只。

姱脩滂浩，丽以佳只。曾颊倚耳，曲眉规只。滂心绰态，姣丽施只[18]。小腰秀颈，若鲜卑只[19]。魂乎归徕！思怨移只。易中利心，以动作只。粉白黛黑，施芳泽只。长袂拂面，善留客只。魂乎归徕，以娱昔只。

青色直眉，美目媔只。靥辅奇牙，宜笑嗎只。丰肉微骨，体便娟只。魂乎归徕，恣所便只。

夏屋广大，沙堂秀只。南房小坛，观绝霤只[20]。曲屋步壛，宜扰畜只[21]。腾驾步游，猎春囿只[22]。琼毂错衡，英华假只[23]。茝兰桂树,郁弥路只[24]。魂乎归徕!恣志虑只。

孔雀盈园,畜鸾皇只。鹍鸿群晨,杂鹙鸧只[25]。鸿鹄代游,曼鹔鷞只[26]。魂乎归徕!凤皇翔只。

曼泽怡面,血气盛只。永宜厥身,保寿命只[27]。室家盈庭,爵禄盛只。魂乎归徕!居室定只。

接径千里,出若云只[28]。三圭重侯,听类神只[29]。察笃夭隐,孤寡存只。魂兮归徕!正始昆只[30]。

田邑千畛,人阜昌只。美冒众流,德泽章只。先威后文,善美明只。魂乎归徕!赏罚当只。

名声若日,照四海只。德誉配天,万民理只。北至幽陵,南交趾只。西薄羊肠,东穷海只。魂乎归徕!尚贤士只。

发政献行,禁苛暴只[31]。举杰压陛,诛讥罢只[32]。直赢在位,近禹麾只[33]。豪杰执政,流泽施只。魂乎归徕!国家为只。

雄雄赫赫,天德明只。三公穆穆,登降堂只。诸侯毕极,立九卿只。昭质既设,大侯张只。执弓挟矢,揖辞让只。魂乎归徕!尚三王只。

注释

①受:替代。谢:离去。昭:明媚。

②雾雨:海上水汽上升成雾,继而降雨。淫淫:久雨不止。皓:洁白的样子。胶:凝结。

③鰅鳙(yú yōng):古代传说中的一种怪鱼。短狐:即蜮(yù),古代传说中能含沙射影的动物。王虺:大毒蛇。骞(qiān):举头貌。

④逴(chuō)龙:即"烛龙",神话传说中人面蛇身的怪物。赩(xì):深红色。

⑤鼎:古代炊具,多用青铜制成,圆形,三足两耳,也有方形四足的。臑(ér):煮熟。盈望:满望,即望之满案排列。和:调和。致:达到。

⑥蠵(xī):大龟,俗名灵龟,肉可食。酪:乳浆。

⑦醢(hǎi):肉酱。醢豚:猪肉做成的酱。苦狗:用苦酒,逼去狗肉的腥味。脍:细切。苴蓴(jū pò):植物名,即蘘荷,可作调味香料。

⑧吴酸:吴地做的酸菜。蒿:艾类,有青白之分,嫩时均可食。蒌:蒌蒿,楚北地产。沾:汁浓。薄:淡。

⑨鲼(jì):鱼名,即鲫鱼。臛(huò):字同"臛",肉羹,这里作动词,指将雀做成肉羹。雀:黄雀。遽爽:味佳爽口。存:在。

⑩清馨:酒清而香气散发。冻饮:冷饮。歠(chuò):饮,啜。役:贱。不歠役:不允许工役人员饮用,因为容易酒醉失礼。

⑪醴:甜酒。蘖(niè):酒曲,一种酿酒的发酵剂。沥:过沥水的酒汁,指清酒。

⑫伏戏:即伏羲,原始社会传说的氏族首领。驾辩:乐曲名,相传伏羲氏所作。劳商:楚曲名。

⑬讴:歌唱。扬阿:即阳阿,楚曲名。

⑭定:留。空桑:瑟名。定空桑:希望魂留在楚国,欣赏瑟乐。

⑮二八:女乐八人一行,共两行。武:足迹,一作"舞"。投:合。诗赋:指配乐的诗赋。

⑯比:同。好:喜爱。闲:闲静。习:熟悉,指懂得礼节。都:雅,指娴雅的风度。

⑰嫮(hù):同"嫭",美好。宜:适宜,恰到好处。娥眉:形容眉毛又细又弯,十分美丽。曼:长。

⑱滂心:心意宽广。绰态:姿态柔婉,含情脉脉的样子。施:即"施施",喜悦自得貌。这两句是说美女多情含笑,姿态柔婉,姣丽无比。

⑲小腰:细腰。鲜卑:北方民族名,这里指鲜卑族的腰带。

⑳房:堂左右的侧室。小坛:石屋的平台。观(guàn):楼。霤(liù):滴下的水。绝霤:楼檐置水槽,滴水别通,不滴于平台。

㉑曲屋:围绕房周围的楼阁,宜于观赏。步壛(yán):长廊。扰:驯养。畜:指家养的动物。

㉒腾驾:驾车而行。步游:徒步游猎。猎春囿(yòu):春天来临,到苑林里打猎游玩。囿:古代帝王畜养禽兽的园林。

㉓琼:美玉。毂(gǔ):车轮中心的圆木,中有圆孔,可以插轴,这里代指车轮。错:用金子装饰器物。衡:车辕前的横木。错衡:以金子装饰横木。英华:本指草木之美,此处指车饰之美。假:大。

㉔茝(chǎi):香草名,即白芷。郁:繁盛貌。弥:满。

㉕鹍:鹍鸡,似鹤,黄色。鹙(qiū):水鸟名,形如鹤而大,青苍色。

㉖鸿鹄:大鹄,即天鹅。代游:此起彼落地飞翔。曼:延长,延伸,形容其多。鹔鷞:亦作"鹔鹴",鸟名,雁的一种。

㉗宜:善。厥:其。

㉘接径:路径相接。接径千里:壤地相连有千里之广泛,指国土辽阔。出若云:形容人口众多。

㉙三圭:指公、侯、伯三种贵族,公执桓圭,侯执信圭,伯执躬圭,故称。重侯:指子、男,子、男共为一爵,故言。听:听讼。类神:察断如神。听类神只:受理案件,精审如同神明。

㉚正:定。昆:后。始昆:犹言先后。正始昆:定仁政之先后。

㉛献:进。这两句是说发教施令,进用有德行之士,禁绝苛刻暴虐之事。

压:立于百官之上谓之压,即身居高位。

㉜陛:殿阶。诛:责而退之。讥:查问。罢:止息。这两句是说选拔俊杰之士处于高位,以弹压殿庭,罚谪之事,可以息而不用。

㉝直赢:为人品格正直而才又有余者,此代指君王。麾(huī):旗帜。近禹麾:即在君王左右。

鉴赏

《大招》是屈原为招楚怀王的亡魂而作,是怀王归葬时的招词。词中所陈皆人君之事,是借哀死之心激励生者雪耻复仇、发愤图强之志。招词按照民间招魂词的格式,先言四方之恶害,次言楚国宫廷中的美乐。它和《招魂》在思想内容和艺术形式方面,有着基本相同的一面,也有不同的方面。《大招》的主题思想,突出地表现在作者向怀王的亡魂所陈述的"美政"理想上。招词从各个方面诱导怀王的灵魂快快归楚,除了任其"自恣"以外,希望他能与众贤臣共同把国家治理好,国强民富,光照四海,怀王的名声赫赫,可与禹、汤、文王媲美。因此可以说,《大招》的主题思想是《招魂》的扩大、延伸和深化。

《大招》是"绝世奇文"(林云铭《楚辞灯》),且"妙绝千古"(吴世尚《楚辞疏》)。也可以说,它是一篇奇文、妙文、美文。

说它"奇",最突出地表现在选材内容上。为了吓唬灵魂不要在外面跑,招词按方位列举了许多稀奇古怪的动物和自然现象。例如东方的大海中有螭龙游戏,那里阴雨连绵,茫茫无边。那太阳出来之地旸谷,寂无声息。南方炎热千里,蝮蛇来往,虎豺横行,鳙鳙短狐成群,大蟒时时翘首,鬼蜮含沙射影。西方茫茫流沙,怪物竖目,披头散发,长爪锯牙,捉住人就狂笑。北方冰天雪地,白光耀眼。代水深不可测,过则沉没。那身长千里的红色烛龙,人面蛇身。以上是说恐怖的一面,给灵魂造成一种恐惧感,目的是使灵魂快快归来。作品在描绘快乐的场面时,在大笔铺排的同时,又逐段逐行地精雕细刻,目的是为了取悦于怀王的灵魂,诱使其归来享受。所选用的材料丰富无比,令人耳目一新!诸如饮食、音乐、舞蹈、佳人、居处、服饰、囿园珍禽、礼仪制度、民俗、宗教、思维方式、审美观念、心理结构等,选材范围之广,覆盖面之宽,实在令人惊叹!这说明作者胸藏万卷,耳听八方,眼观天下,不愧是一位大手笔。从作品也可看出楚国当时的物质和文化水平,在先秦文化史上也是一个奇迹。

说它"妙",首先使人想到的是作品中的文学想象。自然万物,神鬼天地,人类社会,都是驰骋想象的天地。作品借助想象,将自然界中的千奇百怪,人类生活中的多姿多彩,生动地进行了描绘,甚至勾画出一幅"美政"的社会蓝图。这些想象,并非属虚构,有的是现实生活中曾经出现过的或者可能出现的东西,有的是有历史作为根据的,有的是神话传说。这种想象,也是适应了招者的心理特点的。灵魂本是虚无的神秘物,招者为了与被招者交流情感,只有通过联想来实现。但是,作为文学作品的《大招》,与纯属巫术的招魂词中的误想是不同的。因为它的思想是零碎的,混乱的,含糊不清的,只重在表达招者病态的心理,狭隘的意愿,宗教的臆想。严格地说,它不算文学作品。而《大招》则不同,它是经过诗人艺术加工后的文学作品,其中出现的想象、联想是完全符合文学创作范畴的。其次是妙在通篇以期待视野和呼唤方式大招其魂!以搜寻视野和恐吓方式制止魂魄乱跑。两种视野、两种方式的交替使用,在歌舞乐的配合下,气氛随着歌词内容的变化而变化,其情其境,颇为壮观。

说它"美",是因为作品中描绘了女性美、音乐美、建筑美、饮食美等。通过这些"美"的描写,可以看出作者和当时人们的审美观念,诸如美的本质、美的形态、美感的共同性、美感的特征等美学范畴的一些问题都有所涉及。

作品对女性美的描写相当形象、细腻。这些美人,容貌各异,身姿神情,各有千秋;技艺才能,各领风骚。从外貌看,有的腰肢细小,脖颈秀长;有的身高肥胖而长相美丽;有的面貌丰满,耳贴两旁,弯弯的眉毛像月亮;有的面如白玉、眉黑如漆;有的牙齿洁白,脸上有着小小的笑窝;有的体形小巧玲珑;有的面色红润细嫩而富有泽光……各有一分天姿,各有一种魅力。这些描写,体现了当时对人体美的看法。从神态风韵看,有的嫣然一笑诱惑人心;有的那双美丽的眼睛含情脉脉;有的风度高雅、态度和蔼可亲;有的用长袖半遮面;有的步履轻盈、举止大方;有的动作柔顺、姿态柔美;有的端庄娴静、彬彬有礼。以上是描写她们的姿态美。从内在美来看,她们才德兼备,熟悉礼仪,能歌善舞,心思敏慧,性格娴静,善良温柔,情感丰富。读了这些女性美的描写,引发出人们对女性的肯定和尊重。《大招》对女性的描写,不仅有女性的人体美、姿态美,还有性格美、气质美,乃至情趣的高雅、技艺的高超,无不闪耀着美的光点。

在音乐描写方面不仅反映了当时音乐艺术的发展水平,而且体现了人们的欣赏能力和水平。这种听觉艺术,声音动听,令人陶醉。作品竭力从音乐的美听来打动被招者。这里有代、秦、郑、卫的乐章,有伏羲氏的《驾辩》曲,楚国的《劳商》《扬阿》曲。有出自女子之口的动人歌声,有配合着演唱歌词的节奏。在伴奏乐器中,弦乐有"空桑"(琵)等,管乐有竽、洞箫等,打击乐有钟磬等。各国的音乐在此相互媲美,音声悦耳,美女们轮流起舞,人们沉浸在欢乐的气氛中,期待着楚王的灵魂来欣赏!

建筑方面的描写也处处着眼于美的构思。在宽大的房屋中,红色的厅堂秀雅高贵。幽静的小堂坐北朝南，画阁相连，走廊曲折。从方位、布局、体积、高低、远近、线条、色彩等方面进行刻画，从视觉艺术角度看，它呈现出一种立体美。

作品还从味觉上描写饮食美味，既是绝妙的菜谱，又是“舌的艺术”。诸如：鲜美的大龟炖肥鸡，再放点楚国的乳浆；肥嫩的鸧鹅䴔鸠天鹅肉，又调和着豺狗的肉汤；猪肉酱和略带苦味的狗肉，再切点苴蓴加上；还有烤乌鸦、蒸野鸭、鹌鹑汤、煎鲫鱼、炒雀肉、咸淡适宜的吴地酸菜等，味美爽口，尤其是那些以野味为主的菜肴，更具楚味特色。又有吴国的白谷酒，渗入楚国的清酒，清香扑鼻，适宜冷饮，不刺激咽喉。酒菜列案，观之欲食，食之嫌少。这种精美别致的食品，不仅仅是投合了生理上的味觉要求，还是一种欣赏对象，不妨作为当时的艺术小品来看。它不仅体现了厨师们的烹调技术水平，还透露了当时人们对味觉美艺术的探求。

从总体上看，作者通过招魂词的方式构思出一幅自然界和人类社会生活的艺术画卷。作者根据自己对现实生活的体验和经验，以想象的方式，勾画出各种动人的画面。这当中大体可以分为恐怖世界和欢乐世界。前者的画面上呈现出神鬼怪物及阴森可怕的自然现象；后者的画面更显出多姿多彩：人物、花鸟、珍禽、建筑、歌舞场面、风土人情、礼仪风尚、升平景象等，都不同程度地得到反映。两种世界，两幅画面，美与丑、善与恶都有鲜明的对比度。

从以上简要的赏析可以看出，《大招》是诗人把生活的美进行了加工、创造，融进了自己的审美理想，并在一定程度上按照美的规律进行典型化处理后创造出来的。因此，它比生活美更能反映出人们的审美理想、审美观念，更能展示出人对现实的审美关系；同时也是一定时代人们审美能力、审美水准、审美成果的标志。

（殷光熹）

九　辩

宋　玉

悲哉秋之为气也！萧瑟兮草木摇落而变衰。憭慄兮若在远行①，登山临水兮送将归。泬寥兮天高而气清②，寂寥兮收潦而水清③。憯悽增欷兮薄寒之中人④，怆怳懭悢兮去故而就新⑤。坎廪兮贫士失职而志不平⑥，廓落兮羁旅而无友生[7]，惆怅兮而私自怜。燕翩翩其辞归兮，蝉寂漠而无声。雁廱廱而南游兮[8]，鹍鸡啁哳而悲鸣[9]。独申旦而不寐兮，哀蟋蟀之宵征。时亹亹而过中兮[10]，蹇淹留而无成[11]。

悲忧穷蹙兮独处廓，有美一人兮心不绎[12]。去乡离家兮徕远客，超逍遥兮今焉薄[13]？专思君兮不可化，君不知兮其奈何！蓄怨兮积思，心烦憺兮忘食事[14]。愿一见兮道余意，君之心兮与余异。车既驾兮朅而归[15]，不得见兮心伤悲。倚结軨兮长太息[16]，涕潺湲兮下沾轼。忼慨绝兮不得，中瞀乱兮迷惑[17]。私自怜兮何极，心怦怦兮谅直[18]。

皇天平分四时兮，窃独悲此凛秋。白露既下百草兮，奄离披此梧楸[19]。去白日之昭昭兮，袭长夜之悠悠。离芳蔼之方壮兮[20]，余萎约而悲愁。秋既先戒以白露兮，冬又申之以严霜[21]。收恢台之孟夏兮[22]，然欿傺而沉藏[23]。叶菸邑而无色兮[24]，枝烦挐而交横[25]。颜淫溢而将罢兮[26]，柯彷佛而萎黄[27]。萷櫹椮之可哀兮[28]，形销铄而瘀伤[29]。惟其纷糅而将落兮[30]，恨其失时而无当。擥騑辔而下节兮[31]，聊逍遥以相羊[32]。岁忽忽而遒尽兮，恐余寿之弗将。悼余生之不时兮，逢此世之俇攘[33]。澹容与而独倚兮[34]，蟋蟀鸣此西堂。心怵惕而震荡兮，何所忧之多方。仰明月而太息兮，步列星而极明。

窃悲夫蕙华之曾敷兮，纷旖旎乎都房。何曾华之无实兮[35]，从风雨而飞飏！以为君独服此蕙兮，羌无以异于众芳。闵奇思之不通兮[36]，将去君而高翔。心闵怜之惨悽兮，愿一见而有明[37]。重无怨而生离兮[38]，中结轸而增伤[39]。岂不郁陶而思君兮[40]，君之门以九重。猛犬狺狺而迎吠兮，关梁闭而不通。皇天淫溢而秋霖兮，后土何时而得漧[41]！块独守此无泽兮[42]，仰浮云而永叹。

何时俗之工巧兮，背绳墨而改错。却骐骥而不乘兮，策驽骀而取路。当世岂无骐骥兮，诚莫之能善御。见执辔者非其人兮，故駶跳而远去。凫雁皆唼夫粱藻兮[43]，凤愈飘翔而高举。圆凿而方枘兮，吾固知其鉏铻而难入[44]。众鸟皆有所登栖兮，凤独遑遑而无所集。愿衔枚而无言兮，尝被君之渥洽[45]。太公九十乃显荣兮，诚未遇其匹合。谓骐骥兮安归？谓凤凰兮安栖？变古易俗兮世衰，今之相者兮举肥。骐骥伏匿而不见兮，凤凰高飞而不下。鸟兽犹知怀德兮，何云贤士之不处？骥不骤进而求服兮，凤亦不贪餧而妄食[46]。君弃远而不察兮，虽愿忠其焉得？欲寂漠而绝端兮，窃不敢忘初之厚德。独悲愁其伤人兮，冯郁郁其何极[47]！

霜露惨悽而交下兮，心尚幸其弗济。霰雪雰糅其增加兮[48]，乃知遭命之将至。愿徼幸而有待兮，泊莽莽与野草同死[49]。愿自直而径往兮，路壅绝而不通。欲循道而平驱兮，又未知其所从。然中路而迷惑兮，自压按而学诵[50]。性愚陋以褊浅兮，信未达乎从容。窃美申包胥之气盛兮[51]，恐时世之不固[52]。何时俗之工巧兮，灭规矩而改凿。独耿介而不随兮，愿慕先圣之遗教。处浊世而显荣兮，非余心之所乐。与其无义而有名兮，宁处穷而守高。食不媮而为饱兮[53]，衣不苟而为温。窃慕诗人之遗风兮，愿托志乎素餐[54]。蹇充倔而无端兮[55]，泊莽莽而无垠。无衣裘以御冬兮，恐溘死不得见乎阳春。

靓杪秋之遥夜兮[56]，心缭悷而有哀。春秋逴逴而日高兮[57]，然惆怅而自悲。四时递来而卒岁兮，阴阳不可与俪偕。白日晼晚其将入兮，明月销铄而减毁。岁忽忽而遒尽兮,老冉冉而愈弛。心摇悦而日幸兮,然怊怅而无冀[58]。中憯恻之悽怆兮,长太息而增欷。年洋洋以日往兮,老嵺廓而无处[59]。事亹亹而觊进兮[60],蹇淹留而踌躇。

何泛滥之浮云兮,猋壅蔽此明月!忠昭昭而愿见兮,然霠曀而莫达[61]。愿皓日之显行兮,云濛濛而蔽之,窃不自料而愿忠兮,或黕点而汙之[62]。尧舜之抗行兮[63],瞭冥冥而薄天。何险巇之嫉妒兮[64],被以不慈之伪名?彼日月之照明兮,尚黯黮而有瑕。何况一国之事兮,亦多端而胶加。被荷裯之晏晏兮[65],然潢洋而不可带[66],既骄美而伐武兮[67],负左右之耿介。憎愠惀之脩美兮[68],好夫人之慷慨。众踥蹀而日进兮[69],美超远而逾迈[70]。农夫辍耕而容与兮[71],恐田野之芜秽。事緜緜而多私兮,窃悼后之危败[72]。世雷同而炫曜兮[73],何毁誉之昧昧!今脩饰而窥镜兮,后尚可以窜藏。愿寄言夫流星兮,羌倏忽而难当。卒壅蔽此浮云兮,下暗漠而无光。

尧舜皆有所举任兮,故高枕而自适。谅无怨于天下兮,心焉取此怵惕!乘骐骥之浏浏兮,驭安用夫强策?谅城郭之不足恃兮,虽重介之何益[74]!遭翼翼而无终兮,忳惛惛而愁约。生天地之若过兮,功不成而无效。愿沉滞而不见兮,尚欲布名乎天下。然潢洋而不遇兮,直怐愗而自苦[75]。莽洋洋而无极兮,忽翱翔之焉薄?国有骥而不知乘兮,焉皇皇而更索?甯戚讴于车下兮,桓公闻而知之[76]。无伯乐之善相兮,今谁使乎誉之?罔流涕以聊虑兮,惟著意而得之。纷忳忳之愿忠兮,妒被离而障之[77]。

愿赐不肖之躯而别离兮,放游志乎云中。乘精气之抟抟兮[78],骛诸神之湛湛[79]。骖白霓之习习兮[80],历群灵之丰丰。左朱雀之茇茇兮,右苍龙之躣躣。属雷师之阗阗兮,通飞廉之衙衙[81]。前轻辌之锵锵兮[82],后辎乘之从从。载云旗之委蛇兮，扈屯骑之容容。计专专之不可化兮，愿遂推而为臧。赖皇天之厚德兮，还及君之无恙㊸。

注释

①憭慄(liáo lì)：凄凉。
②泬(xuè)寥：空旷清朗貌。
③寂寥：清澄平静貌。潦：积水。
④憯(cǎn)悽：悲伤。增欷：加重伤感。中(zhòng)人：袭人。
⑤怆(chuàng)怳：失意貌。懭悢(kuàng lǎng)：失意貌。
⑥坎廪：坎坷不平。
⑦廓落：空寂貌。友生：朋友。
⑧雝雝(yōng)：鸣声和谐貌。
⑨鹍鸡：鸟名，似鹤，黄色。啁哳：形容声音繁杂细碎。
⑩亹亹(wěi)：行进貌。
⑪蹇(jiǎn)：发语词。
⑫绎：通"怿"，喜悦。
⑬超：远。逍遥：游荡无依貌。薄：到，止。
⑭烦憺(dàn)：忧烦惊愕。
⑮朅(qiè)：离去。
⑯结軨：车厢左右及前面的横木。
⑰瞀(mào)乱：精神昏乱。
⑱怦怦(pēng)：忠诚谨慎貌。谅直：诚实正直。
⑲奄(yǎn)：忽然。离披：凋落分散貌。楸(qiū)：楸梓，一种早凋的落叶乔木。
⑳芳蔼：芳菲繁盛，指花卉盛开。
㉑申：加上。
㉒恢台：广大而生机繁盛的样子。孟夏：初夏。
㉓然：乃。欿傺(kǎn chì)：枯萎，凋零。沉藏：埋藏。
㉔菸邑(yū yì)：形容草木枯萎。
㉕烦挐(rú)：纷乱。
㉖颜：指树木的外表。淫溢：过分。罢：通"疲"。
㉗彷佛：模糊黯淡貌。
㉘萷(shāo)：树梢。槮槮(xiāo sēn)：树木高耸貌。
㉙瘀伤：受伤而瘀血，这里指树木内部受到损伤，与"形销铄"相对。
㉚惟：思。纷糅：错杂众多貌。
㉛揽：拿着。騑(fēi)：驾在车辕两旁的马，此泛指驾车的马。节：按节缓行。
㉜相羊(cháng yáng)：同"徜徉"。
㉝恇(kuāng)攘：纷扰不安貌。
㉞澹：心情枯寂淡漠。容与：闲散貌。
㉟曾：通"层"。
㊱闵：同"悯"，伤。
㊲有明：有所表白。
㊳重：一次又一次地。无怨：犹无罪。
㊴结轸(zhěn)：郁结悲痛。
㊵郁陶：精神郁结积聚。
㊶后土：大地。漧：通"乾"。
㊷块：孤独貌。无：通"芜"。无泽：荒芜的泽地。
㊸凫：野鸭。唼(shà)：水鸟或鱼聚食声。粱藻：粟米和水草。
㊹鉏铻(jǔ yǔ)：不合。
㊺被：蒙受。渥洽：厚恩。

㊻餧:同“喂”。
㊼冯(píng):愤懑。
㊽雰糅:雪盛貌。
㊾泊莽莽:置身荒野的样子。
㊿压按:压抑,克制。学诵:指学《诗》。
51申包胥:春秋时楚国大夫。楚昭王十年,吴兵攻破楚郢都,申包胥到秦国求救,在秦廷上哭了七天七夜,终于使秦哀公感动而发兵。
52固:应作“同”,形近而误。
53媮:同“偷”,苟且。
54素餐:此谓仿效诗人遗风,在俭朴生活中寄托自己的志向。
55倔:通“屈”,委屈。充倔:满怀委屈。
56靓:通“静”。杪(miǎo)秋:深秋。
57逴逴(chuō):愈行愈远的样子。
58怊(chāo)怅:惆怅。
59嵺廓:空虚貌。
60觊(jì):企图。
61雺曀(yīn yì):天色阴暗貌。
62黕(dǎn)点:污垢,这里用作动词。
63抗行:坚守高尚的德行。
64险巇:险阻,这里指险恶的小人。
65荷裯(dāo):荷叶制短衣。晏晏:轻柔貌。
66潢(huàng)洋:空荡不贴身的样子。带:系上带子。
67伐武:夸耀勇武。
68愠惀(yǔn lún):忠诚而不善言的样子。
69踥蹀(qiè dié):小步行进貌。
70逾迈:远行。
71容与:悠闲的样子。
72后:指国君。
73雷同:指小人彼此唱和,众口一词。炫曜:日光迷乱。
74重介:坚厚的盔甲。
75怐愗(kòu mào):愚昧。
76甯戚:春秋时卫人,传说他夜叩牛角而歌,为齐桓公所赏识,用为卿。
77被离:即披离,散布貌。
78精气:指充塞于天地间的元气。抟抟:聚集成团貌。
79湛湛:深厚密集的样子。
80习习:飞动貌。
81通:开路。飞廉:风神。衙衙(yú):行进貌。
82轻辌(liáng):轻便的卧车。锵锵:车铃声。
83恙:病。这两句是说仰仗上天厚德,祝愿楚王健康长寿。

鉴赏

宋玉是屈原所开创的楚骚文学传统优秀的继承者,又是新的文学传统——寒士“悲秋”的感伤主义传统的创始人。这两方面,都集中体现在他的长篇骚体抒情诗《九辩》中。《九辩》原是远古的乐曲,传说夏启从天帝那里将它和《九歌》偷下了人间,这在屈原的《离骚》《天问》中都提到过。王夫之说:“九者,乐章之数。凡乐之数,至九而盈……辩,犹遍也,一阕谓之一遍。盖亦效夏启《九辩》之名,绍古体为新裁。”(《楚辞通释》)看来《九辩》本是由多数音调组成的大型乐曲,宋玉不过是借它为题来抒发自己的思想感情,写成骚体诗的新制。朱熹根据文义将《九辩》分成九章,为后代一些研究者所沿用。但这和题名中的“九”并没有什么关系。

汉代王逸认为宋玉是屈原的弟子,《九辩》是宋玉“闵惜其师忠而被逐”之作。这个说法在《九辩》本身和其他更早的文献材料上都找不到任何根据,大概只是一种臆测。不过这篇长达二百五十多句,一千七百余字的抒情巨构,从规模体制、思想内容到语言风格,都有意学习模仿屈原的《离骚》和《九章》中的一些作品则是明显的事实。它继承了屈原作品对楚国昏暗混乱政治现实揭露批判的精神,像君主的昏聩弃贤,谗佞的蔽主嫉贤,时俗的工巧背道,群小的踥蹀竞进,都有比较具体的反映。其中像“猛犬狺狺而迎吠兮,关梁闭而不通”,“既骄美而伐武兮,负左右之耿介。憎愠惀之脩美兮,好夫人之慷慨”等诗句,对谗臣昏主的抨击就相当尖锐,感情也比较激烈。特别是像“农夫辍耕而容与兮,恐田野之芜秽。事緜緜而多私兮,窃悼后之危败”,“谅城郭之不足恃兮,虽重介之何益”一类感慨和议论,渗透了深刻的危机感,是屈原作品中比较少见的。但这些揭露抨击,往往跟作者对楚王那种既怨艾又深深依恋,既不满又感恩戴德的缠绵卑顺的声音混杂在一起,显得不大和谐。而诗人那些“耿介不随”“处穷守高”的表白又往往与叹老嗟卑、“恐溘死不得见乎阳春”的忧伤纠结在一起,从而使诗中抒情主人公的形象缺乏人格美的光辉。孤立地看,《九辩》中揭露现实政治的内容自有它的社会政治价值,但如果和《离骚》联系比较,就会明显感到它往往是重复屈原的声音而缺乏作者独特的审美感受。有些地方甚至露出了生硬模仿的痕迹,如篇末放游云中的一段描写便是对《离骚》末段的机械仿制,但由于缺乏尖锐的内心矛盾和强烈的爱国激情作基础,缺乏丰富的想象力,这个结尾不免显得平庸甚至有些造作。

《九辩》中真正感人而且具有永久审美价值的正是宋玉自己的声音。这就是长诗开宗明义揭出的“贫士失职而志不平”的呼声,或者说是贫士的“悲秋”之慨。《九辩》的内容尽管相当纷繁,包括社会政治的揭露、个人命运的感喟、自然景物的描绘等各方面,但它的核心内容则是贫士失职的悲慨。由于个人失意的悲怨不平,引出了对君主的思念怨恨,引出了对楚国昏暗政局的揭露,“悼余生之不时兮,逢此世之俇攘”,正说明个人的不幸遭遇是他揭露时政的主要出发点与动因。而深秋的自然景物,一方面是诗人对个人命运、现实政治怨愤不平感情的触媒,另一方面又是诗人表达上述感情的凭藉。自然、社会、人生,这三方面就是围绕个人失意悲怨这条感情主轴线展开描写的。这正是《九辩》整体艺术构思的基本特点。

悲秋,是《九辩》贯串全篇的主旋律。诗人把他对于社会与人生的感受,集中通过对深秋典型景物的描写来加以表达。诗一开头就凌空起势,集中抒写对秋气的悲凉感受。这种悲秋意绪，跟诗人因“失职”“羁旅”而引起的孤孑凄凉、空虚怅惘之情水乳交融，汇为一体。在以下各段中，或直接描写秋天霜露摧残草木的凋伤景象，以抒写自己生不逢时之感；或通过对深秋长夜孤寂情景的描写，来抒写迟暮无成之悲；或借助“皇天淫溢而秋霖兮，后土何时而得漧”的环境描绘来象征包围着自己的恶劣时代环境；或用霜露交下、霰雪雰糅的景象来象征愈来愈悲惨的境遇和命运。这一切直接的“悲秋”描写，都深深地蕴含着诗人对时代社会和个人命运的悲慨。而诗中那些并没有直接描绘秋气秋色，表面上仅仅是抒写诗人对现实政治和人生命运感受的段落，也往往渗透萧瑟悲凉的秋意。像“悲忧穷蹙兮独处廓，有美一人兮心不绎”，“心怵惕而震荡兮，何所忧之多方”，“变古易俗兮世衰，今之相者兮举肥”一类抒情，都使人自然联想到形成这种感情的“凛秋”式的社会环境。正如陆时雍所说的那样：“举物态而觉哀怨之伤人，叙人事而见萧条之感候。”（《读楚辞语》）

《九辩》描写秋气秋色的突出特点，是紧密结合抒情，展开淋漓尽致的铺叙渲染和细致入微的描绘刻画。古代诗歌中的景物描写，在以《诗经》为代表的四言诗中，绝大多数是作为比兴出现的。屈原的《九歌·湘夫人》“嫋嫋兮秋风，洞庭波兮木叶下”这极富情韵的秋景描写，也是以极简淡的笔墨点染出一片具有远神的意境。只是到了宋玉的《九辩》，才第一次在诗歌中以大量篇幅对自然景物展开淋漓尽致的描绘刻画。诗的首段，在凌空而来的“悲哉秋之为气也”这强烈的抒情之后，紧接着是一个从总体上描绘秋天景物典型特征的长句：“萧瑟兮草木摇落而变衰！”情因景生，景中含情，一下子就摄取了秋气肃杀凄凉的神魂。接下来两句，又用“远行”和“送归”时那种凄怆的感受来形况秋气所给予人的凄神寒骨之感。王夫之称开头四句为千古绝唱，可能正着眼于它是一种勾魂夺魄的传神之笔。然后，又分别从天上、地下描绘秋的空旷寂寥。“天高而气清”“收潦而水清”，都突出了秋色之清朗莹洁，但这“清”给予人的却是“寒”的心理感受——“憯凄增欷兮薄寒之中人”。在这一连串出色的描绘渲染之后，失职贫士的“不平”“廓落”“惆怅”之感便显得鲜明可触，与萧瑟凄清的秋色秋景融为一片。但诗人意犹未足，紧接着又用燕雁南归、秋蝉寂寞、鹍鸡悲鸣、蟋蟀夜行等一系列带有鲜明季节特征和渗透凄清孤寂感的物象，谱写成一阕悲秋的奏鸣曲，将仕途失意、羁泊异乡的寒士那种为寂寥凄清的环境气氛所包围、通宵不寐的情景生动地展现出来。像这种前呼后应、反复渲染的写景方式，为以前诗歌中所未见。它使读者也仿佛受到了秋气的轮番侵袭，从而引起强烈的心灵震颤。诗的第三段，写凛冽肃杀的秋气对树木的摧残，则以刻画的细致著称：“叶菸邑而无色兮，枝烦挐而交横。颜淫溢而将罢兮,柯彷佛而萎黄。萷櫹椮之可哀兮,形销铄而瘀伤。”一连六句,从树木的叶、枝、颜、柯、内质、外形等各方面刻画它们受到严霜摧残后不同的形状、态势、颜色,可以说是对“萧瑟兮草木摇落而变衰”这幅秋景的每一局部的工笔细描。加以连用六个相同的句式,一气蝉联而下,这种刻画给读者的印象便更加强烈。由于这种铺叙刻画和抒情主人公“窃独悲此凛秋”“悼余生之不时”的感情结合在一起,因此并不使人感到琐细与堆砌,而是感到诗人对秋天景物观察的细致和感受的敏锐,感到诗人悲秋情绪的强烈。

《九辩》在当时是否可以被之管弦,现在已无从考证,但它极富音乐美却是稍加诵读便容易领略的。它的句式长短不一,灵活多变,“兮”字在句中的位置也经常变化,读来别有一种参差错落的音律之美。诗中大量运用声情兼胜的联绵词,借以表达低回伤感、哀怨缠绵的悲秋意绪,像首段连用“萧瑟”“憭慄”“泬寥”“寂寥”“憯悽增欷”“怆怳懭悢”“坎廪”“廓落”“惆怅”等一系列联绵词,刻意制造秋气所给予人的凄寂悲凉的感受,语言的声韵本身就带有一种伤感呜咽的情词,很好地表达了诗人的凄伤心态。

“摇落深知宋玉悲。”(杜甫《咏怀古迹》)宋玉悲秋,代表了当时新兴的士阶层中一部分落拓不遇的士人的不平之鸣,表现了他们对时代社会、人生命运和大自然的悲凉感受。从宋玉开始,逐渐形成了一个借助凄清萧瑟的自然景物抒写牢落不遇之感的感伤主义传统,所谓“遵四时以叹逝”,“悲落叶于劲秋”(陆机《文赋》),正是对它的准确概括。中国古代诗歌,感士不遇是最普遍的主题,借景抒情是最主要的艺术手段。这两方面,宋玉的《九辩》都有着深远的影响。

《九辩》虽以“绮靡以伤情”(《文心雕龙·辨骚》)为特点,但“其词激宕淋漓,异于风雅”(王夫之《楚辞通释》),感情的状态和表达方式都显然不同于《诗经》式的温厚和平、内含收敛、一唱三叹,而是一种不得其平的淋漓激荡、外露倾泻、尽情尽致的风格,这正是“楚声”的特点。它那大段的铺叙渲染反复切至的抒情和一气直下的铺排句式,都加强了激荡淋漓的气势。不过,与《离骚》相比,《九辩》显然大大减弱了浪漫主义的奇情异彩和丰富想象力,而变得比较现实了,更多的是面对现实社会和人生而发的凄婉感伤。正如鲁迅所指出的那样:“《九辩》……虽驰神逞想,不如《离骚》,而凄怨之情,实为独绝。”(《汉文学史纲要》)

(刘学锴)

两汉诗歌

招 隐 士

淮南小山

桂树丛生兮山之幽,偃蹇连蜷兮枝相缭①。山气巃嵸兮石嵯峨,谿谷崭岩兮水曾波②。猨狖群啸兮虎豹嗥,攀援桂枝兮聊淹留。

王孙游兮不归③,春草生兮萋萋。岁暮兮不自聊,蟪蛄鸣兮啾啾。坱兮轧,山曲岪,心淹留兮恫慌忽④。罔兮沕,憭兮栗,虎豹穴,丛薄深林兮人上慄⑤。

嵚岑碕礒兮,碅磳磈硊⑥。树轮相纠兮,林木茷骫⑦。青莎杂树兮,薠草靃靡⑧。白鹿麏麚兮⑨,或腾或倚。状皃崟崟兮峨峨,凄凄兮漇漇⑩。猕猴兮熊罴,慕类兮以悲⑪。攀援桂枝兮聊淹留,虎豹斗兮熊罴咆,禽兽骇兮亡其曹⑫。王孙兮归来!山中兮不可以久留。

注释

①偃蹇连蜷:枝条茂盛、长曲美好。缭:交错。

②巃嵸(lóng zōng):山气聚集高浮的样子。崭岩:险峻。曾波:波涛翻涌。

③王孙:贵族,此指屈原。

④坱轧(yǎng yà):弥漫。岪(fú):山势盘曲。恫(dòng):恐惧。慌忽:迷离恍惚。

⑤罔:失意。沕(mì):潜藏。憭(liáo)栗:恐惧的样子。丛薄:长满深草。

⑥嵚岑(qīn yín):山高而险。碕礒(qǐ yǐ):山石错落不平貌。碅磳(jūn zēng):山石高危貌。磈硊(wěi wěi):山石高险貌。

⑦树轮:树之横枝。纠:交错。茷骫(bó wěi):树木屈曲盘行貌。

⑧莎(suō):草名。薠(fán):草名。靃靡(suǐ mǐ):草木细弱貌。

⑨麏(jūn):獐子。麚(jiā):牡鹿。

⑩崟崟(yín):高伟奇特貌。峨峨(é):

高耸貌。漇漇(xǐ):润泽貌。
⑪慕类:思慕同类。
⑫曹:辈。

鉴赏

《招隐士》一诗,为西汉淮南王刘安门下“小山之徒”所作。东汉王逸《章句》序此诗曰:“小山之徒,闵伤屈原。又怪其文升天乘云,役使百神,似若仙者。虽身沉没,名德显闻,与隐处山泽无异。故作《招隐士》之赋,以章其志也。”可知本诗所招“隐士”,即楚之大贤屈原。

前人名淮南小山“构思险怪而造语精圆”(陈绎曾《诗谱》),此诗正是如此。楚之屈原,早已带着不尽遗恨,沉身于汨罗,本诗开头却倒转时空,设想他于四百年后的此刻,还正在放斥的山林“淹留”:那里桂木丛生,虬枝交错,险峻的山崖俯临深谷湍流,山气迷蒙之中,还时时可闻猿猴虎豹森厉的啸嗥。正是在这幽深荒寂的山林,恍见屈原那孤独身影的踯躅。这六句以萧淡的笔墨,展示所招“隐士”身处环境之险恶,开篇即令读者悚然动容,生出深切的悯伤之情。

“王孙游兮不归”以下,作者承上悯伤之意,接着抒写对“隐士”(王孙)长往不归的怀思和担忧。作者抒写怀思,妙在不露痕迹,用的依然是景物映衬的笔法。“春草生兮萋萋”,展现冬去春来江南草长的景象,本该引发人们多少美好的思致。但在“王孙游兮不归”的特定背景下,其所勾起的,便只是不见伊人的惆怅和牵念了。这牵思的绵绵不尽,正如眼前春草的“萋萋”无穷。南唐词人李煜的“离恨恰如春草,更行更远还生”,正可作此句注脚。接着的“岁暮兮不自聊,蟪蛄鸣兮啾啾”两句,画面转成音响,用寒蝉的啾啾悲音,烘托秋尽草衰、王孙不归的寂寥,于牵念之中,更增添几重凄清的愁思。在“块兮轧”以下六句中,作者翘首远眺,看到的是盘曲的山峦、森森的草木丛生,那正是虎豹出没之地。想到屈原淹留其间,日之所及,都是这骇人心魄的景象,难道不会因此更感到失意的悲凉?这六句抒写山林的景象,重在表现作者的主观感觉,而短句、长句的错综,用韵的由“平”转“入”,使作者那思、忧交错的情感表现,显示出起伏跌宕之势,情感色彩也由幽清一变而为凄冷。

前两节从对王孙“淹留”山林的悯伤,写到久往不归的牵念和忧惧,情感已几经往复回旋。到最后一节(自“嵚岑碕礒”以下),便转入对“隐士”焦虑忧急的“招”请。有趣的是,这一节立意在“招”,采用的其实却是“吓”的方式。“嵚岑碕礒”两句,渲染山势的高危险峻;“树轮相纠”四句,展示山林草野的幽深荒凉;“白鹿麏麚”至“慕类兮以悲”六句,抒写鹿牝牡相偕的情状、猕猴熊罴企慕同类的悲思,也只是要暗示:山林乃兽类居住之地,自非贤人可以混迹之所。至“虎豹斗兮熊罴咆,禽兽骇兮亡其曹”,描摹磨牙吮血的野兽争斗的景象,更是为了逼出最后一声凄切的呼“招”——山林中的景象既然如此骇人,王孙又怎么可以在其间“久留”而不归呢?

读到这里,人们也许会发现:《招隐士》的立意和写法,与屈原的名作《招魂》颇为相似。《招魂》在呼唤“魂兮归来”之际,不正以夸饰铺张之辞,列举天地四方“蝮蛇”“封狐”“虎豹”“土伯”的可怕景象,来吓唬主人公的魂魄“不可止兮”的么?不过,《招魂》运用传说中的神怪形象来表现恐怖之境,相对来说要便利些。《招隐士》所面对的只是寻常的山林,而能将其渲染得令人寒憟、视为畏途,避之唯恐不及,就有相当的难度了。两者在艺术表现上虽然同样采用景象展示的方式,又显示了各自不同的特色。《招魂》重在渲染客观景象;《招隐士》则更注重主观情感和感受的表现,将其由悯伤、牵念、担忧到焦虑呼唤的急切之情,抒写得既富于层次又跌宕起伏。就这一方面看,《招隐士》在模仿《招魂》的同时,又有所创新和发展。

《招隐士》的另一特点,就是“奇字”的“叠用”。渲染山势之险峻,则叠用“巃嵸”“嵯峨”“嵚岑”“硱磳”等词;描述树之盘曲,则叠用“偃蹇”“连蜷”“茷骫”等词;状貌麏麚之高伟、润泽之态,则又叠用“崟崟”“峨峨”“凄凄”“漇漇”等词。堆砌和叠用奇字,未必就是优点,其佶屈聱牙,也常招来读者之厌。不过,在这首诗中,这些奇字的叠用,正适应于作者对山林险怪之境的表现需要,显示了奇奥的风骨。明人胡应麟说:“屈、宋诸篇,虽遒深闳肆,然语皆平典。至淮南《招隐》,叠用奇字,气象雄奥,风骨稜嶒,拟骚之作,古今莫追。”(《诗薮》)可谓别具只眼。

(潘啸龙)

大 风 歌

刘 邦

大风起兮云飞扬,
威加海内兮归故乡。
安得猛士兮守四方!

鉴赏

这首歌最早见于《史记·高祖本纪》,其写作背景是这样的:

十二年,十月,高祖已击布军会甀,布走,令别将追之。高祖还归,过沛,留。置酒沛宫,悉召故人父老子弟纵酒,发沛中儿得百二十人,教之歌。酒酣,高祖击筑,自为歌诗曰:"大风起兮云飞扬,威加海内兮归故乡,安得猛士兮守四方!"令儿皆和习也。高祖乃起舞,慷慨伤怀,泣数行下。

这里说的"十二年",即刘邦入关、立为汉王以后的第十二年,打败项羽、即皇帝位之后的第七年,公元前195年。这时候,他击败了淮南王黥布的叛军,命别将追杀,自己则便道回乡,召父老兄弟欢聚。酒酣之时,一面击筑(一种弦乐器)伴奏,一面唱出了这首歌,又挑选出一百二十个青年人合唱。他情感激动,"乃起舞,慷慨伤怀……"这一切,对于了解他当时的心态,从而领会这首歌的内涵,是很有帮助的。

这首歌,后人的评价很高。例如朱熹在《楚辞后语》里便说:"千载以来,人主之词,亦未有若是其壮丽而奇伟者也。呜呼,雄哉!"然而具体解释起来,却仁者见仁,智者见智。萧统把这首歌编入《文选·杂歌》,李善注云:"风起云飞,以喻群凶竞逐而天下乱也。威加四海,言已静也。夫安不忘危,故思猛士以镇之。"而李周翰的注却与李善注恰恰相反。他说:"风喻己,云喻乱也。已平乱还故乡,故思与贤才共守之。"日本渡边昭氏所藏《文选集注》引陆善经的解释既与李善不同,又与李周翰有异:

风起,喻初越("越",是"起"字之误)事时;云飞扬,喻从臣;守四方,思镇安之也。

可以看出,理解的分歧主要集中于第一句。李善认为"大风起兮"比喻秦末群凶并起,"云飞扬"比喻因群凶并起而引起的天下大乱。总之,这里面不包括刘邦本人,而是刘邦加"威"的对象。李周翰则认为:"大风起兮"的"风"是刘邦自喻,"云飞扬"的"云"指天下大乱。陆善经对"风"的理解与李周翰一致,认为"大风起兮"是比喻刘邦初起事;对"云飞扬"的理解,则与李善、李周翰都不同,认为那也指刘邦方面,是比喻"从臣"的。

日本学者吉川幸次郎在《汉高祖的〈大风歌〉》(见章培恒等译《中国诗史》,安徽文艺出版社1986年版)里引了我国古书中关于"大风"的几个例句,说明"大风"是贬义词,刘邦不可能用来比喻自己;又说"'云'是一个容易与'乱'联系起来的意象",刘邦当然也不愿意用来比"从臣"。因此,他断言"李周翰及陆善经之说最为拙劣"。他以李善的解释为基础而加以发挥,认为第一句所表现的是“天意的无常”“天意的支配”。“可怕地降临的暴风是不可知不可抗的天意无常的产物”。因此,他认为“这是一首感慨于环境突然变得幸福了的歌,所以反过来也就会忧虑幸福的丧失”。

另一位日本学者小川环树则认为第一句所写的大风骤起、浮云蔽空的形象已经暗示了刘邦的不安,而在那行踪不定的浮云里,又寄托了对自己或儿子将来命运的忧虑。因而他认为这首歌是“感伤文学的起源”。

我们细读这首歌,总会感到把第一句作李善、吉川、小川那样的解释,实在不是很妥帖,主要原因是如果做那样的解释,就与第二句缺乏顺理成章的联系。而在事实上,它们的联系却十分紧密。第二句“威加海内”紧承第一句而来,而第一句的“大风起”正是渲染一种足以扫荡一切的“威”力和足以征服一切的“威”势。如果是这样的话,那么李周翰和陆善经对于“大风起”的解释就不算错。既以“大风起”比喻自己起事后的威力、威势,则李周翰把“云”解释为被扫荡的对象,也是合情合理的。问题只在于把“飞扬”解释为“散亡”,缺乏训诂学上的根据。而陆善经的解释,却是有训诂学上的根据的。

吉川幸次郎只注意到“大风”是贬义词的用例,只注意到“云”可与“乱”联系,而没有考虑其他。《易·乾》以“云从龙,风从虎”说明同类相感,后世因而常以“风雪”比喻遭际遇合。《后汉书·耿纯传》:“以龙虎之姿,遭风云之时,奋迅拔起,期月之间,兄弟称王。”常衮《授李抱玉开府仪同三司制》:“风云所感,挺此人杰,文武相济,弼于朕躬。”《大风歌》的第一句,正是用比兴手法描绘渲染了刘邦及其“从臣”乘时崛起、所向披靡的磅礴气势,因而第二句继之以“威加四海”,便有“水到渠成”之妙。“大风起兮云飞扬”一句兼用比兴手法,既渲染气势,又具有明显的比拟、象征作用。至于“风”与“云”各比拟、象征什么,原不必细加区分。如果硬要区分的话,那么“云飞扬”从属于“大风起”,“风”是主,“云”是从。所以李周翰认为“风喻己”,陆善经认为“云喻从臣”,都是说得通的。

从章法上看,第一句“大风起兮云飞扬”乃是为第二句的“威加四海”蓄积气势、渲染气氛。它所展现的,不正是一种所向无敌的“威”势、“威”力吗?而这种风起云扬的威势、威力既然比拟、象征着君臣遇合,乘时崛起,那么这种“威”势、“威”力之所以能够加于海内,当然包含着“从臣”的功劳。刘邦在唱出这首歌的一、二两句时是估计到这一点的。既然如此,如果那些“从臣”都健在,都忠于他,岂不是用不着发愁没有猛士守四方吗?可是摆在他眼前的事实又是什么呢?帮他打天下的功臣诸如韩信、彭越等人都已经被他诛杀了;在破项羽于垓下的战斗中立下赫赫战功的黥布,因韩、彭被诛而惧祸及己,举兵反叛;刘邦在平叛中身中流矢(半年后疮口恶化致死),他是带着严重疮伤回到故乡的；这时候，他已经六十二岁，太子（后来的惠帝）懦弱无能，黥布之叛尚未彻底平定，而从吕后所说的“诸将与帝为编户民，今北面为臣，此常怏怏”来看，想反叛的还大有人在。明乎此，就不难理解这首起势雄壮的《大风歌》为什么却以“安得猛士兮守四方”的感叹收尾，就不难理解他在唱这首歌的时候为什么“慷慨伤怀，泣数行下”。沈德潜《古诗源》评此歌云：

时帝春秋高，韩、彭已诛，而孝惠仁弱，人心未定。思猛士，其有悔心乎？

刘邦对诛杀功臣是否真有“悔心”，这很难说；但沈德潜所分析的形势无疑乃是刘邦所意识、所焦虑的。以“从臣”如“云”而“威加海内”的刘邦最终以发出“安得猛士兮守四方”的慨叹而走向死亡，不管他对诛杀功臣有无“悔心”，终归是可悲的。当然，有“悔心”要好得多；如果像吕后那样刘邦一死便担心诸将谋反而密谋全部族灭，认为不如此便“天下不安”，那就更糟糕。郦将军的分析是正确的：如果尽诛诸将，则“陈平、灌婴将十万守荥阳，樊哙、周勃将二十万定燕代，此闻帝崩，诸将皆诛，必连兵还乡以攻关中，大臣内叛，诸侯外反，亡可翘足而待也”。（《史记·高祖本纪》）幸而这番议论受到重视而采取了“大赦天下”的措施，才消除了人心的“不安”。

刘邦当然是个天命论者，但他唱《大风歌》时感到的“不安”却直接来自活生生的现实，而不是直接来自对于“天意无常”的认识。要不然，他就用不着思得猛士以改变现实，从而违反“天意”了。

《文中子·周公篇》云：“《大风》，安不忘危，其霸心犹存。”宋阮逸解释道：“‘安得猛士守四方’，此不忘武备，心在杂霸也。”钟惺在《古诗归》中评此歌，却针锋相对地说：“妙在杂霸习气一毫不讳，便是真帝王、真英雄。”很显然，王通和钟惺只在对于“杂霸”的评价上有分歧；而从“以德服人者王，以力服人者霸”的观点出发，认为《大风歌》“安不忘危”“不忘武备”，则是完全一致的。然而如前面所分析的，《大风歌》表现了刘邦的“不安”；“安不忘危”云云，其实不曾搔着痒处。吉川幸次郎看出了“这首歌里有不安”，却不从现实方面、人事方面探究产生“不安”心理的主要根源，而把这种“不安”完全归因于“认识到自己的成功是由于天意的无常，也就会担心，无常的天意会向其他方向转移”，也未必是十分中肯的。

（霍松林）

垓　下　歌

项　羽

力拔山兮气盖世，时不利兮骓不逝。
骓不逝兮可奈何，虞兮虞兮奈若何！

鉴赏

《垓下歌》是一首英雄末路的悲歌，写得慷慨悲壮、抑郁凄凉。司马迁也是带着浓厚的感情来描写项羽在垓下(在今安徽省灵璧县)被汉军围困一段历史的。他写道：

项王军壁垓下，兵少食尽，汉军及诸侯兵围之数重。夜闻汉军四面皆楚歌，项王乃大惊曰："汉皆已得楚乎？是何楚人之多也！"项王则夜起，饮帐中。有美人名虞，常幸从；骏马名骓，常骑之。于是项王乃悲歌慷慨，自为诗曰："力拔山兮气盖世……"歌数阕，美人和之。项王泣数行下，左右皆泣，莫能仰视。

"力拔山兮气盖世"是追叙句，破空而来，突然把读者引入很深的意境。它写项羽在垓下被汉军围困，他已经清醒地认识到，他这个曾经是"力能扛鼎、才气过人"(《项羽本纪》)的响当当的英雄，竟然立时就要败在刘邦手下。昔日他曾斩杀过会稽守头，"一府中皆慑伏，莫敢起"；在巨鹿之战中，他破釜沉舟，以一当十，大破秦军，诸侯将领，莫不膝行而前，莫敢仰视；在鸿门宴，刘邦曾向他乞求宽恕，才幸免被擒……如此这般的英雄事迹，都涌向心头。然而，此时此刻，他面对"四面楚歌"的严酷现实，不禁悲愤交集，黯然伤怀。他那极其复杂的心情，纵有千言万语，也难于述说。所以，这句诗从他的内心深处，犹如火山爆发一般，喷薄而出，颇有排山倒海、气贯长虹之势，写得含蓄蕴藉，容量之大非同凡响。

第二句紧承上句，陡然做一百八十度的转变，由写曾经是不可一世的英雄，转为写将要成为英雄末路的败将。乍看起来，这句的转变，似乎有点突然。其实，这种转变，与诗歌要表现项羽英雄末路的主题，是极其吻合的。

由此看来,一、二两句,在笔法上,正有似续非续、似断非断之妙。从第二句的“时不利”和“骓不逝”来看,这里写项羽着意突出的是“恨”字。他怨恨天时对他“不利”,又怨恨骏马“不逝”,使他不能逃脱汉军重围。项羽就用怨恨天时、怨恨骏马的方式,来表达他极为复杂的心理状态及其英雄末路的感慨。

第三句意思是说:天时不利则罢,可恨的是跟随我多年的战马,也不向前奔跑了啊!这又有什么办法呢?项羽抛开对天时不利的怨恨,只怨恨“骓不逝”,用重复“骓不逝”三字,来表现他无可奈何的沉重心情。

第四句与第三句一脉相承,这两句都是感叹句,它比陈述句易于表达感情。它写项羽面对美人虞姬,无限沉痛地说:虞姬啊虞姬!这又有什么办法呢?!颇有呼天天不应、叫地地不灵的味道。这是写项羽在如泣如诉地向虞姬倾吐绝望的痛苦。“虞兮”二字重叠使用,便增强了感情色彩,真是字字似血、声声似泪,声泪俱下,慷慨凄凉。在这里,充分表现了项羽穷途末路,陷入绝境,无可奈何的悲凉心境。

项羽把这曲悲歌自吟数遍,美人虞姬跟他一起吟唱。跟随他身边屈指可数的士卒,亦泣不成声,“莫能仰视”。此等悲壮凄凉的景象,真乃可歌可泣,感人尤深。据张守节《史记·项羽本纪正义》引《楚汉春秋》说,当时虞姬自为《和项王歌》:“汉兵已略地,四方楚歌声。大王意气尽,贱妾何乐生!”京剧《霸王别姬》,让虞姬自刎而死,大约即本于此。

“悲歌可以当哭!”《垓下歌》作为英雄末路的悲歌,却异常成功地描绘了项羽的鲜明形象。项羽明知自己要败于刘邦手下,但他临危不惧,仍然表现出顶天立地的英雄气概。直到最后,项羽宁愿自刎而死,也不肯只身逃去江东称王。从这首诗里,也可以看到项羽的英雄本色。所以,宋代李清照在一首《乌江》诗里歌颂项羽说:“生当作人杰,死亦为鬼雄。至今思项羽,不肯过江东。”

不过,项羽把他的失败归罪于“时不利兮骓不逝”,这是非常错误的。司马迁在《项羽本纪》里,虽然表彰他灭秦的伟大历史功绩,同时,他也指出项羽“自矜功伐”,“欲以力征经营天下”,遂亡其身的过失,并且,司马迁还嘲笑项羽说的“天亡我,非用兵之罪”是极其荒谬的。

《垓下歌》描写项羽的形象,与《大风歌》所描写刘邦的形象则完全不同。《大风歌》是一首胜利之歌,它表现了雄浑高远的意境,势不可当的磅礴气势,反映了刘邦积极奋发的雄心壮志。全诗洋溢着喜悦欢乐的气氛。这两首诗放在一起作为姊妹篇来研读,才能有助于我们更加深刻地分析项羽和刘邦的不同人物形象。

(陆永品)

秋风辞

刘彻

秋风起兮白云飞，草木黄落兮雁南归。
兰有秀兮菊有芳，怀佳人兮不能忘。
泛楼船兮济汾河，横中流兮扬素波，
箫鼓鸣兮发棹歌。欢乐极兮哀情多，
少壮几时兮奈老何！

鉴赏

雄才大略、威赫一世的汉武帝刘彻虽不是著名的诗人，但他的《秋风辞》却在汉代文坛放射出令人炫目的光彩。明人胡应麟称它是历代“帝王诗歌之美者，非当时臣下所及”。(《诗薮·外编》卷一)鲁迅先生也说它“缠绵流丽，虽词人不能过也”(《汉文学史纲要》)。

《汉武故事》载，武帝行幸河东祭祀地神，横渡汾水，在舟中与群臣欢宴，回首遥望国都长安，目触心感，即兴写了这首诗。

本篇所表达的思想感情，是一曲英雄哀叹迟暮之歌。作者以香花芳草遭受秋风摧残作比拟，揭示了人的生命与不可抗拒的自然规律的矛盾，抒发了悲秋怀人和自伤老大的感慨，表现了对青春盛年和美好事业的眷恋。情调虽有些绵缠低沉，但并不是消极颓唐。字里行间，闪现着奋发有为者“壮心不已”的搏动和“时不我待”的呼唤。全篇极其自然地将慷慨沉雄与哀怨凄婉融成了一体，语言艳丽而未失于纤弱。

全诗共九句，可分为两个段落。

第一段，即前四句，主要写感秋怀人。从这一立意出发，作者首先用“赋”法铺陈描绘了秋天的景象：“秋风起兮白云飞，草木黄落兮雁南归。”虽然只有两句，寥寥十余字，却是神来之笔，妙通造化。请看：秋风席卷天宇，吹得九霄之上白云翻飞；地面上的花草树木由绿变黄，纷纷从低空落下；一排排大雁展翅掠过高空向南飞去。这景象，活似一幅寥廓萧瑟的秋景图。画面上展现了太空、高空、低空、地面四个层次，有效地增强了物象的立体感；描写的对象虽然只有秋风、白云、草木、雁群，却从无形写到了有形，从无生物写到了植物、动物，收到了“以一总多”的良好效果，从整体上创造了秋气笼罩宇宙万物的艺术氛围。再从色彩方面来说，“白云”的“白”色，“草木黄落”的“黄”色，也都恰切地点示了天地之间清空凄凉的秋色。如果仅就字面看，这两句诗连一个拟声词也没有用；但是仔细揣摩一下，就会发现其中的每个词组都隐含了一种音响。“秋风起兮”，使人可以听到欧阳修《秋声赋》所说的“凄凄切切，呼号奋发”之声；“白云飞”，必然有狂飙怒吼；“草木黄落”，定会产生摧折残枝败叶的音响；“雁南归”，当有凄厉的鸣叫。显然，这两句描写秋景，不只做到了绘色，而且兼得绘声之妙。从这种意义上说，我们称它为“有声画”，也并非溢美。

肃杀的秋天，是自然界对姹紫嫣红的春天的否定。置身万顷秋声秋色之中，作者不禁联想到人生的“春天”和“秋色”而深有感触地吟咏道：“兰有秀兮菊有芳，怀佳人兮不能忘。”所谓“秀”，即鲜艳美丽的颜色；所谓“芳”，即沁人心脾的香气。这里的“兰有秀”与“菊有芳”，是互文见义。意思是说，兰花和菊花都有艳丽的色泽和诱人的芳香。联系下一句，可知作者用它们比喻“佳人”的青春。爱国诗人屈原在《离骚》中写道：“日月忽其不淹兮，春与秋其代序。惟草木之零落兮，恐美人之迟暮。”他用“美人”指代理想的贤能国君。作者所说的“佳人”，究竟是指美女还是理想的政治人物呢？我们认为，屈原和其他古典诗人常用美女不遇佳偶，比喻政治上的怀才不遇。但是，不只本篇没有触及仕途坎坷的问题，作者一生也无此类不幸遭遇。因此，这里的“佳人”，即指美女，别无寓意。“怀佳人兮不能忘”，既不是强调钟情相思，也不是出于念远伤别，而是沿用《离骚》“美人迟暮”的字面意义，慨叹人的青春不常驻，犹如兰菊的花香经不住秋风的扫荡，立意颇有哲理性。这两句在写法上也是值得借鉴的。前者用兰花、菊花紧承上句的“草木”，委婉比喻，极为自然地由写景过渡到了抒情；后者直抒胸怀，画龙点睛，有力地深化了写景的意蕴。统而言之，这两句与开首二句结为一体，做到了即景生情，情景交融。

第二段，即后五句。作者的创作意向由悲秋悯人进入自我反思。

“泛楼船兮济汾河，横中流兮扬素波，箫鼓鸣兮发棹歌”三句，生动地描绘了泛舟浪游的欢乐。作者乘坐着高大的楼船，泛游黄河的支流汾水，击浪前进，横渡中流，扬起一道道白波，又有侍从人员为他奏乐助兴，吹箫鸣鼓，高歌摇船曲。如此情景，又可以说活似刘彻自制的一幅“帝王泛舟图”。然而，画面的布局，与第一段则有所不同。第一段，写景笔墨多，结构疏朗有致。本段则以作者为中心，以人的行动为主，紧密地联结了交通工具、游览地点、行驶进程、客观景象、乐器、歌曲。不但结构集中紧凑,而且造成了强烈的动画感。特别是“泛”“济”“横”“扬”“鸣”“发”六个动词的连用,一气贯下,生动传神地表现了作者乘舟横渡的愉快心情和浓厚的游览兴趣。

最后两句“欢乐极兮哀情多,少壮几时兮奈老何”,是作者对人生的感慨。上一句紧承前面的欢乐之状直转而下,后一句诉说乐极生悲的缘由。作者情绪的急骤变化,包含着复杂的意念活动。从全篇来看,其中有物换星移、春秋代序所触发的联想;有“物极必反”的哲理性反思;有对少壮之年的美好回忆;有“老冉冉其将至”的悲伤。但是,希望青春永存,祝愿美妙的事物永不消逝,在这些纷繁的意念活动中,起了主导作用。因此,我们说,作者虽在自伤老大,却无颓废沉沦之意。在写法上,最后两句以议论与抒情相结合,慷慨悲凉,警策激越,发人深思。

这首《秋风辞》,受《楚辞》的影响十分明显。每句都有一个语气词“兮”字,句法也比较自由,除两句由八字组成外,其余皆由七字组成,辞藻也较为宏丽。所以,胡应麟在《诗薮·外编》卷一中说:“《秋风》,则《骚》。”明确指出它属于骚体,源于《楚辞》。汉武帝的曾祖父刘邦,曾经写过一首著名的《大风歌》,原文是:“大风起兮云飞扬,威加海内兮归故乡,安得猛士兮守四方!”这也是骚体。《秋风辞》显然也受了《大风歌》的影响。但是,由于二者的思想内容不同,竟招来了有些评论者的不同褒贬。宋人陈岩肖在《庚溪诗话》中说:“汉高帝《大风歌》,不事华藻,而气概远大,真英主也。至武帝《秋风辞》,言固雄伟,而终有感慨之语,故其末年,几至于变。”我们认为,这种批评有失公允。武帝在《秋风辞》中表现的感慨,是人之常情,没有至尊至上的帝王的矜持和造作,情调也是健康的,因而深得历代选家的重视。他晚年的弊政和宫廷的斗争,与此诗中的感慨没有必然联系,无须牵强附会。《大风歌》与《秋风辞》各有千秋,不应抑此扬彼。在文风上,二者确有差异。《大风歌》语言质朴劲健,写法比较单调;《秋风辞》语言华美宏丽,写法上铺陈渲染,变化较多。如果仅就文学自身发展的内部规律来考察,这是因为:汉初文坛崇尚质朴的散文,而汉武帝时期富丽堂皇、铺张扬厉的大赋已经进入了繁盛时期,成了雄踞文坛的主要文学样式,作为《楚辞》遗响的《秋风辞》,也受到了汉赋的熏染。读《秋风辞》,对于我们了解辞、赋两种文体的相互影响和演化,也是有帮助的。

(韩理洲)

讽谏诗

韦 孟

肃肃我祖,国自豕韦,黼衣朱绂,四牡龙旂。
彤弓斯征,抚宁遐荒,总齐群邦,以翼大商,
迭彼大彭,勋绩惟光。至于有周,历世会同。
王赧听谮,实绝我邦。我邦既绝,厥政斯逸,
赏罚之行,非由王室。庶尹群后,靡扶靡卫,
五服崩离,宗周以坠。我祖斯微,迁于彭城,
在予小子,勤诶厥生,阸此嫚秦,耒耜以耕。
悠悠嫚秦,上天不宁,乃眷南顾,授汉于京。
於赫有汉,四方是征,靡适不怀,万国攸平。
乃命厥弟,建侯于楚,俾我小臣,惟傅是辅。
兢兢元王,恭俭净一,惠此黎民,纳彼辅弼。
享国渐世,垂烈于后,乃及夷王,克奉厥绪。
咨命不永,唯王统祀,左右陪臣,此惟皇士。
如何我王,不思守保,不惟履冰,以继祖考!
邦事是废,逸游是娱,犬马悠悠,是放是驱。
务彼鸟兽,忽此稼苗,烝民以匮,我王以媮。
所弘非德,所亲非俊,唯囿是恢,唯谀是信。
睮睮谄夫,谔谔黄发,如何我王,曾不是察!
既藐下臣,追欲从逸,嫚彼显祖,轻兹削黜。
嗟嗟我王,汉之睦亲,曾不夙夜,以休令闻!
穆穆天子,临尔下土,明明群司,执宪靡顾。

正遐由近，殆其怙兹，嗟嗟我王，曷不此思！
非思非鉴，嗣其罔则，弥弥其失，岌岌其国。
致冰匪霜，致坠靡嫚，瞻惟我王，时靡不练。
兴国救颠，孰违悔过，追思黄发，秦穆以霸。
岁月其徂，年其逮耇，於昔君子，庶显于后。
我王如何，曾不斯览！黄发不近，胡不时鉴！

鉴赏

所谓讽谏，就是以委婉曲折的言辞，对政治的腐败或执政者的不良作风和行为进行讽刺劝谏。这是儒家诗论的体用原则，也是中国古典诗歌史上的重要传统。韦孟这首被刘勰称为汉初四言之"首唱"的《讽谏诗》，即是《诗经》以后最早出现的实例之一。

据《汉书·韦贤传》所载，韦孟起初为楚元王（汉高祖刘邦之弟刘交）傅，后又傅其子夷王及孙戊王。《讽谏诗》是他为戊王傅时，因戊王"荒淫不遵道"而写作的。作者既然是出于这样的创作意图和功利目的，那么，作品的思想内容和主题也就大致可知了。

全诗一百零八句，四百三十余字，后人曾誉其为"四言长篇之祖"（梅鼎祚《汉魏诗乘》引《诗家直说》）。从诗的内容与行文布局来看，可分为三个段落。"肃肃我祖"以下五十二句为第一段，叙述豕韦氏家族的兴废和楚元王祖孙三代的废立传承。在这段叙述中，作者着重写了豕韦氏由盛而衰的艰难曲折的变迁，突出了楚元王"恭俭净一""惠民纳辅"的美德，以寄寓委婉的讽谏之意。但其中自述韦氏祖先的文字，颇有不合史实之处。如说周赧王绝韦氏邦国，韦氏既绝之后宗周便崩离陨坠等，就被后世学者斥为"乖疏"（梅鼎祚《汉魏诗乘》引《容斋四笔》）。这是我们在阅读时应予以注意的。

自"如何我王，不思守保"以下四十句，内容已由上文的叙史转到写实，作者直谏戊王。这是第二大段落，也是全诗的主体部分。"邦事是废，逸游是娱"，"犬马悠悠，是放是驱"，"务彼鸟兽，忽此稼苗"，"唯囿是恢，唯谀是信"，作者以如此直言不讳的语句揭出了戊王的种种劣迹，活画出一个骄奢淫逸、昏庸糊涂的上层贵族的形象。这是需要勇气的。接下来，作者又指出戊王仗恃"汉之睦亲"而为所欲为的危险，所谓"殆其怙兹"，"岌岌其国"。在作者"如何我王，曾不是察"，"嗟嗟我王，曷不此思"的声声责怨中，我们非常清楚地看出了一位謇謇老臣的直率和忠诚！

最后一段,是作者希望戊王改过之词。诗人担心国岌邦危局面的出现,告诫戊王要以春秋时代的秦穆公为榜样,悔过自新,“兴国救颠”。当然,这只能是韦孟的一厢情愿。据《汉书》记载,戊王不仅没有听从韦孟的劝谏,反而在韦孟去位归家之后与吴通谋叛汉,最终军败自杀,从而结束了他淫暴荒唐的一生。

从艺术上看,韦孟这首诗言辞质直,感情强烈,真切动人。全诗虽是以模拟《雅》《颂》的四言体形式写成,但诗中颇多近乎口语的文字。尤其是那些如“我邦既绝”“我祖斯微”“我王如何”之类的句子以“我”入诗,既有真实亲切之感,又十分明白浅近。作者也并非为写诗而造情,而是感事而发,恳切陈辞,一吐为快,诗句从诗人口中自然吟诵出来,毫不隐讳掩饰,从中可以见出作者忠耿率直的性格、苦口婆心的用意,以及当时急切不平的情绪。刘熙载说:“质而文,直而婉,雅之善也。汉诗,风与颂多,而雅少。雅之义,非韦傅《讽谏》,其孰存之?”(《艺概·诗概》)在我看来,“文”与“婉”正是韦孟此诗的不足之处,它缺少那种生动活泼的文采和蕴藉含蓄的意味。造成这种情形的原因是多方面的,但有一点似乎可以肯定:这与“讽谏诗”这一特定的形式和内容、与作者功利先于审美的创作意图不无关系。至于刘熙载所说的“质”“直”,则的确是此诗的特色。

韦孟这首诗在韵律上也有它的特点。它押韵自由灵活,转换变化错落有致,读之不乏抑扬顿挫之感。再如这首诗虽模拟《诗经》,但其叙事布词自成一体,这也是有些古代学者早就指出过的。

韦孟《讽谏诗》写成以后,汉魏以来递相师法,不少文学批评家如刘勰、皎然、严羽等纷纷评说,严羽《沧浪诗话》甚至说“四言起于汉楚王傅韦孟”。这些事实,则说明了《讽谏诗》在古代诗歌史上具有一定的影响。

(何新文)

悲 愁 歌

刘细君

吾家嫁我兮天一方,远托异国兮乌孙王。
穹庐为室兮毡为墙,以肉为食兮酪为浆。
居常土思兮心内伤,愿为黄鹄兮归故乡。

鉴赏

要理解这首诗,首先须得回溯一下历史。

西汉时期,在今天的新疆伊犁河和伊塞克湖一带,有一个主要从事游牧的乌孙国。由于它受到匈奴的控制和奴役,起初与西汉王朝没有建立友好关系。后来,汉武帝多次遣将派兵击败了匈奴,打通了通往西域诸国的道路。元鼎二年(公元前 115 年),汉武帝委派以张骞为首的三百人组成的使节团,出使乌孙等国。张骞向乌孙国国王昆莫转达汉武帝的旨意说:"愿遣公主为夫人,结为兄弟,共拒匈奴"(《资治通鉴》卷二十),诚恳地表示了希望和睦相处、共同御敌的愿望。此后,双方的友好往来,日渐频繁。到了元封年间(公元前 110 年—公元前 105 年),乌孙王恐遭匈奴袭击,遣使者前来求亲,以加强对付匈奴的联盟。于是,汉武帝把江都王刘建的女儿刘细君作为公主,嫁给了乌孙王昆莫。这件事的历史意义是应该肯定的,但是就刘细君本人来说,则是不幸的。《汉书·西域传》载,刘细君来到乌孙国以后,由于"昆莫年老,语言不通。公主悲愁,自为作歌"。所写诗歌,就是这首《悲愁歌》。

首二句"吾家嫁我兮天一方,远托异国兮乌孙王",简洁概括地记述了作者托身异国的遭遇。"吾家嫁我",说明这是遵命姻缘,自己无可奈何。在古代社会,这种不幸是司空见惯的。但是,远嫁的"天一方""异国",则是罕有的。况且,要把豆蔻青春献给一个连用语言交流感情也办不到的年老国王,与其生活一辈子。史载,刘细君的父亲刘建,早在元狩二年(前 121),就因反叛朝廷而自杀,其母也被斩首弃市(详见《资治通鉴》卷十九)。由此推算,可知她虽系皇族千金,但从小就失去了双亲,长大成人后,又要托身安命于异国。因此,她对远嫁的慨叹,当包含着不幸至甚、厄运无极的辛酸。

"穹庐为室兮毡为墙,以肉为食兮酪为浆"二句,紧承第二句"异国"的"异"字,从居住和饮食两方面描述了乌孙国与汉朝不同的生活习俗。连用四个"为"字,展开了很鲜明的对比:汉朝的房舍屋室,在乌孙则是圆顶穹庐;汉朝的墙壁,在乌孙则是牛羊毛制成的毡;汉人吃的主要是五谷蔬菜,乌孙国则以肉食为主;汉人饮浆,乌孙国则吃乳酪。在这四个"为"字的联结对比中,均先提乌孙之物,然后提汉朝之物,巧妙地表现了作者一睹异乡之物就产生了故国之思的心理活动。在许多不同的生活环境和习惯中,作者只选择了起居和饮食两方面,是因为它们是人类每天都要接触的基本生活条件,借此更能表现她时刻都在眷念故国的心情。

最后两句"居常土思兮心内伤,愿为黄鹄兮归故乡",抒发了作者想返回故乡的强烈愿望。“土思”，即思念故土故乡。其前冠以“居常”二字，进一步说明思念故国之情常常伴随着每日的起居饮食；其后缀以“心内伤”三字，又表明作者无法改变自己的处境，只能将无限的忧思积压在心。大凡超常的精神负荷，会使人失去心理平衡，出现异常的幻想。作者想化作黄鹄鸟，展翅飞回故乡，便是这种心理活动的生动表现。这种想法在现实中是办不到的，但在作品中则有较强的艺术感染力。

总之，这首抒情诗，以作者的心理活动“土思”为核心，组织全篇。前四句写“土思”的原因；后二句写“土思”的情状，一气呵成，凄怆动人。所以，胡应麟称其“工至合体，文士不能过也”（《诗薮·外编》卷一）。

（韩理洲）

拊缶歌

杨恽

田彼南山，芜秽不治。
种一顷豆，落而为萁。
人生行乐耳，须富贵何时？

鉴赏

杨恽这首《拊缶歌》，附在一封复友人书中。要理解、欣赏这首诗，先得弄清那封复信的写作背景。

杨恽是西汉人，丞相杨敞的儿子，司马迁的亲外甥。汉宣帝时，他因揭发霍光的兄弟子侄造反阴谋有功，封平通侯。据《汉书·杨敞传》载，他“好交英俊诸儒，名显朝廷”，为人“轻财好义”，居官“廉洁无私”。但他居功自傲，性格狷急刻峻，好发人阴私，弹劾多人，因此结怨甚多，终因言语肆慢，被仇家抓住把柄，告发他“妄引亡国以诽谤当世”，被黜为庶人。这时，杨恽仍自恃是丞相之子，又有大功于汉室，一朝见废，内怀不服。他“家居治产业，起宅第，以财自娱”，用轻慢恣纵的生活态度发泄内心的不满。朋友孙会宗劝他深自韬晦以远祸，他在复信中大发牢骚。这封复信就是西汉著名散文《报孙会宗书》。杨恽勤心学习外祖父司马迁的文笔，这篇《报孙会宗书》，极力模拟司马迁的《报任安书》，文情郁勃，很有气势。信中所附的这首《拊缶歌》，主旨也是发泄胸中的愤懑不平，傲岸狂恣，咽呜激越，充分显示出一个狂狷之士“内怀不满”的心情。

诗一共只有六句。前四句叙事，后两句抒情。但叙事、抒情之间，似乎没有勾连，一首诗恍如断为两截。要读懂这首诗，关键在于理解前四句的含蕴。前四句说：我在南山耕作（田，耕作），土地却荒芜了；种了一顷豆，豆子零落，只剩下豆茎。乍读之下，似与陶潜“种豆南山下，草盛豆苗稀”句意仿佛，其实，二者内涵大相径庭。他并没有陶潜那种“躬耕”的生活感受和坦然自适的胸怀。他很富有，家中养着歌女奴仆一大群，绝非靠躬耕养志之士。那么，这四句究竟有何寓托？《汉书》注者之一张宴，联系作者生平遭际，对此做出了解释。张宴说：“山高而在阳，人君之象也。芜秽不治，言朝廷之荒乱也。一顷百亩，以喻百官也。言豆者，贞实之物，当在囷仓，零落在野，喻已见放弃也。萁曲而不直，言朝臣皆谄谀也。”张宴以比兴说此诗，穿凿附会，前人已作过批驳。郑文《汉诗选笺》认为张说不足信。但他也承认诗中蕴含了不满之情，只是说不清这四句叙劳动耕作之言与所抒的不满之情究竟有何关系。于是，这首诗便成了可感知而不好解说，可意会而难于言传的诗了。

其实，知人论世，细绎诗心，诗中寄意，痕迹宛然，是完全可以解说的。“南山”“种豆”，写自己苦心经营，“芜秽”“为萁”，谓虽尽力耕作而一无所获，比喻自己的政治生涯，虽勤勤恳恳，一片忠忱谋国，尽瘁国事，却没有得到应得的报偿。因此接写后两句：人生还是自寻快乐为好；不然，要在政治上耕耘，等待富贵（须，等待），谁知道等到什么时候！这样，前四后二，一气贯注，文句似断而意脉实连。前四句确实用了比兴手法，确实蕴含了不满之情，只是不能如张宴那样，语语坐实，句句比附罢了。

揭开这一层纱幕，立见诗心，而且发现了这首诗主要的艺术特色，就在于用比兴手法而托意幽微，蓄愤懑之情而蕴含不露。

但是，这首诗中所蕴含的愤懑之情，又不全借比兴来表达，它还借助于句法之变化而取得一种盘旋回转然后奔泻的气势，以此形成感情的涡流，极声情郁勃之美。

假如你把这首诗反复吟诵，便会发现：前四句四言，迭用“芜秽不治”“落而为萁”，一事重言，盘旋蓄势；转入五六两句，化为五言，声、势突变。五句“人生行乐耳”，一个“耳”字，缀于句末，发为长吟永叹之声，似在对平生所作所为做了一番深沉、痛苦的反思之后，大彻大悟：人生还是及时行乐的好啊！一语长吁，摇曳振荡。最后“须富贵何时”仍是五字句，用反诘句陡然喝住。悔恨之情，顿悟之境，借助于斩钉截铁之声，戛然而止，收住全诗。前四句一顿，五句一宕，这个结句又一煞,宛如黄河九曲,冲破万山横阻,刚入倾泻之境,又被猛然堵截。所谓百转千回,欲开还闭,形成呜咽冲决的涡流,虽不能下而挟雷霆万钧之力。这就使心中垒块,化为笔底波澜,借音节上的迂回顿挫,吐偃蹇逆塞之怀。以声传情,依声作势,写尽满腹牢骚不平。

好的诗,读之或如隔江残笛,婉转低回;或如月下箫声,怨慕泣诉;或如铜琶铁板,发悲慨豪壮之情;或如怒涛咆哮,传千古掩抑之恨。《拊缶歌》一曲,以气之盘旋激越、发为声之呜咽浩荡,是以声传情的佳作。无怪乎作者在其《报孙会宗书》中说:“家本秦也,能为秦声;妇,赵女也,雅善鼓瑟。奴婢歌者数人,酒后耳热,仰天拊缶而呼乌乌。”正是这种“乌乌”之声,构成了这支歌的主旋律,传出了诗人愤懑激荡、傲岸不平之情。汉宣帝的爪牙终于听出了这支歌的弦外之音,而杨恽也卒以此贾祸。于是,这支歌便如嵇康临终一曲《广陵散》,千古之下,令人为之低回惋叹的壮夫狂士之音。

(赖汉屏)

怨歌行

班婕妤

新裂齐纨素,鲜洁如霜雪。
裁为合欢扇,团团似明月。
出入君怀袖,动摇微风发。
常恐秋节至,凉飙夺炎热。
弃捐箧笥中,恩情中道绝。

鉴赏

这是一首怨情诗。诗以团扇为喻,揭示了封建时代女子的不幸遭遇,以及她们遭受“弃捐”的怨抑之情。本诗最早录于《文选》与《玉台新咏》,题为班婕妤作。婕妤,宫中女官,汉武帝时始置。“视上卿,比列侯”(《汉书·外戚传序》)。班婕妤是汉成帝之妃,班彪的姑母。《乐府诗集》引《乐府解题》云:“婕妤,徐令彪之姑,况之女。美而能文,初为帝所宠爱,后幸赵飞燕姊弟,冠于后宫。婕妤自知见薄,乃退居东宫,作赋及《纨扇诗》以自伤悼。”也有人认为此诗非班婕妤所作,理由是《汉书·外戚传》收录了班婕妤所作赋全文,却没有收录《怨歌行》,因此把这首诗作为无名氏乐府《古辞》。然而,《怨歌行》的内容还是很切合班婕妤的身世的。

“新裂齐纨素”两句,写团扇质地的美好纯洁。这两句说:新剪裁下来的一块齐国出产的丝绢,像霜雪一般鲜明皎洁。此以纨素之皎洁喻女子的优秀品质。表层写团扇,深层则是写人。“裁为合欢扇”两句,是写纨素制成的团扇之美,实际上以纨扇的精美比喻女子外形的美,正如前人所评价的:“裁成句,既有此内美,又重之以修能也。”“出入君怀袖”两句,是说团扇制成之后,在天气炎热时,扇子动摇生出微风,被人所喜爱,出入于人的袖子之中。古人袖子宽大,常常携扇于其中。此处正如李善所注“此谓蒙恩幸之时也”,比喻的是女子受到男子宠爱时的情况。“常恐秋节至”四句,以团扇先受喜爱、后遭弃捐的命运,反映出封建时代女子恐遭抛弃的心态。秋风一至,天气骤凉,夏日不离手的团扇,此时便被弃置箱底,无人问津。而女子的不幸也正如此。受到男子宠爱时须臾不可离开,而一旦男子对女子日久生厌,或色衰爱弛,便随意抛弃女子,把以前的恩爱半途断绝。这是多么令人不平啊!

这首诗虽然只有寥寥十句,却十分形象而深刻地反映出封建时代妇女的不幸命运。这是封建时代极具普遍性的社会问题,不仅是普通妇女常常遭到男子的抛弃,就是像班婕妤这样的贵族女性,贵为王妃,也同样难免爱弛失宠,置于冷宫。正是因为这首诗反映了妇女的普遍悲剧,才更有感染力,引起众多读者尤其是女性的强烈共鸣。

这首诗不是用局部的比喻,而是用整体的象征手法来表现诗的主题,给读者的审美感受是十分完整的。诗中处处写团扇,无一语道及妇女的不幸命运,但出于团扇的意象的几个侧面,生动地暗示了主题,使读者在具体鲜明的审美感知中马上领悟到诗人的真正意图所在。写扇的质地鲜洁,象征着女子的美好品质;写扇的合欢图案,暗喻女子形貌娇美;写扇的“出入君怀袖”,以喻女子受宠之时;写扇的“弃捐箧笥中”,正是暗念女子被抛弃的遭遇及心情。诗的表层是咏扇,核心意象只有一个,然而这个意象又十分完整,诗的深层是写女子之不幸,扇的意象的几个侧面,把女性的美质以及受宠到失宠的共性化的经历都表现出来。尤其是写出了女性所共有的那种唯恐遭到弃捐的凄然心境。

这首诗用团扇的意象来象征妇女的悲剧命运,十分新颖,不落窠臼,而且又十分恰切。诗中所表现的怨抑之情是很深的,而表达却颇为含蓄深微,语言洗练明净,沈德潜评价此诗:“用意微婉,音韵和平”,大致不错。

(张　晶)

武溪深行

马 援

滔滔武溪一何深，鸟飞不度兽不敢临。
嗟哉武溪何毒淫。

鉴赏

这是一首悲壮慷慨、深沉激越的英雄末路之歌。武溪，即无溪，为武陵雄溪、樠溪、无溪、西溪、辰溪五溪之一，在今湖南西部、贵州东部。据《后汉书·马援传》载，汉光武帝时，武威将军刘尚征讨武陵蛮夷而全军覆没。当时南征北战、功盖一世的新息侯马援年已六十二岁，再三请求亲征。翌年，马援率四万之众亲至武溪，乘舟进军壶头山，与敌兵交战。武溪水深湍急，船不得上，又正值暑天，瘴气弥漫。敌兵据高守隘，壶头山久攻不下，士兵为瘴气所苦，病死甚多。马援亦染上重病，不久便死于军中。传说此次南征，军中有个善吹笛的爰寄生在攻敌屡屡失利的情况下，吹起了哀怨的笛曲。马援听到笛声感慨万千，随口吟出了这首绝命之作。

这首诗原本是由民歌"武溪深复深，飞鸟不能度，游兽不能临"变化而来的，诗人只在原作基础上加了几个字，就显示出完全不同的精神风貌。民歌不过是直陈武溪之深，而诗人却用极富感情色彩的形容词、感叹词"滔滔""一何深"，来表现自己的无限感慨，好像在说，滔滔武溪水，你为什么如此之深，如此之流呢！这劈头一句，道出了诗人多少的遗恨，多少的悲慨，多少的怪怨！武溪，不正是使英雄久攻不下，穷途末路的根源吗！所以，很自然地，诗人在渲染了武溪鸟不敢度、兽不敢临的可惧之后，道出了又一句发自肺腑的慨叹："嗟哉武溪何毒淫！"想到功盖一世竟败于区区蛮夷之下，这如何能让人心情平静呢！因此，诗人绝不肯写久攻的不利，不写敌人的猖獗，而只怪怨武溪水歹毒恣肆，表明自己之败也不过是不得"地利"罢了。诗人愈是这样不直言自己的失败，不发一句伤心凄惨之语，就愈能使人想见其英雄的风采。

这首诗虽只有短短三句，却不断

变换节奏，由“四、三”式的七字句到“四、四”式的八字句，再到“二、五”式的七字句，与所抒发的英雄末路之情有机地融为一体，造成一种深沉铿锵、跌宕起伏的旋律，使人分明可以从中感受到英雄脉搏的跳动和凝聚于字里行间的英雄精魄，充分表现了一位真正的英雄面对失败与死亡时的慷慨悲壮之情。

（王景琳）

四　愁　诗

张　衡

我所思兮在太山，欲往从之梁父艰，侧身东望涕沾翰。美人赠我金错刀，何以报之英琼瑶。路远莫致倚逍遥，何为怀忧心烦劳？

我所思兮在桂林，欲往从之湘水深，侧身南望涕沾襟。美人赠我琴琅玕，何以报之双玉盘。路远莫致倚惆怅，何为怀忧心烦怏？

我所思兮在汉阳，欲往从之陇阪长，侧身西望涕沾裳。美人赠我貂襜褕，何以报之明月珠。路远莫致倚踟蹰，何为怀忧心烦纡？

我所思兮在雁门，欲往从之雪雰雰，侧身北望涕沾巾。美人赠我锦绣段，何以报之青玉案。路远莫致倚增叹，何为怀忧心烦惋？

鉴赏

东汉著名科学家、文学家张衡的文学作品主要是辞赋，《两京赋》“精思傅会，十年乃成”，洛阳一时为之纸贵。而这首《四愁诗》也较有名，尤其在诗歌形式发展上具有重要意义。虽然各章的首句参用了骚体句式，但通篇都是七言且首尾完整，已是逐渐趋向成熟的七言抒情诗作。

作者晚年做河间王相时，看到河间王骄奢，不遵法度，又被小人包围，深感天下渐弊而郁郁不得志，于是作《四愁诗》，借以寄托抒发伤时忧世的情怀。

诗写主人公的“所思”是在“太山”“桂林”“汉阳”“雁门”，不仅相距甚远(太山即今泰山，桂林在今广西，汉阳在今甘肃，雁门在今山西)，东西南北，遥遥难及；而且还有“梁父”之艰，“湘水”之深，“陇阪”之长和“雪雰雰”的阻碍；上泰山必先登梁父山，到桂林要过湘水，陇阪以迂回险阻著称，而雁门则在北方冰天雪地之边陲；因此，所思所欲，所冀所望，不得实现，难以达到。那么，路途既然如此遥远艰险，为什么还要有“所思”而欲至？因为有美人赠送给主人公以“金错刀”“琴琅玕”“貂襜褕”“锦绣段”。这些均为金玉美物。知好图报，所以想回报之“英琼瑶”“双玉盘”“明月珠”“青玉案”。但是，美人所在之地，思欲所报之途，都被无端地壅塞阻隔，从而使“投我以木桃，报之以琼瑶”的愿望难以实现。《文选》中有一篇关于《四愁诗》的小序，序说：“效屈原以美人为君子，以珍宝为仁义，以水深雪雰为小人，思以道术相报贻于时君，而惧谗邪不得以通。”序文虽为假托，但所见却甚是。显而易见，作者是以写情诗的形式，来寄托其政治理想和抱负的。诗中用“美人”喻君主、以“瑶”“盘”“珠”“案”来自喻，而以“艰”“深”“长”“雰”喻小人奸佞设置种种障碍。由此揭喻出欲报君恩，却为谗佞小人所阻，无从效忠的黑暗政治。面对这样的社会现实，自不免要“心郁郁之忧思，独永叹而增伤”，心愁情悲，怏怏终日。

此诗深受屈原《离骚》的影响，运用比兴手法，以男女关系喻君臣关系，把政治内容写成美妙的情诗，情意缠绵，形象生动，感人至深。还继承《诗经》民歌重章叠句、反复咏唱的手法。四章格式相同，每章七句，每句七字。虽个别词语、比喻有所变换，但内容上基本相同，使情感的脉络清晰而又不断，并且层层有所深入，引起读者的共鸣，和抒情主人公一起思虑，一起悲戚，一起叹惋，从而对之产生深深的同情！

(赵望秦　陆三强)

与刘伯宗绝交书

朱 穆

北山有鸱，不洁其翼。飞不正向，寝不定息。
饥则木揽，饱则泥伏。饕餮贪污，臭腐是食。
填肠满嗉，嗜欲无极。长鸣呼凤，谓凤无德。
凤之所趣，与子异域。永从此诀，各自努力。

鉴赏

朱穆是东汉桓帝朝一位比较正直清廉的官吏。史载他“禄仕数十年，蔬食布衣，家无余财”（《后汉书·朱乐何传》）。他性情刚直，曾切谏梁冀，反对宦官。他憎恶当时社会刻薄和朋党的风气，曾作《崇厚论》和《绝交论》。刘伯宗是诗人的旧友。当诗人仕途畅达之时，他与诗人交游甚好。后来刘伯宗升为二千石，诗人则由持书御史降为郎，刘便以富贵骄慢诗人，所以诗人和他绝交。在写这首诗的同时，诗人还写了《与刘伯宗绝交书》一文。在文中，他堂堂正正，仗义执言：“咄！刘伯宗于仁义道何其薄哉！”在诗中，诗人又另是一副笔墨，通篇用比，以鸱鸮比刘，以凤鸟自比，结论是两者趋向不同，只能绝交，显得既委婉含蓄，又尖锐泼辣，收到了异曲同工之效。

既是绝交诗，就必须写清绝交的缘由。诗人首先从对方写起。“北山有鸱，不洁其翼。”“鸱”，即鸱鸮，猫头鹰。当时人认为猫头鹰是恶鸟，故用以比喻恶人。这两句意思是说鸱鸮不注意保持羽翼的清洁，言外之意是说刘伯宗不注意自我修养。“飞不正向，寝不定息。”这两句意思是说鸱鸮飞行没有明确的方向，安歇没有固定的地方。行止无定，无疑是绝交的首要原因。“饥则木揽，饱则泥伏。”“木揽”，言上树捉取幼鸟。“揽”，撮取。这两句意思是说鸱鸮饥饿时就到树上捉取幼鸟，以填饱自己的饥肠，吃饱了就卧在烂泥中，不思自身修养。这些所作所为与“贫贱不能移，富贵不能淫，威武不能屈”的道德标准相差何等之远。对于这个饥则为填饥肠而不择手段，饱则苟且图安，得过且过，毫无远大抱负的家伙,除了绝交还能有别的选择吗?结论是不言而喻的。"饕餮贪污,臭腐是食。填肠满嗉,嗜欲无极。""饕餮"(tāo tiè),传说中一种贪食的恶兽,通常用作贪食者的代称,分开用时,贪财为饕,贪食为餮。"嗉"(sù),鸟类食管后段暂时贮藏食物的膨大部分,形如袋。这四句意思是说鸱鸮像饕餮一样,贪污成性,以腐肉为食,岂止是填肠满嗉,简直是欲壑难填。以上诗人正面写鸱鸮,从各个不同侧面写刘伯宗与自己格格不入,无法继续为友。

在这里诗人并没有正面写凤,而是暗用了《庄子》中的一个典故,既非常清楚地表达了绝交的理由,又缩短了诗的篇幅,增大了诗句的容量,使诗歌显得很含蓄,读来耐人寻味。《庄子·秋水》篇说:惠子担任了梁国的宰相,庄子去拜见惠子。有人告诉惠子说:"庄子来了想取代你的相位。"惠子听了很恐惧,派兵在国中搜查了三天三夜,寻找庄子。庄子见了惠子说:"南方有一种鸟,其名叫鹓鶵(传说中像凤凰一类的鸟),你知道吗?鹓鶵从南海出发,飞到北海去,途中它非梧桐不止,非练实不食,非醴泉不饮。这时鸱鸮得了一只腐鼠。当鹓鶵飞过时,鸱鸮仰面看着,大吼一声,只担心鹓鶵把它的腐鼠抢去。岂不知鹓鶵连看也不想看一眼。"我们只要把二者稍加比较,就可看出鸱鸮与凤鸟相差何止十万八千里。与鸱鸮"飞不定向"相反,凤鸟"发于南海,而飞于北海",有明确的飞行目标;与鸱鸮"寝不定息"相反,凤鸟"非梧桐不止",行止有一定的原则性;与鸱鸮"饕餮贪污,臭腐是食。填肠满嗉,嗜欲无极"相反,凤鸟"非练实不食,非醴泉不饮",廉洁而不贪污。尽管如此,鸱鸮反而"长鸣呼凤,谓凤无德"。可见二者"德"的标准相差何其之远。君子以同道为朋,这样的人又怎能继续为友,所以诗人接着写道:"凤之所趣,与子异域。"我们的奋斗目标不同,实难携手共进。最后诗人郑重宣布:"永从此诀,各自努力。"让我们分道扬镳、各奔前程吧。

总之,此诗通篇用比,全诗紧紧围绕"鸱鸮"来写,如"不洁其翼""飞不正向""木揽""泥伏""臭腐是食""填肠满嗉,嗜欲无极"。这些字眼突出了鸱鸮的特点,使其丑恶形象栩栩如生,这些比喻也非常贴切,使刘伯宗贪得无厌、欺下谄上、薄于仁义之道的形象跃然纸上。在与鸱鸮的对比中,也使凤鸟的形象异常鲜明,读来十分感人。

(李建明)

赠妇三首

秦　嘉

其　一

人生譬朝露，居世多屯蹇。忧艰常早至，欢会常苦晚。
念当奉时役，去尔日遥远。遣车迎子还，空往复空返。
省书情凄怆，临食不能饭。独坐空房中，谁与相劝勉？
长夜不能眠，伏枕独展转。忧来如寻环，匪席不可卷。

其　二

皇灵无私亲，为善荷天禄？伤我与尔身，少小罹茕独。
既得结大义，欢乐苦不足。念当远离别，思念叙款曲。
河广无舟梁，道近隔丘陆。临路怀惆怅，中驾正踯躅。
浮云起高山，悲风激深谷。良马不回鞍，轻车不转毂。
针药可屡进，愁思难为数。贞士笃终始，恩义不可属？

其　三

肃肃仆夫征，锵锵扬和铃。清晨当引迈，束带待鸡鸣。
顾看空室中，仿佛想姿形。一别怀万恨，起坐为不宁。
何用叙我心？遗思致款诚。宝钗好耀首，明镜可鉴形。
芳香去垢秽，素琴有清声。诗人感木瓜，乃欲答瑶琼。
愧彼赠我厚，惭此往物轻。虽知未足报，贵用叙我情。

鉴赏

这三首诗是秦嘉从陇西郡赴京都前夕,写给在娘家患病的妻子徐淑的。

第一首,主要写作者因出公差远离家乡,未能与妻子面别,愁思无穷,孤寂难遣。

全诗共十六句,分为三个段落。

前四句为一段,感慨抒怀,强调人生欢会的珍贵。前二句,逐层递进,着意写欢会不易。人的生命犹如早晨的露水,本来是短促的。在这短促的一生中,又有很多艰难险阻使人难以欢会。三、四句意谓厄运往往过早降临,因此人们常为欢会太迟而苦恼。开首这段人生议论,为下文写夫妻别离之悲做了铺垫,看起来好像是游离于外的,实际上则有意脉上的关联。"念当奉时役"以下四句,为第二段。"时"与"是"通,"奉时役",即奉命履行这次公差。这使诗人立即产生了"去尔日遥远"的意念。可见,他与妻子的感情是深厚的,实在不忍远别,然而又出于无奈。于是,便"遣车迎子还",从娘家接回妻子,再睹一面,弥补心理上的缺憾,求得安慰。但结果竟然是"空往复空返",徒劳一场。两个"空"字用得很巧妙,既表现了妻子未归、依然如旧的空虚寂寞,又反映了诗人由希望而失望的感情波动。就章法结构而言,这一句又是承上启下的关键。"省书情凄怆"至篇末,为第三段,紧承上段末尾,铺张渲染没有见到妻子而悲痛至极的心理活动。这主要是通过一系列反常的行动描写展现的。据《玉台新咏》载,徐淑卧病母家,给秦嘉写了《答诗》一首,叙说了不能返归的原因和深沉的相思相爱。(详见本文末尾所附)作者说"省书情凄怆",即指读此诗之后的伤感。因此,他吃不下饭,独处空房又无人劝慰;彻夜不眠,躺在枕头上翻来覆去,心神不安。这里从起居饮食方面的失控行为着笔,巧妙点出:徐淑是诗人生活的伴侣,离开她就失去了生活的情趣。从而,生动真切地表现了他对徐淑诚挚热烈的爱慕,对夫妻团圆欢会的渴望。结尾二句"忧来如寻环,匪席不可卷",是说上述情景反复无穷,无法休止。"寻环",即循环,比喻愁思如绕环而行,周而复始。"匪席"句,化用《诗经·柏舟》的成句"我心匪席,不可卷也",以床上的席子可以卷起,反喻自己的忧愁难以排遣。这两句如余音回响,萦回荡漾,强化了主题。

精神极度痛苦时,人们往往会思前想后。紧承上面所写未获妻归的愁思,诗人在第二首中,追忆了夫妻平生的孤苦,抒发了离家临行依恋不舍的情怀。

这一首,可分为四段。第一段即前六句,是对夫妻二人平生苦多乐少的回顾。他俩"少小罹茕独",从小就孤单无依;结婚后,又"欢乐苦不足"。用笔虽然简略,却概括了有生以来的辛酸。这正是第一首所说的"忧艰常早至,欢会常苦晚”的注脚。长期寡欢少乐的心理积淀,使诗人对远离有特别难堪的感受。因此,本段开首就对所谓神灵无私和上天赐禄提出了疑问,用两个辛酸的经历做了否定回答。“念当远离别”以下四句,为第二段,写离别在即,却不能与妻子倾诉衷肠。《诗经·河广》中:“谁谓河广,一苇杭之”,意思是说爱慕的人虽在广阔的黄河对岸,但是驾一叶扁舟可以渡过。本篇作者想到这些,则说“河广无舟梁”,哀叹自己渡河无船又无桥。《诗经·蒹葭》中“溯洄从之,道阻且长”,意谓沿着河岸向上追寻意中人,道路险阻而长远。秦嘉想到此,产生了共鸣,但又觉得自己比其更为不幸。《蒹葭》说的是路长受阻,自己却是“道近隔丘陆”。总之,无论是水路还是陆路都有障碍,无法渡越,难见爱妻徐淑。“临路怀惆怅”以下六句,写诗人不忍舍她远去的悲怆。第一首诗说过,离乡赴京就会距徐淑日渐遥远。现在真的要启程了,诗人不胜悲愁。一到路口,就心生惆怅;车行到路的中央,又徘徊不前。在直接抒情之后,诗人又用移情法,借助客观景物烘托渲染。天上的“浮云”飘荡,仿佛诗人远游,“浮云起高山”,象喻他出门远行;“悲风激深谷”,正是他心灵深处愁思翻腾的写照。天地之间,都充溢着他离乡的悲伤,尽管马“不回鞍”,朝前奔驰,车轮却不转动。“良马”“轻车”,表明这不是马力不好,也不是车子超载,而是说连车子也依恋故乡,不愿离去。“针药可屡进”至篇末,为第四段,写自己对徐淑真挚专一坚贞不变的爱恋。针刺使人疼痛,吃药使人口苦,诗人用此说明肌肤的痛苦屡加于身,自己也能忍受,唯独“愁思难为数”,精神上的痛苦难以忍耐。这确实是真情至言,没有深刻的体会,是写不出这样的诗句的。末二句,表白自己始终如一,将永远珍惜夫妻的情谊。《古诗十九首》第一首《行行重行行》:“浮云蔽白日,游子不顾返。”写妻子怀疑丈夫外出另有新欢,破坏彼此之间的感情。秦嘉这两句剖白,既是真诚的誓言,也是对徐淑的安慰,请对方无须担忧。

第三首,写清早启行时,思念徐淑起坐不宁,留物作赠。

本篇也可分为三段,分别写离思、赠物、永结恩爱之情。

首四句,写主仆临行前紧张忙碌的准备。“肃肃仆夫征,锵锵扬和铃”,车夫急忙奔跑,收拾车马,车前横木上挂的“和铃”被摇动得铿锵作响;诗人也知道天明后就要上路,早早装束起来,等待鸡鸣。这四句写得形象生动,颇能表现临行前的气氛。此时,诗人又深情地回头看了看空寂的房子,想起了徐淑的面容身姿。“顾看空室中,仿佛想姿形”,确切地表现了诗人缠绵多情的意念活动。“一别怀万恨,起坐为不宁”,他的情绪又由短暂的甜蜜回味,骤然转向焦灼不安,时而站起,时而坐下。因为这一别,将产生数说不尽的愁怨。以上是第一段,前四句着意写“离”,以行动描写为主;后四句着意写“思”,心理刻画及行动描写交错并用,与纷乱的思绪协调合拍。“何用叙我心”以下六句,为第二段。诗人为了表达自己对徐淑的深情厚谊,留下了心爱的赠物:“宝钗好耀首,明镜可鉴形。芳香去垢秽,素琴有清声。”将四种纪念品及其用途一齐排比列出,使人可以想见诗人一边留物,一边嘱咐的情景。赠送“宝钗”“明镜”“芳香”,是为徐淑的皎好洁身着想,赠送“素琴”旨在使其心情舒畅,身心两方面的健康都考虑得很周详,关怀备至之情,跃然纸上。“诗人感木瓜”至篇末,为第三段。“木瓜”,即《诗经·木瓜》篇。其诗是青年男子对钟爱的女子回赠纪念品的吟唱。它的第一章开首是:“投我以木瓜,报之以琼琚(珍美的佩玉)。”本篇的“诗人感木瓜,乃欲答瑶琼”二句,即其概括征引。在这最后一段,秦嘉的本意实是《木瓜》篇所说的:“匪报也,永以为好也。”但他不像民歌作者那种直陈剖白,令人一览无余。他先征引古代诗人的赠物,衬比自己馈赠的东西欠贵重;其次惭愧赠物与徐淑对自己的厚爱不相称;最后才点明赠物是为了表达与徐淑“永以为好”的心意。抒情缠绵细腻,委婉曲折,这正是文人创作的特色。

钟嵘《诗品》卷中评论此诗说:“夫妻事既可伤,文亦凄怨。”胡应麟《诗薮·内编》卷二说:“秦嘉夫妇往还曲折,具载诗中。真事真情,千秋如在,非他托兴可以比肩。”沈德潜《古诗源》也说:“词气和易,感人自深,然去西汉浑厚之风远矣。”这些意见都肯定地指出了本篇的基本特点是:情真意厚,缠绵凄怆。

附:徐淑《答诗》:

妾身兮不令,婴疾兮来归。
沉滞兮家门,历时兮不差。
旷废兮侍觐,情敬兮有违。
君今兮奉命,远适兮京师。
悠悠兮离别,无因兮叙怀。
瞻望兮踊跃,伫立兮徘徊。
思君兮感结,梦想兮容辉。
君发兮引迈,去我兮日乖。
恨无兮羽翼,高飞兮相追。
长吟兮永叹,泪下兮沾衣!

(韩理洲)

羽 林 郎

辛延年

昔有霍家奴,姓冯名子都,依倚将军势,调笑酒家胡。
胡姬年十五,春日独当垆。长裾连理带,广袖合欢襦。

头上蓝田玉，耳后大秦珠。两鬟何窈窕，一世良所无。
一鬟五百万，两鬟千万余。不意金吾子，娉婷过我庐。
银鞍何煜爚，翠盖空踟蹰。就我求清酒，丝绳提玉壶。
就我求珍肴，金盘脍鲤鱼。贻我青铜镜，结我红罗裾。
不惜红罗裂，何论轻贱躯。男儿爱后妇，女子重前夫。
人生有新故，贵贱不相逾。多谢金吾子，私爱徒区区。

鉴赏

这首诗，用乐府旧题，作品的内容与篇名无关。作品的主题，是歌咏一个反抗强暴的年轻女子的故事。故事情节富有戏剧性，饶有情趣。黑格尔把诗分为三类，即史诗、抒情诗和戏剧体诗（见黑格尔《美学》），这首《羽林郎》，可谓是戏剧体诗的典型。

诗中所写霍家奴冯子都，倚势欺人，调笑妇女，可能有所根据，隐约指西汉昭帝大司马霍光宠幸的奴才头子冯子都。诗人借古喻今，讽刺和揭露东汉社会中像冯子都一类的人物，未必是实指和帝时执金吾窦景纵容属下和家奴，“强夺财富”“妻略妇女”的史实。研究文学作品，联系作品的写作背景颇为重要。倘若作品的写作背景无从考据，就应当从实际出发，揭示出作品的主题。本着实事求是的精神，对于这首诗，既没有确凿的史料作根据，也就无须说它是实指西汉何人，又是影射东汉何人。

此作共三十二句，一百六十字。全诗可分成四段，前四句为第一段，“胡姬年十五”以下十句为第二段，“不意金吾子”以下十句为第三段，“不惜红罗裂”以下八句为最后一段。虽分成四段，但全诗在构思和结构上，皆紧密相连，浑然一体。

前四句是全诗的序曲，简要破题，说明往昔霍家奴冯子都，倚靠主子的权势，调笑一位酒家女子。故事便从此展开。这四句，是用一般的陈述笔法，语言素朴，言简意赅。

第二段用形容、夸张和白描的手法，对胡姬的身份、穿着及其装饰，竭力予以渲染，表明她并非是一个平凡的女子。的确，一个年方十五岁的少女，在春暖花开之际，独自当垆卖酒，这已经是非常引人瞩目的了；何况，她身着飘动两条丝带的美丽的衣裙，外面又着一件鲜艳夺目的款式新颖的广袖合欢袄。此等妆式，典雅庄重，落落大方，想必是当时很时髦的一种服装。再看她头上的装饰，更是非同一般。她头上簪着蓝田出产的名玉，耳环是西域大秦国产的宝珠。两个鬟（发髻上的装饰品）更贵重，一个价值五百万，两个价值千万余。如此少女，此等打扮，真是举世无双。不言而喻，作为一个酒家姑娘，哪里会有这等昂贵的装饰品？作者特意用形容和夸张的手法，来显示胡姬出类拔萃，非常高贵，为下面写她不贪富贵、拒绝利诱而设下伏笔。

第三段，用铺叙的笔法，描写金吾子调戏胡姬的拙劣表演。金吾子(即执金吾)是统领禁军、保卫京师的官员。这里所谓的"金吾子"，即诗开头说的"霍家奴"。他有恃无恐，竟然在光天化日之下耍流氓，调戏妇女。这不能不使人感到意外。所以，诗用了"不意"二字。金吾子明明是在调戏胡姬，却又装得堂堂正正，彬彬有礼。"娉婷过我庐"，即是说他婉容和色地来到胡姬门前，确确乎装出一副正人君子的模样。看他又是何等气派：坐的马车，银鞍辉煌，华盖耀眼。他来到胡姬门前，来回徘徊，鬼鬼祟祟。"空踟蹰"三字，用得极妙，颇为形象地表现了金吾子满腹鬼胎的样子。

"就我求清酒"以下四句，用排比句法，描写金吾子向胡姬请求好酒好菜，要向她献殷勤，妄想用吃喝来诱惑她。接着又企图用送给她贵重的青铜镜、红罗裙来打动她的芳心。然而，胡姬头脑清醒，意志坚定，毫不动摇，拒绝了金吾子的百般诱惑。"丝绳提玉壶""金盘脍鲤鱼"两句，是在着意描写金吾子在炫耀阔气，表现他的丑恶心灵，与描写胡姬佩戴一些贵重的装饰品截然不同。"结我红罗裾"的"结"字，俞平伯先生说："所谓结者并非拉拉扯扯，只是要讨好那女人。结，读如要结之结，结绸缪结同心之结。"(《说汉乐府诗〈羽林郎〉》)说得极当。

"不惜红罗裂"以下八句，写胡姬利用软硬兼施、刚柔结合的手段，战胜了金吾子，取得了一场反抗强暴的胜利。这八句是整个故事的高潮，使故事的戏剧矛盾冲突达到顶点；然后又使矛盾由激化到缓和，经过回环曲折，使矛盾得到完美解决，胡姬保持了贞洁。全诗到此结束，给人留下美好的回味。"不惜红罗裂，何论轻贱躯"两句，写胡姬抑制不住内心的愤怒，警告金吾子不要欺人太甚，否则她将不惜把红罗裙撕破，以身死玉碎来回答他。这两句为何写得如此激烈呢？金吾子倚仗权势，死皮赖脸地缠住胡姬不放，若是她不来点强硬手段，他是不会甘心就此罢休的。同时，不难看到，作者把故事的高潮安排在这里，就使故事情节的发展变化更加具有戏剧性。由于胡姬对金吾子的严正警告，才使他在震惊中冷静下来。只有这样，作者才能转过笔来，写胡姬由愤怒变得温和，让她进一步用说理的方式来同金吾子做斗争。作者这样一张一弛地制造气氛、安排情节，就使作品波澜起伏，趣味盎然。

"男儿爱后妇，女子重前夫。人生有新故，贵贱不相逾"四句，思想性最强，写得也十分生动，似乎使人如临其境，看到胡姬面对金吾子，向他作了严肃的回答。字面上说得好听，言辞比较委婉，而态度还是坚决果断的。"男儿爱后妇"一句，实则是对金吾子之类喜新厌旧思想的批判。"人生有新故,贵贱不相逾”两句,是诗作的警句,亦是千古名言,可谓掷地有金石之声!人生有新故贵贱,并不能因此而变心。它不仅表现了妇女忠于爱情的高尚的道德情操,而且说明做一个有道德的人,亦应如此。

最后“多谢金吾子,私爱徒区区”两句,写得非常生动形象,真是如见其人,如闻其声。它写胡姬彬彬有礼地拒绝了金吾子的纠缠。“多谢”“私爱”四字,用得恰到好处,具有深刻的讽刺意味和很高的审美价值。

这首诗突出的艺术特色,是刻画了胡姬反抗强暴的鲜明形象。对于她的形象,作品是从两方面予以刻画的,一方面描写她妙龄当垆卖酒,穿着装饰非凡,是一位可爱的姑娘。作品没有正面描写她的容貌如何妩媚多姿,只是从侧面描写,用烘云托月的笔法,表现她的窈窕多姿。这可能是当时塑造美女的一种手法。乐府诗《陌上桑》表现罗敷的美丽容貌,也是使用这种侧面描写法。显而易见,如若胡姬是东施那样的女人,作品是无须花许多笔墨去描写她的服饰的。另一方面,作品着重刻画了胡姬敢于斗争而又善于斗争的形象。在封建社会,一个普通的贫家妇女,要抗拒颇有权势地位的恶棍的调戏,并非是一件轻而易举的事。作品先写胡姬要用身死玉碎来对待金吾子的调戏,警告他停止无礼行为;再写她说理言志,动摇金吾子的邪恶念头;最后写她用娓娓动听的言辞,以礼遇送别金吾子。作品通过这样的三部曲,便巧妙地刻画出一个反抗强暴的巾帼英雄的形象。胡姬的形象,具有普遍的社会意义,她是中国封建社会受压迫被侮辱的妇女反抗黑暗势力的典型。胡姬那种“女子重前夫”“人生有新故,贵贱不相逾”的思想,即代表中国妇女传统的高尚美德,与那种喜新厌旧、见异思迁的男子,形成了鲜明的对照。

这首诗对后代诗人写作规劝男子不要喜新厌旧的诗篇,有极大的影响。譬如,六朝江总《闺怨篇》诗:“故人虽故昔经新,新人虽新复应故。”唐代李白《怨情》诗:“新人如花虽可宠,故人似玉犹来重。花性飘扬不自持,玉心皎洁终不移。故人昔新今尚故,还见新人有故时。请看陈后黄金屋,寂寂珠帘生网丝。”他们的诗,可能都是受“人生有新故,贵贱不相逾”的诗句的启迪而写。这首《羽林郎》的积极社会意义,由此亦可见一斑。

(陆永品)

董 娇 饶

宋子侯

洛阳城东路，桃李生路旁。花花自相对，叶叶自相当。
春风东北起，花叶正低昂。不知谁家子，提笼行采桑。
纤手折其枝，花落何飘扬。"请谢彼姝子，何为见损伤？"
"高秋八九月，白露变为霜。终年会飘堕，安得久馨香？"
"秋时自零落，春月复芬芳。何如盛年去，欢爱永相忘？"
吾欲竟此曲，此曲愁人肠。归来酌美酒，挟瑟上高堂。

鉴赏

五言诗产生于民间，起源很早。然而文人向民歌学习，写作五言诗，却是东汉以后的事。见于记载的第一篇文人五言诗是班固的《咏史》，它在艺术上还很不成熟。这确乎反映了文人学习、模仿乐府民歌的初期情况。

《董娇饶》便是文人向乐府民歌学习过程中产生的一篇较为成功的作品。这篇诗最早见于南朝梁时徐陵编的《玉台新咏》。作者宋子侯是东汉人，身世不详。"董娇饶"，女子名。唐诗中常见用"娇饶"为典，如"细马时鸣金騕褭，佳人屡出董娇饶"（杜甫《春日戏题恼郝使君兄》），"香随静婉歌尘起，影伴娇饶舞袖垂"（温庭筠《题柳》）。据《梁书》和《南史》的记载，张静婉为羊侃伎，能作掌上舞。温庭筠在《张静婉采莲曲》一诗的序中说她"其容绝世"。温氏将董、张并提，或者董娇饶原是歌伎，以声容舞态见称于时。本诗以"董娇饶"为题而不咏其事，余冠英先生疑此诗用乐府旧题（说见《汉魏六朝诗选》）。

诗以"桃李"比方女子红颜，说花虽然零落，尚有重开的时候，而一旦红颜老去，便会欢爱永绝。

本来，花落花开是大自然永恒的法则，正如四时的周而复始，前后相续。通常人们总是习惯于将花开花落比女子年华的盛衰有时，却很少从两种自然现象的差异之处着眼作比。诗人从这一角度处理题材，自然出人意表。诗人的这一思想从属于他对整个人生的思考。他由落花感悟到青春易逝,盛颜难驻,于是借采桑女子而发。这类人生短促的感叹,是一种时代思潮,在当时的诗文中时有抒发。因此,采桑女的忧伤也就是诗人自己的“愁肠”,采桑女的感叹与诗人的人生感慨是相通的。

《董娇饶》在汉诗中别具一格,和汉乐府中的民歌很有些不同之处,这从开头的六句即可以明显地看出来。

汉乐府民歌的叙事篇章多数是一开始便直咏其事,也有少数篇章用大段铺叙介绍人物以引起故事的,如《陌上桑》。这首诗开篇介绍主人公罗敷的美貌:先细写她的穿着打扮,又从“行者”“少年”“耕者”“锄者”看到罗敷以后的种种行为加以反衬。正是罗敷的美貌引起“使君”的垂涎与无礼——故事由此发生。《董娇饶》的开头则把这类人物介绍换成景物描写,作为人物活动的环境。这样,既做到了人物和环境的统一,又使开篇和全诗紧密关联。《董娇饶》的开头一段与全诗的关系极大,诗意即此生发,层层展开:由采桑女攀折花枝引起“花”的诘责,继写采桑女的回答,再写“花”的反复辩驳。

开头这一段景物描写其中包含抒情的成分,因而也写出了某种意境,颇合于闻一多在论述中国古代诗歌的发展时说的“事化为境”的意思。《古诗十九首》中的《明月皎夜光》写诗人的悲愁,从描绘秋夜的景色入手,写皎皎明月、历历寒星、促织的悲吟、寒蝉的凄切,显然,这秋夜的景色即是诗人情感的外化,景亦情,情亦景,则已臻于情景交融的境界。就《董娇饶》的全诗看,虽说并不以抒情为主,但其情感的抒发和景物的描绘也还是一致的。

《董娇饶》艺术上最为突出的一点,是成功地运用了心理映衬的手法。

表现人物心理这一部分(从第七句至第二十句)构成全诗的主要内容。其中“纤手折其枝”一句作为全篇关节。采桑女为什么要拗折路边的花枝呢?对此,诗人没有作交代。接下去从对立的一方“花”写起,借“花”的诘责引出矛盾:“何为见损伤?”“花”的责问有理:我开我的花,你采你的桑,彼此互不相干,你为什么要来损害我?采桑女却是答非所问:“高秋八九月,白露变为霜。终年会飘堕,安得久馨香?”言外之意是:请不要顾惜现在这一点小小的损伤吧,反正你早晚是要凋落的。这个回答并未说出折花的心理动机。采桑女为什么不作正面回答呢?无非是不愿剖白内心某种隐秘的东西,这种隐秘的东西或许她自己也说不清楚。然而,她的回避反倒容易使她的心理活动被人窥测到。正是由于她无意中表露自己对盛衰的看法,招来了“花”的驳难。“花”的盛衰观和采桑女有着根本的分歧,生活的真谛告诉它:“秋时自零落,春月复芬芳。”如果说采桑女回答“花”的诘责时尚能平静处之,那么,当她听到“何如盛年去,欢爱永相忘”的讥嘲,便难以自持了。这话正触到她的隐忧,令她闻之心惊。她不觉恍然若失:是啊,花虽然凋落,可还有再荣之期;作为一个女人,青春却是一去不返。

或者她还是一个处女吧。但是,等待着她的未来究竟怎样,她将碰到一个什么样的命运呢?她不敢想,却又是不能不时刻想到的。她回答"花"的话,说的是"花"的荣枯,实则成了自伤。这隐在的自伤的情怀造成她折花的复杂、微妙的心理。试想:在万物得其时的明媚春光中,采桑女手提桑笼走在幽僻的小路上,繁花不时地拂过她的头顶,她能够没有感触吗?大约她看到那炫耀似的开着的烂漫的桃李花,即勾起心头的烦恼,并带一点本能的忌妒,心里想:你先不要得意,到了露结为霜的季节,还不是照样枯萎、凋谢。这样想着的时候,不知不觉的,纤手已经攀住了花枝。

这一段文字可以说是一波三折,层见叠出。又由于诗人运用了以花写人、借物传神的笔法,全诗显得含蓄蕴藉,婉转动人,而有别于乐府民歌的质直和单纯。清人沈德潜评此诗说"婀娜其姿,无穷摇曳"(《古诗源》),恐怕也主要是指这一段。

《董娇饶》一诗在艺术上所取得的成就是不能抹杀的,在中国古代诗歌发展史上应有其地位。但是也必须看到,它在艺术表现上的创新是基于对乐府民歌的借鉴。比如诗中设为问答的形式就是直接来自乐府民歌。在叙事中穿插对话,是乐府民歌经常采用的形式,《东门行》《艳歌何尝行》和《陌上桑》是其中比较典型的例子。采用这种写法可以增强作品的真实感,避免叙事的单调和平淡,且有助于人物性格和心理的刻画。《董娇饶》中的对话在表现心理方面有着特殊的意义。同时,由于这一方式的采用,也造成诗意的层层递进,因而在组织篇章结构上有着不容忽视的作用。

此外,以花拟人的写法也是受了汉乐府民歌中寓言诗的影响。汉乐府民歌中有为数不少的寓言诗,如《乌生》《艳歌行》(其二)《蛱蝶行》《枯鱼过河泣》等。寓言诗的基本特点是取义双关,意在言外。《董娇饶》不同,它的主题是通过正面形象的描绘直接表现的。虽亦拟物为人,但那是为了表现人,表现人与"花"的某种特定关系,而非全篇用寄托,所以这里的花并没有独立的意义。

本诗在语言的运用上则更多地保留了民歌的朴素、自然的本色。比如开头的两句"洛阳城东路,桃李生路旁",就如同脱口而出。"高秋八九月"以下四句也是如此。把本诗同建安诗人的某些作品一比较。二者之间的差异立即就可以看出来。曹植的《美女篇》给人的突出印象,就是辞采的华丽和对偶的讲究。《董娇饶》的句子并不怎样修饰和锤炼,其中也有一组对偶句,即"花花自相对,叶叶自相当"。这虽然已是在有意追求,但仍不免有些笨拙,不像魏晋诗人用起来那样得心应手。

(齐天举)

翠 鸟

蔡 邕

庭陬有若榴[1],绿叶含丹荣。
翠鸟时来集,振翼修形容。
回顾生碧色,动摇扬缥青。
幸脱虞人机[2],得亲君子庭。
驯心托君素[3],雌雄保百龄。

注释

①陬(zōu):角落。若榴:木名。

②虞人:古代掌山林苑囿及田猎的官。机:指捕鸟器。

③素:真诚,心地善良。

鉴赏

此诗的大意是:翠鸟历尽艰难险恶,终于有所依托,因此而感到庆幸。诗中隐隐透出弱者求生存的悲哀,尽管这意绪是淡淡的,被暂得安生的欣喜掩藏着,还是可以让人感觉得到。

诗显然是有所为而作。蔡邕的一生十分坎坷。在他四十六岁那一年曾遭宦官构陷,与家属一起流迁朔方,路上几次被人行刺,都幸免于难。九个月后遇赦,又在归途中得罪了五原太守王智而被密告“怨于囚放,谤讪朝廷”。在这种险恶情势下,他不得不“亡命江海,远迹吴会”。在吴时,“往来依太山羊氏,积十二年”(范晔《后汉书·蔡邕传》)。蔡邕这段经历可以帮助我们理解《翠鸟》一诗。但蔡邕同羊氏的关系,和诗中所写的翠鸟与主人的关系,并不能等同,因此,对诗的内容毋宁理解得宽泛一些,而不可扣得太死。

本篇在五言诗发展上颇有值得注意的地方。

首先一点,是讲究章法和布局。先写绿叶丹荣的若榴树,再引出翠鸟时时来集,两层意思关联很紧,使环境和所咏主体融为一体。读者自会从中得到这样的启示:幸脱“虞人机”的翠鸟来此栖息是得其所。这就为后面诗意的生发奠定了基础。接着五、六两句极写翠鸟的欣悦,以及经过休整后焕发出来的荣光和神采,成为全诗的最生色之笔。至此,对翠鸟脱险后依托得所的诗意作足。以下自然地揭出“幸脱虞人机,得亲君子庭”的主题。其中包含着对主人由衷的感戴之情。最后两句是希望能长久生活在这乐土中,而不复忧虑惊扰和伤害,并表示自己唯有一颗驯顺之心,以此回报主人的厚德,不胜拳拳之意。这个结尾,用意深长,很耐咀嚼。本篇显然不同于汉代民歌那样直言其情,直叙其事,也不像古诗一类文人诗那样“凿空乱道”,略无经营。

其次,是注意字句的锻炼。如将动词和形容词关联在一起,因而收到相得益彰的表达效果。“碧色”由“回顾”而“生”,“缥青”因“动摇”而“扬”,以动作显示形色神态,以形色神态映现其内心的欣喜之情。这两句采用的是动词、形容词的多重对仗,从而加大了诗的密度,各意象之间又可以交错映现,呈现出多种姿色。又如将“绿叶”配“丹荣”,“缥青”对“碧色”,显得和谐而有变化。此外,如“生”和“扬”之类的词语,都可以见出用字的功夫。

总的说来,这篇诗文胜于质,字句间颇有刻削的痕迹,这标志着文人五言诗发展的重要一步。

(齐天举)

杂诗(其二)

孔　融

远送新行客,岁暮乃来归。入门望爱子,妻妾向人悲。
闻子不可见,日已潜光辉。“孤坟在西北,常念君来迟。”
褰裳上墟丘,但见蒿与薇。白骨归黄泉,肌体乘尘飞。
生时不识父,死后知我谁。孤魂游穷暮,飘飖安所依?
人生图嗣息,尔死我念追。俯仰内伤心,不觉泪沾衣。
人生自有命,但恨生日希。

鉴赏

孔融有《杂诗》两首，这是其中第二首。此诗以白描的手法，抒写悼念幼子夭折的悲伤心情，意切情深，哀婉动人。

一、二句概括了时间和空间的因素。“远送”说明距离之远，“岁暮”言其时间之久。这就为下面“闻子不可见”的突然性做了铺垫。“来归”前冠以“乃”字，使急切回家的主观之情历历可见。客观上久远，主观上盼归，客观上越久越远，主观上的盼归之情愈浓愈烈。因此，回家后的欣喜欢快不言而喻。

为什么诗人那么热切地盼望回归呢？是故土难离，还是情系深闺？可能都有，但最主要的是家中有一位可爱的幼子，长久地远行在外，无时无刻不在惦记着他。因此，一进家门，不顾疲劳，风尘未洗，第一件事就是“望爱子”。如此迫切，见出爱子在诗人心中不同寻常的位置。可他看到的是妻妾们悲哀恸哭的场面；听到的是“子不可见”的噩耗。热烈的盼望变成痛苦的失望，美好的希望转化为严酷的现实，一下子由喜悦的高峰跌入痛苦的深渊，形成感情的强烈对比。“日已潜光辉”，既有喻意，喻儿子已亡；也是写实，真实地写出了诗人惊闻死讯时目眩神飞、眼前发黑的瞬间感受。待到人于震眩中返神收聪，他可能提出这样的问题：“埋在什么地方？为什么不等我回来？”诗中跳过了提问，只写了回答：“孤坟在西北，常念君来迟。”回答中隐含着提问。“常念君来迟”是说不是不等，而是久等不至，不得已而埋在西北。“迟”与开首两句之“远送”“岁暮”呼应。听到“孤坟在西北”后，强烈的悲痛之情必然促使诗人前往悼念。“褰裳”，提起衣服的下摆。“上”显出攀登之难。“褰裳上墟丘”状急匆匆艰难攀登奔走之状如在目前，使读者仿佛可以看见诗人如痴如狂的情状，听到他砰砰狂跳、气喘吁吁的声音。然而，当他登上“墟丘”时，映入眼帘的是萧条的蓬蒿、荒凉的薇草。面对这悲凉的景象，身受这严酷的现实，诗人从突然遭受打击激起的外在行动内化为剧烈的心理变化：他由长满蓬蒿和薇草的坟墓想到儿子的白骨已入黄泉，永远无法谋面了，他的肌体可能已经化为到处飞扬的尘土。到这里“望爱子”的愿望被彻底击碎了。从“入门望爱子”至此，贯串着一个“望”字。“望”子不见，于是“望墟丘”。由“墟丘”的荒凉想到黄泉下的白骨。这其间感情大起大落，内涵深沉感人，读之催人泪下。

“生时不识父，死后知我谁”凝聚着诗人的抱憾心情。儿子生时，由于自己久不在家，他连父亲都没有认下。现在，他死了，自己站在坟前哭他、想他、追念他，他知道我是谁吗？思子而怕子不识己，这中间蕴含着多么巨大的悲痛。古人是相信鬼魂存在的。自己健在,幼子独亡,“穷暮”之中他的魂岂不太孤单了!“飘飖”游荡中依靠谁呢?表现出慈父的拳拳之心。进而诗人由子亡想到了自己身后荒凉,想到了“不孝有三,无后为大”之类的古训。因此,“俯仰内伤心,不觉泪沾衣”。这泪,包含着幼子早逝的悲哀,包含着身后荒凉的凄怆!这一俯仰长叹、泪流湿襟的动作描写,集中而又突出地表现了诗人的心境。他痛苦至深,悲哀至极,感情发展达到最高点。于是,他想用当时人们普遍认可的“真理”宽慰自己,但这只是瞬间的闪念,接着涌上来的是更为深沉、更为浓厚的痛苦和悲哀。

这首诗淳朴自然,毫不雕饰,仿佛胸中流出,却于平淡中见深情,在质朴中含至味。全诗形象鲜明,句句实写,其情自显,是“为情造文”,因而感人弥深。

(程　远)

悲愤诗(五言)

蔡　琰

汉季失权柄,董卓乱天常。志欲图篡弑,先害诸贤良。
逼迫迁旧邦,拥主以自强。海内兴义师,欲共讨不祥。
卓众来东下,金甲耀日光。平土人脆弱,来兵皆胡羌。
猎野围城邑,所向悉破亡。斩截无孑遗,尸骸相撑拒。
马边悬男头,马后载妇女。长驱西入关,迥路险且阻。
还顾邈冥冥,肝脾为烂腐。所略有万计,不得令屯聚。
或有骨肉俱,欲言不敢语。失意几微间,辄言“毙降虏!
要当以亭刃,我曹不活汝!”岂敢惜性命,不堪其詈骂。
或便加棰杖,毒痛参并下。旦则号泣行,夜则悲吟坐,
欲死不能得,欲生无一可。彼苍者何辜?乃遭此厄祸。
边荒与华异,人俗少义理。处所多霜雪,胡风春夏起。
翩翩吹我衣,肃肃入我耳。感时念父母,哀叹无穷已。
有客从外来,闻之常欢喜。迎问其消息,辄复非乡里。
邂逅徼时愿,骨肉来迎己。己得自解免,当复弃儿子。

天属缀人心，念别无会期。存亡永乖隔，不忍与之辞。
儿前抱我颈，问“母欲何之？人言母当去，岂复有还时？
阿母常仁恻，念何更不慈？我尚未成人，奈何不顾思！”
见此崩五内，恍惚生狂痴。号泣手抚摩，当发复回疑。
兼有同时辈，相送告别离。慕我独得归，哀叫声摧裂。
马为立踟蹰，车为不转辙。观者皆歔欷，行路亦呜咽。
去去割情恋，遄征日遐迈。悠悠三千里，何时复交会？
念我出腹子，胸臆为摧败。既至家人尽，又复无中外。
城郭为山林，庭宇生荆艾。白骨不知谁，纵横莫覆盖。
出门无人声，豺狼号且吠。茕茕对孤景，怛咤糜肝肺。
登高远眺望，神魂忽飞逝。奄若寿命尽，旁人相宽大。
为复强视息，虽生何聊赖？托命于新人，竭心自勖厉。
流离成鄙贱，常恐复捐废。人生几何时，怀忧终年岁。

鉴赏

此诗在我国诗史上是文人创作的第一首自传体长篇叙事诗，真实而生动地描绘了诗人在汉末大动乱中的悲惨遭遇，也写出了被掠人民的血和泪，是汉末社会大动乱和人民苦难生活的实录，具有史诗的规模和悲剧的气氛。诗人的悲愤，带有一定的典型意义，这是受难者的血泪控诉，可以说是字字是血，句句是泪。

全诗可分为三大段，前四十句为第一大段，先从董卓之乱写起，这是诗人蒙难的历史背景。诗中概括了中平六年（189）至初平三年（192）这三四年的动乱历史，诗中所写，均有史可证。“斩截无孑遗”以下八句，揭露了以董卓为首的一群穷凶极恶的豺狼对人民所进行的野蛮屠杀和疯狂掳掠。据《三国志·魏书·董卓传》记载：董卓曾经派军队到阳城，百姓正在举行二月社日的活动，军队将社下男子全部杀头，驾其牛车，载其妇女财物，以所断头系车辕轴，连轸而还洛，诈称攻贼大捷，山呼万岁。入城后，焚烧男头，把妇女给士兵做婢妾。此诗所写的卓众东下，杀人如麻，以至积尸盈野、白骨相撑的惨象以及“马边悬男头，马后载妇女”等，是这场浩劫的实录。“载妇女”三字，暗暗点出自己的遭遇。初平三年（192）春，董卓部将李傕、郭汜大掠陈留、颍川诸县，他们部队中又杂有羌胡兵，蔡琰就是此时被掳的。“所略有万计”以下十六句，细述诗人在俘虏营中的生活，这些成千上万的俘虏，贼兵不让他们在一起屯聚，即使骨肉之间在一起，也不敢说一句话，稍不留意，就会遭到一顿臭骂和毒打。俘虏们日夜号泣悲吟，欲死不得，欲生不可，于是诗人含着满腔的悲愤，只好呼天而问。“彼苍者”两句，将途中之苦总括收住。这一大段最精彩的艺术描写，是写贼兵辱骂俘虏的几句话，口吻毕肖，活画出贼兵一副狰狞的面目和蛮横的嘴脸。

“边荒与华异”以下四十句为第二大段，主要叙述在边地思念骨肉之亲的痛苦及迎归别子时不忍弃子、去留两难的悲愤。“边荒与华异，人俗少义理”两句，高度概括了她被掳失身的屈辱生活，诗人于不忍言、不便言之处，仅用“少义理”三字概括，“以少总多”，写出了她被侮辱被蹂躏的无数伤心事。“处所多霜雪”以下六句，用“霜雪”“胡风”略言边地之苦，引出“念父母”来。诗中通过居处环境的描写，以景衬情，烘托出自己无穷已的哀叹，增强了酸楚的悲剧气氛。“有客从外来”以下六句，描写引领望归和急盼得到家人消息的心情。客从外来，闻之高兴，迎问消息，方知不是同乡，希望转为失望，忽喜忽悲，波澜起伏。“邂逅徼时愿，骨肉来迎己”两句，诗的意脉忽又转折，平时所企望的事情意外地实现了，可谓喜出望外。“已得自解免”以下六句，念及别子，忽又由喜而悲。“别子”的一段艺术描写，最为动人，感情不但真挚，而且挖掘得很深。儿子劝母亲留下的几句话，像尖刀一样句句刺痛了母亲的心。儿子的几句质问，使得诗人五内俱焚，恍惚若痴，号泣抚子，欲行不前。在去留两难中，突现了诗人复杂矛盾的痛苦心情。“兼有同时辈”以下八句，插叙同辈送别的哀痛。作者描写了马不肯行、车不转辙、连路人都感动得歔欷流泪的送别场面。这种以宾形主的衬托手法，更加突出了抒情主人公的悲痛欲绝。

“去去割情恋”以下二十八句为第三大段，叙述诗人在归途中及到家后的遭遇。割断情恋，别子而去，上路疾行，日行日远，但情恋又如何能割去呢？别后彼此天各一方，何时能再见面？“念我出腹子，胸臆为摧败”两句，以念子收转，随作一顿。“既至家人尽”以下十二句，先写到家后方知亲人已经死亡殆尽，连中表近亲也没有，以见孤苦无依。接叙乱后故乡的荒凉：城郭变成山林，庭院长满荆棘蔓草，白骨纵横，荒坟累累。特别是“出门无人声，豺狼号且吠”两句，把战后的荒凉，写得阴森可怖。“登高远眺望”两句，又以念子暗收，遥应“念我出腹子”两句。“奄若寿命尽”以下四句，叙述诗人在百忧的煎熬之下，已经失去了生活的乐趣。“托命于新人”以下四句，叙述重嫁董祀之后，虽用尽心力，勉励自己好好活下去，但又担心经过流离之后，自己成了卑贱的女人，焉知不被新人抛弃？末两句“人生几何时，怀忧终年岁”，“虽顶末段，却是总束通章，是悲愤大结穴处”（张玉穀《古诗赏析》卷六）。

通观全诗,《悲愤诗》在艺术上有几点突出的成就值得重视。诗人很善于挖掘自己的感情,她将叙事与抒情紧密地结合在一起,情系乎词,情事相称,叙事不板不枯,不碎不乱。当详之处极力铺写,当略之处一笔带过。诗的叙事以时间先后为序,以自身遭遇为线索,以抒写悲愤为纲。在表现悲愤的感情上,纵横交错,多层次,多侧面,波澜层叠,回肠荡气。

另外,《悲愤诗》的真实感极强,关于俘虏生活和别子心情的描绘,非亲身经历是难以道出的,正如吴闿生所说,"吾以谓(《悲愤诗》)决非伪者,因其为文姬肺腑中言,非他人所能代也"(《古今诗范》)。

《悲愤诗》语言浑朴,由于它情真、情深,故质由中出,不假雕琢,真情极切,自然成文。它的人物语言,有个性化的特点。写贼兵骂俘虏,恶言恶语,逼真传神,使人如闻其声,如见其人。文姬别子时,其子说的几句话,酷似儿童的语气,似乎可以看到小孩子抱着母亲的颈项说话的神态,看出小儿嘟着小嘴乞求母亲的样子,孩子的天真、幼稚和对母亲的依恋之情,跃然纸上,在这之前的诗歌中是罕见的。

(刘文忠)

悲愤诗(骚体)

蔡　琰

嗟薄祜兮遭世患,宗族殄兮门户单。
身执略兮入西关,历险阻兮之羌蛮。
山谷眇兮路漫漫,眷东顾兮但悲叹。
冥当寝兮不能安,饥当食兮不能餐。
常流涕兮眦不干,薄志节兮念死难,
虽苟活兮无形颜。
惟彼方兮远阳精,阴气凝兮雪夏零。
沙漠壅兮尘冥冥,有草木兮春不荣。
人似兽兮食臭腥,言兜离兮状窈停。
岁聿暮兮时迈征,夜悠长兮禁门扃。
不能寝兮起屏营,登胡殿兮临广庭。

玄云合兮翳月星，北风厉兮肃泠泠。
胡笳动兮边马鸣，孤雁归兮声嘤嘤。
乐人兴兮弹琴筝，音相和兮悲且清。
心吐思兮胸愤盈，欲舒气兮恐彼惊。
含哀咽兮涕沾颈。
家既迎兮当归宁，临长路兮捐所生。
儿呼母兮啼失声，我掩耳兮不忍听。
追持我兮走茕茕，顿复起兮毁颜形。
还顾之兮破人情，心怛绝兮死复生。

鉴赏

最早见载于《后汉书·董祀妻传》的《悲愤诗》二章，一为五言，一为骚体。选家多选其五言而遗其骚体，这是因为骚体的一首在艺术描写上、在抒情的深度上不如五言的一首。两诗背景相同，内容相似，都是蔡琰追怀悲愤之作，可互为补充。五言所详者，往往为骚体所略。骚体所描写的情景，亦有五言诗所未发者。

此诗可分三段，开头十一句为第一段，诗人首先感叹自己命运不幸，生不逢时，遇上汉末大动乱的年头。自己的父亲蔡邕在董卓被诛之后，受到牵连，下狱而死，宗族殄灭，门户单薄，家破人亡，但更为不幸的是在大战乱中作者为羌胡兵所掳，西入函谷关，历尽险阻，受尽侮辱，到达匈奴之地，山谷幽远，长路漫漫，眷怀故乡，翘首东顾，只有悲叹而已。这种痛苦像毒蛇一样噬啮着她的灵魂，使她夜不能寐、饥不能食，终日以泪洗面。她失身于匈奴，被迫嫁与左贤王，她想到这是失节夺志的事，想到死，但又难于死；苟安地活着又感到面惭耳热，她处于无法解脱的痛苦与悲愤之中。这就是作者在第一段中总述的身世之悲。

从"惟彼方兮远阳精"以下十九句为第二段，此段详述了流落在南匈奴十二年中的痛苦、屈辱与悲愤。诗人被掳之后，流落到了南匈奴（在今内蒙古），在悠悠三千里之外，那里很像离太阳远了，那里阴气凝重，霜雪夏零，沙漠无垠，黄尘迷漫，春天不见草木生长，人粗野，食物都带着膻腥之味。那里的人深目高鼻，语言难辨。特别是到了岁暮年终之时，夜长昼短，只好早早关门睡觉。但长夜难眠，诗人想到半生的不幸遭遇，又如何能安寝呢？"不能寝兮起屏营"以下，诗人转笔写夜不能寐的痛苦生活。当诗人"中夜起徘徊"，登上胡殿面临广庭之时，她所看到的是黑云四合、隐星蔽月，她所听到的是北风呼啸、胡笳与边马的悲鸣和孤雁的哀哀之声，这时有艺人夜起弹琴搊筝，其音泠泠，既悲且清。这引起诗人要表达内心痛苦的强烈愿望，她感到悲愤填胸，不吐不快。她想仰天长叹，以排遣一下胸中的积愤，但又担心惊动了她的丈夫，只好忍气吞声，让眼泪往自己的肚子中流。这是多么难以忍受的痛苦啊！

"家既迎兮当归宁"以下八句为第三段，此段写诗人被迎归时的"别子"之痛，儿子连声叫着妈妈，失声悲啼。母亲只好掩起自己的耳朵，不忍听儿子的哭叫声。儿子追上来拉着母亲的手不让母亲走，甚至在地上打滚哭闹得不成样子。母亲去住两难，五内俱焚。弃子之事，像刀子一样刺痛着这个母亲的心。

此诗首段十一句，句句用韵。从第二段开始转韵，但仍句句用韵，一韵到底。在艺术上有以下几个特点：

首先，第二段写胡地的气候、自然环境、风俗人情很有特点。五言一首写边地风物仅有"边荒与华异，人俗少义理。处所多霜雪，胡风春夏起"四句，此段则将此内容铺张细写，衍为一大段，充分表现出"边荒与华异"，涉及气候、节物、地理、人物语言与外形、饮食等诸多方面，突出了"边荒与华异"之处，使读者看到诗人由中原流落到边荒的生活环境与心态、习惯的巨大变化，而要适应这种新的环境，诗人要忍受多么大的痛苦，这就从人物活动的场景中，突现了主人公的不幸与悲愤。

其次，此诗善于用景物气氛来抒写诗人的悲愤之情，如"玄云""北风""胡笳""边马"孤雁的鸣叫声以及胡地的音乐声等，利用这一切来创造一种悲苦的气氛，并以此来烘托诗人的悲苦之情。

再次，五言一首数次写别子之痛，此首写别子则较简略。写儿子不忍与母亲分别，五言长于用小儿的语言来描绘，这首长于写动作，两者异曲同工，均达到传神的境界。特别是"顿复起兮毁颜形"一句，确是逼真传神之句。

（刘文忠）

胡笳十八拍

蔡　琰

第一拍

我生之初尚无为，我生之后汉祚衰。

天不仁兮降乱离，地不仁兮使我逢此时。
干戈日寻兮道路危，民卒流亡兮共哀悲。
烟尘蔽野兮胡虏盛，志意乖兮节义亏。
对殊俗兮非我宜，遭恶辱兮当告谁？
笳一会兮琴一拍，心愤怨兮无人知！

第二拍

戎羯逼我兮为室家，将我行兮向天涯。
云山万重兮归路遐，疾风千里兮扬尘沙。
人多暴猛兮如虺蛇，控弦被甲兮为骄奢。
两拍张弦兮弦欲绝，志摧心折兮自悲嗟。

第三拍

越汉国兮入胡城，亡家失身兮不如无生。
毡裘为裳兮骨肉震惊，羯膻为味兮枉遏我情，
鼙鼓喧兮从夜达明，胡风浩浩兮暗塞营。
伤今感昔兮三拍成，衔悲畜恨兮何时平！

第四拍

无日无夜兮不思我乡土，禀气含生兮莫过我最苦。
天灾国乱兮人无主，唯我薄命兮没戎虏。
俗殊心异兮身难处，嗜欲不同兮谁可与语。
寻思涉历兮何艰阻，四拍成兮益凄楚。

第五拍

雁南征兮欲寄边心，雁北归兮为得汉音。
雁飞高兮邈难寻，空肠断兮思愔愔。
攒眉向月兮抚雅琴，五拍泠泠兮意弥深。

第六拍

冰霜凛凛兮身苦寒，饥对肉酪兮不能餐。

夜闻陇水兮声呜咽,朝见长城兮路杳漫。
追思往日兮行李难,六拍悲兮欲罢弹。

第七拍

日暮风悲兮边声四起,不知愁心兮说向谁是。
原野萧条兮烽戍万里,俗贱老弱兮少壮为美。
逐有水草兮安家葺垒,牛羊满地兮聚如蜂蚁。
草尽水竭兮羊马皆徙,七拍流恨兮恶居于此。

第八拍

为天有眼兮何不见我独漂流?为神有灵兮何事处我天南海北头?

我不负天兮天何配我殊匹?我不负神兮神何殛我越荒州?

制兹八拍兮拟俳优,何知曲成兮转悲愁。

第九拍

天无涯兮地无边,我心愁兮亦复然。
人生倏忽兮如白驹之过隙,然不得欢乐兮当我之盛年。
怨兮欲问天,天苍苍兮上无缘。
举头仰望兮空云烟,九拍怀情兮谁为传。

第十拍

城头烽火不曾灭,疆场征战何时歇?
杀气朝朝冲塞门,胡风夜夜吹边月。
故乡隔兮音尘绝,哭无声兮气将咽。
一生辛苦兮缘别离,十拍悲深兮泪成血。

第十一拍

我非贪生而恶死,不能捐身兮心有以。

生仍冀得兮归桑梓，死当埋骨兮长已矣。
日居月诸兮在戎垒，胡人宠我兮有二子。
鞠之育之兮不羞耻，愍之念之兮生长边鄙。
十有一拍兮因兹起，哀响缠绵兮彻心髓。

第十二拍

东风应律兮暖气多，知是汉家天子兮布阳和。
羌胡蹈舞兮共讴歌，两国交欢兮罢兵戈。
忽逢汉使兮称近诏，遣千金兮赎妾身。
喜得生还兮逢圣君，嗟别二子兮会无因。
十有二拍兮哀乐均，去住两情兮难具陈。

第十三拍

不谓残生兮却得旋归，抚抱胡儿兮泣下沾衣。
汉使迎我兮四牡骓骓，胡儿号兮谁得知。
与我生死兮逢此时，愁为子兮日无光辉，
焉得羽翼兮将汝归。一步一远兮足难移。
魂消影绝兮恩爱遗。十有三拍兮弦急调悲，
肝肠搅刺兮人莫我知。

第十四拍

身归国兮儿莫知随，心悬悬兮长如饥。
四时万物兮有盛衰，唯有愁苦兮不暂移。
山高地阔兮见汝无期，更深夜阑兮梦汝来斯。
梦中执手兮一喜一悲，觉后痛吾心兮无休歇时。
十有四拍兮涕泪交垂，河水东流兮心是思。

第十五拍

十五拍兮节调促，气填胸兮谁识曲。
处穹庐兮偶殊俗，愿得归来兮天从欲。

再还汉国兮欢心足，心有怀兮愁转深。
日月无私兮曾不照临，子母分离兮意难任。
同天隔越兮如商参，生死不相知兮何处寻。

第十六拍

十六拍兮思茫茫，我与儿兮各一方。
日东月西兮徒相望，不得相随兮空断肠。
对萱草兮徒想忧忘，弹鸣琴兮情何伤！
今别子兮归故乡，旧怨平兮新怨长。
泣血仰头兮诉苍苍，胡为生兮独罹此殃。

第十七拍

十七拍兮心鼻酸，关山阻修兮行路难。
去时怀土兮心无绪，来时别儿兮思漫漫。
塞上黄蒿兮枝枯叶干，沙场白骨兮刀痕箭瘢。
风霜凛凛兮春夏寒，人马饥尯兮筋力单。
岂知重得兮入长安，叹息欲绝兮泪阑干。

第十八拍

胡笳本自出胡中，缘琴翻出音律同。
十八拍兮曲虽终，响有余兮思未穷。
是知丝竹微妙兮均造化之功，
哀乐各随人心兮有变则通。
胡与汉兮异域殊风，天与地隔兮子西母东。
苦我怨气兮浩于长空，六合虽广兮受之应不容。

鉴赏

这是一首用骚体写成的长篇抒情杰作。作者蔡琰在汉末董卓之乱时，为胡骑所掳，归南匈奴左贤王。处胡十二年，生二子，后被曹操以重金赎回。归汉后，感伤乱离，追怀悲痛，作《悲愤诗》二首。又感笳之音，翻笳之调而入琴曲，创作了《胡笳十八拍》曲和辞。

胡笳是古代北方民族的管乐器，其音悲凉，相传由张骞从西域传入。十八拍即十八段。这十八段琴曲，流传的时间很久，唐代还作为古典名曲被人弹奏着。

这首诗的内容与五言《悲愤诗》大致相同，区别在于《悲愤诗》偏重于叙事，而本篇则偏重于抒情，欣赏时可将两者对照阅读。

全诗分为两部分，前十一拍为第一部分，抒写自己遭受乱离、身处胡地、思乡难归的悲愤心境和哀怨之情。

诗歌开卷第一拍就为全诗定下了愤怨沉痛的基调。诗人说自己小时候天下还安宁太平，长成之后汉朝的国运就衰落了。既点明了悲剧发生的时代和原因，又传达出了生不逢时的憾恨之情。一想到那个时代给自己带来的不幸遭遇和至今不可愈合的心灵创伤，这种憾恨之情便不可遏止地迸发为对天地的大声控诉："天不仁兮降乱离，地不仁兮使我逢此时！"如果说开头两句所抒发的感情还是一个小小的旋涡，那么三、四句顷刻将感情的闸门全部打开，一任怨情奔泻而下，唱出了一曲往事不堪回首的酸楚之歌。那是怎样一个乱离之世啊，"干戈日寻"，"烟尘蔽野"，胡虏猖獗，民众流亡。在这场乱离中，自己不幸被掳入胡地，"节义亏"已足以使她这位有教养的汉女志屈意乖了，何况"遭恶辱"时又没有谁可以诉说！这反映了诗人不但遭受着肉体的摧残，且吞咽着精神的苦果。在这双重重压下，她的心几乎要"溃死"了，可是却没有人能理解她。"当告谁"，"无人知"，既是沉重的叹息，也是满腔孤愤不平之气。这一拍总述自己在乱离中的遭遇，抑郁难申的愤怨之情，恰似翻滚奔突的岩浆刚刚找到了喷火口，便冲天而起，飞瀑而下，一发不可收拾，强烈地震撼着读者的心灵，具有先声夺人之妙。

第二拍是对前一拍诗意的补充。"戎羯"，指匈奴。"逼我兮为室家"应"节义亏"与"遭恶辱"。"逼"字写出了"为室家"之强差人愿。"云山万重"见路程之远，"疾风千里"见行旅之苦，"人多暴猛"与"控弦被甲"则活画出匈奴的凶猛气焰，暗示出自己不得已的心理。身已远在"天涯"，相居的又尽是如狼似虎的胡人，不言环境之险恶，而险恶之境自见。面对此情此景，诗人却无法说与谁听，唯有"自悲嗟"，心境之凄凉更进一层。

第二拍到第十一拍写在异地的所见所闻、所思所感，集中抒发思乡之情。从中原到北胡，使诗人感到痛苦的首先是生活习惯的不同。饮食上，胡人以"羯膻"(有腥味的羊肉)为味，以"肉酪"为食；衣着上，胡人又以"毡裘"为裳；居住也无定所，"逐有水草兮安家葺垒"，"草尽水竭兮羊马皆徙"。这种生活方式诗人很难接受，使她极易产生"俗殊心异兮身难处"，"嗜欲不同""恶居于此"的怀旧情绪。不光生活异俗使她思念家乡，边地的景物也常常引起她对家国的怀恋。在胡地，夜晚，她听到的是"从夜达明"

的鼙鼓声,浩浩的风声和呜咽的陇水声;白天,她看到的是萧条的原野,遍地的牛羊和城头上不灭的烽火。在诗人的笔下,游牧民族特有的强悍与野蛮,边地的萧瑟与荒凉,战争的频繁与恐怖,都以形象可感的画面形式一一展示在读者面前。借助这些画面,诗人如泣如诉地申述了她怀旧的原因,同时也给诗篇笼罩上了一层浓郁的乡思之愁。诗人的愁绪是那样的强烈,以至使她看到"雁南征",就想让大雁将自己的"边心"寄回中原,看到"雁北归",又想从大雁那里打听家乡的音讯。她寄情于大雁,可大雁却飞得高高的、远远的,连个影子也寻找不到,留给诗人的只有"空肠断"和"思愔愔"。于是诗人不由得愤怒起来,她质问天,也谴责神:"为天有眼兮何不见我独漂流?为神有灵兮何事处我天南海北头?我不负天兮天何配我殊匹?我不负神兮神何殛我越荒州?"这四个排比、斥问式长句,将诗人压抑已久的怨气、怒气淋漓尽致地发泄出来,形成排山倒海、汹涌澎湃的强大力量,冲击着读者的心扉,对此,谁能不起恻隐之心,乃至潸然泪下。

第十一拍是对自己心理的剖白。诗人说她并非贪生怕死,表明她也曾想到过向死神乞求灵魂的解脱。她之所以不去死,一是希望重"归桑梓"(桑梓,指代故乡),埋骨乡里;二是在胡地生下了两个孩子,给她濒于崩溃的精神注入了生存的勇气。诗至此,诗人将思乡之情轻轻挽住,突出她对孩子的疼爱,这就为下文抒写思子之情埋下了伏线。章法严密,天衣无缝。

第十二拍到第十八拍是诗歌的第二部分,写被赎归汉的经过及别子与思子之情。第十二拍是过渡段。上一拍诗情渐趋平和,此拍则转悲为喜,喜中又透出新愁。诗人先以比兴手法写"汉家天子"的恩泽降及边地,胡汉罢兵交欢的情景,接着叙述自己惊悉被赎归汉的消息,欢快之情流溢于纸上。但一想到将要与二子分别,且"会无因",便又生出了无限的哀愁。此拍亦喜亦忧,喜忧参半,为下文写别子、思子之情做了铺垫。

第十三拍写别子之情,这是一个感人的场面。诗人处胡十二年,无时无刻不盼望着辞胡归汉,如今这一愿望终于实现了,"不谓残生兮却得旋归",道出了暗自庆幸的心理活动。接下去笔锋转折,"抚抱胡儿兮泣下沾衣",诗人又陷入了深深的悲痛之中。与孩子分别的时刻到了,诗人将他们搂在怀里,摸呀,抱呀,亲呀,没个够,想到这些年来孩子给予自己的安慰,想到此去再也没有会面的机会了,想到孩子将永远失去母爱,禁不住泪水滂沱,沾湿了衣裳。只此一句,就把母亲的心肠,和盘托露在读者面前。"四牡骓骓"是借用《诗经·四牡》中的诗句,原意是说四匹马拉着车子不停地奔驰。用在这里,除了暗示汉使迎接自己的仪仗隆重之外,主要表示登车启程。这时胡儿的哭声从身后传来,撕裂了母亲的肝胆,哀愁使她感到"日无光辉",她多么想像鸟一样生出双翅,带着幼子一起南飞,她一步三回头，迈不开沉重的脚步，然而毕竟是越走越远了，当看不到孩子的身影时，她也丧魂失魄了。这里，诗人运用写实和夸张相结合的手法，把母子分别的情景写得缠绵悱恻，哀婉动人，极有艺术感染力。

第十四拍到第十七拍集中抒写归汉以后的思子之情。诗人虽然身归汉国，却每时每刻都在思念着她曾“鞠之育之”的骨肉，感情上常常有填不饱的饥饿感。诗人用四时万物有盛有衰衬托出她的愁苦一刻也不曾减弱。面对“山高地阔”“见汝无期”的冷峻现实，她唯有将会子的希望寄于梦境。梦中相见并没有给诗人带来多少愉快，反倒更增加了她“觉后”的痛苦。日月无私，千里可共，可母与子却像商星与参星一样，各在天一方，永无相见之日。这种苦苦的思恋，即使面对可以使人忘忧的萱草，也难以减轻。“归故乡”，使“旧怨平”了，“今别子”又使“新怨长”。泪哭干了继之以血，继之以血也不能消除新怨，于是诗人只好将一腔愤怨诉诸“苍苍”，再次质问上天，为什么生下了我，却偏偏让我遭受如此深重的祸殃！这几拍思绪显得有点零乱不整，相同或相近的诗句多次出现，这正是诗人心烦不安的情绪的外化。

第十七拍写归途的艰辛与路上所见到的当年战乱留下的惨象。“塞上”句是离开胡地时所见；“沙场”句是入汉境后所见，倒应首拍，再次申述她身遭不幸的根源。“风霜”两句申足“行路难”之意。“春夏寒”实指春寒，“夏”字因举“春”连带而及。“筋力单”写出了诗人因长途颠簸，又饥又瘦，到故乡时疲惫、憔悴的容貌。不言旅途之苦，而辛苦之状可想而知。

最后一拍是全诗的尾声。首二句言创制此曲的依据，接下两句说十八拍虽然弹奏完了而自己的愁思仍无边无际，强调忧愁之绵长。最后以夸张的手法抒写自己的哀怨之气“浩于长空”，以见忧愁之深重。诗至此戛然而止，而诗人的哀愁却愈加浓厚。

这首诗读来让人荡气回肠，悄然变容，不由自主地为诗人捧上一掬同情之泪。其所以有如此艺术效果，主要是因为作者所抒发的是她的真情实感。在构思上完全依据感情的起伏变化来组织篇章，愤怒时则呼天抢地，悲愁时则弦凝声咽；诗句或长或短，也依抒情的需要，参差错落，传声尽意。在表达手法上，采用直接抒发和托物言情相结合的方法，形成了一唱三叹、回环往复的抒情特点，在诗中造成了浓重的悲愤哀怨的情绪氛围，极易拨动读者的心弦，使其不由自主地产生强烈的感情共鸣。另外，诗人通过大量生动的比喻，将抽象的愁思物象化，也是诗歌的成功之处。

（杨希武）

行行重行行

古诗十九首

行行重行行，与君生别离。相去万余里，各在天一涯。
道路阻且长，会面安可知！胡马依北风，越鸟巢南枝。
相去日已远，衣带日已缓。浮云蔽白日，游子不顾返。
思君令人老，岁月忽已晚。弃捐勿复道，努力加餐饭！

鉴赏

这是梁昭明太子《文选》中所选录的东汉末年无名氏文人创作的《古诗十九首》之第一首。《古诗十九首》皆抒情短诗，它们的主题多半是写游子思妇的离情别绪及下层文士的落拓失意，曲折地反映着东汉灭亡前夕动荡不安的社会生活。《行行重行行》这一首以思妇自述的口吻写出，委婉真切地抒发了家居妻子对远行丈夫的怀念。

这首诗和其余十八首一样，没有标题。但如果我们把此诗反复加以吟诵，从它那低沉而凄切的韵律中，我们耳边仿佛可以听到一支首尾完整的题作“离别”的交响曲。如果我们再仔细聆听并分辨这支交响曲的序曲以及四个乐章所谱写的内容，那它们就可以用这样五个小标题来标明，即：“忆别”“远别”“久别”“疑虑”“哀怨”。

“行行重行行，与君生别离”二句写分别时的情景，直抒哀怨之起因，抚今而追昔，故能笼罩全篇。“重行行”，清人张玉穀的解释是“言行之不止也”(《古诗赏析》)。我们可以想象：丈夫出门远行，妻子一定是送了一程又一程，最后才不得已而忍痛与丈夫分手了；在留下来的妻子的眼里，丈夫远远离去时的身影总是难以忘怀的，时间不论过去多久，也不论丈夫如今流落何处，她一想起来，便会觉得丈夫离她越来越远了。欧阳修《踏莎行》词上片写行人的心情有“离愁渐远渐无穷”的名句，下片写思妇的思绪又有“平芜尽处是春山，行人更在春山外”的名句，欧词中出现的这位在春风中策马远行的旅人给我们的印象即是：他似乎总在不停地前行着，他同家乡的距离总在不断地延伸、延伸；

或许，欧阳修所创造的这种引人惆怅的意境，正是受了“行行重行行”这句诗意的启发。“与君生别离”，明用屈原《九歌·少司命》中“悲莫悲兮生别离”句意。生离与死别都是可悲痛的，强调悲痛莫过于生离，是由于重逢无期，情同死别，故这里说“生别离”犹如说“永别离”。白居易《母别子》诗有云：“以汝夫妇新嬿婉，使我母子生别离。”其“生”字的用法与这里的用法完全一样。

“相去万余里，各在天一涯。道路阻且长，会面安可知！胡马依北风，越鸟巢南枝。”这六句写夫妻别后两地相距之遥远。“万余里”是夸说极远，并非实指，与下句的天各一方可作一意读。“道路阻且长”，用《诗经·秦风·蒹葭》的“道阻且长”成语，而含意有别。《蒹葭》诗乃情歌，诗共三章，反复写相思者一会儿觉得自己像逆流而上，对方仿佛离自己很遥远，不易亲近；一会儿又觉得自己像顺流而下，对方仿佛就在前边不远的小岛上，要与之亲近却也不难。显然，《蒹葭》诗里的“道阻且长”是刻画相思者的心境，非实写道路之遥远。今用此成句加一“路”字而变为写实，“阻”字即含有相隔千山万水之意了。“胡马”，指产于北方的马。“越鸟”，指产于南方的鸟。“胡马依北风，越鸟巢南枝”是引用古歌谣中的两个比喻。关于这两个比喻的意义，旧有“不忘本”“哀其生”及“同类相亲”诸说，大致都以为比喻人对乡土的爱恋。诗人在这里采取《诗经》中常见的比而兴的艺术手法，以人应爱恋乡土结束上文的写远，并兴起下文，换韵而转写离别之久与思妇之哀怨。

“相去日已远，衣带日已缓。”衣带日渐宽松，是因人日渐消瘦，不说人渐瘦而说带渐缓，久别与长期相思之苦都用暗示表达出来。这二句为千古绝唱，不知引起后世多少文人的赞赏和仿效。宋代柳永《凤栖梧》词中的“衣带渐宽终不悔，为伊消得人憔悴”二句，即反其意而用之，同样产生了巨大的艺术感染力量。

“浮云蔽白日，游子不顾返。”二句写思妇因相思之深而产生的疑虑。清人吴淇释此二句说：“‘白日’比游子，‘浮云’比谗间之人，见此不顾返者，非游子本心，应有谗人蔽之耳。”（《选诗定论》）如此含蓄的描写也是用以表现诗中女主人公的文化教养。“思君令人老，岁月忽已晚。”二句又承上“相去日已远，衣带日已缓”，更进一步写久别与相思之苦。“岁月”，指时间。“忽已晚”，言时间过得快。吴淇说得好：“妙在‘已晚’上着一‘忽’字。彼衣带之缓曰‘日已’，逐日抚髀，苦处在渐；岁月之晚曰‘忽已’，陡然惊心，苦处在顿。”可见诗人在这里不是将上文作无谓的重复，而是用错综变化的句法加深抒情。

全诗结尾以“弃捐勿复道，努力加餐饭”二句将思妇之哀怨再推进一层，同时却戛然而止，袅袅余音，扣人心弦。“捐”，与“弃”同义，弃捐，在这里是被抛弃的意思。“努力加餐饭”句向有两种解释，一种认为是劝慰对方(游子),一种认为是自我宽慰(思妇)。张玉穀持前一说,当代研究家亦多从此说。然细忖诗意,总觉得这种解释与全诗抒情之逻辑有违,不如后一种解释较为切合。因为说“加餐”须要“努力”,不过是心有哀怨而吃不下饭的另一说法而已,思妇不怨恨自己被抛弃而只作自我宽慰语,这种表现方式是何等含蓄有力!如果把这句诗解释成思妇在怀疑远出的丈夫另有新欢的同时,却还恳切希望丈夫努力加餐以保重身体,则会使人感到这位思妇未免过于矫情,这样,诗情的真实性便要大大削弱了。白居易有一首题为《古意》的诗,为拟《行行重行行》之作,其末四句云:“寄书多不达,加饭终无益。心肠不自宽,衣带何由窄!”这里“加饭”句就是作为家居者之自我慨叹来写的。

在《诗经》和汉乐府民歌里,抒情诗往往采用分章的形式把相同的内容变换句法以反复咏叹,从而取得动人的艺术效果。《行行重行行》这首诗不分章,但写远、写久、写怨都运用意思相近的诗句加以反复,读来也颇具一唱三叹的韵味。这首诗以质朴自然的语言、形象恰切的比喻、独特完整的结构和抑扬顿挫的声韵,谱出了一支满含时代悲思的离别之曲,真可谓“惊心动魄”“一字千金”(钟嵘评语),无怪乎后来的许多诗人,包括白居易这样的伟大诗人,都要为之倾倒了!

(杜维沫)

青青河畔草

古诗十九首

青青河畔草,郁郁园中柳。
盈盈楼上女,皎皎当窗牖。
娥娥红粉妆,纤纤出素手。
昔为倡家女,今为荡子妇。
荡子行不归,空床难独守。

鉴赏

艺术辩证法作为一门学科是新兴的。然而在文学创作中体现出辩证因素,从而深入事象的本质,以少总多,构成意蕴深永的艺术形象,在我国古典诗歌领域里却有着悠久的历史。"昔我往矣,杨柳依依。今我来思,雨雪霏霏"(《诗经·小雅·采薇》),两千多年前,诗人已知道用杨柳的融和春意反衬离思,以雨雪的凄清景象映照归情。如果说在《诗经》《楚辞》中这类富于辩证意味的表现手法还只是萌芽,那么到东汉末年《古诗十九首》(以下简称《十九首》)出现,就已发展到成熟的阶段。《十九首》的作者善于运用正反、虚实、动静、近远、藏露等相反相成的手法构成空灵的艺术境界。释皎然云:"(苏、李)二子,天予真性,发言自高,未有作用。十九首辞义精炳,婉而成章,始见作用之功,盖东汉之文体。"(《诗式》卷一)此论精辟地指出了《十九首》在出于自然、发于真情的基础上已开始能看出"作用",亦即作者的艺术构思。反思原则的自觉不自觉地运用,正是这种"作用"的表现之一。《青青河畔草》即其范例。

这是一首用第三人称写的思妇诗,《十九首》中采用此种写法的,仅此一篇。

正是由于运用了第三人称写法,在诗的前半部分,连用了六个叠词句勾画出一幅精美的丽春少妇图。墙外是草色"青青",园中是垂柳"郁郁",在一派生意盎然的春光中,园林中心的楼头,隐隐出现了一位风致"盈盈"、仪态万方的少妇的倩影。"盈盈"是写少妇的体态,也表现出诗人初见时的印象。这位少妇凭轩而立,在春日照耀下风采明艳,如同"皎皎"明月从纤云中漾出。"皎皎"二字既写了少妇焕发的容光,也传神地点出了诗人目眩神摇的感受。待得从震眩中返神收聪,诗人才进而看清了她那美好的姿容、艳丽的妆饰。"娥娥红粉妆"的"红",见涂抹之浓艳;"纤纤出素手"的"素",见肤色的晶莹。"红""素"两相照映,就更加从色彩上给人以饱满的美的感受。诗歌通过"出素手"这一细节描写告诉读者,这位少妇除了呆呆地站在那里手抚窗栏而外,没有任何其他动作,她似乎在眺望着什么,期待着什么……她已陷入沉思之中了。这样作者像一位高明的电影摄影师,由远而近——从园林外到园林内,再到园林中心的楼头;从总体到局部——由体态的大致描述,到手指的细致刻画;初步勾勒出一幅阳春丽景中的青春少妇图。这是一幅画图,却更有画图所不及的妙处。18世纪德国美学家莱辛在《拉奥孔》中谈到诗与画的区别时曾指出:诗人可以不像造型艺术家那样受"顷刻"的限制,他可以"随心所欲地写整个的情节或动作系列"。孤立地看每一行诗也许不如画面那么完整,但是“上下文连接起来则能产生最好的艺术效果”。《青青河畔草》一诗的作者正是充分利用了诗歌创作的这种特点,通过系列的描画,使诗中的主人公光彩四射,呼之欲出。

那么这位少妇在盼望、期待着什么呢?“昔为倡家女,今为荡子妇。荡子行不归,空床难独守”,原来她在盼望着远行未归的丈夫。“荡子”和现在口头说的一般含义不同,而是指浪迹四方的客子。盛颜如花,年华似水,又适逢撩拨人的骀荡春光,她越发渴望着爱情的抚慰;然而眼前的现实却只是寂寞的空房,她所能保留的只是对过往恋情的甜而苦的忆念。

读诗至此,我们不禁油然而生一种悲凉感。明媚春光,正反衬出少妇内心的寂寥;艳丽的装束,反显出她精神上的憔悴。诗人成功地运用了正反相形的手法,终于进一步完成了深闺思妇的形象的塑造,笔墨简净,而余味无穷。这位思妇望着“青青河畔草”绵延展向天边,自然会产生“王孙游兮不归,春草生兮萋萋”的遐想。她望着“郁郁园中柳”,也许良人远行之际,她正是从这棵柳树上折枝相赠,“柳”“留”谐音,但那婀袅披拂的柳枝,岂能真为她绾住游子天涯漂泊的行踪?她盛妆倚窗,盼望着良人的突然出现,然而日复一日的希望,跟着的却是日复一日的失望。

这里我们应特别注意六个叠字的作用。如果说,整首诗在结构上运用了前后两半正反相形的手法,那么六个叠字是同一手法在遣词造句上的成功表现。顾炎武《日知录》说“诗用叠字最难”,我们体会,这个“难”是因为古体诗句有定字而句式又短,重复同一词也就相应减少了表达更丰富的意思的机会。而连用叠字更容易造成一种单调的感觉。但是叠字用得好,却往往能达到以少胜多、化单调为丰满的艺术效果,顾氏称《诗经·卫风》“河水洋洋……”连用六叠字是“复而不厌,颐而不乱”,下又称“古诗‘青青河畔草’……连用六叠字,亦极自然,下此无人可继”。这一评论可从形与音两个方面来理解。

这六个叠词可分成三种类型。“青青”与“郁郁”同是形容植物的生机畅茂,但“青青”状草的颜色,“郁郁”却写柳的意态。“盈盈”和“皎皎”同是形容人的风姿,但“盈盈”是仪态,而“皎皎”指风采。“娥娥”与“纤纤”同是写人的容貌,然而“娥娥”是抽象地赞叹“红粉妆”的美处,“纤纤”却十分具体地刻画出素手的形状。三组六字极尽错综变化之能事,彼此间又密切联系,互相生发。草的“青青”与柳的“郁郁”是自然景色的配合;柳之“郁郁”与楼上女的“盈盈”,使物的意态与人的仪态交相辉映;“皎皎”是少妇青春的光彩,唯其如此,“娥娥”“纤纤”才不显得板俗而被赋予内在的神采,其道理与拜伦的名作《她走在爱与美的光晕中》是一样的。

六个叠字在音调上也富于变化,“青青”是平声;“郁郁”是仄声;“盈盈”又是平声,浊音;“皎皎”则为仄声，清音；“娥娥”“纤纤”虽同为平声，却是一清一浊。这样或平仄相间，或清浊映衬，利落错综，一片宫商，看似单调的叠字却形成了自然而又丰满的音乐形象。这种音声上的单调与丰富的统一正传达出女主人公寂寞之中的烦扰心声。李清照的《声声慢》连用七个叠字“寻寻觅觅，冷冷清清，凄凄惨惨戚戚”，以写自己凄切寂寞的心境，是格律诗（词）中用叠字的典范，而其胚芽则在近一千年前已胎息于《古诗十九首》中了。必须指出《青青河畔草》用叠字注意平仄或清浊的映衬错综，绝非偶然。《古诗十九首》中如“青青陵上柏，磊磊涧中石”（《青青陵上柏》），“迢迢牵牛星，皎皎河汉女。纤纤擢素手，札札弄机杼……盈盈一水间，脉脉不得语”（《迢迢牵牛星》），都是一平一仄，并调节以清浊的变化。如果我们把这些叠字换成全平或全仄，全清或全浊，读来一定会感到滞涩龃龉。汉末还根本不知道什么叫音韵学，但诗人在实际创作中却从经验出发，自然地进行调节配置，这倒是音韵学史上应当注意的一个重要现象。

矛盾是对立的统一，相反相成的艺术手法并非是随意把两种不同的形象捏合在一起。《青青河畔草》的作者之所以成功，关键在于他抓住了对立面的内在联系，这就是主人公“昔为倡家女，今为荡子妇”的特殊身份与由此而形成的性格特征。“思妇”是《诗经》以来古典诗歌的传统题材，不妨举二诗略作比较。《诗经·卫风·伯兮》也是一首思妇诗，其中主人公的丈夫是国君的侍卫（伯兮朅兮），是一国之中的杰出人物（邦之桀兮），高贵的社会地位与礼法的熏陶，使这位思妇在丈夫出征时“自伯之东，首如飞蓬，岂无膏沐，谁适为容”。其所表现的情感是深沉庄重的，诗中少妇对自己丈夫的执妾卫国、为王前驱感到光荣，因而心甘情愿地经受孤独岁月里离愁别恨的痛苦煎熬，诗中正反映了这种特殊的矛盾心理状态。如果对她施以因情思而浓妆艳抹、临衢当窗的描绘，那就会格格不入。王昌龄的《闺怨》：“闺中少妇不知愁，春日凝妆上翠楼。忽见陌头杨柳色，悔教夫婿觅封侯”，写的是一位未谙世事，天真而“不知愁”的少妇。她的“凝妆”，起初非为等待良人，而是出于爱美的天性，只是到了“忽见陌头杨柳色”，这才勾起她的一腔哀思。这首诗的笔调是从活泼中透出哀愁，是喜剧中的悲剧，同样不能施于《青青河畔草》诗中的女主人公。汉代的倡家女是以歌唱为职业的艺人，亦即歌伎，虽不同于后来出卖肉体的娼妓，然而在以歌舞娱人这一点上又有共通之处。这位倡家女渴望过正常人的生活，从良嫁了人，本希望夫妇唱随，安居乐业；然而赢得的却是空房独守的又一种不正常的境遇。这种特殊的经历所形成的性格特点，在诗中透过形象的描写，得到了充分展示。长年的歌笑生涯，对音乐的敏感，使她特别易于受阳春美景中色彩和声音的撩拨而激动；她艳妆浓抹，当窗守望也非偶然。因多少年来,在任何场合她就是这样出现在男性面前的,这就显出了她与《伯兮》的女主人公的不同特点。她又是受尽了人世间的磨难的,她不能像王昌龄笔下的少妇那样常常的“不知愁”,她的浓妆一开始就是为了等待良人,所以一出场就笼罩在一片草色萋萋、垂柳郁郁的哀怨气氛中。炽热的追求与强烈的哀怨,在她胸中交战,最后汇成“空床难独守”这一无声的呐喊,它是如此强烈,虽然无声,而墙外的诗人却能明明白白地感到“听”到。“空床难独守”,我们认为并非是这位少妇要去另求新欢的表示,而是有着她那种经历的女子,希望良人尽快回来的孤苦无告的强烈呼号。她守着空床,而这种守又是何等的痛苦,需要以如火如荼的青春的寸寸消磨作为代价的。诗中所表现的明艳色彩与内心空寂的对比,只是因主人公这种特定的经历、地位、内心世界才得以统一起来,才会产生震撼人心的艺术力量。

《青青河畔草》诗中女主人公的丰满形象,她的强大的艺术感染力又是深深植根在当时现实生活的土壤中的——这是艺术辩证法的出发点——诗中少妇对美好生活的渴望与其实际的不能实现,这一矛盾反映了东汉末年畸形的社会形态对人的感情的摧残。桓灵之世,统治者一方面卖官鬻爵,一方面又诱使大批中下层知识分子离乡背井,求取官职。于是都下州郡“冠盖填门,儒服塞道”,形成风靡一时的游宦现象,致使“亲戚隔绝,闺门分离,无罪无辜,而亡命是效”。(均见徐幹《中论》)而妇女更是这一社会现象的最深受害者。《青青河畔草》诗正是以明艳的色彩与寂寥的内心世界的强烈对照,从一个侧面形象地、生动地反映了这一现实。

(马茂元　赵昌平)

青青陵上柏

古诗十九首

青青陵上柏,磊磊涧中石。
人生天地间,忽如远行客。
斗酒相娱乐,聊厚不为薄。
驱车策驽马,游戏宛与洛!
洛中何郁郁,冠带自相索。

长衢罗夹巷，王侯多第宅。
两宫遥相望，双阙百余尺。
极宴娱心意，戚戚何所迫？

鉴赏

东汉末年，政治极端腐败，宦官与外戚轮番把持朝政，卖官鬻爵，贿赂公行，两次党锢之祸，有大批士人和太学生被杀，朝廷上下动荡不安，故当时下层文士要想出外求取功名、有所作为，不仅困难重重，而且前途也充满危险。这篇《古诗十九首》之一的《青青陵上柏》的作者，当为这类文士中的一员，诗即写他在首都洛阳所看到的王公贵族们豪华奢侈的生活以及由此而产生的忧虑与愤激之情。清代大古文家姚鼐说："此忧乱之诗。"姜任修说："刺贪竞不知止也。"（均见隋树森编著《古诗十九首集释》）都点明了此诗的主旨。

全诗内容依次可分作三个小节。首四句为一节，抒发人生短暂的慨叹；再四句为一节，叙写诗人在洛阳的处境；后八句为一节，描绘诗人游洛阳的观感。诗以两个比喻开始，忽然而起，显得突兀有力，是诗人要加强全诗的抒情效果而采取的艺术手段。为了更容易地把握全诗的内涵，我们不妨将三个小节的前后次序颠倒过来进行剖析。

"洛中何郁郁"，意即洛阳是多么繁华啊！"冠带自相索"，是说穿戴着官服、乘坐着高车骏马的王公贵族们在洛阳城里来来去去，交往频繁。"索"，意为访求。"自相索"，指王公贵族同气相求，自成集团，傲视别人。以下四句说：洛阳城内的大街两旁分布着小巷，小巷中多有王公贵族的豪华府第，而城内的皇宫则遥相对峙，宫门前的望楼高过百尺，更是巍峨壮丽。六句一气写来，仿佛只见京都洛阳的繁盛热闹景象，但紧接着，诗人便发问道："极宴娱心意，戚戚何所迫？"意谓：王公贵族们为什么总是穷极宴会，无止无休，似乎惶惶不可终日的样子？他们难道有什么迫不得已吗？很明显，这里所问的问题是诗人对眼前现实主观感受的最强烈之点，王公贵族们的穷奢极欲给京都洛阳蒙上了一层灰暗的阴影，使诗人忧虑在洛阳繁华热闹的背后潜伏着难以预测的危机。

然而，面对王公贵族们的穷奢极欲，面对腐败的社会现实，诗人却无可奈何。"斗酒"四句是诗人以自嘲的口吻在说："斗酒虽然为量不多，且聊以为丰厚。驽马虽然迟钝，且用它驾车来一游宛洛吧！"这四句与写王公贵族的"极宴娱心意"形成鲜明对比，把诗人在洛阳落魄潦倒的境况，形象而生动地表现出来。"斗酒"，指少量的酒。"宛"，指宛县，在洛阳南，东汉南阳郡治所在地，也是东汉开国皇帝光武帝发祥的地方，当时有南都之称。诗是因洛连类而及宛，并未对宛作任何描写，但由洛却也可以见宛，它可以让我们联想在酝酿着动乱的时代，南都的情况不会比京都更好些。

剖析至此，再回头诵读全诗，从常青的柏树、长存的涧石与人生短暂的反比中，我们便不难体会诗的开始四句也包含着的诗人欲有所为而不可得的愤激之情了。如前所说，这四句并用以兴起诗之全文，贯通全篇。

（杜维沫）

今日良宴会

古诗十九首

今日良宴会，欢乐难具陈。
弹筝奋逸响，新声妙入神。
令德唱高言，识曲听其真。
齐心同所愿，含意俱未申。
人生寄一世，奄忽若飙尘。
何不策高足，先据要路津？
无为守贫贱，轗轲长苦辛！

鉴赏

本篇为《古诗十九首》之一，写诗人在一次宴会上由听筝弹奏新曲而引起的牢骚不平之感。

首四句写出宴会的热闹场面，意思是：在今天这个热闹的宴会上，欢乐的事情真难以一一说到，其中最令人感到快慰之事，即莫过于那筝所弹奏的不同凡响、沁人心脾的新的乐曲了！四句亦含及时行乐意，与下文的写牢骚不平之感是前后关合的。

“令德”四句，历来有不同的解说。清人朱筠《古诗十九首说》云：“‘令德’，犹言能者；‘唱高言’，高谈阔论，在那里说其妙处，欲令识曲者听其真，因而一般昏愦也就齐声谬赞起来，却含意而说不出其所以妙来。写沉溺之人如画。”这里，作为全诗抒情主人公的诗人与在宴会上高谈阔论的所谓“能者”以及“识曲者”“一般昏愦”“沉溺之人”之间的关系如何？未加明释。余冠英先生的《汉魏六朝诗选》注云：“‘令德’，贤者，指作歌辞的人。‘高言’，高妙之论，指歌辞。‘识曲’，知音者。‘真’，真理。所谓‘高言’和‘真’，都指下文‘人生寄一世’六句。”此亦未明注“贤者”“知音者”与诗人中间之关系。但余先生对全诗的意旨是这样注的：“这诗所歌咏的是听曲感心。托为阐明曲中的真意，发了一番议论。”这就很清楚，既然是诗人“听曲感心”，又既然是诗人“托为阐明曲中的真意”而“发了一番议论”，那么，诗中所谓“令德”（作歌辞的贤者）、“识曲”（知音者）便自然都是诗人之借托了。

是的，寻绎全诗语意，我们可以这样理解：诗的后六句乃诗人借托宴会座中的贤者之名为他所听到的“新声”填上的歌辞，此六句亦即诗人因听曲而具体感悟到的“高言”和“真”。不论原曲情调之悲欢如何，也不论原曲歌辞之有无，诗人听曲之所感只是如此。这“高言”和“真”意思是在说：人生一世，时光短暂，犹如被狂风卷起的尘土，顷刻就会消失。为什么不赶快捷足先登，去占据朝廷中的重要位置、享受荣华富贵呢？不要安守贫贱，落得坎坷辛苦一生啊！

清代桐城派诗论家方东树论这首《今日良宴会》的作法有云：“以求富贵为‘令德高言’，愤谑已极，而意若庄，所以为妙。而布置章法，更深曲不测。言此心众所同愿，但未明言耳；今借‘令德高言’以申之，而所申乃如下所云云，令人失笑而复感叹，转若有味乎其言也。”（《昭昧詹言》卷二）这无疑是对作者的艺术构思及其所取得的艺术效果所做出的鞭辟入里的分析。由诗的末一句我们得知，这首《今日良宴会》的作者不外是东汉王朝末期身处“轗轲（即坎坷）长苦辛”之境的失意文士，他借“令德高言”以若庄若谐口吻写出的诗之后六句，节拍急促，一气贯下，足可以使我们领略这是他一腔积愤的痛快淋漓的发泄；而他高唱的“策高足”“据要路津”，既是自嘲，同时也是对朝廷和官场腐败现象的强烈讽刺。——这便是为什么我们读完全诗，在“失笑而复感叹”之余，会转觉“有味乎其言”的缘故了。

（杜维沫）

西北有高楼

古诗十九首

西北有高楼，上与浮云齐。
交疏结绮窗，阿阁三重阶。
上有弦歌声，音响一何悲。
谁能为此曲，无乃杞梁妻。
清商随风发，中曲正徘徊。
一弹再三叹，慷慨有余哀。
不惜歌者苦，但伤知音稀。
愿为双鸿鹄，奋翅起高飞。

鉴赏

此诗写一位失意文人在行旅途中听到高楼中偶尔飘来一曲清商时的感受：高楼，浮云，一重又一重的楼台；楼阁四周华丽精工的曲檐，楼窗上镂刻着错互的棂花，窗内掩映着精美的轻绮帷帘。诗的开始先构成了这样一种景象：一方面是高，极高、极高；一方面是华美，极美、极美，而这一切又位于在与萧瑟秋气相配的西北方。唯其高，这种美才显得如此的飘忽迷离；唯其位于西北，更给这种飘忽迷离的美染上了一层悲凉的色调。四句劈空而起，已不仅是单纯发端，而是赋中见兴，通过所见之景，造成了笼罩全诗的缥缈空灵的抒情意境。这种表现手法是《诗经》里"蒹葭苍苍，白露为霜"（《秦风·蒹葭》）一类诗篇的发展。南朝梁钟嵘《诗品·序》说"文已尽而意有余，兴也"；他把《古诗十九首》列为上品之首，说它"惊心动魄，一字千金"，着眼正在此等处。

那么在这上与云齐的高楼上，在这帘幕低垂的绮窗后面，究竟住着谁呢？从高楼的华美，可以知道住在里面的是一位女子，但是"侯门深似海"，这位女子年龄几何，容颜怎样？有着什么样的身事遭遇？这一切却被浮云般的高楼遮隔，诗人只能听到从楼头上、从浮云深处飘下的一曲弦歌之声，似乎在絮絮诉说衷怀。“谁能为此曲”？从这弦歌声的哀怨，诗人猜度，“无乃杞梁妻”？刘向《列女传》载：春秋时齐大夫杞梁殖战死，其妻迎丧城郊，枕尸哀号，十日而城为之崩塌。乐府有《杞梁妻叹》一曲，声辞凄苦。后人就以“杞梁妻”作为一切命运悲惨的妇女的代称。“无乃杞梁妻”的“无乃”二字很传神，这是一个揣测不定之词。因为无由睹见楼上女子，诗人只是听曲思人而得出一种悬想——这恐怕是与杞梁妻同样命运的不幸女子吧？杞梁妻典实的运用加重了悲凉气氛的浓度，而用“无乃”这游移不定的口气轻轻映带，更使这种悲凉气氛如梦如幻，这就为下四句弦歌声的描写做好了铺垫。

“清商随风发”，是弦歌的开始。“清商”是乐曲名，古人以宫商角徵羽五声与五行、五方、四季相配置，商声金行，配西方、秋气，其声萧瑟。清商曲从西北方上空飘来，不由使人想起宋玉《九辩》中的名句：“悲哉秋之为气也！萧瑟兮草木摇落而变衰……泬寥兮天高而气清，寂寥兮收潦而水清……”弦歌者的心境一定也像清秋一般泬寥寂寥而又高洁清明吧！“中曲正徘徊”，乐曲弹奏到中间部分呜呜咽咽，百折千回，似乎有万千心事“剪不断、理还乱”，在虚空中回旋萦绕，往复徘徊。悲愁是如此的深重而不能排遣，于是她“一弹再三叹”，将同样的旋律加上泛声，一次又一次地反复弹奏，使楼下的诗人仿佛听到了她从心田深处发出的一声又一声长叹。“一弹再三叹”是复沓，但并不是单调的重复。弹者本想通过弦歌稍稍排遣胸中的积郁，但是积郁似拨不开的浓云，越弹越沉重，由初时的悲怨渐渐化而为悲愤，于是复沓的乐曲声越来越高，越来越响，由凄婉之声转而为“怨以怒”的“慷慨”之音，而当乐曲升到最高点时，突然又戛然而止，“慷慨有余哀”，虚空中顿又一片沉寂，只有一丝袅袅余音，似乎在诉说不尽的悲哀……

云中高楼上传来的弦歌声在失意的诗人心中引起了强烈的共鸣，虽然他从未见过高楼中的这位女子，但通过空中传响，他似乎了解了她遭遇的一切。“不惜歌者苦，但伤知音稀”，“不惜”“但伤”互文见义，是说同情难得，知音难遇，这是比起痛苦本身更为强烈的痛苦。在这一点上，诗人与未见面的楼上女子是一致的。今天她的弦歌声恰恰道出了诗人的心事；而举世浑浑噩噩，能懂得弦歌者心事的也只有诗人，于是他油然地产生了“愿为双鸿鹄，奋翅起高飞”的热切畅想。“鸿鹄高飞，一举千里”，摆脱世间那些饮啄自安的蓬间燕雀，在理想王国中自由翱翔，全诗至此而止，以对黑暗现实的反抗、对思想的执着追求而结束。

读诗至此，我们不妨掩卷思索一下这样两个问题。一是楼上的女子对于楼下的诗人来说是素昧平生的，为什么只是听了一曲清商，诗人就会产生“愿为双鸿鹄，奋翅起高飞”的强烈愿望呢？二是如果我们闭目想象一下诗中两个人物的形象，一定会感到这位幽阁女子从外貌到内心都十分美，也会感觉到楼下的诗人可能是穷困潦倒的失意之士，然而他的襟怀是洒脱的，气度是磊落轩昂的，甚至能在脑海里浮现出这两个人物的若隐若显的形象。我们还一定会对这两个人物产生深深同情，甚至会产生随同他们一起颉颃翱翔的幻觉。然而当我们再开卷重读全诗，又会发现，诗中没有一句一字是对这两个人物的外形与遭际的正面描叙；那么这印象又从何而来呢？德国美学家莱辛曾说，当诗人感到把美的要素相继列出来而不能达到良好的艺术效果时，他总是避免“对美的周密的啰唆的描述”，“凡是荷马不能按照各部分描绘的，他让我们在它的影响里来认识。诗人呀，画出那美所激起的满意、倾倒、爱、喜悦，你就把美本身画出来了”。(《拉奥孔》)清代诗论家赵执信又云：“神龙者，屈伸变化，固无定体。恍惚望见者，第指其一麟一爪，而龙之首尾完好，故宛然在也。”(《谈龙录》)《西北有高楼》一诗之所以有强大的艺术魅力，其中道理与二人所说是近似的。诗中的女主人公始终是处在全诗的中心地位，但又是“曲终人不见”，她与诗人之间又始终隔着一层缥缈叆叇的云雾。诗人所能感到的只是在女主人公“影响”下的一切，那缱绻的浮云，云中那华美的高楼，还有那不见其人，但闻其声，空中传响的弦歌声。这一切既隔离了女主人公，又在女主人公与诗人中牵引出一种有形无形的飘忽联系，就像神龙露出于云中的一鳞半爪。正是因为这种隔绝，诗人就由这一鳞半爪随意驰骋想象，用自身的种种经历去补充、描绘这位女子的音容笑貌、身世遭际；于是楼上、楼下本是沦落天涯未相逢，却变得“心有灵犀一点通”，通过空中传响而产生强烈的共鸣。至于弹者为何事神伤，听者又为哪般感愤，诗中都不曾明言；于是千百年来人们在吟咏这首诗时，又因那虚虚实实的抒写，而不断地再用自己的经验去为诗中两位人物，描绘出气质相近而形貌千差万异的形象；如果是失意人，也就会油然而生与诗中人一起“奋翅起高飞”的愿望。明人陆时雍评此诗说“空中送情，知向谁是，言之令人悱恻”。所谓“空中送情，知向谁是”，正点出了此诗隔而不隔，若隐若现，表现手法上化实为虚的特点；所谓“言之令人悱恻”，又正说明了它所构成的空灵缥缈的艺术境界在读者心目中唤起的丰富感受。

此诗的成功，还得力于自然中见工巧的结构安排。全诗是从听者的角度触景生情，按感情线索的发展写下来的，看似平淡无奇，但细析之却颇见匠心。首四句以“西北有高楼”劈空而起，写景以渲染气氛，是陪衬。接着“上有弦歌声”：“上有”二字承上“高楼”；“弦歌声”则由宾入主，由气氛渲染转入全诗描写的主体，而七八句更以一问一答，为这弦歌声定下了哀如杞梁妻叹的基调。接下去是对“怨以怒”的乐曲的全过程的描写，是“一何悲”“杞梁妻”的展开与具体化。而在全曲“慷慨有余哀”的尾音声中，又十分自然地引出“不惜歌者苦，但伤知音稀”的感喟：“歌者”上承“弦歌”的描写，而轻轻勾出“知音”，至此一直隐在幕后的诗人也自然走到了前台。更由“知音”生发出双鹄齐飞的向往，一笔总绾歌者、听者，诗至此，有如夭矫神龙破壁飞去，与开首的劈空而来遥相呼应。全诗突起突结，中间按自然的顺序写来，却又宾主分明，脉络连贯，曲折有致，不蔓不枝。王夫之说“古诗无定体，似可任笔为之，不知自有天然不可越之矩矱……所谓矩矱者，意不枝，词不荡，曲折而无痕，戌削而不竞之谓。”（《姜斋诗话》）王渔洋称“十九首之妙，如无缝天衣，后之作者顾求之针缕襞积之间，非愚则妄。”二评确切道出了《古诗十九首》于自然中见“作用”（皎然语）——艺术构思——的特点。

《西北有高楼》的上述表现手法曾为后世许多诗人所借鉴，其中有三诗尤可注意。曹植《七哀》最早起而效之，诗云：

明月照高楼，流光正徘徊。
上有愁思妇，悲叹有余哀。
借问叹者谁，言是宕子妻。
君行逾十年，孤妾常独栖。
君若清路尘，妾若浊水泥。
浮沉各异势，会合何时谐？
愿为西南风，长逝入君怀。
君怀良不开，贱妾当何依！

诗写动乱中思妇的哀怨与坚贞情愫，起结均类似《西北有高楼》，而辞采华妙，情思缠婉，想象奇特，表现了更成熟的建安时代五言诗的风貌。约与曹诗相先后有伪苏武诗之二：

黄鹄一远别，千里顾徘徊。
胡马失其群，思心常依依。
何况双飞龙，羽翼临当乖。
幸有弦歌曲，可以喻中怀。
请为游子吟，泠泠一何悲。
丝竹厉清声，慷慨有余哀。
长歌正激烈，中心怆以摧。
欲展清商曲，念子不能归。
俯仰内伤心，泪下不可挥。
愿为双黄鹄，送子俱远飞。

此诗从“幸有弦歌曲”以下对乐曲的描写及“愿为双黄鹄，送子俱远飞”的结尾，完全是《西北有高楼》诗的翻版，这既可视作苏武诗的伪作的铁证，又反映出《古诗十九首》对后世的影响之大。如果说《七哀》是从缠绵宛切路继承并发展了《西北有高楼》，则伪苏武诗之二则是从慷慨悲愤一脉大而扬之。后来从此诗中汲取营养的诗篇不下数十，而历来被人们忽视却值得一提的是白居易的《琵琶行》。当然，文各有体，叙事诗和抒情诗体制不同，规矩各异；但倘若单从诗中思想发展程序，诗的脉络贯输、组织结构来说，则这首叙事长诗《琵琶行》不妨看作是《西北有高楼》一诗的放大，从这又可看出《古诗十九首》影响所及是多方面的。从《古诗十九首》到文采缤纷的建安诗，再到《琵琶行》，描写愈趋华美精细，组织愈益复杂精工，记录着古典诗歌前进的步伐，然也因细腻、具体，并把主人公的身份固定下来，因而所能唤起读者的联想也相应地受到了限制，略少《西北有高楼》诗中那种缥缈空灵的韵味。读者不妨比较研读，则对古典诗歌的得失流变，当能加深认识。

（马茂元　赵昌平）

涉江采芙蓉

古诗十九首

涉江采芙蓉，兰泽多芳草。
采之欲遗谁？所思在远道。
还顾望旧乡，长路漫浩浩。
同心而离居，忧伤以终老。

鉴赏

这是《昭明文选》所录《古诗一十九首》中的一首，是五言诗。五言诗是东汉文人采用民歌体裁而创建的一种新诗体（西汉时尚无五言诗，后世所传李陵、苏武、枚乘等人之五言诗，都是出于附会，不足凭信，古今学者论辨已明）。当时尚未通行，作者不多，亦无有专家，所流传者多是无名氏之作。南朝梁萧统编选《文选》时，选取了十九首，题为《古诗一十九首》，因此，这个名称后来遂通行了。

《古诗十九首》都是浑厚自然、直抒胸臆之作，后人评价甚高。钟嵘说它“文温以丽，意悲而远；惊心动魄，可谓几乎一字千金。”（《诗品》）刘勰说：“观其结体散文，直而不野，婉转附物，怊怅切情，实五言之冠冕也。”（《文心雕龙·明诗》）后人称赞《古诗十九首》之言辞尚甚多，兹不列举。不过，《古诗十九首》，总的说来，有它的共同特点，而分别观之，每一首又有其各自的特点。

那么，《涉江采芙蓉》这一首诗的特点是什么呢？我认为，它是第一次采取《楚辞》中芬芳悱恻之情韵融合于诗歌之中的。《诗经》与《楚辞》是我国文学的两大渊源，汉魏以后两千年中的诗人、词人莫不受其沾溉。《诗经》三百篇中虽然不乏很有情韵的作品，然而缺少芬芳悱恻之美。这种芬芳悱恻的情韵是屈原作品中所独具的，充分体现在他所作的《离骚》《九歌》《九章》诸篇之中。这些作品在西汉初是单行的，称为《屈原赋》，后来都收入刘向所编的《楚辞》中。汉魏以降，历代诗人、词人都在不同程度上从《楚辞》吸取芬芳悱恻的情韵融入自己作品之中，焕发出奇光异彩。东汉时《古诗十九首》的作者，一方面继承《诗经》的传统（钟嵘《诗品》曾说"其体源出于《国风》"），而另一方面又吸收了《楚辞》的情韵，在诗歌中开创新境。这本来也是很自然的。《楚辞》在两汉时甚为通行，文人传习者众，东汉诗人受其沾溉，因此很自然地能融化其中的辞采情韵。

现在我们要对《涉江采芙蓉》一诗进行赏析。此诗是诗人远客异地怀念故乡友人之作。这本是诗歌中常见的题材，但是诗人运用了高妙的艺术手法，遂与众不同。开头不直说怀人，而先说："涉江采芙蓉，兰泽多芳草。"写自己在一个幽静清美的环境中采摘芙蓉，以引起下文贻赠远人之念。"芙蓉"（荷花）与"兰"都是香花香草，《楚辞》中常见的；"涉江"是《楚辞·九章》中的一个篇名，此处是作者有意借用这一个成辞，与"芙蓉""兰"等配合，衬托出楚骚的气氛。下边说："采之欲遗谁？所思在远道。""遗"，读去声，如"卫"，馈赠之义。古人有采折香花赠予相亲之人的习俗。《楚辞·九歌·大司命》："折疏麻兮瑶华，将从遗兮离居。"《九歌·山鬼》："被石兰兮带杜衡，折芳馨兮遗所思。"都是写折香花想遗赠所思的远人。诗人这里说，采芙蓉之后，"欲遗谁"呢？所思念的故乡之人尚在远道。一方面思念故乡友人，而又蕴含着自己久客异地之悲慨。所以下边便说："还顾望旧乡，长路漫浩浩（漫，长也；浩浩，广大貌）。同心而离居，忧伤以终老。"表达了思乡怀友的真挚之情。"同心而离居"五字，说出了社会上长期存在的人生憾事，后代许多诗人、词人的名篇佳作中，都抒写了这种感慨。

总之，《涉江采芙蓉》这首诗的作者，能运用新兴的五言诗体，在短短的八句之中，抒写了真挚的思乡怀友之情，而又融化了楚骚芳悱的情韵意境，不愧为一篇杰作。

《诗经》中也有怀人的佳作，如《秦风·蒹葭》："蒹葭苍苍，白露为霜。所谓伊人，在水一方。溯洄从之，道阻且长。溯游从之，宛在水中央。"这首诗写得也很好，有清超旷远之致。但是《涉江采芙蓉》篇的芬芳悱恻之韵，则是《蒹葭》篇所未有的，所以我说，《涉江采芙蓉》这首诗能开创新境。

《古诗十九首》中，除去《涉江采芙蓉》一篇之外，《庭中有奇树》一篇也有楚骚遗韵，可以参看。

（缪　钺）

明月皎夜光

古诗十九首

明月皎夜光，促织鸣东壁。
玉衡指孟冬，众星何历历！
白露沾野草，时节忽复易。
秋蝉鸣树间，玄鸟逝安适？
昔我同门友，高举振六翮。
不念携手好，弃我如遗迹。
南箕北有斗，牵牛不负轭。
良无盘石固，虚名复何益！

鉴赏

本篇为《古诗十九首》之一，写诗人于深秋季节见物换星移、时序转变而有朋友相交不终、世态炎凉之叹。

首八句铺叙深秋诸种物象，并明叙时序之变迁。“明月皎夜光”，意即月光明亮之夜。“促织”为蟋蟀的别称，“促织鸣东壁”是用《诗经·豳风·七月》的典故，语蟋蟀由室外转入室内，季节已届深秋了。“玉衡”，指北斗星的斗柄。“玉衡指孟冬”句，旧解或认为是用西汉初年历法，因定此诗为西汉作品，说法并不可信。依据五言诗发展成熟的历史，此诗仍应是东汉末期之作。马茂元先生认为：“‘孟冬’代表星空中的亥宫，并非实指孟冬十月的时令。‘玉衡指孟冬’是从星空的流转说明秋夜已深。”（《古诗十九首初探》）“玄鸟”，即大燕。“逝安适”，意谓飞往何处。我们从明月之夜、蟋蟀入室、斗柄指亥（西北）、众星灿烂、白露沾草、秋蝉鸣树、大燕南飞这种种物象的错综互见，可知诗的前八句所写并非一日一时之景，触动诗人世态炎凉之悲思的，当是这种种物象所汇成的深秋季节寂寥凄清之境况。

“昔我”四句，即接叙诗人之心境，怨朋友不相援引。“同门友”，谓同学。“六翮”，指鸟翅。“高举振六翮”，意谓同学朋友如今身居高位。“不念”二句是说：“同学朋友毫不顾念过去的情谊，他抛弃我就像行路的人抛弃脚印一样。”从这四句我们又可知此诗作者乃不得志于时的失意之士。

诗的末四句是引用一连串的比喻以加深对朋友相交不终、世态炎凉的慨叹。《诗经·小雅·大东》篇有云：“维南有箕，不可以簸扬；维北有斗，不可以挹酒浆。”“睆彼牵牛，不以服箱。”意思是：南箕星虽名为箕而不能用来扬米，北斗星虽名为斗而不能用来舀酒，牵牛星虽有牛名却不会拉车。这里“南箕”二句即变用《诗经》成句以比喻“同门友”虽有朋友之名却无真正的友谊。“盘石”，即大石。“良无”二句是说：“过去的同学友情诚不如盘石之坚固，那‘同门友’的虚名又有什么用呢！”

关于此诗的艺术构思之妙，前人不乏高见。清人张玉穀说：“首八就秋夜景物叙起，然时节忽易，已暗喻世态炎凉；蝉犹鸣，燕已逝，又暗喻己与友出处不同也。中四点朋友之贵而弃我，作诗之旨，至此始揭。末四意谓朋友之交，当同盘石，今则虚有其名，真无益也。然直落则气太促，亦无意味，妙在忽蒙上文众星历历，借箕斗牵牛，有名无实，凭空作比，然后拍合，便顿觉波澜跌宕。”（《古诗十九首赏析》）此说简要切当，可谓深得作者之用心。这里，我们只需再强调说明一点，即写深秋之景、叙朋友之事、抒世态炎凉之情三者在此诗始终密不可分，恰恰是三者内在的有机的结合赋予了此诗“波澜跌宕”的气势，同时也赋予了此诗动人心魄的艺术魅力。

（杜维沫）

冉冉孤生竹

古诗十九首

冉冉孤生竹，结根泰山阿。
与君为新婚，兔丝附女萝。
兔丝生有时，夫妇会有宜。
千里远结婚，悠悠隔山陂。
思君令人老，轩车来何迟！
伤彼蕙兰花，含英扬光辉。

过时而不采，将随秋草萎。
君亮执高节，贱妾亦何为！

鉴赏

这首写新婚后久别之怨。

“悠悠隔山陂”谓别离之远，“轩车来何迟”谓别离之久。新婚后的远别、久别，而且会面难期，对于一个青年少妇，除了殷切的怀念，只有顾影自怜、青春不再的感觉了。这一心理特征，就是本篇描写的重点。

全诗由两套比喻组成。头四句比喻，属于夫妇关系。“孤生竹”“兔丝”是自比，“泰山阿”“女萝”是比丈夫，为暗示着理想和现实的矛盾做了叙说。“兔丝”和“女萝”是蔓生，只能依附其他植物而生存，“结”和“附”就成了封建社会女子政治、经济地位对男子依附这一事实的写照。诗人借此暗示新婚远别，终身无着的悲哀，构思新颖。而为什么不说“女萝附兔丝”却说“兔丝附女萝”呢？这是因为兔丝有花而女萝无花，花的颜色是美丽的，且开有定时，比喻女子最为恰当。“兔丝生有时”的“时”和“过时而不采”的“时”一脉相承，少妇顾影自怜、青春不再的感情焦点就在这个“时”字上面了。

“千里”二句概括了别离的整个过程；“思君”二句是正面申诉相思之苦，是诗的主题。在这里，仍然是以花比人。“含英扬光辉”是花的颜色，也是人的风采；是花的“时”，也是人的“时”。“过时而不采”指“轩车来何迟”；“将随秋草萎”就是“思君令人老”的意思。这套比喻，不但形象鲜明，而且在忧愁幽思中不可遏止地散发出一种强烈的青春生活气息，这就丰富了诗的情感的内涵，使它显得更饱满、更生动了。两套比喻是诗的描写的主要部分，彼此联系起来，就构成了诗的形象的整体。

《古诗十九首》所描写的别恨离愁，归结起来，都是一个社会同题。这篇，通过女性这一共同的心理特征的细致刻画而把它表现出来的。

古典诗歌中写相思离别的作品最多，但以新婚别为题材的这还是第一篇，杜甫的《新婚别》，据姜任修《古诗十九首绎》引叶岑翁语，说这首诗本于“冉冉孤生竹”。从《新婚别》的“兔丝附蓬麻”的开头和“与君永相望”的结尾看，语气是相类似的，这说明杜诗在一定程度上是受到本篇的启发和影响。

（马茂元）

迢迢牵牛星

古诗十九首

迢迢牵牛星,皎皎河汉女。
纤纤擢素手,札札弄机杼。
终日不成章,泣涕零如雨。
河汉清且浅,相去复几许?
盈盈一水间,脉脉不得语!

鉴赏

在我国古典诗歌中,借牛郎织女的故事写不同身份妇女种种离愁别恨之作,真是多得不可胜数,而最脍炙人口又足以振动我们心扉的,恐怕莫过于《古诗十九首》之一的这首《迢迢牵牛星》和晚唐著名诗人杜牧的一首七言绝句《秋夕》了。杜牧《秋夕》云:"银烛秋光冷画屏,轻罗小扇扑流萤。天阶夜色凉如水,坐看牵牛织女星。"这首诗前三句从皇宫凄冷幽静的环境及一个宫女寂寞无聊的扑萤动作,委婉细腻地刻画出这个失宠宫女的孤独苦闷的生活,其画龙点睛之笔恰在第四句"坐看牵牛织女星"。这一句把我们读此诗的感受自然而然地引导到牛郎织女故事悲剧性的焦点——织女与牛郎分处天河东西两岸、只能隔河相望而不能相会的离别之痛上,从而使我们不能不深深同情这个被埋没了青春的宫女之不幸遭遇。很明显,"坐看牵牛织女星"这一激动人心的艺术境界正是由古诗《迢迢牵牛星》末二句"盈盈一水间,脉脉不得语"脱化出来的。

牛郎织女的故事在我国可谓家喻户晓,它不仅广泛流传于汉族人民中间,也广泛流传于其他民族中间,它是源于古代神话的民间传说。你在童年时代,在夏日纳凉的夜晚,在灿烂而神秘的星空之下,或许也曾听到过老祖母对这个故事的娓娓动人的叙述吧?现存文献首次写到织女和牵牛名字的是《诗经·大东》篇,此一神话的产生当还早于此诗。据袁珂先生《古神话选释》考证,这个神话原本为悲剧型的,其故事内容大致是:牛郎和织女因私自恋爱触犯天规,二人均受罚,一者织布而不能成章,一者驾车而不能挽箱,他们只能隔天河相望,永远不能聚首。由先秦至产生《迢迢牵牛星》一诗的东汉末年,这个神话故事的悲剧内容基本未变,俗传七月七日鹊桥相会之类带有喜剧色彩的故事情节,应为东汉以后人所增益。这一点,从《诗经·大东》篇和古诗《迢迢牵牛星》所弥漫着的悲剧气氛也可得到有力的证明。

《迢迢牵牛星》全诗皆从独居念远的思妇着笔,写她秋夜遥望牛女二星时的所见、所感、所思、所悲。

诗之首二句写思妇遥望牛女二星之直觉。"迢迢"言遥远,"皎皎"言明亮,二者互文见义。"河汉",即银河、天河;"河汉女",指织女。碧空如洗,二星在目,有关二星的悲剧故事自然会逗起思妇的遐想与愁绪,故诗的下文紧接着便直叙二星故事,同时将思妇内心的苦痛铺展开来。

"纤纤擢素手,札札弄机杼。"二句写思妇想象中的织女正在忙于织作。她仿佛看到了织女那双白净灵巧的来往飞梭的手在闪动,又仿佛听到了由高空隐隐传来的织布机那沉闷的"札札"声。由此二句我们可以推测,这位在诗中并未出场的心存忧愁的思妇当非饱食终日的贵妇人,而应为普通的劳动妇女。不错,通过织女那闪闪不停的白净灵巧的双手,我们不是可以窥见她终日勤劳不辍的身影吗?通过那札札作响的沉闷的织机声,我们不是可以听到她自怜自惜的轻轻的喟叹吗?

"终日不成章,泣涕零如雨。"二句进一步写思妇联想牛女故事的所感与所悲。"不成章"是《诗经·大东》篇"不成报章"(织布不能成纹)句之沿用。袁珂先生对此一沿袭而来的诗意之内涵,曾做出过这样入情入理的解说:"揣想起来,或者古神话相传:由于织女和牛郎恋爱,违犯了天规天条,被罚做织布的苦工,允许于'成章'之后,让二人相会。但这不过是天帝的故弄狡狯,实际上却凭借着他的神力不令其'成章'。正如'学仙有过'的吴刚,被谪遣到月宫去砍桂树,桂树随砍随合,再也砍它不倒。织女成年累月被罚在天庭织布,做着这'不成章'的徒劳无益的工作,遥望清浅银河彼岸的情人,一水之隔,不得相会,故而才悲从中来,'泣涕零如雨'。"这里,我只需再补充点明:"终日不成章,泣涕零如雨"这两句诗是巧妙地把思妇怀念远行丈夫的悲苦心境和她对织女悲苦遭遇的同情叠而为一了。

至此,思妇的所见、所感、所思、所悲可以说已经完全写出,诗的后四句是将这所见、所感、所思、所悲作深入一个层次的复写,这犹如一首完美的乐曲用两种乐器演奏出来的二重奏一样,大大增强了诗歌的表现力。由于后四句仍然是从思妇遥望星空的角度写的,所以说"河汉清且浅",同时又以"相去复几许"这一反问语断言牛女二星之相距并不很远。从相距不远却永不能团聚的感与思,我们不难体会这位思妇对外出丈夫行旅安危的担心以及她对能否早日与丈夫团聚的忧虑。“盈盈一水间,脉脉不得语!”无疑,天上的悲苦,正是人间的悲苦,二者仍是彼此融合、彼此相通的。

这首《迢迢牵牛星》的作者不外乎离家求生或求仕的文士,而在东汉末年的黑暗社会中,下层文士不论出外求生或求仕,其前途都是布满坎坷与危险的。因而,作者通过他的化身(思妇)所抒发出来的便自然不能不是担心个人安危的满怀忧虑之情了。

《迢迢牵牛星》全诗在艺术上的突出特点就是合叙事与抒情为一体,它无句不在叙事,又无句不在抒情。它既简洁明了地描绘出神话中牛郎与织女的动人故事,又真实贴切地表达了人世间千古相通的离恨别愁。

清人解释《迢迢牵牛星》的主题多主张有所寄托,包括什么“臣不得于君”“孤臣孽子忧谗畏讥”“君子守道不遇”等说法,这些说法都牵强附会,自相矛盾,这里无须详辩。

在《古诗十九首》中,《迢迢牵牛星》与《青青河畔草》都是十句诗而六句用叠字,这些叠字除开它们字义本身对两诗中人物与景物之形象塑造所起的辅助作用外,也还具有美化诗歌韵律的积极作用。《青青河畔草》后四句不用叠字,《迢迢牵牛星》则中间四句不用叠字,这明显皆为诗人的精心安排。两种不同的安排,全为的是使诗的韵律富于变化,以便扩大诗的容量、从容不迫地表现诗的主题。清人张庚《古诗十九首解》有云:“‘青青’章双叠字六句,连用在前;此章(指《迢迢牵牛星》)双叠字亦六句,却有二句在结处,遂彼此各成一奇局。”所谓“彼此各成一奇局”者,即是说,它们是异曲而同工的。

(杜维沫)

回车驾言迈

古诗十九首

回车驾言迈,悠悠涉长道。
四顾何茫茫,东风摇百草。
所遇无故物,焉得不速老?
盛衰各有时,立身苦不早。
人生非金石,岂能长寿考?
奄忽随物化,荣名以为宝。

鉴赏

对这首诗作者胸中“以为宝”的“荣”和“名”我们不能做庸俗的理解，如某些古代文论家们所惯用的方法，由这一点去分析作者的身份是不是“君子”，而必须正视这一现实：这种对“荣禄”的向往和对“声名”的珍爱交织成的矛盾心态，是我国一切朝代所有失意士子们最具特征性的心态；这首诗只不过是把这一心理特征做艺术地显现罢了。

近的，请看汉初赋家贾谊的《鹏鸟赋》，“烈士徇名”“独与道息”“独与道俱”，官场上失意的贾长沙笔下的“名”和本诗中的“名”应该是同一内涵的。远的，这首诗题名中的“回车”二字显然是受到“回朕车以复路兮，及行迷之未远”（《离骚》）的点化。而贾长沙又常以屈原自况，有《吊屈原赋》为证。本诗的“奄忽随物化”，《鹏鸟赋》中的“忽然为人兮，何足控抟；化为异物兮，又何足患”，屈子笔下的“惟草木之零落兮，恐美人之迟暮”（《离骚》），加上屈子放逐，贾子被谪，本诗作者际遇大约也相类这几种情况，是不是可以证明本文开头的论点呢？

这首诗用的是我国古典诗歌中常用的抒情手法：即景生情，借景抒情。令人耳目一新的是本诗即的“景”、借的“景”与他诗不同。就在《古诗十九首》里这种手法也不多见：《驱车上东门》中的“白杨何萧萧，松柏夹广路”，《去者日以疏》中的“白杨多悲风，萧萧愁杀人”，这两处都是以秋冬为景；诗作者的前人宋玉悲的是“秋”，诗人的后人欧阳修也作过“悲哉，此秋声也”（《秋声赋》）的感喟，可见我国的墨骚们只在“秋声”中才会感到悲怆、空虚。而《回车驾言迈》在景的“时序”选择上，一反常规，把景点置于“东风摇百草”的“春”上，这就翻出了两层新意：一是这个“春”不仅是指时序的“春”，也暗示着诗作者人生阶段的“春”——年纪“青青”。贾谊亡于而立之年，屈子被排挤也正是年少气盛，《回车驾言迈》的诗作者由这一“春景”看来恐怕也正处于人生的血气方刚的年纪。二是在“东风摇百草”、万物复苏的春天，诗人却是“四顾何茫茫”地空虚着，“所遇无故物，焉得不速老”地悲哀着，这种“情”“景”悖逆的心绪，表明诗人胸中已经不是“愁结难解”而是“冰块难消”了。而且，作为一种表现手法，在我国古代文学园苑中，它也起到了一点“拓荒”作用。

（马茂元　吴怀祖）

东城高且长

古诗十九首

东城高且长，逶迤自相属。
回风动地起，秋草萋已绿。
四时更变化，岁暮一何速！
晨风怀苦心，蟋蟀伤局促。
荡涤放情志，何为自结束？
燕赵多佳人，美者颜如玉。
被服罗裳衣，当户理清曲。
音响一何悲！弦急知柱促。
驰情整中带，沉吟聊踯躅。
思为双飞燕，衔泥巢君屋。

鉴赏

这位冶游中的客子在“东城高且长”的帝京洛阳，不是把感情的触角伸向都城的繁华之区，而是集于“回风动地起，秋草萋已绿”的荒郊野廓；不是投向仆从如流的名媛贵戚，而是投向“当户理清曲”的倡家女。这些“燕赵佳人”，用的是“颜如玉”的青春，身着的是“罗裳衣”，“理”出的“曲”却是“音响一何悲”。诗人这一特殊视角的选择，这一情感港泊处的觅得，是“思为双飞燕，衔泥巢君屋”结局的最合理的奏前曲。

如果说，《东城高且长》的思想内容在《古诗十九首》里只属平平，意境也有类于《西北有高楼》，那么，我们读者赏析的第二个重点不妨放在这首诗在叙写情感的缘起、发展所采用的“一气相承”的手法这一点上。

在一个特定的时（“秋草萋已绿”）、空（帝都的郊外）背景下，在“蟋蟀伤局促”的伴鸣中，一位失意人有着“荡涤放情志，何为自结束”（意即扫除一切顾虑，放开胸怀及时行乐，不必为世俗的礼仪所拘束）的想法是不奇怪的。殊不料,这位冶游人在顾曲听歌及时行乐的场合中,听到的是“悲”且“弦急”的“清曲”,“理曲”人也是和自己命运仿佛的“燕赵”倡女,这就难免要引起他的“驰情”、遐想和深思了。在体味出曲中深意之后,卒至手在“整中带”(摆弄腰中的襟带),足在“聊踯躅”,竟至于希冀与歌者“衔泥巢屋”、白头偕老了。这种叙情方法,正如张庚《古诗十九首解》中所说:“古人诗,句句相告,如此诗起云‘东城高且长’,下则就‘长’字接‘逶迤自相属’句,以足‘长’字之势;就‘逶迤’字生出‘回风动地起’句;就‘地’字生出‘秋草’句;就‘秋草’字生出‘四时更变化’;就‘时变’生出‘岁暮速’句;就‘速’字生出‘怀’‘伤’二句;就‘怀’‘伤’二字生出‘放情’二句;就‘放情’不拘生出下半首。真一气相承不断,安得不移人之情?”

我们说,这段“相承不断”的“气”,来源于诗人在京城中所见所闻与冶游前原来想象中的“帝都繁华”之间的反差之大,来源于这些所见所闻对诗人刺激之深。总之,来源于诗人对现实生活的感受之深。这股“气”之所以能“移人之情”,再一次证明了真情实感的篇什才能动人,就像诗中的“清曲”能引起诗人感情的共鸣一样。

(马茂元　吴怀祖)

去者日以疏

古诗十九首

去者日以疏,来者日以亲。
出郭门直视,但见丘与坟。
古墓犁为田,松柏摧为薪。
白杨多悲风,萧萧愁杀人。
思还故里闾,欲归道无因。

鉴赏

东汉末叶的大乱年代,政治的幻化,灾荒的严重,以及常年不断的兵祸、徭役，带给人民的只能是夫妇分离、家庭隔绝的乱离之苦。反映这一社会现实，抒发这一悲苦之情，成了《古诗十九首》普遍的主题。然而，《去者日以疏》在抒发一位远游客的思乡之情时，所采用的象征手法远比其他同类题材篇什更集中，艺术效果也就更明显。

诗中描绘的图景是阴森的，诗人一“出郭门”“直视”到的是一座接着一座的“坟”“丘”，一株株残缺不全的“松柏”。诗人唯恐自己笔下的阴冷气氛不足，又加上一笔：“白杨”摇曳，“悲风”“萧萧”，写出了活人的阴间，或者可以说是死人的“阳间”。这些象征着此时此刻被战乱、灾荒肆虐的大地实际上已和它下面的阴曹地府是同义词，这位多年被炮火驱于异乡的客子的心境也和“坟”与“丘”中死人的心情毫无二致。

如果我们再细味一下这几个字，就会有惊心动魄的感觉：人死了以后“坟”与“丘”本该是最后的结局。可是，不，连死人的“墓”也被“犁为田”，与死人为伴的墓旁“松柏”也被“摧为薪”——斫去当柴火了。人，活着不可能；死去，也得不到安宁。这种“情绪累进”的写作手法，在《古诗十九首》同类题材的诗篇中是不多见的，因而震撼人心的力量也是巨大的。

回过头来看诗题。诗题和诗的首句是“去者日以疏”，诗的第二句是“来者日以亲”，这“去者”“来者”指的是谁？“亲”“疏”又是谁和谁的关系？

清人朱筠说：“茫茫宇宙，‘去’‘来’二字括之；攘攘人群，‘亲’‘疏’二字括之。去者自去，来者自来；今之来者，得与未去者相亲；后之来者，又与今之来者相亲；昔之去者，已与未去者相疏；今之去者，又与将去者相疏；日复一日，真如逝波。”(《古诗十九首说》)世界就是一个大舞台，人来人往；人生有如演戏，亲疏恩怨。如果按照朱氏如此评点，不免落入俗套。

我们说，“去者日以疏”“来者日以亲”只是一个有特殊遭遇的诗人，在特定场合、特定时刻的一种特殊“意绪”。何为“去者”？何为“来者”？何谓“亲”？何谓“疏”？在一个离乡经年、欲归不能而又目睹“人为鬼”，“阴间”“阳间”不分，“鬼神不宁”的场景的人，怎能分辨得清“来者”“去者”？说得清是“疏”还是“亲”？又有什么必要辨清“来者”“去者”“亲情”“疏情”？这种“怅然不知其所以”“惘然不知其所以”的迷离茫茫的心态和意绪，才是这种人所特有的；这种感受，才是最真切的；这种描摹，才是最现实的。“人生茫茫”这一感慨，是通过这一“意绪”传达出来的；往往，“说不清楚”比“说清楚”更“清楚”。这不是“朦胧”“弄玄”，这是诗，诗的“味道”。

当诗人从迷离惚恍、阴森峭冷的人鬼不分的意态中醒来，就要“思还故里闾”了；可是却“欲归道无因”，又找不到“道”了。关于“道”，前代学人们曾有多种诠释，有释为“方法”，有释为“道路”(参阅马茂元《古诗十九首初探》),如果我们把它释为“道理”——即“必要性”——全句就成了这样:“在这人鬼不分的世界上,‘思还故里闾’又有什么必要呢?”是不是可以呢?

(马茂元 吴怀祖)

生年不满百

古诗十九首

生年不满百,常怀千岁忧。
昼短苦夜长,何不秉烛游?
为乐当及时,何能待来兹?
愚者爱惜费,但为后世嗤。
仙人王子乔,难可与等期!

鉴赏

这篇《古诗十九首》之一的《生年不满百》,诗意表面是在教人及时行乐。全诗十句,由古乐府《西门行》剪裁增饰而成。《乐府诗集》卷三十七“相和歌辞十二”所载《西门行》古辞是这样:“出西门,步念之,今日不作乐,当待何时?逮为乐,逮为乐,当及时!何能愁怫郁,当复待来兹?酿美酒,炙肥牛,请呼心所欢,可用解忧愁。人生不满百,常怀千岁忧。昼短夜苦长,何不秉烛游?游行去去如云除,弊车羸马自为储。”

我们将这首《生年不满百》与乐府古辞比较而观,不仅可以窥见东汉五言诗如何在民歌基础上发展成熟的轨迹,同时亦可窥见东汉无名氏文人在这一发展过程中所做出的特殊贡献。

诗的首二句直接采用古乐府成句,意谓人生不足百年,却常常为身后诸事而烦恼忧愁,是很不值得的。“千岁忧”,指身后诸事。由于身后诸事皆寂寞空虚,而人生又苦于昼短夜长,故诗的三、四两句即再用古乐府中的反诘成句来说明人们夜以继日地尽情行乐是合乎道理的,其意略同于李白在《春夜宴从弟桃花园序》中所说的:“古人秉烛夜游,良有以也。”接着,诗人复用古乐府中的另一反诘语而加以改动,更着重强调行乐之贵在及时。

“兹”之本义为新生草，故可借指年。“来兹”即来年，这里是用以泛指将来的时间。以下，诗人便离开古乐府的文字而自铸新辞了。“愚者爱惜费（指钱财），但为后世嗤。仙人王子乔，难可与等期！”这四句的意思是说：只知吝惜钱财而不知及时行乐的人即为愚人，这类愚人只能被后世人所耻笑；像古代传说中的仙人王子乔那样长生不老，一般人怎能希望做到啊！

吟诵全诗，我们即可发现诗的首句“生年不满百”与末句“难可与（仙人）等期”是前后呼应的，而诗中间采用两个反诘语则是把诗的容积加大、加深，这样就造成了全诗一波三折又浑然一气的艺术结构，从而使全诗凝聚了极其强烈的艺术感染力量。显然，这首《生年不满百》尽管数用古乐府的成句，却丝毫无碍于它成为文人创作的东汉五言诗之精品。

清人方廷珪评“愚者爱惜费，但为后世嗤”二句说：“直以一杯冷水，浇财奴之背！”（见隋树森编著《古诗十九首集释》）形象地指明了二句惊人的艺术效果。但这首《生年不满百》当不仅仅为财奴而发。我们知道，在东汉末年的黑暗社会里，一般文人多因仕进无望、前途渺茫而忧心忡忡，故在这首教人及时行乐的作品字面背后所隐蔽着的，无疑是作者心灵深处的时代的苦闷。

（杜维沫）

凛凛岁云暮

古诗十九首

凛凛岁云暮，蝼蛄夕鸣悲。
凉风率已厉，游子寒无衣。
锦衾遗洛浦，同袍与我违。
独宿累长夜，梦想见容辉。
良人惟古欢，枉驾惠前绥。
愿得常巧笑，携手同车归。
既来不须臾，又不处重闱。
亮无晨风翼，焉能凌风飞？
眄睐以适意，引领遥相睎。
徙倚怀感伤，垂涕沾双扉！

鉴赏

本篇写一位冬夜独宿的妇女因思念远行在外的丈夫而入梦,梦醒后更增相思之苦。通篇从思妇着笔,为东汉末年无名氏文人创作的《古诗十九首》之一。

首六句即写这位思妇在岁末一个寒风凛冽、蝼蛄悲鸣的凄清之夜,触景生情,担心远行在外的丈夫的冷暖,又由相思之深而心生疑虑。“锦衾”二句便是用洛水女神的典故,暗示女主人公猜疑丈夫是否在外别有新欢。“锦衾”,绣被。“遗”,赠予。“洛浦”,洛水之滨,传说为洛水女神出没之处。“同袍”,这里意同“同衾”,代指夫妇。“违”,背离。

“独宿”八句紧接“锦衾”二句,写女主人公在思念中进入梦境,得与丈夫欢会。“良人”四句是以梦中所见新婚时的情景,表现思妇庆幸夫妻恩爱如初的心情。“良人”,古代妇女对丈夫的尊称。“古”,同“故”。“惟古欢”,是说不忘旧日恩爱。“惠”,赐给。“绥”,挽人上车用的带子。古代婚礼,结婚时丈夫驾车迎接新妇,将“绥”的一端递给新妇,引新妇上车。“既来”二句是说丈夫忽然而来又忽然而去,写出梦境恍惚的状态。“重闱”,犹言深闺。

末六句写梦醒后的感伤。“晨风”二句意谓:丈夫固然没有晨风的健翅,怎么能乘风飞来飞去呢?是描摹女主人公梦醒后回想梦中所见而发生的疑问。“晨风”,即鹯,能高飞的大鸟。“眄睐”四句继续描摹女主人公梦醒后的情状。我们看,这位思妇此刻的情状是:睡眼迷离,愁绪难遣,延颈遥望,反复徘徊,满怀感伤,泪洒闺阁!

清代桐城派诗论家方东树在《昭昧詹言》中评这首《凛凛岁云暮》之末六句云:“因梦而思念深,杜公《梦李白》所从出。”其实,杜甫的《梦李白二首》两首诗表达对李白思念深情的整体艺术构思——在秦州因闻李白被罪流放夜郎而思念成梦、梦醒后更增思念与担心——完全是由《凛凛岁云暮》脱胎;至于两诗中的“魂来枫林青,魂返关塞黑”(写梦中见李白魂魄忽自江南来又忽自秦州返,疑心李白已不在人世)“君今在罗网,何以有羽翼?落月满屋梁,犹疑照颜色”(写梦醒后之疑惑)“告归常局促,苦道来不易。江湖多风波,舟楫恐失坠。出门搔白首,若负平生志”(写梦中与李白会见之情景)等句,则更明显都是由《凛凛岁云暮》的诗句变化出来的。这毫不奇怪,因为“熟精《文选》理”是杜甫常常引以为自豪的家学,而《古诗十九首》在《昭明文选》中正占有突出的位置,我们在这里从对比《梦李白二首》与《凛凛岁云暮》所可见到的,只不过是杜甫创造性地学习《古诗十九首》艺术表现手法的一个实例罢了。

是的，通过对《梦李白二首》与《凛凛岁云暮》的比照吟诵，不仅帮助我们了解诗圣杜甫如何学习《凛凛岁云暮》的表现手法，同时也能帮助我们更深刻地领略《凛凛岁云暮》以至全部《古诗十九首》那惊心动魄、一字千金的永恒的艺术魅力。

（杜维沫）

孟冬寒气至

古诗十九首

孟冬寒气至，北风何惨慄。
愁多知夜长，仰观众星列。
三五明月满，四五蟾兔缺。
客从远方来，遗我一书札。
上言长相思，下言久离别。
置书怀袖中，三岁字不灭。
一心抱区区，惧君不识察。

鉴赏

此篇为《古诗十九首》中的第十七首，描写在漫漫的冬夜里一位思妇的离愁别恨，通过怅望星空所引起的遐想和对往事的回忆，表现出她对爱情的执着追求和坚定不移。

诗的开头两句，即点出了节令的变化。孟冬十月，北风凛冽，使人冷得发抖，“惨慄”前加一“何”字，对北风之寒作了夸大形容，既突出了主人公对季节变化的生理感受，又暗暗指出思妇的心理感受。因为孤独和凄凉寂寞，更觉冷上加冷。三、四两句，渐入佳境，点出愁多夜长的无聊。因为愁多不寐，更觉到长夜漫漫，在愁极无聊的情况下，思妇只好走出闺门，仰望着寒夜的星空，通过寄意寒星的遐想，来表现主人公的怀远之情。

“三五明月满，四五蟾兔缺”二句，显然不是描写眼前的实景，而是即实就虚，既有眼前之景，又有追数从前月圆月缺的含义，这比仅写实景，含蕴更加丰富。月缺月圆，象征着人间的悲欢离合，也标志着时间流逝的过程，从这里透露出一个信息，在漫长的别离岁月中，思妇不知经历了多少孤栖之夜，又不知看到了多少次月圆月缺。离别之久与思念之苦，通过“三五”“四五”的连叙，得到深透的表现。从这里我们可以看到，即实就虚的艺术描写，在美学效果上胜过实景的描绘。

“客从远方来”以下八句，是诗的后半篇，此八句通过一件往事的回忆，表现自己对爱情的坚贞。“客从远方来”是全诗的转关处，在前六句之后凭空跳出此一句，表面看来这种跳跃性使得上下文不太衔接；实则意脉相连，天衣无缝，因为这件事是“仰观众星”所引起的联想，正可以看作是追数月圆月缺的连锁反应，其内在联系是紧密的。从客人由远方捎来一封书信可知这位思妇的丈夫远在天涯，因丈夫不能回来，故托友人捎回一封平安家信。“上言长相思，下言久离别”二句，概述了书信的内容，信的开头，就说到“长相思”，足见他们是一对恩爱夫妻，在离别之后，他并没有忘记她。从“久离别”三字可知，他们分别已经很久了，而且来信已过三年了，直至今天，他既没有归家，也没有再来信，时间的漫长，道路的遥远，音讯的稀疏，思念的急切，均可以一一想见。“置书怀袖中，三岁字不灭”两句，是虚实结合的艺术描写。一封书信，藏之三年，可能是实情；把书信藏在怀袖中，经过三年，字迹不灭，那就是虚写了。思妇对书信如此珍重，好像信上的每一个字，都深深地印在她的脑海里，藏在她的心里，永远也不会磨灭，这位女主人公对丈夫的思念，对爱情的坚贞，通过这两句诗，表现得十分充分，这是《古诗十九首》的深于造情之处。结尾两句，是以转作收。女主人公由回忆转到眼前的现实中来。长年离别，会合难期，如今音讯渺茫，这一切都是无可奈何的，而从自己方面来说，也只能“一心抱区区”，永不变心。但又担心自己的拳拳之心，不为对方“识察”，此中又更深一层地透出思妇的哀恋与忧虑。意悲而远，真可谓“一字千金”。

（刘文忠）

客从远方来

古诗十九首

客从远方来，遗我一端绮。
相去万余里，故人心尚尔。

文彩双鸳鸯，裁为合欢被。
著以长相思，缘以结不解。
以胶投漆中，谁能别离此。

鉴赏

这是一首歌咏爱情的诗，诗中的主人公是远离丈夫而独守闺房的女性，全诗通过得绮做被这一具体事件，详细描写了这一事件所引起的感情波澜，表现出夫妻间的伉俪深情。

开头两句，以客来寄绮直叙作起，一事见意。这两句为叙事，意谓远方的丈夫托一位客人带给自己一端绫罗。“相去万余里，故人心尚尔”两句，即事生情，描写女主人公的感想。相去万里，足见相隔遥远，彼此天各一方。“故人”不言而喻，是指远离久别的丈夫，他特地托客人带来一端绮，足见他并未忘掉她，而且这一端绮，还不是普通的绮罗，而是织着双鸳鸯文彩的绮罗。鸳鸯交颈，象征着夫妻的欢合，触物生情，女主人不免浮想联翩。她首先想到的是他们虽相隔千山万水，但故人并未变心，彼此间的爱情并未因阔别而有所不同。她对丈夫的“路远心诚，深致感激，十字中能写出无穷惊喜之意”（张玉穀《古诗赏析》）。

“文彩双鸳鸯”以下四句，全是女主人公的想象，是虚拟的艺术描写。她看到绮上带有双鸳鸯的彩文，这是很适合做被子的面料，尺寸长短也差不多，这使女主人自然想到裁制被子的事体上来。“著以长相思，缘以结不解”两句，设想更进一层，她想到裁被时如何装绵，如何缘边了。想象得娓娓入情，一环扣一环。“著”即装绵，被中装绵，有绵绵相思之意。“丝”“思”谐音，含义双关，颇富民歌风味。“缘”即缝边，被缝四边，有结而不结之意。缘边之缘，隐含姻缘之缘，一字双意，以隐寓二人结下了不解之缘。“长相思”表明两地同心，“结不解”表明两情的契合。前人对这几句诗十分欣赏。朱筠说：“‘文彩双鸳鸯，裁为合欢被’，于不能合欢时作合欢想，口里是喜，心里是悲；更‘著以长相思，缘以结不解’，无中生有，奇绝，幻绝。”（《古诗十九首说》）张玉穀说：“因绮文想到裁被，并将如何装绵，如何缘边之处，细细模拟，嵌入‘合欢’‘长相思’‘结不解’等字面，着色敷腴。”（《古诗赏析》）这些鉴赏，都是颇为精到的。

最后两句，以比喻作结，是想象的又一层次。以胶、漆相投的融为一体，胶着难分，比喻夫妻之间感情的亲密无间，难解难分。其实这两句诗还有更丰富的含蕴。张玉穀说得好：“末二，更算到同眠此被、永不相离之乐，而望其归来意，绝不少露，已在其中。解此正笔反用，自然意境空灵。说到

同眠,易于伤雅,‘以胶投漆中’比出,亦极蕴藉。”(《古诗赏析》)

这首诗只有开头两句叙事是写实,“裁为合欢被”以下一系列的描写,全是想象中所构成的意象,质由中出,不假雕琢,这是思妇心底因外界事物而激起的感情波澜,通过丰富的想象和盘托出了她那一刹那间的内心世界。黑格尔说:“最杰出的艺术本领就是想象。”“真正的创造性就是艺术想象的活动。”(《美学》第一卷)虚拟描写,浮想联翩的想象,使这首诗获得了巨大的成功。

(刘文忠)

明月何皎皎

古诗十九首

明月何皎皎,照我罗床帏。
忧愁不能寐,揽衣起徘徊。
客行虽云乐,不如早旋归。
出户独彷徨,愁思当告谁?
引领还入房,泪下沾裳衣。

鉴赏

此首诗的抒情主人公是男是女,历代注家和诗歌鉴赏家有两种不同的说法。一派认为是客子思归之作,一派认为是思妇之诗,笔者主前说。

一个久客不归、天涯漂泊的游子,思念家乡、怀念亲人是经常萦绕在脑际的问题,这种感情一触即发,“举头望明月,低头思故乡”(李白《静夜思》),可以说是人之常情。此诗的开头两句,用即景生情的手法,以月明夜静为背景,见月起思,很自然地引到主题上来。月光是那样的明亮,它映照在罗制的帐子上,正因为是罗制的薄帏,所以卧在床上也可以透过罗帐看到那皎洁的月亮。溶溶夜色,引起客子的遐想,一种思乡之情,袭上心头,使这位久客不归的游子,因百忧聚集而不能入睡,他只好披衣起床,出户徘徊。

“客行虽云乐,不如早旋归”两句,是全篇的一大关键,正如方东树所说:“以‘客行’二句横著中间,为主句归宿”(《昭昧詹言》)。这二句前后的描写,都围绕这一轴心。“‘客行’二句,妙在用‘虽’字着力一翻,谓客行即使甚乐,尚不如早旋归,而况我之不乐实甚乎?……用‘虽云乐’三字翻入,其反主为宾,以开作合,不用死笔用活笔,不用正笔用翻笔,不用实笔用虚笔,全在一‘虽’字有起死回生之妙”(饶学斌《月午楼古诗十九首详解》)。

“出户独彷徨,愁思当告谁”以下四句,通过具体的动作描写,表现诗人的忧伤和欲归不得的无可奈何的心情。“独彷徨”“当告谁”六字,写出了诗人的形影孤单,无可告语。从“出户”到“入房”,一出一入,情景如画。“引领还入房”句,“入房”前着“引领”二字,表现感情的波澜十分高妙。“引领”犹如“延颈”,表现出急盼归家和若有所望的心情。“还入房”三字,写出了诗人既不能归去又无可告语的失望,只得仍回房中,这一句把诗人的愁情苦致推向高潮。结句的“泪下沾裳衣”,因有前一句极写,便觉水到渠成,收束自然。

此诗以“明月”为抒情的发端和引子,用连续的动作过程,来刻画诗人的内心活动,使人感到真实而自然。以“忧愁”为主,以“明月”为因。因“忧愁”而“不寐”,因“不寐”而“起”,始而“揽衣徘徊”,既而“出户彷徨”,终而“入房泪下”,除了中间插入的两句,都是一连串的动作描写,层次井井,一节紧一节,一环扣一环,直有千回百折之势。通过这些连续性的动作,写出了人物复杂矛盾的心态,从而也构成了诗歌的完整形象,这正是此诗的高妙之处。

(刘文忠)

上山采蘼芜

古诗

上山采蘼芜,下山逢故夫。
长跪问故夫:“新人复何如?”
“新人虽言好,未若故人姝。
颜色类相似,手爪不相如。”
“新人从门入,故人从阁去。”
“新人工织缣,故人工织素。

织缣日一匹，织素五丈余。
将缣来比素，新人不如故。”

鉴赏

《上山采蘼芜》是一首别开生面的弃妇诗。它描述一位孤苦的弃妇，从山上采摘江蓠归来，不期而遇见到了从前的丈夫。按常理料想，弃妇见到故夫，总不会有好辞色。她自当将蓄积的怨愤，化作对于故夫的痛切指斥。但在这首诗中，她却恭恭敬敬地向故夫“长跪”，甚至关切地询问新妇在夫家的表现，此已属奇事。故夫呢，面对被弃的妻子，即使不恼怒，也总该强词狡辩、厌烦呵斥一通吧？但在本诗中，他却感慨地回忆起故人的好处，对于再娶的“新人”，反而以“缣”不如“素”颇加贬斥，更是匪夷所思了。

也就是说，《上山采蘼芜》，完全不合弃妇诗之常格。对于它的评判，就应该有新的眼光。旧时代妇女的被弃，情况较复杂。丈夫的喜新厌旧，固然是一个原因；公婆的滥施家长权威，造成恩爱夫妻的离异，亦是常见的现象。所谓“不顺父母，去”（《大戴礼记·本命篇》），“子甚宜其妻，父母不悦，出”（《礼记·内则》），都证明了这一点。

从本诗内容看，弃妇并未因故夫的再娶而怨恨，在“长跪”和询问之中，倒是透露了关切的深情；故夫似乎也不是位薄情人，娶了新妇，仍不忘情于“故人”，夸赞的虽是弃妇的“手爪”，流露的何尝不是对故人难以割舍的怀思？看来，他们的离异，大抵如某些研究者所说，是“被迫”的（朱东润《中国古代文学作品选》本诗题解）。隐藏在此诗背景中，并牵动着他们命运的，恐怕正是上引《礼记》所提到的“父母”。

描写弃妇，却表现其与故夫之间的怀思，这对传统的弃妇诗，无疑是一大突破。驾驭这一类带有悲剧色彩的题材，最容易趋于繁复：诸如他们如何倾慕相恋？成婚后，新妇又怎样得罪公姥，以至风云突变、被遣还家？离异后双方又怎样痛苦相思？倘要曲尽其情，非得像《孔雀东南飞》那样的长制。《上山采蘼芜》则化繁为简，大刀阔斧地砍去上述诸多情节，仅以十数行的短章，描述了弃妇、故夫的一次邂逅相见。因为是邂逅相见，双方无思想准备，表露的自是不假掩饰的真情；如见既是故人，自必要抚今追昔，正可于言谈中巧妙地带出往事，让读者明了人物之间的关系和来龙去脉。这样的结撰，不仅少中见多，且可在今昔、新故的对照中，显示人物的情感落差。本诗结构的精巧，于此可见。

《上山采蘼芜》是一首叙事诗，推动情节发展的，则是人物间的对话。诗中描摹对话，不仅口角传情，而且恰当地表现了人物的特定心理。“长跪问故夫：‘新人复何如？’”故夫的情况可问者很多，此叙弃妇开口便问“新人”，正深入到弃妇心理上的敏感区，传达了一种殊为微妙的感情。“新人虽言好，未若故人姝。”故夫的回答也耐人玩味——他当然理解弃妇的心情，所以只把新人淡淡带过，一味夸赞“故人”的好处。弃妇那悲凉的心田，由此得到了温暖和慰藉，但说话却反而闹起了别扭：“新人从门入，故人从阁去”——谁教你又娶新人，害得我凄凉凉离开了呢！话面似乎全是怨责之词，其实恰恰表现了弃妇对知心人倾诉心曲的依恋。这一些对话，同时又牵动了情节，将读者带进故夫家庭，窥见了当年夫妇离异前后的诸多情事。此诗正是这样运用精妙的对话，赋予简短的叙事篇制以丰富的内涵，从而使人物的表现，达到了曲尽其情的境界。这首诗连同汉代其他叙事诗，在叙事体制、结撰构思、人物对话方面所做的成功尝试，给了后世诗人以很大的启迪。我们从建安诗人王粲、陈琳，唐代诗人杜甫的叙事诗中，均可以感受到这种有益的沾溉。

（潘啸龙）

穆穆清风至

古诗

穆穆清风至，吹我罗衣裾。
青袍似春草，长条随风舒。
朝登津梁山，褰裳望所思。
安得抱柱信？皎日以为期。

鉴赏

春天来了，那朔风的凛冽、变而为春风的温暖；随之，大地长出的草现出青青的颜色，树枝的长条也伴着东风舒展开来。在这洋溢着生机的景色中，一位妙龄女郎，穿着轻软的绮罗上衣，呼吸新鲜的空气。一阵柔和而洁净的风，吹动了她那衣服的前后衣襟，显得她多么出神而若有所思！这不觉令人联想起《吴歌》中的“罗裳易飘飏，小开骂春风”和“春风动春心，流目瞩山林”，也想起“温风入南牖，织妇怀春意”和“春风复多情，吹我罗裳开”。本诗起始两句，虽然不同于上面联想起的歌词，由三、四两句看来，至少是十分接近的。《毛诗·烝民》说“穆如清风”，首句正是承袭它而稍加变化的。

第三句的“青袍”，自然指的第二句“我”所思的对象，但第四句的“长条”是否只是指一般树木的长条呢？如果是的话，就全诗的结构说，两句一意，也两句一转。如将“长条”解为一般树木的长条，那第三句与第四句就不相映衬了。而且第三句既咏所思之人，第四句反而咏自然之物，连接既不紧密，立意又复分散，稍谙吟咏的人，都知道那样写是不好的，写这首成熟诗的诗人，何至于那样漫无头绪？依我的意思，“长条”在表面上是写一般树木的长条，实际写的却是她所思念的人——这人虽不在身边，那长长的身影却深深地留在脑中。一般树木的长条，固然随风而舒展它那长长身影，而人的长长身影也随着春风的吹过而容光焕发、意气昂扬，使身心舒展开来。所谓语意双关，若即若离，你说它写的这个，偏偏不只是这个，还写了那个；你说写的那个，却表面看来写了这个，同时还写了那个。这样一来，不但增强了诗的层次，也增加了诗的意趣，从而扩大了诗的容量。照上述想法，这两句是写她所思者的衣着和身影：他穿的青袍如富于生机的春草，他长长的身影临风舒展，显示了青春的活力。像这样一个有朝气、有作为的小伙子，怎不令她思念？

“朝登津梁山”的“山”字，应从《玉台新咏》作“上”，这样便文从字顺合于情理了。“褰裳”就是提起前裳。这两句是从想象所思的人，而想见所思的人。因而不但早晨就登上津梁，进而提起前裳看望所思的人。从想象变而为想见的行为，她对他追求迫切，就表现出来了。

她的行为并没有达到目的。她虽然登上津梁盼望所思的人，她联想到《庄子·盗跖》所载尾生守信的故事。如果她达到了目的，为什么还要发出“安得抱柱信”的希望呢？正由登上津梁，提起前裳，纵目四望，渺不见人，失望之后，才抱怨所思者的失信，而发生失望后的希望。如果真有尾生那样为爱情而牺牲生命的人，那么，自己也可以指着太阳来表明自己的心迹。末句从失望道出希望，复从虚拟的希望表明自己的内心。可见她对于爱情的追求固然迫切，而她所思的对象背约不来，也就在这儿透出来了。

短短八句，分作四层写：由看见时令景色而欢悦，由欢悦而思念她的对象，由思念而采取行为，由没有达到目的而失望以至复由失望而寄希望，一贯而下，有如串珠，言短而意丰，曲折而多情，在汉代古诗中，这是少见的。

（郑　文）

橘柚垂华实

古诗

橘柚垂华实，乃在深山侧。
闻君好我甘，窃独自雕饰。
委身玉盘中，历年冀见食。
芳菲不相投，青黄忽改色。
人傥欲我知，因君为羽翼。

鉴赏

人们只要想到出产橘柚的地方，在绿油油的灌木丛中，长着一株株约莫一丈多高的橘或柚。初夏时节，在那卵形的叶下，开着洁白的小花，清香扑鼻。步行在它们中间，真个是沁人心脾，不欲离去。到了冬天，结出累累的果实。绿叶衬在旁边，显出绿得那么苍劲可爱，而黄的、红的、青的乃至红黄色的扁圆形果实，犹如无数的珠宝，悬挂在枝上，压得那枝儿弯下去，仿佛承担不起的样子。“我”——橘柚，虽然生长在深山，用自己芬芳的花，结出鲜香的果。“我”完成了自己的生长过程，味道甜美，正好供人享受。可是由于生长的地方远离都市，虽有这样的美质，不为人们所识；即使为人所识，那也只是供一般观赏而已。只有被真正品尝到美味的时候，那才能为人所用。如果真的被人赏识，对自己的要求将更严更高，结出的果实，在色香味上将更居上乘。

果然“我”被采摘之后，运到了都市，进入了富贵人家。他们喜欢“我”颜色那么鲜，形状那么美，气味那么香，特别把“我”放在那洁净晶莹的盘子里。这就显出了“我”的高贵、美丽以及对“我”的珍视。

事物的变化常常出乎主观愿望之外，表面现象常常掩盖了事物的本来面目。就“我”的本愿说，历年来总希望真能被品尝，经过品尝之后，才可以发现、了解以至理解“我”的内美。但“我”被陈列在那华贵的地方，摆设在那玲珑的器皿里，供人看，供人玩，从来就没有把我尝一尝。时间久了，“我”以前的颜色褪了，“我”以前的光泽暗了,年复一年就这样过去。为什么会这样?“芳菲不相投”答复了这个道理。

我们欣赏本诗,如果停止在这样的比喻里,作者的立意,固然不能透解;作者为什么这样用意而且用的第一人称代词,更不易了解。

东汉名士自己没有真本事,往往自吹自擂,造成虚假的声势,结交地方甚至朝廷的官员,作为进身之路;朝廷和地方的官员也利用同他们的勾结,以巩固自己的权位。前一种人,在李固与黄琼书中说他们“纯盗虚声”。后一种人在徐幹《中论·谴交》中写得淋漓尽致:

桓灵之世,其甚者也。自公卿大夫,州牧郡守,王事不恤,宾客为务。冠盖盈门,儒服塞道,饥不暇餐,倦不获已,殷殷芸芸,俾夜作昼。下及小司,列城墨绶,莫不相商以得人,自矜以下士。星言夙驾,送往迎来,亭传常满,吏卒传问,炬火夜行,阍市不闭,把臂捩腕,扣天矢誓,推托恩好,不较轻重,文书委于官曹,系囚积于囹圄,而不遑省也。详察其为也,非欲忧国恤民,谋道讲德也,徒营己治私,求势逐利而已。

好一个“营己治私,求势逐利”!这就总结了双方的动机与目的。自然在这一段揭露中,有的是他们真正接纳的,有的是他们虚与委蛇,应付应付的,——表面上尊敬称赞加以敷衍,实际上口惠而实不至。人情冷暖,世态炎凉,有几人在为国求贤、为国荐贤啊?至于那些下层人物,由于不会吹牛拍马、虚张声势,却往往遭人白眼,甚至拒之门外。纵然有时稍借颜色,也不过装模作样,打发出门罢了。即使明知是个奇才,或出于私心,或求其全璧,或轻信诬谤之言,或嫌其出身鄙野,或恶其傲慢,或忌其才华……总之:凡不合他口味的,一概不用,致使怀瑾握瑜之士,埋没于蓬蒿,奔走于衣食,望君门而不见,徒抱恨以终生。因而曹操“识拔奇才,不拘微贱”(《三国志·魏书·武帝纪》注引《魏书》,下同),即使“负污辱之名,见笑之行,或不仁不孝而有治国用兵之术”的人,都被任用,成为千古佳话。

本诗作者,就人赏其甘,自愿修饰、置身盘中,久冀见食说,也曾被当时的官员接纳过,只是由于不被任用,不免心怀怨愤,因而末两句才道出了本意:“人傥欲我知,因君为羽翼。”一副求人引荐之情,可说是洋溢于字里行间。

(郑　文)

十五从军征

古诗

十五从军征,八十始得归。
道逢乡里人:"家中有阿谁?"
"遥望是君家,松柏冢累累。"
兔从狗窦入,雉从梁上飞。
中庭生旅谷,井上生旅葵。
舂谷持作饭,采葵持作羹。
羹饭一时熟,不知贻阿谁。
出门东向望,泪落沾我衣。

鉴赏

这首民谣式的诗歌具有巨大的思想和艺术的容量。

此诗在艺术上成功之处首先在于善于选择和截取。诗将主人公在六十五年中所经历的种种苦难,以及像他这样成千上万的人所经历的一切艰辛,全都浓缩在这个老兵回到"家"中的短暂时间里所见所感而形成的艺术情境中,让读者透过诗中言内的意象去想象和领悟其言外的意蕴。诗一起始,就给读者留下一个硕大的空白。

黑格尔说:"艺术的最重要的一方面从来就是寻找引人入胜的情境,就是寻找可以显现心灵方面的深刻而重要的旨趣和真正意蕴的那种情境。"(《美学》第一卷)美国批评家布鲁克斯认为在诗的艺术情境中"矛盾情境"是最好的诗结构。他所说的诗结构是指由韵律、意象、语意系统、象征境界的有机组合而形成的能够产生艺术力量的全部内容和形式,是由诗的各部分、各组成因素而构成的整体关系,微妙秩序。这首乐府古诗艺术上的其次一个成功之处是它再现了某种"矛盾情境"。

这种"矛盾情境"首先表现于人物心理情境的冲突中。此诗语意系统的表层结构由五个突出点即五段组成。头两句为一段。它除了概括主人公生平、截取其最富启示性的一段经历、将大半个世纪频繁的战事推向言外空白处。还有这样的一个结构功能,即在叙述中暗含着诗的主人公少小应征、老大还乡的兴奋之情。这从“始得归”三字可见。三至六句为第二段。这段与前段相互映衬,构成一种矛盾情境:正当他步履轻快、遥望家门、沉浸在亲人团聚的幻境中时,岂料朝思暮想的亲人早已死绝、老屋如今变成乱坟堆,热切的希望顿时化成泡影,喜悦转为辛酸。第三段用类似现代电影蒙太奇手法,由远镜头“遥望”拉向近镜头特写:“兔从狗窦入,雉从梁上飞。中庭生旅谷,井上生旅葵。”四句虽短,满目荒凉的景象一览无余。这景象暗示这位老兵的内心世界已由惊异、辛酸转为悲戚。此情此景与归途中因团聚的渴望而升起的幸福憧憬形成了更大的反差。第四段写老汉定神之后着手用杂谷野菜做饭蔬,但“羹饭一时熟,不知贻阿谁。”六十五年埋在心底的悲愁哀怨,一齐涌上心头;无比的孤独凄怆,全盘托出。至此,他再也控制不住自己的感情了,“出门东向望,泪落沾我衣”。面对着荒凉的景象,身受着这惨苦的境况,他孤苦至深,悲哀至极,感情发展到了顶点。“东向望”,是望归程,无归宿,人生绝望的表现。这个“望”字饱含着丰富的象征意蕴,凝聚着无尽的心理图景、情感内容。归家后所见所感形成的心理冲突,用一生的甘苦精心编织的梦的破灭,全凝结在这个表情动作上了。

于是可见,这首叙事诗把这位老兵一生的坎坷经历浓缩在一个暂短时空中,通过其心灵情境的矛盾冲突表现人生的悲苦,是极其真实、非常成功的。但这悲剧真实又是以荒诞的形式表现的。荒诞即光怪离奇、违反常态也。诗的开头,“十五从军征,八十始得归”,就有荒诞意味。“兔从狗窦入,雉从梁上飞”,说明归屋仍在、院落尚存,然与“松柏冢累累”叠印在一起,岂不荒诞?但这种荒诞式的夸张却以诗的形式,逼真而又高度简洁地再现了大半个世纪的历史变迁和这位老兵家人死绝的悲惨景象,荒诞成分反而加强了诗的悲剧效果。荒诞成分与悲剧真实有机统一,是此诗“矛盾情境”的言语表现形式。言语情境与心灵情境融合,酿就了本诗的象征境界,使这首诗具有深刻宏厚的概括性和由此及彼的暗示性。

一首诗,意味着“诗人能够将诗中互相冲突的各种技巧、思想及各种元素形成一种完美的秩序”(王润华《中西文学关系研究》)。在《十五从军征》中,将各个意象组成一个象征世界,把自然景象和心灵世界、荒诞形式和悲剧内涵组成一个微妙秩序、有机整体的,是诗中主人公的“视点”。诗依人物回家的程序,从“得归”到遥望家园,到走近家门,到走入家屋,而后又步出家门,由远而近,层次分明地展现“我”返回家园所听到、看到、感到的家破人亡的情景。人物感情的波动,随着描写的顺序,逐步引向高峰。

他的注意所在,反映出影响着他此刻的心境状态。诗的主人公是事变的见证人,他的希望、辛酸、悲苦和绝望,不期然而然地传染给读者。第一人称"视点"带领读者逐次进入作品所描绘的象征情境中,读者跟随主人公的"视点",透过作品所描绘的艺术景象进入人物的心灵世界,透过心灵情境窥视当时社会。从诗的视角位移深入到人物的心理空间,再扩展到广阔的社会现实、历史深处,这就是本诗象征性的表现和特写性的再现高度统一所取得的艺术成就、美学效应。

(皇甫修文)

步出城东门

古诗

步出城东门,遥望江南路。
前日风雪中,故人从此去。
我欲渡河水,河水深无梁。
愿为双黄鹄,高飞还故乡。

鉴赏

这首诗主要写羁旅思归之情。诗人却没有从此着笔,一开始便是两个似乎与思归没有关系的叙述句。粗看似无深意,细想颇为疑惑:什么原因使诗人不辞辛苦"步出城东门",眼巴巴"遥望江南路"的?原来,一出东门乃南去之路(即"江南路")。不言而喻,诗人的故乡在南方,现在羁旅北方,却无时无刻不在思念故乡。思归之情使他坐立不安,不由得"步出城东门",希望看一看回归故乡的路,借以宽慰难以平静的心情。这一看不要紧,他忽然想起"前日风雪中,故人从此去"。"故人"即老相识,大概就是同乡。羁旅在外,身边若有一位老相识,苦闷时可以促膝畅谈,倾吐胸中块垒;困难时能够相依相帮,同舟共济。如今,"故人"已去,剩下自己形影相吊,这就使本来已有的思归之情变得更为沉重,更加浓烈。"风雪中",表层意思是说送别时的气候环境,深层内涵大可玩味:别离固已难堪,若别时风和日丽,尚是好兆头,亦可稍慰离怀。但"故人"是在气候恶劣的"风雪中"离去的，这不能不使诗人产生“云横秦岭家何在？雪拥蓝关马不前”（韩愈诗）的担忧，此其一。其二，“故人”风雪不避，去得那样仓促，大概是迫不及待吧，由彼之已归想到自己不得归，益增其孤独悲凉。客中送客的痛苦，孤寂凄凉之感，溢足了思归之情，冲击着诗人敏感的心灵。强烈的内心波涛外化为情不自禁的行动——“步出城东门，遥望江南路”，使这两句像家常话一样朴素自然的句子，具有了极为深沉的感情容量。可以想见，诗人出城门时的脚步是沉重的，“遥望”时的目光是怅惘的。既然如此，诗人为什么不把思归之情变为实际行动呢？“我欲渡河水，河水深无梁”，原来诗人欲归不能。“深无梁”的“河水”，显然是指不便言明、难以言明的社会现实。这个无法逾越的鸿沟，不能排除的障碍，诗人以比喻出之，并不坐实。到底是什么，让读者去想象，去填补，增加了诗的含蓄美。

不幸常常是幻想的沃土。现实的地面，河水深，山梁高，阻碍重重，诗人只好在幻想中满足愿望，求得心理平衡。他看到广阔的天宇空旷无碍，翱翔的黄鹄自由自在，便萌生出一种愿望：自己若能变为展翅高飞的黄鹄，与“故人”一起双双飞还故乡，那该多好！但这只能是无法实现的美好幻想。幻想的美好反跌出现实的残酷。“双”字回扣前半首之离愁，“还故乡”点明思归。二者在最后两句自然绾合，构成浑然一体的完整篇章。

这首诗“其淡如水，其味弥长”。遣词造句通晓流畅抒发感情，深沉委婉，平平常常的词句，蕴含着深邃而又绵邈的情韵，堪称自出机杼。

（程　远）

别诗三首

李　陵

其　一

良时不再至①，离别在须臾。
屏营衢路侧②，执手野踟蹰。
仰视浮云驰，奄忽互相逾③。
风波一失所，各在天一隅。

长当从此别,且复立斯须。
欲因晨风发[4],送子以贱躯。

其　二

嘉会难再遇,三载为千秋。
临河濯长缨[5],念子怅悠悠。
远望悲风至,对酒不能酬。
行人怀往路,何以慰我愁。
独有盈觞酒,与子结绸缪。

其　三

携手上河梁[6],游子暮何之?
徘徊蹊路侧,悢悢不得辞[7]。
行人难久留,各言长相思。
安知非日月[8],弦望自有时[9]。
努力崇明德[10],皓首以为期。

注释

①良时:美好的时刻,此指朋友之间友爱、相聚、欢乐相处的时刻。
②屏营:彷徨,徘徊。衢路:四通八达的路口,此指分别之处。
③奄忽:忽然。逾:超越。
④因:凭借,依附。晨风:鸟名,一名鹯,状如鹞鹰,善疾飞。发:起飞。
⑤濯缨:洗涤帽带,古代往往用以表示脱离世俗、清高自守的意思。
⑥河梁:黄河上的桥。
⑦悢悢(liàng liàng):惆怅难过的样子。
⑧日月:偏义复词,此处指月。
⑨弦望:每月初七八、二十三四月形如弦,分别称上弦和下弦;每月十五日(大月十六日)月圆,称望。
⑩崇:尊崇。明德:美德。

鉴赏

这三首诗,最早见于萧统《文选》卷二十九“杂诗”类,题为李陵“与苏武三首”,另有苏武诗四首。有些研究者认为,本诗第二、第三两首为李陵在京师送苏武出使匈奴所作,而第一首则为李陵在匈奴送苏武归汉而作,并与苏武的诗进行了比附,使之呼应相合。其实,从南朝颜延之、刘勰起就开始怀疑它是伪托作品。为此,后代学者还做了不少考辨。因为他们诗中的用语,有很多与苏李二人的情事、行踪不合,即使从诗歌的发展上来看,当时还出现不了这样完整的五言抒情诗。因此,一般学者认为,它和著名的《古诗十九首》一样,是东汉末年的文人五言诗。三首古诗,看来是一首组诗,今仍题为李陵,只是一种沿袭而已。

古人说:“黯然销魂者,惟别而已矣。”重友情,惜别离,是人们共同的思想感情。这三首诗,都抒发了朋友之间的离情别绪,写得真挚、缠绵,情意切真,感动了历代的读者。杜甫就说过,“李陵苏武是吾师”,说明他对这三首诗也是评价很高的。

第一首,集中抒写在离别刹那间的惆怅思绪。“良时不再至,离别在须臾。”开门见山地点明了送别,而且离别就在须臾之间。这是全诗之骨,以下的感情、思绪都由此生发出来。就在他们将要离别而又不忍离别的片刻,作者首先写出了他们的惜别之状:“屏营衢路侧,执手野踟蹰。”似乎他们心中都充满了无限的离情别绪,没法用语言表达出来,即使只能说些什么,也感到言不及义,难以表达出黯然神伤的惆怅心情,因而只有徘徊在送别路口,两手紧握地在野外留恋这珍贵的片刻了。此时无言胜有言,他们的动作,就表达出了他们极其复杂的惜别情绪。接着,作者又写出了他们的惜别之情:“仰视浮云驰,奄忽互相逾。风波一失所,各在天一隅。”这是仅就听见设喻,把他们之间的离别比作天上的风吹云驰,逾越飘忽,天各一方。“风波”云云,说明他们的离别有什么政治的或人事的原因;“各在”云云,预示他们离别后难以再得相会。别离前的刹那,心情是飘忽的;所写天空风吹云驰的意境也是飘忽的。这种运实于虚的表现方法,要比直接抒发离情别绪更能给人以想象和玩味。最后四句,作者以送别者的心思,写出了惜别之神。“长当”一句,点明是长别,情思一伸;“且复”一句,再次强调别在须臾,情思后一缩,“从此别”“立斯须”,就把惜别的精神状态生动、深刻地烘托出来了。“欲因晨风发,送子以贱躯”,真可谓顿生异想:要凭借着飞翔疾速的晨风,亲自陪送友人前往。其恋恋不忍别离的感情,就更加突出而感人了。这首诗就这样由状态写到情态,由情态写到神态,感情跌宕曲折,一波一浪地表现出了他们依依惜别的深情。

第二首,再就别期之长、再会之难、相思之苦加以生发,进一步抒写离情别绪。“嘉会难再遇”,即上一首所说的“良时不再至”,点明了别期之长、再会之难。“三载为千秋”,说明了相思之苦。古人“一日不见如三秋”,那么“三载”之别,当如千秋万岁,更令人难熬了。“三载”,不是实指三年,是指多年。那么其别离之苦就更可想而知了。这种逆喝而起的写法，比"离别在须臾"又进了一层。想到长期离别，嘉会难再，作者临河远望，更加触景悲来。他"临河濯长缨"，想借以摆脱世俗的离别之苦，但事实上是友人离别在即，所以，不仅"念子怅悠悠"，而且"对酒不能酬"，那离别愁苦的萦绕，还是几乎使自己身不能支了。行人总是得要走的，他的思绪已经在怀念着要去的长途远道，因而作者的离愁别恨也无法排解。虽然"对酒不能酬"，但在这刹那的时间里，也只有"盈觞酒"才能相互劝慰，祝愿以此永结深情重谊罢了。前面以"对酒不能酬"顿住，这里以"盈觞酒""慰我愁"递落，最后又以"与子结绸缪"升华，感情的起伏、曲折、变幻，可扪可见，真是淋漓尽致啊。

第三首，又就第二首生发而来，重点抒写临别前的祝愿和劝勉。诗的开头说："携手上河梁，游子暮何之？"由第二首的"临河濯长缨"，到这时的"携手上河梁"，说明要走的不忍离去，送行的人不愿分开，因而双方一直携手在河边徘徊。直到天黑了，虽然"行人怀往路"，仍然"徘徊蹊路侧"。"暮何之？"表面是向对方诘问，实际意在屈意挽留。所以要走的人，恋恋不舍，也惆怅满怀，不忍辞别。四句诗语，在抒情上，可谓摇曳作态，逆跌而起。但"行人难久留"，情意急转，只好"各言长相思"了。"安知非日月"以下四句，既是美好的祝愿，又是自我安慰。在不愿离别而又必须离别的时刻，只有相互宽慰地说：今日暂别，终有会期。怎知不像月亮那样有圆有缺而有散有聚呢？离别之后，徒思无益，只好各自"努力崇明德，皓首以为期"吧。说得像是豁达、通脱，实际正从反面衬托出他们离别的惆怅和愁苦。

由此可见，这三首诗都是在抒写离愁别恨，但表现手法不同。它们有时直接叙写，有时用景物衬托；有时以动作表感情，有时刻画心理活动。它特别善于曲折情致，使所表达的情谊起伏委婉，跌宕尽致。全诗言浅旨远，语短意长，含蓄蕴藉，余味无穷，具有感人的魅力。这说明，五言诗发展到东汉，不仅善于叙事，而且善于抒情，已经相当成熟了。沈德潜《古诗源》说"一片化机，不关人力，此五言诗之祖也"，就给了它以极高的评价。

（霍旭东）

拟苏李(诗三首)

无名氏

有鸟西南飞,熠熠似苍鹰。
朝发天北隅,暮闻日南陵。
欲寄一言去,托之牋彩缯。
因风附轻翼,以遗心蕴蒸。
鸟辞路悠长,羽翼不能胜。
意欲从鸟逝,驽马不可乘。

晨风鸣北林,熠燿东南飞。
愿言所相思,日暮不垂帷。
明月照高楼,想见余光辉。
玄鸟夜过庭,仿佛能复飞。
褰裳路踟蹰,彷徨不能归。
浮云日千里,安知我心悲!
思得琼树枝,以解长渴饥。

童童孤生柳,寄根河水泥。
连翩游客子,于冬服凉衣。
去家千里余,一身常渴饥。
寒夜立清庭,仰瞻天汉湄。
寒风吹我骨,严霜切我肌。
忧心常惨戚,晨风为我悲。
瑶光游何速,行愿去何迟。
仰视云间星,忽若割长帷。
低头还自怜,盛年行已衰。

依依恋明世，怆怆难久怀。

鉴赏

就表层意义而言，这三首抒发的是漂泊者的归思旅愁，但是透过作者朴质的抒叙和象征的暗示，却总使人既模糊又具体地感悟到，在浓厚的悲怆与孤独感的重压之下，还别有一种表现于深刻内心冲突中的更为深沉的灵魂运动，潜蕴着人在困境中对于生命价值的渴求。一经有此感悟，就可能体会到，前人把这几首诗分别托诸苏武、李陵，也未尝不是事出有因，不无道理，因为诗中的深层底蕴，同李陵之大节有亏而又胸怀汉室的内心矛盾，同苏武之出使被囚、持节牧羊的痛苦心境，都是十分相似的。因此，这些诗虽然并非苏李手笔，但是假托苏李却对欣赏者起到了审美的导向作用，使读者尽可以把它们想象为同苏李遭际相近、精神暗通的，如流人逐客、仕路蹭蹬、困厄失志者流抒写的悲思，并从这样的角度去寻味其意蕴，获取欣赏的满足。

第一首，抒写思归不得的忧郁，而通体出之以象征。诗中"似苍鹰"的鸟与"不可乘"的驽马，都是象征物；前者迅捷自由，后者无力而无用，二者的材力、作用之悬差，如天壤之隔。它们与抒情主体的关系，仿佛一则寓言，不过其隐义层面并非道德箴戒等理念，而是主体之外在的境遇和内在心境的象征。自由的飞鸟不肯为诗人捎一封"以遗心蕴蒸"的信，诗人欲从鸟远逝，却只有驽马而无力实现；他的内心"蕴蒸"无从宣泄，思欲纵驰而无凭借，精神、行动均无自由。从"欲寄一言去"希图借文字与对方情感相通，到"意欲从鸟逝"以求形迹相亲的意念转换，是"以遗心蕴蒸"这一希望的挣扎。从"鸟辞路悠长"到"驽马不可乘"，则是这一希望的一再落空，直至跌落到几近于绝望的境地。随着希望与失望的如此起伏推进，表现了抒情主体无依无援、孤独落寞的困境和思欲奋飞而无力的痛苦心境。就主体的心理而言，这里表层思维的流程是："欲寄一言去"——"意欲从鸟逝"——"驽马不可乘"，一个意念接着一个意念，连贯而下，前者引发后者，层层递进地达到痛苦心情的顶点。可是，如果求之于心理活动的最深层，这个流程的序列和方向恰好是倒过来的，前者其实是因后者而引发的。如果自身有追踪飞鸟而奔驰的条件和自由，又何必托飞鸟寄言？正因为先已心存"驽马不可乘"的意识，才有"欲寄一言去"之想，及至连这一愿望也无人肯助其实现，反而更激起了与所思念者会面的渴望，才又更为沉重有力地触发了本已深潜内心的对于自身无力的悲哀。心理过程的表层与深层恰是一个双向的循环运动。这一循环往复,不仅充分显现感情的强度,而且寓有深沉的意蕴。抒情主体渴望归去与所向往的对象相见之事实上的不可能,其本因在于自身的无力,因此,“心蕴蒸”中郁结最深、力求宣泄的,正是意识到自身无力主宰命运,失却自由,不能实现生命价值的痛苦。那匹无价值的驽马,也就是诗人心目中的自己。

第二首,写欲归而彷徨的困恼。开头两句本于《诗经·晨风》之“鴥彼晨风,郁彼北林”。《晨风》是抒写“未见君子,忧心钦钦”的诗,也是被汉儒视为讽君主弃其贤臣的诗。借《晨风》开头,不仅引发怀人的欲念,而且隐约地给它着上了某种政治色彩。诗中的晨风,既鸣于北林,又继之以“熠燿东南飞”,是欢快自由的鸟。可是诗人却无此幸运,他既无“鸣”之得意,更无“飞”的自由。因此,这鸟在诗人心里引发的联想是双重的,既有飞翔的欲念,又有在对比之下的自身无力之感;这对立的两极,经过整合而统一平衡,表现为凭借幻想的飞扬而使“飞”的愿望暂得满足。他“日暮不垂帷”,为的是让自己在月华流照中看到所思慕者的容光。“想见余光辉”一句,想象融合着幻觉,月光仿佛是凭借主下视觉、触觉后的延展而汇成的“愿言所相思”的情感之流;这是由强烈欲念所驱动的超感官的感官要求,这一要求的满足,令他感到与遥远的对方相亲相近,暂得快慰。不过,瞬间的幻境终竟要让位于现实的思虑,所以随即以感叹自己不能如玄鸟那样能复飞而表现了短暂的心理平衡重现倾斜。但是,这一反复已经不是欲飞而无力的简单重复,而是向纵深推进,触及了内心骚动的焦点。原来,他心里并非单一地只有“复飞”的欲念,在这一欲念旁边还并列着一个“不飞”的意识;前者多为情感的奔突,后者则是起着制约、拘禁作用的理念。“褰裳路踟蹰,彷徨不能归”正是它们之间冲突搏斗的表现。诗人欲归而不归,不归又欲归,在意志的矛盾、行为选择的矛盾中彷徨无主,终于还是“不能归”。这种欲行又止、往复徘徊的状态,表明他之所以身陷不能归的困境,障碍倒是来于自身,欲归不归,是因为有着更为深沉的、难言的苦衷。这苦衷本是无法解脱的,然而诗人仍然挣扎着努力为平衡心理矛盾寻求出路,于是在结尾出现了“思得琼树枝”的幻求。“琼枝”这一神话产物,在文学作品中常有象征意义,最常见的是用来象征高洁的操守、志行、名节等品格、价值的标格。屈原《离骚》之“溘吾游此春宫兮,折琼枝以继佩。及荣华之未落兮,相下女之可诒”,即为最早的一例。这首诗的“思得琼树枝”,当亦义同《离骚》,也是一定高洁品格的象征。对诗人而言,这种个人价值的标格,或因个人的过失,或因蒙冤,或因遭玷污,已经损毁、失落,但是它又是归而与但思慕者相见应当必备的条件。求不得琼树枝,便不能归去,尽管渴望相见,也只好痛苦徘徊。可以说,他的全部痛苦的源头,就在这琼枝所象征的自身价值的丧亡。所以,诗人只好用企见琼树枝去消解这种精神和感情的饥渴，虽然，这诉诸神话的企求也未免太渺茫。

第三首，抒叙无寄托、无归宿的漂泊之苦。这首诗，多用赋体，无须像前两首那样较多地求诸隐义层面或引申层面。但是，在看似显豁的直白中，却有一种潜在的意识贯通着各个具体的痛苦感受；虽然径情直遂，却意蕴深郁，不失蕴藉之美。抒情主体漂泊无依，遍历饥寒，忧心惨戚。尤其令他惶恐的是“盛年行已衰”，生命在时光的流逝中销蚀。在这灵与肉的双重痛苦中，肉体的痛楚被叙述得相当充分，可是，对这首诗起着控摄作用的灵魂却是用字不多的“盛年行已衰”的感喟。诗人自怜、自惜，留恋人生，并非仅是求生的本能，而是由于“依依恋明世”。爱惜年华联系着眷恋明世，显现了对于生命意义的追求。在古代，清平之世被士人视为最能也最应当施展才干的环境。天下有道则仕，自春秋以来便已逐渐成为士人的普遍心理。这里的抒情主体，生逢明世，本应有所作为成就功名，得享荣华，可是看来他却一无所成，眼看着“盛年行已衰”，仍旧无所依归，大好时光里的大好年华反而被饥寒冻馁消磨殆尽。这样的境遇，自然会使他悲怆不能自释。由此可以体味，诗人的悲哀，既来自渴望参与政治而未得，也在于把生活的希望完全附着于政治。这种功利性的价值观念，也就是这首诗全部感情的深刻内涵。它不是与感情并置，只对感情施加影响的一个因素，而是全部感情赖以生发的深层心理结构。这种内在的追求限定了诗中的抒情个体尽管为实现人生的意义而苦苦挣扎，却不可能表现灵魂的飞扬跳脱，和超越现实的个性发挥，而是牢牢地把个人附着于现实，顺从现实，求取现实的理解与接纳，个体的独立意识是缺乏的。这种情况，不独此首为然，前面第一、二首抒写的种种感情激荡，也莫不同此基础。

（郝世峰）

盘中诗

苏伯玉妻

山树高，鸟鸣悲。泉水深，鲤鱼肥。空仓雀，常苦饥。吏人妇，会夫稀。出门望，见白衣，谓当是，而更非。还入门，中心悲。北上堂，西入阶。急机绞，杼声催。长叹息，当语谁？君有行，妾念之。出有日，还无期。结巾带，长相思。君忘妾，未知之。妾忘君，罪当治。妾有行，宜知之。黄者金，白者玉。高者山，下者谷。姓者苏，字伯玉。人才多，智谋足。家居长安身在蜀，何惜马蹄归不数。羊肉千斤酒百斛，令君马肥麦与粟。今时人，知不足，与其书，不能读，当从中央周四角。

鉴赏

这篇诗据说是苏伯玉妻作的。伯玉在蜀，久客不归。他的妻子长时留在长安，不免感到孤独寂寞。她曾经把她作的这篇诗写在盘中，以寄托她思念的心情。

由长安到四川，在今天只需一二十小时，但在古代，不但不是几天就可到达，而且南北栈道，极其险恶。无怪乎李白的《蜀道难》要说“蜀道之难难于上青天，使人听此凋朱颜”了。正由于蜀道之难，别离之久，她对于丈夫的怀念就更殷切。

怎样表达她这殷切的怀念？

首先，用在高高树上悲鸣的鸟，来表征自己对丈夫的盼望；又用在深深的泉水中多肉的鲤鱼来表征自己不能像鲤鱼那样同游同止；更用在空仓里常常为饥饿所苦的雀来表征自己的孤苦伶仃。举出这三件既像诗的用比，又像诗的用兴。正由所举三件在比、兴之间，落到“吏人妇，会夫稀”的主旨上，就显得行文缛厚而不单薄，也透出了因会夫之日少所蕴含的情思。既很自然，又表明了自己的身份。

接着紧承“会夫稀”，历述自己对丈夫的种种行为和想象。在这些行为中，先写出门听见。由于距离很远看不清楚，把望见的穿白衣的人，误认为自己丈夫归家，欣喜的内心是可以理解的。不过近前一看，竟是别人，失望的心情，也是可以理解的。次写失望入门，总觉不是滋味，无论在北堂也好，步西阶也好，心绪是那么不宁，又是那么不堪。为了转移情绪上了织机，急急忙忙地织起来。只听那杼声接连不断，好像杼声催促着杼声。在这样辛勤的劳动中，似乎可以忘却那出门所见的往事，然而杼声虽急，却掩盖不了那白衣的身影，而且蕴藏已久的情思，反而似波涛汹涌，翻腾不停。这时如果向人倾吐一下自己的存思，也许在一吐为快之后，可以得到一些安慰，或者一泄积蓄已久的闷气。但是，环顾四周，空无一人。纵然存有千百万种情，向谁说呢？也只有独自长长地叹息罢了。

下面接着写无人可语的内心：一、君有远行，且系险道，在黯然销魂地离别之后，我无时无刻不惦念着您的安危。二、您出行是有时间限制的，您归来却没有一个期限，既然没有期限，也就令人没有一点希望。每当我结挽巾带的时候，怎不长长相思？三、如果您忘了我,我是不会知道的;如果我忘了您,那就将依法治罪。我的一切行为,我想您是应该知道的。这些虽然是她的内心活动,却道出了游子久不归思妇普遍的情怀。这些只是她一个人轻淡的自白,却蕴含着真挚的感情。虽无艳词丽句,却比艳词丽句更能打动人心,而一个纯洁善良的灵魂、贞一不二的节妇,却在这儿呈现了。

下面是盛夸其夫。"黄金"是说他的贵重,"白玉"是说他的清白,合起来,又是坚贞的象征。"高山"说他的崇伟,"下谷"说他的谦虚,合起来,又是能伸能屈、能上能下的美德。具备这些的不是别人,正是她丈夫苏伯玉。点明丈夫的姓字,正见他对上述的赞美,是当之无愧的。下面再从才干、智识、谋略各方面着墨,活生生托出一个有品有才的人物来。

盛夸其夫之后,突用四句七言,以舒徐的缓音代替了短促的急调,既点明自己的所在,又点明伯玉的所在,实即道出了两地分居的漫长距离,而云山修阻,徒寄相思。马蹄不归指的是伯玉。不言伯玉而言马蹄,意在借物言人。物归而人自归。今珍马蹄之归,实即人不欲归。人不欲归不止一次,故说马蹄之归不多。用"何惜"二字,自然指出其故在人,而一股怨其不归的情思,也从这两个字泄露出来了。下面两句是虚拟的写法,意思是:如果您真的归来,那将用千斤的羊肉、百斛的美酒来款待您,并用家里的麦和粟来把您的马养得肥肥的。正因是虚拟的写法,才更显示她刻骨的相思,而且带有浪漫色彩。

"今时"以下,似乎与主题无关,它却是本诗的特点。本诗是写在盘中的,故名《盘中诗》。盘是圆的,也可以是方的,因此可以排成方的(如图一),也可以排成圆的(如图二)。如果没有最后这个说明,就不知道怎样读法了。我们由两图看来,可见作者用这样的形式写诗,是经过深思熟虑的,无怪它的著名了。

(郑　文)

图一

图二

古 怨 歌

窦玄妻

茕茕白兔，东走西顾。
衣不如新，人不如故。

鉴赏

这首诗歌据说是窦玄妻作的。据说窦玄是东汉人，窦玄入仕以后，娶了公主，遗弃了原妻。原妻被弃，心中怀怨，因而写了这首歌寄给他。

传说的事虽然简略，具体的情节应该是繁多而复杂的。由于没流传下来，我们欣赏它，就只能就歌说歌。

第一句用白兔做比喻。“茕茕”说自己孤独无依，“白”说自己的纯一洁白。古人认为月是太阴之精。由于月轮常缺，而兔唇也是缺的，后来兔就成了月的代称。《古诗十九首》说：“三五明月满，四五蟾兔缺。”便是以“蟾”或“兔”代称月的。月对日言。日表两性之夫，月表两性之妻。所以这儿的“兔”，就是指的窦玄之妻自己。既然月指的窦玄妻自己，第二句写的自然是窦玄妻当时的心情。古代的“走”，就是现代所说的跑，速度较快。“顾”是回视。既然“东走”，为什么又“西顾”？“东走”表示她已决心而去，“西顾”表示她有后退的想法。合起来，表示小存疑虑，既不敢信以为真，又不敢据以为实。这就透出了当窦玄高攀皇家之初，消息传来，她眷恋于旧日的恩情，既不能不信消息之真，又存希望于消息之伪。在这真伪之间拿不定的时候，因而若信若疑，从心理上的怀疑，表现为行动上的犹豫。

也正由于窦玄娶公主之事，还在疑信参半之间，因而她才进言窦玄：“衣不如新，人不如故。”而希望以故人的恩情来打动他，使他回心转意，也就是“贫贱之交不可忘，糟糠之妻不下堂”。“衣不如新，人不如故”这两句，虽然本于《尚书·盘庚上》的“人惟求旧，器非求旧，惟新”，而浅化成通俗之言，更觉唇吻遒会，语义明显，较之《尚书》，不但容易理解，也更易于记忆。这样的运用古语而加以变化，是一种很好的方法。

就全歌说,短短十六个字,既表达了她的内心,也描述了她的行为;复从行为之中,透出了她复杂而难受的心理。语言通俗淳朴,胜于华丽夸张之辞。

(郑　文)

朱　鹭

汉乐府

朱鹭!〔鱼以乌路訾邪〕①
鹭何食?食茄下②。
不之食,不以吐,将以问谏者③!

注释

①括号内可能是乐曲中表声的字。
②茄:古"荷"字。
③问:赠予。

鉴赏

《朱鹭》是汉乐府《鼓吹曲辞·铙歌》十八曲的首篇。由于它用诗乐合一、声辞杂写的形式,且文字又可能有讹误,自古认为歌辞已难于确解。根据史籍有关记载看来,它大概是一首咏鼓的歌。为什么用朱鹭——一只红色的鹭鸶鸟咏鼓呢?这里包含着一种古老的风俗,寄托着古人的美好愿望。

古代朝廷有谏鼓的设置,人臣有事向君主进谏就击鼓。《管子·桓公问》说"禹立谏鼓于朝",晋孙楚《反金人铭》则说"尧悬谏鼓",可知由来已久。而据《隋书·乐志》所载,鼓上的装饰便是一只展翅欲飞的鹭鸟。以鹭饰鼓,前人解释不一,如说"取其声扬而远闻",或干脆说鹭就是"鼓精",把它神化,看来都不免牵强。我们以为恰恰正是乐府《朱鹭》篇最为形象生动地揭示清楚了它的含义。

鹭本是捕食鱼类的水鸟,渔人驯养它去捕鱼,使它成为人类劳动生活中的得力助手,看来应是渔猎时代所流传下来的古老风习了。诗人面对鼓上朱鹭衔鱼的生动形象,满怀深情地歌唱道:美丽的鹭鸟啊,你以何为食?荷下水中游动的鱼儿等你去捕捉!诗人自由的想象把我们由庙堂之上带到广阔的原野,领略旖旎的水乡风光,欢快的劳动场面:渔舟泛泛,波光粼粼,莲叶田田,群鱼嬉游,鹭鸟翻飞,真是一幅生动的图画!诗的前三句由鼓饰而展开想象,后三句由想象回到鼓上:鼓上的鹭鸟衔鱼而立,既不食,又不吐,竟是为什么?——那是为了赠予击鼓进谏的人们啊!诗人由鼓上之鹭生发,想象的翅膀向理性的国度飞翔,赋予形象以象征意义,给予社会道德的评价:《诗经·大雅·烝民》有"柔亦不茹,刚亦不吐"的话,"茹"就是"食",意为不欺软怕硬、避强凌弱,正是古人所赞美的为臣之道,辅助君主、匡正朝政必不可少的品格。诗借鹭的不食不吐,寓托了一种政治理想,表达了对谏者的美好祝愿,这也许正是谏鼓饰以鹭的原因所在吧!诗歌形式非常质朴,形象却十分生动,又有深刻的寄托,虽是庙堂之歌,却具民谣的情趣。通过音乐的反复演唱,意象的交错组合,使人渐渐品味其中含意,独具一种扑朔迷离之美。

(胡大浚)

战 城 南

汉乐府

战城南,死郭北,野死不葬乌可食。为我谓乌,且为客豪!野死谅不葬,腐肉安能去子逃?

水深激激,蒲苇冥冥。枭骑战斗死,驽马徘徊鸣。

梁筑室,何以南,何以北!禾黍不获君何食!愿为忠臣安可得!

思子良臣,良臣诚可思。朝行出攻,暮不夜归。

鉴赏

在反映战争生活的电影、电视剧里,我们常常看到这样的镜头:一场激烈、残酷的肉搏战之后,沙场上一片死寂,金戈铁马看不见了,但见尸体遍野，血流成河，厮杀的吼声听不见了，但闻河水呜咽，悲风呼啸。这时，成群的乌鸦在天空盘旋，不时地俯冲下来争食尸体……《战城南》这首乐府民歌，留在人们脑海里的正是这样一个可怕而又难忘的印象。

诗的开始两句互文见义，是说城南城北都有战争，也都有战死的人，他们的尸体暴露野外，得不到埋葬，正好成为乌鸦的美餐。看到这种凄凉的场面，谁能无动于衷呢？然而，诗不仅仅停留于此，其更高明的地方在于这些尸体在被乌鸦啄食之前的一刹那，诗人异想天开，与乌鸦对话，要乌鸦先为这些客死他乡的战士号哭、招魂，并且说："反正他们已经死在荒野，谅必也得不到埋葬，这些腐烂的尸体还能逃得开你们的口吗？"人与乌鸦对话，纯是诗人的想象，看似荒诞，却极为入情，也极为沉痛，使作品的悲剧色彩更加浓厚，其中"可""谅""安能"等字，都是"极尖极冷"之辞（《乐府英华》语）。那么，乌鸦是怎么回答、又是怎么做的呢？诗人没有继续写下去，也不必写，也许是不忍心写，于是就把镜头移到了另一个方向：清冷的流水，昏茫一片的苇丛，徘徊、悲鸣的驽马，这就是回答，是无声的回答。这一切都显得如此清晰，又是如此悲凉。在这一幅古战场的画面上，人影缺无，他们到哪里去了呢？我们不由得想起开笔乌食人肉的画面，原来他们已经成了乌鸦的美餐肉了。这两个画面互相映照、互相补充，虽没有正面勾画交战的过程，但这场战争激烈、残酷的情景已经展示在人们面前。

如果说作者写前方战争多用勾勒笔法的话，那么，写后方战后的情况则多用抒情笔法，把所见与所感结合起来。首先跳入眼帘的是：战后一片混乱，桥上搭着房子，阻碍了交通。诗人不由得发出感叹：这样做，人们怎能南来北往呢！继而入眼的是荒芜的田野，诗人又一次替国君叹道：壮丁皆死于战役，禾黍不获，你吃什么呢？接着又叹道：在如此局面下，即使想为国家出力做忠臣，又哪里能够呢？作者连用几个反诘句，揭示出连年战争给后方带来的惨象，感情忧愤、激烈。试想，前方、后方都在战火中挣扎，在战火中毁灭，诗人的心情怎能平静下来呢？

诗的最后，作者又把同情的目光投向了这些死去的战士。"思子良臣，良臣诚可思"，用顶真的修辞手法，强调了这些野死战士的功绩，表达了对他们的深情。结尾两句耐人寻味，这些将士"朝行出攻，暮不夜归"，他们究竟到哪里去了呢？人们不禁又想到了诗篇开头所描绘的那两幅可怕的画面。可以说，最后两句既是全诗的结尾，又是启发人们深入思考的引子，使整个诗篇形成一种回环之妙。

这首诗最大的艺术特色是运用想象手法，奇趣逼人，催人泪下，表达了作者强烈的悲愤之情，奠定了全诗的悲剧基调。语言也很精练，接近口语，多用反诘句与感叹句，以表现作者感情的起伏变化。画面清晰，既有大的古战场画面，也有乌食人肉的特写镜头,给人留下无限韵味。

关于这首诗的时代背景,历来众说纷纭。李因笃《汉诗音注》认为“咏亚夫拒七国事,功高赏薄,故托鬼雄以抒其悲愤。”庄述祖《汉短萧铙歌曲句解》、陈沆《诗比兴笺》认为是汉对匈奴的战争,王先谦《汉铙歌释文笺正》则认为写的是楚汉战争时的彭城之战。实际上,本诗写汉代战争具有广泛的社会意义,不必实指哪一次战争。它是一首哀悼阵亡战士、诅咒战争的诗篇,通过描写前方战士暴尸荒野、后方田园荒芜禾黍不获的景象,谴责了连年战争给人们带来的深重的灾难。

(张新科)

巫 山 高

汉乐府

巫山高,高以大。
淮水深,深以逝。
我欲东归,害梁不为①?
我集无高曳②,水何梁汤汤回回。
临水远望,泣下沾衣。
远道之人心思归,谓之何!

注释

①害(hé):何也。表示询问。

②集:止。高曳:应为“篙栧”,“栧”同“枻”,楫也。

鉴赏

这是一首汉乐府民歌,是描写游子怀乡的诗。诗的起笔,先描述游子所处的自然环境。诗人以山高、水深来抒发那思归怀乡之情。可以想象,诗中的游子,身在蜀地,思念家乡,为抒发怀乡之愁绪,而临水远望,远望巫山。“巫山高,高以大。淮水深,深以逝。”对客观景物的描述,不仅仅是诗人借以抒情的媒介,而且是诗人情感的外化,亦景亦情,情景交融,渲染出一种悲凉的气氛。紧接着就直接叙述了游子欲归的心情,“我欲东归,害梁不为?我集无高曳,水何梁汤汤回回。”游子是从东而西,背井离乡,流落蜀地,受尽磨难,历尽艰辛,思念家乡。然而,欲归不得,引人联想:或战乱使然;或穷困使然;或官府公事使然。那么,思乡之情又抑制不住,只好临水远望,以寄托思乡之情。从这诗句描述中,就折射出那动乱社会人们的精神面貌。东汉末年,政治黑暗,社会动荡,战祸延及各地,亲人离散,百姓过着颠沛流离的日子。这首诗歌的产生与这一社会现实,有着曲折而复杂的联系。诗的末句,是直接抒发欲归不得之愁绪,“临水远望,泣下沾衣。远道之人心思归,谓之何?”思归不得的隐痛、愁绪,抒发得酣畅淋漓,真可谓“悲歌可以当泣,远望可以当归”。

这首诗,篇幅短小,内容丰富,“感于哀乐,缘事而发”,真实地反映了当时的社会现实。全诗采用了汉乐府惯用的叙事手法,诗的开头,描述出游子所处的环境,渲染出离怨别愁的气氛。接着叙述欲归之情,东归不得,临江远望。在叙事中抒发了游子思归的心情,感情真挚、感人。诗的语言精练、生动,富有音乐美。

(张怀荣)

有所思　上邪①

汉乐府

有所思,乃在大海南。何用问遗君?双珠玳瑁簪,用玉绍缭之。闻君有他心,拉杂摧烧之。摧烧之,当风扬其灰。从今以往,勿复相思!相思与君绝。鸡鸣狗吠,兄嫂当知之。妃呼豨!秋风肃肃晨风飔,东方须臾高知之。

上邪!我欲与君相知,长命无绝衰。山无陵,江水为竭,冬雷震震,夏雨雪,天地合,乃敢与君绝。

注释

①邪：同“耶”，叹词，今语作“呀”。庄述祖释“上邪”二字曰：“指天日以自明也。”

鉴赏

汉代乐府民歌中情诗很稀少，但是都很精彩。这两首为古今情诗的奇作，特色显著，不同凡响，使人读之难忘。汉《铙歌》由于“字讹谬，声辞杂书”（见《宋书·乐志》），多数不可解。这两首情诗却是十八篇中最通顺易读的，但也还有少数疑难词句，须细心疏通，避免望文生义，然后方能欣赏。

《有所思》是女子相思之词，全诗皆自述口吻。诗分两段。上段十一句，开头五句说所思之人（她的情郎）正在远道，将赠送“双珠玳瑁簪”给他，以表相思。语简意长，情调是缠绵的。后六句因为传闻其人有了“他心”，产生强烈反应，情调是愤激的。两个部分用一只玳瑁簪贯串着，始则极意修饰那个簪子，双珠不足，又加玉饰，如此珍重，由于情深。后来毁簪、焚簪，还嫌不够，又当风扬灰。如此激动，由于“望之深，怨之切”（陈祚明《采菽堂古诗选》），也表现情深。两个部分都写得淋漓深刻，尽情尽致。

第二段六句写女主人公感情上一大反复，由激怒、决绝而相思复起。前此焚簪时那一阵子的冲动已成过去，仅余微波，而静夜独处时惯常兴起的相思，已不知不觉地袭来。心情烦乱，诗语也不像上段那样明白痛快而变得曲折隐晦了。首句“相思与君绝”已不再是决绝的语气，而是叹惋的语气；紧接着的“鸡鸣狗吠”九字则是回忆当初定情幽会时提心吊胆的情景，分明相思又开始了。她的爱情秘密兄嫂知还是不知，是她心上惴惴不安的问题。她想：鸡鸣狗吠难免不惊动兄嫂，此事兄嫂或许已经知晓了吧？他们当时不曾声张，无非不愿置我于难堪之地；事后无表示，莫非有默许之意吗？但是现在情况变了，爱河已经起了风波，兄嫂的体贴又能起什么作用呢？这些，诗中并未明说，只能加以猜测，其他读者也会有其他的猜测，如果不悖于情理，或能有合于诗心。

“妃呼狶”三字是这一段里的“拦路虎”，解诗者多数指为“声词”，就是借文字为符号来表示的曲中之声，它并无意义，不可训诂。也有人对此种说法表示怀疑。陈本礼《汉诗统笺》说：“妃呼狶人皆作声词读，细玩其上下语气，有此一转便通身灵豁，岂可漫然作声词读耶？”陈氏从上下文语气感觉“妃呼狶”三字在诗中该有实际作用，不像是毫无意义，与诗无关的声词。陈说虽尚欠明晰，却对人有启发。

闻一多《乐府诗笺》疑“妃呼豨”系“乐工所记之旁注”，并说“妃读为悲，呼豨读为歔欷。悲歔欷……者，歌者至此当作悲泣之状也”。依闻说，“妃呼豨”不过是“悲歔欷”的借字，也就是别字。只要照本字改了过来，意思就清楚了。“歔欷”是泣余之声。“悲歔欷”不过表示此诗中女主人公伤心泣下而已。在这里眼泪表现感情，比语言文字更加清楚，女主人公心中的矛盾、苦闷，从上文语气仅约略可辨，有了此句就一下子都点明了。闻说不但于声理可通，文理也很顺，足可解决问题。

“悲歔欷”不但点明上文语气，它同时也联系下文。肃肃秋风在悲思的人听来，如怨如诉，也在歔欷。因此它是写情而非写声，是写风而又写人。

或许有人问，“悲歔欷”是不是声义兼备的声词呢？我想，过去有人说“妃呼豨”为声词，本是一种推测。现在已经辨明它应作“悲歔欷”，就不必再作这种推测，也不必作“乐工旁注”的推测。“悲歔欷”在这首诗中联系上下，确实能起“使通身灵活”的作用。这首诗中的三个短句，“有所思”，“摧烧之”和“悲歔欷”，各司其职，一个也不能短缺。既然不能短缺，它为什么不能被直截了当地作为诗中正句，而仍要纠缠于过去的推测呢？

“晨风飔”点明这个悲思之女整夜无眠，借用唐人诗句来说，正是“情人怨遥夜，竟夕起相思”。“飔”，急风也，晨风加紧，相思也更切。在绝与不绝的矛盾中，爱情的比重不断增加，终于完全否定了那个“与君绝”。至于“他心”究竟有无？传闻是否可信？诗中不再提一字，那已经完全不在话下了。

末句“东方须臾高知之”只是说一会儿东方太阳高高升起，它自然会照明我的心。陈本礼体会此处语气说“言我不忍与君绝决之心，固有如皦日也。谓予不信，少待须臾，俟东方高则知之矣”（《汉诗统笺》）。这些话已得诗意。不过，彼女究竟下了什么决心，诗中并未说清楚，读者只是略能猜测她的倾向而已。此句给人的印象，好似盘马弯弓，终不发箭，话说一半，使人闷闷。

有人悟出此下还有文章，就是《上邪》篇中所写的那些。庄述祖《汉铙歌句解》说此诗和《上邪》是男女问答之辞，应合为一篇。闻一多激赏其说，称为“妙悟”，但纠正了其中一点，闻氏说：“细玩两篇，不见问答之意，反之，以为皆女子之辞，弥觉曲折反复，声情顽艳。”此话很对。

汉乐府本有将一首诗分割开来用于二曲的例子，崔豹《古今注》就曾指出《薤露》和《蒿里》本是古挽歌，原为一曲，到汉武帝时被李延年分为二曲。《上邪》和《有所思》原来是否一曲，不可得知，但可信歌辞原是一诗，被分割应用了。现在我们试将《上邪》上续《有所思》，作为第三段，看看是否合适。这样就会发现和第二段之间首尾蝉联，非常自然。上段尾句“须臾高”是指日而言，下段“上邪”二字是望天而呼，两语相接，如出一口。第三段的

“知”“衰”和第二段的“欷”“飔”“之”等字相叶,连用韵也是蝉联的。次则各段都有“君”字,女对男自述的口吻也是一贯的。还有“长命无绝衰”和“相思与君绝”针锋相对,上下照映,也很明显。更重要的是一、三两段或想象包罗天地,或描写只限珠簪,巨细悬殊,相映成趣,而手法都是一句比一句加强,一笔比一笔加重,不推到极处不止,具有统一的特色。全诗给人的印象是感情强烈,气势奔放,确实是统一的。

《有所思》《上邪》各自独立时虽然也是名篇,但各有缺陷。前者结尾过于含蓄,有欠明朗,和前幅不相称,已在上文论及。后者最精彩处在后幅的誓言,连举五事,一气贯注,像一条飞流直下的瀑布。瀑布必有来路,来路是更高处盘纡曲折的泉流。《上邪》的来路就在《有所思》中。源流合观,更成奇景,不见全景,能无遗憾?因此我对两诗分合同题的看法是合之则双美,离之则两伤。

(余冠英)

雉　子　班[①]

汉乐府

雉子,班如此!之于雉梁[②],无以吾翁孺,雉子!知得雉子高蜚止[③]。黄鹄蜚,之以千里,王可思[④]。雄来蜚从雌,视子趋一雉。雉子!车大驾马滕[⑤],被王送行所中。尧羊蜚从王孙行[⑥]。

注释

①雉子:小野鸡。班:同“斑”。
②之:动词,前往。梁:同“粱”。
③蜚:同“飞”。
④之以千里:意思是说一飞以千里计算。王:读“旺”音。王可思:意思是说黄鹄气力旺盛令人敬慕。
⑤滕:同“腾”。
⑥尧羊:应读作“翱翔”。王孙:特指获雉子的人。

鉴赏

《雉子班》是汉乐府诗《铙歌》十八曲中的一篇。此诗集中描写母雉与小雉相亲相爱以至生死离别的哀情。诗的开始叙述母雉在家中如此爱抚小雉,赞美小雉鸟斑斓可爱的情绪。正是因为母雉对小雉爱之如命,所以她对小雉的行动越加小心,特别是当小雉外出寻找食物时,母雉更加提心吊胆,对小雉鸟千叮咛万嘱咐"之于雉梁,无以吾翁孺"。这里的"翁孺"特指人间。意思是说你出去寻找食物,要小心人们捕捉你。这里分明是告诉小雉要看到人世间是一个复杂、充满恐惧的世界,处处都要小心谨慎,才能生存下去。那么,诗人为什么要做如此的描写,母雉为什么要如此告诫小雉,这为下一层的诗意埋下了深深的伏线。接着诗人又叙述道:"知得雉子高蜚止。"果然不出母雉所料,当小雉外出捕寻食物时,却被人给抓住了。母雉得知此消息时,急忙前飞而至,形象地表现出母雉爱子如命,心急如焚的心情。"知得雉子高蜚止"正是这一心情的形象再现。接着,诗人并没有写小雉被什么人抓住,而是笔锋一转,改变了诗情笔直的延触,写道:"黄鹄蜚,之以千里,王可思,雄来蜚从雌。"母雉在此倒是触景抒情了,敬慕黄鹄一跃千里之遥,赏识雄飞雌随的比翼双飞。诗人在此似乎大有节外生枝之势,给人以母雉像是忘却了小雉遭遇似的感觉。其实不然,诗人正是从另外的角度,更深层次地展现母雉对小雉遭难之后的内心痛苦,悔恨自己和小雉没有黄鹄千里之遥的本领,悔恨自己没有和小雉同飞如雄雌。这字里行间融注了对黄鹄的羡慕,渗透了自己的孤独,包含对小雉的可怜。网络式的内心世界的矛盾,不仅折磨着诗人,折磨着母雉,同时也折磨着读者。当母雉羡慕黄鹄之后,诗人又将其笔墨转向母雉对小雉的寻找中,"视子趋一雉。雉子!"这是母雉的痛苦的呼喊。

"车大驾马滕,被王送行所中。"母雉在一片呼喊中,突然发现小雉装在奔马驾着的车子上,朝着天子的住所奔驰而去。此时此刻,此情此景,真是令人无法忍受。面对小雉的悲惨后果,母雉并没有胆怯而退步,相反"尧羊蜚从王孙行"。伴随马车,伴随着小雉,从容地朝着天子的住地前行。至此,诗人已把母雉对小雉的深厚感情,推向了高峰。这里表现出母雉不畏猎人、天子的牺牲精神。诗人在此名曰表现母雉,实曰表现自己,但是,母雉与小雉的最后结局如何呢?作品没有说,给读者留下无限回味的余地和遐想的广阔空间。

在文学史上,以雉子斑为描写对象的诗歌不只仅此一篇。例如古词中有云"'雉子高飞止,黄鹄飞之以千里。雄来飞,从雌视'……但咏雉而已"(《历代诗话续编·乐府古题要解》)。但就其内容的丰富健康、感情挚烈且具高超的艺术特征而言,应首推此篇。特别是在艺术手法上,独具创新。首先是拟人化的表现方法。母雉本来是一种鸟,可在诗中完全人格化了,她的动作,她的感情,都已是人格化的形象再现。正是这种动物的人格化展现,起到了较高的艺术作用,人们从这人格化的动物描写中,既领略了母雉因小雉遭难而痛苦的内心世界,读者的思想感情也得到了升华。其次在艺术构思上也是令人佩服的。全诗集中表现“情”,但诗中“情”字从未出现,它潜藏于诗作深层,以潜在的力量,无时不在地感染着读者。试看,小雉斑斓可爱在“情”,小雉被猎人捕捉,使人担忧在“情”,母子的生死离别还在于“情”。全诗始终贯穿着“情”的力量,它是作品的内主脉,诗以喜悦、欢快的心情而发端,最后以悲哀、凄惨的心情而结束,真是欢喜而来,悲哀而去。诗人借此抒发了自己的思想感情。此诗尽管有“字讹谬,声辞杂书”(《宋书·乐志》)、“意义难绎”(胡应麟《诗薮·内编》卷一)之弊,但仔细读来,其意自见,美在其间。称之为文学史上感情浓烈真挚的艺术珍品,不会有言过其实之嫌。总之,《雉子班》“陈事述情,句格峥嵘。兴象标举,峻峭莫并”(同上)。“音响格调,隐中自见”(同上)的风格,对后世文学产生了极大的影响。

(张巨才)

江　　南

汉乐府

江南可采莲,莲叶何田田。
鱼戏莲叶间。
鱼戏莲叶东,
鱼戏莲叶西,鱼戏莲叶南,鱼戏莲叶北。

鉴赏

江南水域辽阔,湖泊星罗棋布,每到夏秋之际,绿荷飘香,莲房丰满,正是江南女儿采莲的季节。在这采摘丰收的日子里,她们三五成群,结伴采莲,该是多么愉快。炎暑渐消,金风送爽,她们坐在特制的木盆里,浮在绿荷掩映的水面上,一边采摘,一边歌唱,欢声笑语,洒满江南水乡。这首汉代民歌,就生动地反映了水乡女儿采莲劳动的场景,洋溢着无限欢乐的情韵和对美好生活的追求。

这首民歌,语言清新、活泼。"田田"是叠字式的形容词,指莲叶的茂密和摇曳挺拔的风姿,音韵优美。"莲叶何田田"这句,是照应、也是补充和解释上句"可采莲"的"可"字,以见出莲叶是如此的茂密;而作为它的果实的莲蓬,也一定是房满籽实,正好采摘了。"可",适合、正好的意思。这简洁的咏唱,渲染了水乡丰收的喜悦和江南女儿的活泼情调,这首民歌在艺术上的最大特点,并不在于怎样去具体地描绘采莲劳动的过程,而在于那回旋反复的咏唱和那充满感情的自然和谐的音节。

全歌分"唱"与"和"两个部分,前三句是"唱",因景即情,唱出了采莲的喜悦,把歌者——江南女儿的欢乐心情表达了出来;接着四句是"和",是群起而和之的,其特点是对"唱"的内容的强调。像这样的群歌互唱,它要求"和"的部分简明、清晰,不枝不蔓,以期达到强烈的艺术效果,亦即听歌者的强烈感受。这"唱"与"和"之间的过渡,也是极其自然的。"唱"的部分热情赞美了"莲叶何田田"的茂密,并以"鱼戏莲叶间"的欢快情调,烘托出采莲女儿来往穿梭于莲叶间的欢乐与劳动的敏捷,也为"和"者作了暗示和铺垫,巧妙地为"和"者留下了广阔的自由驰骋的空间。"和"者四句的东、西、南、北,就是"唱"者"鱼戏莲叶间"一句的继续和深化,也是"和"者与"唱"者在同一旋律上的艺术化和浪漫化,使"和"者与"唱"者融合起来,浑然一体,反复咏唱,把水乡女儿采莲的欢乐推向高潮。这正是民歌的风味及其艺术特色。

《乐府古题要解》说:"(江南)古词,盖美其芳晨丽景,嬉游得时。"应该说,这种"嬉游得时"于"芳晨丽景",是和采莲这一活动联系在一起的,充满了江南水乡浓郁的生活气息。

方玉润在《诗经原始》中,对民歌艺术有着极好的见解,他在赏析《芣苢》这首周代民歌的同时,连类而及,谈到了《江南》这首民歌,说:"'鱼戏莲叶'数语,初读之亦毫无意义,然不害其为千古绝唱,情真景真故也。"方玉润是用儒家诗教的观点来看这首民歌内容的,才说它"毫无意义";但却肯定了"情真景真",即为"佳诗"。他认为像这类民歌,本"自鸣天籁,一片好音",大可不必"尽皆征实"。

但不少说诗者,认为这是一首"隐语"式的情歌。闻一多先生在《说鱼》一文中,对先民以"鱼"来代替"匹偶"或"情侣"的隐语,作了详尽的论述,认为《江南》这首民歌中的"'莲'谐'怜'声,这也是隐语的一种,这里是鱼喻男,莲喻女,说鱼与莲戏,实等于说男与女戏"。游国恩先生主编的《中国文学史》写道:"可能是一首与劳动相结合的情歌。古人常以莲象征爱情,以鱼喻女性。"日本汉学家吉川幸次郎先生在他的《中国文学史》中,也谈到了这首民歌。他说:"'莲'与怜(爱人)同音,鱼 yu 与吾 wu 音相近,鱼戏莲叶东、南、西、北,正好成了我从四面八方与恋人戏谑之意。"作为隐语、象征的意义,各家说法基本一致,但具体的解释,却又互有歧义。我以为,朱自清先生的意见是值得重视的。他说:"这个古老的隐语,用到后世,本意渐渐模糊。"(转引自《闻一多全集》卷一)先民的这种隐语意识,是一种历史现象,它随着社会的发展,文化的进步,逐渐淡化、"渐渐模糊"了。像这首民歌《江南》,就不必以男女情事的"征实"为说,也更无法"推知这位歌者乃是一位风流小生,他可能不是江南人,而是从外乡来到江南的"。这样把江南水乡女儿的淳朴天真,从"推知"到"可能",轻轻地化为"一个风流小生"的调情,实在可惜。

(毛治中)

东　　光

汉乐府

东光乎？仓梧何不乎？
仓梧多腐粟,无益诸军粮。
诸军游荡子,早行多悲伤。

鉴赏

西汉元鼎五年(前 112),好大喜功的汉武帝派遣伏波将军路博德等征南越,当时各军从江西、湖南等地出发,其中一军取路苍梧。这次出征南越遭到多数臣民的反对,虽然朝廷以关内侯的高爵奖赏,仍是"天下莫应"(朱乾《乐府正义》卷五)。从征军士多是罪犯,所经又是南方卑湿之地,军士苦不堪言。此诗即是"临军瘴地,军士苦早行而作"(同上),反映了从征军士的厌战情绪和悲怨心理。

开首两句突兀而起,怨愤之情蕴蓄于反问之中,为全诗定下了情绪基调。东方虽明而烟瘴之地的苍梧却仍是雾气笼罩,昏暗迷蒙。这种情境必然会引发下面"早行多悲伤"的心情。征战远方,最忌兵粮不足,故古时有"兵马未动,粮草先行"之语,此次征战虽有足够的军粮供应，而这对于本不愿意征战的军士们来说，又有何作用？即使这次劳民伤财的不义战争能够胜利，“虽有九郡之置，而孤人之子，寡人之妻，穷兵远方，藉此无用之地，亦独何哉！”（同上）至中间两句，厌战之情愈益明显。最后两句呼应开篇，并把一开始就蕴蓄着的感情直接倾吐出来，“一语点意，悲凉在目”（顾茂伦《乐府英华》卷五）。军士们抛妻别子，背井离乡，夙兴夜寐，远征荒蛮烟瘴之地，天未明就被迫行军赶路，雾气障目，心情凄凄，对不义战争的憎恶，对家乡亲人的思念，对前途凶吉的忧虑等，都使他们悲苦难言，哀怨不止。

从征的悲怨是本诗情绪的焦点，这种情调由隐至显，笼罩全篇。全诗六句可分为三个语意层，每层之间用类似顶真的重复词语相连，如第二、三句中的“仓梧”，第四、五句中的“诸军”，这样不仅使语势顺畅贯通，更重要的是前后重复相连的词语都围绕上述焦点递相展开，使这一情绪氛围层层加深，愈来愈浓重。因此，此诗虽然没有对这场不义征战进行激烈指斥和严厉诅咒，而怨愤之情却充溢于字里行间，使这首短诗言“不必多，不必深，气自幽凉”（钟惺、谭元春《古诗归》卷五）。

（魏崇新）

薤　露

汉乐府

薤上露，何易晞！①
露晞明朝更复落，人死一去何时归！

注释

①晞：干。

鉴赏

这是一首人生的挽歌！短短两句二十字，道出了人生的隐忧和哀伤。

此诗以朝露喻人生，用比兴手法表达人生意识，其意可分为三层：薤上之露一遇朝日，便烟消云散，这是自然之象，此其一；由薤露之易干进而感到人生之短促，从自然之象引出人生之感，此其二；然薤露虽易干，而明日还复落，人死却如死灰不可复燃，人比朝露更其不堪；至此，诗意更翻进一层，使人愈觉生命的短暂和无常，此其三。尤其是两个疑问副词"何"。连续发问和慨叹，既有探寻的口吻，更有伤感的情怀，如三峡猿啼，令人断肠，使人深深体味到在时间的长河中，人生似瞬间浪花，稍纵即逝，在强大的自然规律面前，人类是何等渺小和无能为力！无疑，这使此诗笼罩着一种凄伤、低沉、颓唐的气氛，但它却是真切的人生体验，是人的生命意识觉醒后发自心灵的呼喊。正由于此，它虽是汉代的丧歌，却广为流传，引起人们普遍的心理共鸣。《后汉书·周举传》载，大将军梁商"大会宾客，宴于洛水，(周)举时称疾不往，商与亲暱酣饮极欢。及酒阑倡罢，续以《薤露》之歌，坐中闻者皆为掩涕"。否泰相属，乐极哀来，面对此情此景，谁人能不感触于心！这种人生的悲哀，不断引起后世诗人的咏叹。如"浩浩阴阳移，年命如朝露。""人生寄一世，奄忽若飙尘。"(《古诗十九首》)就连那雄睨一世、"壮心不已"的曹操也忍不住悲叹："对酒当歌，人生几何。譬如朝露，去日苦多。"(《短歌行》)可见其影响之深。

长歌当哭，短歌当哀，《薤露》歌的审美魅力，正在于它所蕴含的人对自身生命的忧患意识。

（魏崇新）

蒿　　里

汉乐府

蒿里谁家地？聚敛魂魄无贤愚。
鬼伯一何相催促，人命不得少踟蹰。

鉴赏

《蒿里》是汉代的一首乐府古辞。据崔豹《古今注》云，它与另一首乐府古辞《薤露》都是挽歌，是出殡时挽歌人唱的。

"蒿里"，又名薨里。"薨"也就是"槁"，人死则枯槁，故以为名。山东泰山南有山名蒿里。古代相传，它是人死之后魂魄聚居的地方。诗的开头两句直落题意，“蒿里谁家地？聚敛魂魄无贤愚。”首句用疑问句式，引起人们的注意，次句随即作答，简洁明快。蒿里是什么样的地方呢？那是一个人死之后魂魄聚居之处。不管他生前是富贵贫贱，或贤明愚笨，无一例外，都要聚集到这里来。它就是这样一个阴暗凄惨的鬼神世界。读着这两句，不禁令人毛骨悚然。上两句就死后说，下两句则倒过来，就将死时来说。“鬼伯一何相催促，人命不得少踟蹰。”“鬼伯”，古代迷信说法，是人死时追魂摄魄的鬼卒。“少”，同“稍”。“踟蹰”，徘徊不进的样子。它的基本写法与前二句相同，仍然一问一答。鬼卒怎么催促得那样急啊？原来，人的生与死，都是必不可免的。死期一至，不得稍有拖延。这样，当然也就只好魂归蒿里了。既扣合题目，又回应上文。汉代服食求仙的风气很盛，为的是摆脱死的恐惧，死的痛苦，结果都是徒劳。这首朴素的歌曲，却道出了一个简单的真理：人都是要死的，任何人都不例外。对于那些梦想长生不老、梦想白日飞升的人来说，不啻下一针砭。比起《古诗十九首》中所说“服食求神仙，多为药所误”，要冷隽得多。

（王锡九）

乌　　生

汉乐府

乌生八九子，端坐秦氏桂树间。
唶我①！秦氏家有游遨荡子，
工用睢阳彊②，苏合弹③。
左手持彊弹两丸，出入乌东西。
唶我！一丸即发中乌身，
乌死魂魄飞扬上天。阿母生乌子时，
乃在南山岩石间。唶我！
人民安知乌子处？蹊径窈窕安从通？
白鹿乃在上林西苑中，射工尚复得白鹿脯。
唶我！黄鹄摩天极高飞，

后宫尚复得烹煮之。鲤鱼乃在洛水深渊中，
钓钩尚得鲤鱼口。唶我！
人民生，各各有寿命，
死生何须复道前后？

注释

①唶(jiè)我：乌的哀叹声。唶：叹声词。我：语尾助词。

②睢阳彊：睢阳出产的强弓。睢阳为春秋时宋国之地，其地之人善造强弓，故云。

③苏合弹：用苏合香和泥制成的弹丸。苏合：西域月氏国所产的一种香料。这两句形容弓精弹贵。

鉴赏

这不是一个天真的寓言故事，而是一曲人生忧惧的哀歌。它用寓言的形式，发出了世路巇崄、生死无常的叹息。

从内容分析，全诗可分为四段。第一段由开首至“乌死魂魄飞扬上天”，写乌的无辜被害。“端坐”一词写乌自以为与人无争、安然无虑的情态，岂不知秦氏之子正挟强弓，带美弹，“出入乌东西”，伺机而杀之。既写出了乌死之惨，又写出了祸福之难测。特别是写秦氏之子的几句，真是“致魂魄飞扬语”（陈祚明《采菽堂古诗选》卷二），寥寥数句，就使一个意气豪华的浪荡少年的形象跃然纸上。第二段从“阿母生乌子时”至“蹊径窈窕安从通”，写乌死之后的反躬自责。它认为自己遭害是自己藏身不善，若是不出深山，一直住在那曲径通幽的南山岩石间，哪会有如此不幸？第三段自“白鹿乃在上林西苑中”至“钓钩尚得鲤鱼口”。用三个事例说明死亡之不可逃避，意义更深入了一层。上林之鹿难逃射工之箭，摩天高飞的黄鹄难躲矰缴之灾，洛水沉潜的鲤鱼难脱钓钩之害，步步有陷阱，处处有机关，天地虽大，却无所遁逃，死亡和厄运如影随身，这是何等的悲哀，又是何等的惶惧！最后三句为第四段，画龙点睛，是全诗的立意所在。“唶我”一词以强烈的叹息领起，承上启下，扣人心弦。“人民生，各各有寿命，死生何须道前后？”“只结语出正意”（顾茂伦《乐府英华》卷五），由乌及人，题旨顿出，读至此，我们才恍然大悟，领会到此诗的深意。既然生命无常，且死亡之惧又不可摆脱，只好委之天命，那么何苦又去斤斤计较夭寿的短长呢？殇子之短命与彭祖之长寿最终不都是归于死灭吗？这是绝望之后的自我安慰,也是面对死亡的无可奈何的悲叹。

此诗是一首寓言诗,也是一首哲理诗,它用寓言之法,写现实之感,别具匠心。作者“悲时俗之迫厄”(朱乾《乐府正义》卷五),看到世情险恶,人心叵测,或是豪劣横行,动触机网,或是战乱纷争,生灵涂炭,人生朝不保夕,于是悲慨于心,借乌之口道出了人生的隐患,在寓言的外壳内包裹着一个战栗不安的灵魂。为了表达对死亡迫临的恐惧及人世的苦难,作者用隐喻的手法,以鸟兽之遇比人生之情,无论是乌鸟、黄鹄、白鹿、鲤鱼,也无论它们怎样善于潜藏,终不免遭人之毒手。再看看人世的相互陷夺与残害,又与鸟兽何异!真是鸟兽犹此,人何以堪!这种描写是既悲观又深刻的。诗中多次运用“唶我”一词表达乌的哀叹,不断地调节着全诗的语气,加重了悲剧的情感气氛,颇具震撼人心的力量。它促使读者对乌的遭遇,对人生的命运进行反思,从中悟出人世的哲理。

(魏崇新)

平　陵　东

汉乐府

平陵东①,松柏桐,不知何人劫义公②。
劫义公在高堂下③,交钱百万两走马④。
两走马,亦诚难,顾见追吏心中恻。
心中恻,血出漉⑤,归告我家卖黄犊。

注释

①平陵:本汉昭帝陵墓名,后以为地名,在今陕西省咸阳市西北。
②义公:一个姓义的男子,汉代有义姓,或作“善良人士”解。
③高堂:官府衙门。
④走马:善于奔跑的马。
⑤漉:渗出。

鉴赏

这是一首汉乐府民歌,无名氏作,始见载于《宋书·乐志》,郭茂倩《乐府诗集》收入《相和歌辞·相和曲》。据崔豹《古今注》、吴兢《乐府解题》记载,该诗为翟义门人所作。王莽篡汉,东郡太守翟义兴兵讨之,兵败被害,门人作歌以悲之。现验之诗篇,内容、口吻均不契合,故不足征信。实际上,该诗主旨,是从义公被劫反映封建官府同人民的对立,控诉当时巧立名目、敲诈勒索的暴政,表达了人民的愤怒和反抗。

诗篇以叙述口吻写出,指事状物,极其质朴,又极浅切。初读一过,既无精彩的警句,又无烘云托月的渲染,平淡异常,古拙惊人,甚或会哑然失笑:这也是诗?直待诵读再三,细细体味,才感觉到平淡之中有醇香,古拙之中寓清秀,方悟此诗妙处正在于以叙事见长,以直说擅胜,感情真率,信口信手,实天籁之声。

"平陵东,松柏桐,不知何人劫义公。"开门见山,交代地点、人物、事件,虽平平叙来,但简洁紧凑,饱含感情。"平陵东",既交代地点,又暗示了时代,更隐隐揭示出迫害者是谁。"不知何人",其实是明知其人,不就是那些居住在平陵一带的豪门大族吗?只不过政治黑暗,不便明言罢了,故意用曲折的手法,讽刺的口气,从而更加有力地揭露了封建官府的暴虐。一个"劫"字,把豪右们直斥为杀人越货的强盗,态度鲜明,表现出人民的憎恶之情,是春秋笔法。

第二句连章而下。"劫义公在高堂下,交钱百万两走马",承前启后,一语破的:一方面揭露出义公被官府无理绑架的实质,另一方面道出了捉人质、巧勒索,是汉代统治者敲诈、吮吸人民骨髓的一大法门。要想赎人,不仅要交百万钱,而且还要加上两匹快马,统治者们就是这样的贪婪、狠毒!诗句平浅率直,激愤之情溢于言表。

三、四两句仍用连章手法,内容一气贯注,而感情则转为无限悲伤。"两走马,亦诚难,顾见追吏心中恻",如此巨额的勒索,义公(以及一般人民)如何交得起?拿不出钱、马,看见如狼似虎的官吏们催索逼迫,心中非常痛苦。"心中恻,血出漉,归告我家卖黄犊",义公强忍悲痛,满噙血泪,不惜倾家荡产,恳求卖去家中的小黄牛来凑数。这是多么惨绝人寰的黑暗现实,又是多么震撼人心的血泪控诉啊!

整首诗,短小精悍,仅用了五十三个字,就具体而生动地叙述了义公被绑架被勒索这一极平常又不平常的事件,充分显示出乐府民歌长于叙事的特点。而且,形象鲜明,事件典型,以少总多,以小见大,从一个侧面为汉代黑暗政治画像立照,具有高度的认识价值和人民性。全诗感情真挚,如诉如泣;语言质朴,明白如话;结构自然,极有层次;而三字一顿,七字一句,节奏整齐,再辅以连章手法增其回环起伏的音乐美感。因此,它清淡得像一杯土茶,朴拙得像一块璞玉,具有一种粗犷雄浑的刚健之美,堪称两汉乐府民歌中的珍品。

(谭优学　刘德煊)

陌　上　桑

汉乐府

日出东南隅,照我秦氏楼。秦氏有好女,自名为罗敷。罗敷喜蚕桑,采桑城南隅。青丝为笼系,桂枝为笼钩。头上倭堕髻,耳中明月珠。缃绮为下裙,紫绮为上襦。行者见罗敷,下担捋髭须。少年见罗敷,脱帽著帩头。耕者忘其犁,锄者忘其锄。来归相怨怒,但坐观罗敷。

使君从南来,五马立踟蹰。使君遣吏往,问是谁家姝?"秦氏有好女,自名为罗敷。""罗敷年几何?""二十尚不足,十五颇有余。""使君谢罗敷,宁可共载不?"罗敷前置辞:"使君一何愚!使君自有妇,罗敷自有夫。"

"东方千余骑,夫婿居上头。何用识夫婿?白马从骊驹。青丝系马尾,黄金络马头。腰中鹿卢剑,可值千万余。十五府小吏,二十朝大夫。三十侍中郎,四十专城居。为人洁白皙,鬑鬑颇有须。盈盈公府步,冉冉府中趋。坐中数千人,皆言夫婿殊。"

鉴赏

《陌上桑》是民间流传甚广的叙事诗，一名《艳歌罗敷行》，最早见于《宋书·乐志》，属汉乐府相和歌古辞。共分为三解。解者，乐歌的段落，即章。

本诗通过面对面的冲突和斗争，歌颂了秦罗敷敢于和五马太守进行坚决斗争的精神，创造了一个美丽、勤劳、机智、勇敢而又坚贞的女性形象。诗中充满喜剧气氛，洋溢着乐观主义精神。

从“日出东南隅”到“但坐观罗敷”为第一章，紧紧围绕罗敷的美貌与光彩照人，从不同的侧面反复渲染烘托，极尽其夸张形容之能事。开篇四句从“日出”着笔，写朝霞笼罩罗敷的妆楼，交代“好女”的姓名。接四句叙写“罗敷喜蚕桑”以及所携的劳动工具。因罗敷有采桑活动，评者多认为罗敷是下层劳动妇女。其实，古代上层妇女一般也要进行采桑与纺绩的操作训练，参与一定的实际劳动。再从罗敷所携工具（“青丝为笼系，桂枝为笼钩”）以及梳妆打扮、夫婿的高位来看，均可证明罗敷并非贫困的下层劳动人民。值得指出的是，即使罗敷并非下层妇女，也并不妨碍这首诗的思想价值与认识意义。接下来的四句写罗敷的服饰：“头上倭堕髻，耳中明月珠。缃绮为下裙，紫绮为上襦。”“倭堕髻”，一解为“委佗”或“婀娜”，即美好之意；又可解作“堕马髻”，即发髻偏向一边，呈似堕未堕之状，是当时流行的发式。“明月珠”，宝珠名，相传产自西域，这里指嵌珠的耳环。古代以“穿耳施珠曰珰”，此即以明月珠作耳珰。“缃”，杏黄色。“绮”，有细密花纹的绫类。“襦”，短袄。“行者”以下八句从侧面烘托罗敷貌美惊人。“行者”，过路人。“下担”，放下挑担。“捋”（lǚ），抚摸。“髭”，嘴唇上边的胡须。“须”，面颊下的胡须。“帩头”，即绡头，包头发的纱巾。古人用丝或麻织品束发，然后加冠，帽子戴在帩头之上。这句是说，少年人看见罗敷便摘下帽子，只带帩头，凝神呆望不已。“耕者忘其犁，锄者忘其锄。来归相怨怒，但坐观罗敷。”这四句从耕地的人、锄地的人诸侧面来写罗敷的美丽迷人。“来归相怨怒”，一解为“耕者”“锄者”归来后相互怨怒，因贪看美女忘记了耕、锄；一解为耕者、锄者贪看美女，归家后引起妻子的怨怒。二者皆通，而以后者为佳。

第一章二十句，句句都在刻画罗敷的形象，但用笔却十分巧妙。作者采用烘云托月的手法，背面敷粉，从不同角度烘托罗敷貌美，为下面使君出场，顿生邪念，埋下伏线。

“使君从南来”至“罗敷自有夫”为第二章。这一章通过对话，罗敷以严正的词语，鲜明的态度，拒绝了“使君”的无理要求，捍卫了人身的自由与独立的人格。“使君”，古代太守、刺史的称呼。“五马”,古代诸侯驾车用五匹马,汉太守也如此。“踟蹰”,徘徊不再前行。这两句写太守也跟“行者”们一样,被罗敷的美貌吸引。“使君遣吏往,问是谁家姝。”这两句意谓,太守派吏人去问罗敷是谁家的女子。“姝”(shū),美女。“秦氏有好女”两句是回答吏人的问话。“年几何”句是吏人奉太守之命再次提问。“二十”两句是对提问的回答。“使君谢罗敷,宁可共载不?”这两句仍是吏人奉命提出的要求。“谢”,问,告。“宁可”,其可,岂可,为诘问语气。“载”,乘。这两句是说,太守问罗敷,是否愿同太守一起乘车而去。“罗敷前置辞:‘使君一何愚!使君自有妇,罗敷自有夫。’”这三句话是罗敷起步向前,当着太守的面,严词拒绝。“一何”,何其,怎么如此。“愚”,愚蠢。这一章充分反映出罗敷凛然不可侵犯的态度,措辞严厉地拒绝了太守的非分之想,表现出罗敷高尚的品德和节操,与太守卑劣的灵魂形成鲜明对照。这是全诗最精彩、矛盾冲突最尖锐的部分。

“东方千余骑”至结尾十八句为第三章,全以罗敷的口气写成。通过对夫婿的夸赞,反衬了“使君”的卑劣,充分表现出罗敷机智勇敢的性格。“东方”,指夫婿为官的处所。“千余骑”,指随从之众,与“五马”相对比,夸其夫地位之显赫。“居上头”,走在行列前面。“何用识夫婿?白马从骊驹。”“何用”,何以。“识”,辨认。“骊”,纯黑的马。“驹”,小马。这两句是说,怎么能看出谁是我的丈夫?身骑白马后面跟着小黑马的大官就是我的丈夫。“青丝系马尾,黄金络马头。”写夫婿之马非常华贵。“腰中鹿卢剑,可值千万余。”写丈夫的宝剑,价值连城。“鹿卢”,通“辘轳”,即井上汲水的滑轮,此指玉石刻成的辘轳形装饰长剑之柄。“十五府小吏,二十朝大夫。三十侍中郎,四十专城居。”这四句夸赞丈夫官职不断迁升。“府小吏”,太守府中的小官。“朝大夫”,朝廷中的大夫之职,汉代分太中大夫、中大夫、谏大夫等。“侍中郎”,在汉代是加官,即在原官上特加的荣衔,兼此官职经常在皇帝左右侍奉。“专城居”,即一城之主,如太守、刺史一类的官。“为人洁白皙,鬑鬑颇有须。盈盈公府步,冉冉府中趋。坐中数千人,皆言夫婿殊。”最后六句夸自己的丈夫人才出众,非同凡响。“皙”(xī),形容人的皮肤洁白。“鬑鬑”(lián),须发稀疏的样子。白面长须在古代被认为是男性美的特征。“盈盈”“冉冉”,形容步履轻缓,很有气派和风度。“公府”,官府。“府中”,太守所居。“坐中”,指官府集会,人数众多。“数千人”,是夸张的说法。“殊”,特出,与众不同。在这一章里,先夸夫婿之贵,次夸官职之高,后夸仪表之美,最后再以众人交口夸赞作结。于是,对夫婿的夸赞已达到无以复加的程度。这不仅反映了罗敷的机智、聪慧,在精神上扬眉吐气,战胜了“使君”的调戏,同时还可想见“使君”的狼狈不堪与败兴而逃。结尾有余不尽之韵味。

在乐府民歌中,《陌上桑》是在艺术上成功的、有鲜明特色的作品。首先,它完整地叙述了一个太守调戏采桑女子遭到严词拒绝的故事,赞美了女主人公的坚贞和智慧,暴露了太守的丑恶与愚蠢,反映了当时现实社会的黑暗。汉代太守依例在春天要巡视各县,名为“观览民俗”,“劝人农桑”,实则“重为烦扰”,为害百姓。太守无视罗敷的尊严与独立人格,就是最好的说明。罗敷的形象正是在与这种罪恶现象斗争之中站立起来的。她的聪明、机智、勇敢、坚贞,是中国妇女传统美德的集中体现。在长达数千年的封建礼教的统治之下,妇女始终处于社会的最底层。罗敷的面对面的斗争及其所取得的胜利,为被压迫的妇女争得了荣光。它长被压迫妇女的志气,灭恶势力的威风。罗敷这一形象,是中国古典文学中最成功的美好的艺术形象之一。《陌上桑》之所以千古传诵,其原因也在这里。

其次是表现手法灵活多样。诗中有尖锐的矛盾冲突,有事件发展的故事情节,有喜剧性的乐观结尾。诗中有正面的描写,有侧面的烘托;有真实的刻画,也有明显的夸张。作者善于以虚带实,虚实相生。能突出重点,抓住中心,并以此带动全篇,使全篇皆活。就整体而言,这首是以面对面的斗争为焦点、为核心的。通过斗争,展示出采桑女心灵的纯洁与高尚。在此基础之上,再辅之以容貌之美,便使采桑女这一形象跃然纸上,具有立体感。

再次是语言质朴明快,具有强烈的民歌气息。诗中主要使用两种语言,一是诗人的叙述性语言,一是人物的对话语言。因为这首诗是在面对面的斗争中展示人物性格的,所以人物的心灵、品格、个性是通过对话语言表现出来的,采桑女对“使君”的回绝,对夫婿的夸赞,字里行间洋溢着爱憎分明之情,透露出机智坚贞的个性。对容貌装饰之美则是通过诗人叙述性语言完成的。诗人对罗敷的褒扬之情同样渗透于行间字里。其中接字法的运用,车轮战法般的侧面烘托(如“行者见罗敷”以下八句),均增添了这首诗的民歌风味。

(陶尔夫)

长　歌　行

汉乐府

青青园中葵,朝露待日晞。
阳春布德泽,万物生光辉。

常恐秋节至，焜黄华叶衰。
百川东到海，何时复西归？
少壮不努力，老大徒伤悲！

鉴赏

这首乐府民歌在《乐府诗集》中属《相和歌辞·平调曲》。开头二句以园葵起兴，意思是说：园中生长着青青的向日葵，它充满了朝露，正等待着太阳来把它晒干。淡淡两笔，清新明朗，为下文写自然界的变化及时间的飞逝作了有力的铺垫。接着，诗人由青青之葵想到了自然界春秋互换、万物由盛到衰的变化规律：温暖的春天布施着它的恩惠，大地一片光明，百花盛开，万物兴茂，充满着生命的活力。但是，春天太容易失去了，人们常常害怕秋天的到来，因为它是肃杀的季节，秋至则百花凋谢，万物由青变黄，好不凄凉。"常恐"二字，一方面表达了诗人恋春、惜春之情，另一方面也在提醒人们：春秋互换，时间无情。这几句明写自然变化，暗示光阴飞逝，寄情怀于万物，寓深意于春秋，色淡而味浓。用自然界的变化来比喻时光的稍纵即逝，是古典诗歌中常见的一种手法。如屈原的《离骚》："日月忽其不淹兮，春与秋其代序。惟草木之零落兮，恐美人之迟暮"，从天时运转、春生秋杀的自然规律，担心到自己如不能及早建立功业，则将年华老大，无所成就。本诗在这里也用这种手法，向人们暗示：光阴如梭，青春易逝，应及早努力，莫失美好年华。

"百川东到海，何时复西归"二句，是对前六句内容的进一步深化。前六句明写自然界万物由盛到衰的变化过程，暗喻人生由"少壮"到"老大"这样一个发展过程；此二句则是一个明显的比喻，以河水东流永不复归比喻时光的一去不复返。看是疑问句，实是肯定意，河水不能再西归，时光一逝难以再追回。

"少壮不努力，老大徒伤悲"二句是这首诗的主旨所在，勉励人在少壮时应及早努力，免得年华老大而徒然悲伤。有了前面大量的比喻、铺垫，结论的得出就显得非常自然，而且铿锵有力，字字警绝。由物到人，由景到意，层次井然。没有前面的大量比喻，后面的结论语不奇，因为它缺少鲜明的衬映；没有后面的结语，前面的比喻也无处着落，因为它没有刨出深藏在土壤中的树根。

这首诗的思想内容是健康的。清人吴淇在《六朝选诗定论》中说："（此诗）全于时光短处写长，人有一日之时，有一年之时，有一生之时。一日之时在朝，一年之时在春，一生之时在少壮。之三时者，以为甚长而玩愒来年，乃日复一日，年复一年，冉冉老至，恰如逝水赴海，岂有复西之日哉！轻弃重宝，那不悲伤！”这段话可以作为这首诗内容的总结。

这首诗语言朴素明快，不仅具有强烈的艺术魅力，而且蕴涵着一种富有启发性的哲理，激励人们奋发努力。读这首诗的时候，我们想到了陶渊明的《杂诗》：“盛年不重来，一日难再晨。及时当勉励，岁月不待人”；也想到了岳飞的词句：“莫等闲，白了少年头，空悲切！”我们应该从这些诗句中得到有益的启示：“少壮”确应“及时当勉励”，莫让年华付水流，如果蹉跎岁月，旷日持久，垂垂老矣而一无所获，岂不悲哉！

（张新科）

猛虎行

汉乐府

饥不从猛虎食，暮不从野雀栖。
野雀安无巢？游子为谁骄？

鉴赏

汉乐府中的“游子他乡”之作颇多。这些诗篇，大多用叙事与抒情相结合的手法，倾诉了游子羁旅异乡、漂泊无依和无家可归的强烈悲痛。这一首《猛虎行》却别开生面，它没有叙事，也没有直接抒情，而纯用比兴之体来言志说理，表现游子“穷且益坚”、决不堕落的道德情操。思想内涵十分丰富，艺术性也很强。

全诗仅有寥寥四句二十二字，是汉乐府中篇幅较短的作品之一。诗以猛虎和野雀起兴，以比喻和拟人的方式来吐露主人公的思想。首二句，是游子的自白，其略云：“我虽然肚子很饿，但绝不跟着凶猛的老虎去夺人之食；我虽然天黑了找不到住宿的地方，但决不愿去和那下贱的野雀同宿！”这两句将猛虎与野雀并提，但实际上是重在野雀，所以下两句就不再涉及猛虎，而单写野雀，这是古诗中双起单承之法。下两句是假托野雀听到游子的自白之后的反唇相讥之词，其意为：“我野雀难道没有一个温暖舒适的小窝？像你这样的天涯游子，却是真正的连个家也没有，那么你还要傲视谁呢？”诗写到这里戛然而止，没有再写野雀说了这番话之后情况怎么变化，但言外之意是十分明显的：游子不理睬这番讥讽，仍然往前流浪，纵然前途未卜，也坚决“不从野雀栖”。

这位无名诗人之所以作了以上一番描写，当然不是要杜撰他和山野动物之间的童话，而是假托这段对话来表白自己的志向和生活情趣。诗中的“猛虎”，显然喻盗匪凶徒一类以暴力横行世间的歹人。“野雀”有的选家认为喻娼女、荡女，这样理解固然没有什么不对，但形象意义狭窄了一些，应该理解为比喻那些品格卑下、冶荡无行的得意小人。明白了这两个形象的喻义，则此诗主旨就容易体会了。萧涤非《汉魏六朝乐府文学史》引朱徵嘉的话：“《猛虎行》歌猛虎，谨于立身也”，并加断语云：“盖士君子洁身自爱，见得思义，势必至此”，颇得三昧。这首比兴体的短诗，大约为当时一位生活贫困、流落他乡的下层知识分子所作，它所表现的，正是这类人物自砺品节、不为乱世俗物所污的独立人格和高洁志趣。虽然它的意图是自言处世避难，安身立命之道，含有儒家教训世人的意味，但由于作者并未干巴巴地直说，而是诉诸形象，并饱含深切浓厚的感情，因而通篇言志说理是成功的。在艺术表达上，它虽出以质朴无华的语言，使用浅近通俗的比喻，却含蓄蕴藉，寓思想于形象之中，给人留下了思考和回味的余地。

（刘扬忠）

相逢行

汉乐府

相逢狭路间，道隘不容车。
如何两少年，夹毂问君家。
君家诚易知，易知复难忘。
黄金为君门，白玉为君堂。
堂上置樽酒，作使邯郸倡。
中庭生桂树，华灯何煌煌。
兄弟两三人，中子为侍郎。
五日一来归，道上自生光。

黄金络马头，观者盈道傍。
入门时左顾，但见双鸳鸯。
鸳鸯七十二，罗列自成行。
音声何噰噰，鹤鸣东西厢。
大妇织绮罗，中妇织流黄。
小妇无所为，挟瑟上高堂。
丈人且安坐，调丝方未央。

鉴赏

汉乐府歌辞有异于其前《诗经》的比兴复沓，常喜用“敷陈其事”的赋的手法，铺叙展衍，而又浑然凝练，烘衬映托，来表达作品的题旨。诗写富豪之家的煊赫豪华，由远（门前）及近（宅苑），由物（车马）及人，层层铺叙，绘景绘形，最后戛然而止。字面上说道隘路狭，间不容车，但实际上是由于车马塞途，围观者众，而显得有“狭路”“道隘”之感。这联系第四句和后面的“观者盈道傍”便可清楚看出。“毂”，车轮中心的圆木，辐聚其外，轴贯其中，诗中常用来代指车。“喧喧蹄毂走红尘，南北东西暮与晨”（罗邺《帝里》）。“夹”者，并非通常的释义“在两者之间”，而含有混杂、混迹其间意，此处暗示蹄毂喧喧，车马之盛。与王符《潜夫论》写京师贵戚嫁娶者“车軿数里，缇帷竟道，骑奴侍僮，夹毂相引”近似。正是从人马如此杂沓中引出其中的“两少年”，他们或因年尚幼小，不懂事；或因为眼前的喧阗所惊，而有“君家”之“问”（不知此为何等人家）。出语平平，但平中见奇。后来白居易《秦中吟》诗《轻肥》“意气骄满路，鞍马光照尘。借问何为者，人称是内臣”，似取法于此，只是“直歌其事”，无复此诗的内蕴丰富了。

古人赋诗作文，讲究“有物有序”。“物”，指作品的思想内容；“序”，指层次结构。刘勰云：“体必鳞次”，或云：“行文无序赏花开”，须如鱼鳞那样一片一片有次序，或如花朵那样一瓣一瓣展开。本诗在写作上的一个重要特点，正在于此。“易知”而“难忘”，承上的声威显赫，启下的富丽堂皇。试看，其邸第之华丽，黄金为门，白玉为堂；生活之奢靡，酒筵席上，歌舞作乐；而庭院里此刻桂树馨香，华灯夺目。“邯郸”，古都邑名，战国时为赵都，秦置县，战国、秦时为黄河北岸最大的商业中心。“倡”，歌舞伎。赵国女乐，闻名于时。从这一连串的铺排描述中，可见其骄奢淫逸生活之一斑。

豪富之家，为何如此煊赫，接着道

出缘由："兄弟两三人，中子为侍郎。""两"为俗语中的衬字，无实义。"侍郎"，官名。《后汉书·百官志》："侍郎三十六人，作文书起草。"秩（官俸）各四百石，为朝廷的近臣。下面一连四句虽仍写富室豪华，却专从"中子"着笔，避与前面重复。汉制中朝官每五日有一次例假，称为"休浴"（休息、沐浴）。《汉书·霍光传》有"光时休沐出"语，后人注曰以五日为期。"道上""道傍"，含意不同：前者指远（官署），有道路、一路上之意；后者指下马已到"君门"。中用"黄金络马头"，既呼应上句的"生光"，并启下句的观者之"盈"。"黄金为君门"六句泛写，此处则是一个特写镜头。这不禁令人想到杜甫《丽人行》中"黄门飞鞚不动尘……后来鞍马何逡巡，当轩下马入锦茵"这样的场景。

"入门"以下六句又自成一个层次，即从入门者目之所见、耳之所闻写此富贵之家的奢靡豪华。鸳鸯与鹤均为著名珍禽，非一般人家所有。前者因雌雄偶居不离，古称"匹鸟"。后者相传为仙人的乘骑，又被称之仙禽。这里径用《西京杂记》载："霍光园中凿大池，植五色睡莲，养鸳鸯三十六对，望之烂若披锦。"《相和歌辞·鸡鸣》篇亦云："舍后有方池，池中双鸳鸯。鸳鸯七十二，罗列自成行。"可见当时俱以此显示其豪华奢丽。写鹤，则专写其鸣声悦耳。"噰噰"，鸟和鸣声。宋玉《九辩》："雁噰噰而南游兮，鹍鸡啁哳而悲鸣。"王逸注："雌雄和乐，群戏行也。"这里形容众鹤和鸣之声。兄弟三人，虽只写"中子为侍郎"，但其他可知，诗重简练，不必一一备述。这样从为宦者的目睹耳闻，于豪奢外更见出此辈人的喜好情趣；而且变宕迭见，摇曳生姿。虽不着一贬语，言外却是不无讽意的。

最后六句，以"丈人"为中心，深一层表现出诗的题旨。"丈人"，通称老人，"尊翁妪为丈人"（《论衡·气寿篇》）。但从全诗看，似以解为家长、主人为宜。《史记·刺客列传》："家丈人召使前击筑。"司马贞《索隐》引刘氏曰："谓主人翁也。"写"丈人"却先从"三妇"着笔。"大妇""中妇""小妇"是三子之妻。她们或心灵手巧，善于女红（绮罗，有文饰的绫罗；流黄，褐黄色的绢），小妇尤为高雅，她步上高堂，按五声音阶而定弦，一曲清音，正从纤指间由低到高地轻轻传出……此刻"安坐"的"丈人"又是何等心情！

这首诗极写豪富之家的声威显赫，富丽堂皇，子辈的仕宦得意，长者的养尊处优，全家的温顺和美，其乐融融。"揭露豪贵的骄奢淫逸"云云，却只能从背面看；或者说几为欣羡之情而淹没了。不过鳞次有序的艺术手法仍可借鉴。全诗三十句，每六句为一层次：首写车马之盛，次写门庭华丽，三写仕宦通达，四写庭院清雅，五写长幼有道，家室和美。看似纷然杂陈，但行文有序，各个场景联系紧密，生动地描绘出一个豪贵之家的清晰状貌。我们怎能不佩服诗人的构筑之工呢！

（艾治平）

塘 上 行

汉乐府

蒲生我池中，其叶何离离！
傍能行仁义，莫若妾自知。
众口铄黄金，使君生别离。
念君去我时，独愁常苦悲。
想见君颜色，感结伤心脾。
念君常苦悲，夜夜不能寐。
莫以豪贤故，弃捐素所爱。
莫以鱼肉贱，弃捐葱与薤。
莫以麻枲贱，弃捐菅与蒯。
出亦复苦愁，入亦复苦愁。
边地多悲风，树木何修修。
从君致独乐，延年寿千秋。

鉴赏

诗写一个少妇凄苦哀怨而有所期待的心情。这里以"蒲"开篇，义兼比兴，既托事于物，也有以"蒲"喻己的意思。而"蒲"应是指蒲柳，即水杨。因其早凋，常用以比无依而衰弱的体质，如《晋书·顾悦之传》"蒲柳常质，望秋先零"。也用以比喻低贱，如《红楼梦》嗟叹迎春的《喜冤家》："觑着那，侯门艳质同蒲柳；作践的，公府千金似下流。"这里"离离"，也并非只状其叶的繁茂，更含有忧伤貌。如《楚辞·九叹·思古》："曾哀凄欷！心离离兮。"以蒲柳来喻弃妇此刻的处境，甚为恰当。而事情之所以至此，是因为有人不行仁义，谗毁横生，颠倒黑白，其结果是"使君生别离"。"众口铄金"语出《国语·周语下》："故谚曰：众心成城，众口铄金。"韦昭注：

"铄,销也。众口所毁,虽金石犹可销也。"一起六句,说明事情发生的原委,前二句用比妥帖而有形象感,后四句亦叙述,亦议论,虽无一字诉情,女主人忧愤积郁的心情,却历历如见,若闻其声。

夫妇之间原是有着真挚感情的,只因别人的挑拨离间,搬弄是非,造成舆论,丈夫才弃"我"而去。刚开始时,非常"独愁""苦悲",尤其当对方的音容笑貌浮现在眼前时,真是"肠一日而九回",痛断心脾。"颜色",容貌,脸色。《楚辞·渔父》:"屈原既放,游于江潭,行吟泽畔;颜色憔悴,形容枯槁。"杜甫《梦李白二首》其一亦云:"落月满屋梁,犹疑照颜色。"此处或指夫妇在一起生活时的欢乐情景。这是把"想"作为回忆、想象解。但"想"也有希望或打算的意思。那就是虽与"君生别离",但"我"仍盼望他回心转意,渴望重见。结果事与愿违,愁肠更为郁结,更为感伤。这便较多一层曲折。诗无达诂,虽见仁见智,都无不可,但似后解较胜一筹。总之,或想象而成虚幻,或希望而落空,伤情更为加深,因此便"夜夜不能寐"了。这一段有六句,意分为三层:离本可悲;想又不可复得;日积月累,无时或忘;直把一颗痴情的心细腻地刻绘出来。但浅显明白,如话家常,通过自述的口吻,尤感亲切。"感于哀乐,缘事而发",生动地体现出乐府诗叙事与抒情的和谐统一。

下面仍表示她痴情的期望,更为迫切,也夹杂有忧虑和担心;而且一变方才一而再、再而三地申述"悲苦",换用了因物取譬、即事命意的手法。"豪贤",指人,喻英俊之士,此处指另一女人。《艺文类聚》作"豪发","豪"与"毫"通,则是说些微的细事。这段开头两句,是以"豪贤"与"素所爱"(即自己)作对比。后面又各句独自见意,如余冠英先生所解:"'鱼肉贱'是说当鱼肉价钱低廉,容易得到的时候,所谓'贱',是以鱼肉本身的新价和旧价比较。"(《乐府诗选》)"葱",一般专指食用的大葱,价格低廉。"薤",新鲜茎可作蔬菜,一般加工制成酱菜。"枲",不结子的大麻,也作麻的总称。"菅",多年生草本植物,根作刷帚,茎叶作造纸原料。"蒯",草名,茎可编席,也可造纸。由此可见,"葱""薤""麻""枲""菅""蒯",俱非名贵物品。诗以此来象征被弃的妇女。这些物虽易得,但也不要轻易抛弃——言外之意是:不要因新欢而捐弃旧好!本篇为乐府本辞,属《相和歌辞·清调曲》,它来自民间,为汉代人所采集的各地俗乐。用以取譬之物,都为人民群众所最常见,充分体现出这位妇女对农家事物的熟悉,随手撷取,则赋予它以新意,淳朴自然,一如她那颗明净美好的心灵。本为自己所亲身体验,不必去刻意追求,更无须雕琢粉饰,好像清水出芙蓉那样自然,描绘下来就是一幅美丽的诗篇。正是"俯拾即是,不取诸邻。俱道适往,着手成春"(司空图《诗品·自然》)。这段尤其表现出这首出自民间的歌辞的特色。

一般的说法是：最后六句是为了入乐时的需要拼凑成篇，和上文不相连属，《艺文类聚》即无此六句。但在我看来并非全不相干，也仍有因题（旨）立意的痕迹。如“出亦”两句可说对弃妇的“苦愁”终不得解脱的总括；而后四句则是对别井离乡的夫君（君，一作“军”，有远行意）的祝福，表现出弃妇由始至终的一往情深（修修，拟声词，形容风声，如白居易《舟中雨夜》诗“江云暗悠悠，江风冷修修”）。

全诗深刻地表达出一位无故为谗言所毁，惨遭遗弃却又对丈夫痴情如一的不幸妇女的心声。诗的前六句写被弃之因；次六句写对丈夫刻骨铭心的思念；再次六句写既期盼重修旧好却又不免担心的复杂情绪；最后六句（即使是后人的拼凑吧），仍祝愿丈夫“延年寿千秋”，又是何等的深于情、专于情，真是至死不渝啊！“情者文之经”（刘勰）；“感人心者，莫先乎情”（白居易）；“情不深，则无以惊心动魄”（焦竑）。情意深挚，自然成篇，是此诗最大的艺术特点。其次，加上乐府诗常用的大量排句与重叠手法，就把这位弃妇细腻的心理与痛苦的情状，入木三分地刻绘了出来，允称此类题材诗中的佳品。

（艾治平）

陇　西　行

汉乐府

天上何所有，历历种白榆。
桂树夹道生，青龙对道隅。
凤凰鸣啾啾，一母将九雏。
顾视世间人，为乐甚独殊。
好妇出迎客，颜色正敷愉。
伸腰再拜跪，问客平安不。
请客北堂上，坐客毡氍毹。
清白各异樽，酒上正华疏。
酌酒持与客，客言主人持。
却略再拜跪，然后持一杯。

谈笑未及竟，左顾敕中厨。
促令办粗饭，慎莫使稽留。
废礼送客出，盈盈府中趋。
送客亦不远，足不过门枢。
取妇得如此，齐姜亦不如。
健妇持门户，亦胜一丈夫。

鉴赏

《陇西行》，一名《步出夏门行》，属《相和歌辞·瑟调曲》。据《后汉书·百官志》载：洛阳城门十二，有夏门，因此此题当始作于东汉。

汉陇西郡是通西域的要道，当时沿途百姓多兼营客栈、酒肆。这里的礼教束缚不像内地那么严密，妇女亦可当家持户，施展才能。这篇《陇西行》就是描写了一位经营酒店的陇西好妇，赞美她善持门户，才干胜过男子。

全诗共八解。第一、二解用天上物物成双、凤凰和鸣起兴，反衬陇西好妇的独撑门户、为乐独殊。作者运用轻巧的想象，将天上的景象写得十分活泼。《宋书·乐志》载《步出夏门行》古辞，其最后一解和《陇西行》开头一解几乎完全相同，诗的主题是神仙出世的思想，意境空灵虚幻。而《陇西行》取意相反，歌颂世间之乐，诗中洋溢着活泼健康的气息。

接下来，作者用了较长的篇幅描述了陇西好妇待客、持家的情景。第三解写好妇迎接客人。客人来了，好妇出门迎接。只见她形容俏丽、正当盛年，她一再施礼，向远来的客人问候旅途的辛劳。短短一声“平安不”倾注了主人的关切，而客人的感激和欣喜之情则在不言之中。

第四解写她待客精细周到，并在简略的叙述中加进了一处较为细致的描写：“清白各异樽，酒上正华疏。”精美的酒杯里盛着色泽不同的酒，温热的酒气正在弥漫。读这一段，我们好像看到了一幅简朴的静物画，一切都那么平凡而富庶，自在而坦然，显示出世俗生活特有的温馨。

第五解写了一个传神的细节：“酌酒持与客，客言主人持。却略再拜跪，然后持一杯。”好妇亲手酌酒敬客，客人有礼貌地谦让，请主人先饮。主人也并不忸怩，大大方方地喝下了这杯酒。这个细节活画出了一个在生活中独当一面的健妇形象。她是市民阶层的妇女典型，完全不同于古诗词中习见的窈窕淑女和闺中思妇。

第六解主要写出好妇在生意经营上的干练和精细。主宾相得，并未使好妇忘记自己的生意。谈笑未竟，就告诉内厨马上备饭，不要耽误了客人的行程。这既是为客人着想，也有从生意角度的考虑：也许下一批客人又要来了呢。

第七解写送客。款待甫毕、送客出门。客人来自中原，按中原礼俗，妇人不宜迎送宾客，而陇西好妇则无此拘束。因此在客人看来，她出而送客，自是废弃礼仪的行为。然而她足不过限，又说明她行止有度，态度自然。

最后一解作者直陈己见，认为娶到像陇西好妇这样的妻子，就是贵族小姐也比不上。她当门持户、经营有方，胜过一个男子汉。

这首诗塑造了一个独特的妇女形象。她没有贵族小姐的苍白文弱，没有怀春少女的莫名烦恼，也没有寡居思妇的万种闲愁。她乐观自持，独立地面对生活，摆脱了古代妇女传统的依附地位，因此具有丰满鲜明的个性。读这首诗，我们可以感受到那种迎面而来的清新健康的气息。

这首诗以前曾受到许多封建文人的曲解，他们主观地断定此诗是讽刺陇西好妇不守闺范。只有张玉穀《古诗赏析》中的说法比较切合实际，“此羡健妇能持门户之诗，旧解皆云中含讽意，盖因妇人宜处深闺，不应自应宾客也。然玩诗意，以凤凰和鸣，一母九雏兴起，则此好妇之无夫无子，自可想见。门户既藉以持，宾客胡能不待？篇中绝无含刺之痕。起八句言天上物物成双，凤凰和鸣，惟有将雏之乐，以反兴世间好妇，不幸无夫无子，自出待客之不得已来。似与下文气不属，却与下意境相关。篇中所叙，事事中礼，却处处引嫌。”虽然他为了给好妇开脱所举的某些论据不免显得牵强，但其对诗歌总的感情色彩的把握是十分准确的。

这是一首短小的叙事诗。《乐府古题要解》上说，《陇西行》“始言妇有容色，能应门承宾，次言善于主馈，终言送迎皆合于礼。”正是通过描述陇西好妇迎接、款待、送别客人的整个过程，把她胜过丈夫的持家本领和从容坦然的精神风貌生动地再现出来。从语言上看，诗的主要部分为叙述语言，流畅自然，清新可喜。而起首处的起兴和结尾的直陈胸臆，又使诗歌在朴素自然中脱尽滞重呆板，读来有声色、富变化。

（任　白）

步出夏门行

汉乐府

邪径过空庐，好人常独居。
卒得神仙道，上与天相扶。
过谒王父母，乃在太山隅。
离天四五里，道逢赤松俱。
揽辔为我御，将吾上天游。
天上何所有？历历种白榆。
桂树夹道生，青龙对伏趺。

鉴赏

这是一首游仙诗，写一位避世独居的隐士及其游仙经历。汉代统治阶级崇尚迷信，盛行方术，他们羡慕神仙，幻想长生不老，纷纷求仙问道。东汉后期政治腐败，社会动乱，一些不得意的士大夫也常常借口修仙求道而离群索居，隐迹山林，博取“高人”“隐士”的名声，以此抬高身价，等待征聘做官。这首诗通过描写一位修行的高人上天的游历，以大胆的想象，荒诞的奇遇，游戏的笔墨，对求仙这一社会现象隐微地寓含讽刺。

开头两句“邪径过空庐，好人常独居”，点明了游仙者的身份和居处。“好人”就是“高人”，指隐士，他远离人群，清苦地独居在荒僻地方的寥寥空庐之中。三、四句“卒得神仙道，上与天相扶”，“卒得”二字，概括隐士独居修行的目的：他终于获得了他早已期望和求索的神仙上天之路，沿着这条路可以上天了。这两句话要言不烦，进入正题。以下十句都是写游仙的经历，作者挥洒了他的诙谐之笔。

五、六句写他去谒见东王公和西王母。东王公即木公或称东君、日神，是传说中的男仙之首，《山海经》中说他住在东海东岸之扶桑。西王母是传说中的女仙之首，居住在昆仑之丘。神话中西王母每年一次登昆仑山天柱上的大鸟羽翼与东王公相会。作者独作奇语,说在太山之隅谒见这一对赫赫有名的神仙。神话本来是荒诞的,作者在通行的传说中又作不同于传记的荒唐语。事本无稽,人们也只有姑妄言之,姑妄听之。这就是作者诙谐的含义。

第七至十句写游仙者在离天四五里之处遇见了赤松子同行。《列仙传》说:"赤松子者,神农时雨师也,服水玉以教神农,能入火自烧。往往至昆仑山上,常止西王母石室中,随风雨上下。炎帝少女追之,亦得仙俱去。"作者异想天开,幻想这位鼎鼎大名的神仙为他驾驭牲口赶车,扶持着他作天上之游,这是多么大胆的幻想!统治阶级的求仙访道,都是敬仙拜神,敬之唯恐不诚,拜之唯恐不恭,诚惶诚恐地祈求神仙指引。这首诗却一反修道的传统观念,他在驱使神仙,让神仙为之服役,那些被人们膜拜的神仙又有什么了不起的?

末四句写途中所见。"白榆""桂树""青龙"本来是星宿名称,作者把天空中的这些静物,变成了上天路上美丽动人的动植物景观:历历在目的洁白的榆树,夹道芬芳的桂树飘香,青龙相对俯伏着迎接嘉宾,好一幅优美的天路画图!

这首诗语意未完,或由于篇帙错乱,学者们认为《陇西行》中的"凤凰鸣啾啾,一母将九雏。顾视世间人,为乐甚独殊"四句似乎原属此篇。

在汉乐府民歌中这类描述大胆幻想的游仙诗还有几首,如《长歌行》《王子乔》《善哉行》等,但以这一首于诙谐中蕴涵讽喻之义较为特出。曹操的游仙诗《气出唱》《精列》《陌上桑》《秋胡行》是汉乐府游仙诗的直接继承,发展到晋代成为流行一时的游仙诗,借游仙以咏怀,蔑视富贵,否定朱门,表现对混浊现实的不满之情。

(夏传才)

西　门　行

汉乐府

出西门,步念之。今日不作乐,当待何时!逮为乐[①],逮为乐,当及时,何能愁怫郁,当复待来兹[②]!酿美酒,炙肥牛,请呼心所欢,可用解忧愁。人生不满百,常怀千岁忧,昼短苦夜长,何不秉烛游!游行去去如云除[③],弊车羸马为自储。

注释

①逮:及,引申为抓紧。
②来兹:来年。
③游行:遨游。除:通“徐”,从容安行貌。

鉴赏

这是一篇人生意识很强的诗,全诗所抒写的是一种消极的人生观。由于对人生短促的悲剧性思考,就引出了及时行乐的颓废结论。

诗以“出西门,步念之”六字开头,领起全篇。诗人缓步走出西门,西方是日落之处,这使多愁善感的诗人联想到,人短暂的一生,很快就像夕阳西沉一样到了它的黄昏期,一边走一边思考地“步念”着,于是,他如何处置人生的内心看法和具体打算,便无遮无掩地和盘托出。

他首先做了及时行乐的总抉择,而且要立即付诸行动。作乐就从今日始,绝不等到明天;接着他设想了行乐的具体内容,就是摆上美酒牛肉,和志气相投的朋友饮宴,正如孔融宣告的那种生活态度,“座上客常满,樽中酒不空,吾无忧也”;再次,他又对自己这些抉择和设想做了一番反省,这样做究竟对不对呢?在消极悲观的人生观统驭下,其反省和论证从表面逻辑上看似乎是有道理的:人生不满百年,何苦要忧患无穷,想那么多事情,做那样长远的考虑呢!但因为人生观的大前提是荒谬的,人生的价值不是被看成充分发挥其本质力量,从个体与社会及自然的深层关系中将人的生命活力延伸于个体之外,而极其消极地只看成是向外部索取,来满足以生物性为主的较低层的享乐,所以这种反省和论证是悖谬的,可悲的,不足取的。因为论证之后的结论是及时行乐,且汲汲之情唯恐人生的时日不能最大限度地用于享乐,连必要的睡眠也嫌挤短了行乐的时间,所以竟要秉烛夜游,以补白日之不足。在物质条件不太丰裕的情况下,即使破车瘦马,也要充分利用,以供享乐。

然而诗人绘制的这幅人生蓝图,不要说难于解决他人人生处置的大问题,就是在诗人本人身上也已捉襟见肘,露出了矛盾。我们以实证的态度检查一下他对这个蓝图实践的效果究竟如何?他是否得到了满足,心理取得了平衡?没有!消极悲观的人生哲学孳乳出精神上的痛苦,像无数鬼魂、影子似的跟定他,使他不能安宁,这一点我们从诗的字里行间能够强烈地感受到。

诗歌从先秦发展到东汉,艺术方面出现了一种新的骚动,酝酿着新的艺术路径。这种酝酿经过魏晋南北朝四百余年才大体完成,最后才出现了中国诗歌史上的黄金时代。所以诗歌在汉代品类、质量、风貌都不齐一。叙事诗的大发展产生了《孔雀东南飞》这样的不朽名作;作为抒情诗的《古诗十九首》表现出思想艺术的高度蕴藉和谐,而同时又有不小一部分诗是概念性的缺乏意象的直说,正如钟嵘说的"诗人之风,顿已缺丧",读来"质木无文"(《诗品序》)。然而诚如王国维所言,"境非独谓景物也,喜怒哀乐,亦人心中之一境界"(《人间词话》),像《西门行》这样的诗,虽非汉诗中的上乘之作,可是从诗人涌动的内心波澜中,我们却可以强烈地感受到一个焦灼痛苦的灵魂。

(费秉勋)

东门行

汉乐府

出东门,不顾归。来入门,怅欲悲。盎中无斗米储,还视架上无悬衣。拔剑东门去,舍中儿母牵衣啼:"他家但愿富贵,贱妾与君共餔糜。上用仓浪天故,下当用此黄口儿。今非!""咄!行!吾去为迟!白发时下难久居。"

鉴赏

两汉乐府民歌继承了《诗经》"饥者歌其食,劳者歌其事"的现实主义精神,从社会生活更多的侧面反映了劳动人民的悲惨境遇和他们的强烈爱憎。班固在《汉书·艺文志》中说:"自孝武立乐府,而采歌谣,于是有代赵之讴、秦楚之风,皆感于哀乐,缘事而发,亦可以观风俗,知薄厚云。"如果我们透过班固美化封建统治阶级的思想,他的话却道出了一个事实,即两汉乐府民歌的作者是把他们的喜怒哀乐通过对自己生活遭遇的具体描写表现出来的。这较之《诗经·国风》多数诗篇有了更为丰富、更为广阔的内容,可以使读者对当时的社会现实产生更为实在的认识,这也是两汉乐府民歌对《诗经》现实主义的发展。我们读两汉乐府民歌,仿佛置身于当时的社会现实生活中,听到了病妇的呻吟,孤儿的哭诉,老兵的悲泣,官府爪牙对农民的斥骂,而在《东门行》中,我们则看到了在封建统治者沉重压迫下，人民走投无路而欲铤而走险的情景。

《东门行》的主人公是一个被贫困所迫而欲铤而走险的男子。开头四句写这一男子本来已不考虑后果，愤而出走，欲做为当时社会所不容的事，以寻求一家人的活路。但又放心不下，再回转家中，心情更加悲伤。接下去的两句是通过男主人公环顾斗室，描写了他家的具体处境：盎（储米的瓦罐）中无米，架上无衣，这就使他再下决心拔剑出走。善良的妻子不忍心自己的丈夫去冒险，牵衣啼哭，动之以情，晓之以利害。"糜，煮米使糜烂也"（《释名》）。"共餔糜"，同吃稀粥，言她愿与丈夫过最清苦的生活。"用"作"为"讲，"仓浪天"即苍天，"黄口儿"即幼儿。这两句是妻子用天道人情去打动自己的丈夫，以劝阻他不要去冒险。"今非"二字，黄节在《汉魏乐府风笺》中与"咄行"连读，以为是"夫答妇之词，谓今非咄嗟之间行，则吾去已迟矣。"有的则据《乐府古题要解》所记："妻子牵衣留之，愿共餔糜，不求富贵，且曰'今日清，不可为非'"认为"今非"中间脱五字，是妻子劝丈夫的话。（见中华书局版《两汉文学史参考资料》）前者，增字作释，颇费解，不可从。后者，从上下文来看，较为符合诗意，但疑其有脱误，其实质也是增字作释。段熙仲先生认为"今非"为句，"并不突兀，而是心情急切的表现"。并解释说："女主人公体会到了一家的命运，丈夫是为着她，为着此黄口儿，她想，她不愿意看着他走上这条她估计的险路，选择了宁共餔糜的并无把握的生路。她牵衣，她啼哭，她尽力劝说，她的内心深处同样在激烈地斗争，终于迸发出片断的却是判断性的两个字的今非——这不行呀。"（见《光明日报》1980年10月15日第四版）这是对女主人公当时说话神情的很精当的分析。"咄！行！"都是单字为句，表现了男主人公愤然决绝之情。"咄"作"叱"解，呵斥责骂的声；"行"，我要走了，是断然的语气。"吾去为迟"，紧接上句，表明即使现在走也已迟了。"下"，落也。全句大意是：我头上白发已渐脱落，再不能苦挨下去了。

《东门行》是一首不足八十字的短诗，但它描写男女主人公的生活处境，他们的心情神态，他们的令人揪心的对话，却像一出短剧。作者不着一字说明，人物形象毕现，使人同情，发人深省，这正是两汉乐府"感于哀乐，缘事而发"现实主义艺术特色的突出表现。作为诗歌语言，《东门行》好像不如魏晋以后的古诗、律诗那样和谐流畅，但它同《国风》一样，参差错落，挥洒自如，行所当行，止所当止，在顿挫之间，以韵字调节，朗朗上口，疾徐相继，另有一番韵致。它的好处还在于和《东门行》的情调和诗中主人公激烈的内心冲突完全一致，特别是"今非！""咄！行！"如口头语，却活灵活现地表现了当时人物的急切悲愤的神态。全诗在男女主人公对话中结束，也如一出戏的结束，静场，大幕急落，一片黑暗，它没有告诉读者诗中的主人公的命运如何,但却给读者留下深刻的印象和充分回味的余地。

诗歌作为语言的艺术,本有着不同的风格,有的朴素,有的浓艳,有的古拙,有的精巧,它们之间也是相比较而存在,互相辉映,并不存在着高低之分。西汉乐府作为中国古代诗歌百花园中的一种,它在艺术风格上也继承了《国风》的传统,以朴素古拙为特色,不假雕琢,不尚铺张,自然蕴藉,气韵天成,自有它的艺术生命在。譬如食物,它不是豪门做工精细的佳肴美酒,而是农家土法炮制的青菜,虽然不脱苦涩之味,可我们更可以在苦涩之中体味到其中的沁人心脾的清香,艺术的创造,艺术的鉴赏,我以为都存在着这样的相反相成的辩证法。

(费振刚)

饮马长城窟行

汉乐府

青青河畔草,绵绵思远道。
远道不可思,宿昔梦见之。
梦见在我傍,忽觉在他乡。
他乡各异县,展转不相见。
枯桑知天风,海水知天寒。
入门各自媚,谁肯相为言。
客从远方来,遗我双鲤鱼。
呼儿烹鲤鱼,中有尺素书。
长跪读素书,书上竟何如?
上言加餐食,下言长相忆。

鉴赏

《饮马长城窟行》,又名《饮马行》,最早见于《文选》,题为“乐府古辞”。《乐府诗集》收入《相和歌辞·瑟调曲》。这是一首闺妇思夫的诗,情切语真，读之如闻其声，如见其人。

开头两句以“青青河畔草”起兴，是说河边的草色又青了，而且连绵不断，一直生长到很远的地方；自己所思念的远人还没有回来，因此相思之情也像青青的草色一样，一直伸展到远方去。“绵绵”一词，语义双关，把无形无状的缠绵之情化为有形有色的青草，极为形象、逼真。以下六句，作者连用顶真格的修辞手法，层层转折，跌宕多姿，如同曲折的石涧在自由地奔流，一任情感之流露。开头刚说出思念远方之人，马上就一个急转弯：“远道不可思”；口上说不可思，但心里却不能不思，以至于出现了梦中相见的妙境；然而，梦毕竟是梦，梦醒之后，一切化为乌有，心上人仍在他乡；不仅如此，“他乡各异县，展转不相见”，相隔天涯，即使自己反复思念，也难以相见。这几层转折，把闺妇思念之深、思念之切表现得淋漓尽致。紧接着，诗又用一个比喻、一个反衬进一步深化这种相思之苦。“枯桑知天风，海水知天寒”二句，是一个比喻，清吴景旭认为是“喻妇之自苦自知”（《历代诗话》）。闻一多先生进一步明确说：“沧海桑田，高下异处，喻夫妇远离不能会合。”“天风、天寒喻孤栖独宿，危苦凄凉之意”，整个这两句是“喻夫妇久别，口虽不言而心自知苦”（《乐府诗笺》）。吴、闻二人解释甚为精确。枯桑虽然无叶，也能感到风吹；海水虽然无冰，也能感到天冷；久别之人，虽然口中不说，心里也能感到孤凄之苦，但这种痛苦只有自己知道罢了。这个比喻，既紧承上文“展转不相见”，又启下文“入门各自媚，谁肯相为言”。别人回到家里，都只顾同自己的亲人团聚相爱，谁肯来同“我”说几句话以安慰“我”的孤独呢？这是以别人之“欢”反衬自己之“悲”，别家欢聚，愈能引起主人公的绵绵情思。

“山重水复疑无路”，作者极尽变化，峰回路转，已经把女主人公相思之情写得非常深了，好像再也无话可说了，然而，“柳暗花明又一村”，下文急转直下，另辟蹊径，出现了奇迹，远方之人捎信回来了，如同大旱日久，突降及时雨一样，多么令人高兴啊！这里的“鱼”“尺素”均为书信的代称。“家书抵万金”，于是，这位思妇激动万分，“长跪读素书”。一个“长跪”，就把她当时迫切的心情、恭敬的神态极为逼真地表现了出来。然而，希望愈大，失望愈大，信上说了些什么呢？“上言加餐食，下言长相忆”，仅此而已。这二句值得我们玩味。“上言加餐食”一语，给我们透露出两方面的消息，一方面是丈夫劝自己的妻子多保重身体，努力增加饮食；更重要的是另一方面，通过她丈夫的口，可以知道女主人公因长期思念在外的丈夫，以至于吃不下饭，《文选》五臣注云“夫知妇相思，不能下食，故言加餐”，是十分恰当的，这从侧面写出她的思念之深。“下言长相忆”一语，也给我们透出两个消息：其一，丈夫长期在外，也很想念家人；其二，也是更重要的，是她丈夫不忍心说的，就是归家无期。一个“长”字，也与开头的“绵绵思远道"遥相呼应。接到书信本来是很高兴的,然而读完之后,主人公失望的情绪我们不难想见,她只能更加痛苦,陷入更深的相思之中,"加餐食"是难以办到的,"长相忆"倒是千真万确的了。

这首诗最大的特点在于以变幻莫测的笔法,真切地描绘出了女主人公情感的流动过程,它时而在此,时而在彼;时而眼前,时而梦中;时而激动,时而失望。整个诗篇中共有七次大的情感转折。开始八句,四次转折,由"思远道"到"不可思";由现实中的"不可思"到幻想中的"梦见之";由"在他乡"归到"不相见"。接着,由"不相见"转入"痛苦只自知",心情稍为平静。很快,这种暂时的平静被打破,心里掀起更大的波澜:由"痛苦只自知"到读书信;又由读书信转到更大的失望,最终又归结到"不相见"。如此变化,可谓神矣,然万变不离其宗,"宗"就是那由于始终"不相见""长相忆"所引起的割不断的情思。全诗语言清新活泼,不用典故,不假雕琢,用民歌中常见的起兴、顶真、比喻、借代等手法,富有浓厚的生活泥土气息,使人感受到那激荡着的诗情,跳跃着的脉搏。《玉台新咏》把这首诗题为蔡邕所作,实不可信。陈沆说"蔡邕所传《琴歌》《樊惠渠歌》《翠鸟诗》,词并质直,视此诗之高妙古宕,殊不相类"(《诗比兴笺》),其说可从。因此,我们仍然把它作为一首民歌来欣赏,去品尝那纯真的诗味,呼吸那自然清新的空气。

(张新科)

上留田行

汉乐府

里中有啼儿①,似类亲父子②。
回车问啼儿,慷慨不可止。

注释

①里:古代居民区。古时二十五户为里。

②亲父子:同父之子。李子德《汉诗音注》曰:"观其诗意,似讽父之听后妇而不恤前子者。"不确。

鉴赏

崔豹《古今注》曰:“上留田,地名也。人有父母死,不字其孤弟者,邻人为其弟作悲歌以讽其兄。”

这首乐府古辞,只有四句。叙述了一个简短的生活片断:一个人驾车路过一处居民区,听到有孩子在哭。定睛一看,孩子和他的哥哥像是同父之子。他感到疑惑,仔细一问,原来是孩子的哥哥不肯照顾他。这个过路人感慨万分,长叹不已。

家庭内部兄弟不睦是常见的,然而长兄不恤幼弟却在情理之外。家庭作为文明时代的产物,是社会的细胞。它凝聚着血缘、经济等诸因素。在家庭内部父母对年幼的子女有抚养的义务,子女对年老的父母有赡养的义务。父母双亡,兄长对年幼的弟弟、妹妹也该担起抚养之义务。这些义务完成的好坏,历来被视为衡量每个家庭成员的道德高下的水准。孔子的“老者安之”“少者怀之”,孟子的“谨庠序之,教,申之以孝悌之义,颁白者不负戴于道路矣”,都可以看成是对中国封建社会家庭(当然还不止于此)的理想描述。

然而理想归理想,现实归现实。私有制不但在阶级之间、在家庭之间不断挑起争端,就是在家庭内部,夫妻、父子、兄弟之间,也时常由于金钱、财产作祟,而酿成矛盾、引起内讧。甚至于祸起萧墙、同室操戈,亦不为世所仅见。由此看来,诗中的那个长兄的行为虽为人所不齿,但也可以算作是文明社会中的一种不文明的必然吧。

这种丑恶现象,在另一首乐府民歌《孤儿行》中得到了更为具体深刻的反映,而本诗由于篇幅短小,其广度和深度自然都受到了限制。

有人怀疑本诗有脱文,已不可考。不过从现有的样子看,短短四句,二十字,写了一个简略的片断,甚至还表明了过路人的态度,艺术上的成就还是值得肯定的。特别是由于在衔接上跳跃很大,造成了很大的空白,给读者留下了想象的余地。

(任　白)

妇　病　行

汉乐府

妇病连年累岁,传呼丈人前一言。当言未及得言,不知泪下一何翩翩。“属累君两三孤子,莫我儿饥且寒,有过慎莫笪笞,行当折摇,思复念之!”

乱曰:抱时无衣,襦复无里。闭门塞牖,舍孤儿到市。道逢亲交,泣坐不能起。从乞求与孤买饵。对交啼泣泪不可止:“我欲不伤悲不能已。”探怀中钱持授交。入门见孤儿啼索其母抱。徘徊空舍中,行复尔耳,弃置勿复道。

鉴赏

《妇病行》在《乐府诗集》中属《相和歌辞·瑟调曲》。瑟调曲声调悲伤,歌辞与之相符。现在调亡,已不能唱,但若拿这篇歌辞来慢声吟咏,仍然使人感到音调凄婉,十分动人。

这是一篇叙事诗,以第三者的口吻,描写人物的声口、活动,深刻反映了封建社会里下层人民的生活痛苦。

全诗分为两大段。“乱曰”以前为一段,写病妇爱恋幼儿,临终向丈夫托孤。“乱曰”以下为一段,写丈夫照顾孩子,困苦不堪。前段重在记言,后段重在记事,两段写法不同,笔法富有变化,互相辉映,完成一个悲剧。

前段,病妇临危,知道自己即将离开人世,她有多少心事要向丈夫诉说,然而病体不支,方将一言,早已声泪俱下,只说得一件事,就是嘱托丈夫好好照顾孩子:“莫我儿饥且寒,有过慎莫笪笞。”她声泪俱下,并非为自己行将离开人世而悲痛,她最关心的是亲生骨肉两三孤子的健康成长。这是多么伟大的母爱!又是多么典型的人情!作者笔触所到,真足以起冥顽而泣鬼神。

后段接写事与愿违,虽然丈夫依遗嘱照看孤儿,但生活穷困,孩子“抱时无衣,襦复无里”。“衣”是长衣,“襦”是短袄,长衣既无,短袄无里,包不住儿体,这就不免“寒”了。孩子又要吃饭,而家中没有食物,这就不免“饥”了。没有办法,他只得把孩子关在屋里,急忙到市上去买饼饵。但心里时刻挂念着孩子,路上托亲友去代买,自己匆忙跑回来,谁知孩子们正哭叫着找妈妈。作者通过写他的行动,把他的复杂的左右为难的思想感情表现出来,手法不可谓不高。

不仅如此,两段的写法更有草蛇灰线之妙,就是说,作者只将最重要的语言行动形诸文字,有许多情节都藏在字里行间,不言而使读者自明。例如病妇形貌,病妇死丧,家庭贫富,人物身份,等等,都不见于字面,而随文扣合,意象显然。中国画中有所谓“意到笔不到”的画法,又有所谓“神龙见首不见尾”的说法,本诗差近似之。究其原因,是因为作者能抓住事物的内在联系,在行文过程中能处处扣合,前后勾连,才达到了这种境界。

诗的结尾,不写故事的结局,只说“行复尔耳,弃置勿复道”,就是这样了,还说它干什么,不说也罢!不说,正是有许多事说不清,含蓄不露,留有余地,让读者回味推想,更觉余韵无穷。

(张治政)

孤　儿　行

汉乐府

孤儿生,孤子遇生,命独当苦!父母在时,乘坚车,驾驷马。父母已去,兄嫂令我行贾。南到九江,东到齐与鲁。腊月来归,不敢自言苦。头多虮虱,面目多尘。大兄言办饭,大嫂言视马。上高堂,行取殿下堂[①],孤儿泪下如雨。使我朝行汲,暮得水来归。手为错[②],足下无菲[③]。怆怆履霜,中多蒺藜。拔断蒺藜肠肉中[④],怆欲悲。泪下渫渫,清涕累累。冬无复襦,夏无单衣。居生不乐,不如早去,下从地下黄泉!春气动,草萌芽。三月蚕桑,六月收瓜。将是瓜车,来到还家。瓜车反覆,助我者少,啖瓜者多。“愿还我蒂,兄与嫂严,独且急归,当兴校计!”

乱曰:里中一何譊譊[⑤]!愿欲寄尺书,将与地下父母,兄嫂难与久居!

注释

①取:“趣”之省文,通“趋”,快步走。

②错:指皮肤皴裂,粗糙如错。

③菲:通“屝”,草鞋。

④肠:腓肠,小腿。

⑤譊(náo):议论,嘈杂。

鉴赏

今存的汉乐府歌辞，多为东汉作品。本篇产生于九江之北，齐鲁之西，该是在今河南境内。东汉的京都即今河南洛阳，当时为天下的中心，南通江汉吴越，东达燕赵齐鲁，商贩往来甚盛，本篇可能就是东汉洛阳一带人所作。

这篇《孤儿行》，《乐府诗集》说是《相和歌辞·瑟调曲》，想来音调是非常悲切的，现在曲调虽然已经亡佚，但其文辞往复顿挫，情感曲折悱恻，仍然是一篇动人的好诗。

明胡应麟《诗薮·内编》卷一曾说过："乐府歌谣，采摭闾阎，非由润色；然而质而不俚，浅而能深，近而能远，天下至文，靡以过之。"拿这"质而不俚，浅而能深"两句话来衡量《孤儿行》，的确当之而无愧。全篇语言通达，毫无藻绘堆砌之迹，极近口语而又不落俗套，非"质而不俚"而何？内容上不讲什么高深道理，而字字入情入理，自然理深情挚，又非"浅而能深"而何？

然而我们觉得胡氏这种评价还不够，还没有揭示其所以然的技巧问题。

《孤儿行》表现手法之高妙，首先是全篇描写集中在一个"苦"字上。此诗首三句"孤儿生，孤子遇生，命独当苦。"这就确立了主要线索，下面分六节写其苦况：一、行贾生活之苦；二、归来办饭视马操劳之苦；三、冬天踏雪打水之苦；四、冬无复襦、夏无单衣之苦；五、夏收瓜之苦；六、最后总结为与兄嫂久居之苦。

首先，应当指出，作者描写孤儿之苦不是一般的苦，而是在凶恶的兄嫂严厉监督下过着奴隶生活之苦。所以他写这些苦情不是流水账般地并列，而是节节含情，揭示了苦的性质和苦的根源，反映了当时奴隶阶级的悲惨处境。

其次，作者写苦多注重细节描写。例如第一节写孤儿行贾，则描画其"头多虮虱，面目多尘"的形象。第二节写家务劳动，则叙其"上高堂，行取殿下堂"的匆促之状。第三节写打水，除写其手错足赤外，更突出蒺藜刺腿一事。这些都起到了具体感人的效果。特别是最后一节写瓜车反覆，恳求"愿还我蒂"之语，真是声口如生，形貌若现，不但写出了孤儿的悲怆之情，也写出了兄嫂冷酷之状，令人叫绝。

再次，是运用各种手法来烘托渲染。上述细节刻画即其一例，另外还有对比、衬托等。例如第一节在写其苦情之前，先写父母在时"乘坚车，驾驷马"，以为对比，这就表明孤儿原是富家，失去了父母之爱，落入兄嫂之手，其苦不仅是肉体之苦，还有无处诉说的精神之苦。苦上加苦，笔笔带苦，可谓无以复加。"乱曰"以下"里中一何譊譊"，则是一种衬托手法，即以里中邻舍之同情衬托孤儿处境之难。这样就把诗的意境更拓开了一步，使孤儿之苦不局限于个人感受，而且感染于众人，引起譊譊议论，给诗造成了一种环境和气氛。

以上讲的是《孤儿行》艺术表现之高妙，描写孤儿之苦，可谓笔笔俱到，字字入里。但是我们切不可认为它仅是为写苦而写苦，因为一篇好的作品总是思想性和艺术性结合为一的。我们知道，东汉时代是封建社会，明、章之世号称治世，却并不像儒者笔下那么美好。这篇作品写的虽然是一个家庭问题，却反映了社会的黑暗的一面，也就是社会底层尚存在着奴隶阶级。诗的故事叙述孤儿之兄与孤儿是骨肉手足之亲，但父母去世后，其兄为了霸占家产，却把幼弱的弟弟打入奴隶之群，衣履不全，寒暑难度，还要打水、喂马、办饭、收瓜，无休止的繁重劳动逼得孤儿告天无门，痛不欲生。

作品开始叙述其兄命孤儿行贾，就是做小商贩。这里需要略加说明：汉朝自高帝刘邦实行重农抑商的政策以来，商人地位不高，而给大商做小贩的人实际就是奴隶。他要肩挑背负，跋山涉水，栉风沐雨，逐十一之利。最后盈利所得，全归主人，自己仍然是“头多虮虱，面目多尘”，冬夏无衣。诗中所写，完全是真实的。

所以作者写这首诗，客观上揭露了社会不平，主观上同情孤儿不幸遭遇，极力写“苦”，完全是为这个主题服务的。

（张治政）

艳歌行（其一）

汉乐府

翩翩堂前燕，冬藏夏来见。
兄弟两三人，流宕在他县。
故衣谁当补？新衣谁当绽？
赖得贤主人，览取为吾组。
夫婿从门来，斜柯西北眄。
“语卿且勿眄，水清石自见。”
石见何累累，远行不如归！

鉴赏

“翩翩堂前燕，冬藏夏来见”，这是即景生情，即事入题：堂前飞燕尚且能按期返回故窠，经营旧窠，这怎能不勾起流荡他乡、归去无期者的一腔怅惘？

“兄弟两三人，流宕在他县。”一家兄弟三人，竟全都流浪在他乡异县，是什么原因呢？是天灾还是人祸？是兵匪还是徭役？是租赋还是法网？诗中没有交代，但“流宕”一语，饱含着被迫流浪的酸苦，这就足以说明问题了。

“故衣谁当补，新衣谁当绽？”这是流浪生活中一个极平常、极平常的问题，但却是流浪汉所面临的生活真实，是必须解决的小事一件，为难的小事一件！“赖得贤主人，览取为吾組。”“組”(zhàn)，缝补。多么贤惠的女主人，谢谢您对流浪者的深切关怀。您的一针一线，不仅缝合着衣衫，也缝合着一颗破碎焦灼的心，不，三颗，三颗流浪者的心。

“夫婿从门来，斜柯西北眄。”“斜柯”，据萧涤非先生考证，就是侧视的样子。丈夫归来了，进门一看，见妻子正在为外乡人缝制衣裳，他一下子犯疑了，吃醋了，但又没有多少理由，不便呼叱，便站在那里，脖子一扭，把眼光斜斜地投向远方，给妻子一个小小的信号：这样的行为我可是看不惯的！——生活，在这里激起了一朵小小的浪花，一下子增强了诗歌的写实性。

对于丈夫的这等表情，一旁的流浪汉自然是清楚的，但轮不到他们来出面解释；他的妻子心下明白，便缓缓地说：“您就别这么斜眼看人啦，‘水清石自见’，是不是？”于是，一个小小的误会便化解了。这里所写的，依然是普通百姓家的质朴感情，生活气息很浓。

误会是化解了，但它的出现，却实实在在地加重了他乡游子的思归之情。对于游子来说，面前的麻烦可多着呢！“石见何累累，远行不如归！”还是尽快地返回家乡去好。“石见”一语，用得太妙了。从修辞上说这是顶真手法，使上下文的接转来得非常自然，并产生一种幽默语感。这在民歌中是常见的。从含义上说，前文的“石见”是说理，用一个现成的比喻来说明道理，后一个“石见”却是对于游子心头事的提醒：到了深秋季节，就会“石见何累累”了。堂前飞燕能够“冬藏夏来见”，游子们呢？到了“石见何累累”时，到底归不归呢？这里留给人们的，依旧是一丝怅惘之情，一缕淡淡的悲哀。

诗，写得很短，却有人物，有对话，有细节的刻画，有感情的流动；语言也质朴而幽默，似乎是在叙说一则小故事，表现出汉乐府诗的面貌：深衷浅貌，语淡情浓。

（陈鸿彝）

艳歌行(其二)

汉乐府

南山石嵬嵬,松柏何离离。
上枝拂青云,中心十数围。
洛阳发中梁,松树窃自悲。
斧锯截是松,松树东西摧。
特作四轮车,载至洛阳宫。
观者莫不叹,问是何山材?
谁能刻镂此?公输与鲁班。
被之用丹漆,薰用苏合香。
本自南山松,今为宫殿梁。

鉴赏

巍巍南山,生长着茂密的苍松,青枝绿叶,直插霄汉。树干挺拔粗壮,好一派天然生机。谁料想洛阳城里,要修什么皇家宫殿,要一批栋梁之材。这恰恰是松树的悲哀。一场劫难是难以逃脱的了!果然,一阵斧锯相加之后,一株株青松便东倒西歪、横七竖八地躺倒了!官府特地做了四轮大车,把松材运到洛阳。人人都夸赞松材的质地优良,都打听是从哪儿砍伐过来的,谁还去管松树的悲伤!松材运到了,还要剖削、刨刮、刻凿、雕镂,肢解得让人称心了,还要再漆上丹漆,拿苏合香来熏染。南山松成了栋梁材,面目全非了。

“本自南山松,今为宫殿梁。”从儒家的积极用世观来说,这是无上的荣光,这是松树价值的最高实现,是松树生命的理想归宿。

但是,本诗的主旨却不在这里。“松树窃自悲”一语,就清楚地说明了诗人的价值取向:南山青松成了洛阳宫殿之梁,这正是松树自身的最大悲哀,因为它永久地失去了它自己,永远地结束了那活泼泼的生命,却去为别人增添豪华富贵的享乐资本!庄子早就说过：青青大树，是应该“树之于无何有之乡”，让它“不夭斧斤，物无害者”，在广漠的宇内尽其天年的，“无所可用，安所困苦”呢？（《庄子·逍遥游》）现在，这南山苍松，却是斧锯相加，东摧西折，而且刻镂雕凿，漆彩薰香，这一切正是对松树的残酷戕害！那么，还有什么“光荣”可言呢？由此看来，诗人正是承续着老庄的消极避世思想，借南山松的形象，传达一种安身立命之道了。

本诗是一首乐府诗，但所传达的思想感情，显然是属于失意知识分子的。东汉后期，社会处于大动荡的前夕，朝政黑暗，许多正直之士把握不住国家的命运，社会上弥漫着一种幽怨感伤、矛盾苦闷的情绪。处于社会底层的中下层文人，对于时序变迁、荣枯变化来得特别敏感。在多灾多难之秋，作安身立命之想，自有其历史的原因。本诗所寄寓的那种避世求安的思想情趣，正反映着这些弱者的呻吟。

（陈鸿彝）

满 歌 行

汉乐府

为乐未几时，遭时崄巇[①]，逢此百离[②]。
伶丁荼毒[③]，愁苦难为。
遥望极辰，天晓月移。
忧来填心，谁当我知！
戚戚多思虑，耿耿殊不宁。
祸福无形。
惟念古人，逊位躬耕。
遂我所愿，以兹自宁。
自鄙栖栖，守此末荣。
暮秋烈风，昔蹈沧海，心不能安。
揽衣瞻夜，北斗阑干。
星汉照我，去自无他。
奉事二亲，劳心可言。

穷达天为,智者不愁,多为少忧。
安贫乐道,师彼庄周。
遗名者贵,子遐同游。
往者二贤,名垂千秋。
饮酒歌舞,乐复何须?
照视日月,日月驰驱。
轗轲人间,何有何无?
贪财惜费,此一何愚!
凿石见火,居代几时?
为当欢乐,心得所喜。
安神养性,得保遐期。

注释

①崄巇(xiǎn xī):道路艰险难行,此处借以形容时世倾危。
②离:忧愁。
③伶丁:孤独。荼毒:苦。

鉴赏

从内容上看,此诗当作于东汉末年,那是一个朝政翻覆、奸险丛生、纷乱四起、生民涂炭的时代,不要说一般百姓,就是朝中的士大夫也是终日惶惶,朝不保夕,这首诗分明写出了在那个衰乱之世中的士大夫忧心如焚希求避世保生的思想。

诗的开首,作者就倾诉了自己在那个天崩地解的社会里孤苦伶仃、百愁集扰、苦不堪言的心境。可满腔忧愁无人晓知,难以排遣,使得他长夜难寐,心绪不宁,只有遥望着满天星斗而长叹,真是“独立市桥人不识,一星如月看多时”(黄仲则《癸巳除夕偶成》)。那么,怎样才能逃脱人世的荼毒和内心的煎熬呢?作者想起了那“逊位躬耕”、悠闲自得的隐士们,相比之下,愈为自己贪恋微不足道的爵禄而感到自惭形秽,于是他要步许由之尘而高蹈远举了。然而,“去自无他,奉事二亲”,“父母在,不远游”,孝养父母的重大责任感使他这种理想难以付诸实践。出路何在?忧虑怎解?他的眼前又出现了那位“鼓盆”“曳尾”的贤哲庄周,他决心慕漆园之遗风,安贫乐道避世全生。转而深思,世路崎岖,人生坎坷,物换星移,时日如电光凿火,人生似白驹过隙,“为当欢乐,心得所喜”。人贵在自得其乐,只要求得心灵的慰藉,修身养性,就可以终其天年,高寿长生。至此,作者从焦灼和困扰中挣脱出来,自以为找到了解脱的门径。

此诗真实地揭示出在时世倾危的时代,一位“仕于下僚时不得志而思归休”(陈祚明《采菽堂古诗选》卷二)的士大夫复杂而痛苦的心理,层次清晰地描写出其心理变化的轨迹及其内心的隐衷。先写其“遭时崄巇”“愁苦难为”的苦闷心情,继写其对隐居躬耕生活的羡慕,次写其因二亲在堂而不能遂去的彷徨,再写其对穷达委命、安贫乐道的认同,最终归结为“安神养性,得保遐期”的心理追求。虽其间情绪繁乱反复多转,却情真意切,脉络分明。读此诗,我们仿佛听到了作者那痛苦而沉重的叹息之声,从诗中可以透视出东汉末年一代士大夫们失意沉沦的人生,以及其要求摆脱人世羁縻的焦虑心理,其言曲折,其味深长。

在写法上此诗善于以景写情,内在心曲的抒发与外在景物的描写相衬托,使得情景交融,哀愁倍增。如写诗人忧愁填心中夜徘徊,“揽衣瞻夜,北斗阑干”“遥望极辰,天晓月移”。融情入景,形象鲜明,星汉之辽阔与人生之渺小,月华如水的宁静与诗人内心的骚动不安,烘托对比,愈益显出诗人内心的孤独与凄凉。再如“暮秋烈风”四字,既是自然季节的物象,又是乱世险仄的象征,也是作者内心惨苦的验证,写得肃杀冷落,风霜逼人,极富情感色彩。正如陈祚明所说:“‘守此末荣’下入‘暮秋烈风’句,甚妙。景物凄惨,动几许思归之心。”(同上)这种情景交融的写法,无疑大大增强了作品的艺术感染力。

(魏崇新)

蜨 蝶 行

汉乐府

蜨蝶之遨游东园,奈何卒逢三月养子燕,接我苜蓿间。
持之我入紫深宫中,行缠之傅欂栌间,
雀来燕燕,子见衔哺来,摇头鼓翼何轩奴轩。

鉴赏

这首诗是汉乐府《杂曲歌辞》里的一首，采取蜨蝶自叙的方法，写它被燕子捉去喂小燕，以及鸟雀来争食的情景，含有寓言诗的性质，耐人寻味。

“蜨蝶之遨游东园，奈何卒逢三月养子燕，接我苜蓿间。”“蜨”，即蝶，蜨蝶，就是蝴蝶。“之”是表声字，下同。末句中的“奴”也是表声字。“卒”，同“猝”，突然的意思。阳春三月，百花盛开，蝴蝶在东园的花丛间嬉戏。从“遨游”二字可以体会到它上下翻飞，自由自在，十分欢快愉悦的情状。然而，风云难测，突然大难临头。真是无可奈何，怎么在这种时候，偏偏碰到正在哺育雏燕的燕子。“我”，蝴蝶自指。蝴蝶与燕子遭遇后，东躲西闪，竭力想甩开它。但是，没能摆脱掉，却让燕子跟踪追寻上了，最后在苜蓿中被燕子捉住。“持之我入紫深宫中，行缠之傅欂栌间。”上句除“之”字表声外，余冠英认为应当作“持我深入紫宫中”（《乐府诗选》），可以。“紫宫”，皇宫，这里代指燕子所筑的窝巢。“行”，将要之意。“傅”，附着。“欂栌”，柱子上承屋梁的斗形方木，即斗拱。燕子捉住蝴蝶后，就将它抓到深广幽邃的庭舍里，准备把它缠绕住附着在斗拱间，“雀来燕燕，子见衔哺来，摇头鼓翼何轩奴轩。”“燕燕”，即宴宴，欢乐的意思。“轩轩”，高举起舞的样子。小燕子看到母燕衔着蝴蝶飞回来，摇晃着头，鼓动起翅膀，一片欢欣鼓舞。而麻雀见到可食之物，亦走上前来，流露出高兴的神态，刻画雏燕和鸟雀的不同形象，惟妙惟肖，十分逼真。

在诗中，蝴蝶是一个遭欺凌、被他人猎食的弱者，而燕子是用暴力侵害别人的强者，雏燕和麻雀，则是坐待果腹的角色。诗中这样写，可能寄寓着人世社会里的弱肉强食、巧取豪夺的不合理现象。一首短诗却能细腻地刻画出几个不同的形象，颇为难得。诗中动词和形容词运用得较多，增强了艺术效果。全诗所写的种种情景，都由蝴蝶的眼光去看，以它的口吻写出，生动活泼，体现出民歌特色，是《诗经》禽言诗的发展。

（王锡九）

孔雀东南飞

汉乐府

汉末建安中，庐江府小吏焦仲卿妻刘氏，为仲卿母所遣，自誓不嫁。其家逼之，乃投水而死。仲卿闻之，亦自缢于庭树。时人伤之，为诗云尔。

孔雀东南飞，五里一徘徊。“十三能织素，十四学裁衣，十五弹箜篌，十六诵诗书。十七为君妇，心中常苦悲。君既为府吏，守节情不移[①]，贱妾留空房，相见常日稀。鸡鸣入机织，夜夜不得息。三日断五匹，大人故嫌迟。非为织作迟，君家妇难为！妾不堪驱使，徒留无所施，便可白公姥，及时相遣归。”府吏得闻之，堂上启阿母：“儿已薄禄相，幸复得此妇，结发同枕席，黄泉共为友。共事二三年，始尔未为久，女行无偏斜，何意致不厚？”阿母谓府吏：“何乃太区区！此妇无礼节，举动自专由。吾意久怀忿，汝岂得自由！东家有贤女，自名秦罗敷，可怜体无比，阿母为汝求。便可速遣之，遣去慎莫留！”府吏长跪告：“伏惟启阿母[②]，今若遣此妇，终老不复取！”阿母得闻之，槌床便大怒：“小子无所畏，何敢助妇语！吾已失恩义，会不相从许！”

府吏默无声，再拜还入户，举言谓新妇，哽咽不能语：“我自不驱卿，逼迫有阿母。卿但暂还家，吾今且报府[③]。不久当归还，还必相迎取。以此下心意，慎勿违吾语。”新妇谓府吏：“勿复重纷纭。往昔初阳岁[④]，谢家来贵门，奉事循公姥，进止敢自专？昼夜勤作息，伶俜萦苦辛。谓言无罪过,供养卒大恩;仍更被驱遣,何言复来还!妾有绣腰襦,葳蕤自生光;红罗复斗帐,四角垂香囊;箱帘六七十,绿碧青丝绳,物物各自异,种种在其中。人贱物亦鄙,不足迎后人⑤,留待作遗施,于今无会因。时时为安慰,久久莫相忘!”鸡鸣外欲曙,新妇起严妆。著我绣夹裙,事事四五通。足下蹑丝履,头上玳瑁光。腰若流纨素,耳著明月珰。指如削葱根,口如含朱丹。纤纤作细步,精妙世无双。上堂谢阿母,阿母怒不止。“昔作女儿时,生小出野里,本自无教训,兼愧贵家子。受母钱帛多,不堪母驱使。今日还家去,念母劳家里。”却与小姑别,泪落连珠子。“新妇初来时,小姑始扶床;今日被驱遣,小姑如我长。勤心养公姥,好自相扶将。初七及下九⑥,嬉戏莫相忘。”出门登车去,涕落百余行。

府吏马在前,新妇车在后,隐隐何甸甸,俱会大道口。下马入车中,低头共耳语:“誓不相隔卿,且暂还家去;吾今且赴府,不久当还归,誓天不相负!”新妇谓府吏:“感君区区怀!君既若见录⑦,不久望君来。君当作磐石,妾当作蒲苇,蒲苇纫如丝,磐石无转移。我有亲父兄,性行暴如雷,恐不任我意,逆以煎我怀⑧。”举手长劳劳,二情同依依。

入门上家堂,进退无颜仪。阿母大拊掌,不图子自归:“十三教汝织,十四能裁衣,十五弹箜篌,十六知礼仪,十七遣汝嫁,谓言无誓违。汝今无罪过,不迎而自归?”兰芝惭阿母:“儿实无罪过。”阿母大悲摧。还家十余日,县令遣媒来。云有第三郎,窈窕世无双,年始十八九,便言多令才。阿母谓阿女:“汝可去应之。”阿女衔泪答:“兰芝初还时,府吏见丁宁,结誓不别离。今日违情义,恐此事非奇。自可断来信,徐徐更谓之。”阿母白媒人:“贫贱有此女,始适还家门。不堪吏人妇,岂合令郎君?幸可广问讯,不得便相许。”媒人去数日,寻遣丞请还,说有兰家女,承籍有宦官。云有第五郎，娇逸未有婚。遣丞为媒人，主簿通语言。直说太守家，有此令郎君，既欲结大义[9]，故遣来贵门。阿母谢媒人："女子先有誓，老姥岂敢言？"阿兄得闻之，怅然心中烦，举言谓阿妹："作计何不量！先嫁得府吏，后嫁得郎君，否泰如天地[10]，足以荣汝身。不嫁义郎体，其往欲何云？"兰芝仰头答："理实如兄言。谢家事夫婿，中道还兄门。处分适兄意，那得自任专！虽与府吏要，渠会永无缘。登即相许和，便可作婚姻。"媒人下床去，诺诺复尔尔。还部白府君："下官奉使命，言谈大有缘。"府君得闻之，心中大欢喜。视历复开书，便利此月内，六合正相应。良吉三十日，今已二十七，卿可去成婚。交语速装束，络绎如浮云。青雀白鹄舫，四角龙子幡，婀娜随风转。金车玉作轮，踯躅青骢马，流苏金镂鞍。赍钱三百万，皆用青丝穿。杂彩三百匹，交广市鲑珍[11]。从人四五百，郁郁登郡门。阿母谓阿女："适得府君书，明日来迎汝。何不作衣裳？莫令事不举！"阿女默无声，手巾掩口啼，泪落便如泻。移我琉璃榻，出置前窗下。左手持刀尺，右手执绫罗。朝成绣夹裙，晚成单罗衫。晻晻日欲暝，愁思出门啼。

府吏闻此变，因求假暂归。未至二三里，摧藏马悲哀[12]。新妇识马声，蹑履相逢迎，怅然遥相望，知是故人来。举手拍马鞍，嗟叹使心伤："自君别我后，人事不可量。果不如先愿，又非君所详。我有亲父母，逼迫兼弟兄，以我应他人，君还何所望！"府吏谓新妇："贺卿得高迁！磐石方且厚，可以卒千年；蒲苇一时纫，便作旦夕间。卿当日胜贵，吾独向黄泉！"新妇谓府吏："何意出此言！同是被逼迫，君尔妾亦然。黄泉下相见，勿违今日言！"执手分道去，各各还家门。生人作死别，恨恨那可论？念与世间辞，千万不复全！

府吏还家去，上堂拜阿母："今日大风寒，寒风摧树木，严霜结庭兰。儿今日冥冥，令母在后单。故作不良计，勿复怨鬼神！命如南山石，四体康且直！”阿母得闻之，零泪应声落：“汝是大家子，仕宦于台阁，慎勿为妇死，贵贱情何薄！东家有贤女，窈窕艳城郭，阿母为汝求，便复在旦夕。”府吏再拜还，长叹空房中，作计乃尔立。转头向户里，渐见愁煎迫。其日牛马嘶，新妇入青庐⑬。奄奄黄昏后，寂寂人定初。“我命绝今日，魂去尸长留！”揽裙脱丝履，举身赴清池。府吏闻此事，心知长别离。徘徊庭树下，自挂东南枝。

两家求合葬，合葬华山傍。东西植松柏，左右种梧桐。枝枝相覆盖，叶叶相交通。中有双飞鸟，自名为鸳鸯，仰头相向鸣，夜夜达五更。行人驻足听，寡妇起彷徨。多谢后世人，戒之慎勿忘！

注释

①守节：指焦仲卿谨守臣节，忠于职守。
②伏惟：匍匐而思，表示谦恭的发语词。
③报：赴。
④初阳岁：冬末春初的日子。
⑤后人：后妻。
⑥初七：七夕。下九：每月十九日。这两个日子均为古代妇女玩耍的节日。
⑦录：挂记。
⑧逆：预料。
⑨结大义：结亲。
⑩否（pǐ）泰：卦名二，“否”指坏运，“泰”指好运。
⑪交、广：交州、广州。市：买。鲑（xié）珍：泛指山珍海味。
⑫摧藏：凄怆。
⑬青庐：行婚礼搭的喜棚。

鉴赏

中国古代叙事诗从总体上看，是不发达的，然而汉唐之际，却颇有杰作。在“缘事而发”的汉乐府中，《孔雀东南飞》便是一篇堪称伟大的叙事诗。此诗首见于《玉台新咏》，题为《古诗为焦仲卿妻作》；《乐府诗集》题为《焦仲卿妻》，称“古辞”。今人通常取此诗首句为题。据诗前原序，当为汉末人作；但诗中羼入了汉以后风俗之描写，一般认为是后人的增饰。不过，从全诗的意匠经营和艺术水平看，应该主要成于一人之手。这个伟大的无名氏，以其冷峻的生活观察力、深厚的同情心和力透纸背的描写，为读者展现了一个感天动地的寻常夫妻生离死别的故事，千古以下诵之，尚有不绝之余恨。

《孔雀东南飞》以写实见长，它以近两千字的篇幅，演示了一出生活的悲剧，其间出现过十来个人物，其主要角色皆不失为有眉有眼有血有肉的个性。而长期以来，论者强划类型，妄生褒贬，有负原作深心。这一层今日读者尤当注意。全诗情节的发展可以分为七段，如仿传奇戏文给各段加上标题，依次是：请归、被遣、盟誓、婚变、生诀、殉情、合葬。而每段之中，又有波澜曲折的层次。逐一分析如下。

请归。汉乐府中母题为夫妇离别之苦者，多以飞鸟失伴起兴（参《艳歌何尝行》），“孔雀东南飞，五里一徘徊”的开篇便袭用了这一民歌传统的手法。在这个简短的兴语之后，全诗便开门见山直接进入情节，三个主要人物：兰芝、仲卿和焦母全都出场，婆媳间不可调和的矛盾冲突在人物对话中展开（许多题前之情事，如兰芝与焦母的积怨到矛盾激化，和仲卿的还归，俱由对话见之）。这样简劲的开端，如快刀斩乱麻，非大手笔办不到。这一段里，实际上应是发生在婆媳间的唇枪舌剑，并没有面对面进行。三个人被巧妙地安排在一种戏剧性的关系之中。即兰芝对婆婆的控诉（“大人故嫌迟”“君家妇难为”），婆婆对兰芝的指责（“此妇无礼节，举动自专由”）以及下段兰芝的反驳（“奉事循公姥，进止敢自专”），都是以仲卿为中介，背靠背发生的。身兼孝子贤婿双重身份的仲卿处境狼狈，力图调停，难以两全。这里正见出一种世相。其实问题很清楚，“鸡鸣入机织，夜夜不得息。三日断五匹，大人故嫌迟”，媳妇本无可指责；只是老太太挑剔太甚，过手便酸，征色发声，已非一日。兰芝请归，亦出于不得已，仲卿的调停，必归于无效了。这一段由三个人的两场对话组成，一开始就表现出作者的“绝活”：善于描写人物语言，从中可以看到人物个性。兰芝对丈夫的一席倾诉，是出语直率的，表现出她性格刚烈的一面。从“年龄序数法”叙写的“十三能织素”等句，是老实不客气地表明自己所受的教养，以及更老实不客气地道出“非为织作迟，君家妇难为”的看法。凡是不能对婆婆发泄的话，对着丈夫都一股脑儿说出来，可见小两口是一向无猜，而兰芝的确委屈已久。仲卿堂上启母的一番话，则表现出他性格驯顺中有倔强。“儿已薄禄相，幸复得此妇”六句，恳切的话语中足见小夫妻平日的情笃和仲卿为人的志诚。“女行无偏斜，何意致不厚”，则几乎是以反问与母亲顶撞了。焦母的话则见其专横，她对媳妇的指责是主观武断的，“无礼节”“自专由”的大帽子，是“何患无辞”的加罪。她对儿子软硬兼施，一面发作道“吾意久怀忿，汝岂得自由”“便可速遣之，遣去慎莫留”；另一面收买说“东家有贤女……阿母为汝求”，可就是不容其分辩。当仲卿以守为攻，再度顶撞道："今若遣此妇，终老不复取"时，老太太就勃然大怒，以家长的专制作了独裁（"吾已失恩义，会不相从许！"）。至此，三个人的性格都得到了初步的展露。

被遣。调停失败后，万般无奈的仲卿最初想走一条委曲求全的路，即请兰芝还家暂避锋芒，再相机徐图迎归。这一想法是非常符合于公于私均循规蹈矩（"守节情不移"）的忠厚府吏性格逻辑的。不过兰芝的头脑却要冷静得多，她不是不信任仲卿，而是熟稔世故，因而看到的是现实的种种的冷酷，对将来不抱幻想。这大约是两个人潜在的区别。"勿复重纷纭""仍更被驱遣，何言复来还"，这些话说得何等绝望。面对"哽咽不能语"的丈夫，她再一次对婆婆的发难作了自我辩护，语气已经没有前番那样的激烈，而流露出无限的委屈和悲哀。在她吩咐处置旧物和叮咛"久久莫相忘"的一番话中，读者又看到了一个分明非常温柔、善良、能体贴而重感情的"焦仲卿妻"。这以下有一段令人瞩目的外貌描写，即"鸡鸣外欲曙，新妇起严妆"等十二句。在此作者补足了对女主人公美丽相貌的交代，把它放在被遣的早晨来写，尤觉楚楚动人。兰芝在此时此刻作此严妆，似乎下意识地掩饰着内心的空虚与慌乱，而这一动作正足以看出她秉性的要强。尽管她着意掩饰，却"每事四五遍，或是心烦意乱，一遍两遍不能妥帖"（余冠英《乐府诗选》）；同时也未尝没有"数数迟延，以捱晷刻"（李因笃）的潜在用心。凡此描写，皆臻墨妙。兰芝上堂辞别焦母的一番话，几乎与篇首的对白自相矛盾，那里明明说是教养有素，这里偏说成"本自无教训"；那里明明说是焦家妇难为，这里偏说成"兼愧贵家子"；那里明明说是劳绩很多，这里偏偏说是"不堪母驱使"。与其说是反唇相讥，倒毋宁说是因人说话。由此我们又看到一个善于变通、曲尽人情的兰芝，这一点往后还将继续看到。"无礼节"的罪名，至此不攻自破！在焦母面前没落的泪，到小姑面前则如断线珍珠般洒了下来。对小姑的一番话，足见兰芝会体贴他人。她的确没有罪过，无怪乎委屈的眼泪控制不住，终至要"渐车帷裳"了。

盟誓。这一段文字不长，在全诗中却是至关紧要的部分。这里不仅对两个主人公的性格有进一步的刻画，而且于后文有多处伏笔。大路口的车中，仲卿把在闺房内已说过的一番话（"不久当归还，还必相迎取。以此下心意，慎勿违吾语"）又"重纷纭"了一遍："誓不相隔卿""誓天不相负"，言之再再，一何认真（"认真"二字正是仲卿性格中最重要的东西）。这终于感动了兰芝，使她道出了"不久望君来"的期望和"君当作磐石，妾当作蒲苇，蒲苇纫如丝，磐石无转移"的透骨情语。同时，"蒲苇""磐石"之喻又为后文仲卿见面一场预留口实，有一石二鸟之妙。其实兰芝性格最固有的东西还是理智，这使她在作此盟誓时，仍不能不说两口话。而这另一口话"我有亲父兄，性行暴如雷，恐不任我意，逆以煎我怀"，正为仲卿此时所忽略，而在故事的下文却得到了印证。"举手长劳劳，二情同依依"的难分难舍的情景，又是何等意味深长啊！

婚变。这一幕发生在刘家。写兰芝还家后，来自县令、太守家的两次提亲；涉及两个次要人物和更多的更次要的人物，是全诗最长的段落。阿母、阿兄这两个次要人物依次在两番议婚中出场，各自都给读者留下了深刻的印象。县令家遣媒来时，刘母虽有欲许之意，却没强加于兰芝，而是迁就顺随女儿，婉言谢绝了婚事。直到太守家来人时，她还说"女子先有誓，老姥岂敢言？"正见慈母心肠。而刘兄的态度则判然有别。"怅然心中烦"一句，已见"性行暴如雷"之言不虚。"作计何不量！先嫁得府吏，后嫁得郎君，否泰如天地，足以荣汝身"等口吻，活画出一副势利小人的嘴脸。在对这两次婚事的一推一就之中，读者再一次看到了世情的浇薄，兰芝处境的困难、她预言的准确及其挣扎与变通。古今道德家读此诗一致认为，至此兰芝死志已决，故作坦然之语。然而作品本身只告诉我们，这时兰芝心情很矛盾、很痛苦。一方面与仲卿有割不尽的情根爱胎；另一方面又对亲母亲兄有很深的负罪感。"兰芝惭阿母""谢家事夫婿，中道还兄门"等语含有极真极深的自责，虽然实无罪过，毕竟事实上成了娘家的包袱。"自可断来信，徐徐更谓之"已经尽量婉曲，不敢一口咬定；"理实如兄言""处分适兄意"，更是屈心而抑志；"虽与府吏要，渠会永无缘"，则是绝望的认命。她生性要强，但也有脆弱一面，一面以泪洗面，一面下意识地服从："朝成绣夹裙，晚成单罗衫。"死，还是活？确乎是个问题。诗人就这样写出了一个活的人，一个女性，一个多重组合的性格。兰芝形象的成功和可爱，不在于她是个贞洁的女人，而在于她是个活生生的女人。这一大段中有些过场人物，也给人以生动印象，如只"下官奉使命，言谈大有缘"两句，郡丞邀功谄笑之态如见，人物语言运用之妙也。此外还有一段夸张的迎婚准备的铺排描写，这不仅是长篇叙事诗应有的闲中生色的文字，其目的是悬置紧张的戏剧性情节，作为再次提高读者情绪之前必要的松弛手段；而且也给人物、事件以"舞台"背景，增加了作品的时空感觉。

生诀。这场夫妻短暂的重逢和永远的离别被写得很有戏剧性。从"府吏闻此变，因求假暂归。未至二三里，摧藏马悲哀。新妇识马声，蹑履相逢迎"数句，足见二人的心心相印。但一见面却发生了喜剧性的误会与冲突。当兰芝低回心伤中重提不幸而言中的旧话时，仲卿却不耐烦地以蒲苇磐石之誓作反唇相讥。这个向来表现温和的人此刻说出话来像刀一样尖刻，"贺卿得高迁！磐石方且厚，可以卒千年；蒲苇一时纫，便作旦夕间"，因为冲动，不免言重了，但也更清楚地表现出他的志诚与戆直。面对这一往情深的指责，兰芝该哭耶？笑耶？喜耶？这是伟大无名氏的绝妙好辞。没有这样一段文章就让兰芝去死，必然大大削减此诗的现实深度。事实上，如果没有仲卿的心心相印的一激，或者在此关键时刻仲卿表示漠然，我们实在难以断定兰芝将选择死，还是活——《上山采蘼芜》式的悲剧，在现实生活中还少吗？那诗中的女子与故夫，不是旧情甚笃吗？被迫分手，双方不是活下来了吗？这段“生诀”，与前番“盟誓”，有异同，有呼应，使全诗在结构上显得丰满而匀称。“同是被逼迫，君尔妾亦然。”现在我们又看见了那个任情刚强的兰芝，又看见了同样任情而倔强的仲卿。“黄泉下相见，勿违今日言！”不见不散，二人死志，至此方定。“执手分道去，各各还家门”，壮颜毅色出现在他们脸上，与“举手长劳劳，二情同依依”的缠绵形成意味深长的对照。

殉情。殉情前有仲卿上堂拜母的一场，是又一段绝妙文章，它最终完成了仲卿性格的描写。这个外圆内方、骨子里非常倔强的人，他的语言多使气（如堂上启母的顶撞、重见兰芝的反讽），这和兰芝的语言多变通（即因人而异）形成有趣对照。他在寻死之前先告母亲，表面看似乎不改他循规蹈矩的作风，其实“祝告”的话中，半含埋怨，半含报复，自己“故作不良计”，却祝母亲“命如南山石”，这不比诅咒还厉害吗？也有人从这里看到仲卿“软弱”，只好由他去吧。仲卿形象之可爱，尤在于那是“痴心女子负心汉”成为俗谚的旧时代，那是个“百行孝当先”的旧时代，他扮演了违抗亲命与笃于情爱的双重角色。面对这个“异化”了的儿子，焦母居然也“零泪应声落”。虽则落泪，但她至此仍然没有知非的、悔恨的意思，还想软化儿子，把东家贤女的旧话重提，这老太太的固执也真是到家了。诗人就这样不吝笔墨通过人物语言完成了这两个典型性格的刻画。至于正面写殉情的文字，倒是非常简洁的。

合葬。文化心理结构使得我们这个民族喜欢团圆的结局，这在民间传说中有非常多的例证，如《搜神记》韩凭夫妇的故事，《太平广记》引《述异记》的“相思木”“陆东美”等故事，均有夫妻死别化鸟双飞、化木连理的理想结局。梁祝化蝶也属于此类。本篇结尾也用这样美丽的传说。但这并不改变全诗的悲剧性质，同时又与篇首以鸟起兴相呼应关合。“多谢后世人，戒之慎勿忘”便是诗人向后世读者发出的多情而悲悯的忠告。

封建家长制是封建专制制度的基础。《礼记·内则》云：“子甚宜其妻，父母不悦，出”，而男婚女嫁亦一依父母之命，媒妁之言。《孔雀东南飞》就形象地揭露和鞭挞了这一制度的罪恶（诗中的焦母、刘兄便是其化身），同时也表现了男女青年对它的不满和抗争。诗中虽然写的是一个家庭悲剧，却反映了一个社会问题，其深层意蕴远远超出剧情内容：这里家庭生活的不民主，正是整个社会专制独裁的缩影。诗人对后人的告诫，也远远超出他本来的用意，以至在高张科学、民主精神的五四运动中还引起过当时青年巨大的共鸣,《孔雀东南飞》一度被改编上演,为反封建的运动吹出了一支号角。影响之大,在古代诗歌中实属罕见。

《孔雀东南飞》在艺术上也有后代难以企及的成就。从作品的结构看,它篇幅宏伟,情节曲折,有主干,有插曲,波澜起伏;而又非常紧凑,工于剪裁,毫无拖沓之感。由于兼有这两个难并的优长,使这首长诗极易为人传诵。从它创作到被记录约三百年间不曾失传,就与其体制的优越分不开。诗中主要人物形象的塑造,则表现出深刻的生活洞察力和高超的写实再现能力,其中男女主人公都可以称为典型环境中的典型性格,如前文所分析,他们的性格是复杂的、多层次的组合,是活生生的个性而不是概念化的产物。在汉乐府中,能达到如此高度的实在不多。鲁迅曾经称赞《红楼梦》中的人物语言,是可以由其声而知为何人。而《孔雀东南飞》的人物语言,已经接近这一水准,“诗中淋淋漓漓,反反复复,杂述十数人口中语,而各肖其声音面目,岂非化工之笔”(沈德潜)。这种个性化语言描写,在古代叙事诗中不仅空前,而且绝后。唐代大诗人笔下杰作如“三吏三别”、《长恨歌》、《秦妇吟》在这个方面却没有进展。当然,《孔雀东南飞》是属于那种元气淋漓的巨制,而并非精雕细刻之作,人们不难指出它的某些地方还不够精巧,如“寻遣丞请还”几句的苟简,“举动自专由”与“汝岂得自由”的韵脚重复,等等,但这毕竟是小疵,无伤大雅。

由于在思想和艺术两方面的划时代成就,《孔雀东南飞》遂成为古代叙事诗中丰碑式的杰作,而垂辉千春。

(周啸天)

枯鱼过河泣

汉乐府

枯鱼过河泣,何时悔复及?
作书与鲂鱮,相教慎出入。

鉴赏

汉代乐府民歌虽以现实主义的精确描绘著称,但也有一些作品运用了浪漫主义的表现手法，具有不同程度的浪漫主义色彩。《枯鱼过河泣》这首寓言诗，即采用丰富奇特的幻想，借枯鱼过河泣而作书，相告其类以慎出入，曲折地表达了受迫害、被欺侮者的悲惨命运。

汉代残酷的剥削，频繁的战争，沉重的徭役，迫使人民背井离乡。因此，流亡者怨愤地呼道："秋风萧萧愁杀人，出亦愁，入亦愁。"(《古歌》)他们寄托愁思的方式之一，便是"愿欲寄尺书"(《孤儿行》)。因而《饮马长城窟行》中便"呼儿烹鲤鱼，中有尺素书"。《枯鱼过河泣》所反映的，正是汉代社会这一悲惨的社会现实。但是，它虽然同样地"感于哀乐"，却没有像大多数汉乐府民歌那样"缘事而发"，直接叙述一个悲欢离合的故事，而是采用寓言的形式，将受迫害者比作那被人宰割、抛露于野的"枯鱼"。以"枯鱼"过河而"泣"，既映现出它那悲惨的遭遇，又抒写出它悲切的感情。尤其是一个"泣"字，极生动传神，使人犹如听到它如泣如诉的哀怨。它既自叹追悔莫及，而其悔何在？不就是"过河"，即脱离了特定的生活环境嘛！此中不也正反映出那些离乡背井的下层人民有家不能归或无家可归的悲愤心声嘛！

"枯鱼"而"泣"，已属奇思妙想，诗人又想象枯鱼作书相告同类，更使人叹为观止。枯鱼陷于险恶的境况中，被恶势力吞噬，虽后悔无及，却又以自身的悲惨遭遇向同类发出忠告：鲂鱮啊，谨慎出入，万不可步我后尘，临祸遭患。这"作书"与那"愿欲寄尺书"，采用的是同一种方式；这"慎出入"和那"出亦愁，入亦愁"，抒写的是同一种悲愤的感情。

由此可见，这首诗虽然采用的是寓言的形式，但是"枯鱼"的遭遇自具有极大的典型性，"枯鱼"的感情更具有强烈的现实性。而诗人驰骋着丰富奇特的想象，运用浪漫主义的表现手法，婉转叙事，曲折传情，其"造语之精，用意之奇"，真乃"奇则异想天开，巧则神工鬼斧"(陈本礼《汉诗统笺》)！

(李志慧　杨心州)

咄　唶　歌

汉乐府

枣下何攒攒，荣华各有时。
枣欲初赤时，人从四边来。
枣适今日赐，谁当仰视之。

鉴赏

《咄唶歌》是一首小诗,属汉代杂曲。全诗共六句三十个字,但却包含着丰富的思想内容,充分抒发了作者对现实人世间的冷热变幻的深切感受,同时也反映了作者的另一个思想侧面,对人世间人人彼此相见、和睦相处的美好生活环境的追求,具有极强的民歌色彩。

此首小诗以其强大的凝集力,形象地展现了诗人的思想情绪。全诗没有描写重大事件,也没有写众多的人物和场景,而是仅仅截取了枣熟前后人们的不同态度,着意进行艺术刻画。“枣下何攒攒,荣华各有时。”诗人开始就交代了枣的长势情况,密集的果实映入人们的眼帘。但是,读者并没有从密集的果实中感到喜悦,而是产生了无限惆怅。这种无限惆怅的心理感受,也正是诗人的创作目的。诗人的笔触饱含着哀叹,“枣下何攒攒”完全是一种责难。诗人为什么如此哀叹、惆怅,这里并没有说,只给诗的发展埋下了伏笔。这开头两句既是全诗的伏笔,又是全诗的序幕,强引读者向着哀叹的渊源探求。

“枣欲初赤时,人从四边来。”诗人此句极力渲染枣刚刚要红的时候,人们的热情场面,人们从四面八方蜂拥而至,表现了人们对刚刚红了的密集果实敬慕不已。诗人这种气氛的渲染,意在加重哀叹的程度。人们果真如此热情吗?诗人又接着写到“枣适今日赐,谁当仰视之”。这两句,诗人笔锋急转,情调一落千丈,枣刚红的时候,人们的热情态度导致的热闹场面顿时无影无踪。枣一旦落尽枣树下再也不见人,再也没有谁来看上一眼了。至此,将当时人世间的冷热态度表现得淋漓尽致。我们说这是现实的折光,也是时代的写照,是一首劳动人民的哀叹歌。

此诗尽管短小,但同样反映作者的艺术功力,字里行间同样显示出层层波澜,有开端(枣下何攒攒),有发展(枣欲初赤时,人从四边来),有结束(谁当仰视之)。句句见忧愁,字字有哀叹。特别是诗中的对比描写,更加重了艺术感染力,枣初赤时的人们蜂拥而至,对比“枣适今日赐”时的冷落无人视之,却给人肝胆欲碎的感受。前者写得气氛越浓烈,后者哀叹的程度也就越强。这种场面的对比描写,可谓此诗的“绝妙之毫”。说作诗讲究“诗眼”,此处也是“诗眼”处。这首小诗构思也是极为精巧微妙的。全诗紧紧围绕着一个“枣”字着力描写,哀叹时在“枣”,表现人们的冷落时还在“枣”,每两句都是枣字开头,“枣”字活跃了全诗的始末,但没有给人厌倦之感。

此诗不仅再现了自然界果实环境的变化,更可贵的是再现了人的内心世界(心理世界)的变化。如果说自然环境的变迁是一种静态的,那么人的内环境(心理世界)的变迁就是一种动态的。这种内自然的变化始终伴随着外自然的变化而变化。正是人的内自然(心理世界)的无穷变化,才显示了语言艺术的强大威力。因此,我们说此诗能给人"望之深,怨之切"(陈祚明《采菽堂古诗选》)的感受,是极为恰当的。

这首小诗无论是从思想内容,还是从艺术技巧,都可称得上"冠绝千古"(胡应麟《诗薮》)之作。

(张巨才)

古 艳 歌

汉乐府

今日乐相乐,相从步云衢。
天公出美酒,河伯出鲤鱼。
青龙前铺席,白虎持榼壶。
南斗工鼓瑟,北斗吹笙竽。
姮娥垂明珰,织女奉瑛琚。
苍霞扬东讴,清风流西歈。
垂露成帷幄,奔星扶轮舆。

鉴赏

艳歌行本是汉乐府相和歌瑟调曲曲名,本篇当是汉艳歌行古辞中的一体,录于《太平御览》,《乐府诗集》未收。

这是一幕神仙世界的盛会。主人邀请贵宾们在广阔的云空里自由自在地遨游。他们受到诸神的热情迎候:天公、河伯献出美酒珍馐,青龙、白虎为之铺席持壶;星宿组成的乐队演奏动人的乐曲,仙女们佩玉鸣銮,踏着轻盈的舞步;明霞如水、清风泠泠,献上悦耳的歌唱;白露垂垂,编织出迎宾的珠帘绣幕;流星驰骤,那是迎宾的车驾疾驰在天庭……多么热烈的场面,何等美妙的想象!正如余冠英先生所说,它是乐府游仙诗里"铺陈得最淋漓尽致"(《乐府诗选》)的篇章。

自战国至西汉,信神仙、求长生本是上层社会普遍的风气。汉代“天人合一”统治思想的影响,方术谶纬之说的鼓吹,人们更是将人事与天象相联系,相比附,以至于将想象中天界的图画作为人间生活理想的寄托。诸多写游仙之类的诗正是在这样一种社会思想基础之上产生,其所歌咏也多为服药、轻举、延寿一类内容。而这首古艳歌好就好在它没有任何迷信与虚妄的成分,完全是建立在现实生活经验之上的美妙想象的产物,把古代神话、自然物象和现实生活理想巧妙结合,表达人们对美的生活和生活之美的向往和追求。

诗的第一句“今日乐相乐”,或作“乐上乐”,欢乐无极的意思,它虽是乐府诗里的套语,但在这首诗里,正是这一句作为全诗的总领,直接抒发了歌者的情感,引出下文的叙写,将无尽欢乐之情贯穿全篇的始终。“天公”,即至高无上的天帝,“河伯”即黄河的河神,它们都是古代传说中的神灵,然而在诗里已被人格化而充满人情味,似乎变成人世间盛情好客的主人,各出其珍藏而享客。“青龙”“白虎”“南北二斗”,本是东、西、南、北四方星宿名,在古代传说中也被分别赋予人格神的地位,因而诗里写他们为天帝执役效力,宴乐宾客。宴席上驱青龙而役白虎,气势不凡;而熠耀的星星吹弹出的也定然是一种稍纵即逝、缥缈的仙音!这就不但在直觉上给人以神异奇妙的感受,更在情绪上予人亲切愉悦的享受。“姮娥”即嫦娥,她作为月中女神和那位为了爱情理想被阻绝于天河之畔的织女,都是作为女性美与追求自由美好生活的代表者出现在古代神话传说中的。看,她们佩戴着皎洁如月的明珠(珰),璀璨的玉饰(瑛琚),款款而来,形象多么姣美,更为宴会增添无限光彩!如果说以上的描写,都还有某种神话传说的依据,把关于天界的想象与人间生活现实融而为一的话,“苍霞扬东讴”以下几句,便是借助艺术的灵感而诞生的美妙的创造!“东讴”即东方的歌唱,“西歈”即西方之歌。一抹明霞,飘动在东方天边上,微风轻拂,向西方流去。诗人竟从中领略出一曲梦幻般的歌唱,真是用生命、灵魂感受到的天籁,其中包含着视觉、触觉与听觉的交织和通感。而把树梢草丛间如珠的白露幻化成华美的帷帐,由划过天际的星光构想出奔驰的天车,也是突破了对事物一般经验的感受,借助于某种联觉而创造出的崭新的意象。在这里,诗人的想象力发挥到了极致,宴会的气氛也被推向极致!想象的帷幕在这高潮中骤然降落,那热烈动人的场景,繁富多彩的意象遂永远留在读者的记忆之中。

天国的神话,本是人间生活的折光。这首艳歌所咏唱的场景,不妨说乃是现实世界一场豪华的宴会,一场奇特的化妆晚会,充满浓郁的生活气息,体现了一种使现实生活艺术化的美的追求。余冠英先生认为,这首诗大约是用于宴会场合,借以娱宾祝寿。在任何一个愉快热烈的盛宴中,演出这样美妙动人的歌唱,无疑都会起到很好的怡情遣兴、娱乐人心的作用,这也是文艺作品不可忽视的一种重要的美感作用。

(胡大浚)

古　歌

汉乐府

秋风萧萧愁杀人,出亦愁,入亦愁。
座中何人,谁不怀忧?令我白头。
胡地多飙风,树木何修修。
离家日趋远,衣带日趋缓。
心思不能言,肠中车轮转。

鉴赏

这首《古歌》,《乐府诗集》未收,张玉穀《古诗赏析》收入《汉杂歌曲辞》,丁福保《全汉诗》收入《杂歌谣辞》。这是一首征人流落异地、思念故乡的悲歌,通篇围绕一个"愁"字来写。

诗一开头就直写征人愁思之深广。首句以萧瑟秋风触动人的愁思之情,从"空间"上表现情绪的广阔无垠,以一"杀"字表示愁情的程度之深。在古典诗词中,写望秋风而生悲的并不罕见,如《楚辞·九歌·湘夫人》、曹丕《燕歌行》等,都有悲秋之佳句。其所以如此,就像陆机在《文赋》中所说"悲落叶于劲秋"的缘故。这是人的常情。这一起句就为本诗的写愁奠定了基调。究竟愁到了什么程度呢?"出亦愁,入亦愁"二句就用形象的语言来表达了。"出""入"这一对生活中不可少的动词的运用,生动形象地描绘出征人那烦乱愁闷、坐立不安的神态,栩栩如生,跃然纸上。而其愁思之极是不言而喻的。然而这种愁思又何止诗人一个,"座中何人,谁不怀忧?"漂流胡地的征人,有谁不这样的呢?大家知道,汉代兵役、徭役繁重,多少百姓被征远离家乡,终身漂流异地。他们怀念乡土,但关山阻隔,归家无望,怎不忧愁抑郁?这两句正是这种社会现实的反映,它是具有广泛性和社会性的。在这样深重的忧愁煎熬下,"令我白头",使我头发变白了。

正是"有情知望乡,谁能鬓不变?"李白的"白发三千丈,缘愁似个长",也就是这个意思。因此用白发来形容愁之长之深,既形象又易于为人所理解。

如果说前六句是通过苍莽的景象,不安的神情,白发的出现来明写忧愁,那么后六句则是通过眼前所见,身上所受,心中所感来暗写忧愁了。"胡地"两句,写的是北方的秋景。那萧疏的秋色,肃杀的秋气,更增添了诗中愁的色调和气氛。狂风枯木无疑令人倍增悲愁。"飙风",写的是胡地自然界的狂风,也可说是象征着徭役的狂风。"修修",本指鸟尾干枯不润泽的样子,这里借以形容树木被风吹得干枯萧疏的状态。如果联系起下面两句,这又怎么不是象征着征人的干瘦?往下诗人从景写到了人,"离家日趋远"揭示出愁的原因,点明了愁为乡愁。离家的路程天天遥远,乡愁也就随着离家日远,归家越难而越甚。极度悲愁的煎熬损害了身体,人渐渐消瘦,致使"衣带日趋缓",束身的衣带天天宽缓。句中诗人没有直接写出人的消瘦,而是用衣带松弛来形容,这就显得极其具体生动。腰身瘦了,心中的感受如何?那就是"心思不能言,肠中车轮转"。心中的愁思,无从表达,不能言传,只有像车轮似的在腹中回环辗转地折磨着人,使人难以忍受。这两句与《悲歌》的结句完全相同,说明了乡愁的无法忍受,又无法排遣,只有身心承受折磨。在这里,诗人把无形的愁思通过有形的具体的车轮来表现,其比喻是多么的形象、生动,使那抽象的愁思能活灵活现地展示在读者的眼前,而令人益觉悲愁的深沉。

全诗十二句,从头到尾无不贯穿着一个"愁"字。这无形的、抽象的、不可捉摸的愁情思绪,诗人能用具体的语言、形象的比喻,通过自然的景物、人的神态和身心的感受来表达,因而写得极为形象生动,给人以愁可捉摸之感。诗的语言简朴,句法参差,节奏急缓得当,景象奔放苍莽。在汉乐府中,像这样苍苍莽莽、急风骤雨似的调子并不多,而这首诗,正是以这既整齐协调又灵活变化的语句和节奏为它的美妙之处。具有社会性的内容和灵活的形式,使这首诗成为一首抒写乡愁的名作。

(郑孟彤　郑曼元)

顺帝末京都童谣

无名氏

直如弦,死道边;曲如钩,反封侯。

鉴赏

这首政治针对性很强的谣谚，出现在东汉顺帝（126—144 年在位）之后，流传在京都洛阳一带。

东汉中期之后，朝政日非，政权始终操在外戚或宦官手中，连皇帝的废立，也由他们把持。顺帝刘保，就是在宦官们的一场火拼之后，由近侍们拥立的，上台时才十一岁。在他以前，殇帝刘隆是个百日婴儿，安帝刘祜登台时只有十三岁。顺帝之后，冲帝刘炳，质帝刘缵，桓帝刘志，都是外戚梁冀一手扶上台的。刘炳两岁上台，三岁死去；刘缵八岁登位，九岁被杀（凶手就是梁冀）；刘志上台时，也只有十五岁。在梁冀一伙一手遮天的情况下，是没有什么是非曲直可言的。当年，冲帝一死，太尉李固就代表朝中正直官僚，提议立年长有德、能够执掌大权的刘蒜为帝，被梁冀否定了。质帝遇害后，李固与朝中大员胡广等人，又一次共同建议拥立刘蒜，这自然忤了梁冀的意。梁便大发淫威，胡广等人便望风转舵了。李固却是坚持自己的主张，正道直行，他却不明白此时梁冀主意已定，是不会改变的。于是在桓帝刘志登位之后，他便被投入了大狱。后来在舆论的压力下，梁冀一度将李固释放出狱，京都百姓都围着李固欢呼。这使梁冀极度惊恐，便下毒手害死了李固，而且陈尸于通衢大道，不准别人收尸。与此同时，曲意奉承的胡广、赵戒、袁汤等大臣，却一个个升官晋爵了。时政黑暗到这种地步，人们自然要做出愤怒的谴责，于是，京都便传开了这首童谣。

歌谣以最明快的语言直刺时政，就像轻匕首一样刺向黑暗势力；而它的长期流传则表明它所抨击的丑恶现象，远远没有终结，因而具有长久的战斗意义。

（陈鸿彝）

桓帝初小麦童谣

无名氏

小麦青青大麦枯，谁当获者妇与姑，丈人何在西击胡。吏买马，君具车。请为诸君鼓咙胡。

鉴赏

这首童谣,是一首直接反映时政、干预时政的政治诗。它与汉乐府诗歌的精神气质是一脉相通的。

史载,东汉桓帝时,居住在甘陇一带的羌人不堪压迫,一时俱反,声势浩大,发展迅猛,很快攻入汉中、蜀中与关中,前锋直达黄河以北、晋冀一带。这就严重地威胁到汉王朝的统治,中原经济也受到极大破坏。汉政府派兵镇压,却是节节败退,丧师失地。中原民伕都征发到前线去了,却无法赶走深入内地的羌军。这首童谣,就产生在这一严峻的形势之下。

小诗很短,一共只有六句,但笔墨挥洒,包容量很大。"小麦青青大麦枯",七个字便勾出了中原大地麦收季节那青黄交织的画幅,它告诉人们:这是一个收获的季节,是一个最需要大量劳动力的季节。然而,"谁当获者妇与姑",正在挥汗收割的,是妇与姑,即媳妇与婆婆们,那么,青壮年男劳力哪里去了?"丈人何在西击胡",句内自问自答,告诉人们:男劳力都抽到前线去了。那么,战事的发展又如何呢?作者没有正面去展现战场的惨烈,官军的败北,而是仍然从大后方着墨:"吏买马,君具车",连汉政府的基层官员们也得买马具车去参战了,可以想见形势严峻到了何等地步。后方百姓早已掏空了,无以支持这场战争了。对此,人们怎能不对形势有所揣测、怎能不对政府的无能有所愤懑!但是,老百姓敢怒而不敢言,他们只能向一切关注这场战事者"鼓咙胡"附耳低言,传达一下私下的议论了。当老百姓有话不敢说的时候,统治集团的宝座也就不稳了。没过多长时间,全国规模的黄巾大起义平地掀起,终于埋葬了汉家王朝。

这首童谣,用词非常浅显,而结句却很凝练。"小麦青青大麦枯",只有七个字,却是两个主谓齐备的小句子组成的,有色彩,有场面,又交代了时令,内涵是很丰实的。"谁当获者妇与姑""丈人何在西击胡"两句,又都是一句之内的自问自答,把平常的诗句场景化、情节化了,两个提问,紧紧抓住了读者的注意力;同时就给出答案,又让读者无须思索便明白事实,完全符合童谣浅显明畅的特质。末尾一句"请为诸君鼓咙胡"一语,更符合儿童们转述重要发现时的情态,像声状貌而又传情,是不可多得的好句。

(陈鸿彝)

桓灵时童谣

无名氏

举秀才，不知书。举孝廉，父别居。
寒素清白浊如泥，高第良将怯如黾。

鉴赏

这简直是一组绝妙的讽刺漫画：被国家推选为秀才的优秀知识分子，却不知道字是怎么写的；被政府遴选为孝廉的那些孝子们，却把父亲打发到别处去住了；受到国家褒奖的“寒素清白”之人，原来却是一批污秽如泥的丑类；住在高门深宅中的将军们，胆量却比小小青蛙还不如……这说的是什么时代的情况呢？是东汉末期桓灵时代的实况！

原来，汉代政府官员的更新替补，是通过各级政府的察举和皇帝的征召策问等途径进行的。地方郡国，每年要从自己的属下中察举一位秀才和廉吏，推荐给中央，以待任用。皇帝还随时征召一些社会名流来政府当官，或亲自考查应征者的学识才干与政见，予以录用。这个制度从西汉文帝、武帝时起开始实行，起初倒还得到一些有真才实学的人，随着时日的推移，弊端越来越大。东汉便是贵族豪门把持政权，什么秀才、孝廉之类早已名不符实。到桓灵时期，则“更相滥举”，甚至公开卖官鬻爵，而且由皇帝自己出面去卖，于是官僚队伍的冗滥就更不在话下了。桓灵时流传的这则童谣，便辛辣地讽刺了这一颠倒错乱的现实。

中国人是不乏幽默感的，即使面对高压政治，也能找到匕首或投枪，给以迅猛的一击。这首童谣，就是一道黑色的幽默。时政荒唐到如此地步，那些高高在上者腐败到了如此地步，人们的愤怒是可想而知的。但人们却把这种愤怒化成一种轻蔑的嘲讽，显示出老百姓的智慧和对于自己的信心。所谓嬉笑怒骂皆成文章，要能嬉笑得起来，还必须自己先有力量在手。

（陈鸿彝）

附　录

主要作者小传

金性尧

屈原(约前339—约前278)

名平,字原。《离骚》中自称名正则,字灵均。战国时期楚国诗人。其出生地一般认为在今湖北秭归。早年在楚怀王时曾任左徒、三闾大夫,主张联齐抗秦。怀王昏庸,屈原正直,亲秦派的靳尚等便向怀王进谗,屈原由此而被放逐到汉北。顷襄王(怀王长子)时又因佞臣的诬陷而放逐到江南地区。诗人身受冤屈,心怀邦国,流离沅湘,约有九年,最后,便投身在汨罗江中。逝者如斯,不舍昼夜的故国江流映含着他的双清心迹,正如陆龟蒙咏《离骚》所说“岂知千丽句,不敌一谗言”。

他的作品有《离骚》《天问》《九歌》《九章》(《九章》中有些作品后人也有异议),以《离骚》为代表作。《离骚》是一首自传性的长篇抒情诗,从最末两句看,诗人早就有以身殉志的决心。

屈原是楚国的贵族,他对处于君昏臣佞中的我土我民,有特殊的留恋哀怨之情。在《离骚》中,他所念兹在兹的是“恐皇舆之败绩”;在《哀郢》中,他以鸟之飞返故乡、狐之死必首丘比喻人对故国的死生与共;在《天问》中,他对传统与世俗的论说提出了一系列的疑问。而且,他的作品给人一个突出的印象,便是对人格的强烈追求,也即对内心美的重视,因而必然不能与颠倒黑白的邪恶势力同流合污。他所爱憎的,都不是自欺欺人的门面话,最终以生命作为惨痛的实践。他是一个忠实的抗恶诗人,人格与作品都能唤起人的审美情操,并能做到语言性格化。

在艺术形式上,也有他的创造性,不像《诗经》那样以四言为主,而是较四言有所增加(但《天问》是用四言),句法参差灵活,隔句多用“兮”字,又常用楚国方言与神话,形成当时一种新兴文体。楚辞因此而著称,骚体由他而得名,楚文化借屈原而发扬光大。

人们悼念他,同情他,因为这样一位杰出的诗人,结果却是投江而死的。

宋　玉

宋玉的生平不易确切考知。《韩诗外传》《史记》等虽有记载,但尚有疑问。当是稍后于屈原的楚国诗人,其原籍一说楚鄢城(今湖北宜城)。出身贫士,离家赴京,谋求职位,得为小臣。后又失职,潦倒至于暮年。据刘向《新序·杂事》所记,他在楚王前曾以《阳春白雪》自喻,因而曲高和寡,不为世俗欣赏。不论此事是否真实,说明高级的艺术作品与低级的欣赏趣味之间的矛盾,自古已然。

宋玉的作品,最可信的为《九辩》,借秋天的萧瑟凄清为自己的遭遇而感伤。其次为《招魂》,后人尚有争议。此外便是《风赋》《高唐赋》等。

屈宋虽曾并称,但宋玉的成就自远不能和屈原相比。他的辞赋,正如鲁迅在《汉文学史纲要》中所说,已失屈原"九死未悔"之概。但他是屈原诗歌的直接继承者,在此基础上又有所发展,如《招魂》句末之用"些"字,增加了地方色彩,形成了他自己的特色。无论是《九辩》或其他辞赋,对后世都产生过一定的影响。

淮南小山

西汉辞赋作者。姓名、生平不详,为淮南王刘安门客。

刘安曾招致宾客、方士数千人,后被人告发谋反而自杀。高诱《淮南子序》以大山、小山之徒为人名,王逸《楚辞章句》以小山、大山为篇章名称。今存辞赋《招隐士》一篇。从结末四句看,当为淮南小山有感于失群忧难、思念刘安而作。

后来的左思、陆机都写过《招隐》诗,题名出自小山而旨趣不同,前者险怪凄厉而后者逍遥恣适。

刘　邦(前256—前195)

即汉高祖。字季,沛(今属江苏)人。曾任泗水亭长,后起兵抗秦,攻占秦都咸阳,又击败项籍,乃即位为帝。还乡时置酒沛宫,击筑(一种琴形的乐器)为《大风歌》,《沧浪诗话》称为三句之歌。黄彻《䂬溪诗话》卷一,以刘邦在作歌前所下诏书与此歌相比,说:"窃谓播告之词,乃秉笔代言,非若耳热之歌,乃中心所欲也。"说得很中肯,也有幽默味。另外还有一首《鸿鹄歌》(一作《楚歌》),那是为戚夫人欲立赵王如意未成而作,就显得消沉些,所以唐于季子《咏汉高祖》末两句说:"功归萧相国,气尽戚夫人。"

宋张方平《题歌风台》云:"落魄刘郎作帝归,樽前感慨《大风》诗。淮阴反接英彭族,更欲多求猛士为?"韩信、英布、彭越被杀之次年,即刘邦还乡作《大风歌》那一年。末两句意为:既然连这些功臣都杀了,那还再求什么猛士呢?

到了元代,睢景臣《高祖还乡》的散曲,把刘邦挖苦得更厉害了。

项　籍(前232—前202)

字羽,下相(今江苏宿迁西南)人。秦二世时曾从叔父项梁起兵抗秦。秦亡,自立为西楚霸王,在楚汉战争中被击败,最后在乌江(今安徽和县东北)自刎。他生平不喜欢读书,临死时却留下一首十分悲壮的《垓下歌》。

司马迁对项籍的一生活动,却是饱含激情、倾其全力来描写的:既是性格分明的失败英雄,又是笔挟风雷的艺术形象,尤其是写项籍失败后那一段时期,如垓下之围、诀别虞姬、羞见父老、死不渡江这些情节。

李清照曾有一首绝句云:“生当作人杰,死亦为鬼雄。至今思项羽,不肯过江东。”诗作于宋室南渡之后,当亦有感而作。

韦　孟

生卒年不详。彭城(今江苏徐州)人。生于秦,汉时曾为楚元王刘交傅,后又为刘交孙刘戊傅。戊荒淫,孟作诗讽谏,不久迁居于邹。今存诗二首,皆四言,一作于楚,一作于邹。四言体固然在《诗经》时已有,但韦孟四言诗叙事布词和段落的格局却与《诗经》有别,《文心雕龙·明诗》及《沧浪诗话·诗体》皆称四言起于韦孟,大概就是这个意思。韦诗繁而能整,但深婉不足。潘德舆《养一斋诗话》卷七以为“汉魏以来,四言自以韦孟《讽谏》为第一”。

刘　彻(前156—前87)

即汉武帝,在位五十四年。文治武功,开疆拓土,尊儒家,建太学,在他的倡导下,辞赋也有了发展;却又迷信神仙,大兴宫苑,但尚能晚而改过。他是西汉最有文才的一个皇帝。胡应麟《诗薮·内编》说:“《大风》千秋气概之祖,《秋风》百代情至之宗,虽词语寂寥,而意象靡尽。《柏梁》诸篇,句调太质,兴寄无存,不足贵也。”《柏梁》是一种七言古诗体,为联句的起始,原诗成于武帝之时,后人或有增附。他的《李夫人歌》,也可看作悼亡词的滥觞。

刘细君

生卒年不详。即乌孙公主。汉武帝时匈奴强盛,常侵扰中国,武帝欲联络乌孙以抗匈奴。元封六年(前105),乌孙以马千匹往聘汉女,汉以江都王刘建之女细君嫁与乌孙王昆莫(也作“昆弥”,乌孙王的称号)。

古代的妇女很少和外界接触,细君原是一个年轻的贵族女子,这时却远适言语不通、举目无亲的异域,飘零塞外,如同失群的哀鸿,乃作歌以抒哀怨。昆莫鉴于自己年老,竟要细君嫁与他的孙子岑陬,细君不肯,上书报告汉朝,汉却要她服从乌孙国俗,细君只好依从。她的结局史书上没有明载,她的遭遇反映了古代妇女的悲惨命运,即使像她这样的上层妇女也很难自保。

乌孙是汉代西域国名,在今新疆伊犁河流域,除细君外,汉武帝又以楚王刘戊之女解忧公主嫁过乌孙王。刘建、刘戊都因参加藩国之谋反而自杀,故她们的远适异域,名为和亲,实也与罪人家属的徙边相似。

杨　恽

生卒年不详。字子幼,汉华阴(今属陕西)人,司马迁外孙。曾封平通侯,迁中郎将。严守法度,轻财好义,性刚直而傲慢,爱发人阴私。后被免为庶人。友人孙会宗写信劝告他,在家要安分些,他答信颇多牢骚,又对他的侄子杨谭说:“有功何益!县官(指皇帝)不足为尽力。”因而为宣帝憎恶,于五凤四年(前54)以大逆不道罪被腰斩,也是早期的一件著名文字狱。

班婕妤

生卒年不详。汉雁门郡楼烦班况女儿,班昭的祖姑母。婕妤也作“倢伃”,汉代宫中女官名,位同上卿。成帝时选入宫中,颇得宠幸。后来赵飞燕姊妹进宫来了,飞燕体态轻盈,能歌善舞,媚主之功自非班氏所及,由此失宠,又害怕被赵家姊妹陷害,乃求退处长信宫,作赋自伤。王昌龄《长信怨》的“玉颜不及寒鸦色,犹带昭阳日影来”即咏其事。成帝死后,又充奉园陵,即要她去奉陪成帝的幽灵。

她的《怨歌行》(也称《团扇歌》),钟嵘《诗品》颇为称赞,刘勰《文心雕龙·明诗》则有“见疑于后代”之说,后人对此诗的看法是疑信参差。今人逯钦立在《先秦汉魏晋南北朝诗》的按语中以为“此诗盖魏代伶人所作”。

张 衡(78—139)

字平子,西鄂(今河南南阳)人,曾任太史令、侍中等职。后出为河间相,对地方上邪恶势力痛加惩治,由此对现实更为不满,乃上书要求退归。他为人刚直严峻,颇为宦官嫉妒,活学勤敏踏实,兼通天文机械,反对图谶迷信,对月食成因、行星运动都有正确的认识,在当时不失为一个有科学头脑的文士,故任太史令(掌天文历法)十余年。文学上擅长诗赋,诗以《四愁》著名,全诗皆为七言,结构自然,是文学史上风格新颖的较早的七言诗。又有五言《同声歌》,标志着汉代五言诗至此又有进展。他的大赋《二京赋》,模拟班固的《两都赋》,王世贞《艺苑卮言》卷二评云:"孟坚《两都》似不如张平子,平子虽有衍辞,而多佳境壮语。"张赋中还反映了一些杂技游艺与市井人物的活动。另有《归田》《思玄》二赋,抒写在"吉凶倚伏,幽微难明"的艰险政局中,忧谗惧祸之余,不如忘情荣辱,及早归田的心情,由长篇而变为短篇,由铺陈城市的繁华而变为描摹田园之可乐,艺术上显得轻灵幽渺,精神上与《四愁》有共通处。

朱 穆(100—163)

字公叔,宛(今河南南阳)人。初举孝廉,梁冀使典兵事,曾以书规劝梁冀。感于风俗浮薄,竞尚势利,乃作《崇厚论》与《绝交论》。《绝交论》之"交"指交际,但言辞有偏激处,后来刘峻曾有《广绝交论》,自言继朱穆而作。性刚强,深恶宦官弄权,乃上疏请罢除之。宦官自此借诏旨诋毁他,后以愤懑发疽而死。著有四言诗《与刘伯宗绝交诗》一首。论文很为蔡邕称重,曾至其家抄写。

秦 嘉

生卒年不详。字士会,陇西(今甘肃东南一带)人。桓帝时为郡上计(一作"上掾"。恐非)。秦嘉与妻徐淑赠答的诗,为后人看作诗坛佳话。秦诗今存六首,三首为四言,徐淑只一首五言。钟嵘《诗品》卷中云:"夫妻事既可伤,文亦凄怨。为五言者,不过数家,而妇人居二。徐淑叙别之作,亚于《团扇》矣。"秦嘉后曾入洛阳,任黄门郎,卒于津乡亭(见严可均《铁桥漫稿》卷七)。《太平御览》卷四四一引杜预《女记》云:徐淑丧夫后,兄弟将嫁之,她立誓不嫁,并以书与兄弟。刘知几《史通》也云:徐氏毁形不嫁,哀恸伤生。《通典》卷六十九记晋咸和年间贺峤妻于氏上表,表中有述徐淑乞他人子养之事。

蔡　邕(132 或 133—192)

字伯喈,圉(今河南杞县)人。曾任中郎将,世称蔡中郎。博学多识,通音律,擅书法。桓帝时宦官徐璜等闻邕善鼓琴,召他到京,至偃师托病而归,不再与外界交接。灵帝时校书于东观,并自写经文,立碑于太学门外。后因被宦官忌恨,由死刑而减为流放朔方,中经赦免,又因得罪五原太守而亡命东南十二年。献帝时董卓闻邕高名而强迫他出仕,对他很器重。董卓被诛,他被捕死于狱中。

他写过诗赋碑铭等,诗不多,《饮马长城窟行》原为古辞,《玉台新咏》题蔡邕作,其余诗实无特色,不及其女文姬。赋以《述行》著名,揭露了当时的社会矛盾,亦"朱门酒肉臭,路有冻死骨"的先声。碑志实很卑陋,他自己也承认生平所作墓志很多,只有对郭有道《郭太》碑才无愧色。尚见有自知之明。蔡邕一生,经历曲折,初意原想躲避浊流,最后却以"卓党"而牵累,但他对董卓恐也有知遇之感,所以《后汉书》中曾有评议。从陆游《小舟游近村舍舟步归》中的"死后是非谁管得,满村听说蔡中郎"观之,可见南宋时民间已有是非难明的传说了。

孔　融(153—208)

字文举,鲁国(今山东曲阜)人。曾任北海相,世称孔北海。他与陈琳等被称为建安七子,但陈琳等都是曹操属官,孔融却例外。他非但没有颂扬过曹氏父子,而且常常和曹操抬杠,有的实在太使曹操难堪。例如曹丕纳袁熙之妻甄氏后,孔融便在致曹操信中有"武王伐纣,以妲己赐周公"语,曹操问他出典何在,他竟说:"以今度之,想当然耳。"其他讥弄曹操的话都是锋芒毕露。后来终于被曹操借故杀掉。曹操令文中有"虽肆市朝,犹恨其晚"语,可见其痛恨之切。

他的散文,丰茂遒挺,尤其是荐祢衡、荐盛宪(孝章)文,都可看出他爱才之情。他的"座上客常满,尊中酒不空"的警句,王世贞《艺苑卮言》卷三说"便是唐律",他的《临终诗》之"生存多所虑,长寝万事毕",《卮言》卷八以为"以豁止怖"。他的六言诗三首,词语凡陋,又盛称曹操功德,《四库总目提要》断为伪作。

蔡　琰

生卒年不详。字文姬,蔡邕之女。初嫁卫仲道,卫亡无子,因此回家。献帝兴平中,被乱兵所掠,辗转至匈奴嫁左贤王,生二子,住了十二年。曹操素与蔡琰父蔡邕友好,便遣使臣以金璧赎回,重嫁与屯田都尉董祀。后来董祀犯法将被处死,蔡琰蓬首叩头,为夫请命,曹操被她感动,将董祀赦回。

她是名宦之女，蔡邕又给过她四千卷图书，故而学识渊博，兼晓音律。平生的遭遇却极为委屈凄凉，身嫁三夫，中羁沙漠，父死狱中，子留塞外。《悲愤诗》结末说："托命于新人，竭心自勖励。流离成鄙贱，常恐复捐废。"但董祀如果不是曹操感于故人生前旧谊，自己也难以托命。

她的作品，流传下来的只有三篇，却引起历代学者的热烈争论。《悲愤诗》二篇，一为五言体，较为可信；一为楚辞体，真伪难明，其中"薄志节兮念死难，虽苟活兮无形颜"，实亦"千古艰难唯一死"之意。《胡笳十八拍》当非她所作。

有关本时期诗作的主要书目简介

张新科

说　明

一、书目选录历代有关本时期诗歌的总集和别集，每类按年代先后为序。《诗经》《楚辞》及乐府诗历代注解评论颇多，书目只选其中有代表性者。所录书目，对版本不做专门考证，只列常见版本。

二、古代总集、别集中，往往诗文合刊，本书目均予以收录。后人编选的总集、别集，择其与本时期诗歌关系较大者著录。

三、本书目本着精选的原则，对现代研究成果也予以适当选录。

四、书目简介参阅了今人研究的某些成果，不一一注明，在此致以谢意。

〔诗经〕

我国最早的诗歌总集,共305篇,编成于春秋中叶,依据音乐上的不同,分风、雅、颂三大类。大部分诗篇产生在黄河流域。它广泛地反映了公元前11世纪到前6世纪约500多年的社会现实。形式以四言为主,多重章叠句,采用赋比兴的表现方法,语言丰富多彩,奠定了我国现实主义文学的基础。汉代传授《诗经》的有鲁、齐、韩、毛四家,前三家为今文经学,魏晋后相继失传;毛诗为古文经学,盛行于东汉以后,流传至今。

〔毛诗诂训传〕

现存最早的《诗经》完整注释本,汉代毛亨(一说毛苌)作。三十卷。简称毛传。以解释词汇为主,其诂训多保存先秦古义。在阐明诗义时,多有附会,但仍不失为研究《诗经》的重要著作。有《十三经注疏》本。

〔毛诗传笺〕

省称《郑笺》,东汉经学大师郑玄作,对《毛传》的注解进行充实提高,吸取、综合三家诗说,并有自己的见解。书成后,毛诗大行于世,三家诗逐渐衰废。有《十三经注疏》本。

〔毛诗正义〕

省称《孔疏》,唐孔颖达等作,七十卷,为唐代官方颁布的《五经正义》之一。主要阐释《毛传》和《郑笺》,也吸取、综合汉魏六朝以来研究的成就,把《诗经》的训诂义疏又加以丰富和提高。由于坚守疏不破注的原则,所以,毛郑错误的地方也往往随之而错。有《十三经注疏》本。

〔诗集传〕

南宋朱熹集撰,二十卷,现行本八卷。该书打破了《毛诗序》中的陈腐观点,颇有新解,它是一部在宋代以后影响很大的解诗著作。但受道学思想束缚,解诗时也有主观臆断处。

〔诗经通论〕

清代姚际恒撰,十八卷。姚氏继承宋学自由研究的学风,不依傍《诗序》,不附和《诗集传》,从诗的文本中探求诗的意旨,开辟了说诗的新风气,但也有附会之处。

〔诗毛氏传疏〕

清代陈奂撰,三十卷,主要阐明《毛传》本义,旨在恢复诗古文学派的本来面目,是清代研究毛诗的集大成著作,该书在训诂和名物的疏证方面比较精确。

〔诗三家义集疏〕

清代王先谦撰,是搜集三家诗遗说的集大成著作,凡古籍中所引录的三家诗遗说都予以辑录,并作了必要的疏释,共二十八卷,是研究三家诗的基本著作。

〔诗经选〕

余冠英注译,初版于 1956 年,1979 年人民文学出版社重版时,将作者的《诗经选》与《诗经选译》合并,共选诗 106 篇,书前有长篇序言,对《诗经》的内容做了全面介绍。该书注解精当扼要,译文自然流畅,是最有影响的《诗经》选本之一。

〔诗经今注〕

高亨注,是 1949 年以后最早用现代汉语对《诗经》305 篇全部做新注的著作,在字句考证上尤下功夫,但也有某些牵强之处。上海古籍出版社 1980 年出版。

〔诗经韵读〕

王力著,分总论和韵读两部分。总论部分,批判了以朱熹为代表的叶音说,并在顾炎武等人的研究基础上对先秦古韵的分部、古今韵部演变的对应关系及

《诗经》韵例做了全面介绍。韵读部分,对《诗经》全部入韵字的音值做了构拟。上海古籍出版社 1980 年出版。

〔诗经译注〕

袁梅著。原诗与译文并列,便于对照参阅,译文通俗而口语化,既忠于原文又保持其固有的特色。注释字、词、句也较通俗、明确,对疑难问题加以考证,时有新见。齐鲁书社 1980 年出版《国风部分》,1982 年出版《雅颂部分》。

〔诗经直解〕

陈子展撰述,有简注,有直译,译文与原诗并列。该书在“解”上尤下功夫,对每首诗都做了较为详细的分析,不乏新见。复旦大学出版社 1983 年出版。

〔诗经译注〕

祝敏彻等评注。对每首诗首先做简短的内容说明,然后原诗与译文对照排列。译文尽量直译,句句对译。诗后对难懂的词做了注释。每篇诗后对其中韵脚字所属上古韵部做了说明。书后附《诗经入韵字总表》。甘肃人民出版社 1984 年出版。

〔诗经全译〕

金启华译注。注释全部征引前人所注的原话,一般不做任何说明,时而以“启华按”稍加说明,难字注音。在译上尤下功夫,既忠于原文,又流畅自然。江苏古籍出版社 1984 年出版。

〔诗经译注〕

程俊英译注,尽可能逐句扣紧原诗直译,但不是逐字硬译,多用七字句,格律整齐,音调铿锵,读起来朗朗上口。上海古籍出版社 1985 年出版。

〔楚辞〕

西汉刘向编。十六卷。该书把屈原及后来的楚国作家宋玉等人的作品编为一集。楚辞名称自此始,楚辞以屈原作品为主,它突破了四言格式,创造了一种以六言、七言为主的长短不齐、灵活多样的楚辞体,其特色是“书楚语、作楚声、记楚地、名楚物”,使古代诗歌发展到了一个新的阶段。

〔楚辞章句〕

东汉王逸撰。是现存最早的一部完整的楚辞注本。以刘向所编定的十六卷本《楚辞》为依据,又在后面附了一篇自己作的《九思》,并自己作了注,共十七卷。书中各篇,王逸都给作了序文,指明作者、写作时间、命题意义和主要内容。逐句作释,详为训诂,所言多有依据,也吸收了前人的成果,同时注意到了楚辞在文学方面的成就,受到后代《楚辞》注家的重视。但其中有不少穿凿附会的地方。有国学基本丛书本。

〔楚辞补注〕

南宋洪兴祖著。十七卷。该书专门补充和订正王逸《楚辞章句》而作,又注音说韵,考证精详,不仅《楚辞》文义时有阐发,且对旧解多所驳正。是一部重要的《楚辞》注本。有中华书局1983年点校本。

〔楚辞集注〕

南宋朱熹集注。八卷。该书删去《楚辞章句》中《七谏》《九怀》《九叹》《九思》等四篇,增加贾谊的《吊屈原赋》和《鹏鸟赋》两篇,是《楚辞》注本中一部较有影响的书。该书寻求作者言外之意,发明微词奥义,往往独具识见,但时有道学家气味。书后附《辨证》二卷,考订旧注得失;《后语》六卷,收集了从《荀子·成相》到宋代吕大临的“骚体”作品五十二篇。有上海古籍出版社1979年点校本。

〔楚辞通释〕

清初王夫之撰。十四卷。该书删《楚辞章句》中《七谏》以下五篇,补入梁代江淹《山中楚辞》《爱远山》两篇及王夫之自赋的《九昭》一篇。该书采取分段释文的方法,每篇前有解题,颇能摆脱旧说,时有精辟见解。但在注释中往往借题发挥,以注释楚辞来发泄他对社稷的沦亡之痛。间亦有主观穿凿附会之处。有上海人民出版社1975年版本。

〔山带阁注楚辞〕

清代蒋骥注。六卷。该书专释作者认定为屈原的作品。该书在屈原生平事迹及作品创作时地的考证方面用力最深,资料翔实,并附有地图五幅。卷首附有屈原传记及行迹图,并附有《余论》二卷,主要驳正旧注之误;《说韵》一卷。有上海古籍出版社1984年排印本。

〔屈原赋戴氏注〕

清代戴震注。七卷。该书专注屈原作品二十五篇。重在字句训诂、名物考实,很少空谈义理的地方。代表了乾嘉学派在《楚辞》研究方面的成就。注释简明扼要,纠正旧注中不少错误。附《通释》二卷,疏证山川地名及草木鸟兽虫鱼,对所考证名物,颇有参考价值。书后附有汪梧凤撰《音义》三卷,注释颇为精确。

〔屈原赋今译〕

郭沫若译。该书用白话诗译屈原作品二十五篇,译诗流畅,颇能体现原作精神,且是一种新的创作。卷首附有《屈原简述》,对屈原作品的思想内容和艺术特色,作了简要的叙述。人民文学出版社1953年出版,后收入《沫若文集》卷二。

〔屈原赋校注〕

姜亮夫校注。该书综合屈原身世与战国各民族的历史条件,结合文法分析,精细地探索每一句、每一篇的大义,对旧说爬梳剔抉,阐发见解,并参阅各种楚辞版本,细为校勘。人民文学出版社1957年出版。

〔楚辞选〕

马茂元选注。注释详细,引用了不少先秦典籍和神话传说,内容丰富,阐明篇章段意也极为深刻。选取屈原、宋玉、贾谊、淮南小山作品27篇,以屈原为主。是一部雅俗共赏的楚辞选本,人民文学出版社1958年出版,后又多次重版。

〔楚辞韵读〕

王力著,主要分韵读和字音表两部分。韵读部分对楚辞全部入韵字的音值作了构拟;字音表按入韵字的音韵地位分部收列。上海古籍出版社1980年出版。

〔楚辞新注〕

聂石樵注,选录屈原《离骚》《九歌》《天问》《九章》《招魂》共23篇,另有作者不可考的《卜居》《渔父》、宋玉《九辩》、贾谊《吊屈原赋》。该书善于将史料与作品相印证,吸收学术界前人和当代学者的研究成果,注释言简意明,博采各家之长,时有新解。上海古籍出版社1980年出版。

〔楚辞研究集成〕

马茂元主编。共分五编:《楚辞注释》《楚辞要籍解题》《楚辞评论资料选》《楚辞研究论文选》《楚辞资料海外编》,这套丛书给楚辞研究者提供了丰富的资料。把古今中外楚辞研究的主要成果汇于一编,这是一个开创性的工作。该丛书由湖北人民出版社1984年起陆续出版。

〔楚辞译注〕

董楚平译注,以王逸《章句》本为依据,裁去《惜誓》以下汉人作品。各篇除译注外,都有题解。注解择善而从,吸收古今研究成果,也有己见。译文也较为流畅。上海古籍出版社1986年出版。

〔文选〕

南朝梁萧统编选的一部诗文总集,又称《昭明文选》。该书选录先秦至梁八百年间的各体文章,分赋、诗、骚、七、诏、册、令、教等三十八类,大致可概括为诗歌、辞赋和杂文三大部分,原三十卷。所选作家,除无名氏外,共一百二十九家,都是各个时代有代表性的。这是现存最早的一部古代文学作品总集。它为后人研究先秦至梁的文学发展概貌提供了重要资料。为《文选》作注的有唐代李善，还有吕延济等五人。有四部丛刊《六臣注文选》本。今有中华书局印行的胡克家翻刻宋代尤袤本六十卷。

〔玉台新咏〕

南朝陈徐陵编,又名《玉台集》,十卷,为南北朝时期的一部诗歌总集,保存了相当多的古代文献。“玉台”取义,从徐陵序文说,当指“后庭”,“玉台新咏”,即提供后庭歌咏的诗集。徐陵是当时宫体诗的代表作家,所以此书以宫体艳歌为核心,但也有表现真挚爱情和妇女痛苦之作。如《古诗为焦仲卿妻作》即初见于此书。今有成都古籍书店影印吴兆宜注本。又有中华书局《玉台新咏笺注》本。

〔古文苑〕

编者姓名不详。相传是唐人旧藏本,北宋孙洙得于佛寺经龛中,所收诗、赋、杂文,自东周起,到南齐止,共二百六十多篇,都是史传和《文选》所不载的。南宋淳熙中,韩元吉编为九卷。绍定中,章樵就韩书补遗刊误,又作注释,并重编为二十一卷。清代钱熙祚以章樵本为底本,用韩元吉九卷本校勘一次,成“校勘记”一卷,附所刻《守山阁丛书》本《古文苑》之后。后清代孙星衍又辑金石、传记、地志和类书中遗文,自周迄元,共二十卷,为《续古文苑》。

〔文馆词林〕

唐代高宗时许敬宗等奉敕编,分类纂辑先秦至唐代各体诗文,共一千卷。原书北宋时散佚,有些流传到日本,清末以来,大部分重新传入我国。所收诗文,多为严可均《全上古三代秦汉三国六朝文》、冯惟讷《古诗纪》所未载,有一定考参价值。

〔文苑英华〕

宋代太宗时李昉、徐铉等人奉敕编的一部总集,共一千卷。所辑诗文,上续《文选》,南北朝约占十分之一,唐代占十分之九。体例大致同《文选》,唯名目分列更为繁碎。该书收录诗文有为他书所不载的,有为本集所遗漏的,也有名家别集久已亡佚而辑其逸文尚可成书的。明清两代所编《古诗纪》《文纪》《全唐诗》《全唐文》等,大都取材于该书。南宋宁宗时彭叔夏参订书中舛误重复,成《文苑英华辨证》十卷。

〔乐府诗集〕

宋代郭茂倩编。共一百卷,分十二类。上起汉魏,下迄五代,兼有秦以前歌谣十余首。除收入朝廷乐章外,还保存了大量民间入乐的歌词,其中相和、清商、杂曲、新乐府诸类,尤多优秀之作。每类有总序,每曲有题解,对各种歌辞、曲调的起源和发展,均有考订。每题以古辞居前,后人仿作列后,源流分明,资料价值较大。

〔古乐府〕

元代左克明编。十卷。此书虽大抵据郭茂倩《乐府诗集》加以简化,但互有出入。郭书终于唐五代,务穷其流;此书终于陈隋,务溯其源,用意迥然有别。有明刻本。

〔汉魏六朝百三名家集〕

明代张溥编。共一百十八卷。选取汉代贾谊至隋代薛道衡等一百零三人的作品,实为自汉至隋名家文集的总集。各集前都有简要题解,评述作家生平与创作,颇具见地。为后世研究自汉至隋的作家,提供了有益资料。但此书由于贪多务得,致驳杂之处不少。有清光绪己卯年信述堂重刻本。

〔古乐苑〕

明代梅鼎祚作。五十二卷。根据郭茂倩《乐府诗集》而增辑之。郭本止于唐五代,此本则止于南北朝。由于编者意在博收,故不免芜杂,但其中一些材料,亦颇可资考证。有明代万历间刻本。

〔乾坤正气集〕

清代姚莹辑,顾沅补,共五百七十四卷。所选作者,上起战国屈原,下迄明代朱集璜,共一百零一家,大都是正直坚贞而又横遭迫害的历史人物。另有节本二十卷,称"小乾坤"。有清道光年间刊本。

〔古诗纪〕

原名《诗纪》,明代冯惟讷编。一百五十六卷。前集十卷,录先秦古逸诗。正集一百三十卷,录汉至隋诗歌。外集四卷,录古小说及笔记中所传之诗。别集十二卷,选录前人对古诗的评论。有明代嘉靖刻本、万历刻本。清代冯舒有《诗纪匡谬》一卷,参证匡谬较为精核。

〔古诗源〕

清代沈德潜编选。十四卷。收录上起唐虞、下迄隋代的古诗和歌谣(除《诗经》《楚辞》外)共七百余首,较为详备,并作了评注。编者认为诗极盛于唐,唐以前之诗是唐诗之源,故名《古诗源》。所选颇多优秀之作,流传较广。

〔古诗选〕

清代王士禛编。三十二卷。分五言古诗和七言古诗两大部分。五言录汉、魏、六朝以下,唐诗仅录陈子昂、张九龄、李白、韦应物、柳宗元五家;七言自古辞以下,八代兼采,而以杜甫的"沉郁顿挫"为正宗。入选之作大多在文学史上有一定的代表性,大体上反映了我国五、七言古诗的发展情况及重要流派的面貌。

〔诗比兴笺〕

清代陈沆编选。四卷。选录一般公认为属于比兴体的汉魏乐府古诗及自汉迄唐文人五、七言古诗四百余首,并加笺释,重在诗篇主题思想的阐述和分体,颇有见解,亦多穿凿附会之处。

〔八代诗选〕

清代王闿运编选。二十卷。选录汉至隋八代诗歌,分为四言、五言、齐以后新体诗、杂言、乐章乐词、歌谣等,是较有影响的一个选本。

〔十八家诗钞〕

清代曾国藩编选。二十八卷。选录三国魏到宋金十八名家诗,共六千五百余首,包括曹植、阮籍、陶渊明、谢灵运、鲍照、谢朓、王维、孟浩然、李白、杜甫、韩愈、白居易、李商隐、杜牧、苏轼、黄庭坚、陆游、元好问等人的作品。

〔古谣谚〕

清代杜文澜编(实为刘毓崧编集)。一百卷。搜集古籍中所引上古至明代的谣和谚,十分丰富。辑者注意到真伪的考订、增删、校正,并每条标明出处、书名、篇名。按经、史、子、集四部排列。是收录古谣谚的一部较完备的总集。

〔全汉三国晋南北朝诗〕

近人丁福保辑,共五十四卷,特点是“全”,把西汉到隋的诗全收进去,不分好坏,不加批判,是一种资料汇编,它是以《诗纪》加以增删、并采《诗纪匡谬》来修订的。

〔先秦汉魏晋南北朝诗〕

逯钦立辑校,一百三十五卷。这是在冯惟讷《诗纪》、丁福保《全汉三国晋南北朝诗》的基础上编纂而成,纠偏补阙,取材广博,资料翔实,考订精审,除《诗经》《楚辞》之外,先秦迄隋的诗歌谣谚全部收入,按年代先后加以编次,是研究唐代以前诗歌的必备著作。

图书在版编目(CIP)数据

先秦两汉诗歌鉴赏辞典 / 魏耕原，张新科，赵望秦主编. —北京：商务印书馆国际有限公司，2024.1
ISBN 978-7-5176-1003-8

Ⅰ.①先… Ⅱ.①魏… ②张… ③赵… Ⅲ.①古典诗歌-诗歌欣赏-中国-先秦时代-词典 ②古典诗歌-诗歌欣赏-中国-汉代-词典 Ⅳ.①I207.22-61

中国国家版本馆 CIP 数据核字(2023)第 224135 号

XIANQIN LIANGHAN SHIGE JIANSHANG CIDIAN

先秦两汉诗歌鉴赏辞典

主　　编	魏耕原　张新科　赵望秦
出版发行	商务印书馆国际有限公司
地　　址	北京市朝阳区吉庆里 14 号楼 佳汇国际中心 A 座 12 层
邮　　编	100020
电　　话	010-65592876(编校部) 010-65598498（市场营销部）
网　　址	www.cpi1993.com
印　　刷	北京荣宝艺品印刷有限公司
开　　本	850mm×1168mm　1/32
字　　数	740 千字
印　　张	19
版　　次	2024 年 1 月第 1 版第 1 次印刷
书　　号	ISBN 978-7-5176-1003-8
定　　价	58.00 元